KB109848

경호무술창시자 이재영총재의

생각의 관점

경호무술창시자 이재영총재의 **생각의 관점**

발행일 2024년 3월 29일

지은이 이재영
펴낸이 손형국
펴낸곳 (주)북랩
편집인 선일영
편집 김은수, 배진용, 김다빈, 김부경
디자인 이현수, 김민하, 임진형, 안유경, 한수희
제작 박기성, 구성우, 이창영, 배상진
마케팅 김회란, 박진관
출판등록 2004. 12. 1(제2012-000051호)
주소 서울특별시 금천구 가산디지털 1로 168, 우림라이온스밸리 B동 B113~114호, C동 B101호
홈페이지 www.book.co.kr
전화번호 (02)2026-5777
팩스 (02)3159-9637

ISBN 979-11-7224-041-7 03810 (종이책) 979-11-7224-042-4 05810 (전자책)

경호무술창시자
이재영총재의

생각의 관점

이재영 지음

북랩

저자 소개 및 이력

이재영(李在暎)

서울 성동구 행당동 판자촌에서 태어났다. 고향인 홍성에서 자라나 홍성고등학교를 졸업하고 전남과학대 경호보안과를 거쳐 미국 워싱턴 국제보안대학교에서 경호무도학 박사학위를 취득, 동대학교 명예총장에 추대되었다.

경호무술창시자로 국제경호무술연맹(IKF) 총재로 재직 중이며 세계 22개국에 30만 명 이상의 제자를 배출하였고, 경호 분야에서는 국적을 넘어 '경호원들의 영원한 사부(師父)'로 불리운다(무도 공인 종합 69단). 대한방송(KBN), 뉴스타임즈 등 신문과 유력 잡지 등에 칼럼을 기고해 왔으며 대학교, 공공기관, 기업은 물론 유튜브에서도 활발한 강의활동을 이어가고 있다.

제자를 지도할 때, 땀을 흘릴 때, 그리고 글을 쓸 때 가장 행복하다. 반백 년을 무인(武人)으로 살았다면, 앞으로 남은 생은 글을 쓰며 무인(無人)으로 살아가기를 희망한다.

주요 이력

- 사단법인 대한민국합기도협회 자문위원장(합기도 공인 9단)
- 사단법인 대한공수도연맹 심판위원장(공수도 공인 9단)
- 사단법인 세계검도협회 고문(검도 공인 8단)
- 대만 국제종합무술연맹 지도위원장(종합무술 공인 9단)
- 서울시태권도협회 기술심의회 자문위원
- 사단법인 대한삼보연맹 고문
- 한국범죄퇴치운동본부(ASS) 이사장
- 한국청소년문화재단 청소년보호위원장
- 경기대학교 경호비서학과 외래교수
- 전남과학대학교 무도경호과 객원교수
- 원광보건전문대학교 경호스포츠과 겸임교수
- 서울현대전문학교 경찰학부 객원교수
- 아세아항공전문학교 항공보안학부 교수
- 교육부 미래창의교육연구원 주임교수
- 미국 국제보안전문대학교 명예총장
- 아메리칸스포츠유니버시티(ASU, 미국체육대학교) 초빙교수/무도대학장

경호무술창시자 이재영 검색

책을 내면서

어느 날 숲속을 거닐고 있는데, 한 사람이 춤을 추듯이 몸을 움직이며 손을 흔들고 있었다. 지나가는 사람들은 못 본 것을 본 듯이 비켜 지나가기 바빴고 나는 한참을 지켜보다 문득 그런 생각을 했다. '만약 저 사람 앞에 오케스트라가 연주하고 있다면' 그렇게 생각하자 그 사람은 멋진 지휘자처럼 보였다. 반대로 TV에 아주 유명한 지휘자의 지휘 아래 오케스트라가 곡을 연주하고 있었다. 나는 TV 소리를 모두 줄이고 생각했다. '만약 저 지휘자 앞에 오케스트라가 없다면' 정말 미쳐도 이처럼 미친 사람이 없어 보였다. 이것이 내가 '생각의 관점'을 쓰게 된 동기다.

우리는 하루에도 수백, 수천 아니 어떤 때는 수만 가지의 생각을 하며 살아간다. 같은 사물이나 현상을 보고도 느끼는 사람의 생각에 따라서 어떤 사람은 그것으로부터 절망을 맛보고 또 다른 사람은 희망을 찾는다. 그것은 그것을 보고 느끼는 사람의 '생각의 관점'이 다르기 때문이다. 어떤 사람은 눈을 좋아하지만, 어떤 사람은 비를 더 좋아한다. "눈은 천사의 얼굴로 왔다가 악마의 미소로 떠나고, 비는 악마의 얼굴로 왔다가 천사의 미소로 떠난다."

이처럼 보고 느끼는 현상에 생각의 관점을 어디에 두느냐에 따라 다르다. 같은 것을 보고 그냥 지나치는 사람이 있는 반면, 길거리의 간판을 보고 세계 경제의 흐름과 사회문화의 변화상을 파악하고 벌이나 꽃을 보면서 지구의 운명과 환경에 대하여 생각하는 사람이 있다. 또한, 하늘 아래 완전히 새로운 아이디어는 없다. 그렇기 때문에 세상에 존재하는 다양한 문제를 새로운 관점으로 보는 것이 중요하다. 그 힘은 지식이 아닌 지혜에서 나온다. 이제 1초면 어떤 내용의 검색도 가능한 세상에선 아는 것은 더는 힘이 아니며 지식이 경쟁력인 시대는 끝났다. 결국, 나만의 차별적인 생각, 즉 생각의 관점이 힘이고 경쟁력인 것이다.

"천 발의 열정과 한발의 냉정" 세계랭킹 1위인 대한민국 국가대표 양궁 선수들의 연습 전 구호이다. 나는 이 책을 쓰기 위해 천여 권 이상의 책과 자료를 검토하고, 연구하고, 참고했으며 천여 차례나 고쳐 썼다. 그리고 이 한 권의 책에 담으려 노력했다. "단순한 문제를 복잡하게 말하는 데는 지식이 필요하고. 복잡한 문제를 단순하게 말하는 데는 지혜가 필요하다."

그리고 책의 마무리를 위해 900일간 막노동 현장에서 땀 흘리며 사는 삶, 일명 '노가다'를 체험했다. 오롯이 글을 읽고, 땀을 흘리고, 사유하며 글만 썼다. 오직 한 가지만을 깊게 사유하는 데 있어서 이보다 더 좋은 방법은 없었다. "하수는 머릿속에 만 가지 생각으로 가득 차 있고, 고수는 머릿속에 한 가지 생각으로 가득 차 있다."

귀하께서 이 책을 통하여 모든 사물과 현상 그리고 삶에 새로운 '생각의 관점'을 갖길 바라며 내 생각의 관점을 지금 이 글을 읽고 있는 귀하와 함께 공유한다. '문제는 문제가 아니라 문제를 바라보는 관점이다.' 아는 것이 힘이라고 했다. 아는 만큼 보인다고 했다. "아는 것이 적으면 사랑하는 것이 적다."라는 레오나르도 다빈치의 말은 그래서 더 가슴에 사무친다. "사랑하는 것이 적으면 아는 것이 적다."라는 반대 해석이 가능하기 때문이다.

"세상을 바라보는 방식이 그 사람의 운명을 결정한다."

2024년 봄에

경호무술창시 30주년을 기념하며

경호무술창시자 이재영(李在渶)

차례

제3장 리더의 조건

제4장 나는 하늘을 본다

제1장

지식과
지혜 사이

생각의 관점

전 세계 우주항공기술의 선두주자라고 할 수 있는 '미국항공우주국(NASA)'이 한 가지 문제점에 봉착했다. 우주에 가면 이런저런 사항을 기록해야 하는데 무중력 상태이다 보니 볼펜의 잉크가 나오지 않아서 글씨가 안 써진다는 것이다. NASA는 곧 문제 해결을 위한 연구에 들어갔고, 수백만 달러를 들여서 우주에서도 써지는 볼펜을 개발해 냈다. 그런데 막상 사용하려고 보니 우주복을 입을 상태에서는 손가락에 볼펜은 끼울 수가 없었다. 결국, 수백만 달러를 들인 우주 볼펜은 무용지물이 되었다.

이 문제를 어떻게 해결할까? 다시 고민하던 NASA는 자신들보다 먼저 우주에 도달한 러시아의 기술을 정탐했다. 그런데 놀랍게도 그들은 볼펜이 아니라 연필을 사용하고 있었다.

생각의 차이

눈은 천사의 얼굴로 왔다가 악마의 미소로 떠난다.

"눈은 올 때는 온통 깨끗하지만 오고 난 후에는 구질구질해진다."

비는 악마의 얼굴로 왔다가 천사의 미소로 떠난다.

"비는 올 때는 구질구질하지만 오고 난 후에는 온통 깨끗해진다."

인생에 밑바닥까지 왔다면

'이제는 올라갈 일만 남았네!'라고 생각하세요.

인생에 거센 비바람과 태풍이 몰아쳤다면

'이제는 맑게 갠 하늘을 보겠네!'라고 생각하세요.

"매일 맑으면 사막이 됩니다."

"당신은 어떤 생각을 하고 있습니까?"

관점의 차이

한때, 고양이를 기른 적이 있다. '내가 고양이를 데리고 시간을 보낼 때는 내가 고양이를 희롱하는 것인지 고양이가 나를 데리고 노는 건지 누가 알겠는가?' "호랑이는 죽어서 가죽을 남기고, 사람은 죽어서 이름을 남긴다."라는 말이 있다. 하지만 중요한 것은 호랑이는 가죽 때문에 죽고, 사람은 이름 때문에 죽는다는 것이다. 어렸을 적, 자식이 물에 빠져 죽을 뻔한 경험이 있는 부모는 자식을 물가에 얼씬거리지도 못하게 한다. 현명한 부모는 자식에게 수영을 가르친다.

"당신은 어떤 관점을 갖고 있습니까?"

선택의 차이

같은 매장에서 똑같은 사과를 한쪽에서는 천 원에 팔고, 다른 한쪽에서는 오천 원에 판다. 물론 천 원짜리 사과가 더 잘 팔린다. 하지만 중요한 것은 천 원짜리 사과가 열 개 정도 팔릴 때, 오천 원짜리 사과도 한 개가 팔린다는 것이다.

"당신은 어떤 선택을 하고 있습니까?"

산속에 있으면 산이 보이지 않는다

어느 유명한 건축가와 사업가가 에펠탑 스카이라운지에서 미팅하고 있다.

사업가가 물었다. "역시 건축가답게 에펠탑을 좋아하시나 봅니다. 이곳에서 미팅하시자고 하시는 걸 보니?"

건축가는 대답했다. "저는 에펠탑을 싫어합니다. 파리 시내에서 에펠탑이 보이지 않는 곳이 이곳뿐이다 보니!"

『귀거래사』로 유명한 도연명의 글 중에는 이런 글귀가 있다. "은둔자는 산속에 있지만 진정한 은둔자는 저잣거리(시장)와 조정에 있다."

"당신은 지금 어디에 있습니까?"

해가 뜨는 곳

"내일은 내일의 태양이 뜬다."라는 말이 있다. 하지만 오늘의 태양은 오늘뿐이다. 내일의 태양은 영원히 오지 않을 내일을 비춰줄 뿐이고 오늘의 태양이 지금, 현재, 나를 비춰준다. '산사람은 해가 산에서 뜬다.'고 생각하고 '섬사람은 해가 바다에서 뜬다.'라고 생각한다. 그리고 진정으로 해를 사랑하게 되면

해는 항상 그 자리에 있을 뿐이라는 것을 알게 된다.

"당신의 태양은 어디에서 뜨고 있습니까?"

다른 것이지, 틀린 것이 아니다

누군가에게 길을 묻는다. 분명 같은 곳을 묻는데도 사람에 따라 다르게 대답한다. 술을 좋아하는 사람에게 길을 물으면 이렇게 대답한다. "저쪽 코너에 호프집이 있고 거기서 오른쪽으로 돌면 포장마차가 보여요. 거기서 100m 직진하면 됩니다." 그리고 이번엔 목사님에게 길을 물으면 다음과 같이 대답한다. "거기 교회를 지나서 50m 가면 2층에 교회가 보이고요. 그 교회에서 오른쪽으로 돌면 됩니다."

사람들에게 '+'가 그려진 카드를 보여주면 뭐라고 말할까? 수학자는 '덧셈'이라 하고 산부인과 의사는 '배꼽'이라고 말할 수 있다. 그리고 목사님이나 신부님은 '십자가'라 할 것이고, 교통경찰은 '사거리'라고 할 것이다. 또한, 우리는 같은 책을 읽어도 밑줄을 긋는 곳이 다르고 같은 영화를 봐도 기억에 남는 장면이 다르다. 왜 그런 걸까?

사람은 누구나 다 자기 관점에서 바라보기 때문이다. 한마디로 그들이 말하거나 생각하는 것은 '틀린' 것이 아니고 '다를' 뿐이다. 그래서 사람은 서로를 비판의 대상으로 보는 것이 아니라 이해의 대상으로 봐야 한다. 우리는 종종 다른 것을 틀린 것으로 생각한다. 하지만 나와 다르다고 외면하거나 비판으로 '틀림'만 강조하기보단 먼저 상대에 대한 '다름'을 인정하고 존중할 때 비로소 우리는 함께 할 수 있다.

다른 생각, 다른 꿈

미국의 대 갑부인 빌 게이츠가 직원들을 면접할 때, 자기랑 똑같은 생각을 하고 자기랑 같은 꿈을 가지고 있는 직원은 뽑지 않았다고 한다. 보통 우리는 면접을 볼 때 '나와 같은 생각, 같은 꿈을 가지고 있는 사람'을 선발한다. 하지만 빌 게이츠는 이런 생각을 가졌다고 한다. '나와 같은 생각을 하고 나와 같은 꿈을 가지고 있는 사람은 나만으로 충분하다. 나는 나와 다른 생각, 다른 꿈을 꾸는 사람이 필요하다.' 즉 빌 게이츠는 자기와 생각이 다르며 언제라도 'NO'라고 말할 수 있는 사람이 필요했던 것이다.

구글에서는 새 직원을 채용할 때, 소수의 몇 명에게 맡겨놓는 것이 아니라 관련 직원들이 모두 모여서 함께 선발한다고 한다. 그 이유는, 사람이 본능적으로 자신과 비슷한 사람을 뽑으려 한다는 사실을 알기 때문이라고 한다. 그렇기 때문에 구글 직원들이 가장 만족해하는 것 중 하나는 '자기와 다른' 뛰어난 동료들과 일하고 있다는 점이다. 예를 들면, 옆자리의 동료가 유명 해커 출신이거나, 베스트셀러 서적의 저자일 수도 있고 또는 커뮤니티 리더나, 파워 유튜버일 수도 있다.

다르기 때문에 할 말도 많고, 궁금한 것도 생기는 것이다. 다르기 때문에 갈라지는 것이 아니라 함께 할 수 있다는 뜻이다. 그러니 내 생각과 다르다고 '틀렸다'고 하지 마라. 때론 생각지도 못한 지혜를 나와 다른 상대에게 배울 수 있기 때문이다. 서로의 '다름'을 인정하고 존중하는 것, 더 나은 세상을 만드는 지름길이다.

다름의 아름다움

여행하다 보면 내가 다녀온 곳을 다른 사람이 다녀왔는데, 찍어온 사진이 다를 때 더 흥미 있고 재미있게 본다. 같은 곳을 간다고 같은 것을 보는 것은 아니다. 그리고 그런 사진이 더 즐거움을 준다. 심지어 함께 같은 곳을 다녀온 사람이 다른 사진을 찍어온 것을 보고 나는 다름의 아름다움을 느낀다. 또한, 다름을 좋아하는 것은 자연의 섭리이기도 하다. 남자가 여자를 좋아하고, 여자가 남자를 좋아하듯이.

다르게 생각하기 역(逆)발상

역발상은 창조다

역발상은 생각을 뒤집어 문제를 해결하는 것이다. 모든 일은 상반된 가능성이 항상 동시에 존재하기 때문에 문제를 한쪽에서만 바라보면 해결할 수 없을 때가 많다. 때때로 도저히 해결할 수 없는 어려운 문제를 만났을 때, 오히려 반대로 생각하면 의외의 방법을 찾을 수도 있다. 기존의 사고방식과 습관은 종종 우리의 창의적인 사고를 가로막는다. 역발상은 바로 기존의 틀을 깨고, 생각을 뒤집는 것이다. 일의 결과나 조건, 사물의 위치, 어떤 사물이 작용하는 과정이나 방식을 거꾸로 생각해보는 것이 바로 전형적인 역발상이다. 즉 역발상은 '생각의 관점'을 바꾼다는 것이고, 이것은 곧 일종의 '창조' 행위다. 가장 중요한 건 '새로운 다름'을 향한 최초의 생각과 낯선 것들의 연결이다.

생각의 탄생

'로버트 루트 번스타인(Robert Root-Bernstein)'의 『생각의 탄생』을 보면, '피카소(Pablo Picasso)'가 세상을 바라보는 관점이 얼마나 다른지 알 수 있다. '생각의 탄생'에 나오는 이 이야기는 창의성의 한 부분을 보여주는 것이기도 하다. 하루는 피카소가 기차를 타고 어딘가로 가고 있었다. 그런 경우 흔히 일어나는 일이지만 옆 좌석의 신사와 얘기를 나누게 되었다. 그 승객은 대화를 나누고 있는 상대가 누군지 알고 나자 현대예술이 실재를 왜곡하고 있다면서 불평을 늘어놓기 시작했다. 그러자 피카소는 그에게 실재라는 것을 믿을 만한 본보기가 있다면 그것을 보고 싶다고 했다.

승객은 지갑에서 사진을 한 장 꺼내며 이렇게 말했다.

"이거요! 진짜 사진이죠. 내 아내와 정말 똑같은 사진이요!"

피카소는 그 사진을 여러 각도에서 주의 깊게 들여다보았다. 위에서 보고, 아래서도 보고, 옆에서도 보고 나서 피카소는 말했다.

"당신 부인은 끔찍하게 작군요. 게다가 납작하고."

생각의 관점을 바꾼, '나무꾼과 선녀'

'나무꾼과 선녀' 이야기는 이렇다. 가난한 나무꾼이 사냥꾼에게 쫓기던 사슴을 나뭇더미 뒤에 숨겨줘 목숨을 구해준다. 그에 대한 보답으로 사슴은 나무꾼의 소원을 들어준다. 나무꾼은 사슴의 말에 따라 선녀의 날개옷을 감추고 그녀를 아내로 삼는다. 나무꾼의 측면에서 보면 소원을 성취하는 행복한 이야기다. 하지만 이야기 제목을 '선녀와 나무꾼'으로 바꾸면 어떻게 될까?

그렇게 되면 선녀가 이야기의 주체가 되면서, 선녀가 목욕하는 장면을 엿보고 날개옷을 훔치고 속임수로 결혼하는 사냥꾼의 행동은 관음증이고, 절도이며 폭력이 된다. 선녀를 붙잡는 비밀을 알려주는 사슴도 동조자다. 아니, 사슴은 단순한 동조라기보단 범죄를 처방하고 부추긴다. 이렇게 읽을 수 있으려면 제목만 바뀔 게 아니라 내용도 바뀌어야 한다.

동화는 순진무구한 아름다운 동심의 세계만을 담은 것 같지만 그 뒤를 자세하게 들여다보면 교묘하게 추악한 민낯 또한 숨어 있다. '나무꾼과 선녀' 이야기도 선녀의 처지에서 보면 폭력의 이야기다. 우리가 이 이야기를 폭력으로 인식하지 않았던 것은 선녀의 시각에서 바라보는 것을 그동안 우리 문화가 무의식적으로 억압했기 때문이었다. 그런데 요즘에는 '미투 운동'으로 전세가 역전되어 반대의 경우가 일어나고 있다.

생각의 관점을 바꾼, '흥부와 놀부'

'흥부와 놀부' 이야기도 관점을 바꾸면 이렇다. 흥부야말로 백수건달이다. 그는 한 다스가 넘는 애들을 낳고도 일은 하려 하지 않고, 형한테 빌붙으려 했던, 거지 근성으로 가득한 독립성이 없는 백수다. 오히려 놀부는 일했으며 부지런했다. 여기에서 흥부의 '착함'을 더욱 돋보이게 했던 것은 다름 아닌 '가난'이었으며, 놀부의 '악함'을 더욱 강조하였던 것은 그의 '부(富)'였음을 깨닫게 된다. 이런 맹목적인 가치관을 우리는 경계해야 한다.

쓸모없는 것의 쓸모

사람이 과연 다른 사람을 평가하고 쓸모없다고 말할 수 있을까? 극단적인 예가 될지는 모르겠지만 만약 사람들이 죄를 짓지 않고 죄인이 없어진다면 어떻게 될까. 우선 검사, 판사가 필요 없게 된다. 아픈 사람이 없어진다면 의사가 없어질 것이다. 그리고 모든 사람이 착해진다면 성직자 또한 필요 없게 된다. 세상은 아이러니하게도 죄인, 병자, 나쁜 사람이 있으므로 우리가 사회지도층이라 일컫는 검사, 판사, 의사, 성직자가 필요한 것이다. 치과의사는 오늘도 많은 이들의 치아 관련 질병을 예방하고 치료하기 위해 노력하지만, 만약 모든 치아 관련 질병을 낫게 하는 치약이 발견된다면 누가 제일 타격을 받을까? 그것은 치과의사다.

우리가 지구상에서 두 발을 딛고 서는 데 필요한 땅 크기는 얼마나 될까? 발바닥 크기만큼이면 충분한가? 직접 적으로 필요한 것은 발바닥과 맞닿는 면적뿐이라고 할 수도 있다. 하지만 그 외의 땅을 다 파버린다면 아무도 두 발로 서 있을 수 없다. 한 사람이 서 있기 위해서는 전 지구가 다 필요한 것이다. 이처럼 발바닥 크기만큼의 땅도 나머지 땅이 있어야 쓸모가 있다. '쓸모없는 것의 쓸모를 느낄 때 삶은 더 아름답다.' 『탈무드』에는 이런 글귀가 있다. "사람의 눈은 흰 부분과 검은 부분으로 이루어져 있다. 그런데 어째서 하느님은 검은 부분을 통해서만 물체를 보도록 만들었을까? 그것은 인생은 어두운 곳을 통해서 밝은 것을 봐야 하기 때문이다!"

들어와서 마음껏 뛰어노세요

예전에 뽀빠이 이상용 선생이 어린이재단 이사장을 할 때의 일화이다. 그는 어린이재단의 잔디밭에 다음과 같은 팻말을 세워놓았다고 한다. "어린이 여러분은 나라의 보배입니다. 잔디밭에 들어와서 마음껏 뛰어노세요" 그런데 오히려 '출입금지'라는 팻말을 세워 놨을 때보다 잔디가 거의 훼손되지 않았다고 한다.

창조는 편집이며 '최초의 생각'이다

'하늘 아래 완전히 새로운 것은 없다.' 정확히 표현하면 창조성은 '낯선 것들의 연결'이다. 문화심리학자 김정운 교수는 그의 저서 『에디톨로지(창조는 편집이다)』에서 "인간의 창조란 무에서 유를 만들어 내는 것이 결코 아니며, 기존의 그것들을 새롭게 재구성하는 데서 탄생한다."라고 주장한다.

한마디로 창조는 편집이다. 언젠가는 최고도 깨지고 최대도 깨진다. 그러나 최초는 영원하다. 우리는 미국, 일본, 중국이 못하는 걸 최초로 생각해 내야 한다. 이를 위해서는 늘 다르게 생각하기, 생각의 물구나무서기와 같은 역발상 훈련, 즉 새로운 생각의 관점을 갖는 생각 근육을 길러야 한다. 중요한 것은 '다르게 생각하기를 넘어, 다른 것(Something Different)을 생각하라!'이다.

쓰레기에서 위대한 예술작품으로

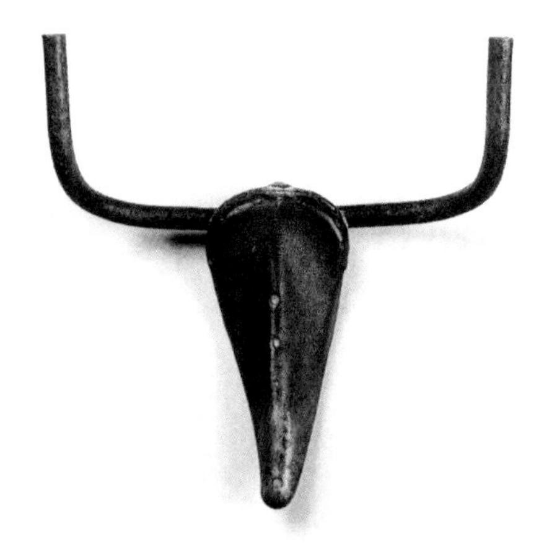

Pablo Picasso's Bull's Head. 1942.

20세기 현대 미술을 거론할 때마다 어김없이 언급되는 피카소는 창의성이 돋보이는 추상화 '우는 여인' 외에도 다양한 작품을 남긴 천재 예술가다. 그의 작품 중 '황소 머리'가 탄생하게 된 일화가 있다.

어느 날, 피카소는 파리의 길거리에 버려진 지 오래된 듯한 낡은 자전거를 발견했다. 유심히 자전거를 바라보던 그는 곧장 작업실로 가져가 자전거의 안장과 핸들을 떼어내곤 안장 위에 핸들을 거꾸로 붙였다. 이렇게 만들어진 조형물에 청동을 입히자 갸름한 안장은 황소의 얼굴처럼, 길고 구부러진 핸들은 황소의 뿔처럼 착각할 정도로 보였다. 피카소는 이 조형물을 완성한 후 '황소 머리'라는 이름을 붙이며 매우 흡족해했다. 이후 '황소 머리'는 피카소의 예술성과 독창성이 잘 드러난 것으로 평가받아 1990년대 런던 경매시장에서 293억 원이란 거액에 팔렸다.

"보잘것없는 쓰레기도 위대한 가능성을 지닌 예술품의 재료다."

- 피카소

관찰의 힘

잘 보는 능력

피카소는 추상화가로 유명하지만, 미술을 처음 배울 때는 세밀화를 사실적으로 그려내곤 했다. 미술 선생님이었던 피카소의 아버지는 피카소에게 비둘기 발만 반복해서 그리게 시켰다. "열여섯 살이 되자 나는 사람의 얼굴, 몸체 등도 다 그릴 수 있게 되었다. 그동안 비둘기 발밖에 그리지 않았지만, 어느 때는 모델 없이도 그릴 수 있었다." 이처럼 그는 한 사물을 관찰함으로써 다른 것들도 묘사할 수 있게 된 것이었다.

많은 화가 또한 "손이 그릴 수 없는 것은 눈이 볼 수 없는 것이다."라는 말을 믿고 있다. 어떤 화가는 5층에서 떨어지는 사람이 바닥에 완전히 닿기 전에 그것을 보고 그림으로 묘사하지 못하면 걸작을 남길 수 없다고 말하기도 했다. '빈센트 반 고흐(Vincent van Gogh)'의 목표는 뭔가를 써 내려가듯 쉽게 뭔가를 그리는 것이었고 자신이 본 것을 나중에 마음대로 재현할 수 있도록 '잘 보는 능력'을 갖는 것이었다. 고작 하루, 그것도 오후 나절 본 것만 가지고 완성한 고흐의 몇몇 명작을 보면 그가 원하던 능력을 성공적으로 갖게 되었음을 알 수 있다.

냄새나 맛도 관찰이다

관찰은 눈과 귀로만 하는 것이 아니다. 냄새나 맛도 관찰에서 중요한 역할을 한다. '베르나르 베르베르(Bernard Berber)'는 소설 『개미』에서 냄새 즉 페로몬을 가지고 대화를 하는, 그리고 어느 때는 자극적인 냄새를 풍기는 곤충들 간의 화학적인 의사전달과 자기방어 시스템에 관하여 썼다.

냄새는 의학적인 판단을 내리는데 단서가 되기도 한다. 이를테면 스트레스는 사람의 체취를 증가시킨다. 당뇨성 케토시스 환자의 경우 숨을 쉴 때 아세톤 냄새가 나며 신장 질환이 있는 사람은 숨을 쉴 때 암모니아와 유사한 합성물질로 인해 생선 냄새가 난다. 그러나 우리는 위험신호가 되는 이런 냄새 정보들을 대개는 무시한다. 맛도 진단에 이용될 수 있다. 고대의 의사들은 환자들의 고름과 오줌의 맛을 보는 실습을 했다. 당뇨 환자의 오줌이 달짝지근한 향과 맛이 난다는 것은 수천 년 전부터 알려진 사실이다.

그리지 못한 것은 보지 못한 것이다

많은 과학자 역시 관찰력을 기르는 방법의 하나로 미술을 들고 있다. 그들은 "그리지 못한 것은 보지 못한 것이다."라는 논지를 계속 반복하고 있다. 많은 의사도 이 의견에 전적으로 동의한다. 아주 오래전부터 화가들이 필수적으로 해부학을 공부했듯이 의사들도 미술을 공부해야 한다고 말한다. 그래야만 관찰 능력과 손기술이 늘어난다고 생각했기 때문이다. 환자의 얼굴에 나타나는 질병의 상태를 빨리 눈으로 파악하고 그것들을 얼마나 정확하게 묘사하느냐, 또 그러기 위해 손을 얼마나 잘 훈련하느냐는 정밀하고 안전하게 집도하는 능력과 직결되기 때문이다.

이러한 관찰 능력은 조선시대 초상화에도 잘 나타나 있다. 이태호의 『이야기 한국미술사』에는 조선시대 초상화는 '터럭 하나라도 닮지 않으면 다른 사람이다'라는 생각에 따라 치밀하게 묘사한 회화성을 뽐낸다고 쓰고 있다. 눈에 보이는 대로의 '진실성'을 가장 큰 미덕으로 삼아 생긴 대로 그렸다는 것이다. 천연두를 앓았던 흔적이나 검버섯 같은 피부 흠결까지도 놓치지 않았을 정도다. 미술애호가이자 피부과 의사인 이성낙 박사는 '조선시대 초상화에 나타난 피부 병변'을 연구해 발표함으로써 의학계의 주목을 받았다.

관찰은 어떤 것을 보이게 하는 것이다

또한, 관찰은 '보이는 것을 표현하는 게 아니라 어떤 것을 보이게 하는 것이다.' 김훈의 장편소설 『공터에서』는 미술학원 선생님이 등장하는데 그녀는 학생들에게 그림 그리기 전, 관찰 연습을 시킨다. 눈가리개를 하고 나무껍질, 잎사귀, 씨, 나무 열매, 조개 껍질 등 수십 가지의 물건들을 관찰하고, 냄새 맡고, 손으로 만져서 그것을 알아맞힌 후 그것을 그리도록 했다.

선택과 집중

사람들은 누구나 다 자기에게 익숙한 소리에 귀를 기울이고 눈길을 두기 마련이다. 온갖 잡음이 섞인 칵테일 파티에서도 자신의 이름을 부르는 소리는 들을 수 있는 능력 즉, 자신에게 의미 있는 특정한 정보만 선택적으로 받아들이는 현상을 '칵테일 파티 효과(Cocktail Party Effect)'라고 한다.

초원에서만 살던 한 인디언이 최고층 마천루 빌딩이 즐비하고 자동차와 사람들로 북새통을 이룬 뉴욕의 중심가를 걷고 있었다. 그런데 갑자기 풀벌레 소리가 난다며 길옆에 있는 건물 정원의 잔디밭으로 가서 풀벌레 한 마리를 잡아 왔다.

함께 길을 가던 사람들이 인디언에게 물었다.

"아무도 듣지 못했는데 어떻게 벌레 소리가 들리냐?"

그러자 인디언이 대답했다.

"나는 숲속 생활을 오래 했기 때문에 바람과 물과 새와 벌레 등 자연의 소리를 잘 들을 수 있습니다."

현대 사회에서 사람들이 점점 잃어가고 있는 것 중의 하나는 집중력이다. 수시로 울려대는 스마트폰, 현란한 광고의 물결, 인터넷에서 수시로 바뀌는 인기 검색어 등 주의를 현혹하는 것들이 많다. 오늘날 우리가 회복해야 할 인간의 지각 능력 가운데 가장 중요한 하나는 바로 '선택과 집중'의 능력이다. 이 선택과 집중이 바로 '관찰의 힘'을 기르는 방법이다.

관찰의 힘

이 이야기는 관찰의 힘이 얼마나 대단한지 소개하고 있다.

장사꾼 한떼가 사막에서 승려 한 사람을 만나 물었다.

"우리는 한 마리의 낙타를 잃었소. 혹시 그걸 못 보셨습니까?"

그러자 승려는 대답했다.

"그 낙타는 오른쪽 눈이 안 보이고 왼쪽 앞발은 절름발이에 앞니가 부러졌나요? 또 등의 한쪽에는 밀가루와 꿀을 지고 가고 있었나요?"라고 반문하였다.

그러자 장사꾼은 깜짝 놀라서 그 승려가 낙타를 감춘 줄 알고 재판정으로 끌고 갔다. 승려는 재판관 앞에서 말했다.

"길의 한쪽만 풀이 뜯긴 자국을 보고 오른 눈이 없다는 것을 알았고, 모래에 왼쪽 앞발의 자국이 다른 발자국보다 희미하게 나 있는 것을 보고 왼쪽 앞발이 절름발이란 걸 알았으며, 뜯긴 풀잎이 가운데가 남아 있으니 앞니가 부러진 증거 아니겠습니까. 또 길 한편에는 밀가루가, 다른 한편에는 꿀이 흘러 있어 밀가루와 꿀을 싣고 가는 줄 알았습니다. 그 낙타 앞뒤에는 사람의 발자국이 없으니 그 낙타는 누가 훔쳐 간 것이 아니라 길을 잃어 헤매고 있는 것으로 생각되어 빨리 찾아보라고 하였던 것입니다."

페르시아의 철인(哲人)이 어떻게 해서 그런 지식을 얻었느냐고 물었다. 그러자 승려는 대답했다.

"모든 것은 잘 관찰한 덕분이지요."

관찰로 미녀를 얻다

우리에게 『로미오와 줄리엣』으로 너무나 잘 알려진 세기의 미녀 올리비아 핫세(Olivia Hussey)가 결혼 후 토크쇼에 출연했을 때, 사회자가 물었다. "수많은 프러포즈를 받았을 텐데 어떻게 그 남자가 당신의 남편이라고 확신하셨나요?"

핫세가 갑자기 사회자의 눈을 가렸다.

"제 눈동자가 무슨 색인가요?"

대답을 못 하자 그녀가 말했다.

"그는 이 질문에 유일하게 답한 사람이에요."

함축과 비움의 미학

함축은 지혜다

나는 이 책을 쓰면서 줄일 수 있으면 최대한 줄였다. 처음에는 그야말로 왕창 썼다. 그런 다음 압축할 수 있는 데까지 압축했다. 그리고 다듬었다. 그것은 어떤 책을 참고할 때도 마찬가지다. 예를 들어 내가 쓰는 글에 '나무'가 언급됐다면 서점에서 나무와 관련된 모든 책을 본다. 내 글에 '글쓰기'에 대하여 쓰인다면 글쓰기에 관한 책을 며칠 동안 본다. 그리고 좋은 책은 사기도 하고 내용을 베껴온다. 어느 때는 몇십 권이 넘을 때도 있다. 그 내용을 모두 읽으면서 생각하고 또 생각하고 함축하고 함축한다. 그리고 다듬는다. 단 몇 줄이나, 한 페이지로 그리고 내 글에 첨부한다. 윈스턴 처칠은 말했다.

"5분짜리 얘깃거리를 가지고 온종일 떠들 수는 있지만, 말할 시간이 5분밖에 주어지지 않는다면 그것을 위해서 하루 동안 꼬박 준비해야 한다."

함축은 이런 것이다

다음은 함축의 극치를 보여주는 사례다.

프랑스 작가 '빅토르 위고(Victor Hugo)'가 출판사에 원고를 보낸 후, 반응이 궁금해서 이렇게 편지를 보냈다.

"?"

이에 대해 출판사에서 답을 보내왔다.

"!"

그 결과로 『레미제라블』이 탄생했다.

'줄리언 반스(Julian Barnes)'의 『예감은 틀리지 않는다』가 스웨덴의 '노벨문학상', '프랑스의 공쿠르상'과 더불어 세계 3대 문학상으로 알려진 영국의 '맨부커상(Man Booker Prize)'을 수상하자 수많은 작가와 평론가, 그리고 문학 에이전트들이 일제히 반발하고 나섰다. 무엇보다도 원문으로는 백오십 페이지밖에 되지 않는 분량 때문이었다. 그러자 반스 자신은 맨부커상 수상 시 다음과 같이 말했다.

"책 분량이 짧다는 일각의 지적이 있다는 것을 알고 있다. 하지만 수많은 독자가 나에게 책을 다 읽자마자 다시 처음부터 읽었다고 말했다. 고로 나는 이 작품이 삼백 페이지짜리라고 생각한다."

※ 우리나라에선 『채식주의자』라는 소설로 한강이라는 작가가 최초로 맨부커상을 받았다.

함축은 단순화이다

우리가 보고 싶은 영화를 선택할 때, 추상적이고 단순화된 영화 포스터를 고르는데, 이것은 바로 단순화라는 작업을 통해 만들어진다. 또한, 우리는 가전제품이나 자동차, 집 등을 선택할 때도 그것들의 모든 성능과 내용을 들여다보기보단, 함축된 단순화된 몇십 초짜리 광고를 보고 그것을 살지 말지를 결정하는 식으로 추상에 의존한다.

세상의 모든 지식은 한 줄로 정리할 수 있어야 내 것이 된다. 떠올려 보라. CF, 영화 제목, 보고서, 뉴스 헤드라인, 제품 홍보문구, 한 줄 넘는 것은 찾기 힘들다. 긴 설명은 기억하지 못한다. 한 줄로 요약하고 표현하는 힘이 내가 배운 것을 수입으로 이어지게 한다. 당신이 어떤 일을 하던 배운 것을 한 줄로 정리할 수 있어야 경쟁력을 갖는다. '단순화'는 추상화이며 함축이다. 글쓰기의 본질 또한 종이 위에 단어들을 늘어놓는 것이 아니라 불필요한 것들을 골라내고 버리는 데 있다.

철학적 사유의 방법 중에 '오컴의 면도날(Ockham's Razor)'이라는 것이 있다. 14세기 영국의 신학자이자 철학자였던 '윌리엄 오컴(William Ockham)'이 제시한 이론으로 "불필요한 가정은 면도날로 잘라내라."라고 이야기한 데서 유래한 것이다. 면도날로 잘라내듯 모든 가정을 도려낸 뒤 남은 순수한 것, 그것이 바로 본질이라는 것을 핵심으로 한다. 요컨대, 가장 단순한 설명이 가장 진리에 근접한 해석이라는 뜻이다.

단순함이 복잡함을 이긴다

모든 역사를 통해 단순함은 복잡함을 이겨왔다. ※마네의 그림이 그랬고 조립식 이케아(Ikea) 가구가 그랬으며 우리가 흔히 접하는 광고 카피들이 그렇다. 스티브 잡스가 평생 추구한 '단순함(Simplicity)'의 가치, 그리고 음악, 건축, 패션, 철학 등 여러 영역으로 확대되고 있는 '미니멀리즘(Minimalism)' 등도 같은 맥락이다. 단순함이란 쓸데없는 이것저것 다 떼고 난 후 만나게 되는 본질이란 강력한 세계다. 이는 채움보다 비움을 강조하는 불교 철학과도 통하며, 여백과 미를 구현하는 동양화와도 그 정신이 통한다.

"단순한 문제를 복잡하게 하는 데는 지식이 필요하고, 복잡한 문제를 단순하게 하는 데는 지혜가 필요하다."

※ 에두아르 마네(Edouard Manet): 프랑스의 화가. 인상주의의 아버지로 불린다. 그의 대표작 〈올랭피아〉는 침대와 매춘부, 흑인 하녀와 배경이 입체감 없이 하나로 붙어 있다. 그림을 보고 당시 비평가들이 마네의 실력이 형편없다고 비난하자 그는 말했다. "그림이 그려지는 곳은 평면이다." 그리고 덧붙였다. "단순함도 아름다운 것이다."

스티브 잡스의 단순함(Simplicity)

"단순화하라, 단순화하라, 단순화하라(Simplify, Simplify, Simplify.)" 애플의 마케팅과 커뮤니케이션팀이 일하는 사무실 복도의 벽에 크게 쓰여 있는 슬로건이다. 잡스는 '단순한 디자인이라는 핵심 요소가 제품을 직관적으로 쉽게 사용할 수 있도록 만든다.'라고 믿었다. 그가 신봉한 디자인 철학의 핵심은 '레오나르도 다빈치(Leonardo da Vinci)'가 말한 것으로 알려진 "단순함이란 궁극의 정교함이다."라는 말과 일맥상통한다. 이는 복잡성을 무시하는 게 아니라 그것을 극복함으로써 얻는 단순성을 추구한다는 뜻이다.

잡스는 제품의 전원 스위치마저 불필요한 것으로 간주했다. 사용하지 않으면 자동으로 동면 상태에 들어갔다가 사용자가 아무 버튼이나 누르면 다시 깨어나도록 만들면 되지 굳이 전원 스위치를 만들어 복잡하게 할 필요가 없다는 것이었다. '아이팟(iPod)'에서 전원 스위치를 제거한 것은 처음에는 사람들을 경악하게 했지만, 이후 애플 기기 대부분에 적용된 성공적인 원칙이 되었다. 이미 만들어져 있는 제품에 무엇을 추가하는 '플러스 디자인'이 아니라, 오히려 불필요한 요소를 제거하는 '마이너스 디자인'이 애플 디자인의 토대가 된 것이다.

스티브 잡스는 말했다. "단순함은 단지 하나의 시각적인 스타일이 아닙니다. 미니멀리즘의 결과이거나 잡다한 것의 삭제도 아니에요. 진정으로 단순하기 위해서는 매우 깊이 파고들어야 합니다. 예를 들어 무언가에 나사를 1개도 쓰지 않으려고 하다 보면 대단히 난해하고 복잡한 제품이 나올 수도 있습니다. 더 좋은 방법은 더욱 깊이 들어가 제품에 대한 모든 것과 그것의 제조 방식을 이해하는 겁니다. 본질적이지 않은 부분들을 제거하기 위해서는 해당 제품의 본질에 대해 깊이 이해하고 있어야 합니다."

절제와 비움의 미학, 미니멀리즘

'미니멀리즘(Minimalism)'은 '더 적은 것이 더 많다.' 또는 '작은 것이 아름답다'라는 심미적 원칙에 기초를 두고 있는 예술 경향으로 가장 단순하고 간결함을 추구하여 단순성, 반복성, 물성 등을 특성으로 절제된 형태 미학과 본질을 추구하는 콘셉트다.

인테리어 분야에서 주목받는 '미니멀 스타일(Minimal Style)' 역시 여백의 미를 자랑하며 혼자 사는 사람이나 집안을 쾌적하게 연출하고 싶은 사람들이 많이 활용하고 있다. 최소한의 가구들을 배치하여 공간을 꾸며주어 집이 더 넓어 보일 수 있고, 깔끔한 느낌을 줄 수 있다. 가장 단순한 모습을 추구하면서 절제의 미를 보여주는 인테리어 스타일의 하나였다고 알려졌다. 여유 있는 공간을 만들어주면서 소품이나 가구의 색상을 간소화하여 단조로운 공간에 포인트 소품을 활용해서 꾸며나가기 때문에 군더더기 없고 깔끔함을 연출할 수 있다는 장점이 있으며 최근에는 '절제와 비움의 미학'을 표현하는 데 많이 활용되고 있다.

비움과 여백

인간에게는 빈 공간이 필요하다. 그렇기에 진정한 쓰임새는 채우지 않고 비우는 데 있다. 『도덕경』의 한 문장은 이를 함축한다. "찰흙으로 그릇을 만드니 그 비어 있음에 그릇은 쓰임이 있다. 문과 창을 뚫어 집을 만드니 그 비어 있음에 쓰임이 있다. 있음은 편리함이 되고 없음은 쓸모가 된다."

모름지기 살아간다는 것은 가득 채워져 더 들어갈 수 없는 상태가 아니라 비워가며 닦는 마음이다. 그리고 여백은 풍류다. 화폭에만 여백이 필요한 것이 아니라 인생에도 여백이 필요하다. 여백을 통하여 '절제와 함축의 아름다움'이 살아난다.

야율초재의 '비움의 철학'

'칭기즈칸(테무친, 철인이라는 뜻의 이름)'이 세계를 제패할 수 있었던 데는 '야율초재(耶律楚材)'라는 책사가 있어 가능했다. 다음은 야율초재가 추구했던 경영철학이다. "하나의 이익을 얻는 것이 하나의 해를 제거하는 것만 못하고, 하나의 일을 만드는 것은 하나의 일을 없애는 것만 못하다."

예컨대 건강을 위해서는 보약을 먹는 것보다 몸에 해로운 음식을 삼가는 것이 중요하고, 근육을 키우는 것보다 시급한 것은, 불필요한 살을 제거하는 것이며 누군가를 사랑한다면 그 사람이 원하는 것을 들어주기에 앞서 싫어하는 것을 하지 말아야 한다. 진정한 행복을 원한다면 욕망을 채우려 하기보다 욕심을 제거하는 쪽이 훨씬 현명한 선택이고, 장점을 추가하는 것보다 시급한 것은 치명적인 단점을 제거하는 것이며 내 삶이 허전한 것은 무언가 채워지지 않았기 때문이 아니라 여전히 비우지 않고 있기 때문이다. 현명한 사람은 보탬을 추구하기보다 제거함을 추구한다. 그렇기에 우리는 '무엇을 채울까'를 생각하기에 앞서 '무엇을 비울까'를 생각해야 한다.

묘비명과 백비

'벤저민 프랭클린(Benjamin Franklin)'은 1706년 미국의 한 청교도 집안에서 태어났다. 그는 제대로 된 교육을 받지는 못했지만, 독학으로 다양한 분야의 지식을 쌓았다. 열두 살 때 인쇄소에서 일하기 시작했으며, 1730년에는 '펜실베이니아 가제트(Pennsylvania Gazette)지'의 경영을 맡게 되었다. 그때 그가 펴낸 『가난한 리처드의 달력』은 엄청난 인기와 함께 성경 다음으로 많이 읽히는 베스트셀러가 되었다.

위대한 교육가이자 과학자이며 정치가였던 벤저민 프랭클린은 1790년, 생을 마감했다. 그는 화려한 경력에서 불구하고 자신의 묘비에 단지 이 글자만 남기도록 했다. '인쇄인 프랭크인'. 미국 최고액권인 100달러짜리 지폐에는 벤저민 프랭클린의 초상이 새겨져 있다.

비문에 아무 글자도 쓰지 않은 비석을 '백비(白碑)'라고 한다. 전남 장성군 황룡면에 조선시대 청백리로 이름난 '아곡(我谷) 박수량'의 백비가 있다. 그는 전라도 관찰사 등 높은 관직들을 역임했지만, 어찌나 청렴했는지 돌아가신 후에 그의 상여를 메고 고향에도 가지 못할 만큼 청렴하게 살아왔다. 이에 명종이 크게 감동하여 암석을 골라 하사하면서 "박수량의 청백을 알면서 빗돌에다 새삼스럽게 그가 청백했던 생활상을 쓴다는 것은 오히려 그의 청렴을 잘못 아는 결과가 될지 모르니 비문 없이 그대로 세우라"고 명하여 '백비'가 세워졌다 한다. 이는 돌에 새길 비문 대신 모든 사람의 마음속에 박수량의 뜻을 깊이 새겨 후세에 전하고자 한 것이다.

절제와 함축의 시

나태주의 '풀꽃'

자세히 보아야 예쁘다

오래 보아야 사랑스럽다

너도 그렇다

※ 절제와 함축의 극치를 보여주는 시다. 더는 어떤 설명도 말도 필요 없는 단 3줄의 시.

문인수의 '하관'

이제, 다시는 그 무엇으로도 피어나지 마세요

지금, 어머니를 심는 중

※ 문인수 시인의 '하관'이라는 시에서는 어머니 시신을 모신 관이 흙에 닿는 순간을 바라보며 '묻는다'라는 말 대신 '심는다'라고 표현한다.

신영복의 '처음처럼'

처음으로 하늘을 만나는 어린 새처럼

처음으로 땅을 밟고 일어서는 새싹처럼

※ 소주 '처음처럼'의 글과 그림 원작자 故신영복 교수의 '처음처럼'

장석주의 '대추 한 알'

대추가 저절로 붉어질 리는 없다

저 안에 태풍 몇 개, 천둥 몇 개, 벼락 몇 개

시인과 촌장의 '풍경'

세상 풍경 중에서 제일 아름다운 풍경

모든 것들이 제자리로 돌아가는 풍경

※ 가수 시인과 촌장은 '풍경'에서 위와 같이 노래했다. 이 노래는 이 가사가 전부며 이 가사만 반복된다.

안도현의 '너에게 묻는다'

연탄재 함부로 발로 차지 마라

너는

누구에게 한 번이라도 뜨거운 사람이었느냐

※ 전교조 해직교사인 안도현 시인의 '너에게 묻는다'라는 시다. 시는 마침표, 쉼표, 느낌표, 조차도 생략했다.

나쓰메 소세키의 '홍시여'

홍시여, 이 사실을 잊지 말게

너도 젊었을 때는 무척 떫었다는 걸

※ 일본 최초의 근대 문학가이자 메이지 시대의 대문호로, 근현대 일본 문학의 아버지로 추앙받는 '나쓰메 소세키(夏目漱石, Natsume Soseki)'의 '홍시여'라는 시(하이쿠)다. 안도현의 '너에게 묻는다'라는 시에 답변하고픈 시다.

한 줄도 너무 길다. 일본의 '하이쿠'

너무 울어 텅 비어버렸는가

이 매미 허물은

※ 마쓰오 바쇼(松尾芭蕉, Matsuo Basho): 에도시대의 하이쿠 시인. 하이쿠의 성인(俳聖, 배성)으로 칭해질 정도로 일본 하이쿠 역사의 최고봉으로 손꼽히고 있다. '하이쿠(俳句)'는 5, 7, 5의 3구 17자로 된 일본 특유의 짧은 시를 말하며 특정한 달이나 계절과 자연에 대한 시인의 인상을 묘사하는 서정시다.

장 콕토의 '귀'

내 귀는 소라껍질

바다소리를 그리워하네

※ 장 콕토(Jean Cocteau): 프랑스의 시인, 소설가, 극작가, 영화감독이며 칸 영화제의 상징 '황금종려상' 엠블럼도 그가 디자인했다.

연안 박지원의 '극한(極寒)'

북악은 높게도 깎아지르고

남산은 소나무가 새까맣다.

솔개 지나가자 숲은 오싹하고

학이 울고 간 하늘은 새파랗다.

※ 정조대의 문호 연암(燕巖) 박지원이 몹시도 추운 어느 겨울날 서울 풍경을 묘사한 한시다. 제목이 극한, '되게 추운 날'이지만 춥다는 글자 하나 쓰지 않았다. 하지만 시를 읊기만 해도 춥다. 너무 추워 아무도 돌아다니지 않는 적막한 겨울 풍경이 느껴진다.

이봉의의 '후회 없는 죽음'

나 이제 가도 되겠지!

자네도 이제 곧 따라와

※ 한세상을 풍미하며 살다 88살에 죽음을 맞이한, 한 노신사가 자녀들과 배우자에게 마지막으로 남긴 말이라고 한다.

이재영의 '경호무술'

겨루지 않는다

맞서지 않는다

그리고 상대를 끝까지 배려한다.

※ 경호무술을 창시하여 보급해 온 지 30여 년, 이 글은 경호무술이 추구하는 철학이자 기술이다.

절제와 기다림의 미학

절제와 기다림의 미학

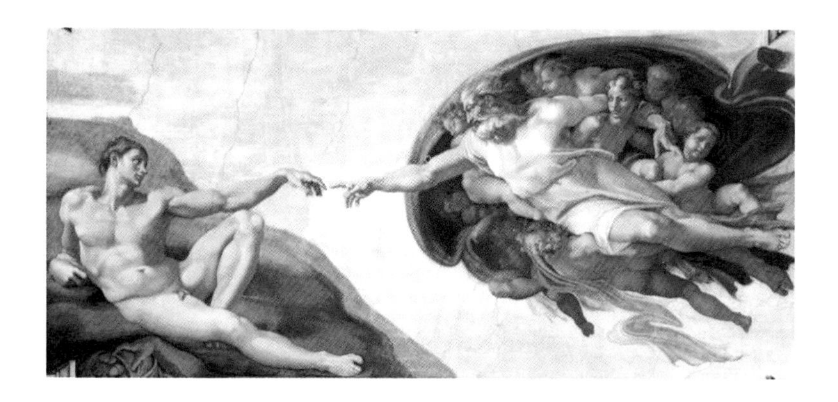

미켈란젤로의 가장 유명한 대 걸작품은 '시스티나 성당(Cappella Sistina)'의 천장벽화다. 그가 그린 〈천지 창조〉에서 하나님과 아담이 서로를 향해 손가락을 뻗고 있다. 하나님은 아담 쪽으로 등을 굽혀 기대어 계시고 그분의 손끝이 아담의 손에 거의 닿을 것 같은 모습이다. 바로 그 하늘의 손길이 인간의 손을 향해 뻗는다. '왜 미켈란젤로는 아담의 손을 15cm만 더 길게 뻗어 하나님과 친밀하게 손을 마주 잡은 모습을 그리지 않았을까?'

시스티나 성당의 천장 그림을 완성한 후 미켈란젤로는 스케치북 한쪽에 다음과 같은 글을 적었다. "안코라 임파로!(Ancora imparo!)" 이탈리아어로 '나는 아직 배우고 있다.'라는 뜻이다. 그 당시 그는 87세였다.

절제와 기다림을 열정으로

나는 도장에 등록하는 수련 회원에게 3개월간 미트를 건드리지 못하게 한다. 그 수련생은 도장에 등록하는 첫날부터 미트를 치거나 차고 싶어 한다. 그것은 시간이 더할수록 더하며 나중에는 미치도록 미트를 치고 싶어 한다. 그리고 석 달째 되는 날, 그 수련생은 신들린 듯이 미친 것처럼 미트를 차고 때린다. 나는 미트를 치기 시작한 수련생에게 3개월간 샌드백을 건드리지 못하게 한다. 그는 미치도록 샌드백을 치고 싶어 한다. 나는 샌드백을 치기 시작한 수련생에게 3개월간 자유대련(자유 연무던지기)을 시키지 않는다. 그는 미치도록 대련을 하고 싶어 한다.

이 '절제와 기다림의 미학'이 가장 표현이 잘된 예가 바로 일본의 고전극 '가부키(歌舞伎)'이다. 가부키에서 감정이 고조되는 순간의 정점에서 취하는 정지 자세를 '미에(見得)'라고 한다. 오히려 이 정지 자세, 즉 미에 가 가부키를 더 격정적으로 보이게 한다. 그리고 기다림은 사랑하는 정도다. 처음 연애할 때는 1시간, 2시간, 아니, 온종일 상대를 생각하고 기다리며 그것조차 즐거웠는데, 시간이 흐르면 이제는 1시간이 아닌 조금의 시간도 못 참고 상처 주는 말을 하게 된다.

한국의 건축철학, '툇마루'

한국의 건축문화 중, 이 절제와 기다림의 미학이 숨겨진 곳이 바로 툇마루다. 정식 마루가 아닌 방과 마당 사이에 좁게 만든 마루가 툇마루다. 사람들이 남의 집에 오자마자 신발 벗고 안으로 들어가기 불편할 때, 신을 신은 채로 이 툇마루에 앉아서 대화하다가 마음이 열리면 신을 벗고 방으로 들어간다. 이것이 한국의 건축 철학이며 주인과 손님을 모두 배려한 공간이다. 누군가 찾아왔을 때 바로 들어오라고 하지 않아도 되고, 상대방도 바로 들어오기 어려울 테니 한숨 쉬었다가 들어올 수 있는 공간, '사람 마음에도 툇마루가 있으면 얼마나 좋을까?'

글쓰기에도 이 절제와 기다림의 필요하다

쓰고 싶은 글을 쓰지 않고 기다리다 보면 미치도록 글이 쓰고 싶어지고 그것이 기억에서 지워질까 봐 메모하고 함축하게 된다. 그런 과정이 길어지다 보면 나중에 '절제와 함축'을 통화여 지혜의 샘물이 샘솟는다. 일본에 '구로사와 아키라(黒澤明, Kurosawa Akira)' 영화감독은 어느 날, 기자로부터 이런 질문을 받았다.

"당신 최고의 걸작은?"

그러자 그는 말했다. 그는 이 일화 때문에 더 유명해졌다.

"다음 작품이다!"

기다림을 배워라

기다리지 못하는 사람에게 기다림은 죽은 시간이다. 하지만 모든 농부는 자연스럽게 익는 사과가 가장 맛있다는 것을 알고 있다. 그렇기에 기다림은 특별하고 매력적인 시간이다. 모든 꽃 과일들도 기다림이 선사한 것이기 때문이다. 봄날 나무가 꽃봉오리를 여는 순간은 짧다. 그러나 그 순간을 기다려온 나무들과 정성은 오래 묵은 것이다. 눈에 보이는 나무가 한 그루라면 땅속에서 언젠가 자신의 본 모습을 드러내기를 열망하며 기다리는 새싹은 100그루 이상 살아 숨 쉬고 있다. "기다림은 만남을 약속으로 하지 않아서 좋다. 인생에서 중요한 것은 인내가 아니라 기다림이다."

게으름과 노는 것도 경쟁력이다

게으름에 대한 찬양

'버트런드 러셀(Bertrand Russell)'은 자신의 저서 『게으름에 대한 찬양』에서 게으름에 대하여 다음과 같이 쓰고 있다. 앞으로는 '노는 인간의 시대'가 올 거라고 일은 인공지능을 갖춘 기계에 맡겨놓고 인간은 게으름과 여유로운 일상을 누려야 한다고 말한다. 또한, 놀아야 한다면 잘 놀아야 한다고, 미친 듯이 일만 하는 사람에게 창의성을 기대하기란 힘들며, 일을 놀이처럼 하는 사람이 창의성도 뛰어나다고, 그러면서 앞으론 게으름을 찬양할 수 있는 시대가 왔으면 좋겠다고 말한다. 그런 시대에는 시키는 일만 하는 사람보다 (지금 교육은 정확히 그런 사람만 만든다) 하고 싶은 일을 찾아 즐겁게 하고 사는 사람이 분명 더 행복한 삶을 살 것이라고 주장한다.

얼마 전 한 TV 교양프로그램 강의에서 다음과 같은 이야기를 하는 것을 들은 적이 있다. "게으름도 경쟁력이다. 뉴턴은 만유인력의 법칙을 발명했다. 그가 얼마나 게을렀으면 사과나무 밑에서 사과나무가 떨어지기를 기다렸겠냐! 아리스토텔레스가 얼마나 게을렀으면 물방울 떨어지는 것을 한없이 보고 있었겠냐! 리모컨이 발견된 계기는 게으름의 극치이다!"

'서머셋 모옴(William Somerset Maugham)'의 『과자와 맥주』라는 책에는 한 여자 인물을 다름과 같이 요사했다. '그녀는 아무것도 하지 않을 수 있는 능력을 갖추고 있었다.'

디오게네스의 게으름?

알렉산드로스(알렉산더) 대왕은 인도를 정벌하러 가는 도중에 그리스의 유명한 철학자 디오게네스를 방문하였다. 한겨울의 아침나절이었고 바람이 찼다. 디오게네스는 강둑의 모래 위에 비스듬히 누어서 일광욕을 즐기고 있었다. 한 나라의 대왕과 철학자의 만남, 세속적으로 볼 때 이 두 사람의 만남은 특이한 만남이었다. 그것은 가장 많이 가진 자와 가장 적게 가진 자의 만남이었다.

알렉산드로스대왕은 디오게네스를 만나자마자 말했다. "선생, 난 당신한테 감동하였소이다. 그래서 당신을 위해 뭔가 해드려야 하겠소이다. 뭘 해드리면 좋겠소? 당신이 원하는 모든 것을 해드리리다."

알렉산드로스의 위의 표현은 겉으로는 한껏 겸손하였으나 내면에는 우월감과 자만심이 가득 차 있는 것이었다. 그러자 디오게네스는 대답했다. "아~, 조금만 옆으로 비켜 서주셨으면 합니다. 햇빛을 가리고 계시니, 그뿐입니다."

방향을 잃은 열정은 게으름보다 더 무섭다

무엇을 위한 부지런함인가? 일상을 그저 지루한 일이나 노력의 연속만이어서는 안 된다. 부지런함은 미덕이지만 무엇을 위한 부지런함인지가 더욱 중요하다. 그저 바쁜 사람은 위험에 처한 사람이다. 단순반복적인 일, 즉 기계가 대신할 수 있는 사람 또한, 매우 위험하다. 그가 진정 성실한 사람이라고 해도 그렇다.

남아프리카에서는 오후 5시가 되면 회사의 모든 시스템이 멈춘다. 더는 일을 할 수 없다. 다른 회사들도 모두 그렇다. 오늘 처리하지 못한 일을 내일 하자는 의미의 '마냐나(Manana) 문화' 때문이다. 마냐나는 스페인어로 '내일' 또는 '나중에'를 뜻한다. 스페인 특유의 "내일은 내일의 태양이 뜬다."라는 여유로운 문화가 반영된 것이다. 그것은 북유럽이나 선진국일수록 두드러진다. 마냐나 문화는 단순히 일을 미루라는 뜻이 아닌, 5시 이후에는 여가 생활을 하면서 자기계발을 하고 가정에 충실 하라는 것을 의미한다.

지금 우리에게 필요한 것은 이러한 휴식을 즐기는 지혜이다. 한국회사는 일을 많이 하지 않는다. 다만 오래 할 뿐이다. 일할 때는 일하고 쉴 때는 쉴 수 있어야 한다. 그래야 나도 지키고 회사며 가정도 지킨다. 우리의 하루는 어떤가? 차분히 창밖 볼 시간도 없이 식사하면서도 일 이야기, 퇴근 후에도 휴대전화로 업무를 지속하고 있지는 않은가? 휴가 때도 어떻게 하면 더 알차고 바쁘게 보낼지 빽빽하게 스케줄을 잡는다. 이런 분주한 삶이 과연 성공적인 삶일까? 현대인들은 효과적으로 일하는 데는 능숙하지만 쉴 줄 모르는 사람이 많다. 우리 일상은 늘 긴장의 연속이다. 멈추고 싶을 때 멈추고, 쉬고 싶을 때 쉴 줄 아는 것도 능력이다. "방향을 잃은 열정은 게으름보다 더 무섭다."

유대인들의 위대함은 휴식에 있다

유대인이 노벨상 23~30%를 휩쓰는 비결은 그들의 독특한 교육방식인 '대화와 토론'에 있다. 하지만 이보다 더 중요한 것은 노동에 관한 특별한 가치관에 있다. 유대인들의 핵심 가치는 열심히 일했으면 일주일에 하루는 무조건 쉬어야 한다는 것이다. 그래서 '안식일'이란 제도가 있다.

7일에 하루, 안식일에는 아무것도 해서는 안 되고 무조건 쉬어야 한다. 또한, 7년째 되는 해는 '안식년'이라 하여 직장도 그만두고 무조건 쉬어야 한다. 그렇다고 안식일과 안식년만 있는 것이 아니다. 7년식 7년 일하면 49년이 되고 50년이 되는 해는 '희년'이라고 하여 자연도 쉬어야 한다. 이해에는 농사도 지으면 안 된다. 그리고 이때까지 길렀던 농작물이나 과실들도 수확하지 않고 쉬기 때문에 거지들과 가난한 사람들이 따 먹는다고 한다. 이 해에는 감옥의 죄수들도 다 풀어주고 법과 제도도 다 풀고 다시 시작한다고 한다. 이런 노동과 휴식에 관한 철학이 있었기 때문에 유대인이 위대한 것이다.

인간의 가장 창의적인 아이디어는 언제 나올까? 그것은 바로 쉴 때 나온다. 그럼 반대로 인간이 가장 창의적이지 못할 때는 언제일까? 그것은 바로 아주 열심히 일할 때이다. 한국 사회에는 '휴식과 재미'라는 가치를 너무 무시했기 때문에 창의성 있는 사람이 나오기가 힘든 것이다. 의미 있는 삶을 살기 위해서는 일을 열심히 하는 것도 중요하지만 그 나머지 시간, 여가를 어떻게 보내는지가 더 중요하다.

"서양인은 여가의 절반을 여행하는 데 쓰고, 나머지 절반은 책을 읽는 데 쓴다. 한국인은 여가의 절반을 술 마시는 데 쓰고, 나머지 절반을 술 깨는 데 쓴다."

사람은 언제 자랄까?

사막에서 새 풀을 찾아 쉴 새 없이 달리는 양들은 잠잘 때와 쉴 때만 제 뼈가 자라고, 푸른 나무들은 겨울에만 나이테가 자라고, 꽃들은 캄캄한 밤중에만 그 키가 자라며 사람도 바쁜 마음을 멈추고 읽고, 꿈꾸고, 생각하고, 돌아볼 때만 그 사람이 자란다.

게으름과 느림의 미학

세상이 참 빠르게 변해가고 있다. 디지털시대라 그런지 점점 더 빨라지고 있으며 그렇게 세상이 빠르게 변할수록 자기 자신만 그 변화의 속도에 적응하지 못하면 뒤처지는 것처럼 느껴진다. 나만 뒤처진다는 불안감은 마음은 더 다급해지게 하고 그러다 보니 더욱 서둘게 되며 그렇게 우리는 실수를 하게 되다. 결국은 더 뒤처지는 결과만을 초래한다. 그런데도 세상이 빠르게 변해간다고 그 빠름에 익숙해져야 할까? 정호승 시인의 산문집 『위안』에는 이런 구절이 있다.

"느림은 게으름이 아니고 빠름은 부지런함이 아니다. 느림은 여유요, 안식이요, 성찰이요, 평화이며 빠름은 불안이자 위기이며, 오만이자 이기이며, 무한경쟁이다. 땅속에 있는 금을 캐내 닦지 않으면 금이 없는 것이나 마찬가지다. 내 마음속에 있는 서정의 창을 열고 닦지 않으면 창이 없는 것이나 마찬가지다."

19세기 영국의 지성을 이끈 '존 러벅(John Lubbock)'은 성공적인 은행가이자 영향력 있는 정치가였으며 동시에 괄목할 만한 인류학자 겸 곤충학자였다. 그렇게 누구보다 바쁘게 살아왔던 그도 『성찰(省察)』에서 다음과 같이 쓰고 있다.

"휴식은 게으름과는 다르다. 여름날 나무 그늘 밑 풀밭 위에 누워 속삭이는 물소리를 듣거나 파란 하늘에 유유히 떠가는 구름을 바라보는 것은 결코 시간 낭비가 아니다."

물론 나태한 삶을 살자는 것은 아니다. 간혹 게으름을 핑계로 잠시 휴식을 취하면서 인생을 한 발짝 뒤로 물로 서서 때론 뒤를 돌아보는 여유를 가지는 것은 어떨까? 그렇게 휴식을 취하며 에너지를 재충전하면서 자기 인생의 목표를 재점검하고 그에 맞는 계획을 세우는 그것 또한 세상을 살아가는 또 하나의 지혜다. "우리는 일찍 일어난 부지런한 새가 벌레를 잘 잡아 먹는다."라고 말한다. 하지만 '일찍 일어난 벌레는?'

능률의 비결

어느 마을에 성실하기로 소문난 두 나무꾼이 장작을 패러 산에 함께 갔다. 두 사람은 똑같은 도끼를 가지고 반나절 동안 나무를 베었는데 어찌 된 일인지 서로 쌓인 장작의 짐이 달랐다. 이렇게 차이가 나게 된 이유는 바로 두 사람의 일하는 방법의 차이였다. 한 나무꾼은 쉬지도 않고 계속 나무를 베었고 나머지 나무꾼은 1시간 나무를 벤 후 10분 쉬기를 거듭했다. 그런데 나중에 결과를 보니 쉬지 않고 일한 나무꾼보다 10분씩 쉬며 일한 나무꾼이 더 많은 나무를 가지고 있었던 것이었다.

이를 보고 쉬지 않고 일했던 나무꾼이 의아해하며 물었다.

"쉬지도 않고 일한 나보다 어떻게 더 많은 나무를 벨 수 있었지?"

"간단하네, 나는 10분 쉬는 동안 도끼날을 갈았다네!"

최고의 카레이서는 엔진보다는 브레이크에 더 관심을 둔다고 한다. 멈출 때 멈출 수 있어야 맘껏 스피드를 낼 수 있기 때문이다.

노동 중심의 사회에서 '재미와 행복' 중심의 사회로

서양에서 300년 동안 이루어 놓은 근대화 과정은 우리는 50년 만에 이뤄냈다. 이것은 역사상 유례가 없다. 또한, 독일에선 라인강의 기적을 한강의 기적과 비교하면서 라인강의 기적이 대단한 것처럼 말하지만, 독일은 세계 1차대전과 2차대전을 일으킨 전범 국가다. 잠수함을 만들고 탱크를 만들었던 어마어마한 기술이 있었던 나라다. 그러나 우리는 보릿고개도 못 넘기는 아무것도 없던 나라였다. 그런 나라에서 50~60년 만에 독일과 맞먹는 나라가 된 것이다. 하지만 그건 여기까지다. 이제 세상이 바뀌었다. 한 시대를 발전시켰던 역사의 동력은 그다음 시대에 가면 역사의 발목을 잡는다고 한다. 이것을 역사의 변증법이라고 한다.

그렇기에 "영웅은 일찍 죽어야 한다."라고 한다. 왜냐면 젊었을 때, 영웅이 되기 위하여 만들어졌던 동력이 그 사람이 늙으면 독재자나 반역자로 만들게 된다는 것이다. 독일에 나치가 나온 이유도 이와 같다. 독일의 계몽주의와 유럽의 이성, 합리주의가 유럽을 크게 발전시켰지만, 그다음 시대의 동력에 방해됐기 때문이다. 즉 바꿔야 할 때, 바꾸지 못한 것이다. 그러면서 그것이 이상한 형태로 나타났는데 그 최악의 형태가 바로 나치다. 이것은 독일 역사학자들의 해석이다.

이렇듯 근면과 성실 인내하는 노동의 가치가 우리나라를 이렇게 발전시켰지만, 이제는 우리의 발목을 잡고 있다. 이것이 우리의 가장 큰 문제다. 그렇기에 이제는 세상이 바뀐 만큼 우리도 변해야 한다. 그것은 바로 '근면, 성실, 인내의 노동 중심의 사회'에서 바로 '재미와 행복 중심'의 사회'로 가는 것이다.

21세기의 키워드는 '재미와 행복'

20세기는 노동 중심의 사회였다. 노동이 가치를 만들어냈다. 그냥 참고 인내하며 열심히만 일하면 생산이 되었다. 하지만 21세기는 지식 기반의 사회다. 재미와 행복이 가치를 만들이 낸다. 이 재미와 행복이

국가 경제를 움직이는 가장 강력한 원동력이 된다. 그렇기에 앞으로의 사회는 놀면서 일하는, 그리고 일을 놀이처럼 하는 사람이 창의성을 갖게 되고 성공하게 된다.

21세기에 가장 불쌍한 사람은 근면, 성실하기만 한 사람이다. 이제는 근면 성실한 사람은 살아남기가 힘들다. 그럼 어떤 사람들이 살아남을까? 사는 게 재미있는 사람이다. 바로 창의적인 사람이다. 우리는 빗자루를 보면 바닥을 쓸 생각만 한다. 무의식적으로 우리에 관습이 그래왔다. 하지만 어린아이들은 그것을 가지고 칼싸움을 하고, 기타를 친다. 그리고 타고 날 생각을 하기도 한다. 왜냐면 어린아이 그들에 관심사는 오롯이 '재미'이기 때문이다. 아무리 로봇, AI가 발전해도 그들은 '재미와 행복'을 느끼지 못한다. 재미와 행복. 바로 그것이 사람을 사람답게 만든다.

사람은 책을 만들고 책은 사람을 만든다

책 고르기

나는 유명한 대문호, 작가, 시인들로부터 책을 추천받는다. 책을 고를 때 먼저 유명 작가의 책을 읽으면서 그 책에 인용되거나 소개된 책을 구해서 읽는다. 유명한 작가가 인용한 책이기 때문에 그만큼 검증과정을 거친 것이나 다름없다. 한 권의 책에 인용되거나 소개된 책이 수십 권에 이를 때도 있다. 어떤 때는 한 작가에게 '필(Feel)'이 꽂히면 그가 쓴 모든 책을 읽기도 한다. 그렇게 작가 한명 한명을 알아 갈 때마다 색다른 책 읽기의 재미를 느낀다. 그런 작가 중에는 고인이 되신 분들도 있고 현재 왕성하게 활동하는 작가도 있다. 나는 그렇게 대문호, 작가, 시인들로부터 책을 추천받아 동서양의 고전을 읽었고 현대소설, 시, 수필 등을 읽는다. 그리스 로마신화를 읽었고, 논어, 채근담, 노자, 정관정요 등을 읽었으며 몽테뉴, 앙드레 지드, 무라카미 하루키, 안톤 체호프 등을 알게 되었다.

책을 읽는다는 것은 한 첩의 보약을 달여 먹는 것과 같다고 그렇기에 읽기 싫거나 이해하기 어려운 책은 일부러 반복해서 읽어야 한다고들 말한다. 몸에 좋은 약이 쓰다는 말처럼. 하지만 나는 말하고 싶다. "정말 읽기 싫으면 읽지 마라. 책 읽기는 재미있어야 한다." 그리고 그렇게 책 한 권, 한 권을 읽을 때마다 나는 새로운 문을 하나하나 열어간다는 기분이 들었다.

책 읽기

책 읽기는 파도타기와 같다. 영화에서 파도 타는 모습을 보면 기가 차게 멋있어 보인다. 하지만 처음 파도타기를 하면 잘못 타니까 물만 먹으면서 괴로워한다. 그런데 어느 순간부터 파도를 제대로 타기 시작하면 그 재미에 흠뻑 빠져 파도를 느끼는 경지에 이른다. 패트릭 스웨이지 주연의 영화 〈폭풍 속으로〉 처럼.

책 읽는 방법

먼저 속독으로 전체를 빠르게 읽는다. 전체 맥락을 파악하고 저자의 집필 의도를 알 수 있다. 나무가 아닌 숲을 보는 방법이다. 다음은 정독하면서 천천히 읽는다. 단락과 단락 간의 글을 세심하게 살피면서 이해가 안 되는 부분은 반복하여 읽는다. 숲이 아닌 나무를 보는 방법이다. 그다음은 글을 읽으면서 주석을 달거나 메모하면서 읽는다. "진정한 모방은 베끼는 것이 아닌 훔쳐 오는 것이다."라는 말처럼 글을 자기 것으로 만드는 과정이다. 좋은 나무를 골라 베어오는 방법이다. 그 나무를 땔감으로 쓸지, 가구를 만들지는 집을지는 나무꾼의 몫이다.

책을 읽을 때, 남의 책을 빌려보는 것처럼 깨끗하게 보는 사람들이 많다. 하지만 진정으로 내 것으로 만들고 싶다면 펜을 들고 읽어야 한다. 새겨둘 내용이 눈에 띄면 밑줄을 긋고 인상적인 부분은 별표나 느낌표를 동원해 느낌의 강도를 확실하게 남겨둔다. 또한, 이해가 안 되는 부분에는 '의문부호'들을 표시하고 틀렸다고 생각되는 부분이 있다면 과감하게 '×'표를 긋고 그보다 더 좋은 내용이 있다면 여백에 적어둔다. 그렇게 하면 남이 쓴 책을 읽는 것이 아니라 공동 저자로 자신이 쓴 책을 읽은 기분을 맛보게 될 것이다.

"한 권의 책은 수십만 개의 활자로 이루어진 숲인지도 모른다. 숲을 단숨에 내달리기보단, 이른 아침 고즈넉한 공원을 산책하듯이 천천히 거닐어야 한다. 읽는 것보다는 느끼는 것이 낫고, 느끼는 것보다는 깨닫는 것이 낫다."

※ 피카소 어록 "저급 예술가는 베끼고(Copy) 고급예술가는 훔친다(Steal)."

책은 연애편지를 읽듯이

나는 사람들이 별도의 독서법을 배우지 않아도 글을 어떻게 읽어야 하는지 알고 있다고 믿는다. 그 이유는 '연애편지'와 '문자'에 있다. 연애편지는 적어도 한 번 이상 읽어본 사람이라면 최고 수준의 글 읽기가 무엇인지를 스스로 경험했다고 본다. 스스로 그것을 인식하지 못하더라도 말이다. 특히나 연애하는 사람과 문자를 주고받을 때, 글자 하나하나 마침표 쉼표하나 그리고 애매한 글자에도 민감해진다. '모티머 J. 애들러(Mortimer J. Adler)'는 『독서의 기술』에서 연애편지를 읽는 것에 대해 다음과 같이 쓰고 있다.

"사랑에 빠져서 연애편지를 읽을 때, 사람들은 자신의 실력을 최대한으로 발휘하여 읽는다. 그들은 단어 하나하나를 세 가지 방식으로 읽는다. 그들은 행간을 읽고 여백을 읽는다. 부분적인 관점에서 전체를 읽고 전체적인 관점에서 부분을 읽는다. 문맥과 애매함에 민감해지고 암시와 함축에 예민해진다. 말의 색채와 문자의 냄새와 절의 무게를 곧 알아차린다. 심지어 구두점까지도 그것이 의미하는 바를 파악해 내려 한다."

글 속에 숨겨진 상대의 마음을 읽는 것

연애편지(문자, 카톡, SNS 포함)를 읽어 본 사람은 쓰인 것을 통해 쓰이지 않은 것을 읽는 법, 부분과 전체를 함께 파악하는 법, 그리고 애매한 표현 속에 감추어진 메시지나 그 풍요로운 함의를 유추하는 법을 이미 알고 있다. 연애편지를 읽어 본 경험을 상기하면 글 읽는 원초적인 즐거움이 무엇인지를 알 수 있다. 특히 글 속에 숨겨진 상대의 마음을 읽는 것, 또한 그것을 알아갈 때의 희열과 즐거움, 그것을 통해 사람을 알게 되고 세상을 알게 된다. 사물을, 사람을 그리고 세상을 읽고 느끼며 종국에는 깨닫게 된다. "책을 읽는다는 것은 책을 읽고, 지은이를 읽고, 그리고 자기 자신을 읽는 것이다."

책을 읽어야 하는 이유

현재도 그렇지만 머지않은 미래, 우리는 불분명한 많은 문제와 싸워야 하며 직업 또한 많은 직업이 새로 생기고 그만큼 없어진다. 새로운 기술이 과거의 기술을 쉽게 압도하는 이런 변화는 앞으로 더욱 다양해지고 빨라질 것이다. 그래서 미래에는 직업을 '찾는' 게 아니라 '만들어야 한다.' 새로운 직업을 만들기 위해선 다양한 분야에서 많은 정보를 찾아내서 지식으로 쌓아두고 그것을 편집하여 활용하는 지혜를 터득해야 한다. 그러기 위해 가장 좋은 방법이 독서와 글쓰기다. 유튜브 같은 영상매체가 유행해도 '4차 산업혁명 시대'가 찾아와도 '읽기와 쓰기'는 꼭 필요한 삶의 기술이다.

시간을 뛰어넘는 것이 독서고 공간을 뛰어넘는 것이 여행이다. 그렇기에 제일 좋은 것은, 여행하면서 책을 읽는 것이다. 그 공간에서 시간을 추월해 책을 읽는 것, 산에서 산과 관련된 책을 읽고, 바다에서 바다와 관련된 책을 읽듯이.

책의 가치

어느 날 제자에게 연락이 왔다. "총재님, 요즘 총재님 책 『도복 하나 둘러메고』가 인기라면서요. 저도 한 권 보내주세요. 읽어보게요."

난 전화를 끊고 한참을 생각했다. '내가 서점에서 책을 사서 보내줘야 하나?' 책을 안 읽는 사람 중에 착각하는 것이 있다. 책의 가치를 모른다는 것이다. 자신이 잘 아는 식당에 가서는 밥값을 내면서 책을 그냥 보내 달라는 거? 내가 출판사도 아니고, 내가 내 책을 서점에서 사서 보내줘야 하나?

책을 한 권이라도 낸 사람들은 그런 마음이 있다. 자기 결혼식에 참석한 사람보다 자기 책을 서점에서 사서 인증 사진 하나 보내준 사람을 더 고마워한다. 책을 자식처럼 생각하기에, 그래도 책 한 권 이상이라도 낸 사람은 철학도 있고 성공한 사람이다. 아마 그의 책을 사서 인증 사진을 보내면 아마도 그는 당신의 친구가 될 것이다.

"나는 내가 아는 사람이 책을 내면 항상 내가 최초의 독자가 된다. 그가 나를 비방하는 적? 일이라도, 그래서 그들은 나와 상대가 안 된다. 왜냐면 나는 그의 책을 읽었지만, 그는 나의 책을 안 읽었기 때문이다."

책을 안 읽는 사람들은 말한다.

"책을 읽는다고 쌀이 나오냐? 돈이 나오느냐?"

나는 네 권의 책을 펴내면서 경험했다. 성공한 사람들에게 책을 주고 나면 내가 극구 사양해도 책을 줄 때, 책값을 지급한다. 책은 사서 읽어야 한다면서 두둑한 후원비?까지 얹어서, 그만큼 책을 소중하게 생각한다. 그리고 그다음에 통화하거나 만나면 여지없이 내 책에 관해 이야기한다. 모두 읽은 것이다. 하지만 그렇지 못한 사람들은 책을 줘도 별 반응이 없다. 그냥 밥 한 끼 사주는 것을 더 고마워한다. 그리고 한 달이 지나고 일 년이 지나도 그 한 권조차도 읽지 않는다. 내가 왜 책을 읽어보지 않았냐고 질문하면 말한다.

"이렇게 힘들게 사는데 책 읽을 시간이 있겠습니까?"

나는 그럴 때마다 생각한다.

'힘들게 살아서 책 읽을 시간이 없는 게 아니라, 책을 읽지 않기 때문에 힘들게 사는 거다. 또한, 책을 읽었더라도 이 세상에서 가장 위험한 사람은 단 하나의 책만 읽은 사람이다.'

나폴레옹은 독서광이었다.

책략이 뛰어난 나폴레옹은 독서광이었다. 어딜 가든지 책을 손에서 놓지 않았으며 전쟁터까지도 책을 싣고 문관들은 데리고 다녔다고 한다. 말 등에서도 책을 읽었을 정도다. 그는 권위보다 박학다식하고 교양 있는 풍모로 더 인기를 누렸다. 주거 공간은 의외로 소박했으며 늘 책에 묻혀 지냈다. 누군가 그를 두고 천재라고 말했을 때, 그는 말했다. "나는 천재가 아니라 늘 책을 읽고 생각하며 지혜를 구하고, 다가올 일들에 대한 준비를 미리 해둬서 그렇다."

그런 독서광답게 나폴레옹은 많은 명문장을 남겼다. 그런 문장이 나오기까지 수천, 수 만권의 책을 읽었으리라. 한 줄의 명문장이 한 사람의 운명을 바꿔 놓기도 한다. 그렇게 '명문장의 힘'은 의외로 세다. 그리고 그 힘은 독서에서 나온다.

"오늘의 불행은 언젠가 내가 잘못 보낸 시간의 보복이다."

— 나폴레옹

몽테뉴의 책에 관한 관점

몽테뉴는 『수상록』에서 "내 책의 재료는 바로 나 자신이다."라고 고백하면서 "자신의 책을 읽느라 시간을 허비하지 말고 당신들의 길을 가라."라고 서문에서 밝힌다. 또한, 독서 하는 이유에 대하여 다음과 같이 쓰고 있다. "처음 내가 독서를 하는 이유는 남들한테 잘나 보이기 위해서였다. 두 번째는 지혜를 얻기 위해서, 세 번째는 그 자체로 즐겁기 위해서다."

서점과 책의 소중함

서점에 가 보면 특이한 점이 하나 있다. 옷 판매장이나 다른 쇼핑 매장들은 물건을 사서 나오려면 검색대를 통과해야 하고 만약 계산되지 않은 물건은 경보음이나 체크가 된다. 그러나 서점은 그렇지 않다. 그것은 중고 서점도 같다. 왜일까? 서점에서 책을 훔쳐다 볼 정도로 책을 사랑하는 사람은 책을 훔치는 행위를 하지 않기 때문이다. 그런 사람은 책의 소중함을 알기에 막노동을 해서라도 책값을 번다.

요즘 중고 서점이 큰 인기를 끌고 있다. 오히려 서점보다 더 크고, 편리하며 책 읽기 좋은 곳이 중고 서점이다. 보통 1년 이상 지난 책들을 절반 이하의 가격으로 판매하기 때문에 중고 서점 마니아까지 등장했다. 이런 중고 서점에 있는 책의 자리는 결코, 패잔병의 자리가 아닌 영광스러운 자리다. 왜냐하면, 중고 서점에까지 책이 있을 정도로 그 책이 많이 팔렸다는 것을 방증하기 때문이다. 무엇보다도 중고 서점에 책을 팔 정도로 책을 소중히 다루고 사랑하는 사람이 그 책을 읽었다는 것은 저자와 책에는 무한한 영광인 것이다. '나는 서점에서 내 책을 봤을 때 보다 중고 서점에서 내 책을 만났을 때, 더 감동했고 감사했다.'

세상에서 가장 멋진 액세서리는 무엇일까? 나는 명품 시계를 차고 다니는 남성이나, 명품 가방을 들고 다니는 여성보다 책 한 권을 들고 다니는 사람을 보면 커피 한 잔을 하며 이야기를 나누고 싶다는 생각을 하게 된다. 그래서 나는 항상 책 한 권을 들고 다닌다.

입장료를 내는 서점 '분키츠'

도쿄 롯폰기의 아이콘 아오야마 북 센터가 문을 닫고 6개월 뒤, 그 자리에 '분키츠(文喫)'가 들어섰다. 분키츠는 '글과 문화를 음미할 수 있는 곳'이라는 의미로 1층에서 책과 관련된 전시를 볼 수 있는 건 물론, 커피와 차를 마시며 운영시간 내내 책을 읽을 수 있다. 전시가 진행되는 매장 입구 쪽 뒤엔 입장료 1,500엔(한화 약 1만 5,000원)을 내야 입장이 가능한 곳, 대신 재입장도 가능하다. 서점에서 책을 읽다가 롯폰기 힐스에서 영화나 전시회를 보고 와도 된다. 그리 저렴한 편은 아니지만, 주말에는 1시간 이상 기다려야 입장할 수 있을 정도로 큰 인기를 누리고 있다. 입장료를 내고 들어가면 약 3만 권의 책을 만날 수 있다.

공간구성은 책을 고르는 곳, 책과 일대일로 대면하는 '관람실', 여럿이 함께 이용할 수 있는 '연구실', 차와 다과를 곁들이며 독서 할 수 있는 카페 공간으로 나뉜다. 카페엔 90여 개의 좌석이 마련돼 있고 이곳에서 갓 갈아낸 원두로 내린 커피와 차를 무제한으로 마실 수 있다. 테이크아웃도 가능해 책을 읽은 후 커피를 챙겨가는 사람도 많다. 책을 읽다가 배가 고프면 카페에서 식사 주문이 가능해 온종일 머물러도 문제없다. (영업시간 09:00~23:00)

대한민국 1위 서점 '교보문고'

사업차 일본에 자주 들르던 한 사업가, 일본에 갈 때마다 사람들로 가득한 대형 서점을 부러워했다. 한국에도 저런 서점이 하나 있다면, 이 사업가는 늘 한쪽에 '젊은이들이 서점에 가득한 나라는 장래가 밝다'라는 생각을 하곤 했다. 이 사업가는 어느덧 광화문 앞의 아주 좋은 위치에 사옥을 짓게 되었고 돈이 될만한 여러 사업 제안이 들어왔다. 누구나 당연히 지하에는 쇼핑 상가들이 즐비해질 것으로 생각했다. 하지만 이 사업가는 '서울 한복판에 대한민국을 대표할 서점 하나쯤은 있어야 하지 않겠나!'라는 생각으로 여러 돈 되는 사업 제안을 거절하고 1981년 세계 최대 규모의 서점을 만들었다. 바로 '교보문고' 그 사업가는 바로 신용호 회장, 신용호 회장의 5대 지침.

1. 초등학생에게도 반드시 존댓말을 쓸 것.
2. 책을 오래 읽더라도 그냥 둘 것.
3. 책을 사지 않더라도 눈총주지 말 것 .
4. 책을 앉아서 노트에 베끼더라도 그냥 둘 것.
5. 책을 훔쳐가도 도둑 취급하여 망신주지 말 것.

그런 신 회장은 말했다.

"돈은 교보생명으로 벌고, 교보문고는 적자가 나도 괜찮다."

1997년 찾아온 외환위기, 교보문고에 들르게 된 IMF 한 관계자는 수많은 젊은이가 책을 읽는 광경을 지켜보고 말했다.

"이 나라는 분명히 다시 일어난다."

전국에 모든 교보문고에서는 다음과 같은 글귀를 볼 수 있다.

"사람은 책을 만들고 책은 사람을 만든다."

왕관을 쓰려는 자 글을 써라

메모에 대하여

캘리포니아 주립대학에서 조사한 바에 의하면 사람이 평균적으로 하루에 접하는 단어의 수가 10만 개 이상이라고 한다. 잠잘 때를 제외하곤 시간당 약 6,000개의 단어를 접한다는 것인데, 실로 엄청난 정보량이다. 하지만 우리의 뇌가 수용할 수 있는 정보의 총량은 한정되어 있다. 쏟아져 들어오는 정보의 홍수 속에서 당신의 아이디어가 부지불식간에 소멸하는 것을 두고 보기만 할 셈인가? 기록은 기억보다 강력하다! 글을 쓰는 행동을 통해 우리는 정보를 거르고 생각을 정리한다. 그로 인해 아이디어는 구체화 되고 기억된다. 시작은 어렵지 않다. 극히 단순하다. 그저 노트를 펼치고 그때그때 떠오르는 생각과 아이디어, 이미지를 끼적이는 것이다. 이 순간 중요한 것은 당신의 뇌리를 스쳐 간 호기심과 아이디어를 붙잡아놓는 일, 그뿐이다.

정약용, 아인슈타인, 링컨, 에디슨, 다빈치의 공통점이 하나 있다. 바로 메모의 달인이라는 것이다. 갑자기 떠오르는 생각이야말로 정말 귀중한 것으로, 가치가 있는 것이다.

메모의 달인들

- 정약용: 사소한 메모가 총명한 머리보다 낫다는 '둔필승총(鈍筆勝聰, 둔한 붓이 총명함을 이긴다.)'라는 말을 남겼다.
- 아인슈타인: 만년필과 종이, 휴지통, 이 세 가지만 있으면 어디든지 연구실이라 할 정도로 아무리 작은 생각도 메모하는 습관을 지녔었다.
- 링컨: 큰 모자 속에 늘 노트와 연필을 넣고 다녔다.
- 에디슨: 3,400권의 메모와 노트가 그를 발명왕으로 만들었다.
- 다빈치: 레오나르도 다빈치의 메모 집인 다빈치의 36장짜리 필사본 노트, '코덱스 레스터(Codex Leicester)'는 고서적 분야 최고 경매 가를 경신하는 3,100만 달러, 오늘날 우리 돈으로 340억 원을 훌쩍 넘기는 금액에 빌 게이츠에게 낙찰되었다.

"적자생존"이라는 말이 있다. '적는 자가 살아남는다.' 내가 이 책을 쓸 수 있었던 것도 메모에 기초했다.

글을 쓴다는 건

무엇이든지 처음이 제일 힘들 듯, 글쓰기 또한 첫 줄을 쓰는 것이 제일 힘들다. 하지만 첫 줄을 고통스럽게 쓴 만큼 의외로 다음부터는 즐거움이 될 수 있다. 헬스클럽에 처음 가도 대문에 이렇게 쓰여 있다.

"여기까지 오시느라 제일 고생하셨습니다"

그냥 시작하면 된다. 하루에 한 페이지, 아니 한 줄이라도 좋으니까 오늘부터 쓰면 된다. 그렇게 1년이면 365장 책 한 권이 된다. 오늘도 새로운 일에 도전하고 모험 같은 하루를 살아내면, 그것이 바로 당신 인생의 재미있는 한 페이지를 완성하는 것이다.

'읽기'와 달리 '쓰기'는 온몸으로 하는 행위다. 또한, 절대 자신을 속일 수가 없는 작업이기도 하다. 한 글자 한 글자 백지를 채워나가다 보면 자기 자신의 내면을 들여다보면서 한 단계 더 성숙하게 된다. 정신을 딴 데 두고 읽는 것은 가능하지만 정신 줄을 놓고 쓴다는 것은 불가능하다. 매일 글을 쓴다는 것은 어떤 의미일까? 그것은 내 삶의 주도권을 제대로 움켜쥐고 크고 작은 일에 흔들리지 않을 마음의 근육을 단련하겠다는 다짐이다.

글쓰기는 자신의 삶에서 진정 의미 있고 소중한 것들을 생각할 수 있는 시간이다. 쓰기는 그 어떤 심리치료보다 강한 안식과 치유, 그리고 변화를 선물한다. 글을 쓰는 게 기쁨이라고 했다. 누군가를 향해 내 뜻을 펼치는 게 설렘이라고 했다. 글을 쓰는 일은 그 자체만으로 많은 것을 준다. 생각이 정리되고 공부가 된다. 위로와 평안을 준다. 용기를 얻는다. 무엇보다 나를 들여다보게 된다. 스스로 성찰하게 된다. 가슴속에 맺힌 것이 풀린다.

나의 글쓰기

내가 처음으로 글다운 글을 쓰는 꿈을 꾼 시기는 아이러니하게도 모든 것을 다 잃고 밑바닥에 떨어졌을 때다. 나는 그렇게 글 쓰는 것에 푹 빠져 있었다. 그때는 모든 것이 미쳐 보였다. 그러니 무언가에 미치지 않으면 오히려 미쳐버릴 수가 있었기 때문에 나는 글쓰기에 미쳐있었다.

"미치면 미치고 안 미치면 못 미친다."

그때는 어떤 것이든 내 마음대로 할 수 있는 것이 하나도 없었다. 하지만 글쓰기는 달랐다. 글을 쓰고, 쓰고 또 썼다. 그렇게 글의 흐름에 따라가다 보면 어느새, 잡념도 잊어버리고 사람도 잊어버리고 시간도 잊어버려 결국에는 자신조차 잊어버린다.

어떤 때는 한밤중에도 좋은 생각이 나기도 하고 꿈속에서조차 글이 생각나 일어나 글을 쓰다 보면 날이 밝아온다. 그러면서 느끼는 것이 있다. '괴로울 때 쓴 글은 나중에 보면 힘이 되고, 슬플 때 쓴 글은 나중에 보면 위로가 되지만, 사랑할 때 쓴 글은 나중에 보면 가슴이 저민다. 어떤 때는 정말 이 글을 내가 썼는지 낯설게만 느껴지기도 한다.' 그렇게 쓴 글들이 진정 나의 글이 되었다.

글은 세 번 태어나며 영원하다

내가 글을 쓸 때 태어났고, 그것이 책으로 만들어질 때 태어났으며 그리고 그것을 귀하가 읽는, 바로 지금 새롭게 태어난다. 또한, 말은 하는 순간 공기에 퍼져 흩어지지만, 글은 공책에 혹은 활자화가 되어 1년 후에도 10년 후에도 남아, 자신을 반성하게 만들며 혹은 100년 후에도 사람들을 깨닫게 한다.

콘텐츠 만들기

인생을 살다 보면 자신만의 콘텐츠가 있어야 한다. 특히 리더나 지도자에게는 이 콘텐츠가 중요하다. 자기 인생에서 길어 올린 자신만의 콘텐츠가 있어야 한다. 콘텐츠는 어떻게 만드는가? 나는 인생 경험이 보잘것없는데 어떻게 하지? 걱정하지 않아도 된다. 방법은 있다. 바로 앞에서 언급한 '관찰'이다. 세심하고 용의주도한 관찰이다. 관찰하다 보면 이런저런 연상이 떠오른다. 그걸 가지고 자기를 잘 들여다보면 생각이 만들어진다. 그 생각이 모이면 자기 콘텐츠가 된다. 관찰하다 보면 다음과 같은 경지에 오를 수 있다. 길거리의 간판을 보고 세계 경제의 흐름과 사회문화의 변화상을 살필 수 있으며, 꽃이나 벌을 보고 지구의 운명과 환경을 생각할 수 있다.

"관심 있는 만큼 보이고, 아는 만큼 사랑한다."라고 했다. 베르나르 베르베르는 12년 동안 관찰한 결과로 소설 『개미』를 썼다. 바야흐로 콘텐츠의 전성시대 우리 주변에는 콘텐츠가 넘쳐난다. 영화, 드라마, 스포츠, 게임 등 내 눈과 귀가 보고, 듣는 모든 것, 그리고 내 몸이 느끼는 것이 콘텐츠다. 그것을 관찰하고 포착해내는 힘만 있으면 된다.

글은 읽는가 아니면 직접 글을 쓰는가에 따라 그 위력이 다르게 나타난다. 국도(國道)를 비행기를 타고 그 위를 날아가는가 아니면 직접 걸어가는가에 따라 다른 위력을 보여준다. 비행기를 타고 가는 사람은 자연풍경 사이로 길이 어떻게 뚫려있는지를 볼 뿐이다. 길을 걸어가는 사람만이 그 길의 영향력을 경험한다.

"보는 것보단 직접 느끼는 게 낫고, 느낀 다음에 그걸 글로 쓰면 나의 텍스트이자 콘텐츠가 된다."

왕관을 쓰려는 자 글을 써라

리더에게도 분명히 감정이 있다. 하지만 어떤 감정은 소속 구성원에게 도움이 될 수도 있고 또 어떤 감정은 조직을 위기에 빠트리기도 한다. 그러니 모든 감정을 드러내는 것은 옳지 않다. 리더가 절대 표현해서는 안 되는 부정적 감정은 바로 '불안'이다. 사람들은 기본적으로 자신의 리더를 함께 타고 있는 배의 선장이라고 생각한다.

그렇다면 리더가 불안을 느낄 때는 어떻게 해야 할까? 이 거대한 불안을 대놓고 표현하지도 못한 채 어떻게 컨트롤해야 한단 말인가. 인지심리학자 김경일 교수는 그의 저서 『적정한 삶』에서 마음이 불안할 때 종이를 꺼내 글을 쓰라고 쓰고 있다.

"말은 언제나 글보다 빠르다. 게다가 마음이 급할수록 말은 더 빨라진다. 불안이란 녀석은 스피드에 편승하는 속성이 있다. 긴장하고 초조해하는 사람을 달랠 때 우리는 습관적으로 '천천히, 천천히'라고 말하지 않는가. 무슨 일이든 천천히 하면 불안이 줄어든다는 것을 잘 알기 때문이다. 글은 말과 비교하면 속도감이 현저히 떨어지는 작업이다. 행동의 스피드가 줄어들면 생각의 속도도 조절이 된다. '어떻게 하지?', '그다음에 어쩌지?', '나 이제 뭘 해야 하지?' 일파만파 머릿속에서 확장되는 생각의 확장과 감정의 전염이 천천히, 아주 천천히 머릿속에서 제어가 될 것이다."

그렇게 리더는 글을 쓰며 불안한 감정을 제어해 나가야 한다. 그것의 대표적인 예가 바로 이순신 장군이다. 제아무리 큰 위기를 앞둔 외로운 리더라고 할지언정 감히 이분에게 비할 수 있을까? 지난 천 년간 인간으로서 가장 고독하고 큰 불안을 온몸으로 받아 온 위인일 것이다. 인간이 감당하기 어려운 순간순간마다 이순신 장군은 글을 썼다. 우리에게도 잘 알려져 있듯, 그의 저서 『난중일기』에는 임진왜란이 벌어진 7년간, 약 2,539일의 기록이 담겨 있다. 현재 남아 있는 권수만 해도 일곱 권이고, 연구에 따르면 한 권이 누락되었을 것으로 추측된다고 한다.

한 사람이 남긴 기록치고는 꽤 방대한 양이다. 게다가 담담하고 솔직하게 당시의 번민을 기술한 내용은 후세 사람들에게도 큰 울림을 준다. 고독한 장수가 남긴 일기는 우리가 거대한 불안을 어떻게 다스려야 하는지 알려 주는 것 같다.

재미있는 숫자 이야기

아라비아숫자의 기원과 상징체계

아라비아숫자라 불리는 열 개의 숫자는 3천 년 전에 인도인들이 창안했다. 이후 인도를 오가던 아라비아 상인들에 의하여 아라비아와 유럽으로 전파되었고 그래서 '인도-아라비아숫자'라고 주장하는 역사가들도 있다. 이 숫자들의 상징체계는 생명과 의식이 나아가는 과정을 잘 보여준다. 숫자에 있는 곡선은 사랑을 나타내고, 교차점은 시련을 나타내며, 가로줄은 속박을 나타낸다. 숫자들의 생김새를 살펴보자.

※ 참고: 베르나르 베르베르의 『상상력 사전』

1은 광물이다.

그저 세로줄 하나로 되어 있을 뿐이다. 속박도 사랑도 시련도 없다. 광물에는 의식이 없다. 광물은 물질의 첫 단계로 그냥 존재할 뿐이다.

2는 식물이다.

위는 곡선으로 되어있고 밑바닥에 가로줄이 있다. 식물은 땅에 속박되어 있다. 밑바닥의 가로줄은 식물을 움직일 수 없게 하는 뿌리를 상징한다. 식물은 하늘을 사랑한다. 그래서 잎과 꽃을 하늘로 향하게 하여 빛을 받아들인다.

3은 동물이다.

두 개의 곡선으로 이루어져 있다. 동물은 땅도 사랑하고 하늘도 사랑한다. 하지만 어느 것에도 매여 있지 않다. 동물에게는 두려움 따위의 감정과 욕구가 있을 뿐이다. 두 개의 곡선은 두 개의 입이다. 하나가 물어뜯는 입이라면, 다른 하나는 입맞춤을 하는 입이다.

4는 인간이다.

이 숫자에는 시련과 선택의 갈림길을 뜻하는 교차점이 있다. 인간은 3과 5의 교차로에 있는 존재이다. 동물이 될 수도 있고 더 높은 단계로 나아가 현자가 될 수도 있다.

5는 깨달은 인간이다.

이 숫자는 생김새가 2와 정반대이다. 위의 가로줄은 하늘에 매여 있음을 나타내고 아래의 곡선은 땅에 대한 사랑을 나타낸다. 이 단계에 도달한 존재는 현자이다. 그는 보통의 인간이 지닌 동물성에서 벗어나 있다. 그는 세상사에 대해서 거리를 두며 본능이나 감정에 휩쓸려 행동하지 않는다. 그는 두려움과 욕망을 이겨 낸 존재이다. 그는 다른 인간과 거리를 두면서도 인간과 지구를 사랑한다.

6과 9는 천사이다.

선한 일을 많이 쌓은 영혼은 육신을 가진 존재로 다시 태어날 의무에서 해방된다. 환생의 순환에서 벗어나 순수한 정신이 되는 것이다. 이 단계에 오르면 더는 고통을 겪지 않으며 기본적인 욕구도 느끼지 않게 된다. 6과 9는 사랑의 곡선이며, 존재의 중심에서 나오는 순수한 나선이다. 천사는 사람들을 돕기 위해 땅으로 내려간 다음, 더 높은 차원에 도달하기 위해 다시 하늘로 올라간다. 6은 땅에 내려온 그리고 9는 하늘로 올라간 천사다.

7은 신의 후보생이다.

5와 마찬가지로 이 숫자에는 하늘에 매여 있음을 나타내는 가로줄이 있다. 하지만 아래쪽에는 곡선 대신 세로줄이 있다. 아래쪽 세상에 영향력을 행사한다는 뜻이다. 프랑스와 베트남 사람들은 이 숫자를 쓸 때 세로줄 한복판에 작은 가로획을 그어 7이라고 쓴다. 그러면 4에서처럼 교차점이 생긴다. 7은 선택의 갈림길에서 시련을 겪어야 하는 단계인 것이다. 이 단계에 오른 존재는 더 높은 곳으로 계속 올라가기 위해 무언가를 이루어 내야 한다.

8은 만물을 뜻한다.

하늘과 땅 모두를 표현하고 있으면 이승과 저승을 뜻한다. "팔괘"

0은 신이다.

사랑을 뜻하는 곡선의 완성

숫자는 0이 있기에 무한대로 늘어날 수 있다.

주민등록번호에 숨은 숫자의 비밀

주민등록번호는 13자리의 숫자로 이뤄져 있다. 이 중 앞의 6자리의 숫자는 태어난 생년월일을 뜻하고, 뒤의 7자리는 성별과 태어난 지역 등을 숫자로 표현하고 있다. 뒤의 7자리 숫자를 자세히 살펴보자. 우선 첫 자리 숫자는 성별을 나타낸다. 1과 3은 남자, 2와 4는 여자를 의미하는데, 2000년 이후에 태어난 남자와 여자가 각각 3과 4의 숫자를 사용한다. 그다음 4자리는 태어난 시·도·구·군을 가리키는 지역 번호다. 6번째 숫자는 해당 지역에서 주민등록번호 발행 순서를 나타낸다.

마지막 7번째 숫자는 '체크숫자'다. 인터넷에서 어떤 사이트에 가입하거나 정보를 입력할 때 실명 확인을 할 경우, 주민등록번호를 입력하게 되는데, 이때 주민등록번호에 오류가 있는지 확인하는 방법은 이 체크숫자다. 이 체크숫자를 만드는 원리는 13자리 주민등록번호 중 앞의 12자리는 태어난 때와 성별, 장소에 따라 이미 정해진 상태다. 그런 앞의 12자리의 각 수를 이용해 곱하거나 나누거나 빼거나 다소 복잡한 원리는 이용하여 만드는 것이 이 체크숫자다.

아라비아숫자의 원리

아라비아숫자의 원리는 '각의 수'에 따라 각 숫자의 모양을 표현하였다. 각의 수가 1개인 것을 숫자 1의 형태로, 2개인 것을 숫자 2의 형태로 나타낸 것이다. 각의 수가 0개인 것은 타원형을 통하여 표시하였

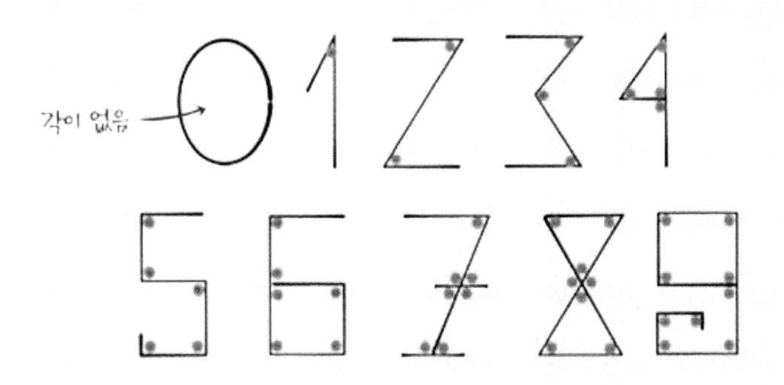

다. 이러한 원리로 만들어진 아라비아숫자는, 이후 사람들의 편의에 따라 둥글게 변화하면서 현재의 숫자 모양이 되었다.

숫자 1과 7, 문화마다 다르다

아라비아숫자 중, 1과 7을 쓰는 방식이 각기 문화별로 숫자가 다르게 나타나고 있는데 유럽권 국가들은 숫자 1을 꺾인 머리가 있도록 쓰고 있으며 이에 7이 1과 헷갈리지 않도록 중간에 삐침을 넣어서 표기하는 경향을 보인다. 또한, 이는 아라비아숫자가 유럽에 직접적으로 전파된 영향으로 숫자 모양의 변형이 크게 일어나지 않은 것으로도 볼 수 있다.

반면 미국은 어떨까? 미국은 숫자 1을 작대기 모양으로 쓰고, 숫자 7을 유럽식과 다르게 중간에 삐침을 넣지 않고 표기하고 있다. 초창기 아라비아숫자와 비교했을 때 다소 변형된 모습을 알 수 있다.

한국에서 숫자 7을 쓰는 방법

한국에서는 대부분의 사람들이 미국식 방법으로 숫자 1을 많이 쓰지만, 숫자 7은 미국식 7의 끝에 삐침으로 더하여 '갈고리 모양'으로 쓰는 경우가 많다. 그 이유 중 하나는 바로 한글 자음 기역(ㄱ)의 모양과 겹쳐 숫자 7과 '헷갈리지 않게' 하기 위함이라고 한다.

101, 111

앞에서 언급했듯이 아라비아숫자는 인도에서 만들어졌다. 또한, 우리는 9.9단을 외우지만, 인도는 어렸을 적부터 19.19단을 외운다고 한다. 그런 숫자의 나라답게 인도의 어느 도시에 화장실 남녀 구분을 숫자로 표시해 놨다고 한다. 남자 화장실은 111, 그럼 여자 화장실의 숫자 표기는?

대한민국이 숫자에 강한 이유

우리나라 사람들이 전화번호를 잘 외우거나 숫자에 강한 이유는 모든 아라비아숫자를 한 글자로 발음할 수 있기 때문이라고 한다. 예를 들어 1~10까지 숫자를 발음할 때, 영어는 "원, 투, 쓰리, 포, 파이브 ~", 일본어는 "이치, 니, 산, 시, 고 ~" 등 많은 나라가 두 발음 이상도 사용하지만 우리는 모두 한 글자 발음이 가능하다. "일이삼사오육칠팔구십"

282-0001, '이파리 하나'

오래간만에 우리들의 영원한 고전 '오 헨리(O. Henry)'의 『마지막 잎새』를 읽다가 예전의 경험이 불현듯 떠올랐다. 지금에까지 그 번호(숫자)가 기억난다는 것은 아마도 그 광고효과가 기발했던 것 같다. 수원에서 콜택시를 자주 이용한 적이 있다. 그 콜택시를 이용할 때마다 특이했던 점은 택시 뒤 창문에 마지막 잎새를 연상시키는 '이파리 하나'의 그림이 그려져 있었다. 나는 나중에야 그 '이파리 하나'가 무엇을 의미하는지 알게 되었다. 그 콜택시 전화번호는 바로 '282-0001'이었다.

3이라는 숫자를 사랑하는 한국인, '삼(三)세번'

우리 한국 사람들은 '삼(三)세번'이란 말을 자주 한다. 무슨 일이든 세 번은 해 봐야 한다는 뜻도 있고 세 번 정도 하면 어떤 결론을 내릴 수 있다는 의미로도 풀이할 수 있다. 세상을 살면서 인생을 바꿀 기회가 세 번은 온다는 말도 있다. 우리는 옛날부터 3이란 숫자를 좋은 숫자로 여길 뿐만 아니라 많이 활용했으며 이 숫자에는 숨어 있는 의미가 아주 많다.

이 3이란 숫자는 1과 2가 합쳐 만들어진 것이며 여기서 1은 양(陽), 2는 음(陰)을 뜻한다고 한다. 그래서 우리 주민등록번호 뒷자리 중 첫 번째 숫자가 1인 경우는 남자, 2인 경우는 여자를 뜻한다. 즉 음양이 합쳐진 숫자이기 때문에 음양(陰陽)이 하나로 되어 생물학적으로는 자손(子孫)의 생산(生産)을 뜻하기도 한다.

우리가 많이 들었던 '삼신할미'라고 하는 세 명의 신(神)은 아기를 점지하고 낳게 하고 잘 자라도록 도와주는 역할을 맡고 있다고 믿으며 아기가 태어나도 '세이레(三七日)' 금줄을 쳐 접촉을 통제했다. 이처럼 3의 의미는 단순한 숫자보다는 완전함을 지향하는 것이 아니겠는가? 그러고 보면 우리는 숫자 중 3을 유난히 좋아하는 민족(民族)인 것 같다. 만세도 언제나 세 번을 불러야 하고 가위, 바위. 보를 해도 삼세번을 하고 노크를 해도 "똑똑똑", 세 번을 한다. 이야기에서도 세 살 버릇 여든까지 가고, 서당 개 3년이면 풍월을 읊었고, 구슬이 서 말이라도 꿰어야 보배였다. 시집살이하려면 귀머거리 삼 년 벙어리 삼 년을 해야 하며. 딸도 최진사댁 셋째딸이고, 돼지도 아기 돼지 삼 형제였다. 그리고 작심 3일 등등.

'삼인성호(三人成虎)'라는 말이 있다. 세 사람이 우기면 없는 호랑이도 만든다는 말이다. 세 사람이 서로 짜고 호랑이가 있었노라고 거짓말을 하면 안 속을 사람이 없다는 것이다. 서양에서는 7을 행운의 숫자로 여기고 3은 대체로 '운(運)'으로 풀이된다고 한다. 한두 번 실패했더라도 포기하지 않으면 세 번째엔 '행운(幸運)'이 찾아온다는 속담이다. 우리의 삼세번과 비슷하다. 그래서 서양에서는 우리도 따라 하고 있지만, 외국 정상이 국빈방문을 하면 3×7, '21발'의 예포를 발사하여 최고의 예우를 해준다.

아무튼, 삼세번은 일상의 삶에서뿐만 아니라 사회규범이나 정치문화에도 적용된다. 보통 두 번째까지는 용서해도 세 번째 잘못을 저지르면 합당한 벌을 받는다. 법정에서 선고할 때도 방망이를 세 번 두들기고, 한국이든 외국이든 국회에서 법안이 통과나 부결되어도 의사봉을 세 번 치면 그것으로 끝이다. 이처럼 3이란 숫자는 완성(完成) 또는 종결(終結)의 의미가 강하다. 그렇기에 겸손(謙遜)과 배려(配慮)와 사랑으로 사는 삶 속에 화가 날 때는 '언행을 조심해야 할 때', '참아야 할 때', '기다려야 할 때', 삼세번을 생각하고 지혜롭게 살아가는 삶이 되었으면 좋겠다.

0에게서 배워라

0은　×(자기와 싸우는 자) = 모두 0으로 만든다. (0×A=0)

0은　+(자기를 도와준 자) = 끝까지 기억한다. (0+A=A)

0은　/(옆에 있어만 줘도) = 능력을 10배로 끌어 올린다. (1/0=10)

세상에서 가장 힘든 것은 나누기다

8+7=15, 8-7=1, 8×7=56, 8÷7=?

나누기를 잘할 때 인생은 아름다워진다.

프로는 뺄셈, 초보는 덧셈

진정한 프로는 뺄셈을 우선으로 한다. 버릴 수 있는 것은 버리고, 확실한 효과가 기대되는 한두 개에 자원을 집중한다. 그렇지 않으면 아무리 자금과 인력이 많아도 충당할 수 없다. 이것저것 다 하면 된다는 생각은 틀렸다. 초보는 덧셈, 프로는 뺄셈을 우선으로 한다.

식물은 위대하다

천년을 사는 나무

나무는 태양, 물, 이산화탄소만 있으면 다른 생명체를 잡아먹지 않은 채, 지구 생명체 중 가장 크게, 가장 오래 살 수 있다. 다른 생물의 도움 없이도 스스로 영양분을 섭취하고 만들어내는 나무는 지구상에서 가장 독립적인 생명체다. 나무들은 하루에 딱 한 차례 숨 쉰다고 한다. 해가 뜨면 깊고 길게 들이마셨다가 해가 지면 길게 길게 내 쉰다고 한다. 그렇게 나무는 천년을 산다.

살아서 천년 죽어서 천년 '주목', '금강소나무'

'살아서 천년, 죽어서 천년'이라는 수식어가 붙곤 하는 '주목(朱木)'은 나무 가운데서도 가장 오래 사는 종류 중 하나다. 3억 년 전에 지구상에 출현한 주목은 2백만 년 전부터 한반도에 살기 시작했다. 주목은 단단하고 붉은 속살과 잘 썩지 않는 성질 때문에, 죽어서도 널리 쓰였다. 낙랑시대 고분의 관이 주목으로 만들어졌고 임금을 알현할 때 쓰는 홀(笏)의 재질도 주목이었다.

주목 지팡이는 가볍고 튼튼하고 휘어지지 않으며 귀신을 쫓아내고 무병장수하게 해주는 힘이 있는 것으로 여겨졌다. 주목은 성장이 몹시 느린 나무다. 칠, 팔십 년을 자라도 키가 10m가 안 되고 줄기의 지름은 20㎝ 정도다. 그렇지만 주목은 기본이 천년인 '천년대계'가 있다. 백년 정도만 참고 있으면, 빨리 자라서 설쳐대던 나무들이 늙어 힘을 쓰지 못하게 된다는 것을 알고 있다. 그때부터는 성장이 빨라져서 마침내 주목은 산정의 제왕이 된다.

주목과 더불어 '살아서 천년, 죽어서 천년'이라고 부르는 나무가 하나 더 있는데 바로 백두대간의 금강소나무다. 소나무의 줄기가 붉은색이라 '적송'이라고도 불렸지만 그건 일본인들이 부르던 이름이고 우리는 '금강소나무'라고 불렀다. 옛날부터 궁궐을 짓거나 임금의 관을 만드는 데 쓰였다고 하며 광화문을 복원하는 데도 기둥과 보로 사용되었다.

세계에서 가장 큰 나무 '반얀나무(Banyan Tree)'

인도에 가면 세계에서 가장 큰 '반얀나무(한자로는 '용수(榕樹)'라고 함)'가 있다. 얼핏 보면 숲처럼 보이지만 단 한 그루의 나무가 가지에서 뿌리를 내리면서 번지고 번져 둘레 5백 미터나 숲을 이루고 있다. 언 듯 보면 버팀목으로 받쳐진 것처럼 보이지만 그 버팀목 자체가 가지에서 뿌리가 내려 버팀목처럼 가지를 스스로 받치면서 번식하는 것이다. 식물이 자신을 보호하기 위해 참으로 놀라운 생명의 신비가 아닐 수 없다. 예전부터 인도의 수행자들은 이 나무 아래서 명상을 하며 우주의 신비에 눈을 떴다. 부처님이 보리수나무 아래서 깨달음을 얻었듯이.

하늘과 바다의 물을 먹는 '레드우드(Redwood)'

쥐라기 공원 촬영지로 유명한 미국 레드우드 국립공원에는 '레드우드'라는 나무가 있다. 이 나무는 보통 100m 이상을 자란다고 한다. 하지만 뿌리에서 수분을 흡수하여 나무에 공급할 때, 30m까지만 수분을 공급할 수 있다고 한다. 30m 이상의 나무가 수분을 공급받는 방법은 무엇일까? 바로 '해무(바다 안개)'라고 한다. 이 지역은 해무가 항상 내리기 때문에 나무는 안정적으로 수분을 공급받을 수 있다. 이 지역 사람들은 그래서 레드우드가 '하늘과 바다의 물'을 먹는다고 하여 신성하게 여긴다.

생명의 나무 '바오밥나무(Baobab Tree)'

아프리카에는 강한 생명력으로 '생명의 나무'라고 불리는 '바오밥나무'가 기후변화 때문에 사라지고 있다. 최근 10년 동안 아프리카 남부에서 서식하는 수령 1,000~2,000년의 바오밥나무 11그루 중 6그루가 말라 죽은 것으로 드러났다. 바오밥나무는 3,000년이나 생존할 수 있는 식물로 짐바브웨와 나미비아, 남아프리카공화국 등에서 주로 서식한다. 프랑스 작가 생텍쥐페리의 『어린왕자』와 제임스 카메론 감독의 영화 〈아바타〉에도 등장해 대중에게 널리 알려진 나무이다. 바오밥나무 꽃은 개화 시기가 워낙 짧아 보기가 쉽지 않은데 그래서인지 '밤에만 꽃을 피운다.'라고 한다.

작은 나무의 지혜

집 근처에 가로수치곤 굵기가 가느다란 나무 한 그루가 격하게 흔들리는 것을 보았다. 녀석은 조금만 바람에도 쉬 흔들렸다. 녀석을 보다 보면 너무 위태해 보인다. 조그만 바람에도 자신의 몸을 가누지 못하고 근방이라도 꺾이거나 쓰러질 것처럼 흔들거린다. 반면 허리가 굵고 덩치가 큰 나무들은 비바람을 정면으로 맞으면서 미동도 없이 꼿꼿하게 버틴다. 그들에게는 물러서지 않고 적과 맞서 싸우겠다는 결기까지도 느껴진다. 그러던 어느 날, 초대형 태풍이 휩쓸고 지나간 자리, 부러지고 꺾이고 뿌리째 뽑힌 나무들이 치열한 전투에서 고지를 점령당한 패잔병처럼 널브러져 있다.

그러다 문득 생각이 들었다. '가느다란 녀석은 어떻게 되었을까?' 모르긴 몰라도 몸통이 꺾이거나 뿌리째 뽑힌 것은 고사하고 아무런 흔적도 없이 사라져 버렸을 것이다. 하지만 예상은 빗나갔다. 녀석은 목숨을 부지한 채, 제 자리를 지키고 있었다. 비바람에 긁힌 듯한 자국이 보였지만, 녀석은 꽤 당당해 보였다. 뿌리는 흙을 굳건히 움켜쥐고 있었고, 꺾인 가지나 떨어져 나간 줄기도 없어 보였다. 그런데도 녀석은 여전히 술에 취한 척, 안 취한 척 이리저리 비틀거리며 움직이고 있었다. '취권처럼'

못생긴 나무가 산을 지킨다.

못생긴 바보 같은 나무가 산을 지킨다. 잘생긴 나무는 먼저 베여 목재로 쓰이기 때문이다. 로키산맥 해발 3,000m 높이에 수목 한계선 지대가 있다고 한다. 이 지대의 나무들은 너무나 매서운 바람 때문에 곧게 자라지 못하고 마치 사람이 무릎을 꿇고 있는 듯한 모습을 한 채서 있단다. 눈보라가 얼마나 심한지 이 나무들은 생존을 위해 그야말로 무릎 꿇고 사는 것을 배워야 했다. 그런데 세계적으로 가장 공명이 잘되는 명품 바이올린은 바로 이 '무릎 꿇은 나무'로 만든다고 한다.

나무사랑

솔방울 바람에 떨어져

우연히 집 모퉁이에 자라났네.

가지와 잎 하루하루 커가고

마당은 하루하루 비좁아졌네.

도끼 들고 그 밑을 두세 번 돌았어도

끝내 차마 찍어 없애지 못했네.

날을 택해 집을 뽑아 떠났더니

이웃들이 미친놈이라 손가락질했네.

※ 19세기 전기에 '감산자(甘山子) 이황중'이 쓴 '소나무'라는 시다. 이황중은 평생 기인으로 살았다. 어느 날, 솔방울 하나가 바람에 날려 집 모퉁이에 떨어졌다. 그리고 날이 다르게 자라, 비좁은 마당을 소나무가 독차지하겠다 싶어 도끼를 들고 찍어 없애려 했다. 그런데 그러지 못하고 살던 집을 소나무에 내주고 이사를 한다는 내용이다. 소나무에 대한 사랑이 애잔하다.

나무에게 배우다

'나무는 덕(德)을 지녔다.' 나무는 주어진 분수에 만족할 줄을 안다. 나무로 태어난 것을 탓하지 않고, 왜 여기 놓이고 저기 놓이지 않았는가를 말하지 아니한다. 등성이에 서면 햇살이 따사로울까, 골짜기에 내려서면 물이 좋을까 하여, 새로운 자리를 엿보는 일도 없다. 물과 흙과 태양의 아들로, 물과 흙과 태양이 주는 대로 받고, 불만족을 말하지 아니한다.

'나무는 고독(孤獨)하다.' 안개에 잠긴 아침의 고독을 알고, 구름에 덮인 저녁의 고독을 알며 부슬비 내리는 가을 저녁의 고독도 알고, 함박눈 펄펄 날리는 겨울 아침의 고독도 안다. 나무는 한여름 땡볕의 고독을 알고, 동짓날 한밤의 고독도 안다. 그러면서도 나무는 어디까지든지 고독을 견디고, 고독을 이기며 그리고 고독을 즐긴다. 나무는 친구가 없는 것이 아니다. 그에게는 해가 있고, 달이 있고, 바람이 있으며 새가 있다.

'나무는 어울림을 안다.' 나무에게 같은 나무, 이웃 나무가 가장 좋은 친구가 되는 것은 두말할 것 없다. 나무는 서로 속속들이 이해하고 진심으로 동정하고 공감한다. 서로 마주 보기만 해도 기쁘고, 일생을 이웃하고 살아도 싫증 내지 않는다. 그러나 친구끼리 서로 즐기기보다는 하늘이 준 힘을 다하여 널리 가지 펴고, 언제나 하늘을 향하며, 손을 쳐들고 있다. 그렇게 나무는 숲을 이룬다.

'나무는 아름답다.' 나무를 보다 보면 유난히도 굽은 나무가 있다. 그것은 저 혼자서 하늘에 무게를 견디느라 그렇다. 우리가 잘 아는 '아낌없이 주는 나무' 이야기처럼 나무는 자신의 모든 것을 다 준다. 목재가 되고, 베어 간 재목이 혹 자기를 해칠 도끼 자루가 되고, 톱 손잡이가 된다고 하더라도 이렇다 하는 법이 없다. 나무에 하나 더 원하는 것이 있다면, 그것은 천명(天命)을 다한 뒤에 하늘 뜻대로 다시 흙으로 돌아가는 것이다.

어릴 적, 아는 분이 화분 하나를 주면서 물을 주며 잘 키워보라고 했다. 나는 햇볕이 잘 드는 시장 옥상에서 화초를 화분에 키웠다. 비가 올 때면 우산을 쓰고 물을 주었다. 사람들은 말한다. 식물은 햇볕, 물, 바람만 있으면 잘 큰다고, 하지만 나무도 사랑이 필요하다는 것을 알게 되었다. 어느 시인은 '단풍'에 대하여 이렇게 노래했다. "버려야 할지 언제인지를 아는 순간부터 나무는 아름다워진다." 세상에 모든 생명체 가운데 늙어가면서 아름다워지는 건 나무밖에 없다.

식물의 두 얼굴

우리는 숲속을 거닐면서 고요함과 평화로움을 느낀다. 하지만 만약 땅 밑을 볼 수 있다면, 땅이 투명 유리판으로 되어있다면, 우리는 무엇을 보게 되고 어떤 생각을 하게 될까? 땅속은 나무들의 전쟁터다. 서로 얽히고설키고 뒤엉켜 있다. 수분과 양분을 조금이라도 더 흡수하려고, 혹은 땅을 더 차지하기 위해 뿌리들은 서로 엉겨 붙어 싸우고 있다. 땅 위의 숲의 모습은 땅속의 모습과는 너무도 다르다.

이들의 싸움은 동물들처럼 몇 분, 몇십 분 걸리는 싸움이 아니다. 한 나무가 다른 나무를 쓰러뜨리려면 몇십, 몇백 년 동안 조금씩, 조금씩 뿌리가 자라 옥죄이며 죽여 가는 것이 바로 식물이다. 그만큼 집요하고 끈질기다. 바위를 뚫는 것도 식물이고 인간이 만든 집과 벽을 허무는 것도 식물이다. 단, 시간이 오래 걸릴 뿐, 식물은 우리가 아는 것보다 더 집요하고 잔인하며 그리고 위대하다.

인간들이 착각하는 게 있다. 왜 사과가 빨간지? 왜 탐스러운 과일이 맛있는지? 그리고 왜 꽃은 그렇게 아름다운지? 그것은 움직이지 못하는 식물이 인간과 동물을 유인하는 수단이다. 그것을 아는지 모르는지 동물들은 달콤한 과일을 먹고 여기저기 다니며 배설을 한다. 배설물에는 과일의 씨앗이 있고 모든 씨앗은 단단하므로 소화가 안 되고 살아남는다. 그리고 동물들의 배설물은 그 씨앗의 훌륭한 자양분이 된다. 그렇기에 씨가 제대로 생성되지 않은 덜 익은 식물의 열매는 맛이 비리거나 떫고 색깔도 아름답지 않으며, 오히려 보호색을 띤다.

꽃의 화려함과 향기 그리고 꿀의 달콤함 역시 움직이지 못하는 식물이 자유롭게 나는 나비와 벌을 유인해서 짝짓기하기 위함이다. 하늘을 날아다니는 나비와 벌이 한 자리에서 움직이지 못하는 식물에 이용당하는 것이다.

이 세상에
혼자 피는 꽃은 없어
나비가 왔다 갔거든

이 세상에
혼자 지는 꽃은 없어
바람이 다녀갔거든

— 이사람 시인의 동시집 『혼자가 아니야』 중

자신을 불사르는 꽃 시스투스

지중해 분지에 분포하고 있는 '시스투스(Cistus)'는 자신과 주위에 있는 모든 식물을 불로 태운다. 평소에는 불타지 않지만, 주변에 식물들이 빽빽이 들어차 밀도가 높아지면 시스투스가 스트레스를 받게 되고, 35도에서도 발화하는 아주 강한 발화성 수액을 내뿜어 그 수액이 강한 햇빛을 만나 자신을 포함한 주변 모든 것들을 태워버리는 것이다. 그럼 자기 자신도 죽는데 왜 불을 지르는 것일까? 하지만 시스투스는 다 계획이 있다. 시스투스는 발화하면서 씨를 뿌리는데 이 씨는 강한 내열성 껍질에 덮여 있어서 불에서도 살아남을 수 있고, 주변 식물들의 타고 남은 재를 양분 삼아 자란다고 한다.

결국, 시스투스는 자신의 영역을 지키기 위해 자신을 스스로 불태워 재가 되지만 자기 씨앗이 생육하기 좋은 환경을 만들어 주면서 자신은 사라지는 것이다. 시스투스의 꽃말은 "나는 내일 죽습니다."라고 한다.

겨울에 피는 꽃 '복수초'

이름만 들으면 보복하는 '복수(復讐)'를 생각나게 하지만 복수초의 '복수'는 '福(복 복)'자에 '壽(목숨 수)' 자를 써서 '복수초(福壽草)'라고 쓰며 '복으로 목숨을 구한다.'라는 뜻이다

복수초는 황금색 술잔처럼 생겼다고 해서 측금잔화(側金盞花)라고도 부르며 설날에 핀다고 원일초(元日草), 눈 속에 피는 연꽃과 같아 설연

화(雪蓮花) 등, 여러 가지 이름으로 불린다. 그런 복수초의 대단한 점은 다른 꽃들과 달리 추운 산간지방에서 주로 자라며 눈이 채 녹지 않은 상태에서 피어나 하얀 눈과 대비되는 모습을 자랑한다. 복수초가 자란 주변을 보면 꽃이 자란 주변만 동그랗게 눈이 녹아있는 모습을 볼 수 있어 강원도 횡성에선 복수초를 '눈꽃송이'라고도 부른다.

누군가에게 원한을 갚는 복수가 아닌, '복으로 목숨을 구한다.'라는 뜻의 반전매력을 가진 복수초의 개화 시기는 늦은 겨울에서 초봄까지 피는 꽃이며 지역마다 차이가 있겠지만 복수초가 피었다는 건 봄이 코앞까지 왔다는 뜻이다, 이러한 복수초는 약으로도 쓸 수 있는데 진통제, 강심제, 이뇨제 등에 효과적인 효능을 보여 한방에서도 사용되고 있다. '금'을 닮은 노란 꽃잎 덕에 중국에서도 많은 사랑을 받고 있으며 복수초의 꽃말은 '영원한 행복'인데 신기하게도 서양에서의 꽃말은 '슬픈 추억'이라고 한다.

매화는 추워도 그 향기를 팔지 않는다

우리 선조들은 매화를 꽃 중의 꽃으로 꼽았다. 그렇기에 사군자(四君子)라 불리며 '매난국죽(梅蘭菊竹)'에서 첫 번째, 봄을 상징한다. "매화(梅花)"는 꽃을 강조한 이름이며, 열매를 강조하면 '매실(梅實)나무'가 된다. 매화는 봄이 왔음을 가장 먼저 알리는 꽃 중의 하나다. 잎보다 꽃이 먼저 피는 매화는 다른 나무보다 꽃이 일찍 피는데, 그 때문에 매실나무를 꽃의 우두머리를 의미하는 '화괴(花魁)'라고도 한다.

매실은 알칼리성 식품으로 피로회복에 좋고, 체질 개선 효과가 있고, 특히 해독 작용이 뛰어나 배탈이나 식중독 등을 치료하는 데 좋으며, 신맛은 위액을 분비하고 소화 기관을 정상화하여 소화 불량과 위장 장애를 없애 준다. 변비와 피부 미용에도 좋고 산도가 높아 강력한 살균 작용을 한다. 최근에는 항암 효과가 있는 것으로도 알려졌다.

매화는 만물이 추위에 떨고 있을 때, 꽃을 피워 봄을 가장 먼저 알려 주무로 불의에 굴하지 않는 선비정신의 표상으로 삼았고, 늙은 몸에서 정력이 되살아나는 회춘을 상징하였다. 또한, 사랑을 상징하는 꽃 중에서 으뜸이며 시나 그림의 소재로도 많이 등장한다. 그렇기에 '퇴계이황(退溪 李滉)'은 "매화는 추워도 그 향기를 팔지 않는다."라는 말을 평생 좌우명으로 삼고 살았다고 한다. 아무리 어려운 상황에 부닥치더라도 원칙을 지키며 의지와 소신을 굽히지 않겠다는 뜻이 담겨 있다는 말이다. 매화의 꽃말은 '맑은 마음(Clear mind)'이다.

선인장의 가시

척박한 환경인 사막에서도 꿋꿋하게 살아가는 대표적인 식물로는 선인장이 있다. 사막이라는 곳은 매우 덥고, 한 달 이상 비가 내리지 않는 때도 있어서 물을 구하기가 정말 힘든 곳이다. 그런 곳에서 선인장은 어떻게 적응하여 살게 됐을까?

선인장의 가시는 본래 잎이었다고 한다. 그런데 사막의 뜨거운 햇볕으로 살아가기에 잎은 너무 많은 수분이 필요했고, 최소한의 수분으로 살아남기 위해 잎을 작고 좁게 만들다 보니 차츰 가시로 변했다고 한다. 딱딱하고 가느다란 가시는 수분을 거의 빼앗기지 않기 때문에 사막에서 살아가기에 안성맞춤인 형태로 변한 것이다. 또한, 사막에서는 동물들도 물이 부족하여 식물로부터 수분을 섭취하기도 하는데 뾰족한 가시가 동물의 습격으로부터 자신을 보호하는 데 큰 역할도 해준다고 한다.

달콤한 유혹

식물은 지구상 모든 곳에서 살아남았다. 그들은 생존을 위해 어떤 생명체보다 끊임없이 생각하고 움직인다. 모든 존재의 본능과 욕구를 이용하며, 수단과 방법을 가리지 않는다. 다만 인간이 이를 쉽게 볼 수 없을 뿐이다. 그렇다면, 이동할 수 없는 식물은 어떤 수단과 방법으로 굶주림으로부터 살아남은 것일까?

동남아시아에 주로 분포하는 '네펜데스(Nepenthes)"라는 아름다운 꽃이 있다. 이 꽃은 조롱박처럼 생긴 특이한 모양을 가지고 있고 주로 곤충을 잡아먹는 식충식물이다. 움직이지 못하는 꽃이 벌레를 잡아먹는 방법은 간단하다. 꽃의 입구 부분에 꿀과 비슷한 액체가 묻어있는데 여기서 달콤한 냄새가 나기에 벌레들이 스스로 모여든다. 감미로운 향기에 취해 꽃잎에 몰려들어 꿀을 먹는 순간 액체의 마취성분으로 인해 벌레는 제대로 몸을 가누지 못하고 꽃 안쪽으로 미끄러지게 된다. 안쪽으로는 미끄러운 분비물이 있어서 벌레가 한번 빠지면 절대로 빠져나올 수 없다. 이때 꽃잎은 독한 소화액을 내뿜어 곤충을 녹여버려 소화한다. 네펜데스의 꽃말은 '끈기'라고 한다.

식물은 동물이다

식물은 이동할 수 없을 뿐 살아있는 존재다. 살아있으므로 살아있는 모든 것들이 겪는 어려움을 똑같이 겪는다. 빛, 물, 영양분을 얻기 위해 궁리해야 하고, 자손을 퍼뜨리기 위해 짝짓기도 한다. 또한, 자식이 잘되기를 바라는 부모의 마음처럼 식물 역시 다양한 방식을 통해 가장 좋은 타이밍에 씨앗을 퍼뜨린다. 오히려 식물은 동물보다 지구상에 먼저 나타난 생물이다. 그만큼 오랜 시간 동안 생존을 위한 투쟁을 해왔던 존재이며 식물은 우리처럼 강한 욕망과 본능을 가지고 행동하는 '동물(動物)'이다.

동물과 인간

인간은 생존을 위해 동물을 관찰했다.

『최재천의 인간과 동물』이라는 책을 보면 사람이 동물에 관하여 연구했던 이유는 생존을 위해서라고 쓰고 있다. 고대 동물벽화의 소재를 살펴보면 동물들이 대부분이다. 먼 옛날 고구려 벽화에서 장수들이 사냥하는 모습을 봐도 동물에 관한 관심은 오랜 옛날부터 아주 많았던 듯하다. 그 이유에는 여러 가지가 있겠지만, 간단히 생각해보면 '필요했기 때문'에 그러했을 것이다.

식량을 얻기 위해 동물을 사냥해야 했고, 그러려면 그 동물이 어느 통로를 이용해 어디로 이동하고 언제 나타나는지 잘 알아야 했을 것이다. 그런 지식이 없는 사냥꾼은 동물이 오지도 않는 엉뚱한 곳에서 늘 헛수고만 했을 것이다. 또 만약 사람을 잡아먹거나 해칠 수 있는 무서운 동물이라면 그 동물이 언제 어디에 나타나는지 알아야 피할 수 있었을 것이다. 아마도 그렇게 인간은 생존을 위해 동물을 관찰했을 것이다.

동물을 연구하는 궁극적인 목적

그런데 이런 필요 때문에 관찰한다고 하지만 인간은 좀 더 근본적으로 천성에 생명 그 자체에 대한 '사랑' 또는 '애착'이 있다는 주장이 있다. 이를테면 우리가 아기 사슴을 보고 무척 예쁘다고 느끼는 것은 누가 시키거나 동화책 속에 아기 사슴이 자주 나와서 습관적으로 그렇게 생각하는 것이 아니라 우리 마음속에 자연과 함께하고 싶어 하는 천성이 있기 때문이라는 것이다.

그러나 늘 사랑스러운 마음만 생기는 것은 아니다. 예를 들어 참새를 보고 돌멩이를 던지기도 한다. 예전부터 동물을 잡아먹고 살았으니 먹이를 보면 잡으려고 그렇게 행동하는 건지도 모른다. 하지만 참새가 열린 창문으로 방에 들어왔을 때 그 참새를 죽이려고 밖에 나가서 돌멩이를 가지고 들어오지 않는다. 그렇게 아주 가까이 다가오면 대개 그 새를 사랑하게 된다. 잘 보호해주고 심지어 기르고 싶어 한다. 이런 행동을 보면, 동물을 사랑하는 본성이 인간의 내면에 있으리라고 추측할 수 있다.

동물을 연구하다 보면 그들의 행동을 자세히 들여다보게 되는데, 현재의 인간도 진화의 산물이기에 이런 관찰 속에서 인간의 본성을 찾는 데 많은 실마리를 얻을 수 있다고 생각하게 되었다. 이것이 바로 동물을 연구하는 궁극적인 목적이다.

자연의 비밀 네트워크

동물이 동물을 사육하고, 나무가 구름을 만들며 기생충이 동물을 조정하고, 지렁이가 승천하는 것을 알고 있는가? '페터 볼레벤(Peter Wohlleben)'은 『자연의 비밀 네트워크』에서 인간이 만든 어떤 네트워크보다 더 사회적이고, 더 자발적이고, 더 정교한 자연의 네트워크에 관해서 쓰고 있다. "모든 동물과 식물은 미세하게 균형을 유지하고 있으며 생태계의 모든 생명체에는 나름의 의미와 주어진 역할이 있다."

그러나 인간은 이처럼 복잡한 생태계를 잘 파악하고 있다는 착각에 빠진 채 방심하며 살아간다. 그런데 우리의 통찰력은 그만큼 훌륭할까? 인류는 계속해서 자연에 적응하며 살아가야 한다는 것, 누구도 자연의 네트워크에서 벗어날 수 없다는 사실이다. 그러하기에 인간은 자연을 연구하여야 한다.

인간의 잔인함

인간의 역사에서 전쟁의 참혹함, 그리고 인간이 다른 인간을 고통스럽게 죽이려고 저지른 수단은 차마 말이나 글로 옮길 수가 없다. 동물들은 먹이를 두고 다투다가도 한쪽에서 물러나며 승자는 더는 쫓지 않는다. 암컷을 차지하고자 혈투를 벌일 때도 패자가 물러나면 그것으로 평화가 회복된다.

그러나 인간은 끝까지 따라가서 응징하거나 죽인다. 전 세계 말을 타고 달려 토벌한 칭기즈칸, 세계대전을 일으킨 히틀러, 일제강점기 일제의 만행이 그것을 증명한다. 오죽했으면 성경에도 "눈에는 눈 이에는 이"라는 구절이 있겠는가. 지구의 생명체 중 먹기 위한 것이 아닌, 오직 잡는 것과 죽이는 것이 목적인, 그리고 그것을 즐기는 생명체는 오직 인간뿐이다. 인간은 레저로 사냥을 하고 손맛 때문에 낚시를 한다. 그런 동물이 있는가?

사라져 가는 동물들

평화롭던 시절, 그들(인간)이 나타나 우리들의 평화는 산산이 깨어졌고 어금니는 그들의 건반, 도장, 담뱃대가 되고 귀는 그들의 식탁 마감재가 되었으며 발바닥은 그들의 한 끼 별미가 되었다. 사자 5백만 원, 기린 2억 원, 코끼리 2억 5천만 원, 오랑우탄 10억 원, 사라져가는 대신, 더 높은 가격을 갖게 되는 생명들, 오랑우탄은 말레이시아어로 '숲에 사는 사람', 숲속에 있어야 할 오랑우탄이 동물시장 한 곁에서 흥정되고 있었다. 인도네시아 원주민들의 전설에 따르면 오랑우탄은 원래 말을 할 수 있었다. 하지만 사람들이 숲속에 들어온 후, 오랑우탄은 침묵하기로 했다. 말을 한다는 것을 사람들이 알면 괴롭힐 것 같았기 때문이었다.

깊은 산속에 사는 수리부엉이가 농가로 내려와 가축을 습격한다. 서식지가 줄어들어 산에는 먹잇감이 부족하기 때문이다. 깊은 밤, 농가의 오리와 닭은 굶주린 수리부엉이의 먹이가 된다. 농민들은 재산을 지키기 위해 수리부엉이를 죽인다. 자연과 인간, 양자의 갈등은 점점 심해져만 간다. 매년 개발로 인해 산림면적이 파괴된다. 서식지를 잃은 야생동물들은 인간의 땅을 찾아간다. 인간의 욕심에 터전을 잃고, 인간의 땅에 내려와 인간의 손에 죽어가고 있다.

뼛조각까지 희생하는 동물

세계적으로 유명한 그릇의 대명사 '본차이나'는 영국에서 만들어졌다. 그들은 세계를 제패한 후 중국의 도자기 기술을 가져오려 했지만 끝내 실패한 후, 수없이 많은 연구와 실패 그리고 노력 끝에 자신들만의 비법을 만들게 된다. 그것은 바로 도자기를 만드는 진흙에 동물의 뼛가루를 섞어서 그릇을 만드는 것이다. 그렇게 만들어진 것이 그 유명한 '본차이나(Bone China)'이다. 여기에서 'Bone'은 영어로 '뼈'를 뜻한다. 본차이나 주성분 중 50% 이상은 동물의 뼛가루를 섞어 만든다.

동물복지

태국 여행을 가면 꼭 하는 것 중의 하나가 '코끼리트레킹'이다. 코끼리 등에 앉아서 가는데 공중에 둥둥 떠다니는 기분이 든다. 그런데 수많은 사람을 등에 태워야 하는 코끼리 입장은 어떨까. 코끼리트레킹을 하는 코끼리는 야생성을 없애기 위해 새끼 때부터 억지로 엄마 코끼리와 떼 놓는다. 사람 말을 잘 듣게 하려고 음식을 주지 않거나 갈고리나 채찍으로 때리는 일도 자주 있다고 한다.

반대로 상처 입은 이런 코끼리들을 데리고 와서 돌봐주는 곳이 있다. '코끼리 자연공원'이 바로 그곳이다. 여기서는 사람들을 등에 태우고 트레킹을 하거나, 사람 앞에서 코끼리가 쇼를 하는 일은 없다. 방문객들은 코끼리에게 먹이를 주거나 목욕을 시켜준다. 같은 돈을 내고 코끼리를 보는 건데 느낌이 완전히 다르다. '착한 소비'라는 말이 있다. 관광하거나 물건을 사는 일이 다른 사람, 사회, 동물, 환경에 어떤 결과를 가져올지를 고려해야 한다는 말이다.

우리나라는 소, 돼지, 닭 등 가축에 구제역이나 전염병이 돌면 일단 대규모로 죽여서 예방하는 살처분 행정을 실시한다. 매년 평균 1,000만 마리 이상의 가축이 살처분된다. 그 1,000만 마리도 언젠가 도축될 운명이었지만 좀 더 숨 쉴 자격이 있었던 생명이었다.

그런 동물들을 사육하는 공장형 축산 또한 외면하고픈 진실이다. 평생 몸을 돌리지도 못할 만큼 좁은 스톨에 갇힌 채 사육되다 도살되는 동물들도 햇볕과 바람, 그리고 장난을 좋아하는 생명이다. 사람에게 고기를 내주기 위해 키워지지만, 살아있는 동안만은 쾌적하게 생활하고, 최소한의 고통 속에 생을 마감할 수 있도록 해주는 게 최소한의 예의다. 그리 머지않은 미래, 과학의 발달로 인간과 동물이 완벽하게 의사소통이 가능해진다고 한다. 그때 우리 인간은 동물들에게 어떤 변명을 하게 될까? 그때가 되면 우리는 육식을 못 하게 될지도 모른다.

동물들의 삶과 오해

곤충들의 생존전략

작다고 깔보지 마라. 힘이 센 코끼리도 자기 몸무게의 두 배 이상 나가는 물체를 움직일 수 없지만, 쇠똥구리는 자기 체중의 1,000배 이상 나가는 물체를 움직일 수 있다. 개미가 자기 몸무게의 몇백 배 무거운 물체를 이고 가는 모습을 우리는 흔히 볼 수 있으며 귀뚜라미는 자기 몸의 몇십 배 되는 높이뛰기의 달인이다. 중국 속담에는 "날아다니는 것은 비행기를 빼고 다 먹고, 네다리 달린 것은 책상과 의자만 빼고 다 먹는다."라는 말이 있지만, 바퀴벌레는 그 비행기와 책상까지도 먹어 치울 수 있다. 인간들은 모른다. 동물들이 왜 느린지, 왜 징그러운지, 그리고 왜 더러운 곳에 사는지, 모든 것은 그들의 생존전략이다.

거저리 지구를 들다

세계에서 가장 오래된 아프리카 나미브 사막은 일 년 동안 비가 내리는 날이 열흘 정도일뿐더러 낮과 밤의 기온 차가 40~50도가 넘어 생명체가 살기에 척박한 환경이다. 하지만 이 사막에는 엄지손톱 크기의 딱

정벌레와 비슷하게 생긴 '거저리(Neatus picipes)'라는 곤충이 산다고 한다. 이 거저리는 평소에는 모래 속에서 지낸다. 그리고 해가 뜨기 전에 모래 밖으로 나와서 300m가량의 모래언덕 정상을 매일 올라간다.

작은 거저리에게 300m는 사람으로 치면 에베레스트의 두 배나 되는 높이다. 그리고 모래언덕 꼭대기에 다다르면 물구나무서서 등을 활짝 펴고 멈춰 있다고 한다. 사람들은 그 모습을 보면서 머저리 갔다는 생각도 하고 '마치 지구를 들고 있는 모습' 같아 신기하고 의아하게 생각했다고 한다. 이렇게 몸을 아래로 숙이고 몸을 펼치면 등에 있는 돌기에 안개의 수증기가 조금씩 달라붙어 물방울이 맺히기 시작한다. 그렇게 커진 물방울이 중력을 이기지 못하고, 곤충의 등을 타고 흘러 내려오면 마침내 입으로 들어가는 것이다. 물 한 방울 없는 사막에서 거저리는 그렇게 물을 구한다.

금파리의 선물

금파리들의 세계에서는 짝짓기하는 동안에 암컷이 수컷을 잡아먹는다. 짝짓기의 격정이 암컷의 식욕을 불러일으키면서, 자기 옆에 있는 머리가 수컷의 머리일지라도 암컷에게는 그저 먹이로만 보이는 모양이다. 하지만 수컷은 교미는 하고 싶지만, 암컷에게 잡아먹히고 싶지는 않다. 사랑 때문에 죽어야 하는 그런 비극적인 상황에서 벗어나고 싶다. 이를테면 죽음 없는 '에로스'를 즐기고 싶은 것이다. 그러기 위해서 금파리의 수컷은 한 가지의 책략을 찾아냈다. 먹이 한 조각을 '선물'로 가져오는 것이 바로 그것이다. 수컷이 고기 조각 하나 가져오면 암컷은 허기를 느낄 때 그것을 먹게 되고, 수컷은 아무런 위험 없이 교미할 수 있다.

사마귀에 대한 오해

통설에 따르면 사마귀의 암컷은 교미가 끝난 뒤에 수컷을 잡아먹는다고 한다. 하지만 이 속설의 배후에는 사마귀의 행동에 대한 그릇된 해석이 자리하고 있다. 사마귀의 암컷이 수컷을 잡아먹는 것은 자연 상태에 놓여 있지 않을 때의 일이다. 암컷은 교미가 끝나면 원기를 회복하고 알을 낳는 데 필요한 단백질을 얻기 위해 주위에 있는 먹이를 닥치는 대로 삼킨다. 그런데 이 사마귀들이 관찰용 유리 상자에 갇혀서 교미하는 경우에는 어떻게 될까? 교미가 끝나자마자 암컷은 먹이를 찾는다. 수컷은 암컷보다 작고 유리 상자 밖으로 달아날 수 없다. 결국, 암컷은 자기 행동을 의식하지도 못하는 채 유일한 사냥감인 수컷을 잡아먹는다.

그러니 자연 속에서는 사정이 다르다. 수컷은 달아나고 암컷은 아무 곤충이나 낫처럼 생긴 앞다리에 잡히는 것들을 잡아먹고 기력을 회복한다. 줄행랑으로 목숨을 보전한 수컷은 제 정자를 받아들인 암컷으로부터 되도록 멀리 떨어진 곳으로 가서 조용히 휴식을 취한다. 교미가 끝난 뒤에 암컷은 허기를 느끼고, 수컷은 자고 싶어 한다는 것, 이는 동물의 많은 종에서 공통으로 나타나는 현상이다.

※ 참고: 베르나르 베르베르의 『상상력 사전』

그리마(돈벌레)는 '익충'이다.

'그리마(House centipede)'는 징그러운 모습 때문에 무서워하는 사람들이 많다. 생김새와 움직이는 모양이 사람들의 혐오감을 유발하여 발견 즉시 죽임을 당한다, 하지만 그리마는 해충을 잡아먹는 익충이다. 녀석은 생긴 것과는 다르게 좋은 벌레다. 녀석은 거미, 모기, 파리 등 작은 곤충을 잡아먹는다. 게다가 그리마는 바퀴벌레 등 해충들의 알까지도 먹어 치운다.

기온이 내려가면 주택 내부에도 침입하는데 추운 집보다 따뜻한 집에서 많이 찾아볼 수 있다. 난방이 잘되는 부잣집에서 자주 발견돼서 우리나라에서는 '돈벌레'라는 이름이 붙었다고 한다. 지방에서는 '신발이'라고도 불린다. 그리마는 다리가 30개 정도 있다. 낮에는 어두운 곳에서 숨어 지내고 주로 밤에 돌아다닌다. 이 녀석은 적의 공격을 받으면 다리를 자르고 도망간다. 떨어져 나간 다리는 나중에 다시 생긴다. '팔이나 다리를 주고 목숨을 구하는 우리 옛 무사의 교훈'을 놈은 알고 있는 것이다.

우리 주위에는 생김새는 징그럽거나 혐오스럽지만, 인간이나 다른 동물들에게 도움을 주며 살아가는 익충이 많이 있다. 또한, 해충이라 할지라도 그들이 살아가는 생존전략일 뿐이다. 경북 김천의 직지사에는 다음과 같은 팻말이 있다고 한다.

"사람들아, 그 벌레 함부로 죽이지 마라.
그 벌레에게도 자식들이 있을 수 있으니."

거미들의 자식 사랑

거미 또한 그 생김새로 인하여 사람들은 그리 좋지 않은 인상을 느끼고 있다. 하지만 거미는 파리, 모기 등 해충을 잡아먹는 익충이다. 독거미 또한 사람들을 공격할 때는 거의 없고, 그들은 자신을 방어하거나 먹이를 사냥할 때만 독을 쓴다. 또한, 흔히 거미 하면 거미줄을 쳐놓고 가만히 앉아 먹이가 걸리기를 기다리는 종류만 떠올리나, 실제로 세상에 사는 거미들의 거의 반은 거미줄을 치지 않고 자유스럽게 먹이를 사냥한다.

독거미를 연구하는 어느 생물학자의 이야기다. 어느 날 그는 독거미 암컷 한 마리를 채집했다. 거미 암컷들이 흔히 그렇듯이 그 암컷도 등 가득히 새끼들을 오그랑오그랑 업고 있었다. 나중에 실험실에서 자세히 들여다보기 위해 알코올 표본을 만들기로 했다. 새끼들을 털어내고 우선 어미만 알코올에 떨궜다. 얼마간 시간이 흐른 뒤 어미가 죽었으리라 생각하고 이번엔 새끼들을 알코올에 쏟아부었다. 그런데 죽은 줄로만 알았던 어미가 홀연 다리를 벌려 새끼들을 차례로 끌어안더라는 것이다. 어미는 그렇게 새끼들을 품 안에 꼭 안은 채 서서히 죽어갔다.

다음은 안도현 시인이 간장게장 담는 것을 묘사한 '스며드는 것'이라는 시의 일부 구절이다. 어떤 사람은 이 시를 읽고 이후부터 간장게장을 못 먹는다고 한다. "꽃게가 간장 속에 반쯤 몸을 담그고 엎드려 있다. 등판에 간장이 울컥울컥 쏟아질 때, 꽃게는 뱃속에 알을 껴안으려고 꿈틀거리다가 더 낮게 더 바닥 쪽으로 웅크렸으리라 버둥거렸으리라 버둥거리다가 껍질이 먹먹해지기 전에 가만히 알들에게 말했으리라 저녁이야 불 끄고 잘 시간이다."

동물도 다른 동물을 사육한다

사람이 소를 기르는 것은 공생에 속한다. 사람이 소를 보호해주고 먹여주는 대신 소는 사람에게 우유를 제공한다. 동물 사회에서도 이런 공생 관계를 볼 수 있다. 개미와 진딧물의 관계를 보면, 개미는 진딧물을 보호해준다. 그리고 진딧물은 개미에게 단물을 제공한다. 진딧물은 개미의 가축인 것이다. 개미는 꽤 여러 종류의 가축을 기른다. 개미가 이들을 기르는 방법도 사람과 유사하다. 목동이 양 떼를 몰고 나가듯이 아침이 되면 개미들은 진딧물을 몰고 올라가서 좋은 잎에다 풀어놓고 보호하다가 저녁때가 되면 다 몰고 집으로 돌아온다. 개미의 세계에도 목축이라는 개념이 있는 셈이다.

어떤 개미들은 도구를 사용하기도 한다. 나뭇잎 두 장을 꿰매어 천막을 치는 개미들의 경우에서 그 점을 확인할 수 있다. 우리가 외양간에서 가축을 묶어 기르듯이 곤충들을 아예 굴속에 데려다 키우며 먹이는 개미들도 있다. 깍지벌레들을 주로 외양간에 넣어 기른다.

먹이를 이용하는 동물의 지혜

들토끼 가운데는 자기 몸무게보다 100배가 넘는 건초를 저장하는 녀석이 있다. 추운 겨울을 나기 위해서 먹을 것을 예비해 두는 것이다. 두더지들은 지렁이를 반만 먹고 나머지는 자기 굴속으로 끌고 간다. 훗날 키워서 먹으려고 지금의 배고픔을 참는 것이다. 800마리나

되는 지렁이를 키우고 있는 두더지의 농장이 발견된 적도 있다. 해오라기는 벌레를 잡아 냇물에 떨어뜨린다. 그것을 먹으려고 모여드는 물고기를 잡으려고, 작은 것을 투자하여 더 큰 먹이를 얻는 것이다. "토끼보다는 두더지가 낫고, 두더지보다는 해오라기가 더 낫다."

도구를 사용하는 악어의 사냥법

악어가 도구를 이용해 사냥하는 것을 알고 있는가? 아메리카 악어는 백로를 사냥할 때 도구를 사용한다. 이런 장면은 미국의 악어농장에서 종종 보이는데, 매년 백로가 번식할 철이 되면 이 악어농장에 백로들이 천적을 피해 둥지를 튼다. 이때 백로들은 집을 지을 때 사용할 나뭇가지를 구하기 위해 쉴 새 없이 움직인다. 그리고 이때, 아메리카악어들은 아주 영리하게 백로를 사냥하는데 그 방법은 코 위에 나뭇가지를 올려놓고 물 위에 떠 있는 것이다. 그러면 백로는 둥지에 사용할 나뭇가지를 주워가려고 하고, 그 순간 악어는 백로를 물어서 사냥한다.

자연계 최고의 헌혈자, 흡혈박쥐

박쥐만큼 우리 인간으로부터 억울한 누명을 뒤집어쓴 동물도 없을 것이다. 날짐승과 길짐승 편을 오가며 자기 잇속을 취하려는 기회주의자로, 또 소설이나 영화 〈드라큘라〉에서는 검은 망토를 두른 채, 밤마다 남의 목을 물어 피를 빨아먹는 존재로 인식되었다. 하지만 자연계에서 헌혈의 은혜를 베풀 줄 아는 거의 유일한 동물은 놀랍게도 우리가 드라큘라의 모델로 삼은 그 끔찍한 '흡혈박쥐(Vampire Bat)'다.

지구상에 사는 박쥐 대부분이 과일이나 곤충을 먹고 사는 반면, 흡혈박쥐들은 실제로 열대지방에 사는 큰 짐승들의 피를 주식으로 하여 살아간다. 그렇지만 소설이나 영화에서처럼 목 정맥을 뚫어 철철 쏟아져 나오는 피를 들이마시는 것이 아니라 그저 잠을 자는 동물의 목 부위를 발톱으로 긁어 상처를 낸 후 그곳에서 스며 나오는 피를 혀로 핥아먹는 정도다.

그런데 박쥐들은 신진대사가 유난히 활발한 동물이다. 흡혈박쥐 또한, 예외가 아니다. 그렇기에 하루, 이틀 피를 마시지 못하면 기진맥진하여 죽고 만다. 밤이면 밤마다 피를 빨 수 있는 큰 동물들이 언제나 주변에 있는 것이 아닌지라 상당수의 박쥐가 굶주린 배를 움켜쥐고 귀가한다. 그러다 보니 이들 흡혈박쥐 사회에서는 피를 배불리 먹고 온 박쥐들이 배고픈 동료에게 피를 나눠준다. 이렇게 피를 받아먹은 박쥐는 그 고마움을 기억하고 훗날 은혜를 갚을 줄 알기 때문에 이 진기한 헌혈풍습이 유지되는 것이다.

기생충이 동물을 조종한다

달팽이는 건조한 곳에 오래 있지 못한다. 몸속의 수분이 지나치게 많이 증발하기 때문이다. 그런데 바다달팽이 중 어떤 종은 일단 기생충에 감염되면 매일같이 자꾸 바위 위로 기어오른다. 쉽사리 갈매기의 먹잇감이 될 것은 너무나 자명한 일이다. '이 무슨 어처구니없는 자살행위란 말인가?' 궁극적으로 갈매기 몸속으로 들어가야 번식을 마칠 수 있는 기생충이 달팽이를 이용한 것이다.

비슷한 식으로 기생충에게 당하는 개미들도 있다. 평소에는 풀숲 사이로 기어 다니던 개미가 기생충의 공격을 받으면 자꾸만 풀잎 끝으로 기어오른다. 그리곤 풀을 뜯어 먹는 양이나 소의 장으로 빨려 들어간다. 이 역시 초식동물의 장 속에 들어가는 것이 목표인 기생충의 농간에 놀아난 것이다. 멀쩡하게 물속에서 잘 살던 물고기도 기생충에 감염되면 자꾸 수면 가까이 올라가 그만 왜가리 뱃속으로 끌려 들어가기도 한다.

생물학자인 '윌리엄 에버하드(William Eberhard)' 박사는 국제학술지 『네이처』지에 맵시벌 애벌레에게 농락당하는 거미의 운명을 소개했다. 평소에는 우리가 흔히 보는 모양의 둥근 거미줄을 치던 거미의 몸에 맵시벌이 알을 낳아 애벌레가 자라기 시작하면 기괴한 일이 벌어진다. 거미는 홀연 섬세한 거미그물 만들기를 중단하고 강한 바람에도 끄떡없는 엑스자 모양의 구조를 만든다. 결국, 맵시벌 애벌레는 거미를 죽이고 그 든든한 버팀 구조 한복판에 매달려 번데기를 튼다.

연가시의 알은 오직 육식 곤충의 몸에서만 부화하고 기생하는 데 곤충의 몸속에서 성장하다가 성충이 되면 곤충의 몸에서 빠져나와 민물로 돌아온다. 성충이 되면 기생충에서 수생 곤충으로 탈바꿈하기 때문이다. 그런데 연가시는 물 밖 공기 중에 노출되면 금방 죽는다. 따라서 연가시는 기생했던 곤충의 신경을 자극해 곤충을 물가로 유인하고 더 나아가 물에 뛰어들게 만든다. 즉 기생했던 곤충이 물에 빠지면 그사이 곤충의 몸에서 빠져나와 물속에 알을 낳는다. 영화 〈연가시〉

를 참고하면 이해가 빠를 것이다. 이처럼 우리가 하등동물이라 생각하는 기생충은 모든 동물을 지배하며 인간도 예외가 아니다.

※ 참고: 최재천의 『생명이 있는 것은 다 아름답다』

쥐와 인간, 그 애증의 관계

우리들의 쥐에 대한 인식은 부정적이다. 쥐는 약삭빠르고 잔꾀가 많은 동물이라며 "쥐새끼 같은 놈"이라는 말이 있을 정도다. 못난 사람이 잘난 체할 때는 "쥐뿔도 없는 것이"라는 표현을 쓴다. 또한, 쥐는 농작물에 피해를 주고 곡식을 훔쳐 먹는 해로운 동물이며 인류 역사상 가장 많은 사망자를 낸 '페스트(흑사병)'의 범인인 동시에 식중독, 유행성 출혈열 같은 각가지 병을 옮기는 것으로 알려졌다. 하지만 반대로 인류의 평균수명을 십 년 이상이나 연장해준 많은 생물학 및 의학실험의 절대적인 공헌자 역시 실험용 쥐들이며 현재 세계에서 가장 많이 팔리는 100위 안의 의약품 역시 모두 쥐 연구로 만들어진 것이라는 자료도 있다.

그리고 쥐는 자연재해를 예고해 주는 영물이기도 하다. 그런 까닭에 바닷가나 섬 지방에서는 쥐의 이동을 보고 풍랑을 미리 점치기도 하고 해일, 지진, 산사태 등 지각의 변동을 미리 알아차리는 민감한 예지력도 있어서 지진이나 해일 등의 조짐이 있으면 쥐가 떼 지어 피난하거나 배에 있던 쥐들이 배 밖으로 튀어나오는 등 크게 동요를 보인다고 한다. 핵실험으로 초토화가 된 땅에도 살아남는 유일한 생명체도 바로 쥐들이다. 제2차 세계대전 직후, 미국은 남태평양 어느 작은 섬에서 엄청난 핵실험을 감행했다. 나무 한 그루 남지 않은 그 섬의 유일한 생존자가 바로 쥐들이다.

서양에서 쥐는 저주받은 지옥의 주인이지만 동양에서는 영특하고 지혜로운 다산의 상징으로 '십이지(十二支)'의 첫 자리를 차지하고 있다. 쥐는 싫으나 좋으나 우리 인간과 가장 오래 함께 살아왔고 앞으로도 함께 살아갈 동물이다.

백로의 잔인함과 무한경쟁

우리는 "까마귀 노는 곳에 백로야 가지 마라"는 속담이 있을 정도로 백로는 깨끗하고 정숙한 사람을 상징했다. 하지만 어떤 면에서 백로는 잔인한 새다. 백로들은 둥지 안에서부터 피비린내 나는 경쟁을 시작한다. 같은 어미가 낳은 친형제들끼리 서로 둥지 밖으로 밀어 떨어뜨리거나 어미에게 먹이를 받아먹지 못하게 하여 끝내 죽게 만든다. 하지만 어미는 이 끔찍한 사건들을 그냥 바라보기만 한다. 마치 그럴 줄 알았다는 표정으로 물끄러미 바라볼 뿐이다. 사실 둥지를 떠나 살아남지 못할 자식은 일찌감치 사라지는 것이 어미에게도 훨씬 경제적일 것이다. 그들이 사회에 적응하기 위해 갓난아기 때부터 겪어야 하는 삶의 역경이다.

> *"까마귀 검다 하고 백로야 웃지 마라. 겉이 검은들 속까지 검을쏘냐. 겉 희고 속 검은 건 너뿐인가 하노라."*
>
> *— 이직(李稷)*

어떤 새가 우리 새인가?

까치는 우리에게 '길조'로 알려져 왔다. 그렇기에 "까치가 울면 손님이 온다."라는 속담까지 있을 정도로 우리 민족에게 정감 있는 새였다. 우리가 까치를 얼마나 좋아했으면 감나무에서 홍시를 따면서 '까치밥'이라고 하며 홍시를 남겼을까. 그런 까치가 농작물에 피해를 주고, 전신주의 까치집이 정전사고를 유발한다고 하여 '유해조류'로 지정되었다. 그리고 까치를 포획, 사살하면 당국에서는 보상까지 해주고 있다. 하지만 까치가 까치집을 전신주에 짓는 이유는 인간의 난 개발로 서식지를 잃었기 때문이며, 나뭇가지를 이용하여 집을 짓는 까치집은 절대로 정전사고를 일으키지 않는다. 인간들이 무분별하게 버린 철사를 까치가 나뭇가지로 오인 그것으로 집을 짓기 때문이다. 결국, 정전사고는 인간이 일으키고 있는 셈이다.

까치와 더불어 우리의 토종 새인 까마귀는 어미 새가 늙고 병들어 더는 먹이 활동을 할 수 없으면 먹이를 물어다 어미를 공양한다. 하지만 까마귀는 그 생김새와 울음소리 때문에 죽음을 연상시키는 '흉조'로 나쁘게 인식됐다. 반면, 당국에서는 매년 파주 하늘로 날아드는 수천 마리의 독수리가 멸종위기 종이라 하여 예산을 들여 먹이를 주고 있다. 우리의 토종 새인 까치와 까마귀가 멸종위기 종이 되면 관심을 받게 될까?

늑대의 오명

우리 사회에서는 음흉한 남자를 가리켜 흔히 늑대 같다고 표현하는 잘못된 인식을 하고 있다. 하지만 늑대는 자연계에서 몇 안 되는 단혼제를 지키는 독특한 동물이고 애처가라고 할 정도로 수컷 늑대는 암컷이 죽기 전까지 절대 바람을 피우지 않으며 오직 일부일처제만 고수한다. 수컷 늑대는 평생 한 마리만의 암컷만을 사랑하고 암컷이 먼저 죽으면, 가장 높은 곳에서 울어대며 슬픔을 고하다가 결국 통곡까지 한다고 한다.

또한, 수컷 늑대는 자신의 암컷과 새끼를 위해서 다른 천적들과 싸우기도 하며, 암컷이 죽어서 간혹 재혼한 수컷 늑대라도 과거의 새끼들까지도 책임지고 키운다고 한다. 물론 모든 늑대가 꼭 그렇게 행동하는 것은 아니지만 적어도 우리가 알고 있는 늑대에 대한 인식과는 달리, 늑대 대부분은 가정에 충실하고 부부애는 독특할 정도로 애틋하다.

토지지신 지룡대감 '토룡'

지렁이는 완전한 비폭력 평화주의 종이며 지구상에 존재하는 최고의 청소부다. 만약 사람이 지네나 뱀을 밟는다면 물리고 말 것이다. 지렁이는 그냥 아무런 저항도 없다. 오죽했으면 "지렁이도 밟으면 꿈틀댄다."라는 속담이 생겼을까. 그런 약한 지렁이지만 생명력은 대단하다. 지렁이는 몸이 절반가량 잘려도 새살이 돋아나 살 수 있다. 지렁이가 하는 일은 참 많다. 지렁이는 먹이사슬 가장 아랫자리에 있어 새, 두더지, 개구리, 도롱뇽, 뱀이 좋아하는 먹잇감이며 또한 썩은 식물이나 나무 부스러기를 먹고 눈, 지렁이 똥에는 식물이 좋아하는 무기질과 영양소가 듬뿍 들어있다. 지렁이 똥 1g 속에는 1억 마리가 넘는 미

생물이 살고 있어서 흙을 살게 해준다. 이런 흙을 지렁이 한 마리가 1년에 3~4kg씩 만들어 낸다.

그리고 일단 땅속을 순환시켜 다른 생명체들이 살아나가는 데 있어 없어서는 안 될 존재다. 인간이 오염시킨 대지를 묵묵하게 정화하고 있는 존재, 지렁이는 최고의 청소부다. 그래서 말한다. "지렁이는 용이다. 토룡이며 '토지지신 지룡대감'이다." 오늘도 벌레처럼 기며 거룩하고 성스럽게 땅을 가꾸고 일구는 농사의 신, 위대한 토지지신 '토룡'이다.

지렁이가 많았던 예전 시골에서는 소나기가 오고 나면 길가나 건물 옥상에 지렁이를 흔히 발견할 수 있었다. 길가는 그렇다 치고, 건물의 옥상에 지렁이가 있는 이유를 나는 도무지 이해할 수가 없었다. 그것은 "빗물을 타고 하늘로 올라가던 지렁이가 떨어져서 그렇게 되었다."는 말을 많이 들어 봤지만, 아직도 그걸 정확하게 증명하는 자료나 책을 보지 못했다. 하지만 어린 시절 지렁이에 오줌을 누어봤던 사람들은 알 것이다. 고추가 따끔거리며 팅팅 부어오른다는 사실을, 그래서 그것을 아는? 일부 어른들은 지렁이에게 오줌을 누지 말라고, 말해 주었었다. 나 또한 그런 경험이 있기에 '지렁이의 승천'을 믿는다.

멸치 이야기

지금은 멸치가 '완전식품'이라 불리지만, 옛날에는 너무 흔한 생선이라서 가치를 인정받지 못했다. 변변찮은 생선으로 여겨 업신여길 '멸(蔑)'자를 써, '멸치', 혹은 성질이 급해서 물 밖으로 나오면 죽는다고 해서 멸할 '멸(滅)'자를 써 '멸어'라고 불리기도 했다.

멸치 하면 가장 먼저 떠오르는 것이 '칼슘(Ca)'이다. 그러나 요즘 판매되고 있는 멸치는 햇볕을 쬐지 않고, 실내에서 열풍으로 말린 제품이 대다수이기 때문에 칼슘만 있고, 우리 몸 안에서 칼슘 흡수를 돕는 비타민D는 없다. 그러므로 멸치 구매 후, 각 가정에서 하루 동안 햇볕에 쬔 후(비타민D 생성), 사용하는 것이 좋다. 유리 창문이나 비닐 창문을 통해 들어온 햇빛은 비타민D 생성에 효과가 없다는 점에 유의하고, 직사광선에 노출해야 한다.

멸치 중에는 '멸치 중의 멸치', '멸치의 왕'이라 불리는 '죽방멸치'가 있다. 죽방멸치는 '죽방'이라는 대나무로 만든 부채꼴 모양의 말뚝을 통해 생산되는 멸치이며, 남해군의 특산물이다. 일반 멸치처럼 그물로 잡지 않고, 남해안의 청정해역의 빠른 유속에 의해 멸치들이 죽방렴 안으로 들어가게 함으로써, 비늘이나 몸체 손상 없이 건져 올릴 수 있다.

특히 지느러미는 물론이고 멸치 외형이 단 한 곳도 손상되지 않고, 자연 그대로를 유지해야 한다. 그러므로 주민들이 바다 한가운데 설치된 불통에서 육지 건조장까지 옮기는데 멸치에 상처를 내지 않으려고 적은 양을 자주 옮겨야 하며 죽방렴 설치와 어장 면허가 제한되어 있어 소량만이 생산할 수 있다. 고영양 플랑크톤이 서식하는 남해안에서 자라 육질이 단단하고 기름기가 적어 비린내가 나지 않는 고급 멸치이기 때문에 다른 멸치에 비해 5~10배 정도 비싸다.

동물에게 배우다

개는 인간의 충직한 친구다

개는 생후 6개월까지의 주인을 못 잊는다고 한다. 우리의 진돗개는 첫 주인을 평생 주인으로 알고, 새 주인을 잘 따르지 않는 충직함을 보인다. 첫 느낌, 첫사랑이 영원한 기억 속의 사랑인 것은 인간이라고 별반 다르지 않다. 프랑스의 유명 작가 '앙드레 모루아(Andre Maurois)'는 말했다. "첫사랑은 남자의 일생을 좌우한다." 이는 주인을 행한 진돗개의 충정에 비유되곤 한다. 그에 반해 독일의 명견 셰퍼드는 밥 주는 사람을 주인으로 따른다.

그러나 제일 중요한 것은 개는 학대를 받아도 계속하여 인간에게 충성하며 관심을 받고 싶어 한다는 것이다. 과학적으로 증명된 자료에 의하면 인류가 멸종한다면 가장 먼저 멸종하는 동물이 개라고 한다. 그만큼 개는 인간의 충직한 친구다.

우리나라에서 반려견의 법적 지위는 물건과 같이 취급되고 있다. 속칭, '애견공장'에서는 개를 대량생산하고 있으며 한 해 버려지는 유기견이 10만 마리를 훨씬 넘어서고 있다. 그중 20%는 입양하는 새 주인을 못 찾아 안락사를 시킨다고 한다. 반면 많은 선진국에서는 반려견에 상당 수준의 법적 지위를 부여하고 있으며 특히 독일에서는 반려견을 키우려면 '필기', '실기시험'을 통과해야 하고 세금도 내야 한다. 또한, 대중교통도 이용할 수 있으며, 개와 함께 버스나 지하철 이용 시 추가로 어린이 요금에 해당하는 금액을 내야 한다. 이렇게 모인 반려견 세금 중 일부는 독일 동물 보호소에 있는 동물들의 치료나 목적으로 사용된다. 독일은 법적으로 애완동물 가게에서 개, 고양이 판매가 금지돼 있어 동물 보호소에서 동물 입양이 활발하게 이뤄진다.

반려동물과의 소통법

반려동물과 빠른 소통을 하기 위해선 어떻게 해야 할까? 잘못된 행동을 하면 어떻게 해야 할까? 사실 반려견을 기르는 많은 사람이 잘못된 의사소통으로 이런 고민을 하는 사람들이 많다. 중요한 것은 '악플'보다 '무플'이 더 무섭다는 것이다. 누군가가 나에게 악플을 단다는 것은 관심이 있다는 증거다. 무플이라는 것은 그 관심조차도 없다는 것을 의미한다. 그렇기에 강아지들이 잘못했을 때는 혼내지 말고 완벽한 무시를 해주는 게 훨씬 더 효과적이다.

이 무시를 할 때는 정말로 나무처럼 서서 눈도 마주치지 말아야 한다, 예를 들어 계속 점프하는 아이가 있으면 아예 눈도 마주치지 않고 돌아서서 무시하여야 한다. 그러다 앉았을 때는 우리가 원하던 행동이기 때문에 그 즉시 칭찬을 해주거나 간식을 준다. 그렇게 하면 강아지는 '점프할 때보다 내가 가만히 앉아있을 때 우리 주인님이 좋아하는구나!' 하고 인식하게 된다. 그리고 칭찬하거나 간식을 줄 때는 허리를 숙여서 주는 그것보단 무릎을 굽혀서 눈을 마주하며 주는 것이 강아지들에게 좀 더 안정적이고 긍정적인 효과를 줄 수 있다.

개미사회의 평등

개미들의 전쟁을 살펴보면 정작 전투에는 참여하지 않은 채, 싸우고 있는 동료들을 이리저리 확인하고 돌아다니다 갑자기 홱 돌아서 집으로 내달리는 개미가 있다. 바로 연락병 개미다. 아군의 병력이 부족하다고 판단되면 재빨리 후방으로 달려가 지원군을 요청한다. 의무병과 간호사 개미도 있다. 부상한 동료를 내버려 두지 않고 후방으로 후송한다. 또 다른 무리의 개미들은 후송된 개미들의 상처 부위를 핥아준다. 그저 상처 부위를 씻어내는 것인지 항생제를 발라주는 것인지는 확실하지 않으나 구조되지 않은 개미는 24시간 안에 80%가 사망하는 데 반해 치료받은 개미의 사망률은 10% 줄어든다.

개미 전쟁과 인간 전쟁의 결정적인 차이가 하나 있다. 개미학자들이 개미 전쟁을 관찰한 지 족히 100년이 넘었건만 아직 아무도 '대장 개미'를 찾지 못했다. 개미 전쟁에는 전투를 진두지휘하는 장수가 없다.

성경 잠언 6장 7~8절에는 다음과 같은 구절이 있다. "개미는 두령도 없고 감독자도 없고 통치자도 없되, 먹을 것을 여름 동안에 예비하여 추수 때에 양식을 모으느니라."

이 지구상에서 가장 '사회적인 생물'은 개미라고 한다. 퓰리처상을 받은 '베르트 횔도블러(Bert Hölldobler)'의 『개미 세계로의 여행』을 보면,

앞으로의 지구는 사람이 아니라 개미가 지배할 것이라는 주장을 펼친다. 그 근거는 개미들의 희생정신과 분업 능력이 인간보다 더 뛰어나기 때문이라는 것이다. 실제로 개미는 굶주린 동료를 절대 그냥 놔두는 법이 없다. 그 비결이 무엇일까? 개미는 위를 두 개나 가지고 있다. 하나는 자신을 위한 '개인적인 위'이고, 다른 하나는 '사회적인 위'이다. 굶주린 동료가 배고픔을 호소하면 두 번째 위에 비축해 두었던 양분을 토해내서 먹이는 것이다.

한문으로 개미 '의(蟻)'자는 벌레 '충(虫)'자에 의로울 '의(義)'자를 합한 것이다. '의로운 벌레', 인간사회보다 개미사회가 더 평등하고 공정하며 정의롭지 않을까?

'꿀벌의 춤'은 언어다.

꿀벌은 춤으로 말한다. 꿀벌이 추는 춤에는 꿀이 있는 곳까지의 방향과 거리에 대한 정보가 담겨 있다. 꿀벌의 사회에서는 매일 아침 일찌감치 꿀을 찾아 나서는 이른바 정찰 벌들이 있다. 좋은 꿀을 발견한 정찰 벌들은 집에 돌아와 동료들에게 각자 자기가 떠온 꿀을 맛보게 하곤 곧바로 춤을 추기 시작한다. 이때 추는 춤에는 꿀이 있는 곳까지의 방향과 거리에 대한 정보가 담겨 있다. 춤을 추는 태양과의 각도로 방향을 나타내고 춤을 추는 속도로 거리를 나타낸다. 이 같은 벌들의 춤 언어가 얼마나 정확하고 객관적인지 인간인 우리도 그들의 춤을 읽고 정찰 벌이 꿀을 발견한 장소를 찾아갈 수 있다.

꿀벌의 춤 언어를 처음 해독한 공로로 1974년 노벨 생리 및 의학상을 받은 오스트리아의 '폰 프리쉬(Karl von Frisch)' 박사는 대학에서 학생들을 가르칠 때 실제로 꿀벌의 춤을 보고 꿀이 있는 곳을 찾아내는 시험을 치렀다고 한다.

그리고 시간은 흘러 이제 우리는 꿀벌의 춤 언어를 알아듣는 수준에서 더 나아가 꿀벌에게 그들의 언어로 말을 걸 줄도 안다. 독일의 '막스 플랑크연구소(MPG)'의 연구진은 꿀벌 로봇을 만들어 벌통 안에 넣고 컴퓨터로 조정하여 춤을 추게 하였다. 정찰 벌들이 추는 그런 춤을, 그리곤 춤으로 알려준 장소에서 기다렸더니 벌들이 그리로 날아왔다는 것이다. 우리가 꿀벌에게 말을 건 것이다. 우리가 그들과 말을 하고 싶어 한다는 사실을 알아채고 대꾸하기 시작하면 드디어 대화할 수 있게 되는 것이다. 그리 머지않은 미래 우리는 동물들과 대화를 하게 된다.

농게의 비폭력주의

동물 중에서 몸에 비례하여 가장 큰 무기를 가지고 있는 동물은 어떤 종일 가? 그것은 바로 농게다. 농게 수컷의 한쪽 집게는 자기 몸의 절반 크기가 넘는다. 그것은 다른 농게에게 치명적일 정도로 강력하다. 하지만 농게 수컷들이 싸우는 모습은 거의 볼 수 없다. 그들은 그저 멀리 떨어져 집게를 흔드는 것으로 승부를 겨룬다.

이길 수 있을 때만 싸우는 방울뱀

사막의 방울뱀은 자신보다 큰 적이 나타나면 꼬리를 흔들어 위협적인 소리를 낸다. 자신의 존재를 알려 적에게 경고하는 것이다. 하지만 방울뱀이 정작 사냥에 나설 때는 그런 소리를 내지 않는다. 소리 없이 다가가 무서운 독으로 일격에 먹잇감을 제압한다. 방울뱀은 자기보다 큰 먹잇감을 사냥하지 않는다.

거북이가 느린 이유

거북이는 물고기가 잠을 잘 때 눈치채지 못하도록 아주 느리게 조심스럽게 접근한다. 그리고 사냥감의 꼬리지느러미와 가슴지느러미를 잘라 먹는다. 이후 물고기가 잠에서 깨어나도 이제는 아무리 느린 거북이라도 식은 죽 먹기다.

펭귄의 희생정신

펭귄들은 서로 촘촘히 다가서서 추위를 견딘다. 서로를 배려하며 고통을 함께 나누는 방식으로 추위를 견딘다. 가장자리에 매서운 바람을 가장 먼저, 가장 혹독하게 견뎌야 하는 펭귄은 일정한 시간이 지나면 바람이 가장 적은 안쪽으로 옮긴다. 그러면 또 다른 펭귄이 가장자리에 서서 거센 눈보라를 맞는다. 그 어떤 펭귄도 가장자리에 서는 것을 거부하지 않는다. 내가 앞에 서지 않으면 서로를 보호할 수 없고, 자신도 살아갈 수 없기 때문이다.

도우미 새와 집 짓는 지혜

맞벌이 가정은 자녀를 돌봐줄 아이 돌보미가 필요하다. 그런데 사람처럼 돌보미를 두는 동물이 있다. 바로 '물까치(Azure-winged magpie)'다. 물까치는 한반도 전역에 사는 텃새로 청초한 푸른 빛 날개와 꼬리가 특징이다. 덩치는 까치보다 조금 작아서 부리에서 꼬리까지 37cm 정도 된다. 잡식성으로 숲과 강에서 무리를 지어 산다. 물까치는 다른 대부분 조류와는 달리 일부일처제를 지켜서, 배우자가 죽거나 무리를 떠나지 않는 이상 매년 같은 상대와 번식을 한다. 하지만 물까지 무리는 대부분 수컷이 암컷보다 많아서 짝을 못 찾는 수컷 새들이 생긴다. 이런 새들은 알을 낳고 새끼를 기르는 부부를 돕는 '도우미(Helper)'가 된다.

둥지에는 부부 새 말고도 다른 수컷 새 한 마리가 둥지에 붙어서 번식을 돕는다. 도우미는 알을 깨고 나온 물까치 새끼에게 먹이를 날라다 주고, 배설물을 치우는 일을 한다. 또 까치, 까마귀, 청설모 등이 알을 먹거나 해치려고 둥지에 접근하면 큰 소리를 내며 이들을 보호한다. 도우미는 모두 만 0~1세 수컷으로 아직 짝을 찾지 못한 독신이거나 짝을 잃은 새들이 맡는다. 물까치에서 도우미가 나타나는 직접적인 원인은 암수 성비가 맞지 않기 때문이다. 이런 어린 수컷은 도우미 일을 하다가 배우자를 만나면 자신이 직접 번식을 한다. 어쩌면 도우미는 더 멋진 아빠가 되기 위한 예행연습일지도 모른다.

새 중 일부 새들은 비바람이 부는 날을 골라 둥지를 짓는다고 한다. 나뭇가지가 비바람에 날리고 땅바닥에 곤두박질해도 집짓기를 멈추지 않는다. 바보 같아서가 아니다. 악천후에도 견딜 수 있는 튼실한 집을 짓기 위해서라고 한다. "나무에 앉은 새는 나뭇가지가 부러질 것을 두려워하지 않는다. 왜냐하면, 새는 나뭇가지를 믿는 게 아니라 새 자신의 날개를 믿기 때문이다."

낙타의 생존전략

낙타는 느리고, 아무거나 닥치는 대로 먹기로 소문난 동물이다. 그런 낙타에게서 '지혜'를 찾는다는 것이 매우 생소하지만, 사실 낙타에게서 배울 수 있는 지혜는 참 많다. 180만 년 전 빙하기 시대, 낙타는 수천만 년 동안 살아온 초원을 버리고 사막에 터를 잡는다. 먹힐 염려도 없지만 먹을 것도 없는, 즉 생물이 살기에 최악의 조건만 있는 사막에서 낙타는 어떻게 생존할 수 있었을까?

먼저 낙타의 첫 번째 생존전략은 정공법이다. 사막의 뜨거운 태양을 피하고자 동굴로 피하거나 등을 돌리는 다른 동물과 다르게 낙타는 태양을 마주 본다. 태양을 직접 바라보면 당장 얼굴은 뜨겁지만, 몸에 그늘을 만들어 오히려 시원하다는 깨달음을 얻었던 것이다. 두 번째 생존전략은 저돌성이다. 낙타는 양식이 풍족하지 않은 사막에서 가시덤불, 다른 동물의 뼈까지도 먹으면서 살았다. 여기에 함유된 수분을 온몸 구석구석에 저장하고 하루 최대 200ℓ의 물을 마실 정도로 정격용량을 늘렸고, 그뿐만 아니라, 수분 손실을 막기 위해 소변도 농축해서 배출한다고 한다.

마지막 생존전략은 진중함이다. 냉혹한 추위와 살인적인 더위가 반복되는 사막에서 열 손실을 막기 위해 여분의 지방은 혹에 몰아넣었으며, 사막에서 함부로 달리지 않았고, 쓸데없이 헐떡이지 않았으며 자신에게 달리는 능력이 있다는 걸 모른 척했다. 낙타는 최대 시속 60km까지도 달릴 수 있지만, 달리지 않는 것이다. 페르시아의 시인 '사디(Saadi)'는 말했다. "바람처럼 빨리 달리는 말은 점점 속력이 둔해지지만, 낙타를 부리는 사람은 여행지까지 줄기차게 걸어간다."

사자가 '초원의 왕'인 이유

사자 5마리와 들소 100마리가 싸우면 누가 이길까? 당연히 사자가 이긴다. 우리는 들소 떼를 공격하는 사자들을 '동물의 왕국'에서 흔히 봐왔다. 들소 10마리만 협동해도 사자 5마리는 거뜬히 물리칠 수 있다. 하지만 들소들은 그렇게 하지 않는다. 자신만 안 잡히면 된다고 생각하기 때문이다. 100마리 중 하나가 자신이 아닐 거라는 안도감을 갖기 때문이다. 사자들은 이번 사냥에 실패하면 굶어 죽는다는 '절박함'이 있지만, 들소들은 나만 아니면 된다는 '안이함'을 갖는다. 한 마디로 사자들은 서로 협동하며 목숨을 거는 데 들소들은 아니다.

만약 사자 한 마리와 들소 한 마리가 싸우면 어떻게 될까? 절대로 사자가 들소를 이기지 못한다. 인간들도 이와 같다. 깡패 5명이 일반인 100명을 이긴다. 일반인 10명만 단합해도 깡패 5명쯤은 거뜬히 제압할 수 있지만, 깡패 같은 절박함(깡)과 의리? 가 없기 때문이다.

새끼 곰을 버리는 어미 곰

곰의 모성애는 인간보다 더 깊고 따뜻하다고 한다. 하지만 새끼가 두 살쯤 되면 어미 곰은 새끼 곰을 데리고 산딸기가 있는 먼 숲으로 간다고 한다. 평소에 눈여겨보았던 산딸기밭이다. 어린 새끼는 산딸기를 따 먹느라고 잠시 어미 곰을 잊어버린다. 그 틈을 타서 어미 곰은 몰래, 아주 몰래 새끼 곰의 곁을 떠난다. 그렇게 애지중지 침을 발라 기르던 새끼를 왜 혼자 버려두고 떠나는 걸까? 왜 그렇게 매정하게 뒤도 돌아보지 않고 떠나는 것일까? 그 이유는 간단하다. 그건 새끼가 혼자서 살아가도록 하기 위해서다. 언제까지나 어미 품만 의지하다가는 험한 숲속에서 생존할 수 없기 때문이다. 발톱이 자라고 이빨이 자라 혼자서 살만한 힘이 붙었다 싶으면 어미 곰은 새끼가 혼자 살 수 있도록 먼 숲에 버리고 오는 것이다.

새끼 곰을 껴안는 것이 어미 곰의 사랑이듯이 새끼 곰을 버리는 것 또한 어미 곰의 사랑인 것이다. 인간사회에서는 이와 반대의 상황이 연출되고 있다. 발톱이 빠지고 이빨이 빠져 혼자서 살만한 힘이 없어진 어미를 새끼가 버린다.

사슴의 녹명(鹿鳴)

'녹명(鹿鳴)'은 사슴 '록(鹿)', 울 '명(鳴)' 즉, '사슴의 울음소리'를 말한다. 사슴은 먹이를 발견하면 먼저 목놓아 운다. 즉, 먹이를 발견한 사슴이 다른 배고픈 동료 사슴들을 불러 먹이를 나눠 먹기 위해 내는 울음소리를 '녹명'이라 한다. 수많은 동물 중에서 사슴만이 먹이를 발견하면 함께 먹자고 동료를 부르기 위해 운다고 한다. '세상에서 가장 아름다운 이 울음소리를 당신은 들어 본 적 있는가?' 여느 짐승들은 먹이를 발견하면 혼자 먹고 남는 것은 숨기기 급급한데, 사슴은 오히려 울음소리를 높여 함께 나눈다는 것이다. 녹명에는 홀로 사는 것이 아닌, 함께 살고자 하는 마음이 담겨 있다.

영국의 진화생물학자이자 동물행동학자이며 『이기적 유전자』라는 히트작을 쓴 '리처드 도킨스(Clinton Richard Dawkins)'는 그이 저서에서 이렇게 쓰고 있다. "남을 먼저 배려하고 보호하면 그 남이 결국 내가 될 수 있다. 서로를 지켜주고 함께 협력하는 것은 내 몸속의 이기적 유전자를 지키는 가장 좋은 방법이다."라는 것이다. 약육강식으로 이긴 유전자만이 살아남는 것이 아니라 상부상조를 한 부류가 더 우수한 형태로 살아남는다는 게, 도킨스의 주장이다.

그러나 또 다른 면에서는 녹명은 사슴의 '생존방법'이기도 하다. 사슴이나 무리를 지어 활동하는 동물들은. 혼자 먹이를 먹을 때보다 무리 지어 먹이를 먹고, 생활할 때가 천적으로부터 생존확률이 더 높아진다. 이유야 어땠든, "개도 울고, 닭도 울고, 심지어 하늘과 바람도 운다고 한다. 좋아도 울고, 슬퍼도 울고, 이별에 울고, 감격에 겨워도 운다. 그런 울음 중 녹명은 세상에서 가장 아름다운 울음소리다."

매와 알바트로스

영웅을 상징하는 매

예로부터 서양은 '독수리'를 우리는 '매'를 수호신처럼 여겨왔다. 그래서 미국의 많은 문장과 상징에는 독수리가 새겨져 있으며 미국 대통령의 문장 또한 흰머리 독수리다. 그에 반해 우리의 많은 문장과 그림에 매가 등장한다. 매 그림은 일찍부터 우리 역사에 등장하였는데, 가장 오래된 매 그림은 고구려 고분 벽화에서 발견된다. 또 수로왕이 가야국을 건설하던 시기에도 매에 대한 기록이 등장한다. 고려 때도 충렬왕이 매를 기르는 부서인 '응방(鷹坊)'을 설치하고 몽골 기술자를 초빙하여 사육시켰으며, 왕뿐만 아니라 많은 귀족이 매사냥을 즐겼다는 기록이 남아 있다.

매는 날카로운 눈매와 밑으로 꼬부라진 부리 등, 그 수려한 자태로 인해 항상 영웅을 상징했다. 또한, 높은 곳에서 앉아 지상을 내려다보는 자태가 악귀를 감시하고 물리친다는 신령스러운 존재로 여겨졌다. "매는 죽은 고기를 먹지 않고, 새끼 밴 동물을 잡지 않는다." 상황이 아무리 나쁘더라도 '지킬 것은 지키는' 매의 모습이, 죽은 것을 먹는 독수리보다 훨씬 신령스러운 존재로 인식되었다. 민간에서는 '마마(천연두)'를 치료하는 힘이 있다고 믿어 부적 그림으로도 자주 매를 그렸다.

매와 인간

수천 년간 매들은 포획되어 사람들의 집으로 옮겨지고 훈련되었다. 하지만 인간과 지척에서 살아온 다른 동물과 달리 매는 집안에서 길들지 않았다. 그것은 많은 문화권에서 매를 야생의 강한 상징으로 만들었고, 매는 정복하고 길들여야 하는 대상의 상징이 되었다. 훈련된 매는 역사를 상기시키는 특별한 능력이 있고, 그것은 매가 어떤 면에선 불멸의 존재이기 때문이다. 매들은 개별적으로 죽지만, 종 자체는 변함없이 남아 있다. 매는 가축화가 되지 않기에 품종이나 변종이 없다. 오늘날 우리가 날리는 매는 5,000년 전의 매와 똑같다. 그렇기에 매사냥하는 사람들은 다음과 같은 느낌이 든다고 한다.

'얼굴에 바람을 맞으며 팔에 매를 올리고 있노라면 순간적으로 자신이 시대의 계승자로 느껴진다. 역사 한 장을 넘기며 천 년을 거슬러 올라간다. 그렇게 매와 함께 있으면 역사가 느껴진다.'

매는 개나 말처럼 사교적인 동물이 아니고, 강압이나 체벌을 이해 못 한다. 매를 길들이는 유일한 방법은 먹이를 선물하는 긍정적인 강화를 통하는 길뿐이다. 내가 준 먹이를 매가 먹도록 하는 것이 매를 가르치는 첫걸음이다. 그렇기에 매를 훈련할 때는 너무 배부르지 않도록 허기진 상태를 유지해야 한다. 그것은 모든 동물이나 사람에게도 마찬가지다. 그래야 먹이를 선물하는 사람을 은혜를 베푸는 존재로 인식하기 때문이다. 사냥 법을 훈련할 때는 처음에 발에 가죽 줄을 달아서 조금씩 더 멀리 숲으로 날리다가 결국에는 줄 없이 자유롭게 날린다.

'헬렌 맥도널드(Helen Macdonald)'의 『메이블 이야기』라는 책에는 다음과 같은 글이 있다. "매는 슬퍼하지도 않고 상처를 입지도 않는다. 그저 사냥하고 죽일 뿐이다." 메이블은 저자가 훈련한 매의 이름이다.

까투리 사냥

꿩은 적이 가까이 다가오면 수풀 속에 머리를 처박는데 이 모습을 본 많은 사람으로부터 괜한 오해를 받게 되었다. '꿩은 워낙 머리가 나빠 자기 눈을 가려서 천적이 안 보이게 되면 천적이 사라졌다고 생각하는 거야!' 하지만 꿩의 이런 행동에는 이유가 있다. 우선은 참새나 멥새보다 큰 자신의 몸을 웅크려서 몸을 감추는 것이다. 적이 나타나면 그 커다란 몸을 숙여 적의 눈을 피하는 것이다. 그리고 땅속에 머리를 숙이는 더 큰 이유는 땅으로 전해지는 소리를 듣고 주위 상황을 살피기 위해서다.

꿩은 보기보다 판단력이 우수하고 청력이 매우 좋은데 땅속으로 머리를 넣어 접근하는 육식동물의 발소리를 통해서 상대의 크기와 위치를 판단할 수 있다. 그런 탐색을 통해 달아나야 할 방향을 재빨리 파악하고 달아나는 것이다. 그렇기에 꿩은 우리 옛 선조들에게는 잡기 힘든 날짐승 중의 하나였고 얼마나 꿩을 좋아했으면 "꿩 대신 닭"이라는 말과 "까투리타령"이 생겨났을까?

까투리타령은 매가 꿩을 사냥하는 것을 노래한 타령이다. 꿩의 수컷은 '장끼' 암컷은 '까투리'라고 한다. 꿩은 잡기 힘든 사냥감이었지만 잘 훈련된 매는 꿩을 잡는데 최고의 사냥꾼이었다.

※ 시치미: 훈련시킨 사냥하는 매는 웬만한 황소 몇 마리 가격이 나갈 정도로 귀했다. 그래서 '시치미'란 매의 이름표를 붙였다. 매의 꽁지나 다리에 달아주는 주인의 표시로서 매 도둑들이 이 시치미를 떼고 매를 훔쳐 가곤 했다. 여기에서 "시치미를 떼다."라는 말이 유래 되었다.

하늘을 믿는 새, '알바트로스'

'알바트로스(Albatross)' 크기의 최대기록은 양 날개를 편 길이가 3.4m다. 녀석은 다른 어떤 새보다 더 멀리 더 오래 난다. 위성으로 추적해 보니 어떤 알바트로스는 두 달 안에 지구를 일주하며, 날개를 퍼덕이지 않은 채 6일 동안 활공하는 것을 볼 수 있었다고 한다. 잘 때도 날면서 잔다. 이때는 뇌의 두 반구가 교대로 작동한다. 알바트로스가 배우자를 만나면 평생 해로하며 부부만의 유일무이한 신체 언어를 개발하여 오랜 헤어짐 후에 서로 만나 반길 때 쓴다. 알바트로스는 60년 동안 살 수 있지만 아주 느리게 번식하기 때문에 멸종 위기에 처했다.

먼바다에 사는 알바트로스는 비행하는 모습이 신선을 닮았다 해서 동양에서는 '신천옹(信天翁)'이라고 불렀고 풀이하면 '하늘을 믿는 늙은이'라는 뜻이다. 바닷새 중 가장 긴 날개를 가진 새로 독수리나 갈매기보다 더 멀리, 더 높게 나는 것으로 잘 알려져 있다. 날개를 활짝 펴고 고공 비행을 하면 그 어마어마한 위력에 다른 새들은 이내 기가 죽고 만다. 하지만 일본에서는 이 새가 날기 위해서 도약할 때나 땅에 내릴 때 허둥댄다고 하여 '아호 도리' 즉, '바보 새'라고도 부른다는 것이다. 날개가 어찌나 큰지 평소엔 도무지 날지 못하고 뒤뚱거리기만 한다. 그런데 폭풍이 몰려오면 달라진다. 모두가 폭풍을 피해 숨는 그 순간, 이 새는 바람을 향해 선다. 그리고 거센 바람에 몸을 맡기고 비상한다.

우리는 땅을 믿고 살고 있고, 참새나 메추라기 같은 새는 나뭇가지를 믿고 살고 있다. 그러나 신천옹, 알바트로스는 하늘을 믿고 살아가는 새이다. 그렇다면 하늘을 안식처로 생각하는 알바트로스가 어떻게 인간들의 땅에서 편안히 지낼 수 있겠는가? 신천옹은 비록 바보 같아 보이지만 가장 강인한 날개를 가진, 가장 높이 나는 새요, 가장 깨끗하고 절조가 있는 새이다.

알바트로스와 인연

나의 20대 시절, 강남 신사동 리버사이드호텔 옆에는 '알바트로스'라는 호프집이 있었다. 이곳은 한 사람이 1만cc의 호프를 마시면 모든 술값이 무료였다. 도전하고 싶은 사람이 벨을 울리면 그에게만 수도꼭지가 달린 1만cc의 드럼통 같은 술통이 제공되었고 2시간 안에 그 술을 다 마셔야만 했다. 그런데 '바보 새'라고 불리는 알바트로스처럼 '바보 같은 사람들'은 도전에 성공하면 안주를 포함한 모든 술값이 무료임으로 안주를 너무 많이 시켜 먹어 알바트로스처럼 뒤뚱거리다 오바이트를 하고 만다. 도전 실패다. 추가로 술값만 엄청나게 나오게 된다.

그리고 도전에 성공하게 되면 그 호프집 한쪽 벽, '명예의 전당'에 대추나무로 만든 나무에 이름을 새겨 목패가 걸리게 된다. 비로소 알바트로스처럼 날개를 활짝 펴고 날게 되는 것이다. 나는 자랑스럽게 명예의 전당에 내 이름을 걸었다. 지금도 제자들에게 이 무용담을 자주 얘기한다. 이 호프집 한 쪽 벽에는 다음과 같은 문구 또한 쓰여 있었다. "군바리 도전금지"

고양이의 역사

고양이와 인간

신석기 시대 유적에서 인간의 유골과 함께 고양이 뼈가 발굴되었다. 이것은 신석기 시대에 농경이 널리 행해지면서 고양이가 인간과 함께 살기 시작했다는 것을 시사한다. 곡물을 보관하면서 쥐들이 늘어나고 그에 따라 고양이들이 차츰차츰 인간의 주거지로 들어왔으리라는 것이다.

고대 이집트인들은 적어도 기원전 2,000년경부터 아프리카 야생 고양이를 길들여 왔다. 이집트인들은 고양이를 '다산과 치유' 그리고 '삶의 쾌락'을 관장하는 '바스테르 여신의 화신'으로 여기며 숭배했다. 고양이가 죽으면 시신을 미라로 만들어 고양이 묘지에 묻었고, 고양이를 죽이는 사람은 사형에 처했다. 이 고양이를 세계 곳곳으로 퍼뜨린 것은 뱃사람들이다. 그들은 쥐가 식량과 화물을 갉아 먹지 못하도록 배에 고양이를 싣고 다니다가 이 항구 저 항구의 교역 상대자에게 주었다.

성경에 유일하게 기록되지 않은 가축은 고양이다. 그래서 그런지 중세 유럽인들은 고양이를 마법이나 주술과 관련된 동물로 여기면서 학살을 일삼았다. 그들이 보기에 개는 인간에게 순종하는 충직한 동물이지만 고양이는 독립적이고 사악한 동물이었다.

그리고 14세기 중엽 흔히 흑사병이라 불리는 페스트가 유럽을 휩쓸었을 때, 유대인 공동체는 주위의 다른 지역들에 비해 피해를 훨씬 적게 입었다. 유대인들은 그 때문에 미움을 사서 페스트가 사라지고 난 뒤에 온갖 박해와 대학살을 당했다. 이제 우리는 알고 있다. 유대인 구역이 페스트의 피해를 덜 입었던 것은 쥐들을 몰아내는 고양이를 키웠기 때문이라는 것을.

한국의 고양이

한국에 고양이가 들어온 것은 중국에서 불교가 전해져 올 때의 일이다. 경전을 쥐로부터 보호하기 위해 고양이를 함께 들여왔다고 한다. 일본에는 헤이안 시대에 고려인들을 통해서 고양이가 전해졌다. 동양화에서 고양이가 그려지면 그것은 '70노인'이라는 뜻의 상징으로 쓰인다고도 한다. 고양이를 뜻하는 한자 '묘(猫)'의 발음이 70노인을 뜻하는 한자 '모(耄)'와 비슷해서라고 한다, 예를 들어 고양이와 나비가 있는 그림은 '70노인이 80 되도록 사십시오.'라는 뜻이다. 이게 함축된 대표적인 그림이 바로 단원 김홍도의 〈황묘농접도〉이다.

고양이의 매력

고양이의 매력이 현대인을 지배하고 있다. 고양이는 인간의 아기와 닮아 우리의 모성애와 부성애를 자극한다. 반면 고양이를 싫어하는 사람들은 울음소리가 아기 울음소리와 같기 때문이라고 한다. 고양이의 진짜 매력은 '밀당'에 있다. 그것은 바로 '나쁜 남자' 콘셉트다.

개는 생각한다.

'인간이 나에게 밥을 줘, 그는 나의 신이야.'

고양이는 생각한다.

'인간이 나에게 밥을 줘, 나는 그의 신이야.'

고양이와 살다 보면

반려동물을 기른다는 것은 '아이를 키우는 것'만큼이나 책임감이 필요하다. 내가 기르던 고양이 이름은 '미도'였다. 월미도에서 아기 때 주워와서 이름을 미도라고 지었다. 나는 미도를 생각할 때마다 나의 이기심과 죄책감을 느낀다.

반려동물을 키우는 인구가 1,500만 명이나 된다고 한다. 그 숫자만큼이나 여전히 계속되는 반려동물 유기, 또한 오랫동안 인간은 동물에게 영혼도 사후세계도 허락하지 않았었다. 그러나 우리에게 특별한 누군가가 다시는 세상에 존재하지 않을 때 느끼는 상실감은 그 존재가 동물이라고 해서 가벼운 것은 아니다. 반려동물은 인간보다 수명이 짧다. 그래서 숙명적으로 우리는 이들의 노화와 죽음을 겪게 된다.

'나는 아침에 일어나 온몸을 쭉 폈다 다시 동그랗게 말아 올리면서 스트레칭을 끝낸 후 내게로 다가와 머리를 비비던 미도와의 이별만 생각해도 머리가 멍해진다.'

다음은 카뮈의 스승으로 알려진 '장 그르니에(Jean Grenier)'의 에세이 『섬』에 나오는 글이다. '물루'는 그가 기르던 고양이의 이름이다. "오후에는 침대 위에 가 엎드려서 앞발을 납죽이 뻗은 채 '가르릉'거리는 소리를 내며 잠을 잔다. 어제는 홍청대며 한바탕 놀았으니 아침 일찍부터 내게 찾아와서, 온종일 이 방에 그냥 머물러 있을 것이다. 이때다 싶은지, 어느 때 같지 않게 한결 정답게 굴어댄다. 피곤하다는 뜻이다. 나는 그를 사랑한다. 물루는, 내가 잠을 깰 때마다 세계와 나 사이에 다시 살아나는 저 거리감을 없애준다." 피치 못할 사정이 있었겠지만, 그는 고양이 물루를 안락사시킨다.

개와 고양이를 키워본 나는 말하고 싶다. "반려동물과 헤어짐의 슬픔이 유난하다고 타박하는 자의 천국에 인간만 있기를, 그리고 그런 그곳에 나는 가고 싶지 않다."

얼마 전 서울대 연구팀이 고양이에 대한 놀라운 연구 결과를 내놓았다. 집에서 기르는 고양이와 길고양이의 배설물을 검사했더니 배설물에서 곤충의 잔해를 발견했다는 것이다. 녀석들은 우리도 모르는 사이에 해충을 잡아먹고 있었던 것이다.

천상천하유아독존, 호랑이

호랑이라는 명칭

호랑이라는 말은 중국식 표현이고 우리 고유의 명칭은 범이다. 범이라고 하는 말도 실은 호랑이와 표범 모두를 지칭하는 말이며 조선 후기로 가면서 점차 호랑이라는 말이 범을 대신하게 된다. 범을 현재의 국어사전을 보면 다음과 같이 쓰여 있다.

범(虎 = 호랑이과의 총칭),

칡범(葛虎 갈호 = 줄무늬 호랑이),

표범(豹虎 표호 = 얼룩무늬 호랑이).

조선 초기의 자료인 『훈민정음』이나 『용비어천가』그리고 고려시대 우리말을 살필 수 있는 『계림유사』에 나오는 '虎'를 '범'이라고 기록된 것을 보면 우리말에서 적어도 고려 중엽 이전부터 '범'과 '호랑이'를 혼동하여 써 온 것 같다. 또 '범'은 곧 '호랑이'라고 풀이한 사전도 있고, '호랑이'는 범을 무섭게 일컫는 말이라고 풀이한 사전도 있다. 범(虎)의 종주국에서 범이라는 순수 우리말을 놔두고 호랑이란 단어를 쓰는 것은 맞지 않으나 외래어가 이젠 토착화하여 우리말이 되었다.

※ 참고: 『조선범(虎)의 그 흔적을 찾아서』

우리 민족의 호랑이

호랑이는 우리에게 나쁜 기운을 몰아내는 신물, 그리고 민화에서는 다정한 친구로 묘사하고 있다. 들판보다는 산학지역이 발달한 우리나라는 사자가 없었기 때문에 호랑이 홀로 '땅위의 제왕'이라 불리어 왔다. 특히 우리 민족에게 범의 존재는 단순한 맹수가 아니라 영험하고 신성한 동물로서 경외의 대상이었다. 지금도 사찰에 들러보면 산신각이 있고, 그 산신각 탱화(幀畫)에는 흰 수염을 늘어뜨린 노인이 구름위에 앉아 계신다. 그분이 우리 민족 민간 신앙의 한 대상인 범이다. 그뿐 아니다. 조상이 돌아가시어 산에서 장례를 치를 때 또는 묘제를 모실 때 반드시 제일 먼저 산신에게 제사를 올린다. 오랜 세월, 우리 민족의 정서 속에 범은 두려우면서도 친밀감을 지닌 동물이었다.

일제의 호랑이 사냥

예로부터 일본은 호랑이 서식에 절대 필요한, 은신할만한 밀림이나 가파른 암석, 능선이나 동굴 계곡 등이 없었기 때문에 범이 살지 못했다. 범(호랑이)이 한 마리도 살지 않았던 일본, 다른 나라 민족의 정신적인 국민 동물로 사랑하는 호랑이, 일제는 호랑이와 표범을 한반도와 대륙을 대표하는 대형동물로 여겨 이를 포획하는 것에 한반도와 대륙을 정복하고 굴복시킨다는 상징성을 부여하였다.

일제강점기 이후, 신식화기로 무장한 일본의 경찰과 헌병들이 호랑이나 표범이 나타났다는 제보가 있으면 조직적으로 인원을 동원하여 이를 포획하였다. 당시 일제의 고위 관리들은 호랑이나 표범 모피를 탐내, 어떻게든 구하려고 하였고, 일본으로 돌아갈 때, 마치 전리품처럼 가져가 자랑하였다고 한다. 결과적으로 일제강점기 '해수구제(害獸驅除)' 명목의 남획이 한국 범의 감소에 가장 치명적인 작용을 하여 자연적으로 회복되기 힘든 수준까지 감소한 것으로 추정된다.

지금의 호랑이

지금의 동물원에 있는 우리 호랑이는 어떤가? 근친교배로 인한 퇴화, 늘어지게 잠만 자고 온순하게 만들어 '호랑이를 기르려다 고양이를 기르는 꼴'이 되어 결국 호랑이는 천성을 잃게 되었다. 심지어는 이런 황당한 일까지 있다. 어떤 동물원에 영화를 찍기 위해 호랑이에게 사슴을 놔주자 사슴이 호랑이 앞에서 벌벌 떨더란다. 하지만 더 황당하고 웃긴 것은 호랑이 역시 사슴을 보고 안절부절못하고 똑같이 벌벌 떨더라는 것이다. 이것은 호랑이에게만 국한된 얘기가 아니다. '동물원은 동물들의 감옥'이기 때문에 그들의 본성, 천성은 없어진 지 오래다. 그렇게 생존시켜 봤자. 우리는 껍데기뿐인 동물을 볼 뿐이다. 그렇기에 "호랑이(동물)를 산(자연)으로 돌려보내야 한다."

호랑이의 지혜

개에게 돌을 던지면 개는 돌을 향해 달려간다. 사자는 돌은 쳐다보지도 않고 돌을 던진 사람에게 달려든다. 하지만 호랑이는 그냥 가던 길을 간다. 호랑이는 뛸 때와 걷거나 멈출 때를 안다. 소처럼 느린 걸음으로 한 발짝씩 쥐도 새도 모르게 다가간다. 또한, 호랑이는 토끼를 사냥할 때, 자신의 모든 능력을 다해 최선을 다한다고 한다. 호랑이는 사냥할 때, 만큼은 절대로 사냥감을 하찮게 보거나 가볍게 생각하는 법이 없다고 한다. 그리고 호랑이는 거의 포효하지 않는다. 그냥 "으르렁"거릴 뿐이다. 자신의 존재를 만천하에 알릴 때, 산정의 제왕이 될 때, 비로소 포효한다. "호랑이는 결코 산을 보고 작별을 고하지 않는다."라고 한다.

호랑이처럼 산을 오른다

나는 특별한 일이 없는 한, 한 달에 한 번 이상 호랑이처럼 산을 오른다. 손이 앞발이 되어 네발로 산을 오르는 것이다. 쉴 때도 네발로 쪼그리고 앉아 쉰다. 높은 산은 힘들어서 동네 뒷산 정도의 산을 오른다. 그렇게 하면 평소 안 쓰던 근육을 사용하고 몸에 집중하다 보면, 모든 잡념을 떨쳐버릴 수 있어, 육체와 정신건강에 큰 도움이 된다. 마주치는 사람들도 처음에는 미친놈 보듯 했지만, 이제는 따라 하는 사람들도 있다.

제일 중요한 것은 호랑이의, 동물의 관점으로 산을 보게 된다는 것이다. 낮은 눈높이가 그렇게 만든다. 가까이에서 나무를 보고, 풀잎을 보고, 그리고 땅을 보다 보면, 평소 못 보았던 곤충들이나 벌레까지도 보인다. 그렇게 진짜 산을, 자연을 마주하게 된다. 그리고 내려올 때는 다시 인간이 되어 '직립보행'으로 내려온다. 그러면서 느끼고 깨닫게 된다. 직립보행이 인간에게 얼마나 많은 것을 주었는지, 높은 곳에서 멀리 본다는 것이 무엇을 의미하는지, '나는 한 달에 한 번 호랑이로 변신한다.'

재미있는 띠 이야기

십이지지(十二地支)는 한자 문화권 특유의 전통문화

띠는 한자 문화권 특유의 전통문화이다. 많은 사람은 자연계의 수많은 동물 중 왜 굳이 열두 동물이 띠를 상징하는지에 의문을 갖는다. '왜 쥐가 첫 번째일까? 왜 용이 포함되고 고양이와 코끼리는 포함되지 않았을까?'

신이 이 세상 동물들을 다 불렀다. 빨리 온 동물에게 상을 주고 동물들이 도착한 순서에 따라 그들의 이름을 해(년)마다 붙여 주기로 했다. 쥐가 가장 먼저 도착하였고, 다음에 소가 왔다. 그리고 뒤이어 호랑이, 토끼, 용, 뱀, 말, 양, 원숭이, 닭, 개, 돼지가 각각 도착하였다. 이것이 오늘날의 십이지지가 된 것이다. 자(子), 축(丑), 인(寅), 묘(卯), 진(辰), 사(巳), 오(午), 미(未), 신(申), 유(酉), 술(戌), 해(亥).

동물들의 달리기 시합

우리가 생각하는 달리기 순서와는 다르다. 왜 이렇게 된 것일까? 소는 다른 동물들과는 달리 부지런하기 때문에 새벽에 일찍 출발했다.

고양이와 쥐는 서로 사이가 좋았고 각자 1등을 하고 싶었으나 그들은 그들이 너무 작다는 것을 알았다. 그래서 고양이가 쥐에게 소의 등에 올라타자고 말했다. 그들은 소의 등 위로 올라탔다. 그리고 그들은 잠이 들었다. 쥐는 그들이 강을 건너갈 때 일어났다. '왜 내가 1등의 영광을 나눠야 하지?' 쥐는 생각했다. 그래서 소가 강을 건널 때 잠자는 고양이를 밀어 물속으로 굴러 떨어트렸다.

그리고 소가 1등으로 도착하기 직전, 소등에 있는 쥐는 껑충 뛰어 1등을 했고 소가 2등을 했다. 호랑이는 용맹하고 빠르므로 3등을 했다. 사실 토끼도 소처럼 새벽에 출발하여 호랑이보다 먼저 갈 수 있었지만, 호랑이 앞에 가다간 잡아먹힐 수도 있으므로 일부러 호랑이 뒤에 따라가 4등을 했다. 뱀은 당연히 형님인 용에게 양보하여 용이 5등, 뱀이 6등을 했다. 그리고 달리기를 잘하는 말이 7등을 했다. 다음에는 양, 원숭이, 닭을 개가 몰고 왔다.

돼지는 바보 같고 느려서 12등 안에 들어오지 못했을 텐데, 쥐 때문에 복이 있어 12등으로 들어올 수 있었다. 그래서 지금도 돼지우리의 음식을 쥐와 나눠 먹는 것을 볼 수 있다. 강에 빠진 고양이는 쥐 때문에 12등 안에 들어오지 못해 그만 십이지지, 띠에서 빠지게 되었다. 이때부터 고양이는 쥐만 보면 잡아 죽이려 들고, 적대감을 느끼게 되었으며 강에 빠진 트라우마 때문에 물을 싫어하게 되었다.

고양이와 코끼리가 없는 이유

이 이야기는 재미있는 우화이며 사실에 기초해 보면 다음과 같다. 십이지지는 중국에서 들어온 문화이다. 십이지지에 왜 고양이와 코끼리는 없을까? 두 동물은 고대 중국에는 없었으며 외국에서 들어왔다. 고양이와 코끼리는 십이지지가 만들어지고 난 이후에 인도에서 들어왔다고 한다.

원주민들의 지혜

생각하는 동물, 호모사피엔스

신은 동물들에게 빨리 달릴 수 있는 강한 다리를 주었고, 하늘을 날 수 있는 날개를 주었으며, 깊은 바다를 헤엄칠 수 있는 지느러미를 주었다. 하지만 인간에게는 가슴 설레게 하는 목표를 만들 수 있는, 그리고 미래를 꿈꿀 수 있는, '생각하는 힘'을 주신 것이다. 그리하여 '생각하는 동물'은 치타처럼 빨리 달리지 못하지만 자동차를 만들었고, 독수리처럼 높이 날지 못하지만, 비행기를 만들었으며, 고래처럼 물속을 자유롭게 헤엄치지 못하지만 잠수함을 만들었다. 인간의 힘은 주어진 것이 아니라 스스로 만드는 것에 있다.

오스트리아 원주민들의 사냥법

사냥에 대한 가장 오래되고 전통적인 기술 중 하나가 사냥감의 가죽을 덮어쓰고 그 무리에 섞여드는 것이다. 사냥을 잘하려면 동물처럼 행동하고 생각하는 법을 배워야 한다. 사냥감이 어떻게 반응할지 상상하면서 역할연기를 해보는 것보다 더 좋은 사냥 법 학습이 어디 있겠는가?

오스트레일리아 원주민 아이들은 토종 새인 '브롤가(Brolga)'를 잡기 위해 새가 날개를 펴고 달려가는 동작을 따라 하라는 교육을 받는다. 간혹 날씨가 좋은 날이면 숲에서 아이들이 몸에 알록달록한 색을 칠하고 팔을 밖으로 쭉 뻗어 브롤가 새처럼 나는 흉내를 내는 모습을 볼 수 있다. 결과적으로 이 연습을 통해 아이들은 '새처럼 생각하는 법'을 배우게 되고 어떻게 해야 사냥을 잘할 수 있는지 알게 된다.

이 원주민들을 이끄는 추장은 동물과의 강력한 자기 동일시가 성공적인 사냥과 생존의 절대적인 요소이며 사냥대상에 대한 존경심을 만들어 낸다고 설명한다. "우리는 한 번도 동물의 사고능력을 의심한 적이 없소. 사냥은 기지를 겨루는 싸움이고 거기서 우리는 자주 패배한다오. 우리는 동물을 사람이라고 느끼고 있소. 그것들을 동물이 아닌 사람으로 보아야만 하오. 동물들이 사람이라는 생각을 하다 보면 그것들의 영혼에 대한 궁금증을 갖게 된다오. 동물의 눈을 들여다보면 볼수록 그게 동물의 눈이 아니라 사람의 눈으로 보이오. 그래서 우리는 동물을 '우리 사람'으로 부르는 것이오."

※ 참고: 로버트 루트 번스타인의 『생각의 탄생』

타라우마라 부족의 사냥법

멕시코의 산악지대에 사는 '타라우마라(Tarahumara)' 부족은 스스로를 '라라무리(달리는 사람들)'라고 부르며 인류 역사상 가장 빠른 오래달리기 선수들이다.

이 부족은 '런다운(run-down)' 방식으로 사냥감을 끈질기게 추적하여 잡는 것으로 알려져 있다. 그들의 방식은 우리가 지금까지 생각해왔던 것과는 매우 다르다. 그들은 사냥감의 냄새와 흔적을 따라 뛰고 또 뛴다. 목표를 무리에서 고립시키면서 추적을 계속한다. 땡볕 아래에서 그들은 무려 여덟 시간이나 사냥감을 쫓는다. 그들이 사냥감을 마침내 잡게 되는 것은 누군가 활을 잘 쏴서도 아니고, 창을 잘 던져서도 아니다. 사냥감은 탈진하여 무릎을 꿇고 주저앉는다.

그러면 그들은 창을 들고 사냥감 가까이 다가간다. 탈진한 사냥감은 모든 것을 포기한 듯, 자신을 집요하게 추적해온 포식자에게 몸을 맡기듯 눈을 끔뻑거린다. 사냥꾼은 창으로 단번에 사냥감을 죽인 후, 흙을 뿌려 여덟 시간 동안 자신들의 추적을 따돌린 사냥감에게 존중을 표하고, 머리와 몸을 정성스럽게 쓰다듬는다.

웬다트 부족의 자비심

캐나다 휴런족 인디언인 '웬다트(Wendat)' 부족 사람들은 사냥할 때, 짐승을 죽이기 직전에 자기가 왜 죽이려 하는지를 그 동물에게 설명한다. 그들은 짐승을 잡아먹는 사람이 누구인지, 그리고 그 짐승을 죽이지 않으면 자기 가족에게 어떤 일이 일어나는지를 큰 소리로 이야기한 다음에 방아쇠를 당긴다. 사냥꾼이 그렇게 짐승의 살과 가죽이 없으면 안 되는 이유를 설명하면, 그 짐승이 그것들을 제공하기 위해 너그럽게 자기 목숨을 내놓을 거라고 그들은 믿고 있다. 제임스 카메론의 영화 〈아바타〉에 이런 장면이 나오는데 아마도 카메론 감독이 웬다트 부족에 관하여 연구했던 것 같다.

북아메리카 인디언들의 삶

북아메리카 인디언들은 어디론가 급히 갈 때면 반드시 한 번쯤 멈춰서서 주변을 돌아보는 훈련을 어릴 때부터 한다. 몸이 너무 빨리 달려가면 영혼이 따라오지 못하기 때문이라고 하지만, 사실은 제대로 가고 있는지 돌아보게 하려는 지혜였다. 기계적으로 가고 있는 건 아닌지, 자신을 스스로 점검할 시간을 갖도록 했다. 대체로 우리는 너무 바쁘고 요란하게 살아간다. 고독에 대한 진정한 사유가 없기에 자신도, 내 안에 사는 무수한 '나'들에 대해서도 쉽게 무시한다.

그렇게 북미 인디언들은 서구인들이 오기 전까지 절제를 존중하는 사회에 살고 있었다. 폭력이 존재하기는 했지만, 그것은 의례의 형태로 행해졌다. 출산 과잉이 없었기에 인구 과잉을 해소하기 위한 전쟁도 없었다. 부족의 내부에서 폭력은 고통이나 절망적인 상황에 맞서, 자신의 용기를 증명하는 역할을 했다. 부족 간의 싸움은 대개 사냥터를 둘러싼 갈등에서 비롯되었고, 살육이나 대학살로 변질하는 경우는 드물었다. 중요한 것은 상대를 죽이는 것이 아니라, 죽일 수 있었는데 그러지 않았다는 것을 증명하는 일이었다. 대개는 그것으로 싸움이 종결되었다. 폭력을 더 사용해 봐야 아무 소용이 없다는 사실을 쌍방이 받아들였다.

그렇기에 인디언들은 서구의 초기 정복자들과 맞서 싸울 때, 오랫동안 그저 창으로 그들의 어깨를 때리는 방식으로만 대응했다. 그럼으로써 자기들이 창으로 찌를 수 있었지만 그러지 않았다는 사실을 입증해 보인 것이다. 하지만 서구인들은 총을 쏘는 것으로 그것에 대응했다. 비폭력은 한쪽만 실천한다고 되는 일이 아니었던 것이다.

나바호 인디언의 성년식

북미 최대 원주민 부족인 '나바호(Navajo)' 인디언들은 사내아이가 장성하여 성년이 되면 성년식을 거행한다. 잔치가 끝난 후, 그들은 소년을 깊은 숲속 한가운데에 있는 나무에 묶는다. 이는 성년이 되는 마지막 관문인데, 소년은 그 상태로 밤을 보내야 한다. 사나운 맹수들이 먹이를 찾아다니는 숲속에서 무서운 밤을 이겨야만 성년으로, 장부로 인정받는 것이다. 그런데 맹수에게 먹힌 소년은 아직 한 명도 없다고 한다. 왜냐하면, 소년의 아버지가 보이지 않는 곳에서 아들을 지키고 있기 때문이다. 아버지는 나무 뒤에 숨어 화살집에 화살을 가득 채우고, 언제든지 맹수들을 향해 쏠 수 있도록 긴장 속에서 밤을 지새운다.

바벰바 부족의 특별한 재판법

남아프리카에 잠비아 북구 고산지대에는 '바벰바(Babemba)'라는 부족이 있다. 이 부족은 세계적인 학자들이 관심을 둘 정도로 범죄율이 낮다고 한다. 남아프리카 내에서 가장 평화로운 부족으로 꼽힐 정도다. 인류학자와 사회학자들은 바벰바 부족이 평화를 유지하는 원인을 파헤쳤고 그 비법을 이색적인 재판법에서 찾아냈다. 바벰바족은 누군가 죄를 저지르면 광장 한복판에 세운다. 모든 마을 사람들은 일을 중단하고 범죄자 주변에 모인다. 그리고 마을 사람들은 은 한 명씩 그 남자에 관한 이야기를 한다.

"내가 습지에서 넘어져서 다쳤을 때, 나를 부축해 주었어요."

"저 친구는 쾌활한 성격이어서 주변의 이야기를 언제나 잘 듣고 웃어줘요."

"좋은 화살을 만드는 요령을 나에게 가르쳐 주었어요."

여기서 특이한 점은 죄를 비난하거나 힐난하는 내용이 아니라 저마다 칭찬하는 것이다. 칭찬거리가 바닥날 때까지 밤이 새도록 칭찬 릴레이는 계속된다. 그러면 이 말을 듣던 죄인은 자신이 저지른 죄를 진심으로 부끄럽게 여기기 시작하고, 눈물을 뚝뚝 흘리며 반성한다고 한다. 사람들은 죄를 지은 사람을 꼭 안아주며 위로하고 용서해 준다. 그 후 남자가 죄를 뉘우치고 새로 태어나겠다는 눈물겨운 결심을 하면 새사람이 된 것을 축하하며 성대한 잔치를 열어준다. 이 같은 문화 덕분일까. 바벰바 부족은 재범은 물론, 범죄 자체가 극히 드물게 일어난다고 한다.

마사이족의 은가이 정신

대영제국이 아프리카 대륙의 대부분을 지배하던 시절, 케냐 총독이 한 원주민 젊은이에게 케임브리지대학에서 유학할 기회를 주었다. 이 젊은이는 '마사이(Masai)' 족장의 아들로 총독은 그 총명함을 한눈에 알아보았다.

그렇게 유학을 마치고 케냐로 돌아왔을 때, 이 젊은이는 크게 당황했다. 자기 부족을 찾을 수가 없었다. 몇 년 전, 부족이 머물렀던 곳에 가 보았지만 아무도 없었다. 유목민인 그들에게는 고향의 개념이 없다. 그런 그는 사자와 하이에나, 기린들이 오가는 사바나를 헤매며 자기 부족을 찾아다녔다. 몇 달간의 필사적인 탐문과 추적 끝에 그는 소 떼와 함께 야영 중인 부족을 만날 수 있었다. 아들의 고생담을 들은 족장은 동정은커녕 크게 탄식했다.

"아니 영국까지 가서 도대체 뭘 배우고 왔단 말인가? 배우기는커녕 바보가 돼서 돌아왔구나, 자기 부족도 못 찾아오는 천치를 어디에 쓴단 말인가?"

마사이족의 이상적인 생활은 우선 소의 마릿수를 증가시키는 것이다. 하지만 많은 소를 가진 자라 할지라도 소수의 소를 가진 자에게 뽐내거나 자랑해서는 안 되며, 또한 많이 가진 자를 질투해서도 안 된다. 이 경우 두 사람 모두가 천벌을 받는다고 생각한다.

친구를 사귀거나 사윗감을 고를 때에도 그 선택의 기준은 소의 수가 아니라 '은가이닛트', 즉 그들의 신(神)인 은가이(Ngai)를 믿고 살아가는 '은가이 정신'이 담겨있는 인간이라야 한다. 은가이닛트란 소를 사육하는 데 대한 기본적인 겸허한 태도를 말한다. 소를 존경하고 모든 미적 영감의 원천이 곧 소라고 생각하며 사람보다 소가 더 소중하고 현명한 존재라고 믿어야 한다. 그래서 마사이족은 소를 "앞에서 끌고 간다."라는 말 대신 "뒤에서 몰고 따라간다."라는 표현을 쓴다.

만년설의 영봉 킬리만자로(해발 5,895m) 주변, 탄자니아와 케냐 국경 지대에는 아직도 현대 문명을 등지고 초원 고산 시대에서 소와 양의 목축을 주업으로 토속신앙과 원시사회를 지키며 살아가는 소수 부족인 마사이족이 살아가고 있다.

아프리카 반투어, '우분투'

아프리카 말에는 반투어에 속하는 '우분투(Ubuntu)'라는 말이 있다. 직역하면 '네가 있어 내가 있다'라는 뜻이라고 한다. 어느 학자가 아프리카 어린이들에게 맛있는 음식을 차려놓고 먼저 도착한 사람이 그것을 다 먹게 해주겠다고 하고선 일제히 출발을 시켰다고 한다.

한참 후, 어찌 된 일인지 그 어린이들 누구 한 명 남보다 앞서가려 뛰지 않고 모두 손을 잡고 다정히 걸어가더란다. 이에 학자가 먼저 빨리 가서 음식을 다 차지하면 되지 않느냐고 물었더니 어린이들이 말했다. "우분투", "먼저 도착한 나로 인해 나머지 다른 친구들이 모두 슬퍼지게 되는데 혼자만 어떻게 행복해질 수 있냐?"고 대답을 했다고 한다. 이렇듯 우분투는 코사족과 줄루족 등 수백 개 부족이 사용하는 아프리카 인사말로 그 뜻은 '당신이 있기에 내가 있다'라는 뜻이다.

에스키모인들의 지혜

극지에 사는 '에스키모(이누이트)'들은 분노를 현명하게 다스린다. 그들은 화가 치밀어 오를 때는 하던 일을 멈추고 무작정 걷는다고 한다. 그렇게 계속하여 분노가 가라앉을 때까지 걷는다. 그리고 충분히 멀리 왔다 싶으면, 그 자리에 막대기 하나를 꽂아두고 온다. 미움, 원망, 서러움으로 뒤엉킨, 누군가에게 상처를 줄지도 모르는 뜨거운 감정을 그곳에 남겨두고 돌아오는 것이다.

※ 에스키모라는 이름은 캐나다의 인디언이 '날고기를 먹는 사람들'이라는 뜻에서 붙인 것인데, 그들 스스로는 '인간'을 뜻하는 '이누이트(Inuit)'라고 불렀다

프랑크족의 건배

건배는 지금의 북프랑스, 벨기에, 독일 서부 지역에서 다수를 점했었고, 중세 초 서유럽에서 가장 강력한 그리스도교 국가를 건립했던 '프랑크(Frank)족'의 전통이다. 그들은 건배하면서 각자 자기 잔의 술 방울이 다른 사람의 잔에 떨어지게 했다. 그럼으로써 그의 술잔에 독을 넣지 않았다는 것을 증명해 보이는 것이었다. 술잔을 세게 부딪칠수록 흘러넘치는 술이 많아지므로 서로의 술이 섞일 가능성도 커진다. 따라서 술잔을 세게 부딪칠수록 더 정직한 사람으로 여겨졌다.

부시맨들의 생활철학

우리에게 영화 '부시맨(Bushman)'으로 잘 알려진 남부 아프리카 밀림에는 수렵과 채집으로 살아가는 '코이산족(Khoisan)', 부시맨들이 있다. 이 부족들은 다음과 같은 생활철학을 가지고 살아간다고 한다.

1. 야생 열매를 딸 때는 반드시 씨앗이 될 만큼은 남겨둔다.
2. 물을 마시러 오는 동물을 위해 샘가 근처에는 절대 덫을 놓지 않는다.

※ 이것은 비단 부시맨들 뿐만이 아니라 아프리카 밀림 어느 육식동물들도 샘가 근처에서는 사냥하지 않는다.

3. 동작이 굼뜬 동물은 노인에게 사냥할 기회를 주기 위해서 잡지 않는다.
4. 족장, 추장 없이 누구나 평등한 사회를 이루며 살아간다.

꿈의 부족

세노이족과 꿈

베르나르 베르베르는 『상상력 사전』에서 '세노이(Senoi)족'의 꿈에 대하여 다음과 같이 쓰고 있다. 말레이시아 밀림 깊숙한 곳에 세노이족이 살고 있다. 그들은 꿈을 삶의 중심에 놓고 살았기 때문에 사람들은 그들을 '꿈의 부족'이라고 불렀다. 매일 아침 불 가까이 둘러앉아 식사하면서 그들은 저마다 간밤에 꾼 꿈에 관해서만 이야기했다. 부족의 모든 사회생활을 그 꿈들과 긴밀한 관련이 있었다. 누군가에게 해를 끼치는 꿈을 꾼 사람은 꿈속에서 해를 입은 사람에게 곧바로 선물을 주어야 했다. 꿈에서 남을 때린 사람은 맞은 사람에게 용서를 구해야 했고 그러기 위해서는 역시 선물을 주어야 했다. 한 아이가 호랑이를 만나 도망치는 꿈을 꾸었다고 얘기하면, 사람들은 아이에게 그날 밤 다시 호랑이 꿈을 꾸고 호랑이와 싸워 그것을 죽이라고 시켰다.

꿈에 큰 가치를 두는 세노이족은 성관계를 갖는 꿈을 꾸면 반드시 오르가슴에 이르러야 한다고 생각했고, 현실 세계로 돌아와서는 꿈속의 연인에게 선물로 감사를 표시하는 것이 당연하다고 여겼다. 그들이 가장 갈망하는 꿈은 하늘을 나는 꿈이었다. 비상하는 꿈을 꾸었다는 사람이 있으면 부족 사람들 모두가 축하의 말을 건넸고, 아이에게는 처음으로 비상하는 꿈을 꾸는 것이 기독교 세계의 세례와도 같은 것이었다.

훈련하면 원하는 꿈을 꿀 수 있다

어떻게 하면 꿈을 꾸는 동안 맑은 정신을 유지할 수 있을까? 먼저 전날의 꿈을 매일 아침 기록한 다음, 제목을 달고 날짜를 써넣는 일부터 시작하라. 그리고 세노이족처럼 그 꿈에 대해서 아침 식사 시간 같은 때에 주위 사람들과 이야기해 보라. 그다음엔, 잠들기 전에 꿈꾸고 싶은 주제를 생각하면서 잠이든 다음, 그것을 꿈에서 만나는 것도 시도할 수 있다. 어떤 상황이 떠오르면, '그래, 이젠 자는 거야. 이 상황이 실제로 나타나는지 시험해 보자'라고 생각해야 한다. 산들을 솟아오르게 하는 꿈, 사랑하는 사람을 만나는 꿈, 여행하는 꿈 등 어느 것이라도 좋다. 아니면 자신의 바라는 바를 깊게, 깊게 생각해도 좋다.

꿈에서는 내가 주인공이다

우리도 꿈속에서 자신의 가능성을 시험할 수 있다. 꿈에서는 누구나 전지전능하다. 키아누 리브스 주연의 영화 〈매트리스〉를 생각해보라. 꿈에선 당신이 무슨 일이든 할 수 있다. 꿈속은 당신의 세계이므로 아무도 당신을 귀찮게 하지 않는다. 괴물이 나타나거든 때려잡아라, 연애할 기회가 생기거든 놓치지 말고 마음껏 활용하라. 꿈에는 성병이 없고 외설도 없으니 말이다. 일반적으로 아이들은 다섯 주만 훈련하면 자기가 원하는 꿈을 마음대로 꿀 수 있지만, 어른들은 몇 달이 걸릴 수도 있다.

꿈은 무의식의 세계다

정식분석학의 창시자 '지그문트 프로이트(Sigmund Freud)'는 그의 저서 『꿈의 해석』에서 꿈에 대하여 다음과 같이 설명한다.

"무의식의 세계에선 어떤 것도 끝이 없을뿐더러 사라지거나 잊히지도 않는다. 꿈은 천재적인 능력을 보여준다. 의식에서는 상상하지도 못했던 새로운 단어도 만들어 낸다. 어떻게 보면 의식보다 더 천재적인 능력을 갖추고 있다. 그래서 꿈을 통해서 영감을 얻기도 한다. 의식을 활용하는 것보다 더 창조적이 될 수도 있다."

무의식은 절대 잊혀지지 않는다. 우리가 인식하지 못할 뿐이다. 과거의 미세한 감정과 기억까지 끌고 와서 꿈의 세계를 통해 조합하고 영상화한다. 아주 멋진 일이 아닐 수 없다. '무의식 세계를 인지하고 활용할 수 있다면 우리는 더 향상된 자아를 만들 수 있지 않을까?'라고 생각해 본다.

좋은 꿈은 축복이다

당신이 잠을 자며 꿈을 꾸다 죽는다면 영원히 꿈속에서 영생하게 될지도 모른다. 그렇기에 우리는 좋은 꿈을 꿔야 한다. 그러기 위해서는 어떻게 해야 할까? 잠을 자기 전 증오, 원망, 미움, 불안, 초조한 마음은 모두 내려놓고 좋은 것만 생각해야 한다. 그렇게 좋은 꿈을 꾸고 나면 하나의 좋은 삶을 살아 낸 것과 같다. "한 곳을 오래 보면 그것을 닮아가듯이 오랫동안 꿈을 그리는 사람도 그 꿈을 닮아간다."

우리는 전사들이다

바이킹들이 싸움에서 무적이었던 이유

바이킹은 8~11세기 유럽을 공포로 몰아넣은 민족이다. 8세기 인구수의 증가로 식량난 등의 이유로 바이킹들은 주변 수많은 나라를 약탈하였는데 그들이 갑자기 나타나 그렇게 유럽을 휘저을 수 있었던 이유는 고도의 선박 기술과 신체조건 등의 이유도 있지만 그들의 종교도 크게 한몫했다.

바이킹의 종교에서는 최고신 '오딘(Odin)'의 궁전인 '발할라(Valhalla)'라는 곳이 존재하는데 발할라는 기독교의 천국과 비슷한 곳으로 바이킹들이 사후에 가기를 간절히 원하는 곳이었다. 하지만 발할라에 가는 방법은 기독교의 천국에 가는 방법과는 완전히 달랐는데 바이킹들은 전투에서 싸우다 용맹하게 전사한 사람들만 발할라에 갈 수 있다고 믿었기 때문에 전투에 참전한 바이킹들은 죽고 싶어서 혈안이 돼 광전사가 돼서 싸웠다고 한다. 상대편 처지에서는 빨리 죽고 싶어서 안달 난 광전사들이 미친 듯이 달려오면 엄청나게 두려웠을 것이다.

바이킹들의 천국인 발할라에 가기 위한 조건에서도 알 수 있듯이 바이킹들은 전투에 환장한 민족이었는데 더 놀라운 것은 발할라에 가면 온종일 싸움을 한다는 것이다. 바이킹들의 이상향인 발할라에서는 매일 종말의 결전에 대비하여 온종일 서로 죽고 죽이는 싸움을 한다고 하는데, 그러다 밤이 되면 싸우다 죽은 자들은 모두 되살아나서 술과 음식을 즐기는 연회를 연다고 한다. 매일 싸우는 곳에 가기 위해서, 싸우다가 전사하고 싶어 하는 사람이 넘쳐나다 보니, 바이킹들이 말도 안 되게 강했다.

'세계 최강' 구르카 용병

'구르카(Gurkha)'는 네팔 중서부 산악지대에 사는 몽골계 소수 부족이다. 1814년 영국군 침공에 맞서 끝까지 저항한 전사의 후예이기도 하다. 당시 최신 무기를 동원한 영국군은 '쿠크리(Khukri)'라는 구부러진 단검으로 대적한 이들의 용맹에 혀를 내둘렀다. 전쟁이 끝난 뒤, 그 전투력을 높이 사 용병으로 고용했다. 구르카족은 이후 영국 용병으로 세계 곳곳의 전장을 누비며 '백병전 일인자'로 이름을 떨쳤다. 전투력이 워낙 강한 데다 고산지대 출신이어서 폐활량 등 신체조건도 뛰어났다. 그래서 고대 그리스, 중세 스위스, 근세 독일 용병에 이어 현대의 최강 용병대로 평가받고 있다. 이들이 세계적으로 이름을 날린 것은 2차 세계대전 때다. 혼자서 일본군 10명을 무찌르며 벙커 두 개를 탈환하거나, 오른손을 잃은 상태에서 왼손으로 방아쇠를 당기며 200명의 적을 막아낸 일화가 유명하다.

1982년 포클랜드 전쟁 때는 "구르카 부대가 온다."라는 소문만 듣고 아르헨티나군이 도망칠 정도였다. 구르카 용병은 첨단 장비 외에 200여

년 전 자신들의 용맹을 알렸던 쿠크리를 반드시 지니고 다닌다. 군 복무를 마치고 귀향하던 구르카 청년이 기차 안에서 맞닥뜨린 떼강도 40명을 쿠크리 하나로 평정한 얘기가 자주 거론된다.

구르카 용병은 영국만 아니라 인도에도 있다. 싱가포르에서는 경찰로 활약하고 있다. 영국의 구르카 용병은 약 3,000명으로 육군 전투병의 10%에 해당한다. 구르카 용병은 한국과도 인연이 있다. 6·25 때 참전해 지평리 전투 등에서 맹위를 떨쳤다. 정전협정 후 유엔사령부 소속으로 용산에 남은 병력도 있다. 엄청나게 매운 빨간 고추를 소스로 넣은 카레밥을 주식(主食)으로 삼는 이들의 모습은 "작은 고추가 맵다."라는 속담을 떠올리게 한다. 한편으로는 가난한 조국을 위한 '젊은 피'의 몸부림이 애잔하기도 하다.

마오리족의 하카

뉴질랜드의 국가대표 럭비팀 '마오리(Māori)족'은 경기하기 전 '하카(Haka)'라는 춤을 추며 구호를 외친다. 모두 검정 옷을 입어서 'ALL BLACKS'라는 이름을 가지고 있는 뉴질랜드 대표님이 푸른 잔디 위에서서 운동장이 떠나가라 하카의 구호를 외치면 전쟁에 임하는 전사의 비장함과 용맹성이 느껴진다. 피지나 통가 같은 오세아니아의 럭비팀들도 하카를 하기는 하지만 실력이 세계 정상인 뉴질랜드 ALL BLACKS의 하카가 가장 박력 있게 느껴진다. 하카 춤을 출 때면 상대팀도 기다려주는 것이 관례가 되어있다.

하카는 먼저 리더가 "카 마테, 카 마테"라고 외치는 것으로 시작된다. "카 마테"는 '우리는 죽을 것이다'라는 의미다. 다른 선수들이 리더에 이어 "카 오라, 카 오라"라고 외치는데 이건 '우린 살 것이다'라는 뜻이다. 리더의 "카 마테, 카 마테"와 후렴의 "카 오라, 카 오라"가 한 번 더 반복되고 나서 모든 선수가 목이 터지라 외친다. "우리는 사나이다. 용맹한 사나이! 누가 태양을 나오게 하고, 빛나게 할 것인가! 올라가자! 하나 더 위로! 올라가자! 하나 더 위로! 태양은 빛난다! 하이!"

노래하는 동안 전사들은 허벅지를 한껏 벌리고 서서 손바닥을 쳐 일제히 넓적다리를 치고 가슴을 두드린다. 또 팔뚝을 치며 근육을 과시한다. 눈을 굴리고 혀를 내미는 것은 상대를 무시하고 도전한다는 의사표시다. 최대한 인상을 험악하게 하여 상대를 무섭게 만든다. 수직으로 뛰어오름으로써 이 호전적인 춤은 절정에 이른다. 하카를 지켜보고 있노라면 마오리족이든 아니든 사나이라면 입이 마르고 가슴이 죄어지는 것을 느낄 수 있다. '아드레날린이 끓어오르는 상태'가 되는 것이다.

인도네시아 가요족의 전통춤 '사만춤'

원래 이 춤은 이슬람을 전파하기 위해 만들어진 춤이라고 한다. 종교를 전파할 때, 춤보다 효과적인 것도 없을 것이다. 이 '사만춤(Saman Dance)'을 보다 보면 모두 '신들린 듯' 일사불란하고 격렬하게 춤을 춘다. 마치 잘 훈련된 전사들의 모습을 보는 듯하다. 사만춤을 출 때는 전통 복장과 모자를 쓰는데 모자에는 나뭇가지를 꽂는다. 그 이유는 '자연과의 조화'를 뜻한다고 한다. 하지만 춤을 보다 보면 자연과의 조화보다는 오히려 '사람과 사람의 조화'가 더 중요하다는 생각을 하게 된다.

그래서일까? 가요족의 결혼식, 축제 등 모든 행사에는 이 사만춤이 등장한다. 보통 마을의 젊은 청년들이 한 무리가 되어 춤을 추는데, 격렬하게 움직이지만 서로 부딪치는 경우는 볼 수 없으며, 모두가 하나가 된 듯이 조화를 이룬다. 그렇기에 가요족에게 사만춤은 '조화이자 화합'이다. 삶에 나른함이 느끼게 되면 유튜브라도 검색하여 이 사만춤을 보시길, 피가 끓어오르지 않는다면 그대는 전사의 피가 메마른 것이리라.

거인 군단 모아이가 지키는 이스터섬

지구상에서 가장 고립된 조그마한 이스터섬에 현대인을 경탄케 하는 '모아이(Moai)'라는 거대한 석상들이 바다와 내륙을 향해 어지럽게 놓여 있다. 모두 900여 개지만 400여 개만 비교적 완전한 모습으로 남아 있다. 일반적으로 키가 3.5~5.5m에 달하고 무게가 20t 정도이다. 큰 것은 키가 22m에 무게가 150t에 이르는 것도 있다. 화산성의 응회암으로 만들어진 모아이 석상은 하나를 만드는 데 적어도 30여 명의 인원이 꼬박 1년을 수고해야 만들 수 있다고 한다. 대부분 400~1680년에 만들어졌지만 11세기경에 가장 많이 제작되었다고 한다.

1722년 부활절에 처음으로 이 섬에 도착한 네덜란드의 야코프 로헤벤 제독은 놀라운 광경을 목격했다. 남태평양 한가운데, 지도에도 표시되지 않은 섬을 키가 10m도 넘는 거인 군인들이 지키고 있었다. 제독은 세 척의 배를 조심스럽게 섬에 접근시켰다. 제독 일행이 상륙하자 여러 가지 색을 몸에 칠한 원주민들이 환영 나왔는데 원주민들은 보통 키에 붉은 머리칼의 백인이었고 로헤벤 일행을 두려움에 떨게 했던 건 단순한 석상에 불과했다. 로헤벤은 섬에 도착한 날이 부활절임을 기념해 섬 이름을 '이스터섬(Easter Island, 부활절의 섬)'이라고 붙였다. 그는 후에 이스터섬에 대해 다음과 같이 이야기했다.

"섬에는 단단한 나무도 없고 밧줄도 없었는데 그와 같이 거대한 석상을 어떻게 만들 수 있었는지 의심하지 않을 수 없었다."

지금도 이스터섬의 석상인 모아이는 신비로운 모습으로 많은 관광객을 해마다 불러오고 있다. 충남 태안군 안면도 정도의 크기를 갖은 이스터섬에서 어떻게 거대석상이 나올 수 있는지 다들 놀라워하고 있다. 세계미스터리 중 하나로 불리며 섬의 비밀을 캐내기 위해 지금도 많은 학자가 연구하고 있다.

중국문화를 말하다

중국인의 '8'자에 대한 선호도는 가히 광적이다

8은 중국인들이 가장 좋아하는 숫자이다. '바(八)'의 발음이 '돈을 번다, 부자가 되다'라는 의미의 중국말인 '파차이(發財)'의 '파(發)'와 유사하기 때문이다. 심지어 8를 얼마나 좋아했으면 베이징올림픽 개막식조차도 2008년 8월 8일 8시 8분에 개최하였을까!

중국인이 좋아하는 색

중국인은 붉은색을 좋아한다. 귀신을 물리친다고 해서 좋아하게 되었는데 지금은 부와 행복을 상징한다고 해서 결혼과 같은 경사에는 반드시 빨간 축의금 봉투를 사용한다. 그리고 빨간색을 뜻하는 '홍(紅)'이라는 한자 자체가 일이 '순조롭다', '성공적이다', '번창하다', '인기가 있다.'라는 뜻이 내포되어 있기 때문이다. 현대에 와서는 황제를 뜻하는 황금색을 더 선호한다. 하지만 노란색은 싫어한다. 예전에는 황금색과 같이 취급해서 환대를 받았지만, 요즘에는 '퇴폐적인', '음탕한'이란 의미가 있어서 싫어하며 노란색 다음으로는 검은색과 흰색을 싫어한다.

검은색과 흰색은 귀신을 불러들인다고 하여 싫어한다고 한다.

왕을 상징하는 용과 판다

중국인들은 왕을 상징하는 용을 좋아한다. 모든 이들이 왕이 될 순 없지만, 그만한 권력을 누리길 좋아하기 때문이다. 중국에서 전통적으로 성스러운 상징으로 여겨지고 있는 것이 용이다. 중국인들은 용의 해에 출산율이 높다. 하지만 용은 사상 속의 동물이고 실제 동물 중 중국인이 사랑하는 것은 국보로 여기는 '판다.'가 있다. 판다는 매우 게으르지만, 외모가 귀엽고 중국에서만 서식한다는 이유로 중국인들의 사랑을 독차지하고 있다. 중국의 문화 중 '만만디' 문화와 판다의 '게으름'이 비교되기도 한다.

만만디

'만만디(慢慢的)'는 중국인의 게으른 특성을 이르는 말이다, 그러나 14억 인구를 가진 거대한 나라의 국민성은 그렇게 쉽게 일반화할 수 있는 부분이 아니다. 이 만만디는 꼭 나쁜 것만은 아닌 듯싶다. 느긋하고 여유 있는 중국인들의 삶의 태도를 표현한 것이 만만디 정신이라는 말처럼 중국 역시 꽤 빠르게 산업화를 이룬 나라이며 무엇이든지 '빨리 빨리' 산업화하는 과정의 병폐를 이 만만디 정신이 보완하기도 한다.

중국에서 사업은 '꽌시'다

"중국에서는 사업을 하려면 '꽌시(关系)'를 해야 한다."라는 말이 있을 정도로 중국에서는 꽌시가 중요하다. 의역하자면, 우리식 표현으로는 '관계', '인맥', '빽(뒷줄, 배경)'이다. 우리의 혈연, 지연, 학연과 비슷한 의미라 할 수 있을 것이다. 듣기에 따라서는 청탁이나, 특혜, 뒷거래, 뇌물 등이 떠올려질 수도 있으므로 매우 부정적 의미로 이해될 수도 있겠지만 꽌시 문화는 동양만의 독특한 문화라 할 수 있다. 어떤 면에서는 서양의 추천서 문화와 크게 다르지 않다.

세계의 모든 병법서는 중국에서 나왔다

중국은 넓은 땅과 풍부한 자원으로 예로부터 인구가 많았다. 많은 이들은 더욱 넓은 영토, 권력, 물자를 갖고 싶은 욕망이 있었다. 그들은 투쟁했고 싸웠고 결국 전쟁이 끊이지 않았다. 평화로운 시대가 찾아와도 얼마 지나지 않아 전쟁에 휘말렸다. 역사에 전쟁이 잦았다는 것은 상처를 많이 갖고 있다는 뜻이지만 승리하기 위해 전술과 병법이 많았다는 뜻이기도 하다. 고대의 중국은 『손자병법』과 같은 병법서가 만들어지기 자연스러운 환경이었다.

중국 고대 병법의 요체

중국 고대 병법의 요체는 '인내'와 '잔인함'이다. 여기서 말하는 인내는 억울함을 당해도 말을 못 하거나, 기분을 맞추면서 아부를 떨거나, 가련한 척하거나, 바짓가랑이 밑을 기어야 하는 등 온갖 수모를 다 참는 것을 말한다. 잔인함은 노인이나 아이 할 것 없이 하나도 남김없이 다 죽여서 가슴속 분을 싹 풀어내는 것이다. 이는 중국의 정치와 역사적 경험, 중국인의 행위를 이해하는데, 매우 중요한 점이다.

고대 병법가는 "대적할 만하면 싸우고 적보다 수가 더 적으면 도망치며 승산이 없으면 피해야 한다."라고 했다. '마오쩌둥(毛澤東, 모택동)'도 "이길 수 있으면 싸우고 이길 수 없으면 물러나야 한다."라고 했다. 이러한 말들은 모두 이 두 글자 '인내'와 '잔인함'에서 나온 것이다. 『좌전』에는 "물러나 피하여 평안을 유지한다." 『사기』에는 "영웅은 거짓 항복을 한다." 『수호지』에는 "호걸도 곤장 아래에서는 자백한다."라는 등의 말이 있다. 그 근원을 추적해보면 역시 이 두 글자를 활용한 것이다. 그 예로 전쟁에서 패한 항우 장군은 오강에서 자결했다. 후에 사람들은 이것이 항우 장군의 가장 큰 패배라고 말했다.

우리의 옛 문화는 선비는 절개를 지켜야 한다면서 "죽는 것은 작은 일이며 절개를 잃는 것이 큰 문제다."라고 말하지만, 중국 병법에서는 "피해야 할 것은 체면을 위해 목숨을 거는 것이다."라고 말하고 있다. 특히 다른 사람의 목숨을 가지고 자신의 체면을 세우는 행위가 그러하다. 사실 군사학에서는 타협, 강화, 담판 심지어 거짓 항복, 배반 등은 항상 '대전략'의 일부이며, 그 난이도는 조금도 '야전(野戰)'이나 성을 공격하는 것에 비해 뒤떨어지지 않는다.

중국인이 마음속으로 가장 무시하는 것은 조그만 일에도 참을성이 없는 필부의 용기이며(항우, 장비, 이규李逵 같은 무리), 가장 중히 여기는 것은 인내와 기량(유방, 유비, 송강宋江 같은 무리)이다. 속담을 통해 중국의 '대장부'의 이미지를 짐작할 수 있다. 중국 사람들은 천하의 대장부는 두 종류가 있다고 한다. 하나는 '목숨을 건 유형'이며 하나는 '뻔뻔스러운 유형'이다. 하지만 결과적으로 목숨을 건 유형이 뻔뻔스러운 유형을 이기지 못한다고 한다.

중국인의 '국민성'

다음은 중국인이 중국인을 말하는 자아 비판적인 글이므로 오해가 없으시길. 중국인은 중국인 서로를 매도하는 것을 매우 즐긴다. 그것은 인구 과밀현상과도 밀접하게 관계가 있다. 문을 나서면 엄청난 인파에 이리저리 밀리고 이 사람 저 사람에게 치인다. 그래서 다른 사람들을 다 장애물이라 생각하고 그들을 못살게 굴면서 온통 분노와 미움으로 들끓는다.

물론 반대로 현대에 와서는 그 인파, 인구과밀이 세계 속에서 큰 경쟁력이 되기도 한다. 또한, 중국은 마치 '귀뚜라미 통' 같아서 뚜껑을 닫으면 '천하가 태평'하지만 뚜껑을 열면 '천하가 난리'라는 것이다. 모두가 서로 물어뜯고 할퀸다. 중국인은 능력은 있지만, 경쟁 규칙을 논하지 않고 '페어플레이' 정신이 없다. 이전의 영웅들 계보를 봐도 모두

'목숨을 아끼지 않거나' 아니면 '뻔뻔스러움을 따르거나' 했다.

차이나타운의 쓰레기 전쟁

어떤 해외 학자는 차이나타운의 '쓰레기 전쟁'에 대해 다음과 같이 쓰고 있다. 누군가 돈을 아끼기 위해 자신의 쓰레기를 다른 사람의 쓰레기통에 갖다 버리고 다른 사람 역시 그렇게 한다. 결국, 온통 엉망진창이 되어도 치우는 사람 하나 없이 그냥 썩게 내버려 둔다. 그래서 결국, 암흑가 사람들이 나서서 집, 집마다 돈을 징수해도 원망하지 않고 도리어 좋아한다는 것이다.

중국 근대 문학의 개척자로 알려져 있으며 중국 문학의 아버지로 불리는 '루쉰(魯迅)'은 중국의 '국민성'이란 줄곧 민족이라는 위치에 서서 깊은 반성을 해왔던 것이라고 말하면서 그는 중국 역사는 '사람을 잡아먹는 역사'라고 질책했지만 자기 자신도 '다른 사람의 고기를 먹었을 것'이라고 인정했다. 하지만 제3자의 입장에서 '아놀드 토인비(Arnold Joseph Toynbee)'는 『역사의 연구』라는 책에서 다음과 같이 쓰고 있다.

"전통문화는 중국이 최고이고 현대문화는 서양이 최고이며, 앞으로 그것이 바뀐다 해도 중국이 최고일 것이다."

※ 우리가 생각할 때 우리는 동양의 대표문화를 '한국(KOREA)'으로 생각하고 싶겠지만 서양에서는 동양의 대표문화를 '중국(CHINA)'으로 생각한다.

중국인의 자부심

중국인이 특히 자부할 만한 한 가지는 역사적으로 수용력이 강하다는 점이다. 중국 고서에는 이러한 글들이 있다. "먼 곳에 있는 이를 회유하고 가까이 있는 이를 친히 하다.", "멀리 있는 사람이 내복하다."

열악한 송나라 이후 한족은 두 차례나 다른 민족의 통치를 받았지만 결국 그들을 동화시킨다. 중국인의 심성은 매우 단순하다. 내가 다른 사람을 동화시키려 하면 다른 사람 말을 잘 듣지만, 다른 사람이 나를 동화시키려 하면 절대로 듣지 않는다. 그 대표적인 예가 중국이 세계의 중심이며 모든 것이 중국을 중심으로 하여 전 세계에 퍼져 나간다고 믿는 '중화사상(中華思想)'이다.

누가 누구를 동화시키느냐는 표면적으로 문화의 우월성을 비교하는 것 같지만 실제로는 지배 권력을 다투는 문제다. 내가 지배 권력을 가지고 있으면 어떻게 동화되든 괜찮다. 너의 것, 나의 것이 모두 내 것이기 때문이다. 중국이 자랑스러워하는 또 한 가지는 국보다. 이것은 진정한 보배다. 만들어 낸 국보가 아니다. 중국인이 유구한 역사와 찬란한 문명에 대해 자랑스러워하는 것은 당연하다. 중국의 찬란한 문화유산들은 기원전 훨씬 이전부터 시작되고, 만들어진 것이 많다. 그러나 물질적인 문화유산은 확실하지만, 비물질적인 문화유산은 허구와 가짜가 많다.

중국의 역사 왜곡

중국은 유구한 역사가 있다 보니 지상이나 지하에 보물이 많다. 옛날 사람은 "땅은 보물을 사랑하지 않는다."라고 했다. 흙만 조금 파도 보물을 발견할 수 있기 때문이다. 하지만 문제는 가짜다. 중국인들은 자신들의 조상을 찾고 중국의 전통문화를 선양하기 위해 각지에서 적잖게 진짜 유적들을 철거하고 가짜 유적들을 만들었다. 매우 황당한 가짜들이다. "진짜 유적을 보호하는 데는 돈이 없고 가짜를 만드는 데는 돈이 있다." 중국의 전통이 아무리 위대하다 하더라도 진짜를 훼손하고 가짜를 만들어 선양할 수는 없다. 이는 고대 사상도 마찬가지다. "진짜 공자를 사랑하는 사람은 없다. 사람들은 가짜 공자를 더 사랑한다."

동북공정만 해도 그러하다. 다른 나라의 역사를 자신의 역사에 편입하며 역사 조작을 하고 있지만 이런 목소리는 사람들의 관심을 끌지 못했다. 사람들은 한쪽으로만 쏠렸다. 지금의 중국은 그와 정반대다. 조상을 비난하는 것에서 조상을 파는 것으로 급변했다. 중국의 자신감은 하룻밤 사이에 높아져 놀라운 수준까지 올라와 있다. 온 나라가 독고 풍에 열광하고 있다. 하지만 그것은 거짓으로 가득 차 있다. 한마디로 대국적 꿈에 소국적 심리다. 표면적으로는 잘난체하지만, 뼛속은 열등감으로 차 있다.

240년 전, 연암 박지원이 본 중국

박지원의 『열하일기』에는 사신 행차가 한양을 떠나 요동 벌을 걸어서 북경까지 갔다가 그곳에서 보고, 듣고, 만난, 사람들의 이야기가 인용 형식으로 실려 있다.

병자호란 이후 청나라는 조선에서 이러지도 저럴 수도 없는 존재였다. 겉으로는 복종하는 체했어도 속마음은 달랐다. 여진족을 업신여기듯 우습게 아는 마음이 있었다. 말 못 할 수모는 적개심으로 눌렀다. 이런 모순된 심리가 쌓여 '북벌(北伐)'의 이데올로기를 만들어 냈다. '언젠가 옛 치욕을 반드시 갚는다. 그때까지 두고 보자.' 그런데 달랐다. 어려서부터 이런 생각과 교육에 길든 조선의 젊은이들이 막상 눈으로 직접 맞닥뜨린 청나라는 상상 이상이었다. 황제는 성군이었고, 국가의 시스템은 합리적이고 효율적이었다. 백성들의 삶은 뜻밖에 풍족했다. 야만족의 지배 아래 놓여 있음을 뼈아파 해야 마땅할 한족들은 전혀 그런 기미가 없었다.

청나라는 결코 조선이 독한 마음을 품는다고 어찌해볼 수 있는 상대가 아니었다. 그것은 뼈저린 자각이었다. "무찌르자, 오랑캐"를 외치던 북벌은 어느 순간 '북학(北學)'의 메아리로 울려 퍼졌다. 박지원은 단 한 번의 북경 여행으로 중국의 본질을 한눈에 간파했다. 그렇게 조선과 청나라의 관계는 박지원이 중국을 갔던 1780년이나, 그로부터 244여 년이 지난 지금이나 하나도 달라진 것이 없다.

미래 산업을 휩쓰는 중국

중국이 G2 국가라는 건 누구나 잘 안다. 2030년 '국내총생산(GDP)' 기준으로 미국까지 재치고 세계 1위가 될 것이라는 전망이 있다. 중국은 현재 전자상거래 규모가 미국의 90배에 달하고, 특허 출원 건수가 세계 1위이며 세계 시장 점유율 1위, 드론 기업 DJI도 보유하고 있다. 또한, 세계 최초로 무인 편의점과 무인 택배 서비스를 하고 있다. 이처럼 미래영역에서 주도권은 이미 중국이 쥐고 있다.

중국을 환경오염의 주범이라고 생각하는가? 슝안지구를 보라. 저탄소, 지능형, 세계적 영향력 있는 도시를 표방하는 이 지역은 전체 면적의 40%를 숲으로 조성할 정도로 친환경에 주력하고 있다. 중국 여행 시, 치안이 걱정되는가? 장시성 난창시에서는 중국 공안이 5만 명의 군중에서 수배범을 정확히 가려냈다. 중국에서 안면인식기술 CCTV만으로 사람을 찾는 데 7분밖에 걸리지 않는다는 영국 BBC 특파원의 실험도 있다. 중국은 이미 세계 500대 기업을 보유할 만큼 성장했고, 중국인들 역시 빠른 속도로 곳곳에서 많은 성과를 거두고 있다. 유럽 최대 중국연구소 '메릭스(MERICS)'에 따르면 중국의 부상으로 가장 큰 타격을 받는 국가는 한국이라고 한다.

중국의 속담 중에는 이런 말이 있다. "이웃은 바꿀 수 있지만, 이웃 나라는 바꿀 수 없다." 지난 수백 년간 우리는 중국과 함께 해왔다. 군신의 나라로, 또는 형제의 나라로 그리고 어떤 때는 적대적으로, 하지만 우리는 앞으로도 중국을 이웃 나라로서 함께 해야 한다.

한중 수교 30년, '중국 속 작아지는 한국, 한국 속 커지는 중국'

중국 베이징의 변화가 '창안(長安)'가에 인접한 'LG 베이징 트윈타워'는 2005년 완공 후 중국 속의 한국을 상징하는 심볼이었다. 지상 31층, 지하 4층 건물은 사업을 크게 확장하는 LG의 '중국 사령부' 역할을 해왔다. 하지만 LG그룹이 중국 사업을 조정하면서 싱가포르 투자청 자회사에 팔린 후, 최근 리모델링 공사가 진행 중이다. '익스체인지 트윈타워'로 이름까지 바꾼 건물은 중국 최대 국영 식품 기업인 '중량(中糧)그룹'이 쓸 예정이다. SK그룹 베이징 빌딩은 지난해 중국 '허세보험'에 매각됐고, 베이징현대자동차 1공장은 중국 전기차 회사 '리샹'이 인수해 내년부터 전기차를 생산할 예정이다.

현재 중국에 체류 중인 한국인 숫자는 26만 명으로 추정된다. 중국 내 상주 외국인(84만 명, 2020년 중국 인구 조사) 중에선 가장 많지만 2년 전 33만 명(재외동포재단 통계)보단 21%나 줄었다. 반면 한국 내에서 중국은 거의 모든 영역에서 무시할 수 없는 존재감을 발휘하고 있다. 한국 부동산 시장에서 중국인은 '큰손'을 넘어 '거대한 손'이 됐다. 국세청에 따르면, 2017년부터 외국인이 사들인 아파트 2만 3,167가구 중 중국인 취득 물건은 1만 3,573가구(공시지가 기준 3조 1,691억 원)로 집계됐다. 중국에 과도하게 의존하는 일방주의 현상이 나타나고 있다.

중국이 한국 무역에서 차지하는 비율은 1992년 4%에서 2020년 24.6%로 커졌지만, 중국 시장에서 삼성 휴대폰의 시장점유율이 1% 미만으로 떨어진 것이 대표적이다. 한국이 중국 무역에서 차지하는 비율은 6.1%다. "중국 내 한국은 작아지는 반면, 한국 내 중국은 너무 커졌다"라는 목소리가 나온다.

당장 중국 정부 내 한국의 위상은 북한과 대비해도 크게 나아지지 않고 있다. 중국은 주한 중국 대사에 국장급을 보내고 있지만, 북한 주재 중국 대사로 임명되는 것은 차관급이다. 한국에서 주한 중국 대사는 VIP 취급을 받는다. 중국 대사는 국회의원, 대기업 관계자들을 쉽게 접촉하며 고급 정보를 축적하고 있다. 베이징에 주재하는 주중 한국 대사는 대사관 밖을 벗어나 중국 사회의 고위 인사들을 만나는 것이 자유롭지 않다. 또한, 문재인 정권 시, 대통령이 재임 시절 두 차례 중국을 방문했지만 시 주석은 한 차례도 방한하지 않았다.

또한, 한국 대학은 "중국인 유학생이 없으면 문을 닫아야 한다."라는 말이 나올 정도다. 교육부에 따르면, 한국 대학에 재학 중인 중국 유학생은 5만 9,774명이다. 전체 외국인 유학생의 절반이다. 연세대의 경우, 지난해 지원한 외국인 학생 1,600명 가운에 60% 이상이 중국인이었다.

※ 참고: 리링 『집 잃은 개』, 『호랑이를 산으로 돌려보내다』, 루쉰 『아Q정전』, 조정래 『정글만리』, 한비야 『중국견문록』, 정민 『체수유병집』, 박지원 『열하일기』, 아놀드 토인비 『역사의 연구』

가깝고도 먼 나라, 일본

'반일(反日)'보다는 '극일(剋日)'이다

우리나라의 역사를 일본을 배제한 채 이야기할 수 있을까? 일본은 역사적으로 우리와 매우 얽힘이 많은 나라다. 하지만 그 얽힘의 대부분은 부정적인 감정을 낳았고, 근래 들어서는 그 감정이 극단적으로 흐르고 있는 것으로 보인다. 하지만 이제는 무조건적인 '반일(反日)'보다는 그들을 연구하고 공부하고 넘어선 후, 힘을 가질 때 진정한 '극일(剋日)'을 할 수 있다.

조선 선비가 본 일본인들의 문화

도쿠가와 막부 시절, 조선은 12번의 조선 '통신사(通信使)'를 일본에 파견한다. 다음은 그 중, 조선 통신사 기록관인 신유한의 『해유록(海遊錄)』에 있는 내용이다. 책에는 조선 사회가 '사농공상(士農工商)'인 사회라며 일본 사회는 '병농공상(兵農工商)'의 사회라고 쓰고 있다. 즉, 조선은 선비나 양반이 사회를 지배한다면 일본은 군인 즉, 사무라이가 지배한다. 그는 또한 지배층인 사무라이들의 매우 유능한 것에 놀란다.

'병' 사무라이는 안일하면서도 여유가 있고, '농' 농민들은 고생은 하지만 조세 외에는 다른 부역이 없으며 '공' 기술자들은 기술이 뛰어나지만, 제품값이 너무 싸다. '상' 장사꾼들은 부유하지만, 세법이 무겁다.

그는 그러면서 놀랍게도 무사들이 지배하는 일본 사회가 선비들이 지배하는 조선조보다 오히려 계급차별이 덜 하는 것 같다고 쓰고 있다. 그러면서 일본의 관료사회는 명분만 정해지면 상하가 단결하여 일을 정연하게 처리한다고 썼다.

"성주(다이묘)는 평범하고 다소 못나 보였지만, 그 부하(사무라이)들은 명령을 받아 이행하는데 조금도 빈틈과 소홀함이 없으며 부하를 불렀을 때 그에 응대하는 것이 메아리와 같고, 일하는데 전력을 다하며 보초를 서고 차를 끓여오는데 조금도 허점이 없다. 또한, 일본사람들은 총명하고 문자를 많이 안다. 일본인과 필담을 하다 보면 명문을 이용한 표현이 많을 정도로 무엇보다도 책을 많이 읽고 책을 많이 생산한다. 이 나라의 서적은 조선으로부터 가져온 것이 백이라면 중국의 남경으로부터 가져온 것이 천을 헤아린다."라고 쓰고 있다.

일본 평민들의 모습

그는 평민들에 대하여는 다음과 같이 평가한다. "조선 통신사를 구경하는 일본인들의 행동은 질서정연하고 차례대로 대열을 이루고 누구하나 소란을 피우고 이탈하는 이가 없이 엄숙했으며 한 사람도 길은 넘는 이가 없었다. 주점의 여자 종업원은 반드시 화장하고 깨끗한 복장을 하며 그릇도 청결하다. 일본의 풍습은 그릇이 불결해도 먹지 않고, 주인을 보고 누추하다면 먹지 않는다. 일본인들은 남녀 간에 스스럼이 없다. 여자들은 외국인한테도 손을 흔들고, 웃고 말하는 소리가 낭랑하며, 넓은 길에서 남녀가 머리와 뺨을 만져도 조금도 부끄럽게 생각하지 않는다."

일본인과 책

신유한 해유록을 종합하면 다음과 같다. "사람들이 책을 많이 내고 많이 읽는다. 외국 문물을 배우고 외국인에게 즐겨 묻는다. 군사문화의 지배로 사람들의 행동에 절도가 있고 능률적이다. 깨끗하고 서비스 정신이 투철하고 남녀 간 차별이 심하지 않다."

현재의 일본과 크게 다르지 않음을 알 수 있다. 과거에도 책을 좋아했듯이 현재의 일본 신문은 가장 비싼 1면에서 5면까지 무조건 책 광고만 기재한다고 한다. 가장 비싸고 좋은 위치를 책 광고에 저렴한 가격에 서비스한다는 것이다. 신문 구독률도 일본은 세계 1위이다. 그렇기에 일본 신문의 질은 매우 높다. 부러운 부분이다.

하멜표류기로 본 조선과 일본의 차이

『하멜표류기』로 유명한 하멜은 일본 나가사키에 가다가 풍랑을 만나

제주도에 도착했다. 그리고 13년 동안 조선에서 살았다. 조선은 배에서 포수를 맡고 있던 하멜을 훈련도감에 배치해 호위병으로 일하게 했다. 그러나 하멜은 훈련도감 생활을 오래 하지 못했다. 함께 표류한, 다른 선원들이 탈출을 시도하는 바람에 하멜은 전라도에서 잡역부로 조선 생활의 대부분을 보낸다. 조선은 이 파란 눈의 사나이가 어떤 세계에서 왔고, 그 세계가 어떻게 돌아가는지에 대해 전혀 관심이 없었다.

그렇게 전라좌수영에서 일하던 하멜은 작은 배를 구해 일본으로 탈출했다. 그가 나가사키로 탈출했을 때, 일본은 하멜을 네덜란드 관할 지역으로 넘기기 전에 모두 54개의 문항으로 구성된 심문을 벌였다. 질문 내용에는 조선의 총기류와 군사 장비 상황은 어떠한지, 성이나 요새 같은 것은 있는지, 조선 수군의 함선은 어느 정도나 되는지에 대한 것도 있었다. 난파선의 규모와 항해의 목적, 난파 경위를 시작으로 탈출 경위까지 이어지는 질문의 핵심은 조선에 대한 정보 수집이었다. 조선은 하멜이 머문 13년 동안 어떤 정보도 캐내지 못했지만, 일본은 하멜이 가진 모든 정보를 하루 만에 모두 빼냈다.

메이지 유신과 개항

일본의 건국은 '메이지유신(明治維新)'부터로 시작한다. 성희엽의 『조용한 혁명-메이지유신과 일본의 건국』이라는 책에는 일본이 막부시대를 끝내고 유신정권 이후에 일본의 어떻게 새로운 정치, 경제, 시스템을 이끌어가면서 국제사회에 적응해 나갔는지를 잘 설명하고 있다.

이때, 일본 수뇌부의 절반 정도가 1년 반 넘게 유럽과 미국에 여행을 간다. 들어간 경비가 일본의 1년 예산이 들어갔다고 한다. 그러면서 이 사람들은 일본이 얼마나 국제사회에 뒤 처진지 깨닫게 된다. 그리고 『미구회람실기(米欧回覧実記)』라는 리포터를 제출하고 그것을 출판하여 전 국민과 함께 공유한다. 하지만 우리는 일본에 수신사를 보낸 후에 돌아와서 수신사일기를 작성 후 특정 조정 대신과 임금만 보게 된다.

이때부터 일본과 조선은 큰 차이를 보이게 된다. 전 세계를 1년 반 넘게 갔다 와서 그 정보를 일반 대중과 공유하는 일본, 그리고 일본이라는 아주 작은 나라만 갔다 와서도 임금만 그 정보를 보는 조선, 일본의 메이지유신은 '지식정보혁명'이었고 '교육혁명'이었다.

국화와 칼

'루스 베네딕트(Ruth Benedict)'는 『국화와 칼』이라는 책에서 제목이 의미하는 바와 같이 그렇게 예의 바르고 착하고 겸손하고 고개를 수그리고 있는 일본사람들 속에 무서운 '칼'이 숨겨져 있다는 일본사람들의 이중성을 쓰고 있다. 또한, 일본사람들 스스로도 자신들은 앞에 내세우는 얼굴과 속마음이 다르다는 점을 여러 부분에서 인정한다. 책에서는 일본인을 설명하려면 '그러나 또한(but, also)'이라는 기괴한 표현을 자주 써야 한다고 쓰고 있다.

"그들은 충실하고 관대하다. 그러나 그들은 불충실하며 간악하다.

또한, 아름다움을 사랑하고 배우와 예술가를 존경하며 국화를 가꾸는 데 신비로운 기술을 가진 국민이다. 그러나 칼을 숭배하며 무사(사무라이)에게 최고의 영예를 돌린다."

이런 모순이 일본에 관한 책에서는 날줄과 씨줄이 된다. 이런 모순은 모두가 진실이다. 칼도 국화와 함께 그림 일부분을 구성한다.

"일본인은 최고로 싸움을 좋아하면서도 얌전하고, 군국주의적이면서도 개인적이고, 불손하면서도 예의 바르고, 용감하면서도 겁쟁이이고, 보수적이면서도 새로운 것을 즐겨 받아들인다. 그들은 자기 행동을 다른 사람이 어떻게 생각하는가에 놀란 만큼 민감하지만, 동시에 다른 사람이 자기의 잘못된 행동을 모를 때는 범죄의 유혹에 빠진다. 역사에 있어서 일본인은 실로 놀랄 만큼 기록으로 자신들을 드러내고 있다. 다른 동양인들과는 달리 일본인은 자기 자신을 기록하는 경향이 강하다. 일본인은 일상의 사소한 일에 관해서도 기록한다. 그들은 일반적으로 자기를 들어내는 것을 좋아하는 종족이다."

일본인과 천황

일본인에게 있어서 천황은 무슨 존재일까? 일본에 관해 쓰고 있는 많은 책에서는 천황은 일본의 봉건시대 700년부터 지금까지 그림자와 같은 존재 즉, 단지 명목상의 국가 원수에 불과하다고 지적하고 있다. 특히 봉건시대 때는 각자가 충절을 바치는 대상은 직접 적으로 그 성의 영주, 즉 '다이묘'였고, 그 위로는 군사상의 대원수인 '쇼군'이 있었다. 따라서 천황에 대한 충성심은 거의 문제가 되지 않았다.

천황은 고립된 궁정에 유폐되어 있었고, 궁정의 의식이나 행사도 쇼군이 정한 규정에 따라 엄중한 제한을 받았다. 그것은 현대에까지 이어져 지금은 '총리'가 쇼군의 역할을 대신한다. 이처럼 일본의 일반 민중에게 천황은 존재하지 않는 것이나 다름없었다. 그러나 이것은 일본의 겉면만 아는 것에 불과하다. 일본인에게 천황을 모욕하는 것이야말로 일본인을 노엽게 하고 전의를 불타게 하는 것이 없다는 사실을 알아야 한다. 특히나 군인에게 있어서 천황은 절대적이다. 군인이 도쿄시로 외출할 때는 평복을 갈아입을 정도로 군국주의가 인기 없던 시절조차도 천황에 대한 숭배는 여전히 열렬했던 것처럼 그들은 '천황의 뜻을 받들어 모시고', '천황의 마음을 편안케 하고', '천황의 명령에 목숨을 바치는 것'을 최고의 영예로 알았다. 그런 정신이 일본을 전쟁의 광기로 몰고 갈 수 있었던 원천이었다.

그렇기에 일본은 예전부터 중국의 세속적 황제 사상을 채용하지 않았다. 황실을 의미하는 일본어 명칭은 '구름 위에 사는 사람들'이며 이 일족만이 황제에 오를 수 있었다. 중국에서는 번번이 왕조가 교체되었지만, 일본에서는 단 한 번도 그런 일이 없었다. 오죽했으면 기네스에도 오를 정도다. 그렇기에 일본인에게 천황은 불가침이며 초종교적 존재이다. 그것은 현대에서도 마찬가지다. 만약 귀하가 아는 일본인이 있고 그를 화나게 하고 싶다면 천황을 모욕하는 것만큼 효과적인 것도 없을 것이다.

2차 세계대전 이후의 일본

'시라이 사토시(白井聡)'는 『영속패전론』에서 일본의 2차 대전 패전 이후 천황제 존속이 일본을 영원한 패전국으로 남게 된 발판이 되었다고 쓰고 있다. 미국은 일본의 천황제를 인정하고 전범자들에게 면죄부를 주었으며, 전전 보수 지배 세력에 전후 일본의 통치를 맡겼다. 일본은 2차 대전 패배 이후 모든 책임과 '패전'조차 은폐하는 '영속패전' 상태라는 것이다. 이것이 가능했던 건 공산주의를 막아낼 최후의 방어선으로 '미국의 파트너'라는 환상과 '대미종속'이었다. 그렇게 일본은 미국의 보호 속에 고도 경제 성장을 구가했고, 한국과 중국에 대한 사과는 외면했다.

사무라이

『해유록』에서 보았듯이 예전의 일본은 인도처럼 네 가지 카스트가 있었다. 황실과 궁정 밑에 신분 순으로 무사(사무라이), 농민, 공인, 상인이 있었고, 다시 그 아래에 사회 밖으로 추방당한 천민 계급이 있었다. 여기에서 사무라이의 허리에 찬 칼은 그냥 단순한 장식이 아니었다. 만약 어떤 이가 사무라이 자신이나 자신의 영주를 모욕했다면 누구든 즉석에서 목을 벨 수 있는, 그것은 권력이고 법이었다.

특히 우리에게 임진왜란으로 알려진 '도요토미 히데요시(豊臣秀吉)'가 그 유명한 '칼 사냥(사무라이 이외의 백성과 농민의 무기를 압수하는 것)'을 감행하면서 사무라이 지위는 최고조에 이른다. 히데요시는 농민에게 무기를 압수하고, 사무라이에게만 칼을 찰 수 있는 권한을 부여했다. 또한, 사무라이는 더는 농민이나 공인 그리고 상인을 겸할 수 없게 되었다. 가장 신분이 낮은 사무라이 일지라도 생산 활동을 법률로 금지했다. 그렇게 사무라이는 농민에게 징수하는 연공미로 봉록을 충당하는 기생적 계급의 일원이 되었다.

지방의 영주인 다이묘는 쌀을 농민에게 징수하여 가신인 사무라이들에게 분배했다. 사무라이는 먹고사는 문제로 걱정할 필요가 없어졌지만, 그들은 완전히 영주에게 의존하게 되었다. 일본의 사무라이는 중세 유럽의 기사처럼 영지와 농노를 소유한 작은 영주가 아니었고, 가문에 따라 수령액이 정해진, 일정한 봉록을 받는 연금생활자였다. 봉록은 전혀 많지 않았다. 그러기에 다이묘에게 절대 충성을 바쳐야 했다. 우리나라의 양반, 혹은 선비 계급에 해당하였지만 그만큼 권한은 많지 않았다.

사무라이의 몰락

사무라이는 자신의 주군을 모시고 섬겨야 하는 존재다. 그런 존재가 주군을 잃었을 경우 굉장한 불명예로 생각했기 때문에 그들은 할복자살을 택하거나 평생 주인 없는 사무라이로 살아야 했다. 이러한 주인이 없는 사무라이는 산적과 같은 '낭인(떠돌이 무사)'이 되거나 화려한 화장과 의상을 입는 '가부키 모노(かぶきもの)'가 되었다. 그들은 재

미나 재물을 위해 그리고 생존을 위해 사람들을 살해하였고 사회에 큰 피해를 줬다. 지금의 야쿠자 문화의 원조가 여기에서 비롯되었다.

사무라이 정신의 모순

어느 가난한 홀아비 무사가 떡 장수네 이웃집에 살고 있었다. 이 무사는 전통적으로 내려오는 사무라이 가문의 사무라이였다. 그런데 어느 날, 떡집에 가서 놀던 무사의 어린 아들이 떡을 훔쳐 먹었다는 누명을 쓰게 되었다. 떡 장수는 무사에게 떡값을 내라고 다그쳤다.

무사는 떡 장수에게 말했다. "내 아들은 굶어 죽을지언정 떡을 훔쳐 먹을 짓은 절대로 할 아이가 아니오."하고 말했다.

그래도 떡장수는 빨리 떡값을 내놓으라고 계속 몰아세웠다. "무슨 소리를 하는 거요. 당신 아들이 떡을 훔쳐 먹는 것을 본 사람이 있는데 씨도 먹히지 않는 소리 하지도 마시오."

무사는 순간적으로 차고 있던 칼을 뽑아 다짜고짜로 아들을 쓰러뜨리고는 그의 배를 가르고 내장을 꺼내어 아들이 떡을 먹지 않았음을 백일하에 입증해 보였다. 눈 깜짝할 사이에 벌어진 끔찍한 광경에 놀라 부들부들 떨고 있는 떡 장수를 핏발 선 증오의 눈초리로 잔뜩 노려보던 무사는 살려 달라고 손이 발이 되게 빌고 있는 그에게 달려들어 단칼에 목을 날려버렸다. 떡 장수의 목이 땅바닥에 수박덩이 모양 구르는 것을 지켜본 순간 무사는 정좌하고 앉은 그 자신도 빵집 앞에서 할복자살한다.

언뜻 보기에 명예를 위해 목숨까지도 버리는 모습이 멋져 보인다. 하지만 비극이다. 아이도 죽었고, 사내도 죽었으며 빵집 주인도 죽었다. 중요한 것은 아이는 빵을 훔쳐 먹지도 않았는데 죽임을 당했다. 아이의 권리는? 이것은 여자일 경우도 마찬가지다. 이것이 사무라이 정신의 모순이다. 생각하기에 따라선 우리 삼국시대 백제의 계백장군이 처, 자식을 죽이고 황산벌 전투에 참전한 것과 크게 다르지 않다.

노벨문학상 후보까지 올랐다가 자살한 '미시마 유키오(三島由紀夫, Mishima Yukio)'의 소설 『우국』에는 일본인들의 죽음에 대한 미학과 할복자살에 관한 생각, 그리고 할복자살의 과정을 사실적으로 자세하게 묘사되어 있다. 미시마 유키오는 그 자신도 할복자살하였다.

일본 기모노와 성씨의 유래

도요토미 히데요시가 천하통일을 하는 과정에서 오랜 전쟁으로 남자들이 너무 많이 전장에서 죽자 왕명으로 모든 여자에게 외출할 때 등에 담요 같은 걸 항상 매고, 속옷은 절대 입지 말고 다니다가 어디에서건 남자를 만나면 그 자리에서 언제든지 아기를 만들게 했다고 한다. 이것이 일본 여인들의 전통 의상인 '기모노(着物)'의 유래이며, 오늘날에도 기모노를 입을 땐, 팬티를 입지 않는 풍습이 전해지고 있다.

그 결과 아버지가 누군지 모르는 애가 수두룩이 태어났는데, 이름을 지을 때 애를 만든 장소를 가지고 작명하였다. 그것이 족보가 되어 일본인들의 성(姓)씨가 되었다고 한다. 그래서 세계에서 성씨가 가장 많은 나라는 일본이다. 한국은 약 300 성씨이나 일본은 10만 개의 성씨가 넘는다. 다음은 그 성씨의 예이다.

木下(기노시타) 나무 밑에서, 山本(야마모토) 산속에서 만난 남자의 씨, 竹田(다케다) 대나무밭에서, 太田(오타) 콩밭에서, 麥田(무기타) 보리밭에서, 村井(무라이) 시골 동네 우물가에서, 市場 시장(공방)에서, 田中(다나까) 밭 한가운데서, 小島(코지마) 작은 섬에서, 小林(코바야시) 작은 숲속에서, 水上(미나카미) 물 위에서(온천?), 등등 그중 특히 '밭 전(田)' 자가 많은 것은 논에서는 할 수 없어 주로 밭에서 했기 때문이라고 한다.

일본의 경쟁력

일본은 국토 면적이 한국의 4배가량 큰 나라이며, 인구도 약 1억 3,000만이 되는 세계 3위의 부국이다. 그러나 일본이 통일 독일보다 큰 나라임을 아는 한국인은 거의 없다. 원래 이웃 나라 간에는 사이가 좋지 않은 게 일반적이다. 영국과 프랑스의 100년 전쟁을 보라. 특히 세계에서 제일 센 4개국이 눈을 부릅뜨고 있는 한반도는 소위 '지형의 저주'에 놓였다고 볼 수도 있다. 그렇다고 우리가 이사 갈 수도 없는 노릇이고 보면, 세계 최고급 시장인 부자 나라 일본을 인정하고 서로 힘을 합쳐야 한다는 건 글로벌 경제 시대의 상식이다.

우선 우리가 일상에서 쓰고 있는 말들을 보라. 현재 우리나라 모든 기업에서 쓰는 호칭인 사장, 부장, 과장, 대리부터 일본식 한자이다. 그 외에도 자유(自由), 문화(文化), 민족(民族), 경제(經濟), 종교(宗敎), 철학(哲學) 등 우리가 일상에서 자주 쓰는 한자어나 법률, 통신, 금융 등 전문 분야의 용어들은 거의 일본에서 도입된 어휘다. 동아시아에서 일본이 가장 먼저 서구 문물을 받아들여 이를 내재화하면서 개념화했기 때문이다. 메이지유신 당시, 그들이 만들어 낸 어휘는 무려 2만 개에 달하고, 심지어는 현대 중국에서 사용되고 있는 어휘의 상당수도 일본에서 수입된 것이다.

우리가 논에서 소 끌고 쟁기나 갈고 있었을 1940년대 초반, 일본은 당시 자체 제작한 '제로센(零式艦上戰鬪機, Zero Fighter)' 전투기에 '가미카제(神風)' 특공대를 태워 미국의 태평양사령부 진주만을 폭격했다. 결국, 미드웨이해전과 히로시마 원폭으로 일본은 패전했지만, 당시 미쓰이, 미쓰비시, 가와사키 등 막강한 공업력은 우리와는 비교조차 되지 않는 수준이었다. 그때 한 서양학자는 "일본이 공산품이면 조선은 공예품이다."라고 묘사하기도 했다.

일본 교토대 교수인 '오구라 기조(小倉紀蔵, Ogura Kizo)'는 『한국은 하나의 철학이다』란 제목의 책에서 한국과 일본의 차이에 대해 "일본인은 싸울 때 칼을 들지만, 한국인은 혀를 써서 상대를 벤다."라고 말하면서 한국을 지나친 도덕 지향적인 국가로 정의한다. 이에 반해 일본은 자타가 공인하는 현장 기술 중시형 실용주의 왕국이며 특히 물건을 만들 땐 혼을 넣어 만든다는 '모노즈쿠리' 장인정신으로 'Quality Japan'이란 국가 이미지를 갖게 되었다고 설명한다.

※ 가미카제(神風): 고려를 굴복시킨 원(元) 세조 쿠빌라이 칸은 내친김에 일본까지 정복하려 두 차례나 일본 규슈지방을 공격했으나 태풍으로 실패하고 만다. 당시 몽고군의 막강한 육상전력을 참작하면 두 차례 중 한 번만이라도 태풍이 불지 않았

으면 일본 정벌은 성공했을 것이다. 그래서 일본인들이 이 태풍을 '신이 보내준 바람', 즉 '가미카제(神風)'라 부르게 되었다.

한국은 효(孝), 일본은 충(忠)

한편 한국의 키워드가 '효(孝)'라면 일본은 '충(忠)'이다. 우리나라 고전의 대표작이 『춘향전』임에 비해 일본은 『주신구라(忠臣蔵)』다. 이는 주군의 복수를 해내고 할복자살한 무사 47인의 실화를 바탕으로 한 것이다. 동양에서 유일하게 봉건시대를 거친 일본은 '오야붕'과 '꼬붕'의 문화가 기업 경영에도 이어져 오고 있다. 그래서 개미 같은 성실함과 단결력은 최고지만 구성원의 자율과 창의성이 떨어지는 부작용이 크다.

사카모토 료마

일본인들이 최고로 치는 인물은 누구일까? 그는 메이지 유신 때 국가를 구하고 33세로 요절한 영웅, '사카모토 료마(坂本龍馬)'다. "료마를 모르고는 일본인을 이해할 수 없다."라는 말이 있을 정도다. 그는 일본이 미국의 페리 제독에 의해 강제 개항 당하고 미일 화친조약을 맺을 무렵에 토사 번의 하급 무사였는데, 선진문물을 동경하며 격변하는 시대의 파도를 타고자 전국을 돌아다니게 된다. 드디어 그는 1866년 서로 대립 관계에 있던 사쓰마 번과 조슈 번의 동맹을 성사시켜 도쿠가와 막부를 무너뜨릴 수 있는 발판을 마련했다.

이듬해에는 막부와 번을 통일시켜 에도막부가 천황에게 국가 통치권을 돌려준 역사적 대사건인 '대정봉환(大政奉還)'의 구상을 성사시켰다. 이로써 일본은 675년 동안 계속되던 봉건시대를 끝내고, 근대국가로 나아갈 수 있는 발판을 마련하였다.

※ 대정봉환(大政奉還):1867년 11월 9일 도쿠가와 막부 15대 쇼군 도쿠가와 요시노부가 메이지 천황에게 통치권을 반납하는 것을 선언한 정치적 사건

일본의 장인정신 '모노즈쿠리'

'모노즈쿠리(物作り,ものづくり)'는 물건을 뜻하는 '모노'와 만들기를 뜻하는 '즈쿠리'가 합성된 용어로, '혼신의 힘을 쏟아 최고의 물건을 만든다.'라는 뜻이다. 즉 장인정신을 중시하는 일본이 한 분야를 천착해 누구도 따라올 수 없는 세계 최고가 되는 것을 뜻한다. 일본이 오랜 시간과 자금을 투입해야 결과를 얻는 기초화학 및 소재 산업 분야가 발달한 것도 이 때문이다.

한때, 전 세계 전자업계의 맹주였던 일본이 하루아침에 힘을 잃은 것도 이런 모노즈쿠리로 설명할 수 있다. 일본은 100년간 고장 나지 않고 튼튼히 사용할 수 있는 컴퓨터를 만드는 데 집중했다. 하지만 그 컴퓨터가 기술 발달로 5년 후엔 쓰레기가 된다는 현실은 외면했다. 그렇게 일본의 IT 제조업은 망했고 하나만 파고들던 소재 산업 분야만

살아남았다.

그렇지만 이 인내와 끈기를 갖고 기술력을 일군, 일본의 모노즈쿠리는 일본을 떠받치는 힘이자 기둥이며 '센몬빠가(専門馬鹿, せんもんばか)'라는 문화까지 만들어 냈다. 센몬빠가는 '전문바보'를 뜻하며, 바보의 장점을 원용한 직장인 문화를 말한다. 한 분야에 바보스럽게 몰입하는 사람을 가리키는데, 이는 장인문화의 기반이 되며 일본이 기초과학 분야에서 노벨상 수상자를 대거 배출시키는 쾌거를 이룬 원천이기도 하다.

일본을 지키는 힘 '오모이야리'

일본 문화 중 '오모이야리(思い遣り, おもいやり)'라는 말이 있다. 오모이야리는 '생각한다.'라는 뜻을 지닌 '오모이'와 '보낸다.'라는 뜻의 '야리'의 합성어로 상상(想像), 헤아림 그리고 동정심, 배려로서 '상대를 헤아리는 마음'의 뜻을 가진 말이다. 일본은 어렸을 때부터 다른 사람이나 주위 사람에게 폐를 끼치지 않고 배려하는 것을 엄격하게 가르친다. 이것을 오모이야리 라고 한다. 우리의 식당에서 흔히 볼 수 있는 장면인, 아이들이 소리를 지르거나 뛰어다니며 소란 피우는 행동은 일본에서는 엄두도 못 낼 일이다. 또한, 일본에는 소규모 식당들이 많다. 특히 우동집 같은 경우는 옆에 사람과 어깨가 닿을 정도로 비좁다. 그들은 우동을 먹을 때 겨드랑이를 붙이고 한 손에는 국자를, 다른 한 손에는 젓가락을 들고 옆에 사람에게 방해가 되지 않도록 우동을 먹는다.

일본 거리에서는 아무리 차가 밀려도 자동차 클랙슨 소리가 나지 않는다. 우리나라에서는 상상하기 힘든 장면들이다. 해외여행 시 깃발 아래 사람들이 모여 병아리들이 어미 닭을 따라다니듯이 깃발을 든 사람을 졸졸 따라다니는 장면을 보게 되면, 거의 모두 일본사람들이다. 이처럼 일본은 '오모이야리' 즉 '기초질서'에 대한 시민의식이 상당히 높다. 일본이 세계 제일의 경제 대국이 될 수 있었던 저력이다. 물론 지금은 중국에 G2 자리를 내어주고 있지만.

※ 참고: 조선 문인의 일본견문록 『해유록』, 신유한 『해유록(海遊錄)』, 하멜 『하멜표류기』, 루스 베네딕트 『국화와 칼』, 김정기 『일본천황, 그는 누구인가』, 구태훈 『사무라이와 무사도』, 성희엽의 『메이지유신과 일본의 건국』, 시라이 사토시 『영속패전론』, 후지모토 다카히로 『모노즈쿠리』, 시부사와 에이치 『논어와 주판』, 다케다 이즈모 『주신구라(忠臣蔵, 충신장)』, 김성호 『일본전산 이야기』, 오구라 기조 『한국은 하나의 철학이다』, 이동규 『생각의 차이가 일류를 만든다』, 미시마 유키오 『우국』, 마고사키 우케루 『미국은 동아시아를 어떻게 지배했나』

아메리칸드림, 미국

미국은 전쟁을 통해 태어나고 성장해온 나라다

미국은 전쟁을 통해 원주민을 학살하고 몰아냈으며, 전쟁을 통해 영국으로부터 독립했다. 19세기 중반 전쟁을 통해 멕시코 영토였던 북미 대륙 서부를 차지했으며, 1898년 스페인과 전쟁을 벌여 필리핀 등을 식민지로 획득했다. 1차 대전으로 영국, 프랑스, 독일 등 유럽의 강대국들이 자살극을 벌이는 동안 세계 최대의 채권국이 됐고, 2차 대전의 승리로 세계 최강의 패권국이 됐다.

콜럼버스의 신대륙 '발견' 이후, 서방이 500년간 세계를 지배할 수 있었던 것은 바로 군사력의 우세 때문이었다. 미국도 서방의 이 전통에서 결코 벗어나지 않는다. 단지 미국은 그 자신이 영국의 식민지에서 독립한 국가라는 점에서 유럽의 식민주의를 부정해 왔다. 또한, '미국 예외주의'의 전통에 따라 미국의 팽창은 세계의 자유와 민주주의라는 고상한 사명을 위한 것이라는 수사를 통해 세계를 기만하고, 자기 자신을 기만해 왔을 뿐이다.

※ 미국 예외주의(American Exceptionalism): 미국이 세계를 이끄는 강력한 '리더십'을 발휘하는 세계 최고의 국가라는 뜻

세계의 경찰국가? 깡패국가?

2차 대전이 끝난 1945년 이후 미국은 세계 최강의 패권 국가로 군림해 왔다. 냉전 시기(1945~1989년) 소련이 미국과 양강 구도를 이루었다지만, 경제력과 군사력에서 미국에 비할 바가 못 되었다. 결국, 소련은 미국과 극한적인 군비 경쟁을 벌인 끝에 스스로 무너졌다. 2008년 미국발 세계 금융 위기 이후 경제적으로 급성장한 중국이 미국과 함께 G2 반열에 올랐으나 군사력 측면에서는 미국의 적수가 못 된다. 여전히 미국은 세계 최강의 패권 국가다.

지난 80여 년간 미국은 세계를 지배해 왔으며 좋든 싫든 미국은 국제사회에 지대한 영향력을 행사해왔고 그에 따른 시비와 명암은 뒤엉켜 있다. 그렇기에 많은 사람이 할리우드 영화에 열광하면서도 때때로 알 수 없는 불편함을 느낀다. 세련된 연출과 화려한 특수효과 이면에 녹아 있는 미국식 이타주의를 비롯해 자선, 아량, 자유와 정의에 대한 소명과 헌신 등 미국을 '절대 선'으로 묘사하는 가치관 때문이다. 하지만 한 걸음 떨어져 바라본 미국 역사는 정당하지만은 않았고, 때때로 위선적이었으며 심한 경우 적대적이기까지 했다.

베트남 전쟁의 참전 용사인 영화감독 '올리버 스톤(Oliver Stone)'과 반전 리더이자 역사학자 교수 '피터 커즈닉(Peter Kuznick)'은 그들의 공저 『아무도 말하지 않는 미국 현대사』에서 '미국을 다시 위대하게' 하려고 미국의 민낯을 드러낸다고 쓰고 있다. 그들은 조국의 역사가 아름답지 않다고 토로한다. 특히 미국이 20세기 내내 전 세계를 상대로 확산해 온 군사정책과 그 정책이 키운 미국의 힘, 그리고 이러한 방식으로 사회를 만들고자 노력해 온 보수 세력에 대해 자세히 서술한다. 말하자면 미국이 감추고 싶어 할 만한 탐욕스럽고 부끄러운 역사에 집중하고 있다.

그러면서 미국 현대사가 '미국의 세기'를 추진하는 세력과 '보통 사람의 세기'를 추진하는 세력 간의 끊임없는 대결로 진행돼왔다고 설명한다. 그리고 대부분은 전자가 승리했다. 미국은 초기 영국 식민지 시절부터 정착, 성장, 정복의 과정을 거치면서 팽창주의를 고수해 나갔다. 19세기 들어서는 자국 내 경기불황을 타개하기 위해 본격적으로 해외 영토 확장에 눈을 돌렸다. 하와이, 괌, 필리핀, 푸에르토리코가 차례로 미국 손으로 넘어갔다. 이 팽창주의는 현재 '네오콘(신보수주의자들)'들이 이어가고 있는데, 세계 각국에 설치해놓은 1,000여 곳이 넘는 '군사기지'가 그 증거물들이다.

최근의 아프가니스탄 침공과 이라크전쟁 등에서 알 수 있듯이 미국은 한동안 제국의 길을 고수해왔다. 세계 경찰국가를 자처하며 테러와의 전쟁을 선언하고, '팍스 아메리카나(Pax Americana, 미국 중심의 세계질서)'를 고수하기 위해 각종 분쟁에 개입해왔던 미국의 행로에서도 '미국 예외주의'의 이념을 찾아볼 수 있다.

미국의 절대적 우위가 무너졌다

베트남전쟁 패배로 세계 경제에서 미국의 절대적 우위가 무너졌다. 미국 무역수지의 악화와 함께 1971년 닉슨 대통령의 달러의 '금태환 정지선언(더 이상 달러를 금으로 바꿔주지 않는다는 선언)'이 이를 보여주는 상징적 사건이다. 그러나 이보다 더 중요한 것은 핵무기를 비롯한 미국의 압도적 군사력으로도 제3세계에 미국의 의지를 강제할 수 없다는 사실이 드러났다는 점이다. 단지 군사력의 우위만으로는 정치적 승리를 거둘 수 없다는 사실, 이것이 베트남전쟁의 가장 중요한 교훈이었다.

전쟁의 본질은 '무력을 통해 나의 의지를 상대편에 강요하는 것'이다. 군사력의 우위가 정치적 승리로 이어졌을 때, 전쟁의 목표가 달성되는 것이다. 하지만 2차 대전 이후 미국이 아시아 등 제3세계에 대한 행한 군사 개입은 대부분 목표를 달성하지 못했다. 만일 미국이 요구하는 자본주의 제도의 도입이 해당 국가 국민의 삶의 향상에 도움이 되는 것이라면, 이들 국가는 기꺼이 받아들였을 것이다. 하지만 대부분의 제3세계 국가들은 군사력을 앞세운 미국의 강요를 받아들이지 않았다. 이는 미국의 군사 개입이 제3세계에 도움을 주려는 것이 아니라 미국의 경제 팽창을 위한 것이었기 때문이다.

세계 최대의 핵 위협 국가, 미국

우리는 북한이 최대의 핵 위협 국가라고 생각하지만, 국제적 관점에서 볼 때는 어쩌면 세계 최대의 핵 위협 국가는 미국일 수도 있다. 미국의 평화운동가 '조셉 거슨(Joseph Gerson)' 박사는 『제국과 폭탄: 미국은 세계 지배를 위해 어떻게 핵무기를 이용했나』라는 저서에서 '미국의 핵무기는 핵 억제를 위한 것'이라는 미국 정치지도자들의 주장은 한마디로 '사기'라고 주장한다. 다른 나라의 핵무기 사용을 방지하기 위한 것이 아니라 미국의 의지를 타국에 강요하기 위한 핵심 수단이라는 것이다.

미국은 1942년 이후 핵무기 개발 단계부터 미래의 적국인 소련 견제를 염두에 두었고, 이후 1946년 이란 주둔 소련군의 철수를 요구하며, 핵 위협을 가한 것을 시작으로 지금까지 수십 차례에 걸쳐 수십 개 나라에 핵 위협을 가해 왔다. 잘 알려진 것처럼, 미국의 핵 개발 계획인 '맨해튼 프로젝트(Manhattan Project)'는 독일 나치의 핵 개발에 대한 대응으로 시작됐다. 미국은 히틀러가 이미 (1942년) 핵폭탄 개발을 포기했다는 사실을 알아내고도 핵 개발을 중단하지 않았다. 미국 군부와 정치지도자들이 딴마음을 먹은 것이다. 그것은 바로 핵무기가 세계 지배를 위한 '만능의 보검'이 될 수 있다고 생각한 것이다.

조셉 거슨 박사는 일본에 대한 원폭 투하가 태평양전쟁을 일찍 종결시키기 위한, 그리하여 무고한 인명 손실을 줄이기 위한 것이라는 미국 정부의 주장도 거짓이라고 설명하고 있다. 이는 무수한 연구에서 드러났다. 일례로 미국 전쟁부(국방부의 전신)는 1946년 1월 작성된 보고서에서 "일본의 항복 결정에 이르는 토론 과정에서 미국의 원자탄 사용에 관한 언급은 거의 없었다. 일본이 러시아의 참전에 직면하자 항복했으리라는 것은 거의 확실하다."라고 밝혔다. 태평양전쟁의 조기 종결과 원자탄은 관련이 없다는 미국 정부의 공식 견해인 셈이다.

원폭 투하의 목적은 두 가지였다. 그 하나는 핵폭탄의 실제 위력을 시험, 그리고 과시하기 위한 것이다. 이 때문에 사흘 간격으로 히로시마와 나가사키에 플루토늄형, 우라늄형 등 각기 다른 형태의 원폭을 투하한 것이다. 이에 대해 나치 전범에 대한 뉘른베르크 재판에 참여했던 미국의 '텔포드 테일러(Telford Taylor)' 검사는 "첫 번째 원폭 투하는 그렇다 쳐도 두 번째 원폭 투하는 명백한 전쟁 범죄"라고 비판했다 (미국의 원폭으로 일본에 거주 중인 조선인 4만여 명 또한 사망했다).

다른 하나는 소련에 대한 무력 과시를 통해 전후 처리를 미국 마음대로 하기 위한 것이었다. 당초 소련은 대일 전 참전 대가로 (독일과 마찬가지로) 일본에 대한 공동 점령을 희망했지만, 미국의 핵폭탄에 겁을 먹은 나머지 한반도 북부를 점령하는 그것에 만족해야 했다. 미국이 서둘러 원폭 투하를 감행한(첫 원폭 실험이 성공한 후 20일만) 것은 동아시아에 대한 미국의 독점적 지배를 확보하기 위해서였다.

동아시아는 보통 중국, 한국, 일본을 가리킨다. 미국은 자신의 우방국들과 함께 'Made in USA Again'을 외치기 때문에 Made를 하려면 Made 해줄 기계, 기술, 인력, 공장이 필요할 텐데, 미국에 저 3가지를 만족할 수 있는 최적의 나라가 동아시아였다.

미국인들의 허황된 자긍심

미국 상, 하원의원 중에 여권을 가진 사람은 14%뿐이 안 된다고 한다. 왜일까? 그것은 미국이 곧 세계이기 때문에 해외에 나갈 필요가 없다는 자만심에서 나온다. 또한, 일부 미국인들은 이런 말을 공공연히 떠들곤 한다.

"그리스 로마 시대에 태어났다면 1등 시민인 로마시민이 되는 것이 자랑스럽듯이 나는 21세기 세계 최고의 나라 1등 시민인 미국 시민으로 태어난 것이 자랑스럽다."

그런 자긍심과 자만심에도 불구하고 미국 서민들의 주거 및 의료복지는 그들이 말하는 후진국보다 더 열악한 환경에 놓여 있고, 빈부의 격차는 날로 심해지고 있다. 경제적인 면에서도 보통 사람의 설 자리는 좁아지고 있다. 미국 최상위 1%는 국민소득의 25%를 가지고 미국 전체 자산의 40%를 소유하고 있다. 민간부문 노동자 중 노조에 가입된 비율은 7%에 불과하고 실질임금은 40년 전보다 낮았다. 최상위 1% 부자들의 부는 하위 90%가 가진 부를 다 합친 것보다 많았다. 그야말로 '한줌'도 안되는 인간들이 부를 독점하고 있다는 것이다.

미국 사회의 어두운 그늘

미국문화를 정확하게 이해하기 위해서는 그 반대쪽에 버티는 사람들, 즉 가난한 이민자들의 삶을 알아야 한다. 후진국보다 빈부의 격차가 오히려 더 심한 곳이 미국이다. 가난한 이민자들은 의료혜택은 고사하고 돈이 없으면 의사조차 만나기 어렵다. 그들은 은행 계좌조차 개설할 수가 없다. 사회보장 혜택을 못 받는 것은 물론 범죄에 무방비로 노출되어 있다. 범죄나 사기 피해를 봤더라도 평범한 사람이라면 경찰서에 가서 문제를 해결하고, 변호사와 소액재판을 비롯해 모든 관련 사법기관의 문을 두드리겠지만, 그들의 세계에서 법은 든든한 보호자가 되어주지 못한다. 화려한 도시 이면에는 할렘가가 존재하는 곳이 미국이다.

이 같은 현상을 미국의 대표적인 도시 '뉴욕'을 예로 들어 설명한다면 학자들은 "뉴욕은 승자에게는 엄청난 사회적 혜택을 보장하지만,

패자에게는 파국적인 결과만을 안겨줄 수 있는 무자비한 계급 도시다."라고 말한다.

한 조사기관의 연구에 따르면 뉴욕시의 경우 이민자가 뉴욕 인구의 무려 37%나 차지한다고 한다. 미국에서 출생한 자녀까지 더하면 이 수치는 뉴욕 인구의 절반에 달할 것이다. 이렇게 새로 밀려온 이민자들은 긴 이름을 줄이지 못하거나 억양을 버리지 못한 것만이 아니었다. 하찮은 일자리에서 보수가 좋은 공장이나 공무원으로 이동하지도 못했는데, 이런 종류의 일자리가 대도시에서 사라진 탓이었다. 그 대신 이민자들은 부유층에 서비스를 제공하는 저임금 서비스 분야에서 점원, 택시 운전사, 청소부, 유모, 식당 보조 등으로 일하고 있다. 이들 일자리는 주로 불법 노동이라 승진할 기회도 거의 없고 문제가 생겼을 때 의지가 되지도 않는다. 그리고 과거 세대의 저소득층 노동자들과 달리 새로 유입된 이민자들은 노조에 가입할 수도 없었을뿐더러, 가입해 한 계단 올라서려고 하지도 않는다. 결국, 뉴욕은 인구 셋 중 하나는 빈곤층이라고 한다.

컬럼비아대학 사회학자 '수디르 벤카테시(Sudhir Alladi Venkatesh)' 교수는 그의 책 『플로팅 시티 FLOATING CITY』에서 미국의 가난한 이민자들의 삶을 어항에 비교하며 쓰고 있다. 빈민가의 가난한 사업가들이 작은 어항을 떠나기를 두려워하는 이유는 단지 큰 물고기한테 잡아먹힐까 만은 아닌 다시 집으로 돌아갈 때 외부인으로 배척당할까봐 두려운 것이라고, 그러면서 설명한다.

"빈민가는 어항 같아요, 끊임없이 어항에서 뛰쳐나가려고 발버둥을 치지만 막상 벗어나면 숨이 막혀서 다시 어항으로 뛰어들려고 해요."

아메리칸드림, 로키의 성공신화

1930년 이탈리아에서 미국 뉴욕에 이민 온 가난한 남자와 프랑스계 러시아 여자가 만나 낳은 아기, 출생 때 의료사고로 안면신경 장애와 발음 장애를 갖게 된 아이, 15세 때 동급생이 뽑은 '전기의자에서 생을 끝낼 사람' 투표에서 1위에 뽑혔다는 왕따였다. 성장해선 단역들을 거쳐 포르노 영화까지 출연한 남자. 나이트클럽 문지기, 피자 배달부, 영화관 안내원을 전전하면서 독학으로 시나리오를 공부한 사람. 그는 1975년 전설적인 복서 '무하마드 알리'와 도전자 '척 웨프너'의 경기를 보고 영감을 받아 3일 만에 시나리오 '록키'를 쓴다.

1976년 개봉한 세계적 흥행작 록키는 '슬라이'로 불린 '실베스터 스탤론', 그가 그때까지 살아냈던 인생의 총합이다. 무려 32번이나 퇴짜 맞은 끝에 완성한 33번째 시나리오. 잘나가는 제작자 '어윈 윙클러(Irwin Winkler)'가 시나리오에 반해 36만 달러에 넘길 것을 제안했으나 스스로 주연과 감독을 맡겠다는 고집을 꺾지 않았다. 결국, 자신의 출연료를 터무니없이 낮추고 감독을 다른 사람에게 맡긴다는 조건으로 100만 달러라는 초, 저예산 제작비로 단 28일 동안 촬영을 마치고 영화를 완성한다.

빚까지 있었던 그가 큰돈을 거절한 것은 단순히 배짱이 아닌 자신의 삶이 녹아 있는 이 이야기에 대한 '절박한 의지'였다. 그가 주연을 맡은 록키는 아메리칸드림을 꿈꾸었던 이주민 출신 남자 스탤론의 자전적 이야기이기도 하지만 이 영화가 위대한 것은, 이기고 지는 삶이라는 경기에 주목하는 대신 '버티는 사람들'의 모습을 진솔하게 그렸기 때문이다.

영화에서는 헤비급 세계 챔피언 아폴로 크리드가 무명 복서와의 경기를 이벤트성으로 제안하자 고민 끝에 결전에 나서기로 한, 록키가 연인 에이드리언에게 말한다.

"난 보잘것없는 인간이야. 하지만 상관없어. 경기에 져도 상관없다고 생각했으니까. 아폴로가 내 머리를 박살 내도 괜찮아. 15라운드까지 버티기만 하면 돼, 공이 울릴 때까지 내가 여전히 서 있으면 내 인생 처음으로 세상 사람들이 알게 될 테니까, 내가 촌구석에서 온 보잘것 없는 사람이 아니라는 걸."

록키는 3라운드를 넘기지 못하고 무너질 것이라는 모두의 예상을 깬다. 경기는 판정패로 끝났지만, 끝까지 버텼기에 그의 삶은 진 경기가 아니었다. 퉁퉁 부어 앞이 안 보이는 눈으로 "에이드리언"을 외치는 록키의 망가진 얼굴에서, 새벽 4시에 일어나 날달걀 다섯 개를 깨 먹으며 골목과 강변을 지나 미술관 계단을 달렸던 장면이 가슴 뜨겁게 다가온다.

※ 참고: 심재명의 〈인생 영화〉

부러운 건 부러운 거다

2019년 4월 19일 캐츠킬 산맥에 둘러싸인 동부 뉴욕교도소에선 "모든 국가는 핵무기를 가질 권리가 있다."라는 주제를 놓고 두 팀이 3대3으로 찬반 토론 대결을 벌였다. 한쪽은 이 교도소 죄수들로 구성된 '재소자 팀'이고 다른 쪽은 200년 역사가 넘는 영국 케임브리지대 토론 팀, '케임브리지 유니언' 소속 대학생들이었다.

재소자 팀 중 고졸 학력을 가진 이는 레지 채트먼(39)이 유일했다. 그는 18세 생일을 몇 개월 앞두고 2급 살인죄로 25년 형을 선고받고 감옥에서 고교과정을 마쳤다. 반면 1815년 설립된 케임브리지 유니언은 마거릿 대처 전 총리, 로널드 레이건 전 대통령, 달라이 라마 등 쟁쟁한 인물을 토론자로 초빙하기도 한, 세계에서 가장 역사가 오래된 대학 토론 팀이었다. 승패가 뻔할 것 같았던 대결이었지만, 놀랍게도 승리를 거머쥔 쪽은 재소자 팀이었다.

재소자 팀은 열악한 상황에서 토론을 준비했다. 감옥에선 인터넷이 금지되기 때문에 자료검색은 교도소 안의 빈약한 도서관에 의존했다. 책이 부족해 교도소 측에 주문요청을 넣으면 도착하기까지 몇 주씩 걸렸다. 토론을 도와주는 외부 강사에게 필요한 자료를 복사해서 반입해 달라고 부탁하기도 했다. 이 토론 팀은 2014년에도 미 육군사관학교 토론 팀을 초빙했었다. 별 기대 없이 동기부여를 위해 연, 이 토론대회에서 뜻밖에도 재소자 팀이 승리했다. 2015년엔 하버드대 토론 팀까지 이겼다.

이 같은 실력을 거둔 요인을 '워싱턴포스트'는 온라인 검색만 하면 바로바로 답을 찾을 수 있는 시대에 재소자들은 환경적 제약 때문에 어쩔 수 없이 하나의 주제를 깊이, 오랫동안 생각하고 거기에 집중한 것이 역설적으로 승리의 비결이라고 분석했다. '나는 이 기사를 접하고 너무나 충격을 받았다. 그것은 재소자 팀의 우승 때문이 아닌, 이 같은 토론대회를 개최할 수 있는 미국이라는 나라에 대하여…'

미국의 음악 '재즈'

전 세계적으로 사랑받는 '재즈(JAZZ)'는 백인의 전통적 유럽음악에서 온 멜로디, 하모니, 악기와 흑인 특유의 리듬감과 감상이 결합한 미국에 뿌리를 둔 음악 장르이다. 흑인 특유의 리듬과 엇박자에서 오는 스윙감, 자유로운 즉흥연주, 그리고 작곡자보다는 연주자의 개성에 초점을 둔 음악이다. 그렇기에 재즈는 클래식처럼 절대적으로 악보가 필요한 음악이 아니다. 악보가 있기도 하고 없기도 하다. 그래서 악보가 없어도 연주하는 데 큰 지장이 없다. 왜냐하면, 재즈 음악의 본질은 '즉흥연주(Improvisation)'이기 때문이다. 재즈 음악은 연주자가 곧 작곡가라고 보면 된다. 즉흥연주를 한다는 것은 매번 작곡한다는 것과 같은 말이기 때문이다. 그렇기에 JAZZ의 본질은 '불확실성과 불안정을 즐기는 예술'이다. 이것은 삶과 같다.

클래식 음악이 '작곡가' 중심의 음악이라면 재즈는 '연주자' 중심의 음악이다. 클래식 음악감상의 포인트는 기존의 음악을 똑같이 재현하는 것을 즐긴다고 한다면 재즈 음악감상의 포인트는 기존의 곡을 어떻게 다르게 연주하는가를 관찰한다고 보면 된다. 한마디로 "Classic은 '익숙함을 즐기는 음악'이고 JAZZ는 '낯섦을 즐기는 음악'이다."

하지만 재즈의 역사는 슬프다. 노예제도가 남아있던 18세기 미국 흑인들의 수많은 감정을 농축한 멜로디에서 비롯했기 때문이다. 미국이라는 나라의 개척은 북미에 살던 인디언들의 땅을 빼앗았으며, 그 땅을 바탕으로 자기들의 부를 축적하는 과정에서 흑인들의 노동력을 이용했다. 그리고 그들에겐 아무것도 돌려주지 않았다. 자기들의 삶 속에 편입시켜주지도 않았고 그들끼리 살게끔 내버려 두지도 않았다. 흑인 노예들은 일이 끝난 늦은 밤이면 손뼉을 치며 슬픔을 달랬다. 그 음악은 그들의 핏속에 흐르던 아프리카 리듬에 슬픈 현실을 얹은 것이다. 이것이 재즈다.

재즈는 엄청나게 많은 얼굴로 우리에게 다가온다. 때로는 처연하게, 때로는 야성적으로, 때로는 안식으로 다가온다. 그중에서도 재즈가 가진 가장 큰 힘은 역시 '사회성'이다. 흑인 인권운동의 상징, '마틴 루터 킹' 목사 역시 재즈마니아였다. 그는 이런 말을 남긴다. "실의에 빠졌을 때 강렬한 리듬은 우리를 강하게 한다. 영혼이 지쳤을 때 풍부 한 화음은 우리를 따뜻하게 한다. 음악, 특히 재즈는 이 모든 것의 초석이다."

그러함에도 불구하고 재즈 아티스트는 아무리 위대해도 귀족이 될 수 없었다. 그들은 세계적인 명성을 얻은 다음에도 늘 별명으로 불리었다. 그들의 흑인 선조, 재즈 아티스트들이 그랬듯이.

미국의 스포츠

미국의 모든 스포츠는 철저히 자본주의적인 요소를 담고 있다. 그것은 바로 실력과 흥행은 '돈'과도 연결되어 있다는 것을 의미한다. 그렇기에 실력이 있는 선수는 부와 명예를 동시에 누린다. 그런 만큼 모든 스포츠는 흥행과 홍보와도 직결된다. 가장 '미국적인 스포츠 야구'에서 그것을 찾아볼 수 있다. 축구는 전, 후반 쉬는 시간에만 홍보 시간이 주어지지만, 야구는 공수교대, 그리고 1~9회 쉬는 시간에 홍보 시간이 주어진다. 축구와 달리 미식축구와 농구가 쿼터제를 실시하는 이유이기 도 하며 복싱이 흥행에 성공한 원인도 15라운드가 있기 때문이다.

또한, 야구는 미국처럼 가장 민주주의적인 스포츠라고 한다. 언 듯 보기에는 가장 불평등해 보이기도 한다. 모든 스포트라이트는 투수와 포수 그리고 4번 타자에게 집중되고 외야수들은 잘 보이지도 않는다. 하지만 야구는 누구나 공평하게 타석에 서고, 누구나 공평하게 홈런 칠 기회가 제공된다.

다양한 하나

세계 최초로 군주(대통령)를 국민이 투표로 선출한 나라, 미국을 한 문장으로 표현한다면 바로 '다양한 하나(One out of many)'다. 다인종, 다문화 그리고 50개의 주 정부로 이루어진 연방제 국가인 미국은 '다수로부터의 하나'를 추구한다. 그것을 잘 나타내고 있는 것이 바로, 미국의 문장이다. 미국 1달러 지폐에 있는 미국의 문장에는 다음과 같은 라틴어 문구기 있다. "E Pluribus Unum" 이 구절은 "다수로부터의 하나(One out of many)" 또는 "다수에서 하나가 되도록 하자!"라는 의미로 미국의 13개 주로부터(E pluribus) 새로운 1개의 국가(Unum)인 미국이 출현했음을 의미한다. 다양성과 화합을 기조로 더 나은 국가를 이루려는 의지의 발로였다. 그것이 잘 표현된 것이 그 유명한 오바마 대통령의 'Out of Many, One'라는 연설이다.

"미국은 백인의 미국, 흑인의 미국, 히스패닉의 미국, 아시아인의 미국이 아닌, 우리는 언제나 그리고 언제까지나 하나의 미합중국입니다."

중국은 훌륭하고 유능한 인재를 14억 명(중국 인구)에서 고른다고 자랑한다. 하지만 미국은 79억 명(지구촌 인구)에서 고른다. 그만큼 미국은 다인종 다문화 국가지만 오로지 하나만 본다. 그것은 바로 '능력'이다. 그래서 세계 최고의 인재들은 미국으로 향한다.

외국 생활

보통 외국에서 어설프게 생활했던 사람들을 만나면 유난히 그 나라에 대해 아는 체를 많이 한다. 그래서 이런 말이 있다. "외국 생활 6개월이면 그 나라 전체에 대해서 아는 척하고, 1년이면 자기 분야에 대해 아는 척하며, 10년이 넘으면 아무 말이 없다."

문화의 차이, 동양과 서양

노인과 아이

여기서 동양은 우리(한국), 서양은 미국을 대표적으로 말한다. 우리의 전통문화는 '장유유서(長幼有序)'라 하여 나이 든 사람, 즉 노인을 공경하고 배려하는(지금은 그렇지 않지만) 반면, 서양은 아이와 어린이를 더 배려하고 소중하게 생각했다. 그것은 동양은 노인이 그동안 살아오면서 터득한 경험과 삶의 지혜를 중시했지만, 서양은 아이가 앞으로 이룩할 꿈과 희망을 더 크게 보았기 때문이다.

장례식과 이름

우리는 사람이 죽으면 흰옷을 입고 상주가 곡을 한다. 상주가 곡을 하지 않는 것은 큰 흠이다. 서양은 사람이 죽으면 검은 정장을 한다. 눈물을 보이면 흠이기 때문에 남자는 선글라스를 여자는 얼굴을 검은 망사로 가리곤 한다. 우리는 성을 앞에 쓰고 이름을 뒤에 쓰지만, 서양은 이름을 앞에 쓰고 성을 뒤에 쓴다.

매화와 국화 그리고 장미와 백합

우리는 매화와 국화를 찬미하지만, 서양은 장미와 백합에 열광한다. 그들에게 국화는 장례식 때 쓰는 꽃이다. "한 송이의 국화꽃을 피우기 위해 봄부터 소쩍새는 그렇게 울었나 보다."라고 하면, 서양 사람들은 아마도 '저 여자가 자살을 준비하고 있나 보다.'라고 생각할 것이다. 앞에서 소개한 '복으로 목숨을 구한다.'라는 뜻의 복수초(福壽草)' 또한 우리의 꽃말은 '영원한 행복'인데 신기하게도 서양에서의 꽃말은 '슬픈 추억'이라고 한다.

사물과 동물을 바라보는 차이

다음은 『생각의 지도』의 저자 '리처드 니스벳(Richard Nisbett)'이 창안한 실험이다. 소, 풀, 닭 그림을 주고, 두 개를 연결해보세요. 동양인은, 소와 풀을 서양인은, 소와 닭을 많이 연결했다고 한다. 동양은 소가 풀을 먹기 때문에 연결한 것이고 서양은 같은 동물들끼리 연결한 것이다. 즉, 사물과 동물을 보고 서양은 '범주'를 먼저 먼저 생각하고 동양은 '관계'를 먼저 생각한다는 것이다.

식사문화와 스포츠

우리는 식사를 할 때, 젓가락과 수저로 음식을 당기면서 먹지만, 서양은 나이프와 포크로 음식을 밀어 썰거나 찌르면서 식사를 한다. 그래서 스포츠 중 당기는 운동인 유도, 씨름, 레슬링 등이 동양에서 두각을 나타내지만, 서양은 미는 운동인 복싱, 펜싱 등에서 두각을 나타낸다. 우리의 농기구는 낫, 곡괭이 등 주로 당기면서 사용하지만, 서양의 농기구는 삽, 삼지창 등 밀거나 찌르면서 사용한다. 우리는 톱을 당기면서 썰고, 서양은 밀면서 썬다.

성문화와 복장

우리는 손동작으로 남자의 성기를 묘사하여 욕을 할 때, 엄지손가락을 검지와 중지 사리로 감싸듯 숨겨 욕을 하지만 서양은 중지를 드러내 놓고 추켜올려 욕을 한다. 그렇기에 우리의 성 문화는 은밀하고 음성화되어 있지만, 서양은 개방적이고 양성화되어 있다. 그래서 우리의 전통 복장, 특히 여성의 한복은 몸매를 드러내지 않는 '숨김의 미학'이 있지만, 서양의 옷, 드레스는 몸매를 드러내는데 그 아름다움이 있다.

눈과 입 그리고 이모티콘

동양에서는 감정표현 시, 눈을 중요시하는 반면, 서양에서는 입을 중요시한다. 그래서 아시아권에서는 웃는 이모티콘 사용 시 ^^ 표현을 많이 사용하지만, 서양에서는 :) 를 많이 사용한다. 그렇기에 서양에서 많은 영웅이나 영웅 캐릭터들이 눈은 가리고 입을 드러내고 있다. 조로, 배트맨처럼. 서양에서 초기 코로나 대처 시, 마스크 기피 현상으로 인해 전파가 많이 된 것도 그런 이유 중에 하나다.

서양의 문학과 동양의 문학

동양은 문학은 '슬픔의 미학'인 반면 서양의 문학은 '기쁨의 미학'을 표현한다. 같은 동물을 보고 우리는 '새가 운다.'라고 표현하지만, 서양은 '새가 노래한다.'라고 표현한다. 그래서 우리의 모든 동물 소리는 개구리 울음소리, 고양이 울음소리 등 '운다.'라는 표현을 쓴다. 서양의 많은 문학 작품들은 불타오르는 태양을 찬양하지만 우리는 '이화에 월백하고' 등 은은한 달빛을 찬미한다.

단합과 협동심 그리고 독립과 자립심

우리는 옛날부터 단합과 협동심을 중요시한 반면, 서양은 독립과 자립심을 더 중요시했다. 이처럼 동양과 서양은 문화, 스포츠, 생활 등 여러 분야에서 극과 극을 마주한다. 그래서 그런지 재미난 말 중에 "미국은 재미없는 천국이요, 한국은 재미있는 지옥이다."라는 말이 있다. 참 세상은 아이러니하다. 의도된 일인지 그렇지 않으면 우연인지, 우리의 응급구조나 화재 신고는 '119'인데 미국은 '911'이다.

오리엔탈리즘의 허상

앞에서 동양과 서양의 문화 차이를 설명했지만, 문학 이론가 '에드워드 사이드(Edward W. Said)'는 그의 저서 『오리엔탈리즘(Orientalism)』에서 서구 제국주의는 자신들의 필요 때문에 동양을 신비화한 다음, 동양을 탐험하고 지배하며 착취해왔다고 쓰고 있다. 따라서 '오리엔탈리즘'은 제국주의적 지배와 침략을 정당화하는 서양의 동양에 대한 왜곡된 인식과 태도를 의미하기도 한다.

문제는 동양에 대한 서구인들의 그러한 신비화가 단순한 낭만적 환상에 그치지 않고, 수 세기에 걸친 정치적, 경제적, 군사적 연관 속에 절대적 진리로 자리를 잡게 되었다고 설명하고 있다. 그래서 사이드는 "동양은 스스로 존재하지 못한다. 다만 오리엔탈리스트(동양학자)들의 말과 담론 속에서만 존재할 뿐이다."라고 말한다. 즉 동양을 바라보는 서구의 뒤틀린 거울인 오리엔탈리즘 때문에 그동안 동양의 실체는 부재해왔고, 따라서 동양은 서구인들의 의식 속에 왜곡된 모습으로만 존재해왔다는 것이다.

잘생겼다 '대한민국'

세계인이 보는 한국인

세계의 경제를 쥐락펴락하는 일본을 '쪽발이'라며 우습게 보는 유일한 민족. 세계 유일의 분단국가. 세계에서 보기 드문 단일민족. 자살률, 암 사망률, 음주 소비량, 양주 수입률, 교통사고, 청소년 흡연율, 대학졸업자 미취업률, 국가 부채 등 각종 악덕 타이틀을 3위권 밖으로 벗어나지 않는 유일한 나라. IMF 경제위기를 맞고도 채 2년 남짓한 사이에 위기를 벗어나 버리는 놀라운 나라. 자국 축구 리그 선수 이름도 제대로 모르지만, 월드컵 때는 700만이 거리로 쏟아져 나와 외신으로부터 '조작'이라는 말까지 들었던 나라. 월드컵에서 1승도 못하다가 갑자기 4강까지 후딱 해치워 버리는 종족. 조기 영어교육비 세계 부동의 1위를 지키면서 영어 실력은 100위권 수준의 나라. 그러면서 세계 각 우수대학의 1등 자리를 휩쓸고 다니는 민족. 매일 아침 7시 40분까지 등교해서 밤 10시, 11시까지 수년간을 공부하는 엄청난 인내력의 청소년들이 버티는 나라. 해마다 태풍과 싸우면서도 다음 해에도 그다음 해에도 똑같은 피해를 계속 입으면서 대자연과 맞짱뜨는, 엄청난 도전 의식을 갖춘 종족. 목소리 큰 놈이 이기는 야생 종족. 고추에 고추장을 찍어 먹는 매운 걸 즐기는 무서운 종족. 땅덩어리도 적으면서 우수한 인재가 많이 나오는 종족. 세계 인터넷 접속 1위를 차지하는 종족. 기름 한 방울 안 나오면서 자가용, 승용차 보급률 세계 최고인 간 큰 종족.

대한민국의 세계 최고 기록

식당 숫자, 카바레 나이트클럽 숫자, 커피숍 카페 숫자, 커피 수입 및 소비, 반려동물 기르는 숫자 세계 최고. 핸드폰, 컴퓨터, 전자제품, 가전제품 보급률 및 취득률 세계 최고. 아파트공사, 보급률 및 소유율 세계 최고. 외국 중, 고등, 대학교 유학률, 해외 여행객 숫자 세계 최고. 의료보험 혜택, 지하철 무료승차, 기초연금, 장애인 복지 혜택, 사회 치안 세계 최고. 인구비례 공무원 숫자, 국회의원 보수 및 온갖 혜택 세계 최고. 국회의원, 도지사, 광역시장, 시장, 구청장, 군수, 도의원, 시군구의원 전과자 세계 최고. 나 홀로 가구주, 비혼률, 출산율 저하, 고령화 속도, 외국인 입국자, 외국인 노동자 취업률 세계 최고. 교회 건물 수, .교회 목사 수, 사찰 수, 승려 수, 기독교 신학대, 신학교, 불교대학, 불교학원 숫자, 사주 명리 학술 숫자, 무당, 무녀 숫자 세계 최고.

'우리'에 열광하는 우리

우리는 '우리'라는 것에 열광한다. 자신이 태어나고 자란 나라를 '헬조선'이라고 부르다가도 월드컵이나 한일전 축구 경기, 그리고 손흥민이 나오고 류현진이 등판할 때는 목이 쉬도록 응원하는 것이 우리다. 다른 나라에선 우리처럼 우리에 그토록 열광하지 않는다. 그들은 스포츠에서 국내든 국외든 누가 두각을 나타내면 그것을 부러워하고 '돈과 명예를 얻어서 재는 좋겠다.' 그렇게 생각하지, 우리처럼 열광하지는 않는다.

얼마나 우리가 좋았으면 자신의 아내, 나의 아내를 "우리 아내", "우리 마누라"라고 했을까? 우리 아내라는 것은 자신의 아내를 우리가 함께 공유한다는 것이다. "내 아내", "내 마누라"라고 해야 한다. 한때 정치판에서는 이 말도 유행했었다. "우리가 남이가!"

우리 문화를 나쁘게 말하는 사람들은 그것을 전체주의, 국가주의 혹은 국수주의라 말한다. 하지만 '우리'는 '정(情)의 문화'이다. 정은 혼자서는 가질 수가 없는 것이다. 앞에서 언급한 일본의 '오모이야리'가 배려를 말한다지만 철저한 개인주의다. "너한테 피해를 안 줄 테니 나에게도 피해를 주지 마! 그리고 나의 일에 상관도 하지 마."

대한민국이 원조를 받는 나라에서 원조하는 나라로 전쟁으로 폐허가 된 나라에서 세계 일류로 발돋움할 수 있는 비결은 나보다는 '우리'를 생각하는 대한민국의 위대한 '정(情)' 문화 때문이다.

우리는 과연 단일민족인가?

우리나라 사람들은 무슨 이유에서인지 남의 아이를 데려다 키우는 데 매우 인색하다. 그렇기에 '입양아 수출국'이라는 자랑스럽지 않은 별명을 갖고 있다. 그런 데는 스스로 '단일민족'이라는 순수 혈통을 고집하는 어리석음이 한몫한다.

반도는 사람들이 대륙에서 섬으로 이동하는 길목이다. 작은 반도 국가인 한반도는 역사의 상당 부분을 중국의 속국으로 지냈으며 끊임없이 외세에 시달렸다. 몽골의 말발굽에 짓밟혔고 러시아에 휘둘렸다. 그리고 36년간의 일제 강점기에 놓여 있었다. 그러고도 우리 몸속에 순수한 배달의 피만 흐른다고 볼 수 있는가?

일본의 경우, 대륙에서 한반도를 거쳐 넘어온 한족과 털이 많기로 유명한 섬사람인 아이누족이 뒤섞여 오늘에 이르렀다. 최소한 두 종족의 피가 섞여 있는 것이 확실한데도 섬이라는 환경 때문에 유전자의 다양성이 낮아 선천적 유전병의 발병률이 유달리 높은 나라다. 하지만, 우리나라가 일본보다 유전병이 훨씬 적은 까닭도 아마 사람들의 왕래가 잦았던 반도에 살았기 때문일 것이다.

헬조선을 말하는 사람들

'헬조선(hell 朝鮮)'이라고 떠들며 이 시대 청년들의 불만을 교묘하게 이용하는 자칭 지성인들이 있다. "여러분 살기 힘들지요?" 하면서 "당신이 힘든 것은 당신 탓이 아니라 우리나라가 잘못되어서입니다." 하는 말로 위로하며, 그런 말에 요즘 우리 사회 일부 젊은이들은 단순한 반항이나 불만의 수준을 넘어 사회나 국가, 기성세대를 향해 적대감을 드러내고 있다. 하지만 나중에 나이가 들어서야 알게 된다. 젊은 시절에 불만과 좌절로 세상을 확 바꾸고 싶은 충동을 억제하지 못하는 젊은 패기(覇氣)가 인생을 망친다는 것을.

"자신을 사랑하지 않는 사람은 다른 사람을 흠모하지 못한다. 누군가를 흠모한다는 것은 상대방을 크게, 자신을 작게 만드는 행위이기 때문이다. 자신의 운명을 바꾸고 싶다면 다른 사람을 사랑하기 전에 자기 자신부터 사랑할 줄 알아야 한다."

자신의 조국을 '헬조선'이라고 지칭하는 것이 지식인 인양, 지적 허영을 떠는 사람들이야말로 자신을 사랑하지 못하는 사람들이다. 그들은 자신의 나라를 사랑하지도 않으면서 오로지 '헬조선'만 외칠 뿐이다. 자신을 봐 달라고, '기 드보르(Guy Debord)'는 『스펙타클의 사회』에서 다음과 같이 썼다. "누굴 사랑해서 이야기하는 것과 자기를 사랑해 달라고 이야기하는 것엔 현저한 차이가 있다."

또한, 자신을 존중하는 마음은 자신을 아는 데에서 시작된다. 전 세계에 모든 나라가 대한민국을 선진국이라고 하는데 대한민국이 선진국이 아니라는 국민이 하나 있다. 바로 대한민국 국민이다.

신속, 24시간 서비스

세계적으로 대한민국의 신속, 24시간 서비스는 위대하다. 경찰이 24시간, 3분 안에 출동하는 나라, 24시간 밥과 자장면을 배달하는 나라, 오죽했으면 '배달의 민족'이라는 앱이 생겼을까? 언제 어디서든 대리운전을 부를 수 있는 나라, 택배를 오전에 시키면 오후에 도착하는 나라, 요즘에는 일부 생필품은 30분 안에도 도착하기도 한다.

유럽에서는 가정에 TV를 한 대 사서 설치하는데, 며칠씩 걸린다. 며칠 늦는 과정에 설치하다가도 저녁 6시가 되면 다음 날 오겠다고 돌아가 버린다. 왜 그리 늦는지 불평하면 계약서를 내보이면서 계약대로 하지 않느냐고 반문한다. 한국에서는 오전에 TV를 주문하면 오후에 볼 수 있다. 계약서는 없지만 해준다. 한국기업들은 계약서가 없어도 플러스알파로 서비스를 해준다. 이 신속, 24시간 서비스는 대한민국의 국가 경쟁력이 되고 있다.

대한민국의 대중교통 시스템

외국인이 바라보는 한국의 대중교통 시스템은 그야말로 선망의 대상이다. 버스와 지하철 이용요금은 비교적 저렴한 편이며, 환승 제도가 잘 구축되어 있어 편리하고 경제적으로 대중교통을 이용할 수 있기 때문이다. 특히 교통카드 한 장만 있으면 버스와 지하철을 자유롭게 환승하며 대한민국 어디든지 갈 수 있고, 택시나 편의점에서도 교통카드 이용이 가능하다. 또한, 'IT(정보통신) 기술'과 접목된 한국의 대중교통은 자신이 이용하려는 버스와 지하철은 물론, 전국에 모든 노선과 시간표를 스마트폰 하나로 실시간으로 알아볼 수 있다.

글로벌 여행 정보 사이트 '트립어드바이저(Trip Advisor)'는 '나라별로 관광객이 꼭 해야 할 단 한 가지의 일'을 지목하면서 "한국에서는 시스템과 서비스가 훌륭한 지하철을 꼭 타봐야 한다."라고 전했다. 또한, 미국 CNN 방송과 영국 BBC 방송은 서울 지하철의 무선 인터넷 서비스를 '세계 최고 수준'이라고 평가했으며, 미국 여행 정보 사이트 '원더 위즈덤

(Wander Wisdom)' 또한 서울 지하철을 아시아의 4대 지하철 중 하나로 꼽고 있다. 이런 대한민국의 대중교통을 한마디로 표현한다면 다음과 같다.

"한국의 대중교통은 다양한 노선, 편리한 환승 시스템으로 교통카드 한 장만 있으면 어디든지 갈 수 있다."

대한민국의 국민건강보험

많은 나라, 특히 선진국들이 대한민국의 '국민건강보험'과 '의료체계'를 부러워한다. 우리의 의료보험은 사소한 진단과 처방은 물론, 병원 입원 시 식사부터 입원비까지 보험 혜택이 적용되고 있으며 중증 환자와 암까지 그 보험 혜택이 확대되어 가고 있다. 외국의 경우 선진국이라 하더라도 돈이 없으면 손가락 하나가 절단되어도 봉합수술을 받지 못하는 곳이 허다하다. 이른바 빈부의 격차가 의료 분야에서는 더 심각하다. 하지만 우리의 의료보험은 시골 산골 마을의 노인이든, 서울 도심의 청년이든 누구나 공평하게 의료보험 혜택을 받고 있으며 오히려 수입이 많은 고소득층이 의료보험료를 더 부담하고 있다. 많은 나라가 부러워하면서 우리의 의료보험체계를 연구하고 도입하려는 이유다.

대한민국의 국보 1호와 보물 1호

남대문(숭례문, 崇禮門)과 동대문(흥인지문, 興仁之門)의 국보 1호와 보물 1호 지정은 해방 이후 대한민국 정부가 〈문화재보호법〉에 따라, 남대문을 국보 1호로, 동대문을 보물 1호로 각각 지정하였다. 하지만 그 이전에 조선총독부가 1933년 8월 '조선보물고적명승천연기념물보존령'을 제정, 남대문을 보물 1호로, 동대문을 보물 2호로 지정했던 것이 그 밑바탕이 된 것이다. '일제, 그들은 왜 광화문도 있고 경복궁도 있는데 도성의 성문에 불과한 남대문과 동대문을 보물로 지정했을까?'

일제 강점기, 수도인 개성의 발전으로 인하여 사대문을 모두 헐어버릴 계획이 있었다. 하지만 임진왜란 당시, '남대문'은 '가등청정(가토오기요마사)'이 이끄는 군대가 진입한 문이고, '동대문'은 '소서행장(고니시유키나와)'이 입성한 문이었기 때문에 당시 총독부에서 철거하려던 계획을 포기하고 그것을 보물로 지정한 것이다.

그러나 임진왜란의 상징적 의미가 없던 서대문은 그만 헐리고 말았다. 다시 말해 조선총독부의 측면에서 본다면 남대문과 동대문은 조선 전쟁을 승리로 이끈 '전승기념문'이었던 것이다. 일제에게는 프랑스에 있는 개선문 정도로 생각한 것이다. 그렇기에 일부 학자들 사이에선 '훈민정음 해례본'을 국보 1호로 변경 지정하자는 운동이 일어나고 있다. 숭례문과 홍인지문은 그 존재만으로 아름답다. 하지만 그 국보와 보물 지정에 있어서 타당하였는지 다시 한번 생각해야 한다.

진정한 극일(剋日), 그리고 화해와 치유

대한민국에는 '안중근 의사'가 그리고 일제에는 '이토 히로부미'가 있었다. 안중근 의사는 대한민국에서 애국자지만, 일본 우익들이 생각할 때는 테러 분자다. 이토 히로부미는 우리 국민이 생각할 때, 전범이자 원흉이지만 일본인들이 생각할 때는 우리의 광개토대왕 같은 영웅이다. 일본에는 이토 히로부미 관련 서적도 많이 있으며 많은 일본인이 공부하고 있다. 중요한 것은 일본에는 일본인이 설립, 운영하는 안중근 의사를 모시는 사당이 있다는 것이다. 만약 한국에 이토 히로부미를 기리는 사당이 있다면 어떻게 될까? 이제는 맹목적인 '반일(反日)'보다는 그들을 연구하고 공부하고 넘어선 후, 힘을 가진 용서를 할 때, 진정한 '극일(剋日)'을 할 수 있다.

베트남전쟁은 베트남인들에게 모든 것을 빼앗아 갔다. 수백만이 죽었고 전쟁이 할퀴고 간 베트남은 모든 것이 만신창이가 되었었다. 하지만 그들은 슬픔을 딛고 다시 일어섰다. 그리고 2018년 축구 스즈키 컵, 우승한 그들은 금성 홍기와 태극기를 같이 흔들며 환호했다. 한국인이 감독이라는 이유만으로 그랬다. 베트남전 당시, 미국의 우방국들이 파견한 40만 명의 군인 중, 32만 명이 한국군이었다는 사실을 모를 리 없겠지만 그들에게 미움은 없었다. 베트남 선수가 태극기를 몸에 두르고 경기장에서 환호하고, 또 그것을 용인하는 베트남 국민의 모습은 아름답고 뭉클했다. 이러한 역사의식이 '화해와 치유' 그리고 '관용과 화합'이다.

자랑스러운 우리 문화

작가 김진명은 『직지-아모르 마네트』에서 최고(最古)의 금속활자본

'직지', 세계 언어학자들이 꼽는 최고(最高)의 언어 '한글', 최고(最高)의 '메모리 반도체'를 대한민국의 3대 걸작이라 정의하면서 한국문화가 일관되게 인류의 지식혁명에 이바지해왔다는 보이지 않는 역사에 긍지를 느낀다고 쓰고 있다.

금세기 최고의 지성인 토인비에게 어느 기자가 물었다고 한다.

"만약 지구가 멸망해서 다른 별로 이주할 때, 오직 한 가지만을 가져가야 한다면 선생님은 도대체 무엇을 가져가겠습니까?"

토인비는 촌각의 망설임도 없이 대답했다고 한다.

"한국의 가족제도를 가지고 가겠다."

세계에서 가장 아름다운 곡 '아리랑'

얼마 전 '아리랑(我理朗)'이 세계에서 가장 아름다운 곡 1위에 선정됐다. 영국, 미국, 프랑스, 독일, 이탈리아 작곡가들로 구성된 선정 대회에서 82%라는 높은 지지율로 단연 1위에 올랐다. 특히, 선정단에는 단 한 명의 한국인도 없어 더욱 놀라게 했다. 그런데 우리 국민은 아리랑의 참뜻을 알고 있을까?

우리는 아리랑의 뜻에 대해 외국인이 물으면 한국인임에도 불구하고, 그 뜻과 의미를 제대로 답하지 못했는데, 이제는 확실하게 알고 있어야 할 것 같다. 아리랑은 작가 미상의 우리나라 민요로써 남녀노소 누구나 잘 알고 부르며 흔히 사랑에 버림받은, 어느 한 맺힌 여인의 슬픔을 표현한 노래로 대충 알고 있다. 하지만 아리랑이라는 민요 속에는 큰 뜻이 담겨 있다.

원래 참뜻은 '참 나를 깨달아 인간 완성에 이르는 기쁨'을 노래한 깨달음의 노래이다. '아(我)'는 참된 나(眞我)를 의미하고, '리(理)'는 알다, 다스리다, 통한다는 뜻이며 '랑(朗)'은 즐겁다. 라는 뜻이다. 그래서 아리랑(我理朗)은 '참된 나를 찾는 즐거움'이라는 뜻이다. '아리랑 고개를 넘어간다.'라는 것은 나를 찾기 위해 깨달음의 언덕을 넘어간다는 의미이고, 고개를 넘어간다는 것은 곧 '피안(彼岸)의 언덕'을 넘어간다는 뜻이기도 하다. '나를 버리고 가시는 님은 십 리도 못 가서 발병 난다.' 라는 뜻은 진리를 외면하는 자는 얼마 못 가서 고통을 받는다는 뜻으로, 진리를 외면하고 오욕락(五慾樂)을 쫓아 생활하는 자는 그 인과응보로 얼마 못 가서 고통에 빠진다는 뜻이다.

이러한 아리랑의 이치와 도리를 알고 나면 아리랑은 '한(限)의 노래'나 저급한 노래가 아님은 물론, 전 세계가 인정하는 가장 뛰어난 작품임을 알 수 있다. 그 실례로 미국이나 캐나다의 찬송가에는 실제로 아리랑의 멜로디가 찬송가로 채택되어 공식 찬송가로 애창되고 있다. 이렇게 깊은 뜻이 담겨 있는 아리랑은 우리의 민요, 아니 이제 전 세계인이 즐겨 부르는 노래이며 우리 민족의 우수성을 일깨워주는 또 하나의 증거임을 기쁘게 생각해야 한다.

세계 속의 대한민국

우리는 무의식적으로 획일적인 문화에 익숙해져 있다. 앞에서도 언급했지만 그래서 거의 모든 것에 '우리'라는 말을 사용한다. 우리 회사,

우리 집, 우리 마누라, 자신이 혼자 살면서도 '우리 집'이라는 표현을 한다. 물론 단일민족에 좁은 땅에서 살다 보니 그것은 너무나 당연할지도 모른다. 하지만 다인종, 다민족 국가인 미국과 중국을 봐라, 그들은 G1, G2 국가로서 전 세계 패권을 두고 다투고 있다.

미국, 중국, 러시아 사람들은 우리나라에 와서 일기예보를 보고 깜짝 놀란다고 한다. 그 예보는 바로 이것이다. "내일은 전국적으로 비가 온답니다." 그들에게 있어서 전국적으로 비가 온다는 것은 대재앙이나 다름없다. 이렇게 우리는 획일적인 생각을 해야 하는 환경에도 접해있다. 그러므로 이제 우리는 '우리 안에 우리가 아닌 세계 속의 우리', 그리고 더 나아가 '세계를 우리'로 생각해야 한다. 그것이 곧 세계화이다.

교육은 관심과 사랑이다

사랑하는 것이 적다면, 아는 것이 적다

'마이클 겔브(Michael J. Gelb)'의 저서 『레오나르도 다빈치처럼 생각하기』라는 책에는 레오나르도 다빈치의 "아는 것이 적으면 사랑하는 것이 적다."라는 말에 관하여 쓰고 있다. 그의 수많은 학문에 대한 애정과 관심은 결국, 자신이 하는, 혹은 하고 싶은 일에 대한 끊임없는 사랑의 결과라고 쓰고 있다. 알면 사랑한다. 서로 잘 모르기 때문에 미워하고 시기하는 것이다. 아무리 큰 죄를 저질렀더라도 왜 그런 일을 저질러야만 했는지를 알고 나면 사랑할 수밖에 없는 게 우리 심성이다. "뽑으려 하니 모두 잡초였지만 품으려 하니 모두 꽃이었다. 이름을 모른다고 하여 산야에 피는 풀꽃들을 모두 잡초라고 생각하지 마라."

별을 진짜 사랑하면 별을 속속들이 뒤지게 된다. 동물을 진짜 좋아하면 동물에 대하여 박사가 된다. 그런데 그런 사람들은 학위를 받지 못한다. 학위과정은 죄다 표준화가 되어있기 때문이다. 그래서 우리 학문이, 교육이 무너진 것이다. 표절은 그래서 나오는 것이다. 각자의 정신과 창의력을 강조하는 게 아니라 표준화된 양식에 맞추는 걸 더 중요하게 여기기 때문이다.

한국교육에는 정답을 잘 고르는 학생은 많은데, 문제를 낼 수 있는 사람은 드물다. 사실 지도자가 된다는 것은, 대답하는 존재가 아니라 질문을 하는 존재가 됨을 뜻한다. 그렇기에 '장 자크 루소(Jean Jacques Rousseau)'는 『에밀』에서 '어떻게(Know-how) 가르쳐야 하는가?'가 아닌, '왜(Know-why) 가르쳐야 하는가?'를 생각해야 한다고 쓰고 있다.

아는 만큼 보이고 아는 만큼 사랑한다

한 선생님이 매일 지각하는 학생에 회초리를 들었다. 어쩌다 한번이 아니라 날마다 지각을 하는 것을 보고 그 학생이 괘씸해서 회초리를 든 손에 힘이 들어갔다. 회초리를 든 다음 날 아침, 그 선생님은 차를 타고 학교에 가다가 늘 지각하는 그 학생을 우연히 보게 되었다. 한눈에 봐도 병색이 짙은 아버지가 앉은 휠체어를 밀고 요양 시설로 들어가고 있었다. 순간 선생님은 가슴이 서늘해졌다. 지각은 곧 불성실이라는 생각에 이유도 묻지 않고 무조건 회초리를 든 자신이 부끄러웠고 자책감이 들었다. 가족이라고는 아버지와 단 둘뿐이라서 아버지를 지켜드려야 하는 처지에 있는 지각 학생, 게다가 요양 시설은 문을 여는 시간이 정해져 있었다. 학생은 요양원이 문을 여는 시간에 맞춰 아버지를 모셔다드리고, 100미터 달리기 선수처럼 뛰어서 학교에 왔을 텐데, 그래도 매일 지각을 할 수밖에 없었다.

그날 역시 지각을 한 학생은 선생님 앞으로 와서 말없이 종아리를 걷었다. 그런데 선생님은 회초리를 학생의 손에 쥐여주고 자신의 종아리를 걷었다. 그리고 "미안하다, 정말 미안하다."라는 말과 함께 그 학생을 따뜻하게 끌어안았다. 그리고 두 사람은 함께 울었다.

아이들은 관심받고 싶어 한다

미국의 소년 갱생 학교에서 있었던 일이다. 강간범, 살인범 등 강력범만 수용하는 이곳에 하루는 어느 장난감 회사에서 봉사자들이 나와 함께 봉제 완구를 만들었다. 원생들은 각자 하나씩 공룡, 곰, 토끼 등을 만들었다. 밤이 되어 다시 독방에 감금된 청소년들에게 밤 인사를 하기 위해 신부님이 들렀을 때, 소년들은 모두 자신이 만든 봉제 완구를 곁에 두고 있었다.

첫 번째 방에는 소년과 공룡이 머리를 맞대고 나란히 누워 잠들어 있었고 두 번째 방에는 소년이 침대에 앉아 곰 인형에게 무언가 말을 하고 있었다. 그런데 세 번째 방에는 토끼가 침대 옆 책상 위에 혼자 나동그라져 있었다. 신부님이 네 토끼가 외롭지 않겠느냐고 묻자 소년은 퉁명스럽게 대답했다. "미쳤어요? 장난감이 외롭게? 제가 다섯 살 난 어린 앤 줄 아세요?"

얼마 후 신부님이 다시 그 세 번째 방에 들렀을 때는 반듯이 눕혀진 토끼 위에 손수건 이불이 덮여 있었다. 잘 모르는 이가 당신을 힘들게 한다면 의심하세요? 당신에게 관심받고 싶어서 그런 건지도 모릅니다. "댐은 수문을 열어야 물이 흐르고, 사람은 마음을 열어야 정이 흐른다."

대화와 토론의 중요성

기원전부터 의무교육을 시행했을 정도로 교육을 중시하는 유대인은 세계 어디에 있든지 '예시바(Yeshiva)'라는 학교와 도서관을 세웠다. 예시바는 '앉아있다'라는 뜻의 히브리어로 모든 탈무드 주제를 앉아서 공부한다는 데서 유래한다. 흥미로운 점은 도서관에 앉으면 맞은편이나 옆에 앉은 사람 얼굴이 바로 눈앞에 있다는 것, 책 읽기보다는 대화를 위해 만든 공간 구성이다. '공부=대화'라는 것을 상징적으로 보여준다. 그렇다 보니 도서관이 시끄럽다. 우리에 칸막이 구조 도서관의 조용함과는 거리가 한 참 멀다.

유대인들은 이처럼 공부는 물론이고 생활 자체가 대화와 토론 중심이다. 유대인이 노벨상 23~30%를 휩쓰는 비결이 '대화와 토론' 즉, '밥상머리 대화'라는 주장까지 있을 정도다. 한국에도 예시바처럼 한국만의 독특한 독서실 문화가 있다. '그 어느 나라에도 없는 도서관이 아닌 독서실'

나라별 부모의 가르침

일본의 부모들은 자녀에게 어느 장소에서든 남에게 폐를 끼치는 행동을 하지 말라며 훈계를 한다. 미국의 부모들은 자녀에게 남한테 양보하라고 가르친다. 그에 반해, 한국의 부모들은 남에게 지지 말라고 가르친다.

스승과 가정교육

어느 초등학생 소녀가 학교에 가자마자 담임선생님에게 길에서 주워 온 야생화를 내밀며, 이 꽃 이름이 무엇인지 질문했다. 선생님은 꽃을 한참 보다 말했다. “미안해서 어떡하지? 선생님도 잘 모르겠는데. 내일 알아보고 알려줄게.”

선생님의 말씀에 소녀는 깜짝 놀랐다. 선생님은 세상에 모르는 게 없을 거라 믿었기 때문이다. 집으로 돌아온 소녀는 아빠에게 말했다. “아빠. 오늘 학교 가는 길에 주운 꽃인데 이 꽃 이름이 뭐예요? 우리 학교 담임선생님도 모른다고 해서 놀랐어요.”

그런데 소녀는 오늘 두 번이나 깜짝 놀라고 말았다. 믿었던 아빠도 꽃 이름을 모른다는 것이었다. 왜냐하면, 소녀의 아빠는 식물학을 전공으로 대학에서 강의하고 있기 때문이었다.

다음 날 학교에 간 소녀를 담임선생님이 불렀다. 그리고는 어제 질문한 꽃에 대해 자세히 설명해 주었다. 소녀는 아빠도 모르는 것을 잊어버리지 않고 알려준 선생님이 역시 대단하다고 감탄했다. 사실은 어젯밤 소녀의 아빠가 선생님에게 전화하여 그 꽃에 대해 자세한 설명을 해주었던 것이었다. 아빠는 그 꽃이 무엇인지 당연히 알고 있었지만, 딸이 어린 마음에 선생님께 실망하지 않을까 걱정되었던 것이다. 바로 이러한 것이 가정교육이다.

어머니 손은 나라를 움직인다

어느 여인이 덕이 높은 스님에게 자녀교육에 관하여 물어보았다.

"앞으로 이 아이를 어떻게 가르쳐야 할까요?"

"이미 늦었습니다."

"무슨 말씀이세요? 이 아이는 이제 막 태어났을 뿐인데요."

"그 아이를 진심으로 가르치고 싶다면 당신의 어머니부터 가르쳐야 하지요. 그것도 어머니가 어렸을 때부터 말입니다."

그 말을 듣고 여인은 깜짝 놀랐다고 한다.

예로부터 내려오는 영국의 격언 중에는 이런 말이 있다.

"요람을 흔드는 어머니 손은 이윽고 나라를 움직인다."

영의정의 어머니

조선 중엽 영의정을 지낸 '학곡(鶴谷) 홍서봉'의 어머니 유 씨는 학식과 덕망이 뛰어나기로 유명했다. 어깨너머로 글을 깨우쳤지만, 시문에도 능해 학식 있는 지식인도 그녀를 인정할 정도였다. 하지만, 홍서봉이 세 살 때 아버지가 돌아가시면서 어머니 유 씨가 어린 아들을 직접 가르쳤는데 아들이 이따금 학업을 게을리하는 눈치가 보이면 엄하게 훈계하며 회초리를 들었다.

"너는 불행하게도 어려서 아버지를 잃었다. 사람들은 아비 없이 자란 너를 버릇이 없다고 할 것이다. 나는 네가 그런 아들로 성장하는 것을 바라지 않는다."

그러고는 회초리를 비단 보자기에 싸서 장롱 속에 소중하게 간직했다. 그 이유로는 아들의 잘못을 바로잡는 물건인데 함부로 둘 수 없었기 때문이라고 한다. 그리고 유 씨는 아들에게 글을 가르칠 때마다 자신과 아들과의 사이에 병풍을 쳤다고 한다. 이를 본 마을 사람이 이상하게 여기자 유 씨는 이렇게 대답했다.

"어미와 자식 사이는 아버지처럼 엄격할 수가 없는 법이오. 이 아이가 너무 영리해서 글을 잘 외는 것을 보면 나도 모르는 사이에 기쁨이 얼굴에 나타나게 되는데 그것이 자칫하면 아이에게 교만과 자만심을 길러 주겠기에 내 얼굴을 못 보게 하는 것이라오."

홍서봉은 훗날 조선 중기의 문필에 뛰어난 문신이자, '일인지하 만인지상'의 영의정에 오른다.

세상을 바꾼 한 장의 편지와 어머니

한 어린 소년이 학교에서 편지 한 장을 가져왔다. 그러나 아무도 이 편지가 소년과 우리의 삶을 바꿔 놓을 줄 몰랐다. 아이는 선생님이 편지를 줬다며, 엄마에게 읽어달라고 부탁했다. 잠시 뒤, 엄마는 눈물을 흘리며 큰 소리로 편지를 읽기 시작했다. "당신의 아들은 천재입니다. 이 학교는 그를 가르치기에 너무 작은 학교입니다. 그를 가르칠만한 능력 있는 선생님도 없습니다. 당신이 아이를 가르쳐주길 바랍니다."

엄마는 선생님의 말씀을 따랐다. 병에 걸려, 죽는 순간까지, 엄마가 떠난 지 수년이 지나, 아들은 유능한 발명가로 성장했다. 그리고 어느 날, 아들은 엄마의 유품을 살펴보고 있었다. 그곳에는 선생님이 엄마에게 보냈던 그 편지가 놓여 있었고 그는 편지를 펼쳐, 다시 읽어보았다. "당신의 아들은 저능아입니다. 우리 학교는 더 아이를 받아줄 수 없습니다. 아이에게 퇴학 처분을 내립니다."

그는 편지를 읽고, 눈물을 쏟았다. 그리고 자신의 다이어리에 다음과 같이 써 내려갔다. "토머스 에디슨은 저능아였다. 그러나 그의 어머니는 그를 이 시대의 천재로 변화시켰다."

아이에게 배우는 사랑

한 엄마가 아이를 크게 꾸짖는다. 화가 많이 난 탓인지 그녀는 주위에 사람이 있다는 것도 잊은 듯 큰 소리로 아이를 나무란다.

"이게 다 널 위해서 그런 거잖아! 엄마가 아닌 너를 위해서!"

너를 위해서라는 말은 '내가 생각한 대로' 움직이길 바라는 마음의 또 다른 핑계일 때가 많다. 아이 때문에 체면 구기고 싶지 않다는 마음도 있다. 사랑과 욕망을 구별하지 못하면 '너를 위해서'라 말하며 강요하는 걸 사랑이라 착각하기 쉽다.

성모마리아는 신이 주신 아이, '예수'를 잉태하고 낳아 키웠다. 결코, 자신의 자식이라고 생각하지 않았다. 육아에서는 이처럼 자기 자식을 '타자'로서 인식하는 것이 중요하다. 이 같은 인식이 있다면 '자신을 위해서'라는 일방적인 강요를 하지 않게 되고, '대체 이 아이는 어떤 인간일까?'

라는 지극히 자연스러운 관심으로 면밀하게 관찰하게 된다. 엄마에게 혼나던 아이는 엄마 속을 들여다보고 싶다고 했다. 그러자 엄마는 엄마 가슴속에 뭐가 들어 있을 것 같으냐는 질문을 했고 아이는 대답했다.

"밥하고 물, 그리고 하트요!"

아이의 첫사랑과 반려동물

어린이가 사랑을 시작하면 주위 사람들은 너털웃음으로 반응하는 경우가 많다. "귀엽다"라거나 "요즘 애들은 빠르다"라거나 하는 말을 덧붙이면서 사랑의 진행 상황을 떠보고 가벼운 놀림거리로 삼기도 한다. 하지만 모든 사람이 태어날 때부터 잘 걷고 달릴 줄 알았던 것이 아닌 것처럼 처음부터 사랑의 방법을 알고 누군가를 사랑하는 사람은 없다. 곰돌이 푸우를 사랑하고 뽀로로를 사랑하던 아이는 어떤 한 사람을 생각하면 가슴이 설레는 순간을 맞이하면서 지금까지 겪었던 것과 전혀 다른 감정의 세계에 들어선다. 그러나 자신의 첫사랑을 소중하게 대하는 어른들이 별로 없다는 걸 알고 나면 아이는 그 마음을 꼭꼭 감추겠다고 결심한다. 인생에서 가장 빛나고 설레는 첫 번째 사랑은 그렇게 자기만의 마음속으로 숨는다.

또한, 반려동물 인구 1,500만 시대, 우리 아이들의 첫사랑이 반려동물인 경우가 많아지고 있다. 그렇게 아이들은 사랑을 배운다. 친구를 목욕시키고, 밥을 주고, 배설물을 치우며 '책임감'을 배우고, 싸우고 안고 부대끼며 정이 들면서 '관계'를 배운다. 그러다 나중에는 반려동물과 헤어지면서 '이별'을 배우게 된다.

그런데 일부 부모들은 아이가 반려동물의 죽음을 목격하지 않도록 미리 떨어지게 하지만 그것은 올바른 이별 교육이 아니라고 한다. 오히려 사랑하는 반려동물의 죽음을 지켜보고 아파하고 극복함으로써 소중한 것도 나에게서 떠날 수 있다는 '헤어짐'을 배우게 된다. 그런 배움을 통하여 소중한 것이 더욱더 소중하다는 것을 알게 되고 인생을 배워 간다고 한다. 우리의 아이들은 우리가 생각하는 것보다 더 어른이다.

선생님은 도와주는 사람이다

어렸을 적 미국에 이민 가서 성공한, 한 분의 이야기다. 이민 가서 1년 후, 아이는 학교에 가게 되자 무척이나 긴장하고 떨렸다고 한다. '선생님이 칠판에 글씨를 쓰게 하면 어떡하지? 나는 정말 아직은 영어 글쓰기에는 자신이 없는데' 아이는 다른 아이들 앞에서 망신을 당할까 봐 너무 걱정되었다. 그리고 그의 걱정은 교실에서 학생들과 인사를 하면서 현실이 되었다.

선생님의 아이를 불렀다. 그리고 말했다. "이 아이의 이름은 현수란다. 현수는 한국이라는 나라에서 이민 와서 영어가 좀 서툴단다. 너희들이 많이 도와주렴. 하지만 '한글'이라는 한국어는 아주 완벽히 잘한단다."

그러면서 선생님은 현수에게 말했다. "현수야 선생님 이름은 '제니'란다. 여기 칠판에 선생님 이름을 한글로 써줄래?"

현수는 '제니 선생님'이라고 칠판에 썼고 아이들은 함성을 질렀다.

"와~ 멋지다."

그리고 쉬는 시간, 현수는 아이들에게 둘러싸여 아이들의 이름을 한글로 써주기에 바빴다. "안녕, 나는 마이클이야. 여기 내 공책에 내 이름을 한글로 써줄래?"

그렇게 아이는 등교한 첫날 스타가 되었다. 그때 심어진 아이의 자신감은 미국에서 살아가는데 큰 밑거름이 되었고 그는 미국에서 성공한 사업가가 되었다.

"선생님은 가르치는 사람이 아니라 학생들이 배울 수 있도록 도와주는 사람이다."

가르치는 것은 두 번 배우는 것이다

강연이나 강의가 있을 때, 가장 많이 배우는 사람은 누구일까? 그것은 바로 청중보다 강연자다. 왜냐면 청중은 귀로만 강연을 듣고 배우지만 강연자는 자신의 입으로 말하고, 또한 자신의 귀로 들으면서 배우기 때문이다. 그렇기에 가르치는 것은 두 번 배우는 것이다. 그래서 학생에게 한 사안에 대하여 가르치고 싶다면, 그에게 강연이나 발표회를 준비시키면 효과적이다. 그럼 그는 세 번을 배우게 된다. 강연이나 발표회를 준비하면서 한 번 배우고, 강연 시 말하고 들으면서 두, 세 번 배우는 것이다. 그런 이유로 어렸을 적, 웅변이나 발표회를 해 본 아이는 커서 지도자가 될 확률이 높아진다.

인생을 바꾼 선생님의 메시지

지금은 한 초등학교 교사가 된 한 선생님의 이야기다. 그녀의 아버지는 초등학교 5학년 때 돌아가셨다고 한다. 어린 나이에 아버지가 돌아가셨다는 것은 크나큰 슬픔이지만 다른 한편, 아버지가 없다는 사실이 부끄러웠고 그녀를 위축시켰다고 한다. 그래서 중학교에 진학해서는 새로 만난 친구들에게 아버지가 없다는 사실은 자연스럽게 숨기게 되었다. 오죽했으면 친구들 앞에서 아버지가 사주었다면 새 신발을 자랑했다가 그런 자신의 신세가 처량하고 슬퍼서 펑펑 울었겠는가.

그리고 2학년이 되었다. 담임이자 국어 선생님이셨던 선생님이 책 한 권을 골라 읽고 간단하게 책 귀퉁이에 소감을 적어오는 숙제를 내주셨다. 그렇게 그녀는 김현승 시인의 '아버지의 마음'이라는 시를 접하게 된다. '아버지가 마시는 술에는 항상 눈물이 절반이다.'라는 구절이 어찌나 마음을 사로잡던지 아버지가 보고 싶은 마음에 그림과 간단한 느낌을 썼다.

처음으로 아픔을 꺼낸 시간이었다. 이때 소녀의 경험은 꽁꽁 감추어둔 부끄러움보다 아버지에 대한 그리움과 고마움을 깨닫게 해주는 시간이었다. 또한, 그런 것을 일깨워준 선생님이 정말 고마웠다. 그래서 선생님이 되고 싶다는 꿈을 갖게 되었다. 그리고 이제 소녀는 선생님이 되어 그 시집을 다시 폈다. '아버지의 마음'이라는 시가 있는 페이지에는 그녀의 소녀 시절 느낌을 담은 글이 적혀있었고 선생님의 답변 메모가 적혀있었다.

"영화 가슴 속에 더 크게 자리 잡고 계신 아버지, 영화 아버지는 참 자랑스러우실 거야. 이렇게 열심히 공부하고 살아가는 딸을 보고 계실 테니까! 영화야, 지금처럼 항상 열심히 생활하렴. 아, 이 글도 나중에 영화가 어른이 되어서 다시 시집을 폈을 때 보겠구나! 그때 우리 국어 가르쳤던 사람, 이름이 뭐였더라! 잊혀지지 않길 바라며, 곽진경."

눈높이 교육

한 초등학교에 말썽꾸러기 학생이 한 명 있었다. 다른 아이들보다 키와 덩치가 큰 이 학생은 자신의 우월한 힘을 믿고, 다른 아이들을 괴롭혔다. 다른 아이를 때리고 물건을 뺏는 이 아이를 바르게 교육하기 위해 많은 선생님이 노력했다. "다른 아이를 때리면 안 돼.", "다른 아이의 물건을 빼앗으면 안 돼.", "다른 아이를 괴롭히면 안 돼."

하지만 크게 달라지지 않는 학생의 태도에 선생님들은 이 학생을 다른 학교로 전학을 보내자고 의견을 모으기 시작했다. 그때 교장 선생님이 나서서 학생에게 말했다. "요즘 너희 담임선생님이 몸이 매우 아프단다. 네가 선생님을 대신해서 반 아이들을 돌보아주면 좋겠구나. 너무 장난을 치는 아이는 그러지 못하도록 말려주고, 몸이 아픈 아이가 있으면 양호실로 데리고 가주렴. 네가 힘이 세고 용감하니까 선생님이 특별히 부탁하는 거란다. 할 수 있겠니?"

이후 말썽꾸러기 학생은 다른 학생을 괴롭히지 않고 오히려 돌보기 시작했고 다른 선생님들에게 칭찬받는 모범생이 되었다고 한다. 앤드루 카네기는 말했다. "우리는 누구나 잘못을 저지르기 쉽다. 아홉 가지의 잘못을 찾아 꾸짖는 것보다는 단 한 가지의 잘한 일을 발견하여 칭찬해주는 것이, 그 사람을 올바르게 인도하는 데 큰 힘이 될 수 있다.”

아직도 널 믿는다

학창 시절을 생각하면 학교에는 ‘독사’나 ‘살모사’라는 별명을 가진 선생님이 꼭 한 명씩 있었고 이런 별명의 선생님은 대개 학생부 주임을 맡고 있으며 학생들에게 공포의 대상이었다. 학생들에게 ‘사랑의 매’를 가장한 폭력이 당연시되던 시절 ‘독사’로 불리는 학생부 선생님이 나를 교무실로 불렀다.

그 당시 체육관 사범으로 있었던 나는 나의 의지와는 상관없이 운동을, 싸움을 잘한다는 이유로 다른 학교 학생들과 패싸움을 했었고, 주동자로 몰려 있었다. 교무실로 향하면서 일명 ‘빠따’를 수십 대 맞을 생각에 오금이 저렸고, 어깨를 축 늘어트리고 교무실에 들어섰다. 독사는 한 눈에도 독이 올라 보였다. 눈은 빨갛게 충혈되어 있었고 소매는 걷어 올린 상태였다.

독사는 나에게 백지 몇 장과 볼펜을 주면서 내가 지금까지 살아오면서 잘한 일 10가지, 그리고 앞으로 잘할 수 있는 일 10가지를 적으라고 시켰다. 나는 트집이 잡혀 빠따를 맞지 않으려고 열심히 열과 성의를 다해 백지를 채워나갔다. 거의 모든 내용이 운동에 관한 내용이었고, 잘할 수 있는 것 중에는 ‘무술 사범’, ‘경호원’도 포함되어 있었다. 쓰기가 다 끝나자 독사는 그것을 큰 소리로 읽게 시켰다. 목소리가 작거나 자신감이 없어 보이면 다시 읽게 시켰다. 읽기가 끝나자 독사, 아니 선생님은 말씀하셨다.

"그만 가 보거라."

가슴을 활짝 펴고 교무실을 나서는 나에게는 그 소리가 아래처럼 들렸다.

"아직도 널 믿는다."

교육은 미래에 대한 투자다

베트남 민족 최고지도자인 '호찌민(胡志明)'이 교육에 대해 유명한 일화가 있다. 1960~1970년대 베트남전이 한창일 때, 우방국 김일성은 전투기를 지원하겠다는 의사를 표명했지만, 호찌민은 전투기 대신 베트남 젊은이들의 교육을 잘해달라고 주문했다고 한다. 그 당시 베트남의 공산당 정권은 전쟁 와중에도 일부 우수한 학생들을 선발하여 러시아, 동유럽국가와 북한 등에 파견하였다. 이들이 유학을 떠나기 전, 호찌민 주석은 염치없어하는 유학생들에게 다음과 같이 말했다고 한다. "여러분이 한 가지 약속만 분명하게 해주길 바란다. 국가는 여기 남아있는 우리가 지키겠으니, 여러분들은 국가가 독립하면 돌아와서 국가발전을 위해 헌신해 주길 바란다."

세상을 움직이는 힘

'즐거운 고생'과 '힘든 재미'

보통 자신에게 이익이 되는 것은 다른 이에게 불이익이 되는 경향이 있다. 하지만 세상이 유지되고 발전하는 것은 사람들이 자기 일을 열심히 할 때 세상에도 도움이 되기 때문이다. '애덤 스미스(Adam Smith)'의 『국부론』에서는 우리가 식탁에서 신선한 농작물을 먹을 수 있는 것은 그 농작물을 키우는 농부들의 '이타심' 때문이 아니라 '이기심' 때문이라고 쓰고 있다. 일본 3대 상인인 오우미지방 상인 가문에는 가훈으로 전해져 내려오는 말이 있다. '산포요시(三方よし)'가 바로 그 말이다. '사는 사람에게 좋고, 파는 사람에게도 좋으며 그리고 세상에도 좋다.'라는 뜻이다.

아무리 좋아하는 것이라도 매일 여덟 시간씩 할 수는 없다. 그렇게 할 수 있는 것이 있다면 오직 일뿐이다. 그래서 인간에게 일과 삶을 따로 떼어 놓을 수는 없다. 일은 '즐거운 고생'이고 '힘든 재미'란 걸 받아들여야 한다. 그리 길지 않은 우리 인생의 두 가지 축은 '의미'와 '재미'다. 자기가 하는 일에 의미를 아는 사람은 아무것도 두려울 것이 없다. "한국인들이 세계 최고로 잘하는 것은 의미 있는 일을 재미없게 하는 것이다."

성공하는 사람은 자신이 좋아하는 일을 하는 사람이 아니라 현재 자신이 하는 일을 사랑하는 사람이다. 그리고 성공을 넘어 아름다운 사람은 자신이 하는 일에 미쳐있는 사람이다. 애플의 광고에는 이런 광고 카피가 있다. "지금이야말로 미친 자들을 위해 축배를 들어야 할 때다." 살면서 미쳤다는 말을 들어보지 못했다면, 단 한 번도 어떤 일에 목숨을 걸고 도전한 적이 없었다는 것이다.

남에게 보여주려고 인생을 낭비하지 마라

사람들은 많은 부분 헛된 것에 시간을 허비한다. 자기 자신의 가치를 찾기보단 남에게 인정받기 위해 살아간다. 자신이 원하는 것을 생각하는 대신, 다른 사람들이 자신에 대해 무슨 생각을 하고 있는가를 걱정하느라 너무 많은 시간을 낭비한다. 그래서 외자 차를 타는 이유는 승차감보다, 하차감을 더 좋아하기 때문이라는 우스갯말이 있다. 중요한 것은 사람이 나를 뭐라고 부르는지는 중요하지 않다. '나는 나다. 내가 나인 것에 다른 사람을 이해시킬 필요는 없다.' 문제는 내가 그들에게 뭐라고 대답하는가이다. 나의 가치는 내가 만드는 것이다. 자존감을 잃고 남의 눈치를 보는 까닭은 먼저는 나 스스로가 나를 사랑하지 못해서이다.

반대로 우리는 끊임없이 누군가가 되고 싶어 한다. 자신은 분명 자신이고, 결코 다른 누구도 될 수 없거늘 손흥민을 보면 손흥민 되고 싶어 하고, 김연아를 보면 김연아가 되고 싶어 하며 정우성을 보면 정우성이 되고 싶어 한다. 물론 세상에 이름을 날리는 사람들에게 부러움을 느끼는 것은 너무도 당연하다. 그러나 그런 부러움 때문에 자신의 인생을 하찮게 생각하는 것은 너무도 어리석다. 저들에게는 저들에게 주어진 저들만의 삶이 있듯이, 자신에게도 자신에게 주어진 자신만의 삶이 있을 것이다. 우리는 남이 가진 것을 부러워하지만 다른 사람들은 내가 가진 것을 부러워하고 있다. 그것을 깨달을 때, 진정한 자존감을 느끼게 된다.

사람들이 나를 존경하지 않거나 나를 짓밟으려 한다면, 이렇게 자문해볼 필요가 있다. '이 사람들이 나를 이렇게 대하도록 내가 부추기고 있는 것은 아닐까?' 그들로부터 다른 대접을 받고 싶다면 내가 먼저 변해야 한다. 이사야 32절 8장에는 이런 구절이 있다. "존귀한 자는 존귀한 일을 계획하나니 그는 항상 존귀한 일에 서리라"

내가 바뀌지 않으면 아무것도 바뀌지 않는다. '하수는 남을 연구하고, 고수는 나를 연구한다.' 삶에서 중요한 것은 무엇이 되냐? 가 아니라 무엇을 하느냐? 이며 더 중요한 것은, 왜? 이것을 하는가이다.

자기 일에 의미를 아는 사람은 당당하다

어느날, 지하철을 탔는데 한 연로한 할아버지가 휠체어를 타고 껌을 팔고 있었다. 좀 특이했던 점은 편의점이나 슈퍼에서 오백 원에 파는 껌을 그 할아버지는 그 가격 그대로 오백 원에 팔고 있었다. (이때는 껌이 오백 원이었음) 한 남자가 그에게 천 원을 주고 껌을 산 후 잔돈은 됐다고 하면서 그 자리를 떠났다. 하지만 할아버지는 그 남자에게 휠체어를 밀며 끝까지 따라가 한사코 거절하는 그에게 오백 원을 거슬러 주면서 얘기했다. "저는 껌을 팔러 왔지, 동냥 받으러 온 것이 아닙니다. 여러분이 식사 후에 편의점이나 슈퍼에서 껌을 사는 그것을 제가 도와드리는 겁니다." 그의 얘기를 듣고 있던 많은 사람이 그 할아버지에게 껌을 샀고 그는 여전히 오백 원을 거슬러 주었다.

자기 일에 최선을 다한다는 거

미국에서 있었던 일이다. 장애인과 비장애인이 농구 시합을 하였다. 당연히 비장애인 팀이 이겼다. 그러나 그저 이기는 정도였으면 신문에 나지 않았을 것이다. 비장애인 팀이 너무나 큰 점수 차이, 100대 0으로 이긴 것이다. 그런데 인정머리 없다고 비장애인 팀 감독이 잘렸다. 많은 사람은 이렇게 말하거나 생각했다.

"그래, 좀 너무했네. 좀 봐주면서 하지."

그러나 비장애인 팀 감독이 물러나면서 한마디 했다.

"상대방을 존중했기 때문에 최선을 다했을 뿐입니다."

영국 총리 윈스턴 처칠이 회의에 늦어 운전기사가 과속했고 교통경찰이 잡았는데 당연히 수상의 차 운전기사는 수상님이 탄 차라고 빨리 보내 달라고 하였다. 그런데 경찰이 말하기를 이 차에 진짜 수상이 타고 계시더라도 속도위반 딱지를 떼는 일에 예외는 없다고 하였다.

경찰의 단호함에 감명받은 처칠은 경시청장에게 일 계급 특진을 지시했다. 하지만 명령을 받은 경시청장은 이렇게 답했다. “수상님! 경찰서 내규에는 당연한 일을 한 경찰을 일 계급 특진시켜주는 조항은 없습니다.” 영국 경찰이 신뢰를 받는 이유다. 당연히 해야 할 일을 하기 때문이다.

내 탓이로소이다

한국축구가 월드컵 16강은 고사하고 본선 진출도 어려울 때가 있었다. 그 당시는 모든 패배를 상대 팀이나 심판에게 전가했다. 골을 못 넣은 것도, 골을 먹은 것도, 상대 선수의 반칙과 심판의 부정한 판정 때문이라고 모두 소리를 높였다. 그런데 어느 날부터 우리 선수의 실력 부족과, 우리 감독의 잘못된 전술을 말하기 시작했고, 축구협회와 한국축구의 운영 미숙과 비리를 말하기 시작했다. 즉, 남 탓만 하다가 내 탓을 하면서 우리를 들여다보기 시작한 것이다. 이후, 한국축구는 비약적인 발전은 물론 ‘붉은악마’라는 세계에 유례없는 응원문화까지 만들어 냈다.

축구는 실수의 스포츠다. 두 팀이 완벽한 경기를 하면 ‘0대 0’만 될 뿐이다. 골을 안 먹는 팀은 없다. 실수를 하고, 그 실수를 어느 팀이 먼저 극복하느냐가 승패를 가른다.

나는 다시 일어선다.

'플로이드 패터슨(Floyd Patterson)'은 미국의 유명한 프로 복서이다. 그의 유년 시절은 여타 흑인 복서들과 크게 다르지 않았다. 가난한 흑인 가정의 11형제, 자매 중 막내로 태어나 보육원에 보내져 2년간 생활했다. 좀도둑질과 무단결석을 일삼는 문제아였다. 14살에 복싱 트레이너 '커스 다마토'를 만나 그의 운명은 바뀌었다. 복싱이 그를 구원했다. 그는 '잉게마르 요한슨'과의 경기에서 1라운드에 7번이나 넉 다운되었다고 한다. 그러나 그는 경기 후 다음과 같은 유명한 말을 남겼다. "사람들은 나를 가장 많이 넉 다운당한 복서라고 말하지만, 가장 많이 일어선 복서 역시 나다."

'넬슨 만델라'는 말했다. "삶에서 가장 위대한 영예는 절대 쓰러지지 않는 데 있는 것이 아니라 쓰러질 때마다 일어나는 데 있다. 나의 성공으로 평가하지 말라. 얼마나 많이 쓰러졌다가 다시 일어서는가로 평가하라."

전통을 더 아름다운 전통으로

스페인 명문구단 'FC 바르셀로나(FC Barcelona)'는 창단 이후 클럽과 구단 스폰서는 물론 홍보를 안 하는 것으로 유명했다. 또한, 바르셀로나 시민들 역시 FC 바르셀로나 유니폼에 광고를 붙이는 것을 반대했다. 시민구단인 자신들의 구단에 기업의 스폰서광고를 붙이는 것을 반대하는 것이었다. 그렇게 오랜 역사와 전통을 이어오는 어느 날, 구단에서 선수들의 가슴에 홍보문구를 넣는다고 선언했다. 유니폼에는 물론 특히 가슴에 홍보하지 않는 전통을 깬 것이었다.

바르셀로나의 시민 및 축구 애호가들은 난리가 났다. 그리고 처음 가슴에 홍보를 달고 입장하는 대회 날, 모든 군중과 팬들은 경기장을 뒤집어엎을 기세였다. 그러나 바르셀로나 선수들이 대회장에, 한 명 한 명 뛰면서 입장하자 그 야유와 함성은 모두 기립박수로 바뀌었다. 바르셀로나 선수들의 가슴에는 다음과 같은 글이 적혀있었다. 'Unicef' 이후 바르셀로나는 지금까지 그 전통을 이어오고 있으며 매년 구단 수익의 일부를 유니세프에 기부하고 있다.

Food For Work

한비야의 『지도 밖으로 행군하라』라는 책에는 그녀가 5년간 국제긴급구호팀장으로 활동했던 경험담을 담고 있으며 긴급구호는 생명을 구하는 것은 물론 그 생명이 최대한 빨리 일상에 복귀할 수 있도록 최소한의 조건을 만들어주는 것이라고 하면서 '푸드 포 워크(Food For Work)'라는 프로그램을 소개하고 있다.

이것은 긴급구호가 필요한 주민들이 자기 마을에 꼭 필요한 시설을 만들면서 임금을 식량으로 받는 프로그램이다. 이렇게 하면 마을에도 도움이 되고, 가장이 도시로 일거리를 찾아 떠나지 않아도 되니 일거양득이다. 또한, 남녀를 불문하고 한 집에서 어른 한 명만 나가면 되니까 집에 남자가 없거나 아프더라도 가족들이 식량을 얻을 수 있다. 임금을 현금으로 바꿀 수 없는 식량으로 주어 남자 가장 마음대로 노름이나, 술로 없애지 못한다는 것도 큰 장점이다.

이 프로그램은 아프리카 오지 등 길이 좁고 강을 건널 다리가 없거나, 홍수가 잦은 시골 지역에 이런 문제를 해결하기 위해 산길을 넓히거나, 다리를 놓거나, 관개수로를 만드는 일 등을 한다. 각 마을에서 자기 고장에 가장 필요한 시설을 결정하면 공사에 필요한 자재를 대고 공사에 참여한 사람에게 식량으로 임금을 준다. 이렇게 하면 주민들은 필요한 시설을 얻게 되고, 주민들의 독립심과 자존심을 지켜주면서 식량을 배분할 수 있다. 이러한 것이 진정한 구호 활동이다. 이러한 프로그램은 꼭 해외뿐이 아닌, 우리나라의 소년소녀가장과 노숙자 구호 프로그램에도 적용되고 있으며 확대되어 나가야 한다.

'Food For Work' 프로그램을 성공적으로 마치고, 마을 사람들이 국제긴급구호 단체에 여러 가지 고마움을 표하자 그녀는 말했다고 하다. "전부 여러분들이 해낸 겁니다. 여러분이 다리를 놓았기 때문에 강을 안전하게 건널 수 있었고, 좁은 길을 넓혀서 구호 용품 차량 등이 들어올 수 있었으며 관개수로를 만들어서 물 걱정 없이 생활할 수 있게 되었습니다."

퇴직 후에 봉사 활동

'퇴직 후에는 무슨 일을 하면서 살아야 할까?' 선진국에서는 퇴직하고 먹고살 걱정이 없는 사람들은 취미 활동 절반, 봉사 활동 절반을 하면서 약간의 용돈벌이를 할 수 있는 일을 한다고 한다. 그 대표적인 것이 'NPO(Non-Profit Organization), 민간 비영리 조직)' 활동이다.

미국에는 약 200만 개의 NPO가 있고, 퇴직 후에는 그런 조직에 가서 무언가 보람 있는 일을 한다. 그러면서 보수는 현역 시절의 30~40% 정도만 받는다. 먹고살 걱정은 없지만, 아주 공짜는 재미가 없고 의욕과 성취도도 낮기 때문이다. 그렇게 많은 사람이 퇴직 후에 사회 공헌 활동과 요즈음 유행하는 이른바 재능 기부를 하는 것이다. 미국에서는 NPO에서 일하는 사람들도 취업 인구에 포함시킨다고 한다. 얼마 전에 발표된 통계에 의하면 이들이 전체 취업 인구의 10% 정도나 된다고 한다.

빵 두 봉지

오랜 시간 힘들게 모은 돈으로 빵 가게를 개업한 한 남자가 있었다. 아직은 서툴지만, 노릇노릇 구워져 진열장에 놓여 있는 빵만 보고 있어도 좋았고, 손님이 많은 날은 입가에 미소가 떠날 줄 몰랐다. 그런 그에게는 너무도 사랑스러운 딸이 있었다. 하루는 아이가 학교 가기 전, 빵을 챙겨가도 되냐고 물었고 그는 매일 아침 가장 맛있게 만들어진 빵 한 봉지를 가방에 챙겨 넣어주었다.

그러던 어느 날, 그날도 마찬가지로 아이를 등교시킨 뒤, 빵을 진열대로 하나둘 옮겨놓다가 금방 딸이 놓고 간 준비물을 발견하곤 뒤를

쫓았다. 그런데 멀리서 보인 딸의 모습에 마음이 뭉클해져 눈물을 흘릴 수밖에 없었다. 아이가 편의점 주변에서 폐지를 수거하는 할머니에게 빵 한 봉지를 드리고 가는 것이었다. 빵을 받은 할머니는 딸아이를 향해서 익숙한 듯 감사함을 표현했다. "이쁜 학생 덕분에 이 할머니가 매일 이렇게 맛있는 빵을 먹게 되어서 정말 고마워요~."

사실은 아이는 그동안 매일 아침 아빠에게 간식으로 받은 빵 한 봉지를 폐지를 수거하는 할머니에게 드렸던 것이다. 그는 다음 날부터 딸아이가 가져갈, 빵 두 봉지를 따로 만들어 두었다.

함께 산다는 거

할아버지와 손자가 밭에서 콩을 심고 있었다. 손자가 흙에 구멍을 내면 할아버지는 콩 세 알을 넣고 흙을 덮었다. 손자가 이상해서 물었다.

"할아버지 구멍 하나에 콩 한 알만 심으면 되지 왜 세 알씩 넣으세요?"

할아버지는 구슬땀을 훔치고, 허허 웃으며 얘기한다.

"그래야 하늘을 나는 새가 한 알 먹고, 땅에서 사는 벌레가 한 알 먹고 나머지 한 알이 자라면 사람이 먹는 거란다."

강은 자신의 물을 마시지 않고, 나무는 자신의 열매를 먹지 않으며, 태양은 자신을 스스로 비추지 않고, 꽃은 자신을 위해 향기를 퍼트리지 않는다. 남을 위해 사는 것이 자연의 법칙이다. 우리는 모두 서로를 돕기 위해 태어났다.

마지막 초상화, 고흐

너무나 가난하여 가난한 사람들만 그려준 화가, 그의 모델은 가난한 농부들이었다. “그때 화가라는 사람을 처음 보았어요. 그 화가는 보잘것없는 우리를 주인공으로 만들어주었죠. 가난하고 더럽다고 손가락질당하는 우리를 말이에요.”

그렇게 화가는 가난한 농부, 물감 가게주인, 집배원 가족 등을 화폭에 담았다. 그리고 화가가 자주 가던 술집의 여주인 지누를 그렸다. “어느 날은 나를 앉혀놓고 그림을 그렸죠. 그와 같이 살던 고갱이라는 화가는 천박한 술집 주인을 어떻게 그림 모델로 쓰냐고 화를 냈었죠.”

1889년, 화가는 마지막 초상화를 그린다. 모델은 자신을 치료하던 의사 가셰 박사. “간질 진단을 받고 나를 찾아왔죠, 나는 여러 화가의 작품을 좋아했는데 그는 무명이었지만 예사롭지 않다는 것을 알 수 있었죠.”

화가는 십여 년간 1,000장이 넘는 그림을 그렸지만, 생전에 팔린 그림은 단 한 점, 가격은 단돈 400프랑이었다. 1990년, 빈센트 반 고흐가 자살한 지 100년 후, 그 그림은 미술품 경매에서 8,250만 달러에 팔린다. 고흐의 마지막 초상화 ‘의사 가셰의 초상’. 초상화를 손에 넣은 갑부는 자신이 죽을 때, 그림을 관에 넣어 화장해 달라고 유언했다. 그 후, 그 그림을 본 사람은 아무도 없었다.

은하철도의 밤, 미야자와 겐지(宮沢賢治)

1896년 일본의 구석진 농촌 마을 그의 아버지는 허름한 물건을 담보로 물건을 빌려주는 전당포 집 주인이었다. 그 당시 전당포는 돈이 돈을 버는 사업이었고 그래도 지역에서는 남부럽지 않게 살 수 있었다. 하지만 그는 어려운 사람들을 이용해 돈을 버는 전당포가 싫었다. 그래서 그는 부잣집을 박차고 나가 농민들을 사랑해 농업학교 교사가 되었고 농민들과 함께하고 싶어 초가지붕 오두막에 살며 농사를 짓는다. '어떻게 하면 사람들이 즐거워할까?' 늘 고민하던 그는 자비로 동화집 한 권을 출간한다. '세상이 조금이라도 행복해지는 데 내 책이 분명 도움이 될 거야'

하지만 침략전쟁에 분주했던 일본에서 그의 동화책을 산 사람은 다섯 명. 고단한 노동과 가난한 생활, 그의 진정을 알아주는 이 없이 철저하게 홀로인 삶 속에서 폐결핵이 찾아온다. "그래도 농민들이 먹는 것보단 더 좋은 음식을 먹지 않겠어요"

농민을 가난에서 구해내지도 그들에게 이해받지도 못한 채 그는 1933년, 과로 및 영양실조로 인한 급성 폐렴으로 37세의 젊은 나이에 쓸쓸하게 숨을 거둔다. 그의 유산은 수많은 메모와 원고들 그 속에서 한 편의 동화가 발견된다. 『은하철도의 밤』, 오랜 시간이 흘러 『은하철도의 밤』은 애니메이션 〈은하철도 999〉의 원작이 되고 그의 책은 일본에서 가장 많이 팔리는 책 중의 하나가 된다.

여섯 개의 별, 브라유

세상에서 가장 아름다운 여섯 개의 별, '브라유'
세상의 어떤 것도 만들 수 있는 여섯 개의 점.

⠿

사람들에게 길을 인도하는 일곱 개의 별, '북두칠성' 그리고 보이지 않는 사람들에게 길을 인도하는 여섯 개의 점, '브라유'. 보이지 않는 사람들을 위한 아름다운 돌출. 알파벳, 숫자, 자음과 모음, 그리고 '사랑'이라는 단어까지, 여섯 개의 점만 있으면 모든 것을 표현할 수 있다. 어떤 이들에겐 세상을 이어주는 징검다리가 되는 이 여섯 개의 점을 '점자'라고 불린다. 외국에선 브라유라 부른다. 여섯 개의 점으로 이루어진 점자 체계를 만든 '루이 브라유(Louis Braille)'의 이름을 딴 명칭이다.

3살 때, 시력을 잃고 시각 장애인이 된 루이 브라유는 열두 개의 점으로 이루어진 복잡하고 불편한 점자 체계를 여섯 개의 점으로 줄였다. 많은 시각 장애인들이 브라유의 점자를 열렬히 환영했지만, 세상 모든 사람의 인정을 받기는 어려웠다. 여섯 개의 점을 거부했던 사람들은 말했다. "비장애인들이 점자의 뜻을 이해하기가 어려우므로 시각 장애인들이 여섯 개의 점으로 이루어진 점자를 사용하는 것을 인정할 수 없다."

결국, 여섯 개의 점이 사람들에게 쓰이는 것을 알지 못한 채 브라유는 생을 마쳤지만, 루이 브라유의 고향, 프랑스 쿠브레이 마을에는 브라유 광장이 있고 브라유의 동상엔 이런 글귀의 기념비가 새겨져 있다.

"이분은 앞을 볼 수 없는 모든 이들에게 지식의 문을 열어주었습니다."

우리에게 필요한 지혜

우리에게 필요한 지혜는
암기하는 정보가 아니라
생각하고 움직이는 힘이다.
빈틈없는 논리가 아니라
비어있는 공간이다.
책 속에 깨알 같은 글씨가 아니라
펜을 쥔 손에 박힌 굳은살이다.
보도 듣고 말하는 것이 아닌
행동하는 양심이다.

제2장

사색과 유머의 힘

생각의 관점

예술과 예능 그리고 '생각하기'

예술은 집중하고 생각을 해야만 거기서 쾌락을 얻을 수 있다. 하지만 예능은 생각을 안 해야 쾌락을 얻을 수 있다. 예능을 보면서 깊은 생각에 빠지면 예능으로부터 재미를, 쾌락을 얻을 수 없다. 생각해야만 쾌락이 생기는 예술, 생각을 안 해야만 쾌락이 생기는 예능, 이것은 큰 차이이다.

왜 사람들은 예술보다 예능을 더 즐길까? 그것은 생각하기 싫어서다. 왜 생각하기 싫은가? 그것은 생각하는 것은 힘이 들기 때문이다 배우고 생각하지 않으면 공허하고, 생각만 하고 배우지 않으면 위태롭다. 그렇기네 데카르트의 명제를 생각한다. '나는 생각한다. 고로 나는 존재한다.'

생각의 관점

스티브 잡스는 생전에 이런 말을 했다. "소크라테스와 한나절을 지낼 수 있다면 애플의 모든 기술을 넘겨주겠다." 왜 그런 말을 했을까? 그것은 더 높은 '생각의 관점'을 갖기 위해서다. 개인이나 기업 그리고 국가는 자신이 가지고 있던 시선, 즉 자기 생각의 관점 이상의 생각을 할 수가 없다. 하지만 더 높은 생각의 관점을 가진 철학자와 한나절을 보낼 수 있다면 스티브 잡스, 자기 생각의 관점이 높아질 수 있다고 생각한 것이다. 그만큼 '생각의 관점'이 중요하다. '헤르만 헤세(Hermann Hesse)'는 이런 말을 했다. "모든 인간은 자기 자신 이상이다." 똑같은 상황이라도 어떠한 틀을 갖고 상황을 해석하느냐에 떠러 사람들의 행동은 달라진다.

찰스 디킨스의 '생각의 관점'

영국의 가장 위대한 소설가 중 한, 명으로 불리는 '찰스 디킨스(Charles Dickens)'는 성공의 가장 중요한 비결은 "그렇게 하고 싶다."라고 말하지 말고, "그렇게 할 것이다."라고 했다. 또한, 그의 소설 『두 도시 이야기』는 다음의 첫 문장으로 시작된다. "최고의 시절이자 최악의 시절, 지혜의 시대이자 어리석음의 시대였다. 믿음의 세기이자 의심의 세기였으며, 빛의 계절이자 어둠의 계절이었다. 희망의 봄이면서 곧 절망의 겨울이었다. 우리 앞에는 무엇이든 있었지만, 한편으로 아무것도 없었다. 우리는 모두 천국 쪽으로 가고자 했지만 우리는 다른 방향으로 걸어갔다."

무엇을 어떻게 보는가? 그리고 어떻게 생각하는가?

스쳐 가는 일반적인 사물과 사건이지만 그 속에서 무엇을 보는지에 따라 역사에 한 획을 그은 발명품과 예술품이 되기도 한다. 사람들은 물이 끓는 주전자를 무심코 보았으나 '제임스 와트'는 거기서 증기기관차를 보았다. 사람들은 번개를 보고 무서워만 했으나 '프랭클린'은 어둠을 밝힐 전기로 보았다. 사람들은 새의 비상을 그저 당연한 자연현상으로 보았으나 '라이트 형제'는 비행기를 보았다. 사람들은 나뭇잎의 낙하를 허무하게만 보았지만, '헨리'는 『마지막 잎새』를 썼고 '로댕은 큰 화강암에서 '생각하는 사람'을 보았다.

이처럼 같은 현상을 보면서도 무엇을 어떻게 보느냐에 그리고 어떤 생각의 관점을 갖는가에 따라 그 결과는 전혀 달라진다. 아인슈타인도 "상대성이론을 '발명한 것'이 아닌 '발견한 것'이다."라고 말했다. 누구나 한 번쯤은 무엇무엇을 보았을 것이다. 그러나 보았다고 해서 모든 사람이 다 깊이 생각하지는 않는다.

배를 보지 못한 이유

'콜럼버스'가 신대륙을 찾아 항해할 때 처음으로 카리브해 섬을 발견했을 때의 일이다. 수평선으로부터 거대한 3척의 배가 거센 파도를 몰고 서서히 그 모습을 드러냈음에도 불구하고 카리브해 섬의 인디언 중 누구도 배를 보지 못했다고 한다. 여기에는 생각지도 못한 이유가 있었다. 인디언 중 누구도 태어나서 그때까지 배라는 것을 본 적이 없었기 때문에 배가 눈앞에 있어도 보이지 않은 것이다. 마음의 문이 닫혀있으면 그 무엇도 보이지 않는다. 인디언의 무당만이 바다의 물결이 크게 일렁이는 그것을 이상하게 생각했을 때에야 무당의 눈에 배가 보였고, 모두에게 말했다고 한다.

보이는 것이 세상 전부는 아니다 (1)

동해안에서는 밤에 불을 훤히 밝히는 오징어잡이 배들을 볼 수 있고, 제주 앞바다에서는 밤에 불을 켜는 갈치잡이 배들을 보게 된다. 그 불빛들은 불야성을 이루며 장관을 이룬다. 그 광경을 보고 사람들은 오징어와 갈치가 불빛을 좋아한다고 착각한다. 하지만 사실은 그 빛을 보고 자신들이 좋아하는 먹잇감이 몰려들기 때문에 야행성인 오징어와 갈치가 그들을 잡아먹으러 오다 잡힌다는 것이다.

보이는 것이 세상 전부는 아니다 (2)

한 사람이 배낭을 지고 자전거로 국경을 넘어가려 했다. 세관원이 그 배낭에 뭐가 들어있냐 묻자, 그 사람은 "모래"라고 답했다. 세관원이 배낭을 검사해보니 정말 모래였다. 그로부터 며칠간, 그 남자는 똑같은 모습으로 국경을 넘나들었다. 이상하게 여겨진 세관은 다시 한번 배낭을 검사했지만 역시 모래였다. 그 후로도 매일 2주간 그 사람은 국경을 오갔다. 급기야 세관원은 그 배낭에 모래를 과학수사원에 의뢰했다. 하지만 결과는 역시 보통 모래였다. 그렇게 한 달이 지나자 세관원은 궁금증을 참을 수 없어 그 사람에게 말했다.

"정말 궁금해 미치겠어. 내 어떤 처벌도 내리지 않고 누구에게도 말하지 않겠소. 도대체, 왜 이렇게 하는 거요?"

그러자, 그 남자가 씩 웃으며 말했다.

"자전거 밀수요"

진실은 항상 승리하지 않는다

"진실을 말한다면 아무것도 기억할 필요가 없다." 『톰 소여의 모험』으로 유명한 미국의 소설가 '마크 트웨인(Mark Twain)'이 남긴 명언이다. 그러나 애석하게도 이 말이 항상 옳은 것은 아니다. 아무리 진실만을 말해도 들어줄 생각 없이 진실 이상의 증거만을 요구하는 사람들이 있기 때문이다. '합리적 의심'이라는 말장난 앞에 개인이 내뱉을 수 있는 단 하나의 진실은 "그래도 내가 하지 않았어"라는 한 마디뿐일지도 모른다. 그렇게나 찾아대던 진실은 정작 이성에 기반을 둔 의심 앞에서 철저히 외면당해버린다. 다음은 마크 트웨인의 또 다른 말이다. "진실은 소설보다 더 기이하다. 소설은 가능성이 있는 일을 그려야 하지만, 진실은 그럴 필요가 없기 때문이다."

한국인 최초로 노벨상 후보에 오른 김은국의 소설 『순교자』에는 다음과 같은 구절이 나온다, "진실은 뇌물을 먹일 수 없는 겁니다." 이 소설을 다 읽고 나면 느끼게 된다. '진실' 하다고 모든 게 '옳은 것'은 아니라는 것을, 그래서 그런지 '아무런 영웅적 자세를 취하지 않으면서 진실을 위해 죽음을 받아들이는 한 사내의 이야기'를 다룬 '알베르 카뮈(Albert Camus)'의 소설 『이방인』은 "진실은 항상 승리하지 않는다."라는 말을 다시 한번 생각하게 만든다. 소설에서 주인공이자 사형수인 뫼르소의 마지막 소원은, "자신의 처형 날, 많은 구경꾼이 모여들어 증오의 함성으로 그를 맞아 주었으면 하는 것뿐이다."라고 말한다.

우리는 끊임없이 선택한다

우리는 중국집에 가면 자장면과 짬뽕 사이에서 끝없이 갈등한다. 그래서 탄생한 것이 '짬짜면'이다 하지만 왠지 우리를 충족시켜주지 못한다. 왜냐면 그것은 내가 선택한 것이 아니기 때문이다. 프랑스 철학자 '사르트르(Jean Paul Sartre)'는 "인생이란 태어나서 죽는 것인데 그사이에 선택이 있다."라고 정의했으며 덴마크 철학자 '키르케고르(Søren Aabye Kierkegaard)'는 "선택을 하지 않는 것 자체도 선택이다."라고 말했다. 이 가운데 태어나고 죽는 일은 인간 마음대로 되는 것이 아니므로 우리가 할 수 있는 일이라곤 선택밖에 없다.

그렇게 따지면 세상 모든 행위는 선택을 동반하며 우리는 평생 끊임없이 선택하며 살아간다. 한순간의 적절한 선택 하나로 인생이 달라지는 사람들도 있고 결말이 뻔히 보이는 잘못된 결정을 눈도 끔쩍 않고 내리는 사람들도 있다. 그들은 한결같이 쉽지 않은 선택을 했고, 힘겨운 여정을 거쳐 성공하거나 실패했다. 그래서 선택할 수 있는 당신은 건강한 생명력을 가진 사람이며 행복한 사람이다. 그렇기에 이제 당신은 선택을 즐길 수 있는 삶을 설계해야 하는 것이다. "쪽팔리는 선택을 하지 마라, 가슴이 시키면 지는 선택이라도 해라. 그러면 후회하지 않을 것이다." 귀하가 이 책을 선택한 것처럼.

위치에 따른 '생각의 관점'

산의 능선을 보려면 평야에 있어야 하고, 평야를 보려면 산꼭대기에 있어야 한다. 즉, 높은 곳을 보려면 아래에 있어야 하고, 아래를 보려면 높은 곳에 있어야 한다.

카네기는 어떻게 부자가 되었을까?

카네기가 어렸을 때의 일화다. 그가 어머니 손을 붙잡고 과일가게에 갔다. 가만히 서서 뚫어져라. 딸기를 쳐다보자 주인 할아버지가 한 움큼 집어 먹어도 된다고 했다. 카네기는 계속 쳐다 만 보았다. 그러자 할아버지가 자기 손으로 딸기를 한 움큼 덥석 집어서 주었다. 나중에 어머니가 조용히 물었다.

"얘야, 할아버지가 집어 먹으라고 할 때, 왜 안 집어 먹었니?"

"엄마, 내 손은 작고, 할아버지 손은 크잖아요."

열등감과 자부심

글과 예술을 통하여 열등감을 극복한, 지금은 고인이 되신 작가 이외수 님의 글 중엔 이런 글귀가 있다. "훌륭한 화가는 내가 어떤 것을 그릴 수 있다는 자부심 때문에 만들어지는 것이 아니라, 내가 어떤 것을 그릴 수 없다는 열등감에 의해서 만들어지는 것이다. 또한, 성공하기 전에 간직하고 있던 열등감의 무게는 성공 후에 얻어지는 자부심의 무게와 같은 법이다."

산수화는 삭막한 도시에 있어야 아름답다

산중에 있는 어떤 절에 갔더니 스님 방에 아주 유명한 화가의 산수화가 걸려있었다. 아주 뛰어난 그림이었다. 그러나 주인과 벽을 잘못 만나 그 그림은 빛을 발하지 못하고 있었다. 천연 산수가 있는 산중이기 때문에 그 산수를 모방한 그림이 기를 펴지 못한 것이다. 그런 산수화는 자연과 떨어진 도시에 있어야 어울리고 그런 곳에서만 빛을 발할 수 있다. 모든 것은 있을 자리에 있어야 살아서 숨 쉰다. 그래서 난 오늘도 목로주점에서 이 글을 쓴다.

그리기 어려운 거

법치주의를 주장했던 중국의 사상가 '한비(韓非, 기원전 282~233)'는 그림은 개와 말이 그리기가 가장 어렵다고 했다. 왜냐하면, 아침저녁으로 보는 개와 말은 사람들이 자주 보아 잘 알기 때문에, 잘 그렸는지 못 그렸는지 금방 평가할 수 있다는 것이다. 그래서 어렵다. 그럼 쉬운 것은 무엇일까? 그것은 귀신과 도깨비라고 했다. 그것들은 형체가 없어 누구도 본 적이 없으므로 평가할 기준이 없다는 것이다. 쉬운 것이다.

모방과 창작

다른 사람의 글을 가지고 글을 썼으니 창작물이 아니라는 평론가의 질문에 대한 답변. "그 사람의 글도 다른 사람이 만든 한글을 가지고 글을 썼다오. 더더군다나 다른 사람이 만든 볼펜과 종이를 가지고."

예전의 사람들은 훌륭한 작가의 작품을 보고 모방하는 것을 결코 부끄럽게 생각하지 않았다. 오히려 대가들의 작품을 본떠서 그린 후 '방(倣) 누구누구 작품'하는 식으로 제목을 붙였다. 방이란 모방해서 그렸다는 뜻이니, 누구누구의 작품을 모방해서 그렸다는 뜻이다. 문제는 대가들의 작품을 본떠서 그리되, 얼마만큼 자신만의 느낌을 잘 살리느냐이다. 즉, 뼈는 취하되 그 뼈에 살을 붙이는 것은 '방' 하는 사람의 몫이었다.

"사람은 책은 만들고 책은 사람을 만든다." 이 글귀는 교보문고 창립자 신용호 회장이 남기신 말로 모든 교보문고에 걸려있다. 하지만 훨씬 이전, 윈스터 처칠은 말했다. "사람은 도시를 만들고 도시는 사람을 만든다." 이런 것이 진정한 모방과 창작이다. 앞서서도 언급했지만, 피카소는 다음과 같이 말했다. "저급 예술가는 베끼고(Copy) 고급예술가는 훔친다(Steal)."

단원 김홍도는 탐관오리였다

김홍도가 조선 최고의 화가라는 것은 누구도 부정하지 못할 사실이다. 그는 재치 넘치는 세태 풍자, 인간과 세상사를 향한 따뜻하고 섬세한 시선, 진지한 작업 태도로 '조선인 그리기'의 전형을 창출했다. 하지만 그런 그도 탐관오리였던 적이 있다. 1791년 정조 어진 제작에 동참 화사로 참여한 김홍도는 연풍 현감직에 임명된다. 그리고 김홍도를 연풍 현감에서 파직시킨 암행어사의 보고에서 그런 것을 엿볼 수 있다. 나열된 죄목을 다음과 같다. "고을 사또로서 향리들에게 가축을 상납하게 한 점, 사냥을 즐길 때마다 주민들을 몰이꾼으로 동원하고 불참한 이들에게 세금을 매긴 점, 그리고 중매를 일삼고 돈을 요구한 점, 때문에 주민들의 원성을 샀다."라고 한다. 이를 보고 받은 정조는 김홍도를 해임하고 의금부에 가두기도 했다고 한다. 이처럼 모든 역사는 '생각의 관점'을 바꾸어 바라보는 것도 중요하다.

루소의 두 얼굴

세계적으로 유명한 독일의 유명한 철학자 칸트는 평생 같은 시간, 같은 장소를 산책했다고 한다. 그런 그의 시계가 두 번 멈춰 버린 날은 프랑스 혁명을 알리는 신문을 읽었던 날과 루소의 『에밀』을 읽다가 시간 가는 것조차 잊어버린 날이었다고 한다. 현재도 루소의 '에밀'은 최고의 교육서로 손꼽힌다. 그런데 아이러니하게도 루소 그는 5명의 자식을 낳자마자 고아원으로 보낸 아버지이기도 하다. 최고의 교육서인 그의 책 '에밀'에는 다음과 같은 글이 있다. "아버지의 의무를 수행할 수 없는 사람은 아버지가 될 권리도 없다." 난, 이 글이 가슴에 사무친다.

두문동의 아이러니 '두문불출'

고려가 망하고 조선이 들어서자 고려의 충신들은 관직을 버리고 '두문동(杜門洞)' 골짜기로 숨어들었다. 한 번 들어간 사람은 죽는 날까지 바깥세상에 모습을 드러내지 않는다고 해서 '두문불출(杜門不出)'의 유래가 된 두문동은 이때부터 하나의 상징으로 통했다. "충신은 모두 두문동에 있고, 지금 조정에서 벼슬자리 하나라도 꿰차고 있는 자들은 모두 고려의 역적이다." 백성들 사이에선 이런 말이 공공연하게 오갔다. 그런데 역사는 아이러니하게도 고려의 충신 황희정승이 바로 두문동 대학살이 있던 날, 고려의 충신 72명은 끝내 투항을 거부한 채 모두 다 불에 타 죽고 말았지만 유일하게 살아남아 조선시대 최고의 충신이 된다.

한 방울의 물

다음은 마더 테레사 수녀님의 말씀이다. "나는 한 번에 한 사람만 껴안을 수 있습니다. 모든 노력은 바다에 붓는 물 한 방울과 같지만, 붓지 않으면 바다는 단 한 방울일지라도 그만큼 줄어들 것입니다. 당신이나 당신 가족, 당신이 다니는 회사에서도 마찬가지입니다. 단지 시작하는 것입니다. 한 번에 한 사람씩, 바다도 한 방울의 물로 시작됩니다."

반대로 석가모니는 그의 제자들에게 이런 질문을 한 적이 있다.

"한 방울의 물을 어떻게 해야 마르지 않을 것 같으냐?"

제자들은 서로 얼굴만 쳐다볼 뿐 누구도 대답하지 못했다.

그러자 석가모니가 그들에게 말했다.
"물방울을 바다로 옮기면 되지 않느냐?"

눈물

눈이 따가워 안과에 갔더니 인공 눈물을 준다.
"하루에 네 번씩 넣으세요."
나는 속으로 생각했다.
'하루에 네 번씩 울면 되겠구나.'
눈물은 흘리는 게 아니라 붙잡고 있던 눈물을 놓아주는 거라 한다.
"눈물은 흘리면 흘릴수록 그 흘린 눈물의 무게만큼 영혼이 맑아진다."

사람이 전부다

때로는 하나가 전부일 수 있다. 물이 얼음이 되려면 0도가 되어야 한다. 평생 1도를 유지하고 있다면 얼음이 될 수 없다. 물이 끓으려면 100도가 되어야 한다. 평생 99도를 유지하고 있다면 끓을 수가 없다. 100번을 잘하고 1번을 잘못하면 0이 될 수도 있다. 수학에서 100-1=99가 맞지만, 인생에서 100-1=0이다.

하지만 물이 0도가 되어야 얼음이 되는 것은 사람이 물의 어느 시점을 0도로 정했기 때문이다. 물이 100도가 되어야 끓는 것은 사람이 물의 끓는 시점을 100도로 정했기 때문이다. 따라서 때로는 하나가 전부일 수 있는 것이 아니라 '사람이 전부다.'

색에 대한 관점

사람을 하얀 방에 가두면 자살하고, 파란 방에 가두면 엄청나게 울고, 빨간 방에 가두면 미친다고 한다. 그리고 사람이 가장 편안함을 느끼는 색은 바로 자연의 색인 '녹색'이라고 한다. 그래서일까? 예전에 우리나라 최고액권은 녹색인 만 원권이었다. 이때는 사람들이 그렇게 돈에 미치지 않았었는데 빨간색 계열인 오만원권으로 바뀌고 난 후에 사람들이 돈에 미쳐가고 있다.

어떤 색의 꽃이 없을까?

생각의 관점을 바꾸면 답은 의외로 쉽다. 질문을 바꾸면 어떨까?

"왜 꽃은 화려하고 아름다울까?"

그것은 움직이지 못하는 식물이 자유롭게 나는 나비와 벌을 유인해서 짝짓기하기 위해서다. 그렇다면 꽃이 보호색을 띠면 어떻게 될까? 나비와 벌이 꽃을 찾지 못하게 된다. 그렇다. 꽃은 숲의 색인 '녹색 꽃'이 없다.

소음도 좋은 소음이 있다

소음이란 듣는 사람에게 별로 도움이 되지 않는 소리를 말한다. 지극히 주관적인 관점에서 보면, 아무리 좋은 소리라도 듣는 사람의 처한 환경이나 심리상태에 따라서는 그 소리가 방해될 수도 있다는 말이다. 일례로 애타게 보채고 있는 아기의 울음소리는 엄마나 아기에게 아주 중요하고, 의미 있는 소리겠지만 주변 사람들에게는 지극히 시끄러운 소리로 들릴 뿐이다.

이런 소음 중에도 좋은 소음이 있다. 그것은 바로 '백색소음(White Noise)'을 말한다. 백색소음은 우리 주변의 자연 생활환경에서 쉽게 접할 수 있는 소음이며 비가 오는 소리, 폭포수 소리, 파도치는 소리, 시냇물 소리, 나뭇가지가 바람에 스치는 소리 등이 있다. 이들 소리는 우리가 평상시에 듣고 지내는 일상적인 소리이기 때문에 이러한 소리가 비록 소음으로 들릴지라도 음향 심리적으로는 별로 의식하지 않으면서 듣게 된다. 또 항상 들어왔던 자연 음이기 때문에 그 소리에 안정감을 느끼게 된다. 게다가 자연의 백색소음을 통해 우리가 우주의 한 구성원으로서 주변 환경에 둘러싸여 있다는 보호 감을 느끼게 돼, 듣는 사람은 청각적으로 안전감을 주며 건강에 좋은 소리로 알려졌다. 어린아이에게 가장 좋은 백색소음은 엄마의 심장 뛰는 소리라고 한다.

거울과 인간

귀하가 투명인간이 된다면 제일 먼저 무엇을 할까? 여러 가지 생각

을 하겠지만 정답은 하나다. 그것은 바로 '거울을 본다.'

아직 말도 못 하는 어린아이가 거울을 보다 어느 순간 환하게 웃는 순간이 온다고 한다. 그 순간이 거울 안에 있는 것이 자아라는 것을 자각하는 순간이며 그러면서 자아라는 개념을 가지게 된다고 한다. 그리고 그때부터 아이의 세상은 상상계에서 상징계로 이동한다. 사람만이 거울의 자아를 인식한다고 한다.

세상에서 가장 비싼 거

세상에서 가장 비싼 것은 공짜다. 공짜 뒤에는 가장 비싼 악마가 따라온다.

너를 보고 나를 생각한다

다음은 조세희의 『난장이가 쏘아올린 작은 공』에 나오는 이야기다. 두 사람이 굴뚝 청소를 했다. 한 사람은 얼굴이 새까맣게 되어 내려왔고, 또 한 사람은 그을음을 전혀 묻히지 않은 깨끗한 얼굴로 내려왔다. 당신은 어느 쪽 사람이 얼굴을 씻을 것으로 생각하는가? '깨끗한 얼굴을 한 사람은 상대방의 더러운 얼굴을 보고 자기도 더럽다'라고 생각한다.

거짓말 판별법

거짓말하는 사람의 얘기를 처음부터 끝까지 모두 들어준 후 그 이야기를 거꾸로 다시 이야기하라고 한다. 거짓말은 일어나지 않은 사건을 이야기하는 것이기 때문에 세상의 어떤 거짓말도 역순으로 복원할 수 없다.

거짓말의 가장 뚜렷한 징표는 목소리와 무의식적으로 선택하는 단어 속에 나타난다. 설명을 할 때 주요 세부사항들을 빼먹거나, 말을 하다가 멈추거나, 주저하는 빈도가 증가하거나, '나'를 언급하지 않거나, 자신의 감정을 설명하지 않음으로써 자신의 거짓말로부터 자신을 스스로 격리하거나, 진실을 말하는 사람들은 쉽게 잊어버리는 미세한 정보를 기억하는 등, 거짓말쟁이들이 드러내는 비밀스러운 표식에 귀를 기울이라, 그러면 속임수의 얇은 장막은 벗겨질 것이다.

두려움에 대한 두려움

우리가 느끼는 두려움은 실체도 없는 두려움일 때가 많다. 그래서 두려워하는 마음이 두려움을 키운다. 이럴 때는 자신에 대한 확신이 필요하고 주변을 믿는 마음, 주변과 함께하는 방식도 필요하다. '헤르타 뮐러(Herta Muller)'의 소설 『저지대』에는 다음과 같은 글이 있다. "그것은 진짜 두려움이 아니라 두려움에 대한 두려움이다. 혹시라도 두려움을 잊을지 모른다는 두려움, 두려움을 두려워하는 마음에 대한 두려움"

빌딩에 서 있을 땐 떨어지는 것을 두려워하고 면접을 볼 때도 떨어지는 것을 두려워한다. 우리는 현실보다 우리의 상상 속에서 더욱 괴로워한다. 명심해라 "필요하기 전에 고통을 겪는 사람은, 필요 이상으로 고통을 받게 된다."

오늘도 무사히

어떤 건설현장에는 다음과 같은 문구가 걸려있다고 한다. "사고 나면 당신 부인 옆엔 다른 남자가 누워있고 당신의 보상금을 쓰고 있을 것입니다."

내가 안전하다고 생각할 때, 나는 위험하다.

내가 위험하다가 생각할 때, 나는 안전하다.

기억과 상상

'기억'의 반대는 무엇일까? 이스라엘의 건국 공신이자 대통령을 역임한 '시몬 페레스(Shimon Peres)'는 젊은이들을 만나면 '기억의 반대말이 무엇이냐?'고 질문했다고 한다. 대부분 '망각'이라고 대답하지만, 그는 '상상'이라고 잘라 말한다. 눈앞에 다가온 제4의 물결에서도 성공의 키는 어떻게 다르게 생각하고 상상하는가에 달려있다.

추운 겨울은 오히려 축복이다

겨울의 강추위는 우리를 힘들게 한다. 하지만 세계 최대의 공중보건 대책은 오히려 추운 겨울이라고 한다. 추운 겨울은 기생충 세균 등을 다 죽이기 때문이다. 그런 데 반해 열대, 지방들은 1년 내내 세균들이 번성한다. 아프리카 등에 '뎅기열(Dengue Fever)'과 '말라리아(Malaria)' 등이 사라지지 않는 이유다.

철학과 종교

죽음을 이해하기 위해 철학이 생겼고 죽음의 문제들을 해결하기 위해 종교가 탄생했다.

과학과 신학 그리고 철학

인간이 만든 가장 위대한 발명품이 두 가지가 있다고 한다. 하나는 '자전거'이며 다른 하나는 '종교'라고 한다.

'버트런드 러셀(Bertrand Russell)'은 97세까지 장수하는 동안 방대한 저술 활동을 펼쳤다. 노벨상 수상자이기도 한 그의 대표작 『서양 철학사』에는 다음과 같은 글이 있다. "과학과 신학 사이에 자리 잡고 양측의 공격에 노출된 채, 어느 편도 속하지 않은 영역이 있다. 이 무인 지대가 바로 철학의 세계다."

'유발 하라리(Yuval Noah Harari)'는 그의 저서 『사피엔스』에서 다음과 같이 쓰고 있다. "인간이 신을 발명했을 때 역사는 시작되었고, 인간이 신이 될 때 역사는 끝날 것이다."

기술과 예술 그리고 자전거

사진기의 발견으로 오히려 그림의 가치는 더 높아졌다. 그러나 디지털카메라의 발견과 함께 필름카메라의 시대는 막을 내렸다. 중요한 것은 오토바이가 발견되었지만, 자전거는 더 발전하고 있고, 자전거를 타는 동호인들은 더 늘어나고 있다는 것이다. 자전거가 아프면 우리가 고쳐준다. 그리고 우리가 아파도 자전거가 고쳐준다. '네 바퀴는 풍경을 지워가면서 육체를 멀리 이동시켜준다. 하지만 두 바퀴는 풍경을 그려 가면서 정신을 깊이 이동시켜준다.'

인간과 인공지능

바둑으로 인간마저 무너트린 알파고(인공지능)와 백전, 백승을 거두는 방법이 있다. 그것은 바로, 알파고의 전원 스위치를 꺼버리는 것이다. 미국 로봇 공학자 '한스 모라벡(Hans Moravec)'은 말했다. "인간에게 어려운 일은 기계에 쉽고, 기계에 어려운 일은 인간에게 쉽다." 인공지능은 가능해도 인공지혜는 불가능하다.

원전과 탈원전

대한민국은 문재인 정권하에서 탈원전 정책을 시행하였고, 한 해 태양광 패널이 축구장 100여 개 규모가 생기면서 숲은 폐허가 되었다. 반면 아랍에미리트(UAE)는 산유국임에도 불구하고 대한민국으로부터 원전을 도입하기로 계약을 체결하였다. 이때 UAE 국왕은 다음과 같은 유명한 말을 남겼다고 한다. "우리 할아버지는 낙타를 타고, 아버지는 자동차를 타고 다녔다. 나는 비행기를 타고 다니고 있으며 내 아들은 우주선을 타고 다닐 수도 있다. 하지만 앞으로 내 아들의 아들은 다시 낙타를 타게 될지도 모른다. 그래서 난 원전을 도입하기로 했다."

별과 인간

천문학에서는 스스로 빛을 낼 수 있는 천체에만 별의 자격을 부여한다고 한다. 그러니까 지구는 별이 아니다. 태양이라는 별에 속에 있는 행성 중의 하나일 뿐이다. 별은 수없이 많지만 하나하나 작은 우주다. 밤하늘에 떠 있는 수많은 별을 보면, 세상이 얼마나 큰지를 깨닫게 된다. 동양에서는 사람이 죽으면 별 하나가 떨어진다고 생각했고, 서양에서는 별이 되어 하늘로 올라간다고 생각했다. 올림포스산에 사는 제우스가 그를 어여삐 여겨 하늘에서 살게 한다고 한다.

달은 지구 바라기다

달은 '지구 바라기다' 지구에서 보는 달은 앞모습뿐이다. 달은 지구에 한 번도 얼굴을 전부 보여 준 적이 없다. 지구에서 볼 수 있는 달 표면은 앞면인 59%에 불과하며 이는 달이 지구를 도는 시간과 스스로 한 바퀴 도는 시간이 똑같기 때문이다. 해가 자기를 따라서 얼굴을 돌리는 해바라기 꽃 뒤편을 볼 수 없는 것처럼, 지구도 달 뒷면을 볼 수 없다. 아마도 달이 식물이라면 '지구 바라기'라고 불렸을지도 모른다. 많은 사람이 자신의 연인이 자신만 바라보는 해바라기 이길 바란다. 그러려면 자신이 먼저 지구 바라기가 되어야 한다. 해바라기는 낮에만 해를 바라보지만 달, 즉 '지구 바라기'는 어두운 밤에도 지구를 바라보며 비춰준다.

성모 마리아와 마담

얼마 전 세계문화유산인 '노트르담 대성당'이 화마에 휩싸여 전 세계 사람들에게 충격과 슬픔을 안겼다. 노트르담(Notre Dame)의 'Notre'는 프랑스어로 우리를 뜻하고 'Dame'은 여인, 귀부인을 뜻한다. 따라서 노트르담은 '우리의 여인', '우리의 귀부인'이란 뜻이며 '성모 마리아'를 상징한다. 또한, 마담(Madame)의 'Ma'는 프랑스어로 나를 뜻하고 나의 여인, 나의 귀부인이 된다. 프랑스에선 혼인 여부와 무관하게 여성을 높여 부르는 존칭이다. 한국에선 하필, 유흥업소 호칭으로 변절했다.

시간이라는 거 (1)

'하루살이가 느끼는 하루라는 시간, 백 년을 사는 거북이가 느끼는 하루라는 시간, 그리고 천년을 넘게 사는 나무가 느끼는 하루라는 시간, 과연 그들의 시간은 어떤 의미일까?' 나이가 들수록 기억의 양은 줄어든다. 어릴 땐, 모든 것이 새로워서 기억해야 할 것들이 많지만 나이가 들며 반복된 일상을 거듭하다 보면 기억해야 할 정보의 양은 점차 줄어든다, 그렇게 기억할 것이 적어지면 시간은 빠르게 흐른다. '낯선 길을 갈 땐 멀지만 돌아올 땐 가까운 것처럼', 열 살 때의 1년은 인생의 10분의 1이지만, 50세에게 1년은 50분의 1이다. 이처럼 일정 시간의 비율은 나이가 들수록 상대적으로 짧아진다.

시간이라는 거 (2)

새벽 일찍 집에서 나와 산에 왔다. 그리고 400계단을 올라 산 정상에 오르는데, 마지막 계단에 다음과 같은 문구가 붙어있었다. [400계단, 수명 27분 연장] 내가 집에서 나와 여기까지 오르는 데 걸린 시간은 2시간, 2시간 투자해서 27분 벌었다.

시간이라는 거 (3)

우리는 아침에 출근해서는 하루빨리 시간이 흘러 퇴근 시간이 되기를 바란다. 그리고 주중 내내 어서 빨리 주말이 오기를 바란다. 또한, 여름에는 더운 여름이 빨리 가길 바라고, 겨울에는 추운 겨울이 빨리 가길 원한다. 그렇게 덧없이 하루, 한주, 한 달을 보내놓고 연말이 되면, 세월의 덧없음을 아쉬워한다. 그렇게 우리는 하루하루 살아가는 것이 아니라 하루하루 죽어가고 있다. 시간은 나를 위해 절대로 멈추지 않는다. 그렇기에 시간은 절약하는 것이 아닌 소비하는 것이다. 어느 사람도 아닌 나를 위해, 시간은 인간이 쓸 수 있는 가장 값진 것이다.

나이에 따른 인생을 보는 관점

젊은 시절에는 이런 생각을 하고 살았다.

'숲속을 걷다 보면 두 가지 길이 나온다. 하나는 다른 사람들이 걸었던 길이고, 다른 하나는 아무도 걷지 않은 길, 나는 아무도 걷지 않은 길을 걸을 것이다.' 길이 있어 내가 가는 것이 아니라 내가 감으로서 길이 생기는 것이다.

나이가 들면 이런 생각을 하며 살아간다.

'길을 모르면 물어서 가라, 물어볼 사람이 없으면 큰길로 가라, 큰길이 안 보이면 많은 사람이 가는 길로 가라. 예전엔, 좋은 일이 생기길 바랐다. 요즘엔, 아무 일도 없기를 바란다.' 받아들이기 힘든 것을 받아들일 때, 사람은 성숙해진다.

지나고 나면 그때가 가장 좋았다.

젊은 시절에는 자식을 키우느라 많이 힘들었어도 자식들이 다 커서 각자 제 몫을 하는 지금에는 힘들었던 그때가 그립고, 한창 일할 때는 몇 달 푹 쉬었으면 좋겠다, 하지만 부르는 이 없고, 찾는 이 없는 날이 오면, 그때가 제일 좋은 시절이었다고 생각한다. 어릴 때는 나보다 중요한 사람이 없고, 나만큼 대단한 사람이 없었지만, 늙고 나면 나보다 더 못한 사람이 없다고 생각한다. "나이는 자신의 능력을 깨닫게 하는 무서운 숫자이다."

늙은이에 대한 존경심은 문명의 발달과 반비례한다

젊은이는 늙은이에게 친절할 수는 있지만, 결코 늙은이를 존경할 수는 없다, 산업화 시대의 늙은이가 존경을 받는 건, 당연하였지만 정보화 시대의 늙은이가 친절을 받는 건 행운일 거다. 농경 시대 늙은이는 최고의 존경을 받았었다.

현재와 미래

사람들은 말한다. 자신이 지금의 생각을 갖고, 20년 전으로 돌아간다면 크게 성공할 것이라고 하지만 자신이 20년 후에 가질 생각을 지금 가지려는 노력은 하지 않는다. 어리석은 사람은 현재를 보고 미래를 계획하지만 현명한 사람은 미래를 보고 현재를 계획한다. 미래를 예측하는 최고의 방법은 미래를 창조하는 것이다.

한국 영화 〈써니〉에는 이런 장면이 나온다. 때는 1986년. 두 여고생이 라디오 방송을 들으며 대화를 나눈다.

"미래에는 전화를 가지고 다니며 서로 얼굴을 보면서 통화를 할 수 있대."

"웃긴다. 그럼 물도 사 먹는 시대가 오겠다."

생산과 노동

'팀 던럽(Tim Dunlop)'의 『노동 없는 미래』에서는 미래의 생산과 노동 문제에 대하여 다음과 같이 쓰고 있다. "우리의 문제는 치약이 부족한 데 있는 게 아니라, 계속 그걸 쓸 소비자를 찾아서 모든 치약 노동자를 계속 고용할 수 있어야 한다는 데 있다."

자본주의의 빛과 그림자

난 목욕탕에서 돈을 주고 남이 나의 때를 밀어줄 때, 자본주의의 기쁨을 맛본다. 하지만 새벽같이 일어나 인력시장에 나갔는데 일이 없어 돌아올 때, 자본주의 절망을 맛본다. 그러면서 생각한다. '누구든 다른 사람을 돈으로 살 만큼 부자가 되어서는 안 되고, 누구도 자신을 팔 만큼 가난해서도 안 된다.'

부자에 관한 생각의 관점

부자의 조건은 나 자신이 가지고 있는 총재산이 얼마인 줄 모른다면 부자다. 그림 애호가들이 생각하는 부자의 조건은 내 집값보다 내 집 안에 걸려있는 그림이 더 비쌀 때 부자다. '가난한 사람들은 부자가 되면 행복할 거다.'라고 생각하고, '부자들은 위궤양이 다 나으면 행복할 거다.'라고 생각한다. 불행한 사람은 가지지 못한 것을 사모하고, 행복한 사람은 가지고 있는 것을 사랑한다.

해고의 역설과 저축의 역설

유럽에는 "한쪽 문이 닫히면 다른 한쪽의 문이 열린다."라는 속담이 있으며, 경제 용어 중에는 '풍선효과'라는 말이 있다. 어디 한 군데를 잡겠다고 세게 누르면 오히려 어딘가는 반드시 터지게 된다는 말이다. 그렇기에 자본주의에서 시장의 힘을 이해한다는 것은 상식이다. 대표적인 것이 '해고의 역설'이다.

이는 유럽 노동조합들이 노동자 보호를 위해 해고를 어렵게 한 결과, 오히려 실업률이 더욱 높아진 결과를 두고 생겨난 말이다. 국내에서 시행 중인 비정규직 보호법의 파행적 결과도 이러한 문제의 전형적인 사례다. 최근 국내 구조조정 과정을 지켜보면 내보내야 할 이들은 끝까지 버티고, 정작 회사에 필요한 이들은 막대한 퇴직위로금을 받고 다른 곳으로 가버리는 아이러니한 일들도 속출하고 있다.

또한, 경제학에서 말하는 구성의 오류 중 대표적인 예는 '저축의 역설'이다. 개인의 저축은 개인을 부유하게 만드는 데 반해, 모든 사람이 저축하게 되면 사회 전체의 부를 증대하지 못한다는 것이다. 지나친 저축은 오히려 경제 전체의 부를 감소시킨다는 말이다. 그렇기에 70~80년대의 당국에서는 '저축왕'에게 대통령 표창까지 수여하는 해프닝까지 있었지만, 요즘은 어떻게 소비를 진작시키느냐에 따라 경제정책의 성패가 좌우된다.

절약과 소비

일회용품인 마스크나 면장갑 등을 세탁하여 재사용하는 사람들이 있다. 마스크는 세탁하면 바이러스나 미세먼지 차단 효과가 거의 없어지고 몇백 원도 안 되는 장갑을 세탁하려면 오히려 세제와 물 그리고 노동력이 더 드는 게 사실이다. 그러면서 자신이 대단한 절약을 하는 것으로 착각한다. 또한, 돈을 아끼려고 20년 넘게 차를 관리하고 유지하며 운행하는 사람이 있다. 하지만 20년 넘은 차를 관리하고 유지하고 운행하는 것보단 새 차나, 전기차를 할부로 사서 운행하는 것이 연비나 관리 면에서 더 저렴하다는 것을 그는 모른다.

요즘 다이소에 가면 액자를 천원에 실수 있을 정도로 저렴하다. 하지만 바보 같은 사람은 그 천 원짜리 액자를 사용하다 액자가 부서지면 천오백 원짜리 접착제를 사서 그것을 고쳐 사용한다. 그리고 자신이 천원을 아꼈다고 생각한다.

소확행과 특별함

요즘 최고의 유행어로 사람들은 '소확행(小確幸)'을 말한다. '소소하지만 확실한 행복'의 준말이다. 일상에서의 여유와 소박함을 강조한 말이기도 하다. 소확행은 일본 소설가 '무라카미 하루키(村上春樹, Murakami Haruki)'의 『랑겔한스섬의 오후』에 나오는 말로 갓 구운 빵을 손으로 찢어 먹을 때, 서랍 안에 반듯하게 정리된 속옷을 볼 때 느끼는 행복과 같은 일상에서 느끼는 작은 즐거움을 뜻한다. 미래보다는 현재를, 특별함보다는 평평함을 중시한다.

하지만 나는 '소확행'도 중요하지만 '특별함'에서도 행복을 느낄 수 있어야 진정한 행복이라고 말하고 싶다. 자신의 소박한 집을 청소하는 소소한 행복도 중요하다. 그러나 가끔은 그런 집을 살 수 있는 특별한 행복도 중요하다. 부러움과 질투는 본질적으로 다른 것인데 우리는 착각하고 있다. "부러 우면 지는 거다."라는 말이 있다. 하지만 나는 반대로 말한다. "부러워하지 않으면 그게 진짜로 지는 거다."

광장과 공원

과거 도시는 광장을 중심으로 설계되었다. 광장의 효시인 그리스 '아고라(Agora)'에서는 시민들의 종교, 정치, 사법, 상업의 토론과 사교가 이뤄졌다. 로마 시대에는 '포럼(Forum)'으로 이름이 바뀌었고 사법광장, 상업광장 등으로 세분됐다.

우리의 도시들도 얼마 전까지는 어느 역 광장, 시청 앞 광장 등 공적 행사 중심의 광장이었으나, 현재의 도시들은 공원 중심으로 설계되고 있다. 재개발되는 도심과 주택지 등에서 공원이 들어서면서 공적 토론보다, 산책 등 사적 휴식의 역할이 강조되고 있다. 그러면서 걷고 싶은 거리로 도시 전체가 연결되고, 걸어서 10분 이내에 공원, 도서관 그리고 벤치가 많은 도시를 추구하며 그런 도시에서 사람들이 태어나고 생활하고 일하고 사랑하고 죽어가야 한다.

이 또한 지나가리라

고대 이스라엘의 다윗왕은 지략과 용맹에 관한 한 타의 추종을 불허하는 불세출의 영웅이었다. 하지만 그도 사람인지라 수많은 전쟁과 권력 암투를 겪으며 줄곧 스트레스와 불안에 시달려야 했다. 그런 그가 하루는 반지 세공사를 불러 이런 명령을 내렸다. 나를 위해 반지를 하나 만들어다오. 거기에는 내가 전쟁에서 승리해 환호할 때도 교만에 빠지지 않고, 내가 전쟁에서 패배해 낙심할 때도 좌절하지 않도록 감정을 조절해주는 글귀를 새겨 넣어라! 어떠한 상황에서도 용기와 희망을 잃지 않을 수 있는 글귀라야 한다.

반지 세공사는 아름다운 반지를 만들었다. 그러나 새겨 넣을 글귀가 생각나지 않아 며칠 동안 번뇌에 빠져 지냈다. 그러다 왕자인 솔로몬을 찾아가 도움을 청했다. 솔로몬은 인류 역사상 가장 지혜로운 왕으로 불릴 만큼 탁월한 지혜의 소유자였다. 솔로몬 왕자는 다음과 같은 글귀를 알려주었다.

"이 또한 지나가리라(soon it shall also come to pass)."

옛날 페르시아의 한 왕이 신하들에게 명령을 내렸다. '슬플 때는 기쁘게, 기쁠 때는 슬프게' 만드는 물건을 찾아오너라. 신하들은 모여서 고민을 거듭했다. 밤새 의논한 신하들은 이튿날 왕에게 반지 하나를 만들어 바쳤다. 왕은 반지를 살피다가 새겨진 글귀를 읽고는 웃음을 터뜨리며 기뻐했다

"이 또한 지나가리라(this. too. shall pass away)."

생각의 관점을 바꾸면 세상은 변한다

'생각의 관점'을 바꾼다는 것은 고정관념을 바꾸는 것이다. 우리는

살아오면서 많은 것을 보고 생각한다. 우리가 그 생각의 관점을 바꿔서 세상을 바라보면 세상을 변화시킬 수 있다.

예를 들자면 큰 결심 끝에 운동과 다이어트를 하려고 거금을 들여 러닝머신 기계를 샀는데 옷걸이와 수건걸이로 사용했다. 이게 얼마나 낭비고 비효율적인가. 그래서 생각을 바꿔서 '애초부터 옷걸이로 샀다.' 이렇게 생각했다. 그러면 하나도 안 아깝다. 옷걸이를 샀는데 러닝머신 기계가 있는 거다. 한 사람이 인터넷 강의 듣는데 게임을 하고 있다. 당연히 집중도 안 되는 것은 물론이고 다른 사람이 보기에도 불성실해 보인다. 그런데 생각의 관점을 바꿔서 생각하면 그 사람은 게임을 하는 중에도 인터넷 강의에 몰입할 정도로 성실한 사람이다.

한 신자가 목사님께 질문했다.

"목사님 기도하면서 술을 마셔도 됩니까?"

그는 목사님께 꾸지람을 들었다.

다른 신자가 목사님께 질문했다.

"목사님 술 마실 때도 기도해도 됩니까?"

그러자 목사님은 답했다.

"오~ 장하다."

이처럼 생각 하나만 바꿔도 세상을 변화시킬 수 있다.

지도자의 유머

진정한 유머는 마음에서 나온다

영국의 사상가이자 역사가 '토머스 칼라일(Thomas Carlyle)'은 유머에 대하여 다음과 같이 말했다. "진실한 유머는 머리로부터 나오는 것이 아니라 마음으로부터 나온다. 말의 노예가 되지 말라. 남과의 언쟁에서 화를 내기 시작하면 그것은 자기를 정당화시키기 위한 언쟁이 되고 만다." 그는 언쟁이 일어났을 때 유머의 힘을 최대한 활용하라고 말했다.

진정한 유머는 아래에서 위를 비판하는 것이다. '찰리 채플린'의 영화 〈독재자〉처럼 히틀러에게 지배당하는 사람들이 히틀러의 흉내를 내며 관객들을 웃기게 한 것처럼 아래에서 권력자와 세력을 가진 사람을 비평하는 것이 유머다. 또한, 유머는 '자기희생'이 전제되어야 한다. 제일 저급한 유머는 유머대상자의 약점을 이용하여 깎아내리고 상처를 주는 유머다. 오히려 자신의 약점으로 다른 사람들에게 웃음과 교훈을 주도록 하는 것이 낫다. 물론, 모두에게 상처 대신 교훈을 주면서 웃음을 줄 수 있다면 더할 나위 없다 하겠다.

유머는 자기 자신에 대한 비평이기도 하다. 예를 들어 어떤 일에 실패하여 절망할 때, 울기보다 오히려 웃을 때가 있다. 인간의 여러 추악한 모습을 그리면서 자기 자신을 포함하여 모든 사람이 비열하고 저열

하다면서 비웃는 그것처럼 말이다. 찰리 채플린은 말했다. "인생은 멀리서 보면 희극이지만 가까이서 보면 비극이다."

모든 생명체 중, 인간만이 웃는다

히브리어로 유머를 뜻하는 '호프마(Hopma)'는 '지혜'라는 뜻도 가지고 있다. 그렇기에 유머는 남을 웃기는 기술이나 농담만을 의미하지 않는다. 유머에는 그 시대의 시대상과 철학이 담겨있다. 탈무드에는 이런 글이 있다. "모든 생명체 중에서 인간만이 웃는다. 인간 중에서도 현명한 사람일수록 유머가 넘친다."

영국이 한창 남아메리카를 개척하고 있을 당시, 한 영국인 선교사가 아마존강 하류에 도착했는데, 주민들의 온몸이 털로 덮여 있어 원숭이와 구별할 수가 없었다. 그래서 본국에 전보를 쳤다. "어떤 놈이 원숭이고, 어떤 놈이 인간인지 구별할 수가 없으니 구별법을 알려 달라."

얼마 후 전보가 왔다. "웃는 놈이 인간이고, 웃지 않는 놈이 원숭이다." 인간을 가장 인간이게 하는 힘, 그래서 웃음은 인격이다. 웃음이 인간의 격에 가장 어울리기 때문이다. 오늘 하루, 나는 인간으로서 살고 있는지 원숭이로 살고 있는지 생각해보시길.

우리의 거리를 거닐 때마다 놀라는 일 중의 하나는 도시에 사는 사람들의 표정에서 웃음을 찾아볼 수 없다는 것이다. 이 세상에 인간 외에 웃을 수 있는 동물은 없다. 더 잘 웃는 것이 더 잘 사는 길이고, 더 잘 웃는 것이 더 잘 믿는 것이며, 더 잘 웃는 것이 더 큰 복을 받는 비결이다. 웃을 일이 없어도 그냥 억지로 웃으면, 똑같은 효과가 있다고 한다. 혼자 있을 때도, 길을 걸을 때도, 그리고 혼자 운전할 때도 꼭 웃으시길, 우리는 그러한 사람을 전문용어로 "또라이"라 말한다.

무학 대사

조선을 개국한 태조 이성계는 당대 고승인 무학 대사의 가르침을 받으며 자신의 웅지를 키울 수 있었다. 어느 날, 그는 무학 대사와 장기를 두며 담소를 나누고 있었다.

"대사, 우리 서로를 헐뜯는 농담이나 합시다. 어떻소? 나는 대사가 꼭 돼지 같아 보이는데, 웬일이오?"

"저는 전하가 꼭 부처님같이 보입니다."

"아니 대사, 내가 농담을 좀 하자는 것인데, 어째서 아첨을 하는 거요?"

"아닙니다. 저는 사실을 사실대로 말했을 뿐입니다."

그러고는 무학 대사는 이렇게 덧붙였다.

"자고로 돼지의 눈에는 돼지밖에 안 보이고, 부처님의 눈에는 항상 부처님밖에 안 보이는 법이죠."

윈스턴 처칠

'윈스턴 처칠(Winston Leonard Spencer Churchill)'은 두 번에 걸쳐 영

국 총리를 지낸 정치가이다. 그뿐만 아니라 역사 등의 학문에도 뛰어나 두 번째 총리 재임 중『제2차 세계대전』으로 노벨문학상을 받았다. 한 나라의 수상이 노벨문학상을 받은 것은 처칠이 유일하다. 또한, 처칠은 그의 탁월한 유머 감각 때문에 지도자로서 성공할 수 있었다. 처칠 영국 총리가 30분 늦게 의회에 참석했다. 정적들이 '게으른 사람'이라고 비난하자 처칠은 의원들에게 말했다. "의원 여러분, 늦어서 정말 죄송합니다. 늦지 않으려 했지만 잘 안 돼서 죄송합니다. 그런데 여러분도 제 아내처럼 예쁜 여자와 사신다면 아침에 일찍 나오기가 쉽지 않을 것입니다. 그래서 다음부터 회의가 있는 전날에는 각방을 쓰겠습니다." 77세의 처칠은 머리를 긁적이며 의회를 웃음바다로 만들었다.

로널드 레이건

1984년 미국 대선에서 레이건과 경쟁하던 민주당의 먼데일 후보는 레이건의 나이를 물고 늘어졌다. TV 토론에서 먼데일 후보가 유리했는데 이유는 레이건 후보가 늙고 피곤해 보였기 때문이다. 그래서 먼데일 후보는 쐐기를 박으려고 나이 문제를 거론하며 말했다. "대통령의 나이가 좀 많다고 생각하지 않습니까?"

그러자 레이건 후보가 대답했다. "저는 이번 선거에서 나이를 이슈로 삼지 않겠습니다. 상대방이 너무 어리고 경험이 없다는 사실을 정치적으로 이용하지 않겠다는 것입니다." 이 광경을 지켜보던 미국 시청자들은 웃음을 터뜨렸고, 레이건은 대통령에 당선되었다.

또한, 지도자의 유머는 위기 상황에서 지도자의 여유를 국민에게 전달하는 수단이 되기도 한다. 1981년 3월 30일 미국 워싱턴, 레이건 대통령은 이곳에서 열린 미국 노동총연맹 산업별 회의에 참석해 연설을 마친 후 차에 오르고 있었다. 군중을 향해 손을 들어 흔드는 순간 총성이 여러 번 울렸다. 암살 기도였다. 대통령은 가슴에 총탄을 맞았다. 탄환이 레이건의 왼쪽 폐를 뚫었다. 심장과의 거리는 1인치(2.54cm) 미만이었다. 대통령은 그런 와중에도 유머가 넘쳤다. 저격을 당하고 급히 병원에 옮겼을 때, 간호사들이 그에 몸에 손을 대자 레이건은 말했다고 한다. "우리 아내에게 허락받았나요?"

또 그는 수술실에 들어온 의사들에게 "당신들 모두가 공화당원(당시 여당)이라고 말 좀 해주시오."라고 농담을 건네 의사들의 긴장을 풀어주었다. 수술이 끝난 뒤 백악관 보좌관이 레이건 대통령을 찾아와서 "대통령님께서 안 계셔도 잘 돌아가고 있으니 조금도 염려하지 마세요."라고 말했다. 그러자 레이건 대통령은 "그런 소리를 듣고 내가 기뻐하리라고 생각하나?"라고 조크를 했다. 그리고 그는 12일 만에 퇴원했다. 그는 '암살 저격을 받고도 살아난 미국 최초의 현직 대통령'이 되었으며, 이후 재선에 성공했다.

엘리자베스 여왕

제2차 세계대전 때, 독일군의 폭격으로 버킹엄궁의 벽이 무너지자 엘리자베스 여왕은 말했다. "국민 여러분, 안심하십시오. 독일의 포격 덕분에 왕실과 국민 사이를 가로막고 있던 벽이 사라졌습니다."

드골 대통령의 유머

드골 대통령과 정치 성향이 다른 의원이 말했다.

"각하, 제 친구들은 각하의 정책을 매우 마음에 들어 하지 않습니다."

그러자 드골이 말했다.

"아, 그래요? 그럼 친구를 바꿔 보세요."

에이브러햄 링컨

하루는 링컨 대통령이 백악관에서 자기 구두를 닦고 있었고, 그때 마침 링컨의 초대로 백악관에 들어선 친구가 이를 보고 깜짝 놀라며 물었다.

"대통령이 손수 구두를 닦다니 이게 말이 되나?"

그러자 링컨이 친구보다 더 깜짝 놀라는 표정으로 친구에게 되물었다.

"아니, 그러면 미국의 대통령이란 사람이 남의 구두를 닦으러 돌아다녀야 한단 말인가?" 그러고는 껄껄 웃었다고 한다.

또한, 링컨이 후보 시절 미국 상원의원 후보 자리를 두고 대결할 때, 스티브 더글라스 의원은 링컨에게 공격적인 언사도 서슴지 않았다.

"당신은 두 얼굴을 가진 이중인격자요."

그러자 링컨이 받아쳤다. (링컨은 지독한 추남으로 알려져 있다.)

"만약 내게 두 개의 얼굴이 있다면, 하필 이런 중요한 자리에 이 얼굴을 가지고 나왔겠소."

조지 부시의 유머

미국의 조지 부시 대통령이 대통령 재임 시 자신의 모교인 예일대 졸업식에서 한 연설이다. "우등상, 최고상을 비롯하여 우수한 성적을 거둔 졸업생 여러분, 축하의 말씀을 드립니다. 그리고 C 학점을 받은 여러분께는 이렇게 말씀드리겠습니다. 여러분도 미합중국의 대통령이 될 수 있습니다."

슈바이처 박사

슈바이처 박사가 후원 및 모금 운동을 위해 오랜만에 고향에 들렀다. 수많은 사람이 그를 마중하러 역에 나왔다. 그가 1등 칸이나 2등 칸에서 나오리라 생각했던 사람들의 예상과 달리 슈바이처 박사는 3등 칸에서 나타났다. 사람들이 왜 굳이 3등 칸을 타고 왔냐고 묻자 박사는 빙그레 웃으며 대답했다.

"이 열차엔 4등 칸이 없더군요."

리더의 여유와 유머

정주영 회장이 초창기 사업을 할 때, 한밤중에 그만 공장에 불이 났다. 직원들은 호랑이 같은 사장을 대할 그것을 생각하니 거의 초주검 상태였다. 드디어 정 회장이 불타오르는 공장에 나타났다. 모두 할 말을 잃고 긴장 상태에 있는데 정 회장이 입을 열었다.

"잘 됐군, 그렇지 않아도 공장을 헐고 다시 지으려 했는데, 여러분 덕분에 철거 비용을 절약할 수 있으니 말이야!"

어느 날 에디슨의 연구실에 불이 나 그동안 연구해 놓은 자료들이 모두 불구덩이 속에 활활 타오르기 시작했다. 가족들과 연구원들이 어찌할 바를 몰라 우왕좌왕하고 있을 때 에디슨이 아들을 불렀다.

"얘야, 당장 가서 어머니를 불러오너라."

"왜요?"

"세상에 공짜로 이런 불구경을 어디에서 해 보겠니!"

리더의 유머는 여유에서 나온다. 특히 위기 상황에서 리더의 따뜻한 유머 한 마디는 사람들에게 힘과 용기를 주며 그들의 마음을 얻게 만든다.

쇼펜하우어의 대답

독일의 철학자 '쇼펜하우어(Schopenhauer, Arthur)'는 대식가로 알려져 있다. 어느 날, 쇼펜하우어는 호텔 레스토랑에서 2인분의 식사를 혼자서 먹고 있었다. 그때 옆 테이블의 사람들이 그 광경을 보고 "혼자서 2인분의 밥을 먹다니!"라며 비웃었다.

왜냐하면, 그 당시 상류사회에서는 음식을 많이 먹는 사람을 업신여기는 풍조가 있었기 때문이다. 하지만 쇼펜하우어는 당황하지 않고 이렇게 말했다. "전 늘 2인분의 밥을 먹습니다. 1인분만 먹고 1인분의 생각만 하는 것보단, 2인분을 먹고 2인분의 생각을 하는 게 더 나으니까요."

'괜히 왔다 간다.' 중광스님

우리에게는 걸레 스님으로 잘 알려진 중광스님은 유치찬란의 경지를 즐겁게 생활하시는 분이셨다고 한다. 가식과 허영을 무가치하게 생각하고 천진과 무애를 아름답게 생각했다. 중광스님은 입적하기 전 다음과 같은 법문을 남기셨다고 한다. "괜히 왔다 간다."

나의 죽음을 헛되게 하지 마라

개미의 죽음

한 사람이 배가 난파되어 무인도에 표류하게 되었다. 무인도에서 무료하게 지내던 어느 날, 그는 개미 한 마리를 잡을 수가 있었다. 너무나 외롭고 심심하던 차에 그는 개미에게 '차렷'을 가르쳤다. 하지만 개미는 그 차렷을 배우는데 10년이라는 시간이 걸렸다. 그때까지 구조선은 오지 않았다. 다시 그는 개미에게 '열중쉬어'를 가르쳤다. 이 역시 10년이라는 세월이 걸렸다. 이때까지도 역시 구조선은 오지 않았다. 그는 다시 개미에게 '경례'를 가르쳤고 이 역시 10년이 걸렸고 여전히 구조선은 오지 않았다.

너무나 힘든 세월이었지만 그는 그래도 개미에게 무엇인가를 가르친다는 것이 그를 지탱하는 힘이었다. 그는 다시 개미에게 '차렷, 열중쉬어, 차렷, 경례'를 연속 동작으로 가르쳤고 이 역시 10년이 걸렸다, 종합 40년이라는 세월이 흘렀다. 그런데 그때, 기적이 일어났다. 구조선이 온 것이다.

그는 고민에 빠졌다. 40년간 무인도에 있었기 때문에 다시 문명사회에 나가서 앞으로 먹고살 일이 막막했다. 생각 끝에 그는 개미를 데리고 나가 "차렷, 열중쉬어, 경례" 쇼를 보여주면서 돈을 벌 것을 결심했다.

육지에 도착하자 그는 자장면이 제일 먹고 싶었다. 그는 돈이 한 푼도 없었기 때문에 중국집 주인에게 ‘개미 쇼(차렷, 열중쉬어, 경례)’를 보여주고 자장면을 얻어먹기로 생각했다. 그는 먼저 개미를 식탁 위에 올려놓고 “차렷, 열중쉬어, 경례”를 시켰다. 개미는 명령할 때마다 “척”, “척”, “척” 잘했다. 그는 주인장을 불러 개미를 가리키며 이것을 보라고 말했다. 주인장은 오자마자 개미를 엄지손가락으로 꾹 눌러 죽인 후, 엄지손가락을 “후~”하고 불어버렸다. 그리고 고개를 숙여 인사하며 말했다.

“죄송합니다. 어제 약을 했는데~”

섹터 1, 사소한 것에 목숨을 걸지 마라.

섹터 2, 세상일은 다 사소하다.

생존을 위한 세 사람의 투혼

세 사람이 배가 난파되어 한 섬에 표류하게 되었다. 그런데 하필 이 섬은 식인종들이 사는 섬이었고 이들은 식인종들에게 잡히고 말았다. 식인종들은 이들을 살려주는 조건으로 섬에 있는 과일을 종류에 상관없이 10개를 따오도록 지시했다. 이 세 사람은 살기 위해 쏜살같이 과일을 따기 위해 흩어졌다.

얼마간의 시간이 흐른 후 첫 번째 사람이 과일 10개를 따왔다. 바나나 5개, 멜론 4개, 파인애플 1개였다. 그런 데 이어 추장은 살려주는 조건은 따온 과일을 모두 엉덩이에 넣어야 한다는 조건을 달았다. 너무나 어처구니없는 조건이었지만 살기 위해 첫 번째 사람은 과일을 차례로 엉덩이에 넣기 시작했다. 힘은 들었지만, 바나나를 죽을힘을 다해 넣었고 멜론 4개도 겨우겨우 넣었다. 하지만 파인애플은 그 크기도 크기거니와 삐죽 삐져나온 가시 때문에 아무리 애를 써도 도저히 넣을 수가 없었다. 그래서 그 첫 번째 사람은 식인종에게 죽임을 당했다.

두 번째 사람도 진작 도착하여 그 광경을 목격하고 있었다. 그런데 그는 바나나 4개에 멜론 4개, 그리고 파인애플 2개를 따왔다. 앞에 사람처럼 그도 바나나 4개와 멜론 4개는 무사히 넣었다. 그런데 문제는 파인애플이었다. 그는 살아야겠다는 일념으로 생각 끝에 파인애플을 땅에 고정한 후, 나무에 오르기 시작했다. 꼭대기에 다다른 그는 엉덩이를 파인애플 쪽으로 향하게 한 후 나무에서 뛰어내렸다.

"욱~끼 오우옥~~"

정말 고통을 이루 말할 수 없었다. 죽을 것만 같았다. 엉덩이에서는 피가 났지만 그래도 다행히 파인애플을 엉덩이에 넣었다. 그리고 그는 생각했다. '그래 이제 마지막 파인애플 하나만 넣으면 나는 살 수 있어.' 그는 마지막 파인애플 하나를 땅에 고정한 후 나무에 올랐다. 그런데 그가 나무꼭대기에서 먼 곳을 응시하다 배꼽을 잡고 웃다 그만 나무에서 떨어져 웃다가 죽었다.

추장은 별 미친놈 다 본다는 표정으로 나무에 올랐다. 그리고 그 추장도 먼 곳을 응시하다 배꼽을 잡고 웃다 나무에서 떨어지고 말았다. 추장 또한 나무에 떨어져서도 계속하여 배꼽을 잡고 웃고 있었다. '도대체 이들이 본 것은 무엇일까?' 그것은, 세 번째 사람이 파인애플 10개를 어깨에 둘러메고 휘파람을 불며 오고 있는 것이 아닌가!

"실패했다고 너무 낙담하지 마라, 실패의 그림자가 드리웠다면 한쪽에는 성공의 햇볕이 비추고 있을 테니. 성공했다고 너무 자만하지 마라, 성공의 햇볕 뒤에는 항상 실패의 그림자가 따라다니고 있으니."

모파상의 묘비명

19세기 후반, 프랑스의 소설가 '기 드 모파상(Guy de Maupassant)'은 『여자의 일생』, 『벨라미』, 『죽음처럼 강하다』와 같은 인생의 참된 가치를 일깨우는 소설들로 명성을 얻은 작가다. 그는 타고난 재능으로 쓰는 작품마다 베스트셀러가 되었고, 커다란 부와 명예를 거머쥐었다.

그의 삶은 누구나가 부러워할 만한 것이었다. 지중해에 요트가 있었고, 노르망디에 저택과 파리에는 호화 아파트도 있었다. 그리고 은행에도 많은 돈이 예금되어 있었다. 하지만 그는 1892년 1월 1일 아침, 더는 살아야 할 이유를 찾지 못하고 자살을 시도했다. 가까스로 목숨을 구했지만, 정신병자가 된 그는 1년 동안 알 수 없는 소리를 지르다가 43세를 일기로 인생을 마감했고 그의 묘비에는 그가 말년에 반복해서 했던 말이 기록되어 있다. "나는 모든 것을 갖고자 했지만, 결국 아무것도 갖지 못했다."

대문호의 죽음

『노인과 바다』로 1953년 퓰리처상과 1954년 노벨문학상을 받은 세계적인 대문호 '어니스트 헤밍웨이(Ernest Hemingway)'는 대중적인 세계적인 스타 작가였다. 그가 자주 가는 쿠바의 술집에는 팬들과 기자들이 몰려 항상 사진을 찍으려고 사람들이 몰려들었으며 저녁마다 많은 사람과 집에서 파티를 열었다고 한다.

그는 대표적인 '마초'였다. 키는 183cm이었고 미남이었으며 사냥과 낚시를 좋아하는 상남자였다. 스페인 내전과 전쟁에 종군기자로 참석했다 부상할 정도로 용감하기도 했다. 그러면서 노벨상을 수상할 정도로 성공적인 삶을 살았던 그도 행사나 파티가 끝나면 항상 고독 속에서 우울증에 시달렸다고 한다. 그리고 끝내 그는 총으로 자살한다.

헤밍웨이같이 모든 것을 갖춘 그가 왜 자살했을까? 우리는 그의 삶에서 배울 수 있다. 사람들의 '허함'과 '채움'은 절대로 밖에서 채울 수 없다는 것을 돈, 명예, 권력, 모든 외부에 있는 이런 것들은 절대로 내부의 나를 채워줄 수가 없다. 그래서 우리는 끊임없이 '무지개를 찾아 떠나는 소년'처럼 새로운 무언가를 추구하지만 결국에는 집에 돌아와 깨닫게 된다. '무지개는 집에 있었다.'라는 것을, '결국에는 내 안에 모든 것이 있다는 것'을, 헤밍웨이 그는 이것을 몰랐을까? 세계적인 대문호가? 그래서일까? 그의 소설을 읽다 보면 주인공들의 공통된 점들이 있다. 모두 전쟁이나 자연에 몸을 던져 싸운다는 것을 『무기여 잘 있거라』, 『누구를 위하여 종을 울리나』가 전쟁에서 그랬고, 『킬리만자로의 눈』, 『노인과 바다』가 자연에서 그랬다.

사실 우리가 잘 아는 조용필의 〈킬리만자로의 표범〉 노래도 헤밍웨이의 '킬리만자로의 눈' 소설에 글을 모티브로 한 것이다. 소설에는 다음과 같은 구절이 있다. "킬리만자로 정상 부근에는 말라서 얼어 죽은 한 마리 표범의 사체가 있다. 이처럼 높은 곳에서 표범이 무엇을 찾아 그렇게 높은 곳까지 올라갔는지 아무도 알지 못했다."

한 곳을 오래 보면 닮아간다

별이 빛나는 밤에

군대에 입대하기 전, 가장 친한 친구와 여행을 떠났다. 그리고 바닷가 저녁, 슈퍼로 먹을 것을 사러 간 친구가 어찌 된 영문인지 오랜 시간 동안 돌아오지 않았다. 나는 친구를 찾아 나섰고 얼마 후, 내 눈에 실로 충격적인 장면이 목격되었다. 친구가 고삐리로 보이는 애들에게 둘러싸여 있었다. 그것도 엎드려뻗쳐 자세로.

나는 순간 피가 거꾸로 솟아오르는 느낌을 받았다. 나는 이때쯤 무도 공인 종합 10단이었고, 소위 17대 1의 전설을 가질 정도로 운동과 싸움에는 일가견이 있었다. 아무것도 생각할 겨를이 없이 나는 주먹을 불끈 쥐고 쏜살같이 친구에게 달려갔다. 그리고 친구 옆에 바짝 붙어 엎드려뻗쳐 자세를 취했다. 한여름 밤, 그렇게 우리는 빠따를 맞았다.

고삐리들이 다 물러가자 친구가 나에게 물었다.

"왜 그랬어?"

나는 친구의 손을 꼭 잡고 말했다.

"책에서 읽었어! 누구를 돕는다는 것은 우산을 들어 주는 것이 아닌, 함께 비를 맞는 거래!"

친구는 무엇이 그리 서러운지, 별이 빛나는 밤, "꺼억~ 꺼억~"울었다.

머리에 남아있는 것은 '기억'이고, 가슴에 남아있는 것은 '추억'이라고 한다. '인생은 추억이 있어 아름답다.'

친구

친구가 시험에서 낙제했다. '나는 눈물을 흘렸다.' 친구가 시험에서 수석을 했다. '나는 피눈물을 흘렸다.' 이승에 둘만 남으라면 친구를 택하고, 저승에 둘만 가라 해도 친구를 택한다. 친구라서 이래도 되고, 저래도 되는 게 아니라 친구라서 이래선 안 되고, 저래선 안 된다는 것을 명심해야 한다. '친구는 온 세상이 다 나의 곁을 떠났을 때, 나를 찾아오는 사람이다.'

무조건 웃어라

나는 고등학교를 2월에 졸업하고 그해 5월에 시험을 보고 군대에 입대했다. 고등학교를 졸업한 지, 3개월도 못 되어서 군에 입대하는 거라 형이 걱정스러운 모습으로 나를 배웅하면서 신신당부했다. "너는 체격도 크고 험악하게 생겼으니까 훈련소에서 조교나 상급자가 때리면 무조건 웃어라. 그게 덜 맞는 방법이다." 나는 이때 이미 무술 합이 10단 이상이었고 키가 180cm 이상이었기 때문에 체격이 건장함 이상이었다.

논산훈련소에서 입대 후 내무반에서 조교가 훈련병들에게 빨리 군복을 갈아입으라고 호통을 치며 나를 노려보았다. 아마도 내가 체격이 제일 컸기 때문에 나를 먼저 본보기로 삼은 것이었다. 조교는 재차 빨리빨리 하라고 호통을 치며 나의 가슴을 군홧발로 밀어 찼다. 이 시기는 군대에서 폭행과 가혹행위가 '군기'라는 핑계로 당연시되는 시기였다. 나는 뒤로 나뒹굴었다. 그때 번득 형님의 당부가 생각났다. 나는 재빨리 일어나 조교를 보고 "씨~익" 웃었다.

조교는 나를 힐끔 쳐다보더니 얘기했다.

"흐흐, 이 새끼가 웃어?"

그리고 다시 나를 걷어찼고 나는 다시 나뒹굴었다. 나는 다시 재빨리 일어나 간절한 표정으로 "씨~익" 하고 웃었다. 조교는 순간 멈칫했다. 약간 겁먹은 듯했다. 하지만 그 순간도 잠시, 조교는 나를 째려보면 소리쳤다.

"또 웃어? 네가 사회에서 놀았으면 얼마나 놀았냐?"

그리고 그는 펄쩍 뛰어오른 후, 온 힘을 다하여 나를 걷어찼다. 나는 여전히 나뒹굴어 바닥에 처박혔고, 바닥에 쓰러진 채 조교를 보고 너무나 애절한 표정으로 "씨~익" 웃었다. 나는 이날 조교에게 죽도록 밟혔다.

나는 조교에게 한없이 밟히면서 속으로 생각했다.

'빌어먹을, 형이 나를 속였어.'

나는 지금도 여전히 누가 나를 비방하거나 욕을 하면, 그냥 "씨~익" 웃는다.

운이란 녀석이 자꾸 따라오네요.
언제는 싫다고 도망가더니,
한참 동안 코빼기도 안 보이더니,
이제는 좋다고 자꾸자꾸 따라오네요.
시도 때도 없이 나만 졸졸 따라다니네요.
그래서 제가 이 녀석에게 물었지요.
"왜 요즘 자주 날 졸졸 따라다니는 거지?"
녀석은 간단하게 대답하더군요.
"요즘 너의 웃는 모습이 참 보기 좋아."

우엉 교수

학생들과 MT 갔을 때의 일이다. 경호학과의 특성상 학생들이 모두 무술이나 운동으로 다져진 몸들이라 술이라면 한 술 하는 학생들이었다. 나 또한, 술이라면 마다하지 않는 '두주불사(斗酒不辭)'이기 때문에 40여 명의 학생과 대작하며 술을 마셨다. 결과는 나의 승리? 나는 그들의 기선을 제압했다. 그리고 나는 취침 전, 숙소로 과 대표와 조교를 불렀다. 인원 점검 사항을 보고 받기 위해서다. 학생 출석부를 책상 위에 펴놓고 어렵사리 볼펜을 찾아 출석부를 점검하고 있는데 과 대표가 들어왔다.
"총원 42명 중 8명이 불참했고… 푸푸 하하하~"
인원 보고를 하던 과 대표가 갑자기 뒤돌아서 배꼽을 잡고 웃었다.

이어 들어온 조교 또한 입을 손으로 막고, 몸을 비틀면서 웃음을 참지 못하고 웃었다. 나는 행동들이 괘씸해서 호통을 치려다 그들의 시선이 멈춰진 내 손을 보았다. '헐~' 내 손에는 볼펜이 아닌 우엉을 잡고 있었다. 그리고 그것으로 출석부를 표시하고 있었고 우엉은 뒤로 꼬부라져 내 손등을 감싸고 있었다. 나는 숙소로 오기 전, 썰지 않은 김밥을 통째로 가져왔고 나는 볼펜을 찾다가 김밥 안에 있는 우엉을 빼서 그것이 볼펜인 줄 알았던 것이다.

MT 후 학생 중 한 명이 MT에서 있었던 일을 교보에 '우엉 교수님'이라는 제목으로 응모했고 그것은 당선되어 교보에 실렸다. 나는 이때부터 '우엉 교수'로 불리기 시작했다. "한 곳을 오래 보면 그것을 닮아간다."라는 어느 시인의 글이 있다. 그래서 나는 제자들에게 나를 오래 보지 말라고 가르친다.

아부

아부를 잘하는 사람은 비방도 잘한다. 처음에는 간, 쓸개 다 빼 줄 것처럼 다가오다 조금만 서운하게 하면 간, 쓸개 다 빼 갈 것처럼 덤빈다.

전생

내 동생 중에 자신은 반달이 아닌 대한민국의 마지막 남은 건달이라 자칭하는 동생이 있다. 그 동생과 한잔하며 대화를 했다.

"형님, 세상에는 반달 같은 놈들이 없어져야 합니다."

"반달이 뭐냐?"

"반쪽짜리 건달 말입니다. 양아치 말입니다. 형님!"

그러면서 자신은 많이 배우지 못해 현생에서도 건달을 하고 있지만, 건달이야말로 이 시대의 김삿갓이라고 말했다.

"형님 건달을 한문으로 하면 뭔지 아십니까? 바로 '하늘 건' '통달할 달'입니다. 카~~ 너무 멋지지 않습니까!"

그러면서 자신은 전생에도 건달이었다고 했다.

"전생에 네가 건달이었다고?"

"그렇지 말입니다, 형님. 꿈에서도 제 전생이 보입니다. 형님, 아마도 저에게 24시간 똘마니가 계속 따라다녔던 기억이 있는 것을 보면, 분명 건달도 보통 건달이 아닌 '오야붕'이었던 것 같습니다."

그러면서 다른 것은 잘 기억이 나지 않는데 자신의 똘마니 이름은 정확하게 기억난다고 했다.

"그래 그 똘마니 이름이 뭐냐?"

동생은 옷매무새를 추스르고 헛기침을 몇 번 한 후 말했다.

"상선."

'이런 개시키….'

> *신은 우리를 여러 방식으로 외롭게 만들어서 결국엔 우리 자신에게 행하도록 이끈다.*
>
> *— 헤르만 헤세, 『데미안』*

단지

나는 비겁했다.

일본의 독도 망언이 이어지고 있는 어느 날, '장군의 아들 김두한의 마지막 후계자'로 알려진 조일환 회장님으로부터 전화가 왔다.

"이 총재, 우리 독도 가자."

나는 "예"라고 대답했는데, 회장님은 연이어 말씀하셨고 나는 당황했다.

"우리 독도 가서 일본 놈들이 보라는 듯이 '단지'하자."

이분, 말씀을 허투루 하시는 분이 아니다. 박정희 대통령 시절, 육영수 여사가 일본의 권총으로 일본 여권을 소지한 문세광에게 피격당하자 50명의 동지와 유관순 열사 동상 앞에서 손가락을 자른 '단지 사건'의 주인공이다. 회장님과 전화를 마치고 나는 아는 병원 원장님께 전화했다.

"형, 나 사정이 있는데 새끼손가락 좀 자르게 마취약 좀 구해줘."

우리에 독도행은 경찰 측에 사전에 정보가 유출되어 결국 이루어지지 못했고 이후, 회장님은 가족들과 더불어 일본대사관 앞에서 단지를 감행했다. 나는 가끔 내 새끼손가락을 보며 생각한다.

'하마터면 너와 헤어질 뻔했다.'

그리고 새끼발가락 쪽을 보며 생각한다.

'못 지켜줘서 미안해!'

버스 여행

나의 버스 여행은 이렇게 시작되었다. '노숙자(露宿者)'는 '이슬을 맞으며 밖에서 자는 사람'이라는 뜻이다. 모든 것을 다 잃고 이슬을 맞던 시절, 겨울 새벽은 너무 추웠다. 그래서 타게 된 버스, 종점까지 갔다가 다시 오면 다시 다른 노선의 버스를 타고 다시 종점까지 갔다 오고, 그렇게 춥지 않은 오후가 되도록 시작된 버스 여행이었다. 내가 지하철보다 버스를 선택한 이유는 지하철은 같이 탄 사람들만 볼 수 있지만, 버스는 거리의 사람들, 도시풍경 그리고 하늘을 볼 수 있기 때문이었다. 그렇게 시작된 버스 여행이 이제는 인천의 거의 모든 노선을 타봤다. 요즘도 쉬는 날, 가끔 하루에 5개 노선을 왕복한다. 스마트폰으로 음악을 들으며 거리에 사람들과 풍경을 감상하는 것, 이것은 또 하나의 아름다운 여행이다.

한 노선을 종점까지 갔다가 다시 돌아온 후, 다른 버스를 타면 환승요금이 적용된다. 그래서 하루에 5개 노선을 종점까지 왕복해도 교통(여행)비용이 몇천 원을 넘지 않는다. 저렴하고 편하고 아름다운 색다른 여행, 한 도시를 이른 시간 안에 모든 것을 알고 싶다면 버스 여행만큼 효과적인 것도 없을 것이다. '나는 오늘도 버스를 탄다.'

눈물 나게 하는 분

아는 분께 책 원고를 드렸다. 그리고 조언을 구했다. 원고도 읽어보지 않고 들려오는 말 “또 책 내, 영웅 심리와 명예욕에 사로잡히지 말고 진솔한 자네만의 글을 써, 세상 얘기보단 자네의 글을….”

그리고 며칠 뒤 전화가 왔다. 이분, 책도 20권 이상 내시고 사회적으로 많은 사람에게 존경받는 분이다. 하지만 나와 너무 생각하는 것, 정치, 이념, 인간관계 등이 달라 평소 통화도 하지 않는다. 나 또한 술이나 취하면 전화하고, 당신께서도 전화 안 하시는 분이다. 그래서 나는 세상이 두 쪽 나겠다고 했더니 한 말씀 들려왔다.

“잘 읽었네, 이보다 더 진솔할 순 없겠지. 자네 책이 서점에 깔리면 아마도 내가 첫 번째 독자가 될 걸세.”

‘씨~ 울었다.’

자기 자신이 싫어질 때

자기가 정말 싫어하고 증오하는 인간상을 자기가 닮아갈 때, 내가 싫다. 나도 이제 나이가 들어가는 걸까? 비겁해지는 걸까? 세월은 흘러가는 것이 아니라 쌓이는 것이라는데, 남자가 고개가 숙어질 때가 있다. 한때는 천하를 호령하다 이제는 자기가 아무것도 아니라는 것을 깨달을 때, ‘받아들이기 힘든 것을 받아들일 때 사람은 성숙해진다.’

이제 사람이 되어가나?

제자와 술을 마셨다. 마지막에는 집에까지 술을 사 들고 와 새벽까지 함께 마셨다. 이른 아침, 일어나니 제자는 곯아떨어져 있고, 난장판도 이런 난장판이 없을 정도다. 나는 제자가 깰까 봐 소리 안 나게 조심해서 하나하나씩 방을 치웠다. 그리고 황태해장국을 맛있게 끓였다.

아침에 황태해장국을 먹고 함께 출근하는데 제자가 말한다.

"스승님 그리 술을 드시고도 어떻게 그걸 다 깨끗하게 치우셨어요?"

나는 말했다.

"그래야 저녁에 집에 빨리 들어오고 싶거든!"

'나 이제 사람이 되어가나?'

예전에 나는 별 볼 일 없는 사람이었는데 요즘에는 별 볼 일 있는 사람이 되어가고 있다. '새벽에 별 보고 출근하고 저녁에 별 보고 퇴근한다.'

혼자 걸어라

누군가와 진정으로 우정을 나누고 싶다면 그와 함께 등산하거나 걸어라. 그가 이성이든 동성이든 그와 함께 걷다 보면 말을 많이 하지 않아도 그와 하나가 되는 것을 느낄 것이다. 하지만 자기 자신과 의사소통을 하려거든 혼자 걸어라. 혼자 걷다 보면 자기 자신에게 집중하게 되고, '나'와 대화를 하게 된다. 그렇게 나와 대화하다 보면 미움도 부끄러움도 그리고 아쉬움도 사라지고 종국에는 나를 사랑하게 된다.

나는 그렇게 7년을 혼자 걸었다. 우리는 그렇게 혼자 걸으면서 깨달음에 경지에 이런 사람을 한마디로 표현한다.

그것은 바로 "왕따", '나는 오늘도 혼자 걷는다'

나는 오늘도 산을 오른다

제자가 나에게 아부성 질문을 했다.

"어떻게 하면 스승님처럼 파란만장하고 멋진 삶을 살 수 있겠습니까?"

나는 말했다.

"산에 오르게."

제자는 궁금해서 다시 물었다.

"산에 올라 무엇을 합니까?"

나는 의아해하는 제자에게 말했다.

"다시 올라갈 다른 산을 보기 위해서라네."

산이 높아 오르기 어렵다 하여도 그 산이 없다고는 말할 수 없다. 산 정상에 올라가 본 사람만이 그 산이 얼마나 높은지 알 수 있다. '나는 나에게 아직 겪어보지 못한 시련이 있고, 느끼지 못한 행복이 있으며 아직도 오르지 못한 산이 있고, 남은 시간이 있음에 감사한다. 나는 오늘도 걷고, 글을 쓰면서 인생에 새로운 도전이라는 산을 오른다.'

술취한보디가드

술취한보디가드 창업

술을 즐기며 사람들과 만남을 너무 사랑해 2023년 4월 10일 경호무술 창시 '30주년'을 기념하며 프랜차이즈 허브바비큐 전문 호프집, '술취한보디가드'를 오픈했다. 회원 및 지인들과 경호무술을 수련하며 땀을 흠뻑 흘린 후, 허브와 바비큐. 그리고 생맥주를 즐길 수 있는 곳

으로 메뉴로는 맥반석 전기구이를 이용한 오리훈제, 찹쌀닭, 등갈비, 데리야끼등갈비, 매운등갈비 등이 있으며 사이드 메뉴로는 한우육회, 닭볶음탕, 국물닭발 등이 있다. 생맥주와 낭만 그리고 이야기가 있는 장소로 3호점까지 오픈했으며 전국 가맹점으로 확대해나갈 예정이었다.

술취한보디가드의 파리지옥

술취한보디가드에 오면 많은 꽃과 다육식물 그리고 허브를 만날 수 있다. 그중 내가 제일 공을 들이는 '파리지옥', 이 녀석이 아직도 첫 사냥을 못 하고 있다. 아마도 내가 파리를 잡아다 먹여야 할 듯, 그래서 파리지옥을 기르는 집에는 파리가 없나 보다. 주인이 잡아다 먹여야 하니까?

인간아! 왜 그랬니?

어느 날 술에 너무 취해 아파트 계단에서 굴렀다. 이마에 상처가 났다. 마누라에게 한 소리 듣기 싫어 세면대에서 조용히 세수한 후, 거울을 보며 반창고를 붙이고 쓰러져 잠이 들었다. 아침에 마누라가 한 소리 한다.

"인간아! 왜 거울에 반창고는 잔뜩 붙여 놨니?"

술취한보디가드의 결심

아는 분이 내가 술을 너무나 자주 즐기는 것을 알고 나에게 책 한 권을 선물했다. 책은 술이 사람의 몸과 마음을 얼마나 피폐하게 만드는지 적나라하게 쓰여 있었다. 책을 다 읽고 나서 난 결심했다.

'앞으로는 절대 술 관련 책은 읽지 않겠노라!'

소주 한 병이 7잔인 이유

교묘하게 계산된 상술이다. 2명이 마실 경우, 3잔씩 먹고 1잔이 남아서 1병 더 사게 된다. 3명이 마실 경우, 2잔씩 먹고 1잔이 남아서 더 사게 된다.

내가 술을 마시는 이유

노벨문학상을 받은 소설가 여섯 명 중 네 명꼴로 알코올 중독이나 의존증을 보였다고 한다. 테네시 윌리엄스, 어니스트 헤밍웨이, 존 치버, 레이먼드 카버 등을 보라. 또한, 회의나 토론을 뜻하는 '심포지엄(Symposium)'은 그리스어로 '술을 마시다'를 뜻한다. 알코올은 사람을 죽이지만, 알코올 덕분에 태어난 사람은 더 많다.

너무나 힘들고 괴로울 때, 술로 의지하면서 비틀거리며 내 길을 걸었을 때가 있었다. 그때 술 마시고 비틀거리는 나를 보고 뒤에서 욕하는 사람들에게 나는 말했었다. "술 마시고 비틀거리면 비틀거리는 나를 욕해야지, 왜 내가 가는 길을 욕하냐?"

김연승의 시 『반성』

술에 취하여

나는 수첩에다가 뭐라고 써 놓았다.

술이 깨니까

나는 그 글씨를 알아볼 수가 없었다.

세 병쯤 소주를 마시니까

다시는 술 마시지 말자

고 쓰여 있는 그 글씨가 보였다.

술주정뱅이의 핑계

다음은 생텍쥐페리의 『어린 왕자』에서 어린 왕자가 술주정뱅이별에 갔을 때의 이야기다.

"거기서 뭐 해요?" 어린 왕자는 빈 술병 더미와 새 술병 더미 앞에 조용히 앉아있는 주정뱅이에게 물었다.

"술 마시고 있어." 술주정뱅이는 침통한 분위기로 대답했다.

"술을 왜 마셔요?" 어린 왕자는 물었다.

"잊기 위해서…." 술주정뱅이는 대답했다.

"무엇을 잊어요?" 주정뱅이를 가엾게 생각하고 있던 어린 왕자는 물었다.

"내가 부끄러워하는 것을 잊는 거지." 주정뱅이는 고개를 푹 떨구며 고백했다.

"무엇이 부끄럽죠?" 그를 돕고 싶던 어린 왕자는 계속 물었다.

"술 마시는 게 부끄럽지." 그리고 주정뱅이는 침묵에 빠져들었다.

술취한보디가드의 방문객, '우리 형'

술취한보디가드에 있는데 갑자기 문 앞에 웬 건장한 사람이 나를 보며 활짝 웃으며 두 팔을 벌린다. 나는 순간 당황했지만 어쩐지 낯설지 않은 얼굴이다. 그는 여전히 해바라기처럼 밝게 웃었고, 나는 여전히 주춤주춤하는데 그가 말했다. "재영 아우님, 나 용진이야!" 2년 만의 만남이었다. 나는 그와 뜨거운 포옹을 하였다. 나를 놀라게 할 요령으로 연락도 안 하고 갑자기 찾아온 거다. 그것도 2년 만에, 그에 사랑 방식이다,

3년 전 그와 '노가다 판'에서 처음 만났다. 그는 어릴 때부터 노가다를 해왔고 나는 초보였다. 하지만 사회생활이 그렇듯 너무나 순수하고 착한 그는 막노동판에서 나이 어린 사람들에게도 무시당하기 일쑤였다. 나는 그런 그에게 말했다. "형, 왜 실력도 있으면서 나이 어린놈들에게 당하고 살아, 내가 이놈들 혼내줄게?"

그런데 그는 전혀 뜻밖에 대답하면서 눈물을 글썽했다. "아우님, 고마워. 내가 살면서 나를 형으로 대우해준 사람은 아우님이 처음이야."

우리는 그렇게 형제가 됐고 한 살 많은 그에게 다른 사람들이 들으란 듯이 "형", "형님" 할 때마다 그는 싱글벙글했다, 우리는 그렇게 지방 막노동 현장에서 일하기도 하고, 오물투성이에 공장에서도 일했고, 인천항만에서 하역 작업을 하기도 했다. 나는 그에게 사진 한번 찍자고 하면 그는 항상 거절하며 말했다. "무슨 자랑이라고 노가다 판에서 사진 찍어, 동생은 언제든 막노동 판을 떠날 아우니 내가 사진 찍어줄게." 나의 막노동 현장 사진 중 많은 사진이 그의 작품이다.

나는 그와 새벽까지 술취한보디가드에서 달렸다, 그리고 손 흔들며 떠나는 그의 뒷모습을 보며 생각한다. '사람이 하늘처럼 맑아 보일 때가 있다. 그때 나는 그에게서 하늘 냄새를 맡는다.'

아이처럼 생각하기

봄이 와요

선생님이 묻는다.

“얼음이 녹으면 어떻게 될까요?”

한 아이가 대답했다.

“얼음물이 돼요.”

또 다른 아이가 대답했다.

“그냥 물요.”

늘 혁신적인 사고를 보여주는 아이는 이렇게 대답했다.

“봄이 와요.”

그 아이에게 선생님이 또 다른 질문을 했다.

“세종대왕 때 우리나라의 물시계를 발명한 사람은?”

아이가 대답했다.

“죽었어요.”

먼저 죄를 지어야죠

주일학교 시간, 교사가 아이들을 데리고 죄에 대하여 가르치고 있었다.

"주님께서 우리의 죄를 사해주시도록 하려면 우리는 어떻게 행동해야 할까요?"

그러자 한 아이가 손을 번쩍 들고 대답했다.

"먼저 죄를 지어야죠."

우산을 든 오리

유치원 선생님이 아이들에게 색칠하기 그림을 나누어 주었다. 거기에는 오리가 우산을 들고 있는 그림이 그려져 있었다. 선생님은 애들에게 오리와 우산을 칠하도록 시켰다. 그러자 한 아이가 오리를 빨간색으로 칠했고 이것을 본 선생님이 아이에게 물었다.

"넌 세상에 빨간색 오리가 있다고 생각하니?"

그러자 아이가 대답했다.

"선생님! 우산을 든 오리도 있는데 빨간색 오리는 왜 없겠어요?"

내 주위가 먼저다

우리는 어른이라는 이유로 아이들의 생각을 무시한다. 하지만 오히려 아이가 보는 세상이 진리일 수가 있다.

한 아이가 공원에서 비둘기들에게 빵조각을 던져 주고 있다. 언제나 세계평화만 외치는 한 할아버지가 그것을 보고 말한다. "얘야, 지금은 아프리카 같은 곳에서 굶어 죽는 사람이 태반이란다. 그런데 너는 사람도 못 먹는 빵을 비둘기에게 던져 주고 있구나!"

그러니까 쪼그만 어린아이는 진지한 목소리로 대답했다.

"할아버지, 그 먼 곳까지는 제가 빵을 못 던져요."

멀리 있는 어려운 사람들을 도와주는 것도 좋지만, 내 주위 내 이웃을 살피는 게 먼저다. 무료 급식소에서 봉사활동을 하던 주부가 어느 날, 밥을 나르던 중, 자기 시아버지를 발견하고 펑펑 울었다는 이야기가 있다.

엄마는 행복한가?

결혼식에 참석한 한 아이가 신부를 바라보며 엄마에게 물었다.

"엄마, 저 누나 지금 뭐 하는 거야?"

"응 결혼하는 거야."

"결혼이 뭔데?"

엄마는 아이를 바라보며 친절하게 설명했다.

“결혼이란 사랑하는 사람과 평생을 함께하면서 아주 행복하게 사는 것이란다.”

그러자 아이는 말했다

“그럼 엄마는 아직 결혼을 못 한 거네!”

아빠인가?

다음은 한 초등학교 시험에 있었던 질문과 답변이다.

술에 취해 거리에서 큰소리를 지르거나 노래를 부르는 것을 사자성어로 무엇이라고 하는가?

“□□□가”

한 초등학생의 답변

“아빠인가”

내 여자친구의 답변

“재영인가”

행복을 팝니다

한 노인이 초등학교 앞에서 ‘행복을 팝니다.’라는 푯말을 들고 있다. 한 아이가 다가와 500원짜리 동전을 주면서 말한다.

"할아버지 행복 200원어치만 주세요."

노인은 의아하다는 듯이 물었다.

"왜 500원어치 다 안 사고?"

그러자 아이는 대답했다.

"200원어치는 학교 가서 친구들과 쓸 거고요. 학교 끝나면 300원어치 사서 집에 동생과 아빠, 엄마에게 100원어치씩 나눠주려고요."

그러자 노인은 생각한다.

'아, 학교 끝날 때까지 언제 기다리냐.'

아이가 생각하는 다섯 마리

선생님이 북극이나 남극에 사는 동물 5개를 써오라는 숙제를 냈다.

늘 엉뚱한 질문을 하는 아이가 숙제를 공책에 써왔다.

답: "북극곰 2마리, 펭귄 3마리"

엄마의 역할

매일 집안을 어지럽히는 개구쟁이 아들을 둔 엄마가 어린 자식에게 날마다 잔소리와 꾸지람을 하는 것이 지겨워, 이번에는 생각을 바꿔 자기 방 청소와 장난감을 가지런히 정돈하는 착한 어린이 이야기를 들려

줬다. 똘망똘망한 눈으로 엄마 이야기를 끝까지 듣던 아이가 말했다.
"엄마, 그 애는 엄마도 없대?"

아이가 찾는 건 엄마

아이는 항상 집에 오면 엄마를 찾는다.
"엄마 책가방?"
"엄마 밥 줘?"
"엄마 수건?"
그러던 어느 날, 아이가 아빠를 찾았다. 아빠는 항상 뒷전이었는데 자기를 찾는 아이가 기특하고 예뻐서 필요한 건 다 말해보라고 했다.
그러자 아이는 말했다.
"아빠, 엄마 어딨어?"

엄마의 이름

여섯 살짜리 아이가 엄마와 함께 시장에 갔는데 한눈을 팔다 그만 엄마의 손을 놓치게 되었다. 아이의 시야에서 엄마가 사라지자 두려워진 아이는 엄마를 부르기 위해 다급하게 소리쳤다. 그런데 황당하게도 아이는 "엄마"를 외치는 것이 아니라 엄마의 이름 석 자를 부르는 게 아닌가. 그러자 아이 엄마가 자기 이름을 부르는 것을 듣고는 금방

아이를 찾았지만, 엄마는 아이를 야단치기 시작했다. "이 녀석아, '엄마'라고 불러야지, 사람들도 많이 보는데 엄마의 이름을 그렇게 함부로 부르면 되겠어?"

그러자 아이가 울면서 대답했다. "엄마, 여기에 엄마들이 얼마나 많은데요. 제가 엄마를 부르면 사람들이 다 돌아보지 않겠어요? 그래서 엄마 이름을 불렀어요."

> *내가 그의 이름을 불러 주었을 때*
>
> *그는 나에게로 와서 꽃이 되었다.*
>
> *— 김춘수 시인의 '꽃' 중에서*

붕어빵 아들

아이가 학교에 다녀와서 엄마에게 얘기한다.

"엄마, 저는 앞으로는 어떠한 고난과 역경이 있어도 긍정적인 생각을 하며 살 거예요. 그러면 스트레스가 줄어든대요. 엄마도 긍정적인 생각 많이 하고 건강하게 오래 사세요."

엄마는 흐뭇해하며 아이의 머리를 쓰다 무며 말했다.

"이제야 우리 꼼수가 철이 드나 보다. 엄마를 생각해 주는 건 역시 우리 꼼수밖에 없구나!"

그때, 꼼수가 50점짜리 시험지를 가방에서 슬쩍 꺼내 놨다. 그리고 말했다.

"와~ 내가 50점이나 맞다니! 절반은 성공한 거 아닌가!"

엄마는 해맑게 웃는 꼼수를 기가 막힌 표정으로 바라봤다. 그리고 생각했다.

'아무래도 내가 이놈에게 또 당했다. 어떻게 하는 짓이 제 아버지랑 똑같냐!'

조숙한 아들들

엄마가 외출하기 위해 화장한 후, 옷을 이것저것 입어 보고 있었다. 곁에 있던 7살짜리 아들이 속옷 차림의 엄마를 보며 말했다.

"이야~ 울 엄마 굉장한데, 음~"

이 말을 들은 아빠가 곁에서 화를 내며 야단을 쳤다.

"이 녀석이! 쪼그만 게 엄마에게 말투가 그게 뭐야?"

이 광경을 지켜보던 9살짜리 큰아들이 동생에게 넌지시 말했다.

"거봐 임마! 임자 있는 여자는 건드리지 말랬잖아"

조금 기다리는 것, 그것이 바로 사랑이다

어린아이가 양손에 사과를 들고 있었다. 엄마가, "네가 사과 2개가 있으니 하나는 엄마 줄래?"라고 말했다. 아이는 고개를 갸웃거리더니, 왼손 사과를 한 입 베어 물었다. 그리고 엄마를 빤히 바라보다가, 오른

쪽 사과를 한 입 베어 물었다. 엄마는 깜짝 놀랐다. 아이가 이렇게 욕심 많은 아이인지 미처 몰랐다. 그런데 아이는 잠시 뒤 왼손을 내밀면서 말했다.

"엄마! 이거 드세요. 이게 더 달아요."

만약, 엄마가 양쪽 사과를 베어 무는 아이에게 곧바로, "이 못된 것, 너는 왜 이렇게 이기적이니?"라고 화를 냈다면 어떻게 되었을까?

소녀의 가르침

어느 한 신사가 어머니에게 보내드릴 꽃다발을 주문하기 위해서 꽃가게 앞에 차를 세웠는데, 한 소녀가 꽃가게 앞에 앉아 울고 있었다. 신사는 그 소녀에게 다가가 왜 우는지 물었다. 그러자 소녀는 신사에게 대답했다. "엄마에게 드릴 꽃을 사고 싶은데 제가 가지고 있는 돈은 저금통에 들어있는 동전 몇 개가 전부라서요."

신사는 미소를 지으면서 말했다.

"나랑 가게 안으로 들어가자, 내가 꽃을 사줄게."

신사는 소녀를 데리고 가게 안으로 들어가 소녀에게 꽃을 사주었고 자기 어머니의 꽃다발도 함께 주문하고, 배달해달라고 요청했다. 그리면서 신사는 소녀에게 집까지 태워다 주겠다고 말했고 소녀는 신사에게 정말 고맙다고 말하면서 길을 안내하였다. 그런데 한참을 달려 도착한 곳은 뜻밖에도 공동묘지였고 차에서 내린 소녀는 한 묘 앞으로 다가가 "엄마" 하면서 꽃을 내려놓았다. 그러면서 속삭였다. "엄마, 오늘 제 생일이에요. 저를 낳아주어서 감사합니다."

이 소녀의 모습을 본 신사는 크게 깨달았다. 곧바로 꽃가게로 돌아가서 어머니에게 보낼 꽃 배달을 취소했고, 가장 예쁜 꽃다발을 직접 사 들고 나와 멀리 떨어져 있는 어머니의 집으로 갔다.

상상력인가? 재치인가?

한 초등학교의 미술 시간, 선생님이 목장 풍경을 그려보는 수업을 했다. 아이들이 하나둘 그림을 그리기 시작했고, 한참이 지난 후 선생님께서 교실을 돌아보며 아이들의 그림을 보았다. 푸른 초원, 울타리 등 다양한 모습을 도화지 안에 그려 넣는 아이들을 향해 선생님은 칭찬의 말을 아끼지 않았다. 그런데 한 아이의 그림은 아무것도 그려지지 않은 채 그대로였고 이를 본 선생님은 아이에게 물었다.

"어떤 그림을 그린 거니?"

그러자 아이는 뜻밖의 대답을 했다.

"풀을 뜯는 소의 그림이요."

아무것도 그려지지 않은 백지 속에서 풀과 소를 찾을 수 없었지만, 선생님은 아이에게 다시 물었다.

"풀과 소는 어디 있니?"

"선생님도 참~ 풀은 소가 다 먹었잖아요. 그리고 소는 풀을 다 먹었는데 여기 있겠어요?"

아이들은 무엇이든 듣는 대로 믿는다

미국의 '조이스 마이어(Joyce Meyer)' 목사는 "아이들은 무엇이든 듣는 대로 믿는다."라고 말했다. 어른들이 믿지 않는 터무니없는 것이라도 아이들은 쉽게 믿기 때문에 잘 속는다고도 생각할 수도 있지만, 아이들은 '잘 속는 것이 아니라, 의심하지 않는 것뿐이다.' 자신의 알고 있던 사실과 다르다는 것을 직접 경험하고 배우지 않는 한, 그대로 믿어버리는 순수함을 지녔다.

그리고 아이들은 모든 것을 즐길 줄 아는데 심지어 밥 먹기, 장난감 정리, 공부 등 일하는 것도 놀이로 바꾸기도 한다. 그 때문에 하기 싫었던 일도 조금만 흥미를 이끌어 주면 즐겁게 해낸다. 이처럼 천진난만한 아이들의 순수한 모습이 때로는 어른들의 삶을 지도하는 지침서가 되기도 한다.

자기다움을 가르친다면서

우리는 아이들에게 '자기다움'을 가르치기 위해 어떤 놀이를 좋아하는지, 좋아하는 음식이 무엇인지 하나하나 글로 적게 한다. 그렇게 좋아하는 놀이와 음식을 쓰라고 하고선 그 놀이를 하지 말고, 그 음식은 몸에 나쁘니 먹지 말라고 가르친다. 자기다움을 가르친다고 하면서 자기다움을 잃어버린 인간을 만들려 한다.

아이는 세 가지를 어른에게 가르쳐준다

'이유 없이 즐겁다', '잠시도 쉬지 않는다', '바라는 것은 꼭 손에 넣는다' 아이는 하루에 98번 새로운 시도를 하고, 113번 웃으며, 65회 질문한다. 어른은 하루에 2번 시도를 하고, 11번 웃으며, 6번 질문한다. 아이는 우리에게 씨앗 같은 존재다. "사과 속에 들어있는 씨앗은 셀 수 있지만, 씨앗 속에 들어있는 사과는 셀 수 없다."

생텍쥐페리는 『어린 왕자』를 집필하면서 이런 서문을 남겼다. "이 책을 어른에게 바친 것에 대해 나는 어린이들에게 용서를 빈다. 어른들도 누구나 다 처음엔 어린 아이들이었다. 하기야 그걸 기억하고 있는 사람들은 별로 없지만."

남자와 여자 그리고 에로스

낚시의 기본

낚시를 잘하려면 물고기가 좋아하는 미끼를 써야지, 자신이 좋아하는 미끼를 쓰면 안 된다. 연애도 이와 같다. 여자가 좋아하는 미끼(선물)를 써야지. 자신이 좋아하는 미끼(술)를 쓰면 안 된다. 또한 '여자는 거울과 같다.' 거울 앞에 다가가면, 거울 속에 나는 거울 표면으로 밀려난다. 거울 앞에서 물러나면, 거울 속에 나는 거울 속으로 들어간다. '여자는 현미경으로 들여다보아야 하고 남자는 망원경으로 바라보아야 한다.'

남자와 여자

세상에서 가장 어설픈 거짓말은 남자가 하는 거짓말이고, 그 거짓말을 믿어 주는 건, 세상에서 젤 똑똑한 여자들이다. 남자는 자기 여자가 될 때까지 잘해주고, 여자는 자기 남자가 된 후부터 잘해주기 시작한다. 여자는 손잡고 뽀뽀했으면 다 줬다고 생각하고, 남자는 이제부터 시작이라고 생각한다.

남자는 말하고 여자는 듣는다

남자들은 여자들에게 뭔가를 설명하기를 좋아한다. 그러면 아는 것이 많은 것처럼 보이기 때문이다. 여자들은 설명 듣기를 좋아한다. 듣는 척하고 있으면 남자들이 즐거워한다는 사실을 알기 때문이다. '남자는 모르는 것도 아는 체하고, 여자는 아는 것도 모르는 체한다.'

여자, 남자 그리고 돈

여자는 돈이 없으면 다른 생각을 하지만 남자는 돈이 있으면 다른 생각을 한다.

여자의 비싼 몸값

흙으로 빚어서 구운 그릇을 토기 또는 옹기라 한다. 제법 큰 독이라도 그 값은 별로 비싸지 않다. 그러나 흙에다 물소 뼈를 섞어서 구운 그릇을 '본차이나(Bone China)'라 하는데 본차이나는 크기가 작아도 그 값이 토기와 비교할 수 없이 비싸고 뼈의 배합률이 높을수록 값은 한층 더 비싸진다. 그러므로 흙으로 빚어 만든 남자와 갈비뼈로 만들어진 여자와는 그 값을 비교할 수 없는 것이다. 왜냐하면, 여자는 100% 본차이나이기 때문이다.

남자가 여자의 바람기를 잠재우려는 이유

혈액형 및 유전자 검사가 발달하기 이전에는 아무리 많은 남자와 관계를 하더라도 여자는 자기 몸에서 태어난 자식이 유전자 중 절반이 자기 것이라는 확신이 있지만 자칫하면 엉뚱한 남의 자식에게 투자할 수도 있는 남자로서는 온갖 방법을 동원하여 여자의 바람기를 잠재워야 할 필요가 있었다.

원시사회가 '모계사회'인 이유

문명사회 이전 원시사회가 모계사회였던 이유는 집단생활을 했기 때문이다. 여러 남녀가 서로 관계를 하다 보니 나중에 아이를 낳게 되면 아버지가 누군지는 확실하지 않지만, 엄마는 확실하게 알 수 있었고, 그 엄마를 중심으로 씨족사회가 형성되었다.

팬티 인문학

여자는 많은 사람의 눈을 위해 옷을 입고, 한 사람의 마음을 위해 옷을 벗는다. 또한, 남자는 늘 바라지만 언제나 할 수 있는 것은 아니고 여자는 언제나 할 수 있지만 늘 바라진 않는다. '요네하라 마리(米原万里, Yonehara Mari)'는 『팬티 인문학』이라는 책에서 다음과 같이 쓰고 있다. "결혼 적령기의 처녀가 사랑하는 사람에게 보여주고 싶지 않은 것은 성기가 아니라 그 성기를 가리고 있는 팬티다."

남자가 가슴 큰 여자를 좋아하는 이유

예로부터 일본에는 '거유미인(巨乳美人)'이란 말이 있을 정도로 큰 가슴에 대한 자부심이 대단하다. 그래서 대부분의 일본 여성들은 얼굴보다는 가슴 성형에 더 많은 관심을 보인다. 방송에서도 마찬가지다. "예, 이분은 거유미인이십니다."라고 소개할 정도다.

왜 한국 남자들도 가슴 큰 여자를 좋아할까? 그것은 남자들이 나이가 들면 들수록 아무에게도 이해받지 못해서다. 아무도 자신을 이해해주지 않는다. 즉, 의사소통이 안 된다. 남자들 스스로 의사소통하는 법을 잊어버렸을 뿐만 아니라 사회 자체가 내 마음을 열어놓고 이야기할 대상들이 없게 된다. 그러면 그럴수록 자라면서 자기 기억 속에 자신을 가장 잘 이해해줬던 순간이 언제인가 생각하면 바로 엄마의 가슴에 있을 때이다. 엄마 젖을 빨 때다. 그때는 온몸이 엄마와 붙어있다. 엄마와 자신이 한 몸이 되었었다. 그것에 대한 기억 때문에 무의식중에 여자의 큰 가슴에 안기면 자신을 다 이해해 줄 것 같은 착각이 들기 때문이다.

그런데 요즘엔 스킨십이 사라졌다. 그래서 황혼이혼이 유행이다. 그것은 의사소통의 부재에서 생기는 현상이다. 부부간에 서로 얼마나 이해하냐의 문제인데, 결국은 서로가 피부를 맞대고 정서를 공유하며 서로 이해해가는 과정이 생략되어서 그렇다. 그래서 이혼하는 부분들이 한결같이 하는 말이 있다. 어쩌다가 피부가 닿기만 해도 소름이 끼친다는 말이다. 무슨 얘기냐면 피부가 닿는 한, 절대 헤어지지 않는다는 말이다. 그러므로 끊임없이 피부를 맞대야 한다. 사랑하니까 만지는 것이 아니라 만지니까 사랑하게 되는 것이다. '만지면 뭐든지? 커진다.'

남자들이 차가 고장 났을 때 공통으로 하는 건

도로의 CCTV를 조사해본바 한국 남자들이 도로에서 차가 고장 났을 때 90% 이상이 이 행동을 한다고 한다. 그것은 바로 차량의 보닛을 여는 것이다. 차에 대한 아무런 지식도 없고, 심지어는 엔진이 어디에 붙어있는지 모르는 남자들까지도 차량의 보닛을 연다. 그렇게 한참을 보닛 안을 들여다보다 트렁크에 가서 무엇인가를 가져온다. 남자가 가지고 오는 건 공구가 아니다. 바로 걸레다. 그리고 여기저기 닦으면서 차와 대화를 한다. "너 왜 그러니?"

왜 이런 바보 같은 행동을 하는 것일까? 물론 자신이 차에 대하여 모른다는 것이 창피하기도 하고 뭔가를 해야겠다는 도전 의식도 있겠지만 그보다 중요한 것은 바로 자신이 이 차에 대하여 잘 알고 있다고 생각하기 때문이다. 아침, 저녁 매일같이 차와 함께 했기 때문에 자신도 모르게 자신이 이 차에 잘 알고 있다는 착각을 하는 것이다. 그리고 이와 함께 차에 대한 '애착과 정(情)' 때문이다.

반대로 이 같은 행동을 하지 않는 경우도 같다. 한국 남자들이 이 같은 행동을 하지 않는 지역이 한 곳 있다. 어디일까? 그곳은 바로 제주도다. 제주도에서는 거의 모두 렌터카를 사용하기 때문에 차와 만난 지 하루 이틀밖에 안 된다. 차에 대한 애착이나 정이 있을 리 없다. 그래서 90% 이상이 차가 고장이 났을 때, 곧바로 렌터카 회사나 보험회사 혹은 카센터로 연락을 취한다.

아내가 남긴 쪽지

어느 부부가 사소한 싸움이 큰 싸움이 되어 서로 말을 하지 않고 꼭 해야 할 말이 있으면 글로 적기로 했다. 그런데 남편은 다음날 출장을 가게 되었고 새벽부터 일찍 일어나야 했다. 혹시라도 차를 놓칠까 봐 어쩔 수 없이 아내에게 '내일 아침 5시에 깨워 줘요.'라고 쪽지를 주었다.

이튿날, 남편이 아침에 눈을 떠보니 벌써 7시가 훨씬 지나 있었다. 깨워달라는 부탁을 들어주지 않은 아내에게 화가 잔뜩 난 남편이 아내를 깨워서 따지려고 하는데 자신의 머리맡에 종이쪽지가 놓여 있었다.

'여보, 벌써 5시예요.'

어느 경제학자의 이론

A - 독점은 깨야 한다.

B - 경쟁은 서비스의 질을 향상시킨다.
아내가 하나면 그녀는 당신과 싸우지만,
아내가 둘이면 그들은 당신을 놓고 싸운다.

배려

어머니가 사과를 깎는데 사과를 들 때마다 칼등으로 사과를 "퉁"하고 친 다음에 사과를 깎았다. 나는 그것이 궁금해 어머니에게 여쭤봤다.

"어머니, 왜 사과를 깎을 때마다 칼등으로 사과를 칩니까?"

그러자 어머니는 인자한 미소를 지으며 대답했다.

"사과의 생살을 깎아 내는데, 사과가 아프지 않겠냐. 그래서 사과를 기절시키는 것이란다."

그래서 나도 여자친구와 자기 전, 머리를 "퉁" 하고 때린다.

날아가 봐라

사람들은 닭요리, 치킨이나 백숙을 먹을 때, 자신의 애인에게 날개를 주지 않는다. '자신에게서 날아가 버릴지도 모른다.'라는 생각 때문이다. 하지만 나는 그런 미신은 믿지 않고 의연하게 여자친구에게 닭 날개를 준다. 대신 항상 언제나 오른쪽, 한쪽 날개만 준다. '제자리에서 빙빙 돌라고.'

다음 생

내 여자가 나에게 얘기했다.

"다음 생에 태어나면 다시는 당신을 안 만나."

나도 얘기했다.

"나도 다음 생에는 나로 태어나기 싫어."

백마를 끄는 마부

귀하가 여자일 경우에는 명심하십시오. 사랑은 반드시 '백마 탄 왕자'와 함께 오는 것이 아닙니다. 때로는 '백마를 끄는 마부'와 함께 오기도 합니다.

사랑이란

그녀가 맛대가리 없다고 한 젓가락만 먹고 남긴 식은 떡볶이 3인분, 분식집 아줌마가 그녀에게 눈총을 보낼지도 모른다는 생각에서 모조리 먹어주었더니 그녀가 "자기 돼지야?"라고 핀잔을 준다. 이때 기꺼이 돼지가 되어 고개를 끄덕여주는 것이 사랑이다. 사랑이란 한 사람을 사랑하는 것이 아니라 그 사랑을 통해서 세계를 사랑하는 것이다.

사랑은 많은 쪽이 적은 쪽에게 지는 법이다

누군가를 사랑해 보았는가? 더 많이 사랑할수록 상대방에게 모든 것을 내어주고, 지게 된다. "자식 이기는 부모 없다."라는 말도 비슷하다. 부모가 자식을 더 사랑하다 보니 자식에게 이길 수 없다는 것이다. 그러하기에 사랑이 많은 쪽이 사랑이 적은 쪽에게 지는 법이다.

사랑이란 말은 여러 가지의 의미가 있다. 흔히들 말하는 이성 간의 사랑 '에로스', 희생적인 사랑, 하나님의 사랑, '아가페', 친구들과의 사랑 '필리아', 정신적인 사랑 '플라토닉' 등등 그중에 제일은 무한 희생적인 사랑 아가페다. 하지만 난 '에로스'.

남자와 여자가 머리를 자른다는 건

남자는 특별한 행사나 일이 있으면 머리를 자른다. 머리를 자르면 하루가 행복하다. 하지만 여자들은 속상한 일이 있으면 곧잘 머리를 자른다. 그리고 머리를 자른 다음 십중팔구 후회한다. 그러니까 여자가 머리를 자르는 행위는 후회할 줄 알면서 저지르는 일종의 자학 행위다.

여자의 화장

길을 가면서 다른 여자에게 눈을 돌린다고 투덜거리는 여자에게 묻는다. "남편 집에 놔둔 채 요란하게 화장을 하고 평소 비싸다고 안 뿌리는 향수까지 뿌리면서 외출하는 것은 무슨 심보입니까?"

여자는 남자를 위해 화장하지 않는다

남자들이 퇴근해서 집에 오면 집에서 기다리고 있는 아내는 리무버, 클렌징오일, 클렌징폼 순서로 아주 깔끔하게 화장을 지운 '쌩얼'이다. 아내는 절대 남편을 위해 화장하지 않는다. 영국의 한 잡지에서 조사해보니 여자들은 하루에 적어도 아홉 번 이상 자신의 화장에 대해 생각한다고 한다. 여성 30%는 잠자기 직전까지 화장에 대해 생각한다고도 했다. 세 명 중 한 명은 화장하지 않고는 집 밖에 절대 나가지 않는다고 대답했다. 열 명 중 세 명은 아이를 학교에 데려다줄 때 립스틱이라도 꼭 바른다고 했다.

무슨 뜻인가? 여자의 화장은 남자와는 별 상관없다는 거다. 오히려 다른 여자들 때문에 화장한다는 대답이 많았다. 남자들에게 잘 보이기 위해서가 아니라 다른 여자들보다 더 멋지게 보이려고 화장한다는 것이다. 한국보다 화장에 훨씬 둔감한 영국 여인네들 이야기다.

그래서 문화심리학자 김정운 교수는 "여자는 남자를 위해 화장하지 않는다."라고 말한다. 여자에게 화장은 연기자의 분장과 마찬가지다. 주어진 사회적 맥락에 맞춰 화장의 톤을 결정하고, 입을 옷에 따라 색조를 결정한다. 남자는 그 맥락에 포함되는 작은 요소 하나에 불과하다. 화장대 앞의 여자는 무대 위의 연기자처럼 끊임없이 자신에게 주어진 역할에 대해 생각한다. 맥락에 따라 달라지는 자아에 대한 성찰이 가능하다는 이야기다. 그래서 나이 들수록 여자가 남자보다 훨씬 건강하고 현명하며 지혜롭다. 화장을 지우며, 자신의 다양한 역할을 성찰할 수 있는 무대 뒤의 화장대가 있기 때문이다.

가장 행복한 여자

목사님이 신도들에게 물었다.

"하나님이 우주를 창조하신 이래 가장 행복한 여자는 누구일까요? 두 사람만 말해 보세요."

아무도 대답을 못 하자 목사님이 말했다.

"그건 '이브'와 '성모 마리아'입니다."

그러자 모두 의아한 듯이 목사님을 바라보았고 목사님은 싱긋이 미소를 지으며 계속 말을 이어 나갔다.

"이브는 시어머니를 모신 적이 없고, 성모 마리아는 며느리를 본 적이 없기 때문입니다."

여자가 힘들고 지칠 때

여자는 살다가 너무 힘들고 지칠 때면 지갑에 있는 남편 사진을 보며 버틴다. '내가 저 개망나니도 개과천선시켰는데 세상에 못 할 게 뭐가 있냐!'

남자가 힘들고 지칠 때

남자도 살다가 너무 힘들고 지칠 때면 지갑에 있는 와이프 사진을 보며 버틴다. '내가 이 사람하고도 살았는데 세상에 못 할 게 뭐가 있냐!'

대한민국 남자가 제일 못하는 건

대한민국 남자가 제일 잘하는 건, 일이라고 한다. 아주 열심히 한다. 심지어는 일하다 죽어버린다. 대한민국 남자가 제일 못하는 건, 누군가를 위로하는 것, 그리고 위로받는 것이라고 한다. 그것은 그 남자의 아버지가 엄마를 위로하는 모습을 본 적이 없고 아버지가 다른 사람에게 위로받는 것을 한 번도 본 적이 없기 때문이라고 한다.

남편의 친구들

남편의 귀가 시간이 늦어져 걱정되어, 남편의 친한 친구들 여러 명에게 동시에 문자를 보냈다. "밤이 늦었는데 남편이 아직 돌아오지 않고 연락도 안 되네요. 혹시 같이 계신가 해서요?"

그러자 친구들 모두에게서 이런 답장이 왔다. "우리 집에서 한잔하며 잘 놀고 있습니다. 걱정하지 마세요."

남자와 여자가 나이가 들면

나이가 들면 남자(男子)는 '여자(女子)'가 되고 여자는 남자가 된다. 밖에 있던 남자는 안으로 들어오고, 안에 있던 여자는 밖으로 나가게 되며, 남자는 다리에 힘이 빠지고 여자는 팔뚝이 굵어진다. 그러면서 이제껏 마누라를 이기고 살았지만, 이제부터는 마누라에게 지고 살아가게 된다.

남자의 중년, 나도족(族)

남자가 중년이 넘으면 많은 남자가 이른바 '나도족'이 된다고 한다. 이삿짐 트럭의 앞 좌석에 강아지를 껴안고 제일 먼저 올라탄단다. 새 집으로 제발 나도 좀 데려가 달라고 말이다.

이별이라는 거

나는 실연을 당했다. 그리고 그것에 대처하는 법을 알고 있다고 생각했다. 특히 다른 사람이 생겨 내가 차였을 때, 욕하지 마라. 너무 비참해지니까 그럴 땐 자신의 바다 같은 넓은 마음을 흐뭇해하며 이런 생각을 가져라 '내가 못 해준 것을 그가 해주길.' 그런데, 씨~. 그놈에게 된통 당해서 아프기를, 그리고 내가 아픈 그것보다 더 아프기를 빌었다. 그게 이별이다. 한 사람을 사랑하는 일은 바로 가슴에 꽃이 피는 일, 이 꽃 지면 다른 꽃이 핀다. 그렇게 그녀는 다른 사랑을 찾아갔다. 하지만 나는 생각한다. '가라, 비록 내 곁에서 떠날 수는 있어도 내가 사는 지구에서는 결코 떠날 수 없을 것이다.'

진통제의 효과, 그리고 상처의 치유

진통제의 효과는 무엇일까? 교통사고로 다리가 부러진 사람이 진통제를 먹으면 그 약효가 다리로 갈까? 아니다 그 진통제의 약효는 뇌로 간다. 뇌에서 다리의 고통에 해당하는 신경계를 둔감하게 하는 것이다. 그렇게 우리는 진통제의 효과를 본다. 하지만 어디에 부딪힌 것도 고통이지만 내가 사랑하는 사람을 잃은 것도 고통이다. 사람 때문에 겪는 고통도 우리가 어디에 부딪혀서 생기는 고통과 뇌는 똑같이 작용한다. 그래서 많은 심리학자가 밝혀냈다. 다리나 허리가 아팠을 때 진통제를 먹으면 효과가 있듯이 사람도 사람 때문에 아플 때 진통제를 먹으면 효과가 있다는 것을, 오히려 효과가 더 좋았다는 연구 결과도 있다.

그러면 이 결과를 뒤집으면 어떻게 될까? 바로 사람 때문에 마음에 상처를 받은 사람도 교통사고로 상처를 입은 사람과 똑같이 대해야 한다는 것이다. 그래야 견디고 회복한다. 우리는 교통사고로 다친 사람에게는 굉장히 배려한다. "무리하지 마세요", "편히 쉬세요", "푹 쉬세요", "좋은 꿈 꾸세요." 그런데 우리는 사람 때문에 고통받은 사람에게는 그 10분 1도 배려 안 한다. 기껏 한다는 얘기가 "한잔하고 잊어버려라!" 사람 때문에 상처 입은 사람을 교통사고 당한 사람처럼 배려한다면 아마 그는 '나를 유일하게 배려하고 생각해주는 사람을 만나게 됐다.'라고 생각하게 될 것이다. 그렇게 그 사람을 내 편으로 만들게 된다.

여기서 더 중요한 것은 무엇일까? 나 자신이 사람 때문에 힘들 때도 이처럼 나 자신을 돌봐야 한다. 그러지 않으면 언젠가는 그 상처와 고통이 재발하게 되며, 이후 내 생각과 결정, 그리고 활동에 영향을 미친다. 그래서 난 시간 날 때마다 걷는다.

여자를 만나려면 정복하려 하지 말고 굴복해라

세계의 바람둥이로 알려진 '카사노바(Casanova)'의 자서전 『불멸의 유혹』을 읽다 보면 카사노바는 생각보다 문학적이고 예술적이며 철학적이고 종교적인 사람이었다는 것을 알게 된다. 그는 책에서 밝힌다. "사람들은 내가 수많은 여자를 정복했다고 알고 있지만, 사실 나는 수많은 여자에게 굴복했기에 수많은 여자를 만날 수 있었다."

카사노바는 많은 여자를 사랑했을 뿐 상대를 자신의 소유물로 생각하는 이기적 남자도 아니었고 자신을 사랑한 여자를 속여서 파멸로 이끄는 무책임한 사람도 아니었다. 그는 자신이 한 여자에게 충실했던 적이 없듯, 자신이 사랑한 여자에게도 충실함을 바라지 않았다.

상대의 애인도 인정해 주었고, 사랑한 여성의 미래를 걱정해서 돈 많은 배우자를 주선해 주기도 했다. 카사노바는 여자를 소유하려 이중잣대를 들이대는 다수의 일반적인 남자들과 달리 자신과 상대가 사랑하고 있다는 사실 자체에 만족한 로맨티시스트였다. 카사노바는 죽어가면서 마지막으로 다음과 같은 말을 남겼다고 한다. "나는 철학자로 살았고 기독교인으로 죽는다."

이상한 말들

3대 바이러스 언어

지금 대한민국 서비스계에는 세종대왕님께서 관 뚜껑을 열고 벌떡 일어설 일들이 벌어지고 있다. 바로 그것은 이상한 말들이다. “예약이 어려우십니다.” 예약을 한국말로 할 텐데 뭐가 어렵다는 것인지, 예약이 상사라도 된 것인지, 그냥 예약된다. 안 된다. 속 시원하게 대답하면 된다. 한 항공사 회장이 전체회의에서 “이쪽이십니다.” 같은 잘못된 사물 존칭을 그만 쓰라고 하여 화제를 모은 적이 있다. 윤영미 아나운서는 그녀의 책 『넌 지금 그걸 말이라고 하세요?』에서 ‘어려우신 부분이세요’, ‘주문 도와드리겠습니다’, ‘구매 가능하세요’ 같은 말을 두고 “서비스 업계 3대 바이러스 언어”라고 쓰고 있다.

서비스 업계에선 흔히들 강조하는 소위 ‘쿠션 언어’도 이상한 표현을 부르는 또 다른 요인으로 꼽힌다. 손님이 뭘 물었는데 곧바로 ‘모른다.’, ‘안 된다.’라고 대답하면 항의를 듣기 마련이다. 그래서 ‘외람되지만’, ‘죄송합니다만’, ‘안타깝게도’ 같은 말을 넣어가며 부드럽고 완곡하게 말해야 한다고 가르친다. 문제는 ‘쿠션 언어를 쓰라’라는 지침이 종종 지나치게 강조되다 보니 이런 어색한 말까지 나오게 됐다. “안타깝게도 품절 되어 구매가 힘드십니다.”

높임말의 중복

그런데 앞에 사물 존칭 문제보다 더 심각한 것은 바로 높임말의 중복이다. '대통령님께서' '국무총리님께서'는 '대통령께서' '국무총리께서'가 올바른 표현이다. 여러분이 이 글을 읽으면서 무심코 지나간 이 글 첫머리의 '세종대왕님께서'도 '세종대왕께서'가 올바른 표현이다. 안타깝게도 이런 잘못된 말들은 전염성이 강해 금세 퍼지고 습관처럼 받아들이게 된다.

이런 '스… 들'

나는 앞에 말을 예를 들면서 학생들에게 높임말의 중복을 경계해야 한다고 강의했다. "대통령님께서, 선생님께서는 잘못된 표현이다. 대통령께서, 선생께서가 올바른 표현이다."

그러자 한 학생이 질문했다. "그럼 '스님께서'는 '스께서'라구 해야 하나요. 우린 '스님'을 '스'라고 해야 하나요?"

'…이놈의 자식을 봤나.'

한국의 높임말

창밖에 비가 올 때, 우리는 "창밖에 비가 오"까지 밖에 말하지 못한다. 듣는 상대가 나보다 나이가 많은지 적은지에 따라 '옵니다.'나, '온다.'라는 표현을 사용해야 하기 때문이다. 높임말이 있는 한국말의 특성상 한국 사람들은 나이에 민감하다. 나이에 따라 말이 달라지고 서열이 정해지기 때문이다. 그래서 우리는 처음 만나는 사람에게 스스럼없이 나이를 물어본다. 그에 반해 외국 사람들이 한국에 와서 가장 곤욕스러워하고 불쾌하게 생각하는 것이 있다. 처음 만났는데도 불구하고 너무나 쉽고 당연하게 누구나 나이를 물어본다는 것이다.

오랑캐 호(胡)

우리의 문화 중 외래문화가 들어와 우리 것이 된 것들이 있다. 그중 '오랑캐 호' 자가 있다. 우리의 전통 옷이나 한복에는 주머니가 없었다. 그래서 복주머니를 차고 다니기도 했다. 하지만 우리가 오랑캐라고 부르던 나라나 부족의 복장에는 주머니가 있었고 우리는 그것을 '오랑캐 호'자를 붙여 호주머니라고 부르게 되었고 그것은 지금까지 이어져 오고 있다.

우리의 욕 문화 중 '호래자식'이란 말도 바로 오랑캐 자식이라는 뜻이며 이는 어찌 보면 오랑캐에 대한 두려움과 증오가 섞인 자기 비하적인 문화 중 하나다. '병자호란' 또한, 임진년에 왜놈이 일으킨 난이라는 뜻의 '임진왜란'처럼 병자년에 오랑캐가 일으킨 난이라는 뜻이다. 호빵 또한 오랑캐의 빵이라는 뜻이다. 하지만 외래문화라고 하여 무턱대고 욕하거나 멸시하기보단, 그 뜻을 음미하다 보면 우리 옛 선조들의 겪었던 역사를 조금이라도 이해할 수 있을 것이다.

말과 글에는 그 나라의 문화가 담겨 있다

나는 번역한 책을 읽을 때마다 벽을 느낀다. 번역한 책은 왠지 모르게 딱딱하고 전문 서적 같은 느낌을 받는다. 그것은 소설보다 시집일 때, 그것이 더 심하다. 외국의 책이 한국어로 번역되어 한국에까지 출판될 때는 꽤 유명한 책일 텐데 시집 같은 경우는 한국에서 성공한 사례가 많지 않으며 출판되는 경우조차도 거의 없다. 번역자의 역량에 따라 그 차이는 더 심하다. 특히나 번역자가 한 번도 책을 낸 적이 없고 오로지 번역본 책만 낸 경우는 그것이 더 심하다. 책은 한 부분, 한 줄의 문장이라도 책을 쓴 사람의 환경과 시대 상황에 따라 다르며 한 줄의 글이라도 철학과 사상 그리고 문화가 담겨 있기 때문이다.

"한강 물이 풀리고 눈이 비로 바뀌면서 봄을 재촉하는 새들의 지저귐 소리가 기분 좋게 다가온다."

"봄이 오면 해빙되어 해수면이 올라가고, 기온이 올라가 눈 대신 비가 오며 동물들은 겨울잠에서 깨어난다."

같은 봄을 설명한 글인데도 우리에게 다가오는 느낌은 전혀 다르다. 이처럼 글에는 그 나라의 문화가 담겨 있는데도 단순히 단어 하나하나만 번역하다 보니 그 뜻이 전혀 다른 뜻으로 변하게 된다.

대한민국에 노벨문학상 수상자가 없는 이유

그 반대의 경우도 있다. 일본에는 노벨문학상 수상자가 많지만, 아직 대한민국은 단 한 명도 배출하지 못했다. 그것은 우리나라 '글쟁이'가 일본의 '글쟁이'보다 실력이나 역량이 부족해서가 아니다. 그것은 바로 언어의 차이이고 그 언어가 어떻게 영어로 번역되느냐의 차이다. 일본어 아니 일본말은 한국말보다 단순하다. 그렇기에 그 글(시, 소설, 수필)을 영어로 번역할 때, 의사전달이 비교적 쉽다. 하지만 우리는 옛날부터 과거시험도 시제를 내는 논문시험을 볼 정도로 글과 언어문화가 발달했지만, 오히려 그런 우수성이 우리글을, 그리고 우리 문화를 영어로 번역하면 전혀 색다른 글이 되어버리고 만다. 다른 모든 글을 제쳐 놓고 김소월의 시 '진달래꽃'만 예를 들어보자

"나 보기가 역겨워 가실 때에는 말없이 고이 보내 드리우리다. (중략) 놓인 그 꽃을 사뿐히 즈려밟고 가시옵소서."

여기서 '사뿐히 즈려밟고' 뜻을 영어로 번역하면 '비벼 밟고' '눌러 밟고' 등 도저히 그 뜻을 영어로 번역할 수 없다. 하지만 한국에서 태어나고 자란 우리 누구도 '즈려밟는다'라는 애절함과 애틋함을 모르는 사람이 없을 것이다. 얼마 전, 가수이자 작곡가인 유희열이 한 종편 프로그램에서 다음과 같은 말을 한 것이 생각난다. "제 노래 '뜨거운 안녕'이 영어로 '핫 바이(hot bye)'로 번역된 것을 보고 엄청나게 웃었습니다." 이처럼 말과 글, 즉 언어에는 그 나라의 문화가 담겨 있다.

돈을 사랑하라

돈을 소중하게

우리의 유교 성리학 문화에서는 돈을 밝히면 천박하게 여겼다. 그렇기에 "돈만 밝히는 인간"이라는 욕이 있을 정도로 돈은 나쁜 이미지를 대변한다. 하지만 사람도 그렇듯, 돈을 사랑하지 않는 사람에게는 돈이 따르지 않는다. 돈을 소중하게 생각하고, 그것을 아낄 때, 비로소 돈은 당신을 따를 것이다. 돈은 좇아가는 것이 아니라 따라오도록 만들어야 한다. 대체로 가난한 사람들의 공통점은 '돈을 원수로 생각한다.'라는 것이다. 집안에 동전이 굴러다니면 그 집은 망한다고 한다. 비록 동전일지라도 돈을 소중하게 여기지 않기 때문이다.

어느 대기업 회장은 면접을 볼 때, 남자는 지갑을, 여자는 핸드백을 동의를 얻어 열어 본다고 한다. 물론, 돈을 한 방향으로 가지런하게 보관하고 있는 응시생에게 후한 점수를 준다. 그 자신은 어려웠던 시절, 돈을 벌면 저녁에 그 돈을 모두 다리미로 다려 보관했다고 한다. 이처럼 돈은, 소중하게 생각하는 사람에게 따르기 마련이다. '내가 가지게 된 돈이 나의 삶을 말해 준다. 가진 돈을 어떻게 쓰느냐는 나의 가치관, 인생관을 말해 준다. 돈은 가치를 묻지 않는다. 오직 주인의 뜻에 따를 뿐.'

푼돈의 소중함

진정으로 지혜로운 성공한 부자들은 돈의 절대 액수를 중요시하기 때문에 상대적 비교에 따른 푼돈이란 이름을 거부한다. 그래서 우리는 이런 말을 흔히 듣는다. "있는 사람이 더하다." 그들은 수백억을 가졌음에도 100원짜리 하나도 소중히 여기지만, 상대적 가치 프레임에 빠진 사람들은 콩나물값을 깎을 때는 100원을 귀하게 여기다가도, 10만 원짜리 물건을 살 때는 100원을 하찮게 여겨 깎으려고 하지 않고, 혹시나 100원을 깎아준다고 하면 오히려 기분 나빠 한다.

돈에 대한 '탈무드' 격언

- 돈이 인생의 전부가 아니라고 말하는 사람에게는 죽을 때까지 돈이 쌓이지 않는다.
- 부자가 되는 길이 있다. 내일 할 일을 오늘하고, 오늘 먹을 것을 내일 먹으면 된다.
- 돈으로 행복을 살 수는 없지만, 행복을 불러오는 데 큰 역할을 한다.
- 가난한 사람에게는 적이 적고, 부자에게는 친구가 적다.

동전의 테두리에 빗금이 새겨진 까닭

'금본위(金本位, Gold Standard)' 시대에 유통되던 금화나 은화의 가치는 원칙적으로 동전에 함유된 금과 은의 질량에 따라 결정되었다. 그런데 유통과정에서 사람들이 금화나 은화를 보이지 않게 조금씩 깎아내기 시작했고, 그 결과 오래 유통된 금화나 은화의 무게는 현저히 줄었지만, 여전히 같은 액면가로 유통되는 문제가 생겨나기 시작했다. 이제 사람들은 새로 주조된 금화나 은화는 자기가 보유한 채, 오래되어 무게가 훼손된 금화와 은화만 유통하는 경향을 보였다. 이에 해당 당국은 동전이 조금만 훼손되더라도 금방 표시가 나도록 동전의 앞뒷면에 정교한 부조를 새기고 테두리에는 빗금을 넣는 방식으로 화폐의 권위를 회복했다.

오늘날에도 거의 모든 나라의 동전은 앞뒷면에 정교한 부조가 새겨져 있고 테두리는 미세한 빗금으로 둘러싸여 있다. 금본위 시대가 끝났음에도 불구하고 여전히 주화를 만드는 과정에서 굳이 별도의 수고와 비용을 들여 이러한 공정을 거치는 이유는 무엇일까? 아마도 당국은 화폐의 전통적 권위와 심미성을 높이고, 위조방지를 위하여, 라고 설명하겠지만 나는 경제학자 '폴 데이비드(Paul David)'의 '경로 의존성(Path Dependence)'이라는 글이 떠오른다. "어떤 경로에 의존하기 시작하면 그것이 비효율적이라는 사실이 판명된 후에도 그 길을 벗어나기 힘들다."

예전의 우리의 십 원짜리 동전은 구리함량이 십 원 가치보다 높았기 때문에 그것을 녹여 파는 불법까지 생겼다. 그래서 새로 발행된 한국의 십 원짜리 동전은 작아졌으며 빗금이 없다.

동전 500원

염라대왕이 업무를 보고 있는데 바깥이 소란했다.

염라대왕: "왜 이리 시끄러운고?"

저승사자: "이놈이 지은 죄가 커서 지옥에 보내려고 하는데 자기도 착한 일 한 가지를 했으니 천당에 가야 한다고 우기지 뭡니까."

염라대왕: "그래, 네가 어떤 착한 일을 했느냐?"

남자: "그게 말이죠, 제가 길을 가다 500원짜리 동전을 주었거든요. 그래서 그 500원을 거지에게 줬습니다."

염라대왕은 고개를 돌려 다른 업무를 보면서 저승사자에게 말했다.

"야, 재 500원 줘서 지옥 보내."

화폐의 문구

로마를 통일한 시저는 말했다. "클레멘티아(Clementia)" 그가 이 말을 얼마나 강조했으면 로마의 모든 화폐(동전)에까지 이 문구를 새겼을까. 로마 종교에서 클레멘티아는 자비와 온유의 화신이며 바로 '관용과 화합'을 뜻한다.

미국의 모든 화폐에는 "우리는 신을 믿는다(In God We Trust)"라는 글이 새겨져 있다. 이 글은 1861년에 처음 화폐에 등장했다. 남북전쟁 기간이었다. 북군이 처음에는 패전을 거듭했다. 이때 한 지방의 목사가 재무장관에게 편지를 써 땅에 떨어진 북쪽의 사기를 높여주기 위해서 이런 글을 돈에 넣자는 제안을 했고 체이스 장관이 이를 받아들였다. 그 뒤로는 이 글을 넣다가 안 넣다가 했는데 1956년에 의회가 이를 미국의 '국가적 모토'로 결의하여 모든 화폐에 이를 반드시 새겨 넣도록 법제화했다.

이처럼 화폐 도안은 그 나라의 역사나 문화, 건국이념 등을 담고 있다. 행운의 상징으로 여겨지는 미국 2달러의 지폐에는 미국의 독립정신을 상징하는 명화가 새겨져 있다. 미국에선 레오나르도 다빈치의 '모나리자'보다 더 유명하고 더 많이 복제돼 유통되는 그림, 바로 '존 트럼불(John Trumbull)'의 '독립선언'이 그 주인공이다. 우리나라의 경우, 세계적으로 '모자(母子)'가 화폐에 쓰인 경우는 대한민국이 유일하다. 어머니 신사임당은 오만 원권, 아들인 율곡 이이는 오천 원권.

천재와 바보 사이

바보같은 '現代人'

사람을 위해 돈을 만들었는데 돈에 너무 집착하다 보니 사람이 돈의 노예가 되었고, 몸을 보호하기 위해 옷을 만들었는데 너무 좋은 옷을 입으니 사람이 옷을 보호하게 되었으며, 사람이 살려고 집이 지었는데 집이 너무 좋고 집안에 비싼 게 너무 많으니 사람이 집을 지키는 개가 되었다. 現代人들은 자기도 모르게 어느 순간 거꾸로 살아가고 있다. 인생에 너무 많은 의미를 부여하니까 늘 행복을 옆에 두고도 다른 곳을 헤매며 찾아다니다 일찍 지쳐버린다. 그렇게 바보같이 헤매는 現代人이 오늘날의 바로 '나' 자신이다.

바보 같은 인간

어린 시절엔 어른 되기를 갈망하고, 어른이 되어서는 다시 어린 시절로 돌아가기를 갈망한다. 돈을 벌기 위해서 건강을 잃어버린 다음, 건강을 되찾기 위해서 돈을 모두 병원에 바치고 돈을 다 잃어버린다. 또한, 미래를 염려하다가 현재를 놓쳐 버리고는 결국, 미래도 현재도 둘 다 누리지 못하는 것이 인간이다. 그러면서 인간은 절대 죽지 않을 그것처럼 살지만, 조금 살다가 살았던 적이 없었던 것처럼 죽는다.

내일을 걱정하지 마라

사람이 살면서 하면 안 되는 일 중의 하나가 아직 일어나지도 않은 내일 일을 오늘 앞당겨 걱정하는 일, 즉 '걱정을 가불하는 일'이다. 우린 늘 일어나지도 않는 일을 미리 걱정하며 살아간다. 그런 다음 지나고 나면 아무 일도 없고 별일도 아닌 게 된다.

『느리게 사는 즐거움』, 『인생을 사는 법칙』등의 저자이자 베스트셀러 작가인 '어니 젤린스키(Ernie J. Zelinski)'는 말했다. "걱정의 40%는 절대 일어나지 않을 일이고, 30%는 이미 일어난 일이며, 22%는 매우 사소한 일이다. 또 4%는 내 힘으로는 어떻게 할 수 없는 일이고, 나머지 4%는 내가 바꿀 수 있는 일이다. 그러니 쓸데없는 걱정으로 지금의 시간을 허무하게 버리지 마라."

티베트 속담에는 다음과 같은 말이 있다. "걱정을 해서, 걱정이 없어지면, 걱정이 없겠네."

바보는 '행복의 천재'다

모든 조직이 똑똑한 사람들에 의해서 움직이고 성장하는 것이라고 믿는 사람들이 많지만, 사실은 바보처럼 우직하게 자기 자리를 지키며 최선을 다하는 사람들에 의해서 유지되고 성장하는 측면이 있다. 뉴턴, 아인슈타인, 백남준, 스티브 잡스 등 모두가 대단한 성과를 이룬 천재들이다. 그러나 이들은 바보라는 소리를 듣거나 또라이, 이단아로 불리었다는 것은 시사하는 바가 크다.

다른 사람을 높이고 나를 낮추면 손해 보는 것 같고, 남을 배려하고 남 뒤에 서면 뒤처지는 것 같으며, 양보하고 희생하면 잃기만 하고 얻는 게 없어 보인다. 그래서 사람들은 이런 사람을 바보라 부른다. 하지만 정말 그럴까? 짧게 볼 때는 바보 같지만 길게 보면 이런 사람이야말로 삶의 고수다. 시간이 지나면 이러한 사람이 남에게 인정받고 좋은 사람이라 불리게 된다. 양보하고 희생하는 그들이 세상을 아름답게 한다.

그렇기에 차동엽 신부는 『바보 Zone』에서 바보는 '행복의 천재'라고 말하며 다음과 같이 쓰고 있다. "바보는 희죽희죽 웃는다. 아무 생각 없이 웃는다. 바보는 과정을 즐기기 때문에 결과를 놓고 '일희일비(一喜一悲)'하지 않는다. 바보는 현재가 즐거울 따름이다. 현재 자신이 하는 일이 마냥 재미있고 신난다. 현재 자신의 손에 주어진 것이 하염없이 만족스럽고 감사한 것이다. 바보는 웃을 일이 있어서 웃는 것이 아니라, 모든 것을 웃을 일로 받아들이기에 웃는다. 그러기에 바보는 행복의 천재다."

바보가 똑똑을 이긴다

이 세상에서 가장 어려운 일은 무엇일까? 그것은 마누라 운전 가르치는 것이라는 우스갯소리가 있다. 혹자는 자신과 싸움에서 이기는 것이라고도 한다. 그러나 예로부터 동양에선 아는 것을 모르는 것처럼 처신하는 것이라고 했다. 옛말에도 "똑똑한 사람은 따라 할 수 있으나, 어리석은 자는 흉내 낼 수 없다."란 말이 있다. 사람은 영리해지기는 쉬워도 어리석어지기는 더욱 힘들다. 그것은 어리석음을 따라 하기 위해서는 자신을 낮추어야 하기 때문이다. 또한, 어리석은 자는 자기가 똑똑하다고 생각하지만, 똑똑한 자는 자기의 어리석음을 안다. 요컨대, 진짜 고수는 어리숙해 보이는 것이다. 중국의 부흥을 이루어 낸, 번영의 지도자라 불리는 '덩샤오핑(鄧小平)'의 강령은 '도강양회(韜光養晦)'였다. '빛을 감추고 미래를 준비한다.'라는 뜻이다.

포커판에서도 하수는 자신의 패가 좋게 뜨면 얼굴에 화색이 돌지만, 소위 포커페이스는 전혀 내색이 없는 법이다. 사실 우리 주위엔 헛똑똑한 사람들이 넘쳐난다. 서양인들이 사석에서 하는 말을 들어보면 가장 상대하기 쉬운 사람들이 한국인들이라고 한다. 성질이 급해 자기 패를 미리 다 보이는 것은 물론이고, 다른 경쟁 한국인들을 비난하고 무시하기 때문에 자신들은 그냥 웃으며 기다리기만 하면 가격도 다 알아서 깎아주고, 거래 조건도 유리하게 제시한다는 것이다. 그들과의 협상에서 백전백패인 이유가 여기에 있다. 우리는 자신을 천재로 생각하지만, 근현대 중국 문학의 아버지로 불리는 '루쉰(魯迅, 노신)'의 소설 『아Q정전(아큐정전)』에 나오는 '아Q'들이다.

나의 값어치

한 남자가 일자리를 구하기 위해 면접을 보던 중, 과감하게 물었다.
"사장님, 한 달에 월급을 얼마나 주실 거죠?"
사장이 대답했다.
"자네 값어치만큼 주지."
그러자 그 남자는 심각하게 고민하다 말했다.
"그럼 안 되겠어요. 그렇게 적게 받아서야 누가 일을 하겠어요?"

누가 바보일까?

어느 마을에 바보 소리를 듣는 아이가 있었다. 동네 아이들이 바보라고 불리는 아이를 놀리기 위해서 100원짜리 동전과 500원짜리 동전을 놓고서 마음대로 집어 가라고 하면 이 아이는 항상 100원짜리 동전만을 집어 드는 것이었다. 그러면 동네 아이들은 어떤 동전이 더 좋은 것인 줄도 모른다면서 이 아이를 놀려 댔다. 이런 아이의 모습이 안타까웠던 동네의 어떤 어른이 이렇게 말해 주었다. "애야! 100원짜리보다 500원짜리가 더 큰 돈이란다. 500원짜리로 더 좋은 것을 살 수가 있으니까 다음부터는 500원짜리 동전을 집으렴."

이 말에 아이는 웃으면서 말했다. "아~ 저도 알죠, 하지만 제가 500원짜리를 집으면 동네 아이들이 다시는 그런 장난을 하지 않을 거예요."

자신을 천재로 착각하는 바보

어느 부자가 복어를 선물로 받았다. 그는 사람을 시켜, 복국을 맛있게 끓였다. 그런데 그 부자는 복어를 잘못 끓이면 그 독으로 인하여 죽을 수도 있으므로 걱정이 들었다. 걱정하던 그 부자는 생각 끝에, 집 앞 다리 밑에 있는 거지를 불러 그에게 복국 한 그릇을 선물했다. 오후에 보니 그 거지가 돌아다니는 것을 보고 그 부자도 복국에 독이 없는 것을 알고 한 그릇을 모두 비웠다. 그리고 일을 보러 가기 위해 다리를 건너는데 그 거지가 그때야 복국을 먹고 있는 게 아닌가. 그 부자는 의아해하면서 그 거지에게 물었다.

"어찌하여 이제 서야 복국을 먹고 있는 게냐?"

그 거지는 대답했다.

"나리께서 돌아다니는 것을 보고 이제야 안심하고 먹고 있습니다. 맛있게 잘 먹겠습니다."

돌멩이의 가치

어느 스승이 제자에게 돌멩이 하나를 주며 말했다. "이것을 시장에 가지고 가서 팔아 보아라. 다만 누가 돌에 관해 묻거든 계속 거절하면서 그 가격에는 팔지 않겠다고 말하거라."

제자는 의아했지만, 스승의 말대로 시장에 나가서 보자기를 펴고, 그 위에 돌멩이를 올려놓고 있었고 그의 모습을 보고 사람들은 아무

가치 없는 돌을 가지고 나왔다며 제자에게 핀잔을 주며 비웃고 지나갔다. 그런데 그때 한 노인이 다가와 그에게 말했다. “여기 돈을 줄 테니 그 돌멩이를 나한테 팔게나?”

하지만 제자는 스승의 말에 따라 그 가격에는 팔지 않겠다고 대답했고 예상치 못한 제자의 단호한 행동에 노인은 그 돌을 귀한 것으로 생각했고 가격을 높여 말하며 다시 팔라고 했지만, 제자는 또다시 거절했다. 그런데 놀라운 일이 일어났다. 지나가던 사람들은 노인이 돌을 사기 위해서 흥정하는 모습에 그 돌이 무엇인지 더욱 궁금해졌고 그렇게 하나둘 사람들이 모여들었다.

서로 그 돌멩이를 사겠다며 흥정에 끼어들었고 결국 돌멩이의 가치는 꽤 많이 올라갔다. 사람들이 시간 가는 줄 모르고 흥정하는 동안 제자는 돌을 보자기에 싸서 다음에 오겠다면서 태연하게 돌아갔다. 시장에서 돌아온 제자에게 스승은 말했다. “이제 알겠느냐? 사람들이 정하는 가치란 얼마나 헛된 것인지를.”

교수의 반은 바보다

어느 신문에 “우리나라 교수의 반은 바보다.”라는 기사가 났다. 교수들은 이 기사를 보고 해당 언론사를 상대로 대대적인 시위를 했다. 그 언론사는 결국 굴복을 하고 아래와 같은 정정 기사를 내게 되었는데 교수들은 모두 만족했다. “우리나라 교수의 반은 바보가 아님.”

은행?을 턴 사람

돈이 한 푼도 없어 며칠을 굶은 한 사람이 은행을 털기로 작정했다. 치밀한 계획 끝에 은행에 침입해 대형금고를 열자 중간 금고가 나왔다. 다시 중간 금고를 열자 이번엔 아주 작은 금고가 나왔다. 그는 그 속에 분명 다이아몬드가 있을 거로 생각하고 마지막 작은 금고를 열었는데, 요구르트병만 잔뜩 있었다. 화가 난 만득이는 그 자리에서 요구르트를 모두 마시고 가버렸다. 다음날 조간신문 일 면 기사에 이런 기사가 대문짝 같이 났다.

"정자은행 털리다."

조선(대한제국)이 망한 이유

조선(대한제국)의 마지막 황제 고종이 외국인 귀족들이 테니스를 치는 모습을 지켜보며 이런 말을 했다고 한다. "그런 것은 하인에게 시키지 왜 직접 합니까?"

불평과 감사

어느 날 장미꽃이 천지 만물을 창조하신 신에게 원망했다.

"하느님, 왜 가시를 주셔서 저를 이렇게 힘들게 합니까?"

그러자 그분께서 대답했다.

"나는 너에게 가시를 준 적이 없다. 오히려 가시나무였던 너에게 장미꽃을 주었다."

인도 속담에는 다음과 같은 말이 있다.

"신에게 왜 호랑이를 만들었냐고 불평하지 말고, 호랑이에게 날개를 달지 않은 것에 감사하라."

너희가 물고기냐?

어떤 사업가가 권력을 잡고 부자가 된 정치인을 찾아가서 물었다.

"부자가 되는 비결이 뭔지 알고 싶어서 이렇게 찾아뵈었습니다."

그러자 그 정치인은 한 마디로 딱 잘라서 말했다.

"그건 아주 쉽습니다. 오줌을 눌 때, 한쪽 발을 들면 됩니다."

"그게 무슨 말씀이시죠. 그건 개들이나 하는 짓이 아닙니까?"

"바로 그거예요, 사람다운 짓만 해서는 절대로 돈을 벌 수가 없다는 거 아닙니까!"

나쁜 놈들이 더 잘 산다는 말은 나쁜 짓으로 권력을 잡았거나 재산을 축적한 자들, 그리고 그런 자들을 추종하는 무리가 자기들의 죄를 합리화하기 위해 만들어낸 억지 논리다.

부정부패를 일삼는 사람들이 즐겨 쓰는 말이 있다.

"물이 너무 맑으면 물고기가 살지 못한다."

나는 그들에게 묻는다.

"너희가 물고기냐?"

그러면서 한마디 덧붙인다.

"물고기는 도마 위에 올라가면 더 이상 저항하지 않는다."

어떤 놈이 정말 나쁜 놈인가?

짐승보다 못한 놈.

짐승 같은 놈.

짐승보다 더한 놈.

원숭이와 정치인

원숭이는 나무에서 떨어져도 원숭이지만, 정치인은 선거에서 떨어지면 사람 취급도 못 받는다.

사람이 개를 물었다

언론학에서는 "사람이 개를 물었다"라는 문장을 반드시 배운다. 왜냐면 개가 사람을 물으면 이슈가 안 되지만 사람이 개를 물으면 이슈가 되기 때문이다. '요즘에는 많은 개 같은 사람이 사람을 물기 때문에 이슈가 안 된다.'

배려는 힘이다

배려는 힘 있는 사람의 몫이기도 하다. 사장이 부하직원에게, 사단장이 이등병에게 하는 것이 배려지, 그 거꾸로 부하직원이 사장에게 이등병이 사단장에게 하는 배려는 배려를 가장한 굴종이다. 배려하고 싶은가? 그러면 힘을 가져라! '너무 강하면 부러지지만, 너무 약하면 부서진다.' 미국의 루즈벨트 대통령은 말했다. "말은 부드럽게 하되 커다란 몽둥이를 들고 다녀라, 실패하지 않을 것이다." 또한, 알 카포네는 "다정한 말 한마디에 총을 얹으면 다정한 말로만 대할 때보다 더 많은 것을 얻을 수 있다."라고 했다.

빈손은 베풀 것이 없다

사람들은 말한다. 빈손이 가장 행복하고 버릴수록 행복해진다고, 하지만 빈손은 베풀 것이 없고, 많이 버리려면 많이 갖고 있어야 한다.

친절이 과해지면 권리인 줄 안다

상당히 어려운 처지에 놓여 있고, 어린 3남매를 둔 한 과부가 생계를 위하여 거리에서 호떡을 만들어 팔게 되었다. 혹독한 추위와 어려움 속에서 호떡을 팔던 어느 날 노신사 한 분이 와서 "아주머니, 호떡

하나에 얼마입니까?" 하고 물었다. "천 원이요." 과부는 대답했다.

그러자 노신사는 지갑에서 천 원짜리 지폐 한 장을 꺼내 과부에게 주었다. 그리고 그냥 가는 것이었다. "아니 호떡 가져가셔야죠." 과부가 말하자, 노신사는 빙그레 웃으며 "아뇨 괜찮습니다." 하고 그냥 가버렸다. 그날은 참 이상한 사람도 다 있구나 하고 그냥 무심코 지나쳤다. 그런데 이튿날 그 노신사가 또 와서 천 원을 놓고는 그냥 갔다. 그다음 날도 또 그다음 날도 하루도 빠지지 않고 매일 천 원을 놓고 그냥 가는 것이었다.

그리고 봄, 여름, 가을 겨울 일 년이 다 가고 거리에는 크리스마스 캐럴이 울려 퍼지며 함박눈이 소복이 쌓이던 어느 날, 그날도 노신사는 어김없이 찾아와 빙그레 웃으며 천 원을 놓고 갔다. 그때 황급히 따라 나오는 과부의 얼굴은 중대한 결심을 한 듯 상당히 상기가 되어있었고, 총총걸음으로 따라가던 과부는 노신사 앞에서 수줍은 듯하지만, 분명히 말했다. "저~ 호떡값이 올랐거든요."

'서머셋 모옴'의 소설 『달과 6펜스』에는 다음과 같은 구절이 나온다. "행복이 때로는 사람을 고결하게 만드는 수는 있으나, 고통은 대체로 사람을 좀스럽고 만들고 앙심을 품게 할 뿐이다."

점을 보는 비법

예전에 수많은 점집 중 신통하다는 집이 있었다. 특히 유전자 검사가 발전하기 이전, 임신한 자식이 아들인지 딸인지 궁금해하는 사람들로 크게 붐볐다. 그런데 신기한 건 무조건 딸이라고 큰소리친다는 것이다. 알고 보니 그 비결은 의외로 간단했다. 만약 딸이라면 신통한 점쟁이가 되는 거고, 아들이라면 항의하러 오질 않아 못 맞힌 사실이 퍼뜨려지지 않는다는 이유였다.

개를 파는 비법

한 골동품 수집가가 골동품을 수집하러 다니다가 어느 시골식당에서 밥을 먹게 되었다. 그 식당에서 기르던 개도 밥을 먹고 있었는데 유심히 보니 그 개밥그릇이 예사롭지가 않았다. 더 자세히 살펴보니 아주 귀한 골동품이었다. 그래서 그것을 사기로 마음먹었다. 하지만 개밥그릇을 산다고 하면 골동품인 것을 주인이 눈치챌까 봐 우선 개를 사야겠다고 생각하고 주인과 흥정을 했다. "여보 주인장 여기 있는 이 개가 아주 마음에 드는데 나에게 파시오 50만 원 드리겠습니다."

식당 주인은 이런 별 볼 일 없는 똥개를 아주 값비싸게 사주는 것이 고마워 바로 개 목줄을 건네주고 50만 원에 개를 팔았다. 물론 밥값도 따로 받았다.

골동품 수집가는 다시 주인과 흥정을 했다. "주인장, 그 개밥그릇도 같이 파셔야죠? 그래야지 개가 밥을 먹을 거 아닙니까?"

그러자 주인이 정색하면서 말했다. "아유~ 이건 안돼유~, 이 밥그릇 때문에 개를 100마리도 넘게 팔았는데유~."

사람은 못 먹는 개 사료

한 사료 제조회사에서 유기농 원료를 사용한 신제품 프리미엄급 개 사료에 대한 제품설명회를 했다. 담당 직원의 설명이 다 끝나자 옆에 있던 한 고객이 질문했다.

"100% 유기농 제품이면 사람이 먹어도 됩니까?"

"못 먹습니다."

"유기농 청정원료로 영양가 높고 위생적으로 만든 개 사료라고 하시면서 왜 못 먹는단 말입니까?"

담당 직원은 자부심 있게 말했다.

"너무 비싸서 못 먹습니다."

세계 최고의 거짓말

세계에는 여러 가지 황당한 대회 중 '세계허언증대회(World's Biggest Liar)'라는 것이 있다. 19세기에 시작된 유서 깊은 이 대회는 평소 거짓말로 장난을 많이 쳤던 영국의 한 술집 주인인 윌 리슨 씨를 기리기 위해 매년 11월 영국에서 열리는 대회다. 그리고 이 대회에는 좀 특이한 룰이 있는데 전 세계 어느 나라 사람이든 상관없이 참가할 수 있지만, 정치인과 변호사는 참가할 수 없다는 룰이다. 이러한 룰이 생긴 이유는 정치인과 변호사는 너무 거짓말에 능숙하기 때문이라고 한다.

이 대회에서 우승한 거짓말 중 최고는 영국의 한 주교가 이 대회에서 우승했을 때 했던 거짓말이다. "나는 태어나서 한 번도 거짓말을 해본 적이 없습니다." 그는 이 짧은 말로 우승을 했다.

거북이 달린다

〈거북이 달린다〉라는 영화에서 영화 배우 김윤석이 좀 모자란 듯하지만 순박하고 성실한 형사 역을 맡는다. 영화에서 형사는 현상 수배범을 검거하기 전에 차 안에서 친구와 대화를 한다.

형사(김윤석 분)가 말한다.

"수배범을 잡으면 현상금은 '5대 5'다."

친구가 답한다.

"그래, 그런데 누가 '5'야?"

인터넷 바보

어떤 지식을 참지식으로 만들기 위해서는 책을 몇 권씩 읽어야 한다. 인터넷으로 손쉽게 얻은 지식은 그저 손쉬운 지식에 불과하다. 그저 아는 척하는 사람만 늘 뿐이다. 물론 개중에는 대단한 녀석도 있다. 인터넷으로 수집한 정보만으로 원자폭탄을 만드는 녀석이 있는가 하면, 세계를 감동하게 할 만한 논문을 쓰는 사람도 있을지 모른다. 하지만 그런 사람들은 인터넷 없이도 그런 일을 할 수 있다.

일본의 영화 감독이자 배우인 '기타노 다케시(北野武)'는 『위험한 도덕주의자』라는 그의 저서에서 인터넷에 대하여 다음과 같이 쓰고 있다. "인터넷 덕분에 늘어난 것은 인류 전체의 지식의 양이 아니라 자신이 모든 것을 알고 있다고 착각하는, 그리하여 자신만이 옳다고 굳게 믿고 있는 사람의 숫자다."

미래사회의 창조적인 사람이 되기 위해서는 역시 '검색'보다는 '사색'이다. 세상을 바꾸는 발상과 같은 '생각의 관점'을 갖기 위해서는 고독을 먹고 자란 사유에서 나오는 법이다. 이어령 교수는 말했다. "미래사회는 '삼색의 통합'이다. 과거가 '검색'했다면 현재는 '사색'하고 미래는 '탐색'하라. 검색은 컴퓨터 기술로, 사색은 명상으로, 탐색은 모험으로 한다. 이 삼색을 통할할 때 젊음의 삶은 변한다."

생각하지 않는 사람들

미국의 저명한 IT 칼럼니스트인 '니콜라스 카(Nicholas Carr)'는 그의 책 『생각하지 않는 사람들』에서 일종의 뇌 강탈자로서 인터넷의 위험을 경고하고 있다. 그는 이 책에서 "인류는 지식을 함양하는 존재에서 전자 데이터라는 숲의 사냥꾼이나 수집가로 전락하고 있다."라고 크게 우려하고 있다. 이제 어떤 사람들에게 책을 읽는다는 것은 셔츠를 직접 만들어 입거나 짐승을 직접 도살하는 것만큼이나 구식이고 심지어 멍청한 일이 되고 있다고도 쓰고 있다.

전 국민의 70% 가까운 사람들이 일개 포털 사이트에 올라온 뉴스와 정보, 지식으로 하루를 보내고 있는 현실에서 빌 게이츠나 아인슈타인이 나오길 기대하긴 힘들다. 삼성전자가 신입사원 채용 시, 종이신문을 보지 않는 사람은 뽑지 않겠다고 한 것도 결국 사고의 중요성을 강조한 것이다.

안다는 거

도시의 주민이라 할지라도 그 도시의 전부를 알지 못한다. 서울에 사는 사람들도 그중 그가 알고 있는 지역은 아주 한정되어 있다. 그런데도 외국인이 서울에 관해 물으면 마치 서울의 모든 것을 아는 사람처럼 행세한다. 때로는 서울에 관해 책을 읽은 외국인이 그보다 더 정확하게 총체적으로 그가 사는 서울을 더 잘 알고 있을 수도 있다. 오히려 서울에 있는 그는, 서울에 관한 책을 거의 읽지 않기 때문이다.

우리는 스마트폰을 들고 다니며 뭐든지 스마트폰으로 검색을 한다. 하지만 스마트폰을 들고 다니지만 진짜 스마트한 사람은 찾기 어렵다. 알고 보면 '안다'의 반대는 '모른다'가 아니라 '안다는 착각'이다.

신문의 힘

예전에 한 여성이 몇백억 원 대의 사기 사건으로 정, 재계를 뒤흔든 적이 있었다. 사기당한 사람들은 은행가, 펀드매니저, 정치인 등 소위 사회 지식층이었다. 그러면서 사기당한 사람들이 놀란 것은 그녀의 경제에 대한 해박한 시식과 통찰력이었다고 한다. 또한, 그녀가 초등교육도 제대로 받지 못한 전과자였다는 데 사람들은 더 놀라워했다.

그녀는 3년간 감옥에 복역하면서 매일같이 경제신문을 한 줄도 빠짐없이 10번 이상 읽고, 읽고 또 읽었다고 한다. 그렇게 하루하루가 지나면서 '코스피'가 뭔지 '코스닥'이 뭔지, 그리고 한국 경제의 흐름과 동향에 알게 되었다고 한다. 하긴 경제신문은 최고의 경제전문가들이 경제의 흐름과 동향, 그리고 평가와 비평 글을 쓰는 매체이기 때문에 그럴 만도 했다. "인터넷은 알고 싶은 정보를 제공하지만, 신문은 알아야 할 지식을 제공한다."

바보 같은 부모들

젊은 부모들은 대부분 자기 아이가 천재인 줄 안다. 그뿐만 아니라 또래의 다른 아이들도 천재라는 사실을 절대로 인정하고 싶어 하지 않는다. 그래서 자기 아이가 자신밖에 모르는 바보로 성장하고 있다는 사실을 자각하지 못한다. 아이가 성장기에 삐뚤어지는 그것 또한 모두 못된 친구를 만나서 그렇다고 모든 부모가 생각한다. 그 삐뚤어진 친구가 자기 자식일 거라는 생각은 추호도 갖지 않는다.

인디언 추장의 딜레마

어느 날 인디언들은 겨울을 따뜻하게 보내기 위해 서둘러 월동준비를 시작했다. 그러던 중 인디언들이 추장에게 조언을 요청했다.

"추장님, 올겨울은 추울 것 같습니까?"

추장은 잠시 기다리라고 말한 뒤 몰래 천막에 들어가서 기상대에 자신이 누구인지를 숨기고 전화를 걸었다. "올겨울은 추울까요? 따뜻할까요?" 추장의 질문에 기상대에서는 "겨울이니까 당연히 춥겠지요."라고 대답해 주었다.

추장은 기상대에서 들은 내용을 바탕으로 인디언들에게 말했다.

"올겨울은 추울 것이니, 땔감을 충분히 준비하도록 해라!"

이에 따라 인디언 마을에는 땔감이 가득 쌓였다. 하지만 인디언들은 도대체 얼마만큼의 땔감을 더 준비해야 할지 감히 잡히지 않자, 다시 추장에게 조언을 구했고 추장은 다시 천막으로 들어가 몰래 기상대에 전화를 걸었다.

"이번 겨울은 얼마나 많이 추울까요?"

그러자 기상대에서 이렇게 대답했다.

"사상 최악의 한파가 몰아칠 것으로 예상합니다. 인디언 마을에서 겨울 땔감을 가득 쌓고 있는 걸 보니!"

지금 우리는 어리석은 인디언 추장처럼 행동하지 않는가?

문제의 핵심은 늘 우리 자신 안에 있다는 사실을 잊지 말아야 한다.

난 지금 어디로 가고 있는가?

한 청년이 너무나 바쁘게만 달려오던 자신의 삶을 되돌아보기 위해, 휴가를 내어 국토대장정이라는 목표를 세우고 걷기 여행에 나섰다. 그렇게 시골길을 걷고 있는데 농부가 몰고 가는 경운기를 만났다. 마침 다리가 너무 아팠던 청년은 태워달라고 부탁하니 인심 좋은 농부는 기꺼이 태워주었다.

청년이 농부에게 물었다.

"여기 소백산이 유명하다고 하는데, 얼마나 걸리나요?"

농부가 대답했다.

"한 30분 정도 걸리지요."

청년은 너무나 피곤해 고맙다는 인사를 하고 잠시 잠이 들었고, 깨어보니 30분 정도 지났다.

"소백산에 다 왔나요?"

농부가 말했다.

"여기서 1시간 거리입니다."

"아니 아까 30분 거리라고 했고, 그새 30분이 지났잖아요."

농부는 말했다.

"이 경운기는 반대 방향으로 가는 중이라오."

정말 중요한 것은 속도가 아니라 방향이다.

사진과 기억 그리고 진실

요즘은 스마트폰으로 사진을 찍고 웹을 이용하여 수정하는 것이 필수가 됐다. 수정과 보정을 너무 많이 하다 보니 사진첩 속에는 내가 아닌, '내가 나라고 기억하고 싶은' 모습들만 남게 된다. 그리고 수십, 수백 장의 사진을 찍고 그 많은 사진에서 제일 잘 나온 것만 고른다. 그러다 보면 내 모습이지만 이미 내가 아닌 이미지만 저장한다. 그렇게 만든 사진들을 계속 보고 또 보면서 그 사진 속 모습이 진짜 나라고 믿게 된다. 그러다가 다른 사람들이 찍어 준 내 사진을 보며 화들짝 놀라서 사진이 너무 못 나왔다고 생각하며 불평한다.

기억 또한 편집되고 보정된 사진 같아서 사실 자체보다는 편집된 자기애가 똘똘 뭉쳐있다. 그래서 인생에서 무언가를 회상할 때, '상처를 주었던' 기억보다 '상처받았던' 기억이 압도적으로 많다. 그렇게 우리는 기억하고 싶은 것만 기억하고, 기억하고 싶지 않은 그것은 잊어버린다. 그리고 그 기억조차도 자기애로 편집된 기억이다. '과연 우리는 우리의 진짜 기억을 알고 있을까?'

자 이제 당신께 질문을 두 개를 하겠다. 당신이 지금까지 살아오면서 직접 경험한 것 중, 가장 아름다웠던 장면을 떠올려 보라. 그다음은 최근 가장 마지막에 밥을 먹었던 장면을 떠올려 보라. 그리고 두 장면을 떠올렸다면 각각의 장면을 종이에 그려보자. 간단히 그려도 되고 그림 솜씨는 상관없다. "그림을 완성하기 전에 페이지를 넘기지 마라, 두 장면의 그림을 완성했다면 다음 장으로…"

두 부부(나)가 아이들과 함께 즐거운 한때를 보내는 장면

기억의 진실

위 그림과 같지는 않겠지만 아마 당신도 그림 속에 자기 자신을 그렸을 것이다. 당신의 그린 그림에 대하여 먼저 답을 말한다면 당신이 기억하고 있는 장면과 그것을 그린 그림은 사실이 아니다. 물론 경험은 사실이겠지만 그 장면은 당신이 기억하고 싶은 상상 속의 모습일 뿐이다. 그렇지 않다면 그 그림에서 당신 자신을 그리지 말았어야 한다. 그 장면은 제3자의 시선으로 본 모습이기 때문에 당신은 전혀 본 적이 없었음에도 마치 그것을 당신이 본 것처럼 기억하고 있다. 위 그림처럼. 밥 먹었던 장면 역시 자신을 그렸다는 것은 내가 본 모습이

아닌, 내가 봤다고 생각한 장면일 뿐이다. 그렇지 않다면 나의 손과 밥상 그리고 앞에 보이는 장면만 그려야 한다. 이처럼 우리가 가진 기억과 추억들은 자기애가 반영된 나의 상상으로 만들어낸 모습이다. '과거는 왜곡이다. 거기에는 항상 낯선 사람들이 살고 있다.'

삶의 지혜, 그리고 유머

여성 상담원의 지혜

한 남자가 신문광고를 보다가 장난으로 그 광고를 낸 회사에 전화를 걸었다. 그 광고는 침대 광고인데, 광고에는 아리따운 여성이 침대에 누워있었다.

남자: "○○ 침대죠? 침대를 구매하려 하는데 얼마죠?"

상담원: "예 고객님, 싱글 사이즈는 80만 원이고, 더블 사이즈는 140만 원입니다."

남자: "더블 사이즈를 구입하려 하는데, 그럼 침대에 누워있는 여성분도 함께 보내주나요?"

상담원: "죄송합니다. 고객님, 그 여성분은 제일 처음 침대를 사신 분이 데려갔습니다."

이 남자는 처음에는 장난으로 전화를 걸었지만, 여성 상담원의 재치와 유머 있는 답변 때문에 침대를 구매했다고 한다.

슈퍼마켓 직원의 재치와 홍보

미국의 어느 작은 슈퍼마켓이 갑자기 정전으로 인하여 전기가 나갔다. 슈퍼마켓은 지하에 있었기에 자연 주위가 칠흑같이 어두워져 보이질 않았고 더 큰 문제는 계산대가 작동하지 않는다는 점이었다. 언제 다시 전기가 들어올지 모르는 상황인지라 어둠 속에서 계산을 기다리던 손님들은 웅성대기 시작했다. 그때, 슈퍼마켓 직원이 핸드 마이크로 안내 방송을 했다.

"고객 여러분께 알려 드립니다. 정전으로 불편하게 해 죄송합니다. 아직 전기가 언제 들어올지 알 수 없는 상황이니 현재 바구니에 담은 물건은 그냥 집으로 가져가십시오! 그리고 그 값은 여러분이 원하는 자선단체에 기부해 주시면 되겠습니다. 지금부터 여러분이 모두 안전하게 나갈 수 있도록 제가 도와드리겠으니 조심해서 따라오시기 바랍니다."

이 사건은 언론을 통해서 세상에 알려졌고 손님의 안전을 먼저 생각한 직원의 조치에 대하여 칭찬이 잇따랐다. 얼마 후, 슈퍼마켓 본사 감사팀이 그날 나간 상품 금액을 조사해보니 대략 4천 달러였다. 하지만 1주일간 언론에 노출된 회사의 긍정적인 이미지로 인하여 얻은 광고 효과는 40만 달러에 이르렀다고 한다.

천사를 보았다

병원에서 당뇨와 간 수치 검사 때문에 채혈했다. 그런데 간호사가 너무 예뻤다. 나는 피 보는 것에 선천적으로 두려움이 있어 고개를 옆으로 돌렸다. 그러자 간호사가 미소를 띠며 얘기했다.

"어라, 이재영님. 경호하시는 분이 약한 모습."

그녀의 웃는 모습은 천사 그 자체였다.

남자들의 착각이 있다. 아무 상관 없는 여자라도 자신에게 친절하게 대하면 자기한테 관심 있는 줄 안다. 나도 그랬다. 무언가 그녀를 재미있게 해야 했다. 그래서 생각하고 생각한 끝에, 나는 유머랍시고 간호사에게 말했다.

"그런데 왜 피는 뽑기만 하고 보충은 안 해 주세요."

그러자 그녀가 대답했다. 여전히 천사 같은 미소로.

"재영님, 피를 보충해야 할 경우는 위급한 경우니 다행스럽게 생각하세요."

나는 이날 천사를 보았다.

의미 있는 하루

길병원에서 퇴원한 지, 5개월 만에 인하대학병원 응급실을 거쳐 화상전문병원에 왔다. 진통제를 맞고 치료하면서 5일 동안 잠만 잤다. 화상치료는 통증이 정말 참기가 힘들다. 매일 죽은 살을 벗겨내고 거기를 소독하고 패치를 붙이고, 간호사가 나에게 묻는다. 1번부터 10번까지 아픈 정도를 말씀해주세요. 나는 "9번이요" 그리고 덧붙였다. "더 아픈 날을 위해 10번은 아껴 두는 거에요" 간호사가 '씨~익' 웃는다. 난 오늘 세계 79억 인구 중, 한 사람을 웃게 했으니 의미 있는 하루를 살아냈다.

'프리드리히 니체'는 말했다. "하루의 생활을 다음과 같이 시작하면 좋을 것이다. 즉 눈을 떴을 때, 오늘 단 한 사람에게라도 좋으니 그가 기뻐할 만한 무슨 일을 할 수 없을까 생각하라."

중국집 사장님의 재치

한 사람이 중국집에서 짜장면을 시켰는데 짜장면에서 까만 바둑알이 나와 너무 황당하고 화가 나 중국집에 전화해서 사장 바꾸라고 소리치고 짜장면에서 바둑알 나왔다고 따졌다. 가만히 듣고 있던 중국집의 사장이 잠시 생각하다 말했다. "네~손님~ 축하드립니다. 탕수육 경품에 당첨되셨습니다!"

벽에 똥칠할 때까지 사세요

어느 날 기차를 타고 지방에 내려가는데 창밖 풍경 중 한 현수막이 눈에 들어왔다. 아마 그 논에서는 개구리 양식을 한 것 같았다. 나는 그 현수막을 보고 한참을 웃었다. "어젯밤 우리 논에서 개구리 훔쳐 가신 분들 그거 드시고 건강해져서 벽에 똥칠할 때까지 사세요." 아마도 개구리 훔쳐 가신 분들은 현수막을 보고 한없이 부끄러워지는 자신을 발견했을 것이다.

진학 상담가의 답변

한 어머니가 대학 진로 상담가에게 물었다.

“선생님, 우리 아이를 서울대(명문대)에 보내려면 무엇이 필요한가요?”

그러자 상담가는 답했다.

“엄마의 정보력, 할아버지의 경제력, 그리고 마지막으로 제일 중요한 것은 아버지의 무관심입니다.”

면접관을 웃겨라

미국의 한 고등학교 남학생이 배우가 되고 싶은 마음에 무작정 할리우드로 갔다. 하지만 영화 관계자들은 그의 나이가 어리고 경험이 없다는 이유로 계속해서 퇴짜를 놓았다. 그러던 어느 날, 운 좋게 한 영화사에서 진행하는 배우 선발 면접에 참여할 수 있었고 이 학생의 순번이 됐을 땐 면접관들은 오랜 면접 때문에 지친 표정이었다. 한 면접관이 그에게 물었다.

“당신의 자료는 이미 다 살펴봤으니 소개할 필요는 없고, 당신이 가장 잘할 수 있는 것이 무엇인지 간단하게 대답해보세요.”

“저의 특기는 사람들을 웃게 만드는 것입니다.”

“그래요? 그럼, 여기서 한 번 보여주세요. 빠르고 간단할수록 좋습니다.”

면접관은 대충 대답하며 빨리 해볼 것을 제안했다.

그러자 그 학생은 곧바로 시험장 문을 열고 밖을 향해 소리쳤다.

"면접을 기다리는 여러분! 이제 그만 대기하고 집에 가서 식사하세요. 면접관들이 나를 채용하기로 했습니다."

면접관들은 상상하기도 힘든 그의 행동에 그만 웃음을 터트리고 말았고 그는 누구보다 강력한 인상을 남기며 영화사에 채용되었다. 이날 재치 있는 모습을 보여 준 학생은 훗날 많은 이들에게 웃음을 선사하며, '미국 코미디의 황제'라는 별칭을 얻은 희극배우 '밥 호프(Bob Hope)'였다.

영업왕의 비법

전설적인 판매 실적을 달성한 선배에게 후배 영업사원이 물었다.

"어떻게 하면 선배님처럼 실적을 올릴 수 있나요?"

"간단해, 아무 집이나 초인종을 눌러서 아줌마가 나오면, 아가씨, 집에 어머니 계세요? 라고 물어보면 돼"

금수저, 흙수저

엄마와 딸이 TV를 보다 금수저와 흙수저에 대한 방송을 보고 대화를 한다. 딸이 엄마에게 묻는다.

"엄마, 왜 우리 부모는 재벌이 아니에요?"

"…."

한참을 말이 없던 엄마가 말한다.

"너는 왜 김연아가 아니니?"

여성 초보 운전자의 재치

여성 초보 운전자가 운전하는데, 너무 조심스럽게 천천히 가자, 뒤에서 운전하던 남자 운전자가 열이 받아 추월하면서 소리쳤다.

"야, 아줌마! 집에 가서 밥이나 해!"

이때 여성 운전자가 창문을 내리더니 웃으면서 말했다.

"지금 쌀 사러 가는데요!"

남자 운전자는 얼굴이 빨개지며 멋쩍게 웃고 창문을 닫았다.

엄마의 복수

엄마와 딸이 택시를 타고 뒷골목을 가고 있는데 길거리에 매춘부들이 줄줄이 서 있었다. 그러자 딸이 엄마에게 물었다.

"엄마 저 언니들은 짧은 치마 입고 저기서 뭐 하는 거야?"

"으응, 친구를 기다리는 거란다"

그러자 택시 기사가 촐싹대게 말했다.

"에이, 아줌마. 창녀라고 얘기해야지! 왜 거짓말을 해요!"

그러자 딸이 물었다.

"엄마 창녀가 뭐야?"

엄마는 택시 기사를 째려보고 난 후에 어쩔 수 없이 딸에게 창녀가 뭔지 설명해줬다.

"엄마. 그럼 저 언니들도 아기를 낳아?"

"아주 가끔 그럴 때도 있단다."

"그럼 그 아기들은 어떻게 돼?"

그러자 엄마가 대답했다.

"음, 그 아기들은 대부분 택시 기사가 된단다."

어느 크루즈 여행사 광고 카피

기업들은 살벌한 시장 경쟁으로 인해 사생결단으로 차별화에 몰두한다. 촌철살인의 미션, 가치를 내세우는 카피가 쏟아지는 이유다. 다음은 최근 대중의 눈을 끌어당긴 크루즈 여행사 광고 카피다. "다리 떨릴 때 떠나지 말고, 가슴 떨릴 때 떠나라."

한 항공사의 기내 금연 방송

"오늘 우리 비행기에 탑승하신 승객 여러분을 환영합니다. 저희 항공사에선 고객들의 요구 때문에 흡연석을 마련했습니다. 담배를 피우실 분들께선 날개 위로 와 주시기 바랍니다. 담배를 피우며 영화도 볼 수 있도록 준비했습니다. 영화 제목은 '바람과 함께 사라지다' 입니다."

글귀 하나의 힘

고층 빌딩 꼭대기에 있는 이탈리안 레스토랑, 엘리베이터 안내표지 옆에 이렇게 써 붙였더니 매출이 급상승했다고 한다. "야경은 무료입니다."

우리에게 "타이어 신발값보다 싸다."라는 문구로 유명한 타이어 판매점에서 "모든 타이어를 30% 할인합니다."라는 문구에서 타이어 3개를 사면 한 개는 공짜로 줍니다."로 홍보문구를 바꿨더니 매출이 3배로 올랐다고 한다. 타이어는 보통 4개를 같이 갈기 때문이기도 하다.

한 고깃집의 홍보 문구, "기분이 저기압일 때는 고기 앞으로."

해서는 안 되는 말

살면서 가장 무서운 것이 무관심이라고 한다. 하지만 이 무관심보다 더 무서운 것은 관심 있는 척하며 해서는 안 되는 말을 하는 것이다.

힘들어하는 사람에게 제일 위로가 안 되는 말.

"너보다 힘든 사람 많아."

위로란 '힘내'라고 말하는 것이 아니라 '힘들지'라고 묻는 것이다.

노력하는 사람에게 제일 응원이 안 되는 말.

"너보다 노력하는 사람 많아."

가뜩이나 부담감 많은 아이에게 부담만 주는 말.

"난 너 하나만 보며 산다."

사람들이 당신을 겁내는 건, 당신에게 대단한 카리스마가 있어서가 아니다. 당신은 그냥 쉽게 상처를 주는 사람이기에 상처받게 될 자신을 겁내는 것이다.

어머니의 한마디

열심히 공부하는데 성적이 오르지 않는 학생이 있었다. 여기저기 유명 학원에 다녀봤지만, 성적은 항상 제자리였다. 기말고사를 마친 어느 날 성적표가 나왔는데 놀랍게도 한 과목만 '양'이고 나머지는 전부 '가'였다.

성적표를 보신 어머니가 조용히 한 말씀 하셨다.

"얘야, 너무 한 과목에만 치중하는 거 아니니?"

노이즈 마케팅

엘리베이터를 타면 항상 문에 경고문구가 붙어 있다. 하지만 우리는 무심코 스쳐 지나가기 쉽다. 나는 경고문구에 아래와 같은 글을 써서 붙여 놨다. 한번 웃고 경고문구를 되새기는 계기가 되라고.

'장풍금지', '개폼금지', '자살금지'.

일급비밀

지방 출장을 갔다 오다 휴게소에 들렀다. 휴게실 화장실 변기 위에 다음과 같은 글귀가 쓰여 있었다. "저를 소중히 다뤄주시면, 오늘 본 것은 절대로 비밀로 하겠습니다." 나는 변기를 아주아주 소중하게 다뤘다.

베스트셀러 만들기

끼니를 굶어가며 무명 작가로 생활하던 영국의 서머셋 모음은 자신의 책이 팔리지 않아 극단의 묘책을 생각해 낸다. 신문사에 자신의 소설 『달과 6펜스』을 광고하는 것이 가장 좋은 방법이지만 광고비가 없었다. 그는 책임자를 만나 책이 팔리면 광고비를 두 배로 갚겠다고 사정하며 광고 문안을 내밀었다. 그 광고는 바로 백만장자의 구혼 광고였다. "배우자를 찾습니다. 저는 음악과 운동을 좋아하는 교양있는 백만장자입니다. 제가 찾는 이상형은 서머셋 모옴의 소설에 나오는 여주인공과 모든 면에서 닮은 분이면 연락을 바랍니다. 그런 여성과 결혼하고 싶습니다."

신문사 책임자는 무릎을 '탁' 치고는 신문광고에 실었다. 광고가 실린 지 얼마 되지 않아 전국으로 퍼져나갔고 광고를 본 온 나라의 여성들은 소설에 등장하는 여성이 누구인지 알아내기 위해 너 나 할 것 없이 책을 구매했다. 그의 책이 베스트셀러가 되는 것은 시간문제였고 그는 그 길로 유명 작가의 반열에 우뚝 올라서게 되었다.

어느 무명 철학자의 유쾌한 행복론

『어느 무명 철학자의 유쾌한 행복론』의 저자 전시륜은 책명대로 무명 철학자였던 그는 그야말로 이 세상에서 단 한 번도 알려진 적이 없는 사람이었다. 그리고 단 한 권의 책만을 남기고 이 세상을 떠났다. 그가 살아있을 때 출판사에 원고를 넘겼으나 끝내 책으로 묶어진 것을 보지 못하고 췌장암으로 세상을 뜬다. 그는 암으로 판정을 받고 일찍이 자신의 단 한 권의 책에 '유언'을 남겼다.

"아내에게 부탁드립니다. 제가 죽은 후 재혼하는 것이 좋지 않겠어요? 젊었을 때 성행위가 있어야 소화가 잘되듯이 노년에도 서로 기대고 의지할 반려자가 필요합니다. 재혼할 경우 남편과 살은 섞되 절대로 은행 장부는 섞지 마십시오." 참으로 무명 철학자의 유쾌한 행복론 다운 유언이다.

지금 행복하려면

영국 속담에 이런 이야기가 있다. "하루를 행복하려면 이발해라, 일주일을 행복하려면 여행해라, 한 달을 행복하려면 집을 사라, 일 년을 행복하려면 결혼해라, 일평생을 행복하려면 이웃을 섬겨라." 그리고 제일 중요한 것이 있다. 지금 행복하려면 "이 책을 계속 읽어라!"

고수(高手)와 프로들의 이야기

진정한 사업가란?

사람들에게 갑자기 공돈 1억이 생기면 무엇을 할 거냐고 질문을 하면 그 돈을 쓸 생각으로 가득 차 있다. 하지만 사업가는 그 돈으로 어떻게 하면 돈을 벌지를 생각한다.

"사기꾼은 상대에게 1억의 손해를 끼치고 1천만 원을 가져간다."

"사업가는 상대에게 1천만 원의 보상을 해주고 1억을 가져간다."

누가 진정한 고수인가?

두 친구가 서로 말다툼을 한다. 이름은 재영이와 승덕이, 서로가 형님이라고 우기면서 다투는 것이었다. 말다툼 끝에 아무래도 '형님'은 참을성과 인내심이 있어야 한다면서 내기를 한다. 내기는 서로 똥침을 놔서 비명을 지르지 않는 사람이 형님이 되기로 했다. 똥침은 두 번을 찌르기로 했고, 참는 사람은 두 번 다 비명을 지르지 않고 참아야 했다.

먼저 재영이가 승덕이에게 똥침을 놓는다. 재영이는 바로 뒤에서 허리를 숙이고 있는 승덕이에게 똥침을 놨다. 승덕이는 하늘이 노랗고 눈에서는 눈물이 찔끔 났지만 이를 악물고 꾹 참았다. 정말 고통을 이루 말할 수가 없었다. 다시 두 번째 똥침. 이번에 재영이는 2m 뒤에서 달려와 허리를 숙이고 있는 승덕이에게 똥침을 놨다. 승덕이는 입이 찢어지라고 비명을 지르고 싶었지만 이를 악물고 꾹 참은 채 펄떡펄떡 뛰었다. 얼마나 이를 악물었는지 잇몸에서 피가 났다.

이제는 승덕이가 재영이에게 똥침을 놓을 차례. 승덕이는 손가락으로 팔굽혀펴기를 한 후, 양손 깍지를 끼고 양 검지를 추켜올렸다. 그리고 눈을 부릅뜨고 재영이를 노려보았다. 이때, 재영이가 승덕이에게 쏜살같이 달려와 허리를 90도로 숙이며 복창한다. “형~님”

‘진정한 고수는 상대가 나를 이겼다고 생각하게 만들면서 실제로는 자신이 원하는 것을 다 얻는다.’

체스 고수의 고백

옛날, 뛰어난 체스 실력을 갖춘 백작이 있었는데 한 떠돌이 기사가 찾아와 백작과 체스를 한판 두기를 청했다. 체스를 좋아하는 백작은 기사의 청을 받아들였는데 기사는 체스의 승패에 따른 내기를 걸어 달라고도 요청했다. 내기가 걸리면 승부가 더 재미있어질 것으로 생각한 백작은 그 요청도 받아들여, 백작이 이기면 기사의 말을 가지게 되고 기사가 이기면 한 달 치 식량을 얻기로 하는 내기 체스가 시작되었다.

기사의 체스 실력도 만만치 않았지만, 승부의 결과는 백작의 승리로 끝났다. 모처럼 즐거운 체스를 둔 백작은 내기에 걸린 기사의 말을 받지 않고 그냥 돌려주려 했으나 오히려 기사는 그것을 거절했다. "백작님. 제가 한 약속은 반드시 지켜야 하기에 저는 약속대로 말을 돌려받을 수 없습니다. 대신 한 달 후 다시 저와 체스 승부를 겨룰 수 있게 해주십시오."

백작은 기사의 청을 흔쾌히 받아들였고 약속한 한 달이 지나 다시 찾아온 기사와 또 한 번의 내기 체스 승부를 겨루게 되었다. 그런데 이번 승부에서 기사는 뛰어난 실력으로 백작에게 승리했고 놀란 백작은 이런 실력을 갖추고 있으면서 왜 지난 승부에서는 졌는지 물어보았다. 백작의 질문에 기사는 송구한 표정으로 대답했다. "사실은 제 말을 누군가에게 맡기고 한 달 동안 처리해야 하는 일이 있었는데 제가 가난해서 말을 맡겨두고 먹일 돈이 없었습니다. 그래서 궁리 끝에 체스를 좋아하신다는 백작님께 말을 맡겨두려고 이런 일을 벌였습니다. 정말 죄송합니다. 백작님."

백작을 속인 일로 벌을 받을까 걱정하는 기사에게 백작이 웃으며 말했다. "자네는 귀족을 속였으니 벌을 받아야 하네. 그 벌로 나의 체스 친구가 되어 자주 찾아와 나와 체스를 두는 것으로 하겠네, 언제나 자네를 환영하네."

회사명에는 창업주의 철학이 담겨 있다

'마이크로소프트(Microsoft)'는 빌 게이츠의 선견지명이 드러난 사명이다. 그가 회사를 창업한 1975년만 해도 컴퓨터 하면 건물의 벽 전체를 차지하는 대형컴퓨터를 떠올리기 마련이었지만 빌 게이츠는 소형컴퓨터의 미래를 예상하고 회사의 이름에 아주 작은 것을 뜻하는 마이크로

(Micro)라는 단어를 넣었다. 또한, 컴퓨터와 프로그램이라는 개념만 존재했을 때 사명에 소프트웨어를 전면에 내세웠다. 그가 회사를 창업했던 1975년도만 해도 회사명은 사람들에게 희귀하고 생소한 전문적인 용어였다. 심지어 회사명 때문에 마이크로소프트는 한때 사람들로부터 작고 부드러운 아이스크림을 만드는 회사로 오인을 받아야 할 정도였다.

'롯데(LOTTE)'의 창업주인 신격호 총괄회장은 1940년대 초, 20대 초반의 나이에 일본으로 건너가 신문팔이, 우유배달 등의 일과 와세다 대학에서의 공부를 병행하는 어려운 환경 속에서도 문학에 심취해 있었다. 그런 그는 독일의 세계적인 대문호 '괴테(Johann Wolfgang von Goethe)'의 작품에 빠져있었다. 그리고 괴테의 『젊은 베르테르의 슬픔』을 읽게 되었고 자신의 생명까지 불사를 수 있었던 극 중 여주인공 '샤롯데(Shalote)'를 향한 '베르테르'의 사랑과 정열에 감명을 받았다.

그리하여 여주인공의 이름인 샤롯데에서 따온 '롯데'라는 신선한 이미지를 기업명과 상품명으로 택하기로 결정, 1948년 일본에서 롯데라는 회사를 창립했다. 신격호 총괄회장은 누구나 사랑하는 만인의 연인 '샤롯데'의 이름에서, 누구에게나 사랑받는 기업이 되고자 하는 열망을 담아 사명을 '롯데'로 삼았다.

스타벅스의 홍보전략

아이디어는 새로울 필요가 없다 그냥 더 좋기만 해도 된다. 스타벅스는 커피 한 잔을 갖고 똑같은 일을 하지만 고객을 상품화하여 성공했다. 스타벅스 매장을 보면 거리를 대면하는 창가에 단독으로 오는 익명의 고객을 위한 스툴형 의자를 놓아 거리 군중의 시선 투자를 유도한다. 또한, 군집을 이루는 고객들을 위해 널찍한 의자와 탁자를 매장 중앙에 배치하여 공간의 점유의식을 고양한다. 이 안에서 고객들은 쇼윈도의 마네킹처럼 상품화되지만, 오히려 그런 시선을 즐기고 자신을 전시하며 그리고 그것을 욕망한다.

맥도날드는 햄버거와 감자튀김을 팔아 돈을 벌지 않는다

'맥도날드(McDonald's)'는 햄버거와 감자튀김을 팔아서 돈을 벌지 않는다. 맥도날드는 완전히 다른 방식으로 돈을 벌고 있다. 사실을 알고 나면 깜짝 놀랄 것이다. 알아야 할 점은 맥도날드의 93%가 프랜차이즈인데 이것은 누구나 언제든지 맥도날드를 오픈할 수 있다는 것을 의미한다. 단, 유일한 조건은 돈이 필요하다는 것이다.

맥도날드를 오픈할 때 개업하는 사람은 그 브랜드에 대한 임대료와 각, 판매마다 수수료를 지급해야 해야 한다. 그리고 맥도날드의 임대료는 매우 높은 편이다. 왜냐하면, 가맹주가 운영하는 건물 소유는 맥도날드이기 때문이다. 그리고 맥도날드 건물은 현지 부동산 가격을 훨씬 뛰어넘는다. 브랜드 파워 때문이다. 그렇게 맥도날드는 음식이 아니라 브랜드를 임대함으로써 임대사업을 통해 돈을 번다. 맥도날드는 햄버거와 감자튀김 사업이 아니라 부동산 사업을 하는 것이다. 스타벅스 등 많은 프랜차이즈 기업들은 이러한 방식으로 돈을 번다.

화장품 회사들의 마케팅 전략

우리 누구나 느끼는 거지만 스킨과 로션을 사용하다 보면 항상 스킨이 먼저 동이 난다. 나중에는 로션을 더 많이 사용하며 조절하려 하지만 결과는 마찬가지다. 처음부터 스킨 병은 좀 더 크게, 아니면 로션 병을 좀 더 작게 만들면 해결은 간단하다.

하지만 화장품회사들은 그렇게 하지 않는다. 왜냐면 그것은 화장품 회사들의 마케팅 전략이기 때문이다. 보통 우리는 스킨로션을 한 회사의 제품을 사용한다. 그렇기에 스킨이 먼저 떨어지게 되면 추가로 스킨을 살 때 같은 회사의 제품을 사게 된다. 그렇게 사용하다 로션이 떨어지게 되면 그 역시 같은 회사의 제품을 추가로 구매하게 된다. 그렇게 우리는 한 회사의 제품을 계속하여 사용하게 된다. 그것은 샴푸와 린스의 경우도 마찬가지이다.

한 정육점의 운영 비법

여기 한 정육점이 있다. 이 가게는 일주일에 단 하루만 문을 연다. 그것도 인적이 드문 외각의 허름한 가게다. 물론 고기는 최고의 품질을 싸고, 신선하게 판매하기 때문에 가게 문을 여는 날은 아침부터 사람들이 줄을 서서 고기를 산다. 그리고 오후에는 고기가 동나 일찍 문을 닫는다. 물론 외각의 허름한 가게라 세도 비싸지 않고 주차장도 필요 없다. 하지만 어떻게 일주일에 단 하루만 가게를 열어 생계가 가능할까? 더군다나 가게주인은 골프광이라 주말이면 외제 차를 타고 골프를 즐긴다고 한다. 나는 나중에야 그 이유를 알았다. 그는 이 가게 말고도 각각 다른 곳에 4개의 가게가 더 있다고 한다. 인적이 드문 허름한 곳에, 그곳들 역시 일주일에 단 하루만 가게 문을 연다.

장어집의 자부심

자유로를 타고 일산 쪽으로 가면 '반구정'이라는 장어집이 있다. 반구정은 황희정승이 노년에 관직에서 물러나 파주로 와서 임진강이 한눈에 굽어 보이는 강변 솔밭 동산에 이 정자를 짓고 갈매기가 나는 모습을 관조하고 시문을 즐겼다고 한다. 그 정자 이름이 '반구정(伴鷗亭)' 이다. 그래서 이 장어집 옆에는 황희정승 사당이 있다. 어느 주말, 가족들과 이곳에 갔는데 이상한 장면이 목격되었다. 장어집 주차장에서 나오는 사람들에게 주차안내원이 다른 장어집 위치를 알려주고 있었다. "여기서 우측으로 가시면 굴다리가 나옵니다. 그 굴다리로 쭉 들어가시면 장어집이 나옵니다."

나는 도저히 이해할 수가 없었다. 아무리 아르바이트생이라 하더라도 자신들이 일하는 장어집 주차장에서 다른 장어집 위치를 알려주다니, 나는 그 장어집 주차장에서 한참을 기다리다 번호표를 받지 못하고 주차장을 돌아 나오면서 이해가 되었다. 주차안내원이 우리 차로 다가와 얘기했다. "오래 기다리셨는데 장어를 못 드시게 해드려 죄송합니다. 주말이라 손님이 너무 많아서요."

그러면서 다른 장어집 위치를 알려주면서 한 마디를 덧붙였다. "거기도 먹을만할 것입니다." 다른 장어집에는 가지 않고 집으로 향하는데 자꾸 내 귀에 주차안내원의 말이 맴돌았다. '거기도 먹을만할 것입니다.'

무에서 유를 창조하는 '디지털 혁명'

세계 최대의 콘텐츠 회사인 페이스북(Facebook)은 콘텐츠를 만들지 않는다. 세계 최대의 택시회사 우버(Uber)에는 택시가 한 대도 없다. 세계 최대 숙박업체인 에어비앤비(Airbnb)는 소유호텔이 하나도 없다. 카카오택시는 택시를 한 대도 보유하고 있지 않으며 우리나라 4대 은행의 시가 총액을 훨씬 뛰어넘은 카카오뱅크는 자사 은행지점이 하나도 없다. 이처럼 세계 경제구조는 '소유'에서 '사용'으로 빠르게 전환하고 있다.

무용의 신

전무후무한 춤 실력으로 현재까지도 '무용의 신'이라 불리는 위대한 무용수 러시아 발레리노, 바츨라프 니진스키(Vatslav Nizhinskii)는 자신이 가장 행복한 순간은 "춤추는 사람은 사라지고 춤만 남을 때"라고 했다.

※ 니진스키: 폴란드계 소련의 무용가 겸 안무가, 1907년 발레 극장에서 초연한 이래 짧은 활동 기간에도 불구하고 최초의 남성 무용수로서 '무용의 신(神)'이라고 불릴 정도로 전설적 명성을 떨쳤다. 1918년 정신병에 걸려 만년을 불행하게 보냈으며 수기(手記) 『니진스키의 일기』를 남겼다.

장인(匠人)의 조각

여행자가 길을 가다가 나무로 작은 개를 멋지게 조각하는 장인(匠人)을 보았다. 그는 자리에 멈추어 서서 오랫동안 조각하는 모습을 바라보다가 장인에게 물었다.

"당신은 어떻게 그렇게 나무로 멋진 조각을 할 수 있습니까?"

장인이 대답했다.

"저는 나무에서 개가 아닌 부분을 다 깎아 줍니다."

대목장의 철학

나무로 궁궐, 사찰, 비각, 종각 따위의 규모가 큰 건축물을 짓는, 대목(大木) 일에 능한 장인을 '대목장'이라고 하는데 대목장은 후학을 가르칠 때 이렇게 가르쳤다고 한다. "천년 이상 갈 수 있는 건물을 지으려면 천년 된 노송을 써야 목수로서 그 나무에 면목이 서는 일이다. 남쪽 벽에 쓸 나무는 산의 남쪽에서 자란 나무를, 서쪽 벽에 쓸 나무는 산의 서쪽에서 자란 나무를 써야 한다."

나무는 오롯이 위로만 자라지 않는다. 삐뚤삐뚤 자라기 쉽고 특히나 천년이나 견디다 보면, 비바람에 또는 다른 환경들에 의해서 굽어지기도 하고, 기울어지기도 하고, 잘리는 부분도 분명히 있을 것이다. 대목장의 말은 부러진 그것은 부러진 대로 굽혀진 그것은 굽혀진 대로 적재적소에 사용하라는 가르침이었다.

조선시대의 사관

태종 이방원은 유난히도 사냥을 좋아하는 왕이었다. 하루는 친히 화살을 가지고 말을 달려 노루를 쏘다가 말이 거꾸러짐으로 인하여 말에서 떨어졌으나 상하지는 않았다. 좌우를 돌아보며 말하기를, "사관(史官)이 알게 하지 말라." 하였다. (태종실록 권7, 태종 4년 2월 8일)

위의 태종실록 글은 국왕이 계신 곳이면 어디든 따라가 그의 말과 행동을 가감 없이 기록하는 일을 소임으로 하는 사관의 책무와 직필(直筆) 정신을 보여주는 대표적 일화로 소개되곤 한다. 말에서 떨어진 일로 이미 위신이 깎였는데, 사관에게는 비밀로 해 달라는 말까지 사관이 고스란히 적어서 후세에 남기는 바람에 지엄한 국왕의 체면이 말이 아니게 되었다.

조선시대 만능엔터테인먼트 전기수

'전기수(傳奇叟)'는 이름 그대로 '기이한(기) 이야기를 전해주는(전) 늙은이(수)'라는 뜻이다. 조선 후기에 직업적으로 사람들에게 소설을 읽어 주던 사람을 말하며 사람이 많이 모이는 곳에 자리를 잡고 앉아 당시 유행하던 소설을 읽어 주었다. 책을 읽는 솜씨가 워낙 뛰어나 전기수가 흥미로운 대목에서 읽기를 멈추면 사람들은 다음 내용이 궁금해 앞다투어 돈을 던져 주었다고 한다.

조선시대 '인기 연예인'이자 '만능엔터테인먼트'이었던 전기수, 그는 낭독을 통해 민중에게 넓은 견문과 소설 읽기의 즐거움을 선사했다. 전기수가 어찌나 재미나게 이야기를 풀어내었던지, 소설의 주인공이 죽자 이야기에 빠져들었던 청중의 한사람이 분을 참지 못해 그만, 이야기꾼을 죽였다는 사건이 정조 14년 8월 10일 「정조실록」에도 전한다.

어느 날, 전기수가 청중들 앞에서 한참 이야기꽃을 피우고 있었다. 전기수 주위로는 많은 사람이 모여 있었고, 모두 전기수의 이야기에 정신이 팔려있을 때, 갑자기 살인 사건이 터진 것이다. 전기수 이야기에 푹 빠져있던 청중 한 명이 나쁜 주인공을 응징한다며, 들고 있던 낫으로 전기수를 죽인 것이다. 책 읽는 솜씨가 얼마나 뛰어나면 청중이 현실과 책 속 이야기를 혼동해 그만, 분한 마음을 참지 못하고 살인을 저질렀을까? 죽은 사람은 전기수로 당대 최고의 인기를 구가하던 '이업복(李業福)'이었다.

진정한 고수, 검객

검술대회가 열렸다. 최종까지 남은 검객은 세 명, 심사관이 첫 번째 검객에게 파리 한 마리를 날렸다. 파리는 단칼에 두 토막이 나버렸다. 이어 두 번째 검객은 네 토막. 그런데 세 번째 검객은 파리가 그냥 날아가 버렸다.

심사관이 물었다.

"실팬가?"

그러자 세 번째 검객이 대답했다.

"아닙니다. 저놈은 앞으로 교미를 못 할 겁니다."

진정한 고수는 좀처럼 그 실체를 드러내지 않는다.

스승의 가르침

미술계에 갓 등단한 젊은 화가가 있었다. 그는 실력 있는 화가였지만, 자신의 그림이 잘 팔리지 않자 하루는 스승을 찾아가 고민을 토로했다.

"선생님, 어떻게 하면 성공할 수 있습니까? 저는 3일 동안 하나의 작품을 완성합니다. 그러나 그것이 팔리기까지 3년은 걸리는 것 같습니다."

그러자 스승은 제자의 어깨를 두드리며 미소 지었다.

"앞으로는 한 폭의 그림을 3년에 걸쳐 정성껏 그려보게나. 그러면 그 그림은 3일 안에 팔릴 수 있을 걸세."

상담 전문가

어느 날 아내의 죽음으로 상실과 우울증에 빠진 한 노인이 한 정신의학박사에게 상담을 받기 위해 찾아왔다. 그 노인은 현재의 참담함과 슬픔을 박사에게 얘기했고, 박사는 노인에게 물었다. "만일 선생님이 먼저 돌아가셔서 선생님의 아내가 혼자 남아 있다면 어땠을까요?"

노인은 펄쩍 뛰며 말했다. "안될 말이요. 내가 겪는 이 끔찍한 절망을 사랑하는 내 아내가 겪게 할 수는 없소."

박사는 조용히 말했다. "지금 선생님이 겪고 있는 고통은 아내가 받았을지도 모를 아픔을 대신한 것입니다."

노인은 프랭클 박사의 손을 꼭 잡은 후 평안한 얼굴로 돌아갔다.

> 우주를 단 한 사람으로 축소하고,
>
> 한 사람을 신으로 확대하면 그것이 바로 사랑이다.
>
> — 빅토르 위고(Victor Hugo)

문장 하나의 힘

한 부랑자가 "저는 앞을 못 보는 시각장애인입니다."라고 적힌 푯말을 목에 걸고 거리에서 구걸하고 있었다. 그러나 그 누구도 적선하지 않았다. 한 남자가 다가왔다. 그리고 부랑자가 목에 걸고 있던 푯말을 뒤집어 뭔가를 써 놓고 그 자리를 떠났다. 깡통에는 순식간에 동전이 쌓이기 시작했다. 거기에는 이렇게 적혀 있었다. "봄이 왔습니다. 하지만 저는 그 봄을 볼 수가 없네요." 문구를 바꿔 적은 사람은 '앙드레 브르통(André Breton)' 프랑스의 시인이었다.

글자 단 한 줄의 의미

19세기 초 영국 캠브리지대학 종교학 과목 시험시간, 그날의 문제는

"물을 포도주로 바꾼 예수의 기적에 대해 논하라?"였다. 강의실 안의 모든 학생은 저마다 답안을 열심히 작성해 나갔으나 답안지에 단 한 글자도 적지 않은 채 창밖의 먼 산만을 바라보는 청년이 있었다. 감독관이 다가가 주의를 주었지만 계속해서 다른 곳을 응시하였고 화가 난 교수는 다가가 백지 제출은 영점 처리된다고 경고를 하였다. 이윽고 청년은 펜을 들더니 단 한 줄을 쓰고 강의실을 나갔는데 이 답안으로 인해 그는 최우수 학점을 받았다.

그 청년은 바로 영국의 대표적인 낭만파 시인으로, 젊음과 반항의 상징인 반속 적인 천재 시인으로 불리는 '조지 고든 바이런(George Gordon Byron)'으로 "어느 날 아침에 일어나 보니 유명해져 있었다."라는 말로 당대 최고의 인기를 구가한 시인이었다, 그때 그가 제출한 답안의 내용은 다음과 같았다. "물이 그 주인을 만나니 얼굴이 붉어지더라!"

콤마 하나의 의미

아일랜드 출신의 극작가이자 소설가, 시인인 '오스카 와일드(Oscar Wilde)'는 어느 날 이런 질문을 받았다. "오늘 하루를 어떻게 지내셨습니까?" 그러자 그는 대답했다. "오전 중에는 시를 하나 쓰고 콤마를 하나 지워야 했지요. 그리고 오후에는 그 콤마를 하나 다시 써넣어야만 했습니다."

하수는 머릿속에 만 가지 생각으로 가득 차 있고,

고수는 머릿속에 한 가지 생각으로 가득 차 있다.

한자(漢字)의 고수

정조 임금이 하루는 정약용에게 내기하자고 하면서 이런 내기를 걸었다. 똑같은 글자를 세 번 사용하여 만들 수 있는 글자를 찾아서 써보자고 말하자 정약용이 자신만만하게 말했다. "전하 이 내기를 제가 반드시 이깁니다. 한 글자 차이로"

그러자 정조 임금은 "무슨 소리냐, 내가 자전을 다 외우고 있는데 말도 안 되는 소리다."

그렇게 반박했고 두 사람 내기의 결과 정약용이 이겼다. 정조 임금은 간사할 간 '姦', 밝을 정 '晶', 품격 품 '品', 불꽃 염 '焱', 돌무더기 뢰(뇌) '磊' 나무 빽빽할 삼 '森' 벌레 충 '蟲' 등등 한자에서 세 번 사용하여 만들 수 있는 모든 글자를 썼다. 하지만 정약용도 똑같은 한자를 모두 썼고 마지막에 한 글자를 더 썼다. 그것은 바로 석 삼 '三' 자였다.

하늘에 감사하는 삶

백발이 성성한 신선 같은 분이 공원에서 명상하고 있었다. 그 모습을 보고 한 숙녀가 다가와 물었다. "할아버지 어쩌면 그렇게 품위 있고, 아름답게 늙으셨어요. '세월은 흘러가는 것이 아닌 쌓이는 것이다.' 라는 말처럼 정말 신선이나 도인 같으세요. 비결이 무엇이세요."

그러자 신선 같은 분은 여전히 눈을 감은 채로 말했다. "나는 하루에 소주 3병 이상을 마시고 담배도 피웁니다. 그리고 먹고 싶을 때 먹고, 쉬고 싶을 때 쉽니다. 그리고 매일 하늘을 보고 감사드리지요."

"할아버지 정말 멋지세요. 그런데 연세가 어떻게 되세요."

순간, 할아버지는 번쩍 눈을 떴다. 그 할아버지의 눈에서는 뭔가 형언할 수 없는 빛이 감도는 것 같았다. 절대 노인의 눈빛이 아니었다.

"이제야 아홉수를 넘겼습니다. 마흔 살."

요즘 신선이 보이지 않는 이유

신선이 구름을 타고 다니지 않는 이유는 비즈니스클래스나 일등석을 주로 이용하기 때문이며 축지법을 쓰지 않는 이유는 힘들게 걷거나 뛰지 않고 대중교통을 이용하기 때문이다. 70살 이상이기 때문에 무료다. 그리고 천리안을 쓰지 않는 이유는 인터넷 검색이 더 정확하기 때문이며 다용도용 지팡이를 들고 다니지 않는 이유는 모두 스마트폰을 들고 다니기 때문이다. 이것이 제일 중요한데 '신선도'를 수련하지 않는 이유는 모두 '경호무술'을 수련하기 때문이다.

재미있는 종교 이야기

종교라는 거

'신은 인간의 모습을 오직 공통된 형태로 창조해 내었다. 하지만 인간은 얼마나 다양한 형태의 신을 창조해 내었는가?' 예수님, 부처님, 공자님이 같은 시대 태어나셨다면 아마도 좋은 벗이 될 수 있었을 것이다. 모든 종교, 또는 지도자들에게 마찬 가지듯, 중요한 것은 그들을 따르는 광신도들이 문제다. 그렇기에 독일 철학자이자 종교학자인 '막스 뮐러(Friedrich Max Müller)'는 말했다. "만약 어떤 이가 자신의 종교 하나만을 알고 있다면 사실은 그 하나도 제대로 알지 못하는 것이다."

또한, 단재(丹齋) 신채호 선생은 진정한 종교의 역할에 대하여 다음과 같이 말했다. "조선에 불교가 들어오면 조선의 불교가 되어야 하는데, 왜 불교의 조선이 되느냐?"

석가모니는 죽어가면서 각자 얼굴도 다르고 색깔도 다르니 자기 스스로 서라고 말했다. 그러자 제자들이 물었다. "선생님께서 돌아가시면 어떻게 해요?" 그러자 부처는 대답했다. "무소의 뿔처럼 혼자서 가라."

스위스 정신의학자이자 심리학자인 '카를 융(Carl Gustav Jung)'은 죽기 직전 "신(神)을 믿느냐?"는 질문을 하자 이렇게 답했다고 한다. "나는 믿지 않는다. 다만 알 뿐이다."

나는 이날 부처를 보았다

크리스마스 이브날, 추운 날씨에도 변함없이 구세군은 종을 딸랑이며 온정의 손길을 기다리고 있었다. 그때 한 스님이 지나가다가 그곳에 멈춰 섰다. 그리고는 바짓가랑이를 주섬주섬 풀고 구세군 냄비 옆에 주저앉아서 목탁을 두드리며 시주를 받기 시작했다. 목탁 소리와 종소리가 오묘하게? 울려 퍼지고 구세군 사람들도 얼핏 당혹스러웠으나 그저 종을 계속 흔들고 있었다.

계속되는 목탁 소리와 종소리, 시간이 흐르고 구경꾼들이 여기저기서 몰려들기 시작했다. 사람들의 심리란 참 묘하게 이상한 것이다. 불교와 기독교 신도들이 모여들어 양쪽에서 소리 없는 응원전이 펼쳐진 것이다. 이쪽 이겨라, 저쪽 이겨라. 사람들은 응원의 뜻으로 이쪽과 저쪽에서 돈을 넣기 시작했다. 한 명, 또 한 명 그러면서 은근슬쩍 어느 쪽에 돈이 더 많이 모이나 보는 것이었다.

양쪽 진영은 경쟁적으로 기부금을 몰아넣었다. 말도 안 되게 돈은 쌓여만 갔다. 어이가 없었다. 한참 후, 스님은 시주를 멈추고 주위를 힐끗 쳐다보고 돈을 세기 시작했다. 뭉칫돈이 장난이 아니었다. 숨이 멎었다. 곧이어 스님은 짐을 이리저리 싸 들고 돈을 덥석 집어 들고 계면쩍은 듯, 씩 웃으면서 그 시줏돈을 구세군 냄비에 털썩 집어넣고는 손을 탁탁 털며 "나무아미타불 관세음보살" 하면서 뒤도 안 돌아보고 어디론가 가버렸다.

불상을 태우다

'이솔'은 겨울 날씨가 하도 매섭고 추워 땔감을 구하다가 마침 법당 안에 모셔진 목불(木佛)을 발견하고 목불을 들고 마당으로 나와 도끼로 쪼개 불을 지폈다. 이를 본 절의 스님 하나가 뛰쳐나오더니 길길이 날뛰며 고함을 쳤다.

"아니 아실만 한 분이 이 무슨 해괴망측한 일을 벌인단 말이오."

"지금 나는 부처를 태워 사리를 얻으려는 중이오."

얼토당토않은 말에 더욱 격분한 스님이 말을 이었다.

"당신 제정신이오. 목불에 무슨 사리가 있다고 불에 태운단 말이야."

이때 이솔이 오히려 스님에게 호통을 쳤다.

"사리가 없는 부처를 불에 땠다고 해서 나를 원망할 필요는 없지 않겠소."

후에 이 일을 전해 들은 이산선사는 말했다.

"스님은 부처만 보았고 이솔은 나무만 태웠느니라."

먼저 다리를 건너지 마라

큰 스님과 동자승이 길을 걷고 있는데 동자승이 스님에게 질문했다.

"스님, 비가 너무 많이 와서 개울을 건널 수 있을까요?"

그러자 스님이 대답했다.

"아직 다리에 도착하려면 하루, 이틀은 남았구나, 다리에 다다르기 전에 먼저 다리를 건너지 마라!" (내일 일을 위하여 염려하지 말라 내일 일은 내일 염려할 것이요 한 날의 괴로움은 그날로 족하느니라. 마태복음 6장 34절)

그렇게 한나절이 걸려 개울에 다다랐는데 한 처자가 물이 불어서 징검다리를 건너지 못하고 있었다. 한복을 곱게 차려입었기 때문에 옷이 물에 젖을 것을 염려했다. 스님은 생각할 겨를도 없이 처자를 업어서 건너편 개울가에 내려놓았다. 그렇게 개울가를 건너고 스님과 제자는 길을 걷고 있는데, 제자가 다시 스님에게 질문했다.

"스님, 남녀가 유별한데 어찌하여 과년한 처자를 등에 업고 개울을 건넜습니까?"

그러자 스님이 대답했다.

"나는 아까 그 처자를 개울가에 내려놓았는데 너는 지금도 그 처자를 업고 가고 있구나!"

종교를 초월한 스님의 말 한마디

어느 절에서 절의 운영이 어려워지자 스님들이 모여 회의를 했다. 절의 존폐에 대한 책임자 선택 문제로 며칠 동안 난상토론을 벌였지만, 누구도 책임진다는 스님은 없었다. 모두가 지치고 해결책은 없어 고심하고 있을 때 한 스님이 벌떡 일어서며 고뇌에 찬 표정으로 결단의 한마디를 던졌다. "너무 걱정하지 마세요, 여러분들을 위해서 제가 모든 책임을 지고 십자가를 메겠습니다!"

예수님의 고백

회사원 톰슨 씨가 다른 주로 출장을 가게 되었다. 그는 기독교인이고 흑인이었다. 그는 일요일이 되어 예배를 보기 위해 출장지에 있는 교회를 찾았다. 그러나 그는 교회가 백인 전용 교회라는 이유로 출입을 거부당했다. 눈보라가 몰아치는 겨울이었다. 그는 찬송가 소리가 울려 퍼지는 교회 밖 땅바닥에 주저앉아 슬피 울고 있었다. 그때였다. 예수님이 톰슨 씨 앞에 나타나 물었다.

"그대는 왜 땅바닥에 주저앉아 울고 있는가?"

"백인 전용 교회라는 이유로 출입을 거부당해 슬퍼서 울고 있었나이다."

그러자 예수님이 부드러운 손길로 톰슨 씨의 등을 어루만지며 이렇게 말했다.

"울지 마라, 이 교회가 생긴 지 족히 1백 년이 넘었지만, 나 역시 아직 한 번도 들어가 본 적이 없느니라."

흑인의 천국과 백인의 천국

노예 제도가 존재하던 19세기 초, 미국에서 어느 날 한 백인 농장주가 흑인 노예에게 이렇게 말했다. "내가 어젯밤 꿈에서 깜둥이들이 죽으면 가게 되는 천국을 가 봤는데, 세상에나, 바람이라도 불면 날아가 버릴 만큼 엉성한 집들이 즐비한 거리 곳곳에 오물이 널려 있고 그곳에 세상의 모든 깜둥이가 낡은 옷을 걸치고 살고 있더군."

그 말을 들은 흑인 노예는 이렇게 말했다. "오, 주인님은 저와 정반대의 꿈을 꾸셨군요. 제가 간 곳은 백인들이 죽으면 가게 되는 천국이었습니다. 그런데 세상에나, 집이란 집들은 금으로 지어져 있고, 길바닥은 하얀 진주들로 포장된 데다, 뜰에는 향긋한 꽃과 먹음직스러운 과일이 주렁주렁 열린 나무들이 심겨 있더군요. 그런데 말입니다. 거기에선 아무리 눈을 씻고 봐도 사람 하나 찾아볼 수 없더군요."

천국과 지옥 사이

평소 의심 많고 잔머리에 능했던 한 어르신이 그의 요청대로 목사를 불러 기도를 드렸다. "어르신, 이제 예수님을 영접하고 마귀, 사탄을 부정하십시오. 그리하면 이제 천국에 갈 수 있습니다."

그러나 그 어르신은 눈만 감고 대꾸도 하지 않는다.

목사는 다시 말했다. "어르신, 어서 마귀, 사탄을 부정하십시오?"

그러나 계속 입을 다물고 있는 어르신.

"어르신 왜 마귀, 사탄을 부정하지 않는 거죠?"

그러자 어르신이 겨우 힘없이 대답했다. "아니 목사님 내가 죽어서 어디로 갈지도 모르는디. 마귀, 사탄을 욕할 순 없잖유~"

아프리카인들이 생각하는 종교

아프리카에는 이런 말이 전해 내려온다. "백인(정복자)이 왔을 때 그들 손에는 성경이 있었고 우리 손에는 땅이 있었다. 그 백인이 우리더러 눈을 감고 기도하라고 말했다. 우리는 그렇게 눈을 감고 기도를 했다. 그런데 이제 그 백인 손에 땅이 있고 우리 손에는 성경이 있다.

유대인의 종교

유대인의 90% 이상은 기독교인이 아니다. 그것은 곧 예수가 유대인임에도 메시아로 인정하지 않는다는 것을 뜻한다. 기독교 성서인 『성경』은 '구약'과 '신약'으로 나뉘며 예수 탄생 이전의 성서가 '구약'이고, 예수 탄생 이후 제자들의 기록이 '신약'이기 때문에 그들만의 종교 유대교는 '구약'만 성서로 인정할 뿐 '신약'은 성서로 생각하지 않는다.

아주 많은 신을 모시는 힌두교

인도는 더 말할 것도 없이 종교의 나라다. 힌두교 외에 이슬람교, 시크교, 자이나교, 기독교가 있으며 불교 또한 이 나라에서 기원했다. 특히 힌두교에 대한 이해 없이는 인도를 알기 어려울 정도다. '인도(India)'란 '힌두(Hindu)'에서 온 말이다. 그러니까 힌두교는 이름대로 '인도교'이다. 14억 인도인 가운데 80% 이상이 힌두교도다. 그러니 인도 사람들은 힌두교가 되는 것이 아니라 힌두교도로 태어나는 것이다.

힌두교는 유일신을 믿지 않고 많은 신을 섬기기 때문에, 다른 종교에 대하여 배타적이거나 독선적이지 않고 너그러운 편이다. 인도사람들은 만날 때와 헤어질 때 "나마스테(Namaste)"라는 인사말을 주고받는다. 그 뜻은 '내 안에 내재하여 있는 신이 당신 안에 내재하여 있는 신에게 경배합니다'이다.

티베트 사자의 서

티베트에서는 죽은 사람들을 위한 안내서가 있다. 죽음 다음에 개인이 겪게 될 일들에 대해서 차근차근 설명해 주는 이 안내서는 『티베트 사자의 서』라고 알려져 있다. 중간, 중간에 해탈하는 방법이나 다시 사람으로 태어나는 방법 등을 쓰고 있다. 이 안내서에는 다음과 같은 구절이 있다. "마음이 물질에서 나오는 게 아니라, 물질이 마음에서 나온다." 즉 눈앞의 물질세계가 실제로는 정신이 만들어 낸 환영의 세계였음을 지적하고 있다.

우리는 과연 무엇을 믿는가?

우리는 신을 믿는가?

많은 종교가 주님이나 메시아(Messiah)를 기다린다. 또한, 재림을 말하기도 한다. 하지만 누가 어느 날 "내가 바로 메시아다. 내가 너희들을 위하여 재림했다."라고 말하면 확인도 안 하면서 돌 먼저 던지는 것이 현실이다. 그렇게 기다리던 주님이 재림했는데 확인해볼 생각도 안 하고 돌 먼저 던지는 것이다. 어쩌면 우리들의 마음속에 악마뿐 아니라 신의 존재조차도 부정하고 있는 것은 아닐까. '나는 피뢰침 없는 십자가를 본 적이 없다.'

신은 자신이 못 드는 돌을 만들 수 있을까?

"전지전능한 신이 있다면, 자신도 들지 못할 돌을 만들 수 있을까?" 이것은 과거의 신학자와 철학자들이 하느님의 존재를 의심하며 던졌던 오래된 질문이다. 그 유명한 '돌의 역설'이다. 이 질문의 핵심은 하느님이 '논리적으로' 전지전능할 수 없으며, 따라서 아마 존재하지도 않을 거라는 데 있다. 신은 이러한 돌을 만들 수 있거나 만들 수 없다.

하지만 만들 수 있다면 그 돌을 들 수 없으니 전지전능하지 않고, 만들 수 없다면 만들 수 없으니 전지전능하지 않다는 질문이다.

지도자 개의 믿음

지도자 개가 있었다. 그 개는 다른 개들에게 존경을 받아왔고 항상 다른 개들에게 가르침을 주기 위해 설교를 하고 다녔다. "여러분 짖지 마세요! 우리도 짖지 않으면 신이 될 수 있습니다. 그 증거로 '개(Dog)'를 거꾸로 해 보세요? '신(God)'이 됩니다! 우리도 짖지 않으면 신이 될 수 있습니다."

모든 개는 그 지도자 개의 말에 공감했지만, 자신들은 짖지 않고는 살 수 없기에 그것이 죄송하고 안타까울 뿐이었다. 그러던 어느 날 모든 개가 한자리에 모였다. 그 개들은 모두 이구동성으로 말했다. "여러분 우리의 지도자 개 께서는 항상 우리를 위하여 짖지 말라는 좋은 말만 해주시는데 내일은 지도자 개 께서 80세가 되는 생신입니다. 내일만큼은 우리 모두 짖지 맙시다." 모두 철통같이 약속했다.

그리고 하루가 지나 지도자 개의 생일날, 아침에 지도자 개가 산책을 하는데 정말 이상했다. 모두 조용했고 아무 개도 짖지 않았다. 지도자 개는 너무나 기뻤다. 그리고 정오. 그때까지도 개 소리는 전혀 들리지 않았다. 지도자 개는 기뻤지만, 점점 불안해지기 시작했다. '개들이 모두 죽어버렸나?' 아니면 '모두 미쳐버렸나? 개들이 짖지 않는다니', 그리고 저녁이 되자 지도자 개는 이상한 생각이 들었다. '아니 모

든 개가 짖지 않는다니 난 이제 무엇을 하고 살지?'

갑자기 자신의 지나온 세월이 주마등처럼 스치고 지나갔다. 지도자 개는 80살이 되도록 평생 짖지 않았다. 그리고 깨달음을 얻은 후 현재까지 개들에게 "짖지 마라, 짖지 않으면 우리도 신이 될 수 있다."라는 설교를 하며 평생을 지내왔다. 지도자 개는 인생무상을 느끼며 하늘을 보는데 그날은 아주 큰 보름달이 떠 있었다. 개들은 보름달을 보면 더 짖고 싶어 한다. 지도자 개는 갑자기 짖고 싶다는 충동을 느꼈다. 80 평생 짖지 않았기 때문에 그 욕망은 더했다. 지도자 개는 하늘을 향해 힘차게 짖었다.

"멍~", "멍멍~"

가뜩이나 온종일 짖는 것을 참아왔던 개들, 특히나 오늘은 보름달이 뜬 것이 아닌가! '어떤 놈이 참지 못하고 짖었구나!' 그리고 이어 모든 개는 참아왔던 모든 것을 토해내듯이 짖었다. 세상은 개 짖는 소리로 가득 찼다.

목사님, 스님들은 말씀하신다. "술 마시지 마라! 담배 피우지 마라! 혹은 무엇 무엇을 하지 마라" 항상 좋은 말들을 해주신다. 그런데 세상에 모든 사람이 목사님 스님의 말을 따를 때, 아마도 지도자 개와 같은 생각이 들지도 모른다는 생각을 해 본다.

알코올 중독자가 마지막 죽어가면서 술 한 잔에 평온을 찾을 수 있다면, 전쟁터에서 죽어가는 병사가 담배 한 개비를 피우면서 거기서 평온한 죽음을 맞이한다면 그 술 한 잔, 담배 한 개비도 '신(God)'이 있지는 않을까?

엄마의 믿음

어느 집에서 말썽꾸러기 쌍둥이 형제가 모여 결심을 했다. "내일은 우리의 생일, 엄마가 우리를 낳아주시느라고 얼마나 고생이 많았을까? 내일만큼은 우리가 어머니 말씀을 잘 듣고 따르자."

아침 식사를 하러 나온 쌍둥이 중, 둘째 아들이 먼저 시작했다. 평소와는 달리 일찍 일어나 샤워를 한 후, 엄마에게 극존칭을 쓰며 착하게 굴었다. "어머니, 안녕히 주무셨습니까? 아침 차려주시느라 고생 많으셨습니다. 설거지는 제가 하겠습니다."

처음에는 장난으로 생각해 웃어넘긴 엄마도 둘째 아들이 밥을 먹는 내내 계속해서 말을 높이고 예의를 차리자 '둘째가 머리가 어딘가 이상해진 것은 아닌가?'하고 생각했다.

그런데 첫째 아들이 나와서 둘째와 똑같이 하는 게 아닌가. 그러자 엄마는 자기가 이상해진 것이 아닌가 생각했고, 점점 불안해지기 시작했다. 갑자기 예전의 아들들이 그리워지기 시작했고 아들들이 계속하여 예의를 차리고 설거지에 집 청소까지 하자 아들들에게 소리를 지르며 화를 냈다.

"그만해!"

신자들의 믿음

한 지역에서 연일 가뭄이 들자, 주민들은 교회에 모여 비가 오도록 기도하기로 약속하였다. 하지만 약속한 날, 교회에 모인 주민들을 본 목사는 화를 내었다. "당신들의 우산은 어디에 있습니까?"

천당과 지옥에 관한 첫 번째 관점

한 사람이 죽음을 맞이하여 저승사자를 만났다.

"그대는 이승에서 좋은 일을 많이 하여 천당과 지옥 모두를 보여 주겠소."

그러면서 안내한 곳은 모든 사람이 온화한 미소를 띠고 있었고 행복해 보였다. 누구 하나 질서를 어기는 법이 없었고 길을 가다 만나는 사람들도 모두 상냥한 미소에 친절하기만 했다. 거리의 모든 것은 깨끗하고, 조용하고 질서정연했다. 그는 저승사자에게 물었다.

"이곳이 천당이겠군요?"

그런데 저승사자는 뜻밖의 대답을 했다.

"여기는 지옥입니다."

그러면서 그에게 여기가 왜 지옥인지 한 달간 살아보라고 했다. 그리고 한 달째 되는 날, 그는 깨달았다. 고난이 없는 행복은 행복이 아니듯이 아무런 변화도 없고, 오롯이 착함과 선함 그리고 편안함만 가득한 이곳이 얼마나 답답하고 지겨운지를, 그래서 그는 저승사자에게 천당을 보여 달라고 했다. 저승사자는 그를 천당으로 안내 했다. 그런데 이곳에서는 모든 사람이 홍청망청 술 마시고 노래하고 춤을 추고 있었다.

천당과 지옥에 관한 두 번째 관점

미국의 애리조나주에 억만장자들이 은퇴 후에 모여서 사는 '썬 밸리(Sun Valley)'라는 곳이 있다. 그곳은 모든 것이 현대화된 시설로 호화로운 곳일 뿐만 아니라 55세 이하는 입주가 안된다.

일반 평범한 동네에서 흔히 들리는 아이들의 시끄럽게 떠드는 소리도 없고 아무 데서나 볼썽사납게 애정 표현을 하는 젊은 커플도 없는 청정지역이다. 갖가지 음식 냄새를 풍기는 노점상도 없고, 길거리 벤치에 누워서 자는 노숙자도 물론 없는 곳이다.

그곳에서는 자동차도 노인들을 놀라게 하지 않기 위해 시속 25㎞ 이하의 속도로 운행하여야 한다. 하지만 그곳에 사는 사람들은 보통 사람들보다 치매 발병률이 훨씬 더 높다는 연구결과가 나왔다. 이러한 충격적인 사실에 많은 전문가가 그 이유를 조사하고자 그곳을 가보니 정말 지상낙원이 따로 없었다고 한다. 모든 편의시설이 완벽하게 갖춰져 있고, 최신 의료시설에 최고의 실력을 지닌 의사들이 배치된 곳이었다. 연구 결과, 그곳에 있던 사람들이 치매에 걸린 이유는 아이러니하게도 첫째로 일상적으로 겪는 '스트레스'가 없고, 둘째로 생활고에 대한 '걱정'이 없으며, 셋째로 생활에 '변화'가 없기 때문에 오히려 병을 유발하는 것이었다는 것이다. 그래서 이곳에 있던 많은 사람은 다시 자신이 원래 살던 시끄러운 마을로 돌아간다고 한다. 우리나라의 '실버타운'이 실패한 원인도 이와 같다.

이 세상을 지옥으로 만드는 것은 악마가 아니라 세상을 천국으로 만들겠다는 사람들이다. 그렇기에 서양 격언에는 이런 말이 있다. "지옥으로 가는 길은 선의로 포장되어 있다."

천당과 지옥에 관한 세 번째 관점

우리 모두를 죽으면 일단 천당에 올라간다. 그리고 그곳에서 살아생전에 있었던 모든 것에 대한 평가를 받은 후 천당에 남을 사람은 남고 그러지 못한 사람들은 지옥으로 떨어진다. 그리고 그 지옥이 지금의 현세다. 물론 부정하는 사람들도 있겠지만 나를 포함 사람 대부분은 여기가 지옥이라고 공감할 것이다. 못 믿겠다면 신문 사회면과 사건, 사고 면을 며칠만 보면 된다.

그렇다고 순응하며 삶을 살아가야 하나? 아니다. 나를 지옥으로 보낸 자들에게 꼭 복수해야 한다. 그래서 생각하고 또 생각했다. 그리고 결심하고 결심했다. 그들에게 복수하는 길은 그들이 보낸 이 지옥에서 천당같이 사는 것이다. 그냥 천당같이 만 살면 복수가 아니다 천당같이 그리고 천사처럼 살아야 한다. 난 그들이 보낸 이 지옥에서 천당같이 그리고 천사처럼 하루를 산다. "천사가 나타나기를 기다리는 쪽보단 당신이 천사가 되는 쪽이 세상을 더 아름답게 합니다."

겁이 나니까 더 악을 쓰는 거다

『왕이 되고 싶은 사나이』라는 책을 읽었다. 이 책은 1917년 노벨문학상을 받은 『정글북』의 작가 '러디어드 키플링(Rudyard Kipling)'의 소설이다. 내용은 찬란하게 왕의 자리에까지 올랐었으나 지금은 다시 거지의 꼴을 하고 있는 한 사나이의 입을 통해 회상하는 형식으로 전개해 나간다. 지금은 모든 것을 도로 다 잃어버리고 거지꼴로 이야기를 꺼내놓는 사나이를 보면서 나는 웃는다. '지금의 내 처지와 비슷하기도 한 것 같기에'

우리는 어떤 일에 실패하여 절망할 때, 울기보다 오히려 웃을 때가 있다. 우리의 인생을 돌아보면, 내 인생이 가장 빛나던 순간이 있을 것이고, 반대로 가장 초라하던 순간이 있을 것이다. 그럴 때 유머는 가장 빛나던 순간을 즐길 수 있게 만들고, 가장 초라하던 순간을 웃으면서 견디게 해준다.

인생에서 정말 힘든 시기 필요한 것은 무엇일까? 용기, 노력, 희망, 하지만 이 모든 것을 아우르는 것이 바로 유머다. 그것은 시련을 맞은 우리에게 가장 필요한 것이다. 가장 먼저 자신의 모자람을 웃음의 대상으로 삼아라, 그러면 언제 어디서나 웃을 수 있다. '피에로는 우릴 보고 웃는다.'

제3장

리더의 조건

말과 행동이 세계를 지배한다

내 입에서 나오는 말의 최초 청취자는 나의 귀다

다음은 프랑스의 한 카페에 있는 메뉴판을 우리말로 옮긴 것이다.

- "커피" → 7유로
- "커피 주세요." → 4.25유로
- "안녕하세요, 커피 한 잔 주세요." → 1.40유로

기발한 가격표 아닌가? 고객이 커피를 주문할 때, 구사하는 말의 품격에 따라 음료의 가격을 차등 적용하는 것이다. 말은 마음의 소리다. 수준과 등급을 의미하는 한자 '품(品)'의 구조가 흥미롭다. '입구(口)'가 세 개 모여 이루어졌음을 알 수 있다. 말이 쌓이고 쌓여 한 사람의 품성이 된다. 내가 무심코 던진 말 한마디에 품격이 드러난다. 나만의 체취, 내가 지닌 고유한 인향은 내가 구사하는 말에서 뿜어져 나온다. "내 입에서 나오는 말의 최초 청취자는 나의 귀다."

말의 무서움

수렵시대에는 화가 나면 돌을 던졌고, 고대의 로마시대에는 화가 나

면 칼을 들었으며, 미국 서부개척시대에는 총을 뽑았으나 현대에는 화가 나면 말 폭탄을 던진다. 스페인의 격언 중에 "화살은 심장을 관통하고, 매정한 말은 영혼을 관통한다."란 말이 있다. 글이 종이에 쓰는 언어라면 말은 허공에 쓰는 언어이다. 허공에 적은 말은 지울 수도, 찢을 수도 없다. 말은 입 밖으로 나오면 허공으로 사라진다고 생각하기 쉬우나 그렇지가 않다. 말의 진짜 생명은 그때부터 시작된다. "말은 한 사람의 입에서 나오지만, 천 사람의 귀로 들어간다. 그리고 끝내 만 사람에게 입으로 옮겨진다."

무사(武士)는 칼에 죽고, 궁수(弓手)는 활에 죽듯이, 혀는 말에 베인다. 김수민은 『너에게 하고 싶은 말』이라는 책에서 '말이라는 화살'에 대하여 다음과 같이 쓰고 있다. "누군가를 험담하지 마세요. 지구는 둥글어서 돌고 돌아 자신에게 되돌아옵니다. 험담은 세 사람을 죽입니다. 험담하는 사람, 험담을 듣는 사람, 그리고 험담의 대상이 되는 사람."

말의 힘

우리에게 『동물농장』으로 너무 잘 알려진 영국 유명 작가 '조지 오웰(George Orwell)'은 "생각이 언어를 타락시키지만, 언어도 생각을 타락시킨다."고 말하였다. 나쁜 말을 자주 하면 생각이 오염되고 그 집에 자신이 살 수밖에 없다는 것이다. 말을 해야 할 때 하지 않으면, 백 번 중에 한 번 후회하지만, 말을 하지 말아야 할 때 하면, 백 번 중에 아흔아홉 번 후회 한다.

경북 예천군 지보면 대죽리 한대마을에는 400~500년 전에 만들어진 '언총'이라는 '말 무덤'이 있다. 달리는 말(馬)이 아니라 입에서 나오는 말(言)을 파묻는 고분이다. '언총(言塚)'은 한 마디로 '침묵의 상징'이다. 마을이 흉흉한 일에 휩싸일 때마다 문중 사람들이 언총에 모여 마을 사람들이 보란 듯이, 남과 이웃을 비난했던 말들을 큰소리로 외치며 한데 모아 구덩이에 파묻었다, 말 장례를 치른 셈인데, 그러면 신기하게도 다툼질과 언쟁이 수그러들었다고 한다.

지금 우리는 '말의 힘'이 세상을 지배하는 시대에 살고 있다. 말 한마디가 천 냥 빚만 갚는 게 아니라 사람의 인생을, 나아가 조직과 공동체의 명운을 바꿔놓기도 한다. 말하기가 개인의 경쟁력을 평가하는 잣대가 된 지도 오래다. 말 잘하는 사람을 매력 있는 사람으로 간주하는 풍토는 갈수록 확산하고 있다.

부정적인 에너지의 힘

전염이 강한 병에 걸린 사람과 건강한 사람이 입맞춤하면 병에 걸린 환자의 병세는 그대로인 채 건강한 사람이 오히려 그 병에 걸릴 확률이 높다. 대부분의 다른 전염병도 마찬가지다. 건강한 사람이 감기에 걸린 사람과 있으면 건강한 사람으로 인해 감기에 걸린 사람이 건강해지는 것이 아니라 건강한 사람이 감기에 걸린다. 그렇기에 올바른 생각을 하는 다수라고 해도 잘못된 생각을 지닌 소수에게 영향을 받게 되어 자칫 잘못된 생각으로 빠질 수도 있다. 이처럼 좋은 말 열 마디

보다, 나쁜 말 한마디가 사람에게 더 큰 영향을 끼친다. '리더는 긍정의 에너지를 전달하는 사람이어야 한다.'

언어와 그루밍(Grooming)

'리액션(Reaction)'은 영장류의 소통과정에서 꽤 중요한 역할을 한다. 영국의 진화 심리학자이자 인류학자인 '로빈 던바(Robin Dunbar)' 교수는 그의 책 『멸종하거나 진화하거나』에서 인간의 의사소통 과정과 침팬지의 털 손에 유사점이 있다고 분석한다. 침팬지들은 서로 털을 고르고 만져주는 '그루밍' 동작을 통해 친밀함을 유지한다. 침팬지의 사회에서 그루밍은 소일거리가 아니라 생존을 위한 행위다. 집단에서 따돌림을 당하거나 쫓겨나는 것은 죽음을 의미하기 때문에 틈만 나면 그루밍에 매달릴 수밖에 없다.

로빈 던바 교수는 인간의 언어가 이러한 그루밍에서 출발했다고 주장한다. 사람이 대화를 나누면서 상대의 말에 맞장구를 치는 것은 구성원 간 친밀감 형성이 주된 목적이며, 큰 틀에서 보면 공동체 안에서 살아가기 위한 본능적인 행위라는 것이다.

사람은 누구나 마음을 누일 곳이 필요하다. 몸이 아닌 마음을 누일 곳이, 그렇게 따뜻한 대화를 나누면서 하나의 상처와 다른 상처가 포개지거나 맞닿을 때, 우리가 지닌 상처의 모서리는 조금씩 닳아서 마모된다. 그렇게 상처의 모서리가 둥글게 다듬어지면 그 위에서 위로와 희망이라는 새순이 돋아난다. 리더는 희망을 주는 사람이기에.

리더의 거침이 없어야 한다

무함마드(마호메트라고도 함)는 이슬람교 창시자이다. 사람들은 '믿음이 있으면 산도 옮긴다.'라고 했던 예수의 말을 거론하며 무함마드에게 산을 옮겨 보라고 했다.

무함마드는 신도들에게 장담했다.

"저기 저 산을 움직여 이리로 불러오리다."

그러자 사람들이 모여들었다.

그는 산을 향해 소리쳤다.

"산아! 내 앞으로 오라."

그는 이렇게 여러 번 불렀다. 그러나 산은 그대로 가만히 있었다.

그는 당황하는 기색이 전혀 없이 오히려 당당하게 말했다.

"산이 내게 오지 않으면 내가 산으로 가겠다."

그리고 성큼성큼 걸어 산 쪽으로 걸어갔다.

리더는 등으로 말한다

"행동하지 않는 양심은 악의 편이다."라는 말이 있다. 그 사람이 살아온 날들은 보면, 그 사람이 살아갈 날들이 보인다. 중요한 것은 행동과 실천이다. 말로만 해서는 진정성을 얻을 수 없다. 결코, 굴하지 않는 절대 타협하지 않는 행동이 필요하다. 누군가 끌고 있는 수레에 올라타서 가는 방향을 지시하는 사람이 '보스(Boss)'라면, 맨 앞에서 수레를 끌고 가면서 방향을 알려주는 사람이 '리더(Leader)'다. 또한, 진정성을 말할 때 놓쳐서는 안 될 게 하나 있다. 바로 자기 자신이다. 사촌 남 말하듯 하는 것은 진정성이 없는 것이다. 그래서 '자기희생'이 전제되어야 한다.

리더는 항상 변화에 능동적으로 대처해야 한다

심리학자인 '카를 융'의 지론에 의하면 "나이가 들수록 나타나는 심리적 변화에는 사고의 경직성이 높아지는 특성이 있으며, 오랫동안 익숙하게 해왔던 일들이 더 익숙해져 변화의 방식을 싫어하게 된다."라고 했다. 인간의 누구나 그런 특성이 있다. 하지만 세상은 하루가 다르게 변해가고 있다. 그 변화에 적응하지 못하면 개인이든 조직이든 도태되고 만다.

회사가 생존하길 바란다면 위에서부터 변화해야 한다. 대표가 조직의 변화를 바란다면, 그 생각을 한 본인부터 변해야 한다. 아무리 직원들에게 "변화"를 외쳐봐야 소용없다. 리더인 내가 솔선수범하지 않는데 변화할 수 있겠는가? 위에서부터 움직이지 않는 변화는 그 의도가 무엇이든 할리우드 액션에 불과 하다. 그렇기에 리더는 항상 자신에게 질문해야 한다. "나는 왜 변화를 원하는가? 나는 무엇을 버려야 하는가? 나는 어떻게 변화해야 하는가? 내가 잘못 생각한 부분은 없었을까?"

『종의 기원』을 쓴 찰스 다윈은 이렇게 말했다. "살아남는 것은 가장 강한 종도, 가장 똑똑한 종도 아니고 변화에 가장 잘 적응하는 종이다." 빌 게이츠도 같은 말을 했다. "나는 힘이 센 강자도 아니고, 두뇌가 뛰어난 천재도 아니다. 날마다 새롭게 변했을 뿐이다. 이것이 나의 비결이다."

말과 행동에 관한 교훈

다음은 서울대 행정대학원 최종훈 교수가 말하는 '인생교훈'이다.

갈까 말까 할 때는 가라.

살까 말까 할 때는 사지 마라.

말할까 말까 할 때는 말하지 마라.

줄까 말까 할 때는 줘라.

먹을까 말까 할 때는 먹지 마라.

다 보여주지 마라

당신의 아픈 손가락을 먼저 드러내지 마라. 당신이 아픈 손가락을 먼저 드러내는 순간, 모두가 그곳을 찌를 것이다. 따라서 신중한 사람은 결코 자신의 상처를 쉽게 드러내지 않으며, 개인적인 불행 또한 여기저기 발설하지 않는다. 그러니 아픈 것도 기쁜 것도 쉽게 드러내지 마라. 사람들은 종종 자기들이 얻을 수 없는 것을 나쁘게 말한다. 셰익스피어 『리어왕』 중에는 다음과 같은 글이 있다. "있다고 다 보여주지 말고, 안다고 다 말하지 말고, 가졌다고 다 빌려주지 말고, 들었다고 다 믿지 마라."

'네가 최고다' 칭찬의 기술

공감과 동정 그리고 충고

공감과 동정은 우리 마음속에서 전혀 다른 맥락의 생성과정을 거친다. 타인의 고통을 자신의 고통처럼 느끼는 감정이 마음속에 흐르는 것이 '공감'이라면, 남의 딱한 처지를 보고 안타까워하는 연민이 마음 한구석에 고이면 '동정'이라는 웅덩이가 된다. 웅덩이는 흐르지 않고 정체되기 때문에 썩어 버린다. 충고나 조언도 이와 같다. "내가 한마디 할까?"하고 건네는 이야기는 조언이 되기보다는, 조언을 가장한 상처가 되기 쉽다. 말을 하고 난 뒤 가슴이 아픈 경우는 진정한 조언이고, 말을 하고 난 뒤 마음이 어쩐지 후련해지면 그건 조언을 가장한 폭력인 경우가 대부분이다.

착한 독선, 건설적인 지적을 하려면 나름의 내공이 필요하다. 사안에 대한 충분한 지식과 통찰은 물론이고 상대에 대한 애정과 관심이 말속에 배어 있어야 한다. 말 자체는 차가워도 말하는 순간 가슴의 온도만큼은 따뜻해야 한다. 즉, 지적은 따뜻함에서 태어나는 차가운 말이어야 한다.

충고는 칭찬에서 출발한다

상대에게 충고하려면 먼저 찬사와 지적 그리고 격려의 세 부분으로 나누어 말해야 한다. 그렇게 하면 지적받는다고 여기지 않으면서 분발의 계기로 삼을 수 있다. 그리고 오히려 그런 말을 해준 것을 고마워할 것이다. 꼭 필요한 충고를 해야 할 경우, 먼저 상대의 의견을 존중하고 능력을 인정하며 찬사를 보낸 다음 '그러나', '단지' 등의 단서를 달아 전달하면 더 효과적이다. 대부분은 일단 감동하면 어느 정도 비판의 말이 뒤따르더라도 겸허하게 받아들인다. 특히 윗사람이 아랫사람에게 충고할 때, 이 방법을 사용하면 만족할 만한 효과를 얻을 수 있다. 반대로 감정이 상하면 상대는 설득되지 않는다. 충고를 잘하는 사람은 평소에 화법이 다르다.

"자네, 자주 지각하네! 직장이 무슨 동아리인 줄 아나?"

이런 말을 들으면 아무리 잘못한 사람이라도 반성하기보다는 오히려 욱하고 반발을 하는 경우가 많다.

"김 대리, 지난주도 지각한 것으로 알고 있는데, 자꾸 이러면 부하 직원들이 김 대리를 어떻게 보겠어요? 내가 김 대리 아끼는 거 알죠? 그러니까 동료가 김 대리를 우습게 보면 나도 힘들어지지 않겠어요?" 당사자라면 전자와 후자 중에 어떤 말을 들었을 때 더 소통하고 싶은 생각이 들까?

칭찬은 역사를 바꾼다

미국의 가장 힘든 시대를 이끌던 위대한 대통령 링컨의 힘은 격려 한 줄이었다. 비난과 협박에 시달리던 그가 암살당했을 때 주머니에서 발견되었던 낡은 신문 기사 한 조각. “링컨은 모든 시대의 가장 위대한 정치인 중 한 사람이었다.” 링컨은 이 제목의 신문 기사가 적힌 신문쪼가리를 주머니에 넣고 다니며 그는 고난의 시간을 견뎌냈다. 그냥 주머니에 넣고만 다녔다면 오늘날 그것은 ‘낡은 신문 기사 한 조각’ 그 이상도 이하도 아니었을 것이다. 수 없이 꺼내놓고 또 보면서 낡은 것이리라.

‘네가 최고다’ 칭찬의 기술

예술가들은 별종이나 이기주의자로 취급되는 경우가 많다. 가족이나 친구, 친척들에게 다 잘해주고, 온 세상에서 다 사람 좋다고 칭찬을 받아가며 예술을 하려면, 그것도 세계적인 수준으로 하려면 몸이 열 개라도 모자란다. 수명도 모자란다. 예술가의 평균 수명은 일반인에 비해 짧은 편이기도 하다. 그러니까 시간이 없고 여유가 없으니 남들과 사이좋게 지낼 수 없는 것인지도 모른다.

‘한국이 낳은 세계적인 아티스트’라고 하면 누구나 떠올리는 백남준은 칭찬을 잘하는 사람으로도 유명하다. 어떤 아마추어가 백남준의 예술세계에 관해 장황하게 늘어놓은 글을 담은 책을 백남준에게 우송했더니 훗날 백남준을 만났을 때, “백 선생이 내가 쓴 글이 자신의 예술세계를 가장 잘 이해하고 설명한 글이라고 하더라."고 떠들어 댔다. 말년에 병마와 싸우던 백남준이 그의 난잡한 글을 읽었을 리 없다는 게 백남준을 잘 아는 사람들의 말이다.

백남준은 모든 사람에게 그 사람이 듣고 싶어 하는 말을 해주려고 애썼다. 서로 시간이 없고 몸이 바쁘다는 것을 충분히 알고 있었기 때문이다. "네가 이번에 찍은 사진이 최고다", "당신의 책은 내가 이때까지 읽은 어떤 책보다 감동적이었소"하는 식이다. 어떤 무용 공연에서 그는 어지간히 피곤했던지 코까지 골며 잠을 잤다. 공연이 끝나고 난 뒤에 그는 무대 뒤로 가서 무용가를 향해 최고의 찬사를 퍼부었다. "내가 이때까지 본 공연 중의 최고였다."

그는 뒤에 가서 다른 사람의 작품을 트집을 잡고 험담을 하는 일이 없었다. 자신의 예술세계를 만들어가느라고 바빴기 때문에 다른 사람의 다리를 걸고 있을 겨를이 없었다. 성공한 사람들의 말의 절반은 칭찬이고, 실패한 사람들의 말의 절반은 남에 대한 비방이다. 당사자 앞에서 할 수 없는 말은 뒤에서도 하지 마라. 리더는 '칭찬을 받는 사람'이 아닌 '칭찬을 하는 사람'이다.

칭찬은 과할수록 좋다

사람들은 자기 자신을 과대평가하는 경향이 있다. 운전자의 90%는 자신의 운전 능력이 평균 이상이라 생각하고, 94%의 교수는 자신이 평균적인 교수들보다 유머 감각이 뛰어나다고 생각한다. 사람들은 실제 10개의 일만 하고도 15개의 일을 했다고 생각하는 경향이 있다. 그만큼 아랫사람의 마음을 얻으려면 그들의 실제 업적보다 칭찬을 많이 해줘야 한다.

칭찬의 기술 '남을 인용해서 칭찬하라'

리더가 부하 직원을 칭찬할 때는 무턱대고 그 직원만 칭찬하다가는 그 중간단계에 있는 직원을 불안하게 하거나 부정적인 영향을 줄 수 있다. 그렇기에 부하 직원을 칭찬할 때는 중간 간부를 인용하여 칭찬하면 효과적이다. 예를 들어 말단 사원을 칭찬할 때는 이렇게 말한다. "역시 김 과장의 안목과 말이 맞았어! 자네만큼 성실하고 책임감 있는 젊은이는 보기 드물다고 하더군!" 그러면 이 젊은 친구는 김 과장에게 가서 자신을 칭찬해준 것을 감사하다고 말할 것이고 이 칭찬으로 인하여 김 과장의 위신도 세워주고 칭찬의 효과를 높일 수 있다. 이것은 친구나 동료의 경우도 마찬가지다. "○○가 너는 착하고 어려운 사람을 배려할 줄 아는 친구라고 말하더니 정말 그렇구나!"

칭찬의 기술 '상대방도 모르는 장점을 칭찬하라'

보통 사람들은 상대의 단점을 찾아내려 애쓴다. 하지만 상대방도 모르는 상대방의 장점을 찾아내 그것을 칭찬한다면 상대는 감동하게 된다. "형 그거 알아? 형은 은근히 사람을 기분 좋게 하는 재주가 있어!" 이런 칭찬을 들은 사람은 칭찬한 사람만 만나면 기분 좋게 해주려고 최선을 다한다.

또한, 힘든 상황에서도 열심히 생활하는 배우자나 친구에게 가끔은 이런 칭찬을 해준다면 아마도 상대에게 큰 힘과 용기를 주게 될 것이다. "당신은 모르겠지만 난 당신이 힘든데도 불구하고 꿋꿋하게 삶을 살아가는 태도에서 많은 것을 배워!"

칭찬의 기술 '나를 낮추고 상대를 높게'

칭찬하는 방법에는 여러 가지가 있지만 그중 나를 낮추고 상대를 높여주는 칭찬은 칭찬을 두 번 하는 효과를 가지게 한다. 예를 들어 "잘했어!"라는 칭찬은 내가 주체가 되어 진단을 내리고 평가를 하는 칭찬이지만 "멋진데 이거 어떻게 한 거야?" 이런 칭찬은 나를 낮추고 상대를 더 높여주는 칭찬이 된다. 또한, 칭찬 후 거기서 끝나지 않고 상대방과 더 소통하게 된다.

칭찬할 때 주의해야 하는 것은, 칭찬 대상자의 소속 그룹이나 연령대를 비하하면서 하는 칭찬이다. 예를 들어 "김 대리는 요즘 젊은이들답지 않게 예의가 있어!" 이런 칭찬은 오히려 젊은이들은 예의가 없다는 의미를 내포하고 있으므로 오히려 '꼰대'로 몰리게 된다. 이왕 칭찬하려면 이런 칭찬이 어떨까. "요즘 젊은이들은 우리 때와는 다르게 샤프하면서도 예의가 바르다고 하더니 김 대리가 그렇구먼!"

'감사합니다!' 보다 더욱 좋은 건 '도와줘?'

우리는 사회생활을 하면서 사소한 일에도 감사할 줄 알고 '감사합니다' 라는 표현을 잘하는 사람을 호감 있게 생각하고 그런 사람들이 인간관계를 성공으로 이끈다. 하지만 더 중요한 것은 감사하다는 표현보다는 '도와줘'라는 표현이 상대에게 호감을 느끼도록 하는데 더 효과적이다.

그것은 아랫사람일 때 더욱더 효과가 크다. 예를 들어 직장 상사가 어느 날 부하 직원에게 "후배님, 오늘 나 좀 도와줄래요?"라고 하거나 선생님이 학생에게 "오늘 선생님 좀 도와줄래?"라고 하면, 그 말을 들은 당사자는 자신에게 큰 호감을 느끼고 있다고 생각하며 최선을 다하게 된다. 친구나 이성 간에도 "오늘 나 좀 도와줄래?" 하면 도와주지 않는 친구는 없을 것이다.

그것은 부부싸움에도 마찬가지다. 실컷 부부싸움 후에 "미안해"라고 하면 "뭔가 미안한데"라고 하고 "전부 미안해"라고 하면 "미안한 것이 무엇인지 모르는구나!"라며 다시 싸움하게 된다. 그럴 때 "도와줘." 라고 하면 "인간아 내가 또 속는다."라고 하며 관계가 회복될 것이다.

사회생활에서도 껄끄러운 상대와 친해지려면 그에게 호의를 베푸는 것보단, 그가 들어줄 수 있는 사소한 부탁을 하며 도와달라고 하는 게 더 효과적이다. 예를 들어 "좋은 책을 소장하고 있으시다는 데, 미안하지만 그 책을 며칠만 빌려주실 수 있겠습니까?" 사람은 자기에게 친절을 베풀어준 사람보다, 자기가 도와준, 친절을 베풀었던 사람을 더 기억하고 좋아한다. 그렇게 "도와줘?"라고 말한 후에는 "감사합니다." 라는 말이 자연스럽게 따라오기 마련이다.

진언하되 역린을 건드리지 마라

군주와 신하는 같은 조직 내에서 하루에도 백 번을 싸운다. 리더와 부하 직원들과의 관계도 마찬가지다. '진언하되 역린을 거스르지 마라' 용이라는 동물은 잘 길들이면 사람이 올라탈 수 있을 정도로 순해진다. 그러나 용의 목 아래에 반대 방향으로 나 있는 비늘이 있다. 이 비늘을 '역린(逆鱗)'이라 하는데 이 비늘을 건드리면 반드시 그 사람은 물려 죽는다. 군주에게도 이러한 역린이 있으니, 이를 건드리지 않고 이야기하는 것이 바로 진언의 비법이다.

예전에 한 임금이 이빨이 빠지는 꿈을 꾼 후, 신하들을 불러놓고 꿈에 대해 해몽을 해 달라고 했다. 한 신하가 "그 꿈은 전하의 친, 인척이 다 죽는 꿈입니다."라고 했다가 임금의 노여움을 사 엄하게 벌해졌다고 한다. 하지만 지혜가 있는 다른 신하는 "그 꿈은 전하의 친, 인척 중에서 전하께서 가장 오래 사는 것을 의미합니다."라고 해서 그 신하는 상을 받았다고 한다. 같은 내용을 말한 것이지만 이처럼 역린을 건드리지 않고 이야기하는 것이 진언의 비법이다.

리더의 반성과 사과

사과도 기술이다

대중을 향한 공개사과는 때때로 단순한 '테크닉'이나 '기교' 수준이 아닌 '예술'에 가까운 기술을 요구한다. 어떤 공개 사과는 사과한 사람이나 소속 단체의 이미지를 도리어 더 높여주는 전화위복의 계기가 되지만, 어떤 사과는 사태를 더 악화시키는 불쏘시개나 기름 구실을 한다. 따라서 리더의 사과는 명확하고 명쾌해야 한다. 사과할 때는 사과하는 '주체'와 사과를 하는 이유 즉, '잘못한 점' 그리고 '개선 방향'이 명확해야 한다.

"시험 점수가 채점되지 않은 것에 대하여 사과합니다."

이 사례는 채점하지 않은 주체를 숨기고 피해의 원인을 모호하게 만든다.

"저희는 고객께서 갱신날짜 때문에 카드를 쓸 수 없었던 것에 대해 사과드립니다."

이 사례는 '정지한 것'을 '쓸 수 없었다.'라는 형용사와 '~ 때문에'라는 글로 책임을 회피하고 문제를 초래한 주체를 숨기고 있다.

"저희가 고객님의 카드를 정지한 것에 대해 사과드립니다."

이런 표현이 올바른 사과법이며 이후에 그렇게 된 이유와 개선 방향을 설명하면 된다. 또한, 다음의 두 가지 사례는 같은 사안에 대한 사과인데도 전혀 다른 메시지를 전달한다.

"그가 그것 때문에 감정이 상했다면 사과합니다."

"제 발언이 홍길동 선생님의 감정을 상하게 했다면 사과합니다."

앞에는 '감정이 상했다면' 표현을 써 잘못이 저질러졌는지 아닌지를 피해자의 부담으로 전가한다. 이처럼 사과는 잘못하게 되면 '역효과'를 초래할 수 있으며 '진실성'이 담겨 있지 아니한 사과는 하지 아니함만 못하다. '설명은 이해를 구하는 것이고 사과는 용서를 구하는 것이다.' 그렇기에 리더의 사과는 명확하고, 명쾌해야 한다. 리더는 일상을 관리하는 사람이 아닌 위기를 관리하는 사람이기 때문이다. 잘 쓴 사과문을 보기 드문 이유, "사과문을 잘 쓸 법한 사람은 사과할 짓을 잘 하지 않는다."

실수에 대처하는 법

미국 시카고에서 '존슨앤존슨(Johnson&Johnson)'이 제조, 생산하던 진통제 타이레놀을 복용한 후 8명이 사망하는 사건이 발생했다. 그 유명한 '시카고 타이레놀 사건'이다. 하지만 조사 결과 밝혀진 사실은 제조상의 문제가 아니라 유통된 이후 누군가 의도적으로 독극물을 삽입한 것이었다. 그러므로 시카고 지역으로 납품된 판매 라인의 제품만 회수하면 되는 상황이었다. 하지만 존슨앤존슨은 그렇게 하지 않았다. 존슨앤존슨은 전국에 팔린 타이레놀 제품 모두를 회수하여 전량 폐기했다.

이처럼 실수를 인정해도 굉장히 세게, 광범위하게 인정한 것이었다. 존슨앤존슨이라는 회사는 그 이후로 전 세계에서 가장 신뢰를 받는 회사가 된다. 이렇게 자기네들의 잘못을 제대로 광범위하게 인정하는 회사라면 믿을만하겠다는 걸 오히려 소비자들의 머릿속에 각인시킬 수 있었던 계기가 되었다.

진심은 통한다

다음은 부시가 대통령 후보로 나섰을 때의 일이다. 아시다시피 부시는 젊은 시절 알코올 중독자였다. 그것을 알게 된 한 기자가 이렇게 물었다. “당신은 20대 때 음주운전으로 단속된 적이 있다. 그것에 대하여 할 말이 있습니까?” 한국의 정치인이라면 아마도 기억이 나지 않는다고 하지 않았을까 싶다. 그러나 부시는 이렇게 대답했다. “저는 실수를 통해서 많은 것을 배웠습니다.” 이 말을 들은 유권자들은 ‘젊은 나이에 실수할 수도 있지, 그러고 배우면 되는 거지’ 하면서 그를 지지하게 되었다.

교만함과 자부심의 차이

사진과 필름의 대명사 ‘코닥(KODAK)’이 몰락했다. 코닥은 한때 미국의 대표적인 기업으로 직원을 16만 명가량 고용하고 세계의 필름 시장을 70%까지 석권했었다. 그런 코닥이 과거 필름 시장의 성공에 취해 디지털 시대에 적응하지 못해 파산했다. 더 아이러니한 것은 디지털카메라를 제일 처음 만든 곳이 코닥이라는 것이다. 1975년 세계 최초로 디지털카메라를 만들고, 1981년에는 내부 보고서를 통해 디지털카메라의 위협에 대해서도 정확히 분석했다. 그러나 코닥은 디지털카메라 사업에 나서지 않았다. 기존 시장인 아날로그 필름 시장을 지키겠다는 오만함이 문제였다. 그래서 사람들은 말했다 "코닥의 성공이 오히려 그 회사를 죽였다."

다음은 세계적인 디자이너 '피에르 가르뎅'의 말이다. "전 다른 사람들에게 비판을 받는 일에는 이미 이골이 났습니다. 제가 혁신적인 디자인을 선보일 때마다 사람들은 제가 만신창이가 될 때까지 그 디자인을 헐뜯고 비난합니다. 그런데 그렇게 비난하고 욕하던 사람들도 결국 제가 만든 옷을 입습니다."

리더는 듣는 사람이다

권력자들이 보는 세상

사람들은 자기만의 색안경을 끼고 세상을 본다. 또한, 자기가 보고 싶은 것만 본다. 그것은 권력을 가진 지도자나 CEO들이 더 심하다. 권력자들이 보는 세상은 넓은 것 같지만, 실상은 보통 사람보다 좁을 때가 많다. 힘없는 사람들은 듣기 싫은 말도 억지로 참고 들어야 하지만, 힘 있는 사람은 듣기 싫어하는 말을 하는 사람을 외면한다. 평범한 사람들은 권력자의 눈 밖에 나지 않기 위해 듣기 싫어하는 말은 하지 않는다. 결국, 권력자들은 듣고 싶은 말만 듣고, 보고 싶은 것만 보게 된다. 그들이 아는 세상은 실제와는 전혀 딴판인 경우가 허다하다. 그것을 가장 잘 보여주는 일화가 이승만 대통령 때의 일이다.

그 당시 대통령을 보좌하는 보좌관이 대통령에게 다음과 같이 보고했다.

"각하, 쌀이 부족하여 국민이 식량난을 겪고 있습니다."

그러자 이승만 대통령이 대답했다고 한다.

"그럼 빵을 먹으면 되지 않습니까?"

보고, 듣고, 말하지 않는다

사람들은 듣기, 말하기, 쓰기 등 의사 전달 수단 가운데서 평생 '듣기'에 가장 많은 시간을 소비한다고 한다. 사람이 듣는 데 소비하는 시간은 쓰기보다 5배, 읽기보다 3배, 말하기보다 2배 정도 많다고 한다. 전체 커뮤니케이션의 약 50% 이상을 듣는 데 사용하고 있다. 그런데 우리 학교 교육의 현실은 그렇지 않다. 쓰기와 읽기, 그리고 말하기에 대해서는 많은 것을 가르치지만, '남의 이야기를 어떻게 들어야 하는가?'에 대해서 교육은 거의 이루어지고 있지 않다. 학교 교육뿐만 아니라 학원과 연구소는 물론 가정, 직장, 사회 여느 곳에서도 마찬가지다.

리더는 듣는 사람이다

대부분의 사람은 자기를 남에게 이해시키려면 자신의 이야기를 충분히 들려주어야 한다고 생각한다. 그러나 그것은 잘못된 생각이다. 내 이야기를 하기보다는 남의 이야기를 듣는 것이 나의 입장을 이해시키는 데 더 효과적인 방법이다. 남을 이해시키고 설득하려면 먼저 남의 이야기를 잘 들어주어야 한다. 남의 이야기를 듣는 가장 효과적인 방법은 이야기 자체보다 그 이야기 뒤에 숨어 있는 '생각'을 듣는 것이다.

커다란 꿈, 원대한 비전을 이루려면 많은 사람과 함께해야 한다. 그리고 여기서 필요한 첫 번째 조건이 바로 남의 말을 잘 듣는 기술이다. 또한, 리더는 말하는 사람이 아닌 듣는 사람이다. 즉 대답하는 존재가 아닌 질문하는 존재임을 의미한다.

리더는 반대에서 배운다

올바른 결정은 반대되는 의견이나 다른 관점의 충돌에서 생성된다. 따라서 필요한 것은 의견의 일치가 아니라 불일치이고, 모두의 의견이 일치한 경우라면 결정해서는 안 된다. 성과를 올리는 리더는 의도적으로 의견의 불일치를 만들어 내기도 한다. 다수 의견은 우리의 생각을 좁고, 편협하게 만들지만, 소수의 의견, 즉 반대의견은 우리의 생각을 확장시키고, 열린 사고를 가능하게 한다. 반대의견을 경험할 때, 우리는 혼자 생각할 때 보다 더욱 다양하게 사고를 확장할 수 있다. 반대의견의 옳고 그름과는 상관없다.

고약해

세종 때 신하였던 '고약해(高若海)'는 겁이 없어 어전에서 세종을 노려보는 건 예사고 지엄한 어명에도 대꾸도 없이 자릴 박차고 나가 버리곤 했으며 실록에 의하면 반기를 드는 정도가 지나쳤다고 한다. 그런 것을 지켜보던 다른 신하들이 엄하게 벌하라고 했지만, 세종은 그를 끝까지 버리지 않아 나중에 그를 형조참판에 이어 대사헌까지 등용했다고 한다.

왜 그랬을까? 그래야 다른 신하들도 용기를 내어 말문을 열 수 있다는 것을 알았기 때문이다. 이렇게 싫은 소리를 들을 줄 아는 세종이었기에 그가 성군이 된 것이다. 하지만 세종도 사람인지라 경우 없이 반론을 펴는 신하들을 두고 "고약해 같은 놈"이라고 말해 "고약한 놈", "고얀 놈"이란 말이 생겨났다.

상담전문가

어느 마을에 상담을 통하여 사람들의 병을 치유하는 유명한 상담가가 있었다. 한 번은 한사람이 그 상담가를 찾아가 얘기했다.

"선생님, 저에게 상담하는 방법과 선생님만의 상담 비법을 알려주세요."

그러자 그 상담가가 답변했다.

"특별한 비법은 없습니다. 나는 그냥 사람들의 얘기를 진지하게 들어줬을 뿐입니다."

최고의 의사소통은 침묵의 대화이다. 침묵의 대화는 말을 많이 나누는 것이 아니라 듣고자 하는 간절한 마음이다.

침묵의 힘

한나라 문 황제 때에 '직불의(直不疑)'라는 사람이 있었다. 그는 도량이 넓어 문 황제의 큰 신임을 받고 있어 관직이 태중대부에 이르렀다. 그러자 궁중 신하들 가운데 그를 모함하는 사람들이 생기기 시작했고 급기야는 한 관리가 문 황제와의 조회 시간에 대놓고 그를 모함하기에 이르렀다.

"직불의는 형수와 사사로이 정을 통하고 있는데 어찌하면 좋겠습니까!"

다른 신하가 직불의에게 물었다.

"이게 어떻게 된 거요?"

그러나 직불의는 그 자리에서 아무 해명도 하지 않았고 머지않아 진실이 밝혀지게 되었다. 그런 우직함을 가진 직불의를 문 황제는 더 큰 신임을 하게 되었다. 왜냐하면, 직불의에게는 형이 없었다는 것 또한 알았기 때문이었다.

아름다운 침묵

우리는 무엇을 어떻게 말해야 하는지 배운다. 그보다 중요한 것이 있다. 바로 어떻게 들어야 하는 지다. 하지만 그보다 훨씬 더 중요한 것이 있다. 언제 어떻게 침묵해야 하는지 아는 것이다. 그것이 바로 '침묵의 힘'이다. 벌은 파리에게 굳이 설명하지 않는다. 왜 꿀이 쓰레기보다 좋은 것인지. 『소로우의 일기』에서 '소로우(Henry David Thoreau)'는 이렇게 쓰고 있다. "꽃의 매력 가운데 하나는 그에게 있는 아름다운 침묵이다."

리더는 질문하는 존재다

'정답이 사람을 생각하게 할까?' 아니면 '질문이 사람을 생각하게 할까?' 정답보다는 질문이 사람을 더 생각하게 만든다. 너무나 당연한 이 질문조차도 어떤 사람은 이런 식으로 말한다. “여러분 정답보다 질문이 사람을 더 생각하게 합니다.” 참 바보 같은 답이다.

이 같은 것은 우리가 너무 답변하는 데만 익숙해져 있기 때문이다. 한 분야에서 오래 일한 사람일수록 정답을 잘 알게 되어서 질문하는 법을 잊는다. 하지만 정답보다는 질문이 사람들을 더 집중하게 만들고 힘이 있다. 스티브 잡스는 이 질문의 힘을 잘 알고 있는 리더였다. 그가 펩시콜라 부사장인 ‘존 스컬리(John Sculley)’라는 사람에게 우리 회사에 와달라는 말 대신 이런 질문을 했다고 한다. “남은 인생 설탕물이나 팔면서 살고 싶습니까? 아니면 나와 함께 세상을 바꿀 기회를 원합니까?”

이 질문을 받은 존 스컬리는 회고록에 이렇게 썼다. “밤새 생각하고 생각하게 되었다. 그리고 이걸 거절하면 평생 후회할 거라는 생각이 들어서 그다음 날 아침에 나는 연락하게 되었다.” 후에, 존 스컬리는 애플 최고경영자의 자리까지 오르게 된다.

이같이 사람들은 질문을 받는 순간 다른 생각을 멈추고, 그 질문에 집중하게 된다. 하루는 어느 날, 영화를 보고 나오는데 벽에 이런 글귀가 쓰여있었다. “정답을 던지는 영화는 극장에서 끝날 것이다. 하지만 질문을 던지는 영화는 영화가 끝나고 시작될 것이다.” 우리는 주변에 정답을 던지는 영화 같은 사람일까? 아니면 질문은 던지는 영화 같은 사람일까? 리더는 질문하는 존재다.

사람을 움직이는 힘, '용인술'

인문학과 리더

리더는 사람의 마음을 읽을 줄 알아야 한다. 그렇기에 리더가 되기 위하여 무엇보다도 중요한 것이 바로 '인문학적인 소양'이다. 인문학이란 무엇인가? 인문학은 바로 사람에 대한 학문이다. 인문학은 인간을 연구하는 학문이고 그 지향점을 지켜야 할 가치를 찾는 것이다. '아는 만큼 보이고, 아는 만큼 사랑한다.'고 하지 않던가. 갓난아이부터 할머니까지 모든 사람의 바람과 현실, 희망과 절망을 가능한 한 많이 알아야 한다. 제아무리 위대한 아이디어가 있고, 놀라운 제품을 만들었다 하더라도 인간의 마음을 사로잡지 않고는 조금의 수요도 만들 수 없고, 그 어떤 혁신도 이룰 수 없다. 그러하기에 리더라면 인문학을 공부해야 한다.

그러다 보면 '많이 알아 갈수록 모르는 게 더 많다는 걸 깨닫게 된다.' 특히 비즈니스 환경이 급속도로 바뀌고 불분명한 난제들과 싸워야 하는 오늘에는 더는 얄팍한 처세나 임기응변으로는 버틸 수 없다. 이런 시대 인문학은 지금 눈앞에 벌어지고 있는 일을 깊이 있게 통찰하고 해석하는데 필요한 키를 제공해 주는 가장 강력한 무기가 된다.

리더는 역사학을 공부해야 한다

우리나라 최고의 기업인 삼성의 이병철 회장 생전에 한 기자가 질문했다고 한다. "우리나라 CEO(최고경영자)가 대학에서 어떤 것을 전공하는 것이 좋겠습니까?"

그러자 이병철 회장은 경영학보다는 역사학을 전공해야 한다며 이렇게 말했다고 한다. "일단 사업은 사람을 아는 것이 가장 중요하다. 경영학은 대학원 진학 후 해외에서도 충분히 배울 수 있다."라며 그 전에 사람을 잘 알기 위해서는 인문, 고전, 역사만큼 중요한 것이 없으므로 꼭 이를 공부할 필요가 있음을 강조했다고 한다. 그래서 이병철 회장 손자 이재용이 대학 진학 시, 경영학과를 진학하지 않고 서울대 동양사학과에 진학하게 된 것은 삼성의 후계로 꼽히고 있던 이재용을 위한 할아버지의 조언이 크게 작용했다고 한다. 그만큼 리더에게 있어서 인문과 역사학은 중요하다. 우리가 신문을 읽는 이유도 신문은 어제의 역사이기 때문이다. 그동안 세상은 어떻게 움직여 왔고 또 누가 움직였는지 알기 위해서 리더는 역사학을 공부해야 한다.

자신을 다스리고, 남을 다스린다

'수기치인'이라는 말이 있다. "자신을 다스리고, 남을 다스린다."라는 뜻이다. 남위에 서는 자가 도리에서 벗어나는 말을 하면 아랫사람에게서도 똑같은 말만 돌아온다. 또 남위에 서는 자가 인간의 도리에서 벗어나는 방법으로 이익을 손에 넣으면 아랫사람들 또한 인간으로서 도리에서 벗어나는 방식으로 빼앗으려 든다.

리더는 상대방을 덮어놓고 믿어서는 안 된다. 그랬다가는 상대방이 좋을 대로 이용당하고 만다. 이를 방지하려면 어떻게 하면 좋을까? 아랫사람이 나쁜 일을 꾸미거나 배신하는 이유는 리더가 아픈 손가락을 보였기 때문이다. 책동의 여지를 없애기 위해서는 어떻게 해야 할까? 배신하면 엄청난 보복이 기다리고 있다는 사실을 잘 알려주면 된다. 영화 〈친구〉에 다음과 같은 대사가 나온다. "밟을 때는 쳐다만 봐도 오줌을 지릴 정도로 확실하게 밟아줘야 한데이, 그래야 다시는 개길 생각도 못 한데이."

하급의 리더는 자신의 능력만으로 일한다. 중급의 리더는 아랫사람의 체력을, 상급의 리더는 아랫사람의 지력을 십분 활용한다. 상급의 리더는 아랫사람의 지혜를 활용한다고 했는데 자신보다 능력이 낮은 사람을 마음대로 부리기는 그래도 쉬운 편이다. 그러나 자신보다 능력이 더 높은 사람을 마음대로 부리기는 어렵다. 이것이 가능할 때 비로소 진정한 상급의 리더라 할 수 있다.

『오자병법』 오기 이야기

다음은 『손자병법』과 쌍벽을 이루는 『오자병법』의 오기 이야기다. 오자의 이름은 '오기(吳起)'였는데 오기가 장수였을 때 말단 졸병이 종기가 생겨서 그 종기의 고름을 입으로 빨았다. '오기가 고름을 빨았다'

소문이 퍼지자 그 병사의 어머니에게 마을 사람들이 모여들었다.

"정말 좋으시겠어요? 오기 장군이 아들한테…."

이야기를 다 듣고 난 어머니가 말했다.

"내 아들은 이제 죽었구나!"

옛날에 그 병사의 아버지도 오기가 종기의 고름을 빨아서 전장에서 오기를 위해 목숨을 바쳐 죽었다면서 탄식했다. 그 어머니가 본질을 직시한 것이다.

유비와 조자룡 이야기

초나라의 유비 현덕이 적에게 쫓기어 도망가면서 장수 조자룡에게 자신의 부인과 아들을 부탁했다. 조자룡은 단신으로 유비의 아들을 등에 업고 수백, 수천의 적을 물리치고 아들을 구해 유비의 품에 아들을 안겼다. 이때, 안타깝게도 유비의 부인은 죽었고 조자룡은 심하게 상처를 입었다. 이때 유비는 땅바닥에 자기 아들을 내동댕이치며 말했다. "보잘것없는 내 아들 때문에 나는 훌륭한 장수를 잃을 뻔했다."

이 당시 유비는 황제였고 그의 아들은 황자였으며 조자룡은 정식 장수가 아닌, 말하자면 용병이었다. 하지만 조자룡은 많은 사람이 탐내는 일당백, 아니 일당 천의 장수였다. 조자룡은 머리에서 피가 흐르도록 땅바닥에 엎드려 머리를 조아렸고 죽을 때까지 유비에게 충성을 다했다.

내 뺨을 때릴 수 있겠는가?

조선 말기의 왕족인 이하응은 조선왕조 제26대 고종의 아버지이다. 이하응의 아들 명복이 12세에 임금에 오르게 되자 이하응은 대원군에 봉해지고 어린 고종을 대신해 섭정하였다. 다음은 그런 이하응이 젊었던 시절 이야기다.

몰락한 왕족으로 기생집을 드나들던 어느 날이었다. 술집에서 추태를 부리다 금군 별장(종 2품 무관) 이장렴이 말렸는데 화가 난 이하응이 소리쳤다. “그래도 내가 왕족이거늘 감히 일개 군관이 무례하구나!”

그러자 이장렴은 이하응의 뺨을 후려치면서 큰소리로 호통을 쳤다. “한 나라의 종친이면 체통을 지켜야지, 이렇게 추태를 부리고 외상술이나 마시며 왕실을 더럽혀서야 하겠소! 나라를 사랑하는 마음으로 뺨을 때린 것이니 그리 아시오.”

세월이 흘러 이하응이 흥선대원군이 되어 이장렴을 운현궁으로 불렀다. 이장렴은 부름을 받자 죽음을 각오하고 가족에게 유언까지 남겼다. 이장렴이 방에 들어서자 흥선대원군은 눈을 부릅뜨면서 물었다. “자네는 이 자리에서도 내 뺨을 때릴 수 있겠는가?”

“대감께서 지금도 그때와 같은 못된 술버릇을 갖고 있다면 이 손을 억제하지 못할 것입니다.”

이장렴의 말에 흥선대원군은 호탕하게 웃으며 말했다. “조만간 그 술집에 다시 가려고 했는데 자네 때문에 안 되겠군. 하지만, 내가 오늘 좋은 인재를 얻은 것 같네.”

흥선대원군은 이장렴을 극진히 대접하고 그가 돌아갈 때는 문밖까지 나와 배웅했다. 그리고 사람들에게 이렇게 말했다. "금위대장 나가시니 앞을 물리고, 중문으로 모시도록 하여라."

며느리를 내쫓은 퇴계 이황

리더는 인정받는 사람이다. 많은 사람에게 인정받으려면 자신의 주위 사람들로부터 먼저 인정받아야 한다. 자신의 가족과 주위 사람들로부터 인정받지 못하는 사람이 어떻게 많은 사람의 마음을 움직일 수 있겠는가? 다음은 '퇴계(退溪) 이황'이 어떻게 조선의 가장 존경받는 지도자가 되었는지 그 예를 단적으로 보여준다.

조선 중기, 가장 존경받는 대학자 이황에게는 혼인한 지 얼마 되지 않아 혼자가 된 둘째 며느리 류 씨가 있었다. 둘째 아들이 결혼 후 갑작스럽게 죽음을 맞이했던 터라, 이황은 평생을 외롭게 살아갈 며느리가 걱정스러웠지만 '열녀불경이부(烈女不更二夫)'라는 유교적 규범에 얽매여 남은 인생을 쓸쓸히 보내야 했다.

그러던 어느 날 저녁, 집안을 돌아보던 이황은 며느리 방에서 이상한 소리가 나는 것을 발견했다. 도란도란 분명 이야기를 나누는 소리였다. 순간 이황은 몸이 얼어붙는 것 같았다. 점잖은 선비로서는 차마 할 수 없는 일이지만, 며느리의 방을 엿보지 않을 수 없었다. 방안을 살펴보니, 며느리는 술상을 차려 놓고 짚으로 만든 인형과 마주 앉아 있는 것이었다. 며느리는 인형 앞에 술상을 차려 놓고는 그 인형에게 말을 건네고 있었다. "여보, 한 잔 드세요." 그리고는 한참 동안 이런저런 이야기를 하다가 흐느껴 울기 시작했다.

그 모습이 너무도 안쓰러웠던 이황은 평생 한 지아비만 섬겨야 한다는 조선의 법을 어기고 며느리를 재혼시켜주고자 며느리 류 씨에게 심부름을 시키고 귀가가 늦어진다는 억지 트집을 잡아 집에서 내쫓았다. 쫓겨난 며느리 류 씨는 친정으로 가는 도중 자결을 하려다 친정아버지에게 건네라는 시아버지의 서찰이 생각나서 읽게 되었고 서찰에는 이런 말이 적혀있었다. "이것을 전하면 친정에서 너를 재가시켜 줄 것이다. 행복을 바란다."라는 내용으로 며느리의 장래를 위해 걱정하는 시아버지의 간절한 사랑과 바람이 담겨 있었다.

여러 해가 흐른 뒤, 어느 날 이황은 한양으로 가다가 날이 저물어 어느 집에서 하룻밤을 머물게 되었다. 그런데 저녁상도 아침상도 모두 이황이 좋아하는 반찬으로 식사가 차려졌고, 간이 입에 아주 딱 맞아 너무 맛있게 먹었다. 그리고 길 떠날 채비를 하는 이황에게 집주인은 한양 가는 길에 신으라며 잘 만들어진 버선 두 켤레를 건네어서 신어보니 이황의 발에 꼭 맞았다. 이황은 그제야 둘째 며느리가 이 집에 사는 것을 확신하게 되었고 잘 정돈된 집안과 주인의 사람됨을 보니 '내 며느리가 고생은 하지 않고 살겠구나' 하는 생각이 들었다. 이황은 며느리를 만나보고 싶은 마음이 간절했지만 재가해서 잘살고 있다는 것을 알게 된 것만으로도 감사히 여기며 행복한 마음에 길을 떠났고, 며느리 류 씨는 떠나는 시아버지의 뒷모습을 보면서 눈물을 흘렸다.

화향백리 인향만리

꽃은 향기로 말한다. 꽃은 진한 향기를 내 뿜으며 벌과 나비를 유혹한다. 향기의 매력은 퍼짐에 있듯이 향기로운 꽃 내음은 바람을 타고 백 리까지 퍼져나간다. 그래서 '화향백리(花香百里)'라 한다.

하지만 꽃향기가 아무리 진하다고 한들 그윽한 사람 향기에 비할 순 없다. 깊이 있는 사람은 그 깊이만큼이나 묵직한 향기를 남긴다. 그 향기는 가까이 있을 때는 모른다. 향기의 주인이 곁에 떠날 즈음 비로소 그 사람만의 향기, 인향을 느끼게 된다. 사람의 향기는 그리움과 같아서 만 리를 가고도 남는다. 그래서 '인향만리(人香萬里)'라 한다. "욕정에 취하면 육체가 즐겁고 사랑에 취하면 마음이 즐거우며 사람에 취하면 영혼이 즐겁다."

리더는 자신에 감탄하는 사람이다

인정받는다는 것은 '남의 감탄'을 말한다. 다른 사람들이 나를 보고, "와~"하는 것, 그것이 남의 감탄이고 우리는 여기에 목매달고 산다. 일은 왜 그렇게 열심히 할까? 바로 상사에게 감탄 받기 위해서다. 외모는 왜 그렇게 가꿀까? 이성에게 감탄 받기 위해서다. 그런데 여기서 중요한 것은 남의 감탄을 받기 위해서는 '나의 감탄'도 중요하다는 것이다. 자기 자신에게 감탄하지 못하는 사람이 다른 사람이 자신에게 감탄하도록 할 수 없다. 그렇기에 문화심리학자 김정운 교수는 다음과 같이 주장한다. "인정받으려고 노력하는 것은 결국 남의 감탄에 목말라 하는 것이다. 그러니 그 감탄을 내가 하는 감탄으로 바꿔야 한다. 감탄하면 감탄할 일이 생긴다."

나 자신을 감탄하는 데 필요한 것이 무엇일까? 이런 것이 가능하다. 내가 예전에 못 쓰던 붓글씨를 잘 쓴다든지, 아니면 내가 예전에 못 했던 곡을 피아노로 연주한다든지 등등, 여기서 내가 나한테 하는 감탄에서 제일 중요한 것은 일과 무관한 문화적 경험과 체험에서 나오는 감탄이어야 한다는 것이다.

자존감이 적정하게 높은 사람들의 특징은 자기만의 문화적 활동을 한다는 것이다. 그 문화적 활동이 비싼 돈을 주고 훌륭한 공연을 보러 가는 것도 있겠지만, 부족하고 어설프지만 자기가 직접 그 활동을 한다는 것이다. 연주하고, 그려보고, 써보고 심지어는 춤을 춰보는 것이다.

그렇기에 '니체'는 이렇게 말했다. "한 번도 춤추지 않았던 날은 잃어버린 날이라고 생각하는 것이 좋다." 당대의 철학자 니체가 가장 철학과 무관한 곳에서 감탄할 수 있다는 것은 바로 춤을 춘다는 거였기 때문이다. 이렇듯 내 일과 무관한 것에서 내가 나에게 감탄할 수 있어야 내가 나에게 인정을 보내게 된다. 그리고 우리는 그런 사람을 '리더'라고 부른다.

어떤 삶을 사시겠습니까?

날 벌레들의 생태를 주의 깊게 관찰하면 매우 중요한 사실을 발견할 수 있다. 날 벌레들은 아무런 목적도 없이 무턱대고 앞에서 날고 있는 놈만 따라서 빙빙 돈다. 즉 앞에 있는 다른 벌레가 돌면 따라서 돈다. 어떤 방향이나 목적도 없이 그냥 돈다. 빙빙 돌고 있는 바로 밑에다 먹을 것을 가져다 놓아도 거들떠보지 않고 계속 돌기만 한다. 이렇게 무턱대고 7일 동안 계속해서 돌던 날벌레들은 결국엔 굶어서 죽어간다.

파리를 따라다니면 똥이나 썩은 고기를 만나게 되고, 나비나 꿀벌을 따라가면 꽃이나 꿀을 만나게 되며 거지를 따라다니면 구걸을 하게 됩니다. 귀하는 누구를 따라가겠습니까?

중요한 것은 살면서 누구를 만나느냐에 따라서 인생이 달라질 수도 있다. 하지만 반대로 생각해보면 살면서 내가 누군가를 만나면서 그 사람의 인생을 바꿀 수도 있다. 진정한 리더라면 '내가 누구를 만나서 내 인생을 어떻게 바꿀까?'를 생각하기보다는 '내가 그 사람의 인생을 어떻게 바꿔 줄 수 있을까?'를 생각해야 한다.

"한 마리 사슴이 이끄는 백 마리의 호랑이 무리보다, 한 마리 호랑이가 이끄는 백 마리의 사슴무리가 더 무섭다. 최고의 선수가 있어서 최고의 감독이 되는 게 아니라, 최고의 감독이 이끌기 때문에 최고의 선수가 된다. 그리고 최고 중의 최고는 팀이 만든다."

리더의 자리, 길

임금 익선관의 숨은 뜻

임금이 평상복인 곤룡포를 입고 정무를 볼 때 쓰는 관을 '익선관(翼善冠)'이라 했다. 그런데 이 익선관의 모양이 매미를 형상화한 것이라고 한다. 익선관을 한자로 풀이하면, 날개 '익(翼)', 매미 '선(善)', 모자 '관(冠)' 즉, '매미의 날개가 달린 모자'라는 뜻이라고 풀이할 수 있다. 우리 선조들은 임금을 상징할 때 보통은 용을 표현했다. 용포, 용안, 용수 등 그런데 왜 익선관은 매미를 상징한 것일까? 이는 임금이 매미의 다섯 가지 덕인 '오덕(五德)'을 배우고 실천하기 위함이라고 한다.

매미의 오덕 이란? 첫째, 머리 모양이 선비가 쓰는 관(冠)을 닮았으니 공부하는 선비의 자세. 즉 '문덕(文德)'을 갖추었다. 둘째, 매미는 깨끗한 이슬과 수액만 먹고 사니 '청렴(淸廉)'하다. 셋째, 애써 사람이 힘들게 지은 곡식이나 농작물에 피해를 주지 않으니 '염치(廉恥)'가 있다. 넷째, 모든 생명체가 살 집이 있는 것과는 달리 매미는 제집조차 짓지 않음으로 '검소(儉素)'하다. 다섯째, 매미는 긴 세월을 태어나기 위해 땅속에서 준비하다가 때가 되면 와서는 잠깐 살다 때를 보아 떠날 줄을 아니 '신의(信義)'를 갖추고 있다. 이러한 매미의 오덕 '문청렴검신(文淸廉儉信)'을 배우고 실천하기 위함이라고 한다.

조선시대 왕의 하루 일과

조선시대 왕은 어떤 하루를 살았을까? 편안하고 여유롭고 마음대로 할 수 있는 삶을 살았을까? 일단 왕은 오전 5시에 기상했다. 그 후 왕의 어머니 등 궁의 어른들께 문안 인사를 다녔다. 그런 다음 죽으로 간단하게 배를 채우고 하루를 시작했다.

오전 7시 왕은 아침 공부인 조강에 들어간다. 여기서 신하들과 유교를 다룬 책 등을 보며 학문, 정치 등을 주제로 토론했다. 오전 9시 아침 식사를 한다. 그리고 식사가 끝나면 바로 오전 업무에 들어간다. 오전 업무에서는 상소문에 답을 내리고 관료들의 업무보고를 들었다. 그리고 12시가 되면 점심을 먹고 바로 낮 공부인 주강에 들어간다. 그 후 낮 공부가 끝나면 바로 오후 업무에 들어간다. 오후 3시가 되면 야간 당직자 확인 작업을 하는데, 이때 밤에 궁궐의 보초를 설 장교들의 명단을 직접 확인하고 암구호도 직접 정했다. 오후 5시가 되면 저녁을 먹고 저녁 공부인 석강에 들어갔다. 그리고 오후 7시가 되면 다시 궁의 어른들에게 저녁 인사를 하러 다녔다.

여기까지가 공식적인 왕의 업무이고 이것이 끝나면 왕은 야근에 들어간다. 다 읽지 못한 상소문들을 읽고 또 공부를 위한 책도 읽고 국가에 주요 행사가 있는 날이면 축문을 작성했다. 그리고 왕은 이러한 일들을 1년 365일 중 명절과 자신의 생일을 제외하고는 매일 했다. '지도자는, 리더는 시켜준다고 하여 아무나 할 수 있는 것이 아니다.'

리더의 자리

고전에서는 지도자가 있을 곳, 즉 '리더의 자리'에 대하여 다음과 같이 말하고 있다. "호랑이가 산에 있으면 그 위엄이 막중하고, 용이 연못에 있으면 신기를 헤아릴 수 없습니다. 그러나 호랑이가 들판에 헤맨다면 '초동목부(樵童牧夫)'에게 쫓길 것이요, 용이 육지로 나와 기어다닌다면 물개도 비웃을 것입니다."

리더라면 있을 곳과 있지 말아야 할 곳을 잘 가려야 한다는 뜻이다. 하지만 정말 문제는 자신이 용이라고 생각하는 미꾸라지나 자신을 호랑이라고 생각하는 고양이다. "광대가 궁전 안으로 들어오면 광대가 왕이 되지 않는다. 대신 궁전이 서커스가 된다." 어니스트 헤밍웨이의 『노인과 바다』에는 다음과 같은 글귀가 나온다. "바다는 비에 젖지 않는다."

리더는 항상 혼자다

"사람이 재산이다."라는 말이 있다. 하지만 여기서 말하는 사람은 비즈니스상의 사업 관계 즉, 상사와 아랫사람 그리고 클라이언트를 말하는 것이지 마음을 터놓고 얘기하는 사람이나 친구를 뜻하지는 않는다. 성공한 사람들은 친구가 없었다. 대통령에게 친구가 있었는가? 그룹 회장에게 친구가 있었는가? 리더에게 친구가 있는가? '리더는 무리 안에서 가장 외로운 자리다. 천하 사람들이 근심하기에 앞서 근심하고, 천하 사람들이 즐긴 후에 즐긴다.'

성공하는, 성공한 사업가는 항상 혼자였고 홀로 외로운 결단을 내려야 한다. 성공하고 싶은가? 리더가 되고 싶은가? 그렇다면 외롭다고 징징거리는 버릇을 버리고 그 외로움을 견디고 즐길 줄 알아야 한다. 진정한 리더는 모든 사람이 'YES'라고 말할 때, 혼자서 'NO'라고 말할 수 있는 고독과 결단, 그리고 용기가 필요하다.

자기 자리를 지킨다는 거

연못 속에서 커다란 물고기가 헤엄칠 때 사람들은 어떤 생각을 할까? '와~ 아름답다. 멋있다.' 그러나 그 물고기가 침대 위에 있다면 우리는 더럽다고 말할 것이다. 아름답던 물고기가 혐오스러워지는 것은 그 물고기의 본질이 다르게 변했기 때문이 아니라 적합하지 않은 장소에 있기 때문이다. 이는 논밭에서는 꼭 필요한 흙이 집안에서는 깨끗하게 닦아내야 하는 것도 같은 이치다. "Dirty is out of the place."라는 말이 있다. '더러움이란 자기 자리를 떠나는 것이다'라는 뜻으로 모든 것은 제자리에 있을 때 아름답다는 의미다. '자신의 가치는 다른 어떤 누군가가 아닌, 바로 자신이 정하는 것이다.'

리더의 마음가짐과 긴장감

최고의 경영자 자리에 올랐을 때는 누구나 넘치는 긴장감으로 시작하여 안도감이 들며 긴장감이 풀어진다. 이것은 연인관계에서도 마찬가지이다. 이렇게 자기 무덤을 판 지도자는 예로부터 수없이 많았다. 그렇기에 편안할 때에는 위태로울 때를 대비해야 한다.

『정관정요』에서 당 태종 이세민은 '군자의 마음가짐과 긴장감'에 대하여 다음과 같이 말하고 있다. "나라를 다스릴 때의 마음가짐은 병을 치료할 때의 마음가짐과 똑같다네, 아픈 사람은 몸이 좋아질 때 더욱 주의해서 몸을 돌봐야 하지 자기도 모르게 방심해서 의사의 지시를 지키지 않는다면 그것이야말로 치명타가 되곤 하네, 나라를 다스릴 때도 이 같은 마음가짐이 필요하다네. 천하가 안정될 때 더욱 신중해야 하지, 그럴 때일수록 '이거 안심이네' 하며 해이해졌다가는 반드시 나라가 망하고 말기 때문이야."

※ 정관정요: 당 왕조의 2대 왕인 태종 이세민과 중신들의 질이 문답을 정리한 책이다. 이 책은 태종이 세상을 뜬 후, 약 50년 후에 '오공'이라는 역사가가 정리했다. 10권 40편으로 구성되며 태종의 고심 경영에 관해 풀어놓은 책이다. 일본과 중국에서 '제왕학의 원전'으로 널리 읽혔다. 내 개인적으로는 마키아벨리의 『군주론』과는 상반되는 이야기가 많다고 생각한다.

군자의 길

공자는 『논어』에서 '군자의 길'에 대하여 다음과 같이 쓰고 있다. "지위에 없음을 걱정할 필요는 없다. 그보다는 실력을 쌓는 것이 중요하다. 남에게 인정받지 못함을 걱정할 필요는 없다. 그보다는 인정받을 수 있는 일을 하는 것이 먼저다."

※ 논어: 논어는 공자의 언행록이다. 공자의 말을 중심으로 제자들과의 문답 등 500개 정도의 짧은 문장이 수록되어 있다. '서양에서는 『성서』, 동양에서는 『논어』'라는 말이 있을 정도로 예로부터 '인간학의 교과서'로 널리 읽혔다.

'어떤 것'도 되지 않으면 '아무것'도 되지 못한다

이탈리아 정치가이자 작가인 '마키아벨리(Niccolò Machiavelli)'의 『군주론』에는 다음과 같은 이야기가 있다. 두 사람이나 두 나라가 전쟁을 하면 귀하는 어떤 관점을 취하겠습니까? 많은 사람은 중립을 지킨다고 말한다. 하지만 중요한 것은 전쟁이 끝나면 전쟁에 이긴 쪽이든 진 쪽이든 중립을 지킨 쪽에 원망하게 된다는 것이다. 이긴 쪽은 자신이 전쟁할 때 도와주지 않았기 때문에 괘씸한 마음을 갖고 진 쪽 군사들을 징병하여 함께 쳐들어올 것이며, 진 쪽은 자신들을 도와주지 않았기 때문에 자신들이 졌다고 평생 원망하리라는 것이다.

반대로 중립을 지키지 않고 한쪽 편을 들어 그쪽이 이긴다면, 영광과 부를 함께 나눌 것이며, 편을 든 쪽이 지더라도 그 진 쪽에서는 평생 은혜로 기억하리라는 것이다. 그래서 마키아벨리는 적극적으로 한쪽 편을 들라고 한다. '어떤 것도 되지 않으면 아무것도 되지 못한다.'

※ 군주론: 정치 사상가 마키아벨리가 제왕학에 관해 쓴 책이다. 성악설적인 관점으

로 오랜 세월 금서 취급을 받은 이 책은 이따금 독재를 지향하는 정치가들이나 지도자들에 의해 오용되어 '마키아벨리즘'이라는 악명을 얻기도 했지만 19세기에 들어와서야 재평가받았다.

리더의 경계심

정당하지 못한 뒷거래나 아부, 아첨 등을 일컫는 말 '사바사바'라는 말 중 '사바(さば)'는 일본어로 고등어를 의미한다. 과거 일본에서 고등어는 귀한 생선이었다. 한 일본인이 나무통에 고등어 두 마리를 담아 관청에 일을 부탁하러 갔다. 다른 한 사람이 뭐냐고 묻자 "사바를 갖고 관청에 간다."라고 했는데 그 말이 와전되어 지금의 사바사바로 굳어졌다고 한다. 리더라면 이 '사바사바'를 경계해야 한다. "화려한 권세에 다가가지 않는 이는 청렴한 인물이다. 그러나 이에 다가가도 물들지 않는 인물이야말로 더 청렴하다고 할 수 있다. 교묘한 술수를 모르는 이는 고상한 인물이다. 그러나 이를 알면서도 쓰지 않는 인물이야말로 더 고상하다고 할 수 있다."

'프리드리히 니체'는 『선과 악을 넘어서』에서 다음과 같이 쓰고 있다.

> "괴물과 싸우는 자는 그 자신이 괴물이 되지 않도록 주의해야 한다. 심연을 너무 오래 들여다볼 때, 심연 또한 너를 들여다보게 된다."

리더에겐 때론 빈틈도 전략이다

진정한 고수는 빈틈을 보인다

일본에 유명한 스모선수 중에 지금까지 한 번도 패하지 않은 선수가 있었다. 사람들은 그가 곧 스모선수의 최고 영예인 '요코즈나(橫綱)'에 오르리라고 믿어 의심치 않았다. 그를 응원하던 사람들은 말했다. "이런 상태라면 당신께서는 이제 곧 요코즈나에 오르겠습니다."

하지만 그는 깊숙이 고개를 떨구며 얘기했다. "말씀은 고맙지만, 저에게는 요코즈나가 될 만한 기량이 없습니다. 사람들은 제 스모가 빈틈이 없다고 하는데, 저는 빈틈을 만들 여유가 없는 것입니다. 그것이 저의 가장 큰 결점입니다. 요코즈나의 스모에는 어딘가 여유가 있는 법입니다. 어떤 상대라도 파고 들어올 수 있도록 일부러 빈틈을 만드는 것이죠. 그 정도의 여유도 가지지 못한 제가 어떻게 요코즈나가 되겠습니까. 아직 미숙하기 짝이 없는 저 자신이 부끄러울 따름입니다."

사람들이 실전 결투에서 단 한 번도 패한 적이 없는 '미야모토 무사시(宮本武藏, 1584~1645)'의 검술에 찬사를 보내는 것 또한 상대에게 빈틈을 보이며 유인하기 때문이라고 한다. 그것은 상대를 알고 자신을 알지 않으며 할 수 없는 행동이다.

응립여수 호행사병(鷹立如睡 虎行似病)

명나라 때 홍응명이 쓴 『채근담』을 보면, '응립여수 호행사병'이라는 말이 있다. 내가 가장 좋아하는 말이기도 하다. 그 뜻은 '매는 조는 듯이 앉아있고, 범은 병든 듯이 걸어간다.'이다. 고수는 허술해 보이지만 안에 날카로운 그 무엇을 갖고 있다는 뜻이다. 성공한 사람들을 보면 대체로 그렇다. 비록 엉성한 듯하지만, 그 안에 숨겨진 발톱을 가지고 산다. 그 발톱에는 오랜 '세월의 인고(忍苦)'가 숨어 있다. 지금 보이는 성공은 절대 공짜로 얻어진 것이 아니기에 성공이 더할수록 더 허술한 모습으로 살아가기를 즐긴다. 조는 듯이 앉아있고, 병든 듯이 걷는다고 하여 가벼이 보는 우(愚)를 범하지 말아야 한다.

※ 채근담: 명나라 때 홍응명이 쓴 책으로 전 360개의 짧은 문장으로 구성됐다. 책 이름인 '채근'은 변변치 않은 식사, '담'은 이야기라는 뜻이다. 큰 인물은 이러한 빈곤한 생활 속에서 자라난다는 사실을 비유하여 나타낸 말이다.

망가지는 것도 용기가 있어야 한다

나는 그들보다 훨씬 뛰어나다. 나는 그들과는 차원이 다르다. 그들은 나의 깊은 뜻을 이해하지 못할 것이다. 이런 생각으로 가득 차 있다면 당신은 외롭다.

항상 옳은 이야기만 하는 사람이 있다. 하지만 들어도 별 감흥이 느껴지지 않는다. 그건 아마도, 그 옳은 이야기 속에 자신을 숨기고 있기 때문은 아닐까? 망가지는 것도 용기가 있어야 한다. 나 스스로가 남들에 비해 대단하다고 느끼면 절대로 망가지지 못한다. 가끔은 나의 지친 모습을 보여줄 때, 그리고 가끔은 망가질 수도 있어야 당신은 외롭지 않다.

술취한보디가드

경호원들과 회식, 나는 술로서 그들의 기선을 제압했다. 그러다 술에 취해 쓰레기통에 넘어졌다. 하지만 나는 재빨리 일어나 옷매무새를 단정히 하고 말했다. "보석은 쓰레기통에 있어도 보석이고, 쓰레기는 보석함에 있어도 쓰레기다."

리더에게 빈틈은 사람을 끌어들이는 힘이다

예로부터 사람들에게 사랑받는 사람은 어딘가 빈틈이 있고, 어딘가 여유가 있는 사람이다. 아무 빈틈이 없는 사람이 어떻게 사람들에게 사랑받을 수 있겠는가. 빈틈은 아름다운 여인의 뺨에 있는 하나의 점처럼, 기묘하게 사람의 마음을 끌어당기는 법이다. 리더에게 빈틈은 사람을 끌어들이는 힘이 되기도 한다.

틈을 막지 마라! 거기로 빛이 들어온다

틈이 있어야 햇살도 파고든다. 틈이 있어야 다른 사람이 들어갈 여지가 있고, 이미 들어온 사람을 편안하게 한다. 틈이란, 사람과 사람 사이의 소통 창구다. 굳이 틈을 가리려 애쓰지 말고, 있는 그대로 열어놓을 필요가 있다. 그 빈틈으로 사람들이 찾아오고, 그들과 함께하며 조직을 더 여유롭게 만들어 준다. 그렇기에 틈은 '허점'이 아니라, '여유'다.

영웅을 말한다

이제 영웅은 없다

'영웅'은 아무 때나 존재하는 것이 아니며 아무 때나 필요한 것도 아니다. "난세 영웅이 출현한다."라는 말처럼 역사상의 영웅은 개인의 매력으로 일정한 '시대정신'을 응집시켜 사람들이 탄복하기에 충분했다. 예를 들어 나폴레옹이 독일을 쳐들어간 것을 두고 '헤겔'은 그가 "말 위에서 세계정신을 보았다."라고 말했다.

우리는 20세기 이후 이상주의가 퇴조함에 따라 영웅 숭배 역시 쇠퇴했음을 잘 알고 있으며, 여기에는 깊은 역사적인 원인이 존재한다. 첫째는 분업의 발달과 과학의 발전으로 인해 전지전능의 인물과 거대한 시스템이 날로 자취를 감추게 되었고 이에 따라 사람들은 현대적 분업에만 경도되었다. 둘째는 사회의 진보와 법률의 보완으로 개인의 활동 범위가 크게 제한되었다. 극단적인 예일지 모르지만, 예전의 남자나 영웅은 집도 잘 짓고, 사냥도 잘하고, 물고기도 잘 잡고, 그리고 싸움도 잘하는 사람이었다. 지금의 이런 사람은 일용직 근로자, 배 타는 사람, 깡패다.

바보 같은 영웅

이제는 예전의 민간 영웅이 발을 딛기 어려울 뿐만 아니라, 대통령이나 장군도 암담하게 본래의 색을 잃어버렸다. 그렇다 보니 스타를 숭배하거나 각종 '올림픽 경기', '기네스'식의 기록을 만드는 것으로 개인을 표현할 수밖에 없다. 만약 영웅이 없다면 우린 하나를 만들어 낼 수밖에 없다. 바로 '돈키호테'다. 사람은 두 개의 얼굴을 가지고 있다. 현실적이어야 할 때는 현실적이고 이상적일 때는 이상적이다. 나쁜 짓을 할 때는 악랄하고 저질스러운 방법을 사용하다가도, TV나 드라마를 볼 때는 어린아이처럼 영웅이나 착한 사람들을 위해 눈물을 흘리고 걱정하는 것이다. 우물가에 놀던 아이가 우물에 빠 질 것 같은 상황을 보게 된다면, 누구든 깜짝 놀라며 측은한 마음이 드는 것이 사람이다.

권모술수와 대인관계를 문학적으로 감상하는 사람은 없겠지만 간사하고 권모술수에 능한 사람보다 바보스럽게 모략이 없는 어리석은 사람을 우리는 더 사랑한다. 인간 세상에는 항상 불공평이 존재하기 때문에 사람들은 '영웅'에 의탁하여 그것을 풀어 보려 한다. 그래서 요즘의 영화나 드라마에는 많은 영웅이 등장한다. 그리고 우리는 '바보 같은 영웅'에 더 열광한다. 이 글을 읽고 공감한다면 당신 안에도 영웅이 존재한다. '머라이어 캐리'의 'HERO'라는 노래에는 이런 가사가 있다. "당신의 마음속을 들여다보면 거기에 영웅이 있다."

영웅은 꼭 위대해야 하는 것은 아니다

나라는 구하는 것도 영웅이지만 사람들에게 소소한 행복을 만들어 주는 것도 영웅의 조건이 될 수 있다. 미국은 평범한 영웅을 발굴하고 기억하는데 탁월하다. 경기장이나 공원 그리고 학교에 가면 많은 영웅의 동상이 존재하며 거리나 도로 이름에도 평범한 사람들의 이름이 들어 있는 것을 쉽게 볼 수 있다. 어떻게든 한 줄기 빛이라도 찾아내고 그것을 끄집어내서 영웅으로 승화시키는 것이다.

우리는 "사촌이 땅을 사면 배가 아프다."라는 속담처럼 영웅 만들기에 참 인색하다. 내 주변의 영웅을 영웅으로 대접하고 그들을 존중하는 사회가 만들어질 때 세상은 더 밝아진다.

왜 영웅은 죽은 다음에야 추모하는가?

우리는 많은 영웅을 그들이 죽고 나서야 그리워한다. 그들이 우리 곁에 살아 숨 쉴 때는 외면하다 죽은 다음에야 기념비를 세우고 추모한다. "영웅들을 추모하는 것은 쉬운 일이다. 그러나 위대한 국민은 영웅과 더불어 살고 있다. 예술가를 추모하는 것은 쉬운 일이다. 그러나 위대한 국민은 예술가와 더불어 살고 있다. 이웃으로서 그들의 숨결을 들으며 함께 살고 있다."

1967년 노벨문학상을 받은 과테말라의 시인, 소설가 '미겔 아스투리아스(Miguel Angel Asturias)'의 집 1㎞ 근처에는 다음과 같은 푯말이 붙어 있었다고 한다. "여기는 우리의 위대한 작가 아스투리아스가 글을 쓰고 있는 구역입니다. 경적을 삼가십시오."

나는 왕이로소이다

우리는 신에게 기도하지 않고 구걸한다

종교든 어딘가에 의지한다는 것은 노예가 될 수밖에 없다. 선구자들을 기다리고 스스로 삶을 구원 못 하고, 왕을 기다리고 신을 기다리는 것과 같다. 니체가 "신은 죽었다"고 한 건 인간이 주인이라는 선언이다. 인간이 창조의 모든 역능을 끌고 가야 한다. 실질적으로 역사는 그렇게 움직여 왔다. 종교는 피난처가 아니다. 도망갈 데가 있으면 안 된다. 나로부터, 내 삶으로부터 도망가게 해서는 안 된다. 그래야 자기가 노예면 노예가 아니도록 싸울 것이기 때문이다. "지금은 노예지만 천국에 가면 자유로운 영혼이다." 노예 같은 말이다. 내가 노예라면 노예라고 받아들이고, 천국 따위는 없으니 여기서 주인이 되어야 한다. '내 발목에 차인 것이 쇠사슬이라는 것을 아는 순간부터 나는 더 이상 노예가 아니다.'

일본 후쿠오카에는 '학문의 신'을 모신 '다자이후 텐만구(太宰府天満宮)'라는 사찰이 있다. 사찰기원은 신께 소원을 비는 자리가 아니라, 신 앞에서 자신의 '결의를 표명'하는 것이라고 한다. 하지만 우리는 신에게 기도하지 않고 '구걸'을 한다.

노예의 사회

1863년 1월 1일, 링컨 대통령이 '노예해방'을 선언했을 때, 자유를 찾아 떠날 것이라는 예상과는 달리 노예 대부분은 예전처럼 주인을 받들고 살기를 선택했다. 그렇게 갈구하던 자유가 주어졌는데 왜 그랬을까? 그들은 그렇게 사는 것이 팔자라고 머릿속에 울타리를 치고 살았기 때문이다.

거대한 건축물이 생기는 곳에는 억압이 있다. 노예들이 채찍을 맞아가며 피라미드를 세웠지만, 자기 묘지를 만든 건 아니다. 타워팰리스를 만든 노동자들도 거기서 살지는 않는다. 거대한 건축물이 있다는 것은 건설한 사람들을 동원했다는 것인데 그 수단이 예전에는 채찍이었고 지금은 자본이다. 돈이 없으면 살 수 없는 사회다 보니 상황이 더욱 교묘해졌다. 옛날에는 노예가 탈출해버리면 됐는데 지금은 "가서 쉬세요!" 하면 불안해진다. "일하게 해 주세요! 밤새도록 열심히 일할게요!" 교묘한 억압사회로 바뀌었고 억압이 더 심화되었다. 옛날에는 채찍질하면 철조망 뚫고 도망갔는데, 지금은 회사에서 쫓겨나면 '이제 난 어떻게 하지 어디서 일하지?' 이런 고민을 하게 된다. 자기 불안을 극복하지 못하고 쫓아내도 다시 들어오려고 하는 '노예의 사회'가 되었다.

이런 모든 것을 극복하려면 싸워야 한다. 지배를 이기는 싸움은 우리 내면에서부터 시작해야 한다. 우리 내면에 있는 노예근성과 거지근성을 없애야 한다. 우리가 노예로 길러지면 혁명을 일으켜도 새로운 주인을 세운다. 우리 역사에서 볼 수 있듯이 농민들이 기껏 봉기를 일으켜서는 그다음에 왕족으로 왕조를 세운다.

나는 왕이로소이다

난 항상 노예니까 좋은 왕과 나쁜 왕을 구별할 게 아니라 우리 의식 속에서 다른 왕의 자리를 없애야 한다. 우리는 사극을 보면서 좋은 왕을 기대한다. 자신이 다른 사람에게 좋은 왕이 되겠다는 것은 꿈도 꾸지 않는다. 그러니까 전선은 내 안에 그어져 있는 것이다. 그리고 영화나 드라마에서 노예에게 왕을 시키면 항상 불안해하고 안절부절못한다. 하지만 왕에게 노예를 시키면 새로운 세상에 대한 흥미를 느끼며 그동안의 자신의 삶을 한 발짝 물러서서 볼 수 있는 여유를 가지게 한다. 왜냐하면, 자신이 왕이기 때문에, 그래서 우리는 노예근성과 거지근성을 떨쳐버리고 이런 생각을 가져야 한다. '나는 왕이로소이다.'

위대함은 비교될 수 없다

쌈마이

'쌈마이'라는 말이 있다. 일본어로 '산마이메(三枚目, さんまいめ)'에서 온 말로 일본의 전통극 가부키의 순번에서 세 번째에 적힌, 막간에 흥을 돋우기 위해 연기하는 희극배우를 지칭하는 말이다. 지금은 '삼류배우', '삼류배역'의 뜻으로 쓰이는데 '양아치'를 지칭하는 용어로도 쓰인다. 아무튼, 일류는 아니다. 우리 주변에는 일류에 기생하며 생활하는 거지 근성을 지닌 '쌈마이'들이 있다. 그들은 아무리 일류가 되는 비법을 전수해도 그것을 거부한 채로 현실에 안주하는 쌈마이로 만족하며 인생을 살아간다. "대부분 사람에게 존재하는 가장 위험한 일은 목표를 너무 높게 잡고서 거기에 이르지 못하는 것이 아니라, 목표를 너무 낮게 잡고 거기에 도달하는 것이다."

'넘버 원'이 아닌 '온리 원'

당신의 최고의 가치는 당신이 독특하다는 데 있다. 남과 다르다는 것이 당신 최고의 경쟁력이다. '넘버 원(Number One)'보다 더 이 세상에 필요로 하는 사람은 유일무이한 '온리 원(Only One)'이다. "피카소가 위대한 천재 화가인 이유는 이 세상에 피카소와 같은 화가가 없기 때문이고, 셰익스피어가 위대한 작가인 이유는 이 세상에 셰익스피어 같은 작가가 없기 때문이며 스티브 잡스가 위대한 혁신의 아이콘인 이유는 이 세상에 스티브 잡스 같은 혁신가가 없기 때문이다." 위대한 삶을 살고 싶다면 타인을 흉내 내는 삶을 멈추고 자신만의 삶을 고집해야 한다. 최고의 자리에 오른 대가들과 거장들에게 숨길 수 없는 단 한 가지의 특징이 있다. '모두 최고를 요구하고, 최고를 고집하고, 최고를 생각하며 그리고 스스로 최고가 된다는 점이다.'

위대함은 아주 작은 것에서부터 시작된다

흔히 큰일을 하는 사람은 작은 일에 연연해서는 안 된다고 말한다. 하지만 일상을 소홀히 하면서 큰일을 이루는 사람은 없다. 진정한 위대함은 사소하고 아주 작은 것에서부터 시작된다. 몽골, 지금은 중국과 러시아 사이에 낀 작은 나라에 불과하지만, 그들은 '칭기즈칸'이라는 불세출의 영웅을 중심으로 세계를 제패했다.

과연 그들의 저력은 어디에서 나왔을까? 정복 전쟁에서 무엇보다 중요한 것은 전쟁물자의 원활한 조달과 이동속도다. 몽골군대는 유목민이다 보니 말을 타는 것이 능했고, 기마병 위주였다. 그리고 그들에게는 '육포'와 '마유주'가 있어 별도의 식량 운송부대가 필요치 않았으며 말 등에서 달리며 식사를 해결했다. 양이나 말의 고기를 통째로 말려 만든 육포는 부피를 크게 줄일 수 있었으며, 양이나 말의 젖으로 만든 마유주라는 술을 물 대신 마시면서 전투를 치렀다. 몽골군이 세계를 제패할 수 있었던 것은 바로 육포와 마유주가 있어 가능했다. 세상은 움직이는 것은 이처럼 아주 작은 것에서부터 시작된다.

위대함도 아주 작은 것에 무너질 수 있다

어느 마을에 몇백 년은 되었을 거목이 있었다. 마을 사람들은 그 나무를 보면서 항상 자랑스럽게 생각했고 그 나무는 참 많은 일을 겪어왔다. 수십 차례 산불의 위험도 있었고, 벼락을 맞는 고초도 겪었다. 그러나 나무는 그 많은 위험 속에서도 긴 시간을 꿋꿋이 견디어 냈다. 그리고 마을 사람들은 그 굳건한 나무가 앞으로도 더 오랜 시간 동안 당당히 서 있으리라 생각했다. 그런데 너무나 갑작스럽게 그 거목은 말라 죽어버렸다. 당황한 사람들이 알아낸 원인은 작은 딱정벌레였다. 나무속 줄기를 갉아 먹는 딱정벌레들 때문에 결국, 나무 속살에 상처가 생기게 되었다. 이 거목에 비한다면 흔적조차 보이지 않던 작은 상처들이 조금씩 모이면서 회복되지 않았고 어느 순간 돌이킬 수 없는 치명적인 상처가 된 것이다.

사소한 것들도 하찮게 넘기지 말아야 한다. 그 일이 훗날 당신에게 매우 크고 소중한 것을 부숫지도 모르는 일이다. 건물 주인이 깨진 유리창을 그대로 내버려 두면 그 건물은 무법천지로 변한다. 곧 깨진 유리창처럼 사소한 것들은 사실은 치명적인 위험을 초래한다. "당신의 가는 길을 방해하는 것은 길 위에 있는 큰 바위가 아니라, 신발 속에 있는 작은 돌조각이다."

진정한 강자는 누구인가?

독일의 유명한 철학자 니체는 말했다. "강자를 약자로부터 보호하라!" 이상한 말이다. 우리는 보통 약자를 보호하라고 교육받아왔다. 하지만 니체는 약자들로부터 강자를 보호하라고 반대로 말하고 있다. 약자들은 "지금은 불우해도 저세상에 가면 영원한 축복을 받게 된다."라며 자기 불행의 책임이 자신에게 있다고 생각하지 않는다. 대신 자신보다 잘살고 힘 있는 자들을 저주하고 증오한다. 이런 상황에서 강자를 보호하지 않는다면 약자들이 똘똘 뭉쳐 강자들을 못살게 굴 것이다. '강자를 약자로부터 보호하라!'라는 그런 의미이다. 이 세상의 위대함은 초인과 같은 강자들이 창조해가는 것이기에 더욱 그렇다.

사람들은 남에게 기대 사려고 하는 거지 근성이 있다. 비굴하게 살아가려는 노예근성 말이다. 힘 안 들이고 뭔가를 이루려고 하는 나태함이 우리의 본능이다. 바로 이런 것을 극복한 사람 이 진정한 강자다. 조직의 어려움을 직시하고 그에 대한 해결책을 내놓는 사람이 바로 강자다. 니체가 말하는 강자는 자기 자신과 싸움에서 이긴 사람이다. 아니, 자기 자신과 싸움에서 실패했더라도 계속하여 도전하는 사람이다. 그 길은 결코 달콤한 것일 수가 없다. '극기(克己)'의 자세로 자신의 삶을 받아들이는 마음가짐을 가진 사람이 강자다. 니체는 우리에게 '초인(超人)'의 길을 걸어간 것을 요구한다. 자신의 운명을 사랑할 줄 아는 자세를 갖추라고 말하는 것이다.

나를 낮춘다는 거

고개를 숙이면 부딪치는 법이 없다

이 말은 조선 초, 맹사성이 한 고승에게 배운 가르침이다. 열아홉에 장원급제하여 스무 살에 군수에 오른, 뛰어난 학식의 맹사성은 그 고을에서 유명한 선사를 찾아가 물었다.

"스님이 생각하기에, 이 고을을 다스리는 사람으로서 내가 최고로 삼아야 할 좌우명이 무엇이라 생각하오!"

그러자 스님이 대답했다.

"그건 어렵지 않습니다. 나쁜 일을 하지 않고, 착한 일을 많이 베푸시면 됩니다."

"그런 건 삼척동자도 다 아는 이치인데, 먼 길을 온 내게 해 줄 말이 고작 그것뿐이오?"

맹사성은 거만하게 말하며 그 자리에서 일어나려 했다. 그러자 스님은 맹사성을 만류하며 차나 한잔하고 가라고 붙잡았다. 맹사성은 못 이기는 척 자리에 앉았다. 그런데 스님은 찻잔에 찻물이 계속 넘치도록 따르는 것이 아닌가, 이게 무슨 짓이냐고 소리치는 맹사성에게 스님은 말했다.

"찻물이 넘쳐 방바닥을 적시는 것은 알고, 지식이 넘쳐 인품을 망치는 것은 어찌 모르십니까?"

부끄러웠던 맹사성은 황급히 일어나 나가다가 문틀에 머리를 세게 부딪쳤다. 그러자 스님은 미소 지으며 말했다.

"고개를 숙이면 부딪치는 법이 없습니다."

겸손함과 천박함

성공한 사람들은 대체로 겸손하다. 그리고 다른 사람을 배려한다. 그들은 실력과 능력을 갖추고 있기에 좀처럼 자신을 드러내거나 과시하지 않는다. 오히려 자신을 한없이 낮추면서 그것을 즐긴다. 그러다 결정적인 순간, 자신을 드러내야 할 때는 한 치의 주저함도 없이 신속하고 정확하게 자신의 능력을 발휘한다. 그들은 칼을 함부로 빼는 일이 없지만, 칼을 한번 뺐다면 흔한 말로 썩은 무라도 냉정하게 잘라버린다.

반면에 그렇지 못한 사람들은 자신을 드러내지 못해 안달한다. 다른 사람들과 대화를 할 때도 모든 분야에 끼어들려고 하며 자신의 얕은 지식이 최고인 양 드러낸다. 그렇게 항상 자신의 실력을 과시한다. 이들은 항상 칼을 빼서 휘두르고 다닌다. 그래서 사람들은 처음에는 두려움을 갖지만, 나중에는 그조차도 천박하게 여긴다. 이들은 언제 자신이 짓밟힐지 모른다는 불안감과 초조함에 자신보다 약자들을 짓밟으면서 그것을 위안으로 삼는다. 어떤 삶을 선택할지는 선택하는 사람의 몫이다.

겸손의 반대는 교만이 아니라 무지다. 많이 아는 사람은 겸손할 수밖에 없다. 왜냐하면, 그렇게 하지 않을 때 반드시 닥쳐올 위험을 너무나 잘 알고 있기 때문이다. 영화 〈신라의 달밤〉에서 건달이 된 이성재가 학창 시절에 짱이었던 차승원에게 이런 대사를 한다. "너 많이 약해졌구나! 예전에는 이렇게 말이 많지 않았는데."

블랙벨트(Black Belt)

무술을 수련할 때는 흰색 띠로 시작해 노란 띠, 파란 띠, 빨간 띠, 그리고 마지막에는 검정 띠를 매게 된다. 여기서 흰색과 검은색은 음과 양을 뜻하며 노란색, 파란색, 빨간색은 우주 만물을 뜻한다. 노란, 파란, 빨간색은 색의 삼원색으로서 이 세 가지 색을 섞으면 모든 색을 만들 수 있기 때문이다. 흰색 띠는 처음 입문할 때 매는 띠로서 여자가 결혼할 때 흰색드레스를 입는 이유와 같다. 노란 띠는 하늘이 노랗게 보일 정도로 수련해야 한다. 파란 띠는 온몸이 시퍼렇게 멍이 들 정도로 수련해야 한다. 빨간 띠는 피가 나도록 수련해야 한다. 검정 띠는 '블랙벨트'이며 이제 다시 캄캄한 어둠의 세계를 홀로 새롭게 개척해 나가는 단계이다.

그런데 여기서 제일 문제가 되는 띠가 바로 빨간 띠이다. 가장 기고만장하는 단계이며 자만심이 하늘을 찌른다. 자기 자신이 제일인 양 으스대는 단계이며 심신 수양에는 안중에도 없고 초심이 사라졌다는 사실조차 자각하지 못한다. 이때, 검정 띠를 따지 못하고 포기하는 경우가 가장 많다. 무술 수련뿐이 아니라 다른 분야에서도 이 빨간 띠에 해당하는 사람들이 있다. 이때는 위에 사람이나 스승이 꾸짖으면 잔소리로 받아들인다. 마치 그 분야에 온 생애를 다 바칠 사람처럼 덤벼들지만 딱 빨간 띠 수준쯤에서 사소한 이유로 포기하는 사람들이 부지기수다. 이 단계를 넘어서야 비로소 익은 벼가 고개를 숙이는, 즉 어둠의 세계를 스스로 개척하는 '블랙벨트' 단계에 들어선다.

영국 문학사에 있어서 셰익스피어 다음으로 평가받는 '제인 오스틴(Jane Austen)'은 그의 대표작 『오만과 편견』에서 이렇게 쓰고 있다. "편견은 내가 다른 사람을 사랑하지 못하게 하고, 오만은 다른 사람이 나를 사랑할 수 없게 만든다."

얻으려면 먼저 줘라

『노자』에는 '싸우지 않는 덕'에 대하여 다음과 같이 설명하고 있다. "뛰어난 지도자는 무력을 쓰지 않는다. 싸움을 잘하는 자는 감정에 휩싸여 행동하지 않는다. 늘 이기는 사람은 전력을 다하는 대결로 내달리지 않는다. 사람을 잘 다루는 사람은 상대방에게 저 자세로 나간다. 이를 '싸우지 않는 덕'이라 한다. 이는 다른 사람을 활용하는 도리이기도 하고 하늘의 의지에도 꼭 들어맞는다." (『노자』 제22장)

줄이고 싶으면 일단 늘려준다. 약하게 만들고 싶으면 일단 내 편으로 끌어들인다. 뺏고 싶으면 일단 준다. 경호무술을 수련할 때도 이런 기법을 활용한다. "밀면 당기고, 당기면 밀어라" 이것이 바로 끝을 알 수 없는 지혜이다. 그렇기에 유약한 것이 강한 것을 이긴다. "적을 만들지 않는 자가 적들을 다 싸워 이길 힘을 가진 자보다 훨씬 더 대단하다." 지위에 너무 집착하면 반드시 생명이 닳는다. 족함을 알면 굴욕을 당하지 않는다. 그침을 알면 위험이 없다. 넘치도록 쏟아부은 물은 흘리고 말며, 너무나 날카롭게 갈아놓은 칼은 곧 끊어지고 만다. 훌륭해졌다고 의기양양하면 발목을 잡힌다. 일단 달성한 후에는 물러남이 하늘의 도리이다. '리더는 들고 날 때가 확실해야 한다.'

※ 노자: BC 510년경에 만들어진 책으로, 자연에 순응하면서 자연의 법칙을 거스르지 않고 살아야 한다는 동양적 지혜의 정수를 담고 있다. '노(老)'는 저자 노담의 성이고, '자(子)'는 학자나 그 저술을 가리키는 말이다. 따라서 '노자'란 노담선생의 학설을 정리한 책이라는 뜻이다.

물에게서 배워라

물이 없으면 지구상의 생물은 살아남을 수 없다. 그런 큰 작용을 하면서도 정작 자신은 계속 낮은 곳으로 흘러간다. 낮은 곳은 누구나 싫어한다. 그러나 물은 굳이 다른 사람이 싫어하는 낮은 곳에 몸을 두려 한다. 발돋움하여 발끝으로 서려 하면 오히려 발밑이 안정되지 않고, 발걸음을 크게 내디디면 제대로 걸을 수 없다. 자신을 스스로 드러내려는 자는 표적이 되고, 자신이 맞는다고 주장하면 오히려 무시당한다. 자신을 과시하면 오히려 배척당하고, 자신의 공적을 자랑하면 오히려 비난받는다. 그리고 자신의 재능을 과시하면 오히려 발목을 잡

히고 만다. '나무는 꽃을 버려야 열매를 맺고, 강은 강물을 버려야 바다에 이른다.'

큰 강이나 바다가 '하천의 왕'인 이유는 낮은 곳에 있으며 모든 물줄기를 받아들이기 때문이다. 이와 마찬가지로 현명한 지도자는 사람들을 이끌 때 겸허한 태도로 자신을 낮춘다. 사람들은 지도하려 할 때도 스스로 뒤로 물러나 절대 지도자 행세를 하지 않는다. 그렇기에 위에 앉아있어도 사람들은 무거운 줄 모르고, 앞에 서 있어도 방해된다고 생각하지 않는다. 세상의 모든 물이 아래로 흐르는 것은 가장 낮은 종착지에 바다라는 안식처가 기다리고 있기 때문이다.

관해난수(觀海難水)

"바다를 본 사람은 물을 말하기 어려워한다."

큰 것을 깨달은 사람은 아무리 사소한 것이라도 함부로 이야기하기 어려운 법이다.

칼집 안의 승부

칼을 칼집에서 뽑는다는 거

우리의 옛 무사들에게는 '칼집 안의 승부'라는 말이 있었다. 칼이 칼집 안에 있으면서 상대를 제압하거나 이기는 것을 말한다. 또한, 칼은 칼집 안에 있을 때 상대에게 가장 큰 두려움을 줄 수 있다는 말이기도 하다. 반대로 무사들은 칼을 칼집에서 1센티만 뽑아도 그 행동은 결투를 요청한 것으로 간주했다고 한다. 그만큼 칼을 칼집에서 뽑는다는 것을 상당히 신중하게 생각했다. 밤이 두려운 것은 어두워서 보이지 않기 때문이다. 우리가 죽음이 두려운 것은 죽음에 대하여 경험을 해보거나 보지 못했기 때문이다. 칼은 칼집 안에 있을 때 상대에게 가장 큰 두려움을 줄 수 있다. 이미 칼집을 떠난 칼은 그 칼의 길이와 날카로움 이상의 두려움을 줄 수 없다.

나는 누가 "경호무술을 배우는 목적이 무엇입니까?" 하고 묻는다면, 여러 가지 이유가 있겠지만 가장 큰 목적은 "멋지게 지기 위해서입니다."라고 얘기한다. 이미 상대와 칼집 안의 승부를 해서 상대를 제압했는데 칼을 칼집에서 뽑을 필요가 없다는 뜻이다. 반대로 칼집 안의 승부를 해서 내가 졌다면, 그 또한 칼을 칼집에서 뽑을 필요가 없다.

이기도록 하여 이긴다

목숨을 내건 실전 결투에서 한 번도 패한 적이 없는 일본의 전설적인 검성 '미야모토 무사시'는 그가 쓴 병법서 『오륜서(五輪書)』에 다음과 같이 썼다. "진정한 사무라이는 지는 싸움은 안 한다. 내가 질 것 같으면 그 자리를 피한 다음, 이길 수 있는 상황과 환경을 만들어 상대를 이길 수 있을 때 싸운다. 이기도록 하여 이기는 것이 무엇이 나쁜가" 즉 진정한 사무라이는 상대를 이기는 것보단 질 상황을 만들지 않는다는 것이다. 가령 내 편은 나 혼자이고 상대는 내가 상대할 수 있는 이상의 수일 때 그 자리를 모면할 수 있는 능력도 싸움 기술이라고 한다. '싸움은 싸워야 할지 말아야 할지 아는 자가 이긴다.'

또한, 『손자병법』과 함께 병법서의 쌍벽을 이루는 『오자병법』에는 이런 글이 있다. "천하가 싸움에 휩쓸렸을 때, 5번이긴 자는 화를 면치 못하고, 4번이긴 자는 그 폐단으로 약해지고, 3번이긴 자는 패권을 잡고, 2번이긴 자는 왕이 되며, 단 한 번 이긴 자는 황제가 된다." 이 말은 많이 이기는 게 능사가 아니라, 한 번의 결전으로 모든 것을 끝내야 한다는 뜻이다. 그것은 매번 이기더라도 매번 피해가 생기고 인심을 잃기 때문이다. "하수는 싸운 다음에 이기고, 고수는 이긴 다음에 싸운다."

칼집 안의 승부에서 이기기

칼집 안의 승부를 하기 위해서는 다음과 같은 방법이 있다. 첫째, 풍기는 기(氣)로써 상대를 제압한다. 이는 칼집 안의 승부에 있어서 가장 중요한 방법이며 끊임없는 자기 수련과 관리를 통하여 이룰 수 있다. 둘째, 덕으로써 상대를 감화시킨다. 웃는 얼굴에 침 뱉지 못한다는 말이 있다. 부모를 죽인 원수가 아닌 이상 웃음으로 대하고 진실한 마음으로 대한다면, 충분히 상대의 마음을 움직일 수 있다고 생각한다. 셋째, 말로써 상대를 설득한다. 말로 상대를 설득하는 방법에는 두 가지가 있다. 위협적인 말을 써서 상대를 굴복시키는 방법과 논리적인 방법으로 상대를 설득하는 방법.

현시대를 살아가는 우리는 많은 사람과 만나고 경쟁하고 싸워간다. 그럴 때마다 칼집 안의 승부를 겨루시길, 경호무술을 수련하는 목적은 칼집 안의 승부에 있어서 더 많이 이기기 위함이다. 그리고 칼집 안의 승부에서 이겼다면, 상대에게 고개를 숙인다. 그것이 바로 멋지게 지는 방법이다. 나는 오늘도 경호무술을 수련한다. 칼집 안의 승부에서 더 많이 이기기 위해서.

멋지게 진다는 거

실전 격투는 전쟁이다

TV를 보면 태권도, 검도, 유도등의 경기보다 UFC나 이종격투기 경기가 인기를 끌고 있다. 두 선수가 팬티만 입고 서로 치고받고 차고 때리고 나뒹군다. 그러다 보면 서로 민망한 자세를 연출하기도 하고 철망 안에서 피를 흘리며 싸우는 모습이 흡사 '투견경기'를 연상시키기도 한다. 그 어디에도 '멋'이나 '예(禮)'는 찾아볼 수 없다. 하지만 이것이 실전 결투의 본질이다. '결투'는 곧 '전쟁'이다. 결투와 전쟁에서는 '아름다운 패배'는 있을 수 없다. 지는 것은 곧 죽음을 뜻하기 때문이다. 그렇기에 오직 이기는 것이 목적이며 이기기 위해서는 모든 것이 용납된다. 권모술수도 비겁함도 심지어 야비한 방법도 허용된다. 그리고 그것이 실전 결투다. 상대방이 털끝 하나 못 건드리는 멋진 고수의 모습은 무협 영화에서나 볼 수 있고 그런 영화도 사라진 지 오래다. 많은 여러 정통무술 고수들이 이종격투기 선수들에게 몇십 분 만에 넉 다운되는 모습은 인터넷 동영상에서 우리는 흔히 볼 수 있다.

경호무술의 철학

그렇다 할지라도 내가 창시한 경호무술은 '윤리적인 제압'과 '희생정신' 그리고 '멋지게 지는 것'을 추구한다. 상대에게 10대 아니 100대를 맞아 코피를 흘리더라도 상대를 다치지 않도록 제압하는 '윤리적인 제압'이 경호무술의 철학이다. 내가 경호무술을 지도하면서 가장 강조하는 것이 "상대와 겨루지 않는다." "상대와 맞서지 않는다." 그리고 "상대를 끝까지 배려한다."라는 경호무술의 3원칙이다. 나는 경호무술을 수련하는 목적을 묻는 말에 다음과 같이 말한다. "경호무술을 배우는 목적은 상대와 싸우지 않고 이기기 위함입니다. 또한, 멋지게 지기 위함입니다."

상대와 겨루지 않는다

겨루지 않는다고 해서 싸움 자체를 회피하는 것은 아니다. 끊임없는 수련과 단련을 통해 강자의 여유로움과 인품으로 상대를 굴복시키는 '칼집 안의 승부', 바로 그것이 경호무술의 철학이다.

경호무술은 수련이나 연무 시범 시 대련을 하지 않는다. 많은 무술과 스포츠는 승자와 패자가 존재한다. 상대를 이겨야만 내가 이긴다. 하지만 경호무술은 상대를 이겨야만 내가 이기는 것이 아니라, 상대와 나의 연무 시범을 통해 상대와 나의 화합과 교감이 이루어져야 한다. 경호무술의 주 기술은 던지기이다. 그렇게 서로 끊임없이 던지고 던져

지면서 단련해 나가며 상대와 내가 하나가 되는 화합을 강조하는 수련이 경호무술만의 기술이며 수련 방식이다.

상대와 맞서지 않는다

상대를 이길 힘이 충분히 있지만 여러 환경 등을 고려해 싸움에 휘말리지 않고 멋지게 지는 것, 바로 그것이 경호무술이 추구하는 길이다. 상대와 겨룰 힘이 없으면서 고개를 숙이는 것과 겨룰 힘, 아니 기술이 있지만, 고개를 숙이는 것과는 큰 차이가 있다. 그것은 물러서는 것도 결단이기 때문이다. 특히 정서적으로 불안정한 청소년 시기에 '비굴한 굴종'은 인격 형성에 있어서 큰 정서 장애가 된다.

경호무술은 상대의 힘에 정면으로 맞서지 않고, 상대의 힘을 흘려보내거나 이용하면서, 또한 좌우로 회전하면서 상대의 힘을 이용해 상대를 던지는 효율적이고 과학적인 무술이다. 그래서 경호무술은 상대를 던지거나 제압할 때 상대가 중간에 힘을 빼거나 공격할 의사가 없어지면 상대를 제압할 수 없다. 그러므로 타격기와는 다르게 경호무술은 공격할 의사가 없는 상대를 제압하지도 제압할 수도 없다. 이것이 맞서지 않는다는 경호무술만의 독창적인 기술이다.

상대를 끝까지 배려한다

경호무술의 모든 기술은 상대를 던지거나 제압할 때 상대가 구르면서 던져지도록 끝까지 배려한다. 상대가 비록 적일지라도 상대 또한 다치지 않도록 끝까지 배려하면서 제압하는 '윤리적인 제압'을 경호무술에서는 제일 큰 가치로 여긴다. 즉, 경호무술은 '싸움의 기술'을 가르치는 것이 아닌 '서로에 대한 존중'을 알려주는 무술이다.

당신 멋져

'당신 멋져'는 내가 연맹 임원들과 회식할 때, 하는 건배사다. 여기에는 이중적인 의미가 있다. '당신이 멋지다.'라는 겉뜻을 벗겨내면 '당당하고, 신나게 살고, 멋지게 져주자'라는 속뜻이 드러난다. 술잔을 들어 올리며 앞의 두 어절을 발음할 때는 별 감흥이 없다가도 마지막 어절인 "멋지게 져주자"를 외치는 순간에는 어딘지 모르게 속이 따뜻해진다.

지는 법을 아는 사람이야말로 책임을 지는 사람이다. 지는 행위는 소멸도 끝도 아니다. 의미 있게 패배한다면 그건 곧 또 다른 시작이 될 수 있다. 상대를 향해 고개를 숙이는 것이 아니라 상대방을 인정하는 방법이기 때문이다. 그렇기에 가끔은 멋지게 져줄 필요가 있다. 그렇게 접어든 길은 죽는 길이 아니다. 종국에는 그것이 가장 현명하게 사는 길이다. "지는 법을 알아야 이기는 법을 안다."

물러서는 것도 결단이다

한국전쟁 당시 장진호 전투에서 UN군 소장은 철수하면서 이런 말을 했다고 한다. "우리는 지금 후퇴하는 것이 아니다. 우리는 뒤로, 다른 방향으로 공격하는 거다." 이때, 만약 철수하지 않았다면 UN군은 거의 전멸했을 것이라는 평가가 있다.

패배도 아름다울 수 있다

"미국인은 오늘 밤 위대한 선택을 했다." 이 말은 얼마 전 고인이 된 '존 매케인' 상원의원이 오바마 대통령과의 대통령선거 당시, 패배 직후에 성명을 발표하면서 한 말이다. 또한, 그는 해군 조종사로 베트남전에 참전 포로가 되었을 때, 그의 아버지는 태평양지역 사령관이었다. 그렇기에 정치적 이유로 월맹이 그를 석방해준다고 하자 거부하면서 이렇게 말했다고 한다. 선입선출, "나보다 먼저 온 포로가 있는데 내가 왜 먼저 가냐? 다른 포로를 먼저 보내라!" 그는 그렇게 온몸이 망가지며 5년여간의 포로 생활은 했다. 이후 그는 정치가로 성공하게 된다.

그는 하원, 상원의원을 거쳐 두 번의 대통령선거에도 출마하게 된다. 그리고 암 투병 중 사망에 이른다. 매케인이 죽자 미국은 훌륭한 지도자를 잃은 추모 열기로 가득했다. 매케인은 생전에 암 투병을 하면서 그의 추도문을 그의 정적이었던 오바마와 부시, 두 전직 대통령에게 부탁했다고 한다. 오바마와 부시는 매케인에게 대통령선거에서 패배를 안겨준 정적이었다. 그리고 매케인의 장례식, 오바마와 부시가 추도문을 낭독했고 장례식장은 추모 열기로 가득했다. 이런 것이 정치이고 지도자다. 대한민국에는 이런 정치도, 지도자도 없다.

패배할 줄 알면서도 끝까지 밀고 나가는 것이 용기다

미국에서 성경 다음으로 가장 영향력 있는 책으로 꼽히는 '하퍼 리(Harper Lee)'의 소설 『앵무새 죽이기』에서 주인공 스카웃의 아버지는 말한다. "시작하기 전에 패배하리라는 걸 알면서도 어떻게든 시작해 끝까지 밀고 나가는 게 용기란다. 아주 가끔은 이길 수 있을 거다." 그리고 누구나 총을 차고 다니던 미국 서부시대, 스카웃은 아버지가 명사수인 것을 우연히 알게 된다. "왜 아빠는 총을 안 들어요. 비겁해요!" 아빠는 말한다. "총을 갖고 있는 건, 누군가가 나에게 총을 쏘도록 유인하는 거와 같다."

나에게 적은 위대한 스승이다

적을 친구로 만들다

미국의 수많은 역대 대통령 중 미국인이 가장 존경하는 대통령은 에이브러햄 링컨이고 2위가 조지 워싱턴이라 한다. 조지 워싱턴이야 미국의 초대 대통령으로 '국부'와 다름없으니 그렇다 치더라도 링컨이 왜 가장 존경하는 대통령이 된 것일까? 그것은 링컨 대통령은 모든 미국인의 꿈인 통일된 '하나 된 미국'을 이루어낸 대통령이기 때문이다. 또한, 그는 적까지도 친구로 만들 줄 아는 대통령이었다. 다음은 그의 일화다.

링컨은 남북전쟁 와중에 에드윈 스탠턴이라는 인물을 지금의 국방부 장관에 해당하는 전쟁 장관에 지명했다. 사람들은 의아해하며 수군거렸다. 스탠턴이 사사건건 링컨의 정치적 행보를 비난한 앙숙이었기 때문이었다. 일리노이주에서 거물 변호사로 활동하던 시절 스탠턴은 링컨을 '켄터키 촌뜨기', '덩치 큰 긴팔원숭이'라고 모욕했었다. 과거의 기억 때문에 껄끄러웠던 스탠턴은 링컨을 대면하는 자리에서 날을 세웠다. "도대체 왜 내게 전쟁 장관이라는 요직을 맡기는 겁니까? 조롱이라도 하겠다는 겁니까?"

링컨은 곧바로 대답하지 않고 슬그머니 미소를 지었다. 스탠턴이 보더라도 링컨의 미소는 따뜻하면서도 넓었다. "사실 나도 처음에는 당신이 싫었어요. 하지만 싫기 때문에 당신에 대해서 더 깊이 알아봐야겠다고 생각했습니다. 당신이 법정에서 열정적으로 싸우는 모습을 자주 목격했는데요. 당신만큼 공적인 의무감이 투철한 사람은 보지 못했어요. 그 정도 책임감과 투쟁력이면 전쟁 장관으로 제격이 아닐까 싶어요. 어때요? 나와 함께 나라를 위해 싸워보지 않겠소?"

스탠턴은 얼굴이 화끈거렸다. 링컨을 비하하고 옹졸하게 대했던 지난날이 영사기 필름처럼 스르륵 스쳐 지나갔다. 링컨의 제안은 엄청난 무게로 스탠턴의 어깨와 가슴을 짓눌렀다. 이후, 스탠턴은 링컨 대통령의 가장 신뢰하는 참모가 되었다. 1865년 4월 링컨 대통령이 암살당해 생을 마감했을 때, 가장 서럽게 운 이도 다름 아닌 스탠턴이었다. "가장 완벽한 지도자가 쓰러졌다. 이제 그는 역사가 됐다." 이렇게 말하며 가슴으로 비통의 눈물을 흘렸다. '적을 이기는 최고의 방법은 그를 친구로 만드는 것이다.'

악당에게도 배울 것이 있다

인류사 아래로 가장 극악무도한 악당으로 평가되는 히틀러도 단 한 가지 쓸 만한 명언을 남겼다. "반복하고 반복하면 반드시 자신이 세운 목표를 성취하게 된다." 물론 본인은 나쁜 짓만 반복했지만, 히틀러는 또한 연설의 달인이었다고 한다. 어쩌면 그가 그 많은 사람을 전쟁의 광기로 몰고 갈 수 있었던 것 또한 연설, 즉 집단최면의 이면이 이었다는 평가도 있다. 히틀러는 중요한 연설이 있는 날에는 동이 트기 전 새벽녘에 군중을 모아놓고 연설을 했다고 한다. 그의 연단은 동쪽에 있어 연설의 막바지 절정의 순간, 그의 등 뒤에서 태양이 떠오르도록 연출했다.

최고의 적을 만들어라

적이 없는 불행한 인생을 살지 마라. 세상 사람 모두가 친구라고 말하는 사람은 일찌감치 머리를 깎고 종교 분야에 뛰어드는 게 성공할 가능성이 크다. 최고의 동료는 최고의 적이다. 그러니 적을 만들어라. 그리고 적을 시기하라. 시기와 질투심을 모두 버릴 수는 없다. 마음껏 시기하고, 마음껏 질투해도 좋다. 시기와 질투는 올바르지 못한 행동을 강요할 때, 문제가 생기는 것이지 시기와 질투가 나를 발전시킨다면, 시기와 질투는 최고의 효과적인 자극제이자 자아발전의 원동력이다.

영국의 시인 '알프레드 테니슨(Alfred Tennyson)'는 말했다. "적이 한 사람도 없는 사람을 친구로 삼지 마라. 그는 중심이 없고 믿을 만한 가치가 없는 사람이다. 차라리 분명한 선을 갖고 반대자를 가진 사람이 마음에 뿌리가 있고 믿음직한 사람이다."

질투가 날수록 그를 가까이해라

나보다 뛰어난 존재가 곁에 있는 것을 좋아할 사람은 없다. 끊임없이 경쟁해야 하는 가장 강력한 상대가 될 것이기 때문이다. 그렇다고 그를 미워하고, 견제하고, 질투한다면, 평정심을 유지하기 어려울뿐더러, 맡은 일을 하는데도 지장이 있다. 결국, 나만 속 좁은 사람, 화합을 깨는 사람이 되어 비난받을 수도 있다. 이럴 때는 차라리 어떻게든 내 사람으로 만들던지, 한편이 되는 것이 좋다. 견제자가 응원하고, 도와주는 내 편이 된다면, 몇 배의 시너지를 얻을 수 있다.

적은 스승이다

적을 이기는 최고의 방법은 그를 친구로 만드는 것이다. 친구를 얻는 유일한 방법은 먼저 친구가 되는 것이며, 사람을 적으로 대하여 적이 되고 친구로 대하면 친구가 된다. 그렇기에 적을 만들고 싶다면 친구를 이기고, 우정을 쌓고 싶다면 친구가 이기도록 해라. 친구를 가까이해라. 하지만 더 중요한 것은 적은 더 가까이해라. "나에게 적은 위대한 스승이다. 왜냐면 그들에게서 인내와 연민을 배우기 때문이다."

수행하는데 마가 없기를 바라지 마라
수행하는데 마가 없으면
서원이 굳건해지지 못하게 되나니

그래서 부처님께서 말씀하시되

모든 마군으로써 수행을 도와주는

벗을 삼으라 하셨느니라.

— 법륜 스님의 '깨달음'

좋은 친구는 인생의 여백과 같다

친구가 될 수 없는 자는 스승이 될 수 없고, 스승이 될 수 없는 자는 친구가 될 수 없다. 누군가에게 '기대되는 사람' 보다, 누군가가 '기대도 되는 사람'으로 살아라. 진정한 친구 한 명은 행복이요. 두 명은 행운, 세 명은 하늘이 준 축복이다. '좋은 친구는 인생의 여백과 같다.'

제4장

나는
하늘을 본다

하늘, 항상 늘 그 자리에 있는 것

- 새벽 5시, 원하는 시간에 정확히 깨워 주는 스마트 폰은 나의 하늘이다.
- 그 소리에 맞추어 일어나준 나의 몸은 하늘이다.
- 나는 하루를 시작하면서 하늘을 본다.
- 공원 산책길, 신선한 아침 공기와 나무에서 나오는 피톤치드 또한 나의 하늘이다.
- 스마트폰 이어폰에서 흘러 나오는 음악 한 곡도 나의 하늘이다.
- 천변에 아무렇게나 핀 들꽃, 그 들꽃을 흔드는 바람, 그 바람을 헤치고 날아가는 새, 산책길 만나는 모든 풍경은 나의 하늘이다.
- 동네 뒷산에서 만나는 가파른 언덕, 나무로 만든 계단은 나의 수명을 늘려주는 나의 하늘이다.
- 샤워 후 건조가 잘되어 까칠까칠한 느낌을 주는 수건은 나의 하늘이다.
- 그리고 식탁에서 마주한 시금치 한 접시도 나의 하늘이다.
- 강의와 수업 그리고 경호무술을 수련할 때 만나는 모든 사람은 나의 하늘이다.
- 휴식할 때, 내가 직접 내려 마시는 원두커피 한 잔도 나의 하늘이다.

- 틈틈이 읽는 책 한 권, 그리고 중고 서점에서 만나는 책들은 나의 하늘이다.
- 어디에서나 글을 쓸 수 있도록 도와주는 나의 작은 노트, 볼펜 그리고 그것을 입력할 때 사용하는 노트북도 나의 하늘이다.
- 이렇게 글을 쓰는 이 순간의 느낌도 나의 하늘이다.
- 무엇보다도 일과를 마치고 마시는 소주 한 잔의 여유도 나의 하늘이다.
- 나는 일과를 마감하면서 하늘을 본다.
- 그럴 때 가끔 보이는 밤하늘의 별도 나의 하늘이다.
- 나의 일상은 나의 하늘이다. 오늘 하루는 나의 하늘이다.

하루의 소중함

시장 좌판에서 채소를 파는 할머니가 있었다. 호박, 양파, 감자, 당근 등을 조금씩 모아놓고 파는데 할머니에게 한 손님이 왔다.

"할머니 이 양파와 감자 얼마예요?"

"한 무더기에 2,800원입니다."

그러자 손님은 좀 싸다고 생각했는지 다시 물었다.

"여기 있는 거 전부 다 사면 더 싸게 해주실 거죠?"

할머니는 정색하며 말한다.

"전부는 절대 팔지 않습니다."

손님은 다 사준다 해도 팔지 않겠다는 할머니에게 이유를 물었고 할머니는 대답했다.

"돈도 좋지만 나는 여기 앉아있는 게 좋아요. 이 시장에서 사람들 구경하는 게 좋습니다. 그런데 한 사람에게 죄다 팔아버리면 나는 할 일이 없어서 집에 가야 되잖우. 그러면 심심하다오. 여기서 지나가는 사람들이 건네는 인사를 좋아하고, 가난한 주머니 사정 때문에 조금 더 싸게 사려고 하는 사람들의 흥정을 좋아하고, 그리고 오후에는 따스하게 시장 바닥을 내리쬐는 햇볕을 좋아하기 때문이라우. 돈으로 살 수 없는 하루가 있다는 사실을 안다면 당신도 전부 팔라는 말은 결코 할 수 없을게요."

우리의 하루는 축복이다

하루하루 살아가다 보면 어떤 하루는 정말 힘들고 지치고 괴로울 때가 있다. 그럴 땐, '왜 이런 시련과 고통이 나에게만 올까?'라고 생각하게 된다. 난 이럴 때는 정호승 시인의 『위안』이라는 책의 한 문장을 떠올리며 극복한다. "하루살이는 하루만 살 수 있는데, 불행히도 하루 종일 비가 올 때가 있다고 합니다."

나는 오늘을 산다

우리는 행복을 위해 애먼 곳을 바라보며 산다. 내일의 행복을 위해 오늘을 희생하고 있으니 말이다. 세상의 모든 중심은 오늘이며, 오늘에서 비롯된다. 오늘 주저앉으면 굳건했던 삶도 무너진다. 오늘 일어서면 휘청했던 삶도 튼튼해진다. 모든 꿈과 희망은 오늘로부터 펼쳐진다. 바꿀 수 없는 어제보다. 기대할 수 있는 내일 보다. 무엇이든 할 수 있는 오늘이 가장 좋은 날이다. 어제는 지나간 오늘이며 내일은 다가오는 오늘이다. 그러므로 오늘 하루하루를 하늘로 생각하며 살아야 한다. 1년에 아무것도 할 수 없는 날이 딱 2일이 있다. 하나는 어제이고, 또 하나는 내일이다.

중요한 것은 우리 인생의 목표는 지금도 내일도 아니고 바로 지금부터이다. 내가 지금까지 무엇을 했고, 앞으로 무엇을 할 것인가가 아니라, 지금 현재 어디에 있는 가이다. 『부자 아빠 가난한 아빠』의 저자로 세계적인 명성을 얻고 있는 '로버트 기요사키(Robert Toru Kiyosaki)'는 말했다. "삶에서 가장 파괴적인 단어는 내일이다. 내일이란 단어를 자주 사용하는 사람은 가난하고 불행하고 실패한다. 오늘은 승자의 단어이고, 내일은 패자의 단어이다. 당신의 일생을 바꾸는 말은 바로 '오늘'이다."

하나님

오늘도 하루

잘 살고 죽습니다.

내일 아침 잊지 말고

깨워 주십시오.

— 나태주의 '잠들기 전 기도'

몸은 하늘이다

몸이 먼저다

생각은 과거와 미래를 왔다 갔다 한다. 하지만 몸은 늘 현재에 머문다. 현재의 몸만큼 중요한 것은 없다. 그러므로 몸은 늘 모든 것에 우선한다. 몸이 곧 나이다. 인생도, 사업도, 연애도, 마음대로 되지 않고, 마음도 내 것이지만 내 마음대로 되지 않는다. 하지만 내 마음대로 되는 것이 하나 있다. 바로 몸이다. 몸은 배신하지 않는다. 몸을 돌보면 몸도 나를 돌본다. 하지만 몸을 돌보지 않으면 몸이 반란을 일으킨다. '나는 그게 제일 두려웠고. 그렇게 몸을 돌보지 않다가 지금은 항암치료 중이다.'

요즘 회사들은 건강진단은 하지만 체력진단은 하지 않는다. 건강진단은 아프지 않다는 증거지만 체력진단은 튼튼하다는 것을 보여 준다. 전에는 사람들이 땀을 흘리고 돈을 받았지만, 지금은 돈을 내고 땀을 흘린다. 반면 바보 같은 사람들은 돈을 벌기 위해 건강을 해치고 나서는, 잃어버린 건강을 되찾기 위해 번 돈을 다 써버린다. 그리고 항상 운동할 시간이 없다고 말하다가 나중에 병원에 입원할 시간은 있다는 것을 깨닫게 된다.

몸의 최대의 적은 자만이다

우리는 흔히 이런 말을 많이 들어봤다. "항상 골골거리고 병원에 다니며 약을 입에 달고 사시는 할아버지는 지금도 골골거리며 살아가고 계시는데, 황소도 때려잡을 것 같았던 기골 장대하고 건강했던 분은 한 번에 '훅~'갔다." 건강에 문제 있는 분은 항상 건강에 신경 썼지만 건강했던 분은 자신의 건강을 자만했던 것이다. 또한, 운동선수나 운동을 직업으로 생활했던 사람들이 오히려 평균수명이 낮다는 연구 결과도 있다.

운동은 즐거움이다

무도나 운동 등을 직업으로 하는 사람들은 운동을 '자기 자신과의 싸움'이라는 생각으로 그것을 '인내와 극기'로 이겨내려 한다. 하지만 운동이 취미인 사람들은 그냥 그것을 즐긴다. 골프, 승마, 스키 등을 취미로 가진 사람들은 그냥 그것을 즐긴다. 그래서 그들은 눈을 감아도 꿈속에서도 그것을 생각하고 꿈꾼다. 같은 근력운동을 해도 어떤 사람은 고통을 이기고, 인내하고, 극복하려 하지만 운동을 즐기는 사람은 근육이 땅기는 짜릿한 고통과 숨이 턱까지 차는, 그 순간의 희열을 즐긴다.

유럽축구가 세계 최강인 이유도 축구를 즐기기 때문이다. 한국에 축구선수들은 축구 경기가 끝나면 가족과 지인들로부터 이런 질문을 받는다. "오늘 이겼어?" 하지만 유럽축구선수들은 가족과 지인들로부터 이런 질문을 받는다고 한다. "오늘 재밌었어?", "오늘 즐거웠어?"

몸은 아파야 성숙한다

몸 근육을 기르려면 근육이 정상적으로 지탱할 수 있는 무게보다 더 많은 부하를 주어야 한다. 그렇게 근섬유가 찢어지면서 상처가 나고 회복이 되면서 근육이 성장하게 된다. 이처럼 근육을 만드는 방법은 먼저 시련을 주고, 몸의 초과회복능력을 이용해서 더 강하게 만드는 것이다. 즉, 건설적인 파괴다. 가장 힘들 때, 가장 기뻐해라! 힘들지 않으면 근육은 생기지 않는다. 아픈 만큼 성숙해진다.

근육은 아파야 성숙한다. 유독 운동을 하기 싫은 날이 있다. 한계에 이른 몸이 그만하면 됐다고 유혹하는 소리다. 하지만 거꾸로 생각하면 조금만 더 하면 몸을 변화시킬 수 있다는 신호다. 가장하기 싫을 때, 몸은 가장 많이 변할 수 있다. 복싱의 전설 무하마드 알리는 윗몸일으키기를 몇 개 하느냐는 질문에 이렇게 답했다. "나는 개수를 세지 않는다. 아프기 시작한 다음부터 센다. 그때부터가 진짜 운동이기 때문이다."

운동은 몸을 자유롭게 한다

나는 이틀에 한 번은 땀이 흠뻑 흘릴 정도로 운동을 한다. 내가 운동하는 가장 큰 이유는 '행복'을 위해서다. 땀을 흘리는 것, 그리고 땀을 흘린 후의 상쾌함을 알기 때문이다. 운동을 마치고 나서 샤워한 후, 걸으면서 하늘을 보면 온 세상이 내 것 같은 기분이 든다. 그 기분으로 세상을 다 갖는다.

독서와 명상이 정신의 자유를 준다면 운동은 육체의 자유를 준다. 꾸준히 운동하면 내 몸을 내 마음대로 할 수 있는 수준에 도달한다. 운동은, 수련은, 오롯이 몸 하나만 생각하면 된다. 단순하고 깨끗하다. 땀을 흠뻑 흘리면 몸 안의 나쁜 피가 다 빠져나간 느낌이 든다. 그것은 새로 태어난 기분과도 같다. 운동은 사람을 깨끗하게 한다.

운동을 통해 인간은 자신에게 얼마나 많은 가능성이 감춰져 있는지 알게 된다. 사람은 운동을 통해 자유롭게 태어날 수 있다. 운동은 치유이다. 운동은 죄인이 성자로 바뀔 수 있고, 평범한 사람이 영웅으로 다시 살 가능성을 만들어 준다.

몸은 마음이며 곧 하늘이다

몸은 무엇인가 겉으로 보이는 마음이다.
마음은 무엇인가 보이지 않는 몸이다.
몸 가는데 마음 가고, 마음 가는데 몸이 간다.
몸 상태를 보면 마음 상태를 볼 수 있고,
마음 상태를 알면 몸 상태를 알 수 있다.
그렇기에 몸은 마음이며 곧 하늘이다.

사람들은 왜 걷는가?

많은 사람이 온종일 사무실에 앉아있다가 차를 타고 집으로 가서는 또 텔레비전 앞에 앉는다. 이렇듯 현대인들은 얼마 전까지 '두 다리를 잃어버렸었다.' 하지만 걷기에 대한 인식이 달라진 지금, 사람들은 이제 일부러 걷는다. 제주 올레길, 지리산 둘레길, 북한산 둘레길 등, 국내뿐만이 아니라 산티아고 순례길, 규슈 올레, 네팔 트레킹 등, 사람들은 걸을 수 있는 곳이라면 어디든 찾아서 떠나고 있다. 편한 이동 수단을 두고 오직 자신의 몸에만 의존해야 하는 원시적이고 불편한 걷기를 선택하는 이유는 무엇일까?

우리 몸의 근육과 관절은 쓰지 않으면 점점 그 기능을 잃고 퇴화하게 된다. 아무리 의학이 발달하여도 건강관리에 운동을 능가하는 것은 없다. 그중에서 걷기는 누구나 언제 어디서나 할 수 있는 가장 쉬운 운동이기에 크게 주목을 받고 있다. 걷기는 특별한 장비나 경제적인 투자 없이도 할 수 있는 가장 안전한 유산소 운동이다. 또한, 걷기는 가장 철학적이고 예술적이고 혁명적인 인간의 행위이며, 삶의 질을 높이는 가장 좋은 방법이다. 인간은 직립보행을 하며 걸으면서 살아왔다. "걸어야 갈 수 있고, 얻을 수 있고, 만날 수 있으며, 볼 수 있다. 그리고 걸어야 싸울 수 있고, 이길 수 있으며 살아갈 수 있다."

걷기의 힘

'장 자크 루소'는 걷기에 대하며 "나는 걸을 때 명상을 할 수 있다. 걸음이 멈추면 생각도 멈춘다. 나의 정신은 오직 나의 다리와 함께 움직인다."라고 하였으며 '프리드리히 니체'는 "진정 위대한 모든 생각은 걷기에서 나온다."라고 했다. 또한, 『동의보감』의 '허준' 선생은 "좋은 약을 먹는 것보다는 좋은 음식이 낫고, 음식을 먹는 것보다는 걷기가 더 낫다."라고 하였고 의학의 아버지 '히포크라테스'는 "최고의 약(藥)은 걷는 것이다."라고 했다.

의학박사이며, 의료법인 '유우와회(裕和會)' 이사장인 '나가오 가즈히로(長尾和宏, Kazuhiro Nagao)'는 『병의 90%는 걷기만 해도 낫는다』라는 책에서 아토피성 피부염, 변비, 우울증부터 고혈압, 골다공증, 암까지 병의 90%를 예방하고 치료하는 걷기의 힘을 보여주고 있으며 걷기가 생활습관병, 암, 치매, 우울증, 불면증, 위장질환, 감기 등 각각의 질병을 어떻게 치료하는지 환자들의 실사례들을 설명했다.

나는 땅끝마을 해남에서 통일전망대까지 대한민국 국토를 걷기로 종단하면서 깨달은 것이 있다. "일이 막힐 때는 무조건 걸어라. 걷다 보면 불필요한 생각은 떨어져 나가고, 누군가에게 그 답을 구하지 않아도 스스로 답을 알게 된다. 신선한 에너지가 몸 구석구석까지 흐르기 시작하면, 의식은 명료해지고 사고는 단순해진다. 그래서 무엇이 중요한지 알게 되고 행동도 진취적으로 바뀌게 된다. 걸음을 잘 걷는 습관 한 가지가 자신의 운명을 바꿀 수 있다."

가족은 하늘이다

어머님과 나, 그리고 누나와 형(옆에 있는 분은 동네 누나? 식모?)

가족이 전부다

50이 훨씬 넘어 몸과 마음 그리고 모든 것이 망가져 병원에서 퇴원한 후, 몸뚱어리 하나 가지고 형과 누나 그리고 매형에게 왔다. 그러면서 느낀다. 아버지에게 못 느꼈던 형님의 숨겨진 거목(巨木) 같은 사랑을, 누나로부터 어머니에게 느꼈던 한없이 넓은 바다 같은 자애로움을,

그리고 매형에게 핏줄보다 더 찐한 사랑을, 살면서 지금처럼 가족에 소중함과 심적으로 안정감을 느끼는 게 처음이다. '이제 죽을 때가 됐나! 남자는 죽을 때까지 철이 안 든다고 했는데, 이제야 철이 드나 보다.'

나는 내 여자에게 불친절했고 다른 여자에게 친절했다. 내 가족에게 잘 보이기보다는 주위 이웃에게 잘 보이려고 애썼다. 오래된 사람을 챙기기보다는 새로운 사람을 환영했다. 그렇기에 이제 처음부터 다시 시작한다. "소 잃고 외양간 고치는 사람을 비웃지 마라, 그는 지금 반성 중이다." 괴테의 희곡 『파우스트』에는 다음과 같은 구절이 나온다. "인간은 노력하는 한 방황하기 마련이다."

가족이 전부였다고 말하는 바보

사랑에 대한 흔한 오해 중 하나가 '의존'도 사랑이라고 생각하는 것이다. 여기 한 남자가 있다. 그는 가족과 헤어진 후, 잠 한숨도 못 자면서 자살까지 생각했다면서 울면서 말했다. "가족 없이 못 살겠어요. 그들을 너무나 사랑합니다."

하지만 그는 아내를 위해 아무것도 한 게 없다고 했다. 밤늦게까지 술 마시며 집에는 들어가고 싶을 때 들어가고 늘 일 핑계만 됐다. 몇 달이고 아이들에게 말도 걸지 않았으며 같이 놀아주지도 않았고 그 어디에도 데리고 간 적이 없다고 했다. 그렇다면 그는 가족관계가 전혀 없었다는 건데, 전혀 있지도 않았던 관계를 잃었다고 하면서 말했다. "나는 이제 아무것도 아니에요. 아무것도 아니라고요 아내도 없고, 아이들도 없고 내가 누군지 모르겠어요. 그들을 돌보지 않았을지는 모르겠지만 나는 틀림없이 그들을 사랑합니다. 그들 없이 나는 아무것도 아니에요."

우리가 주위에서 흔하게 듣거나 접하는 스토리다. 바로 의존성을 지닌 사람들의 특징이다. 이런 사람들은 내적 공허감과, 그 공허감을 채우려는 굶주림이 크기 때문에 얼핏 보기에는 모든 것을 가족을 위해 사는 것처럼 말하고 행동하지만, 자기애가 강한 나르시시즘이 가득한 이기적인 사람이다. 사랑과 관계에서도 열렬하고 극적으로 보일지는 모르지만 실제로는 극히 얕다. '내 얘기를 남 얘기처럼 쓰려니 힘들다.' 용서는 다른 사람이 아니라 내가 나에게 주는 선물이다. 용서는 포기나 망각이 아니라 변화를 위한 적극적인 의지이다. 그렇게 용서와 변화를 통해 사람은 성숙해진다.

우리 집에 또 놀러 오세요

일 때문에 새벽에 출근해서 밤이 되어서야 집에 들어오는 아버지가 있었다. 그에게 아들이 있었는데 아들 얼굴을 본 지가 벌써 몇 주가 되어간다. 물론 집에 들어오면 제일 먼저 아들의 자는 모습을 보고 새벽에 나갈 때도 보지만 아들과 놀아준 기억이 까마득하다. 하루는 일을 일찍 끝내고 집에 와 늦은 밤까지 아들과 놀아주었다. 다음날도 어김없이 새벽에 일하러 나가는데 아들의 편지가 주머니에 들어있었다.
"아빠 너무 즐거웠어요, 우리 집에 또 놀러 오세요."

핏줄이라는 거

아기를 키울 때, 모든 사람이 경험하듯이 나도 쌍둥이 아가들의 고열로 병원응급실에 갔었다. 나는 선천적으로 피를 보는 거와 내 몸에 바늘을 꽂는 것에 대한 거부감과 두려움이 있다. 병원응급실에서 의사가 우리 쌍둥이 아가들에게 주삿바늘을 꽂을 때, 내 온몸에 주삿바늘을 꽂는 것처럼 전기가 왔다. 이때 느꼈다. '이게 핏줄이구나!'

그리움

부모가 시집간 딸에게 조심스레 전화 건다.

"아비다. 잘 지내? 그냥 한 번 걸어봤다."

"그냥"이라고 입을 여는 순간

'그냥'은 정말이지 '그냥'이 아니다.

부모들은 막내에게 유난히 관대하다.

사고를 쳐도, 늦게 들어와도, 술을 마셔도, 오히려 혼내기는커녕, "해장술 해야지!" 하고 농담을 건네신다.

그 이유를 어른이 되어서야 알았다.

막내는 부모와 가장 '짧게 살다' 헤어진다.

가족이 먼저다

다른 나라 어부 얘기다. 한 어부가 잡은 생선 중, 크고 좋은 놈을 따로 놓는 것을 보고 한국 사람이 당연하다는 듯 이쪽 상등품은 팔 거냐고 묻자, 어부는 무슨 소리냔 표정으로 먹을 거란다. 왜 값을 더 쳐줄 물건을 팔지 않느냐고 묻자 나머지 판돈으로도 먹고 살 수 있단다. 좋은 놈들은 자기 아내와 아이들과 함께 먹을 거란다. 이런 어부 우리나라에는 없다.

당신의 태양은 어디에서 뜨고 있습니까?

어느 가정에 무뚝뚝하고 고집이 센 남편이 있었다. 그러나 아내는 예쁘고, 착하고, 애교가 많았기 때문에 아내의 상냥스러운 말과 행동이 남편의 권위적인 고집불통과 무뚝뚝한 불친절을 가려주곤 했다. 어느 날, 아내가 남편에게 전화를 걸어 퇴근하는 길에 가게에 들러 두부 좀 사다 달라고 부탁을 했다. 말이 떨어지기가 무섭게 남편이 남자가 궁상맞게 그런 봉지를 어떻게 들고 다니냐면서 벌컥 화를 내며 전화를 끊었다.

그런데 바로 그날 저녁 아내가 직접 가게에 가서 두부를 사서 오다 음주 운전 차량에 치여 목숨을 잃고 말았다. 사고 소식을 듣자마자 남편이 병원으로 달려갔지만, 아내는 이미 싸늘한 주검이 되어 있었다. 남편은 아내의 유품을 바라보다 검은 봉지에 담긴 으깨진 두부를 발견했다. 그러자 아내의 죽음이 자기 때문이라는 것을 깨닫게 되었고 너무나 미안한 마음에 가슴이 미어질 듯 아팠고 슬픔과 후회가 동시에 밀물처럼 몰려 왔다.

의사가 사망 사실을 확인해 주며 덮여 있는 흰 천을 벗기자 아내의 피투성이 얼굴이 드러났다. 남편이 아내의 얼굴을 쓰다듬자 뜨거운 눈물이 가슴에서 솟구쳐 오르다 보니 남편은 그만 아내를 부르며 통곡하고 말았다. 슬픔이 조금 가라앉자 남편은 난생처음으로 아내의 차디찬 손을 붙잡고 생전에 한 번도 해주지 않았던 다정한 말을 했다. "여보! 정말 미안해요. 나 때문에 당신을 먼저 가게 해서 정말 미안해요. 우리 다시 만나면 당신이 무뚝뚝한 아내가 되고 내가 상냥한 남편이 되어 그때는 내가 당신을 왕비처럼 잘 모실게요" 그날 이후 남편은 어느 식당을 가던 두부 음식을 먹을 수가 없었다.

정말 소중한 존재는 너무 가까이에 있어, 때론 잊고 살게 된다. 필요한 사람은 필요할 때, 늘 그 자리에 있어 주는 사람이다. 작은 일로 상처를 받기도 하지만 작은 일에 감동하는 사람이 바로 '아내'다. '아내'는 원래 '안해'라고 한다. '안(집안)에서 빛나는 해', "당신의 태양은 매일 아침 집안에서 뜨고 있습니다."

싸우다가 웃다가 울며

부부가 서로 나이가 들면 싸우지 않는다. 그것은 상대방을 죽어가는 존재로 보기 때문이다. '모든 죽어가는 것을 사랑해야지' 이런 심정으로 안 싸우고 서로의 호스피스가 된다. 이것은 죽어가는 것이다. 그래서 사람들은 나이 든 사람을 싫어한다. 그건 원숙함이 아니라 지침의 다른 표현이다. 그러니 비겁하게 세월 뒤에 숨지 말고 싸워라. 실컷 싸운 뒤에는 안아주고 웃어라. 그렇게 웃다 보면 눈물이 난다. "구름이 슬픔을 이겨내는 방법은 울 수 있을 때까지 우는 것이다. 그러다 더는 울 수 없게 되면 지금까지 흐른 눈물의 무게만큼 구름은 가벼워 진다."

눈물로 걷는 인생의 길목에서 가장 오래, 가장 멀리까지 배웅해 주는 사람은 바로 당신의 배우자다. 함께 나이 들어간다는 건 서로가 닮아간다는 것, 유대인들의 지혜서 『탈무드』에는 이런 글귀가 있다. "세상 무엇과도 바꿀 수 없는 것, 그것은 젊을 때 결혼하여 살아온 늙은 배우자이다."

'나쓰메 소세키(夏目漱石, Soseki Natsume)'의 소설, 『나는 고양이로소이다』에서 고양이는 인간군상들의 삶을 바라보며 이런 생각을 한다. '참 무사태평한 사람들도 마음속 깊은 곳을 두드리면 어딘가 슬픈 소리가 난다.' 또한, '레프 톨스토이'의 소설 『안나 카레니나』는 이런 첫 문장으로 시작한다. "행복한 가정은 모두 비슷한 이유로 행복하지만, 불행한 가정은 저마다의 이유로 불행하다." 중요한 것은 '행복'은 문을 열고 들어오는 것이 아니라 내 안에서 '꽃'처럼 피어나는 것이다.

제자는 하늘이다

제자에게 배우다

천사원이라는 보육원에 일주일에 하루씩 경호무술을 가르칠 때의 일이다. 천사들과 수련을 마치고 늦은 저녁 천사원으로 돌아가는 길이었다. 보름을 며칠 앞두고 있어 그런지 달이 유난히 밝고 커 보였다. 그때 한 천사(신부님이 아이들을 천사라고 불렀다)가 봉고차 안에서 내내 창밖을 보다 입을 열었다.

"사범님, 달이 저를 좋아하나 봐요."

나는 어이없는 표정으로 성호를 바라보며 말했다.

"왜 그렇게 생각하니?"

"달이 아까부터 계속 저만 따라오며 웃어요!"

제자는 스승이다

경호원들을 교육할 때 연수생 중, 고등학교 졸업반 학생이 하는 행동부터 모든 것이 눈엣가시 같았다. 어떤 때는 다른 연수생들을 선동하여 함께 훈련에 불참하기도 했다. 나는 참고, 참다 하루는 꼬투리를 잡아 그를 불러 일명 '빠따'를 때렸다. 내가 그를 때린 것은 '사랑의 매'가 아닌 그가 그만두기를 바랐기 때문이었다.

그리고 시간은 흘러 제자는 군대에 갔고, 어느 날 휴가를 나와 나를 찾아왔다. 제자는 뭐 드시고 싶은 게 없냐면서 한사코 거절하는 나를 데리고 식당에 갔다. 그리고 제자는 무릎 꿇고 술을 따르며 말했다. "훈련소에서 훈련받는 내내 총재님만 생각났습니다. 부모님이 없는 저로서는 저를 올바른 길로 이끌어 주기 위해 '사람의 매'를 드셨던 분은 총재님이 유일했기 때문입니다. 또한 '피할 수 없으면 주저앉을 때까지 부딪히며 싸워라. 그렇게 그것을 극복하는 것이 아닌, 주저앉으며 배우는 거다.'라는 총재님의 말씀에 큰 용기를 내서 군 면제를 받을 수도 있었지만 지원하여 군에 입대했습니다."

제자는 눈물을 훔치며 말을 이어갔다. "부끄럽지 않은 멋진 모습을 보여드리기 위해 훈련 기간 총재님을 생각하면서 견뎠습니다. 그리고 휴가 나가면 총재님에게 꼭 소주 한 잔을 대접하고 싶었습니다." 제자는 술을 따를 때마다 무릎 꿇고 술을 따랐다 헤어지면서 제자는 나에게 거수경례를 하면서 큰소리로 외쳤다. "경무", 나는 이때부터 제자는 스승이고 하늘이라는 생각을 하게 되었다.

스승이 된다는 거

권투선수가 15라운드 경기를 할 수 있는 것은, 구석이 있기 때문이다. 1분간의 휴식 시간, 그리고 링 한구석에 놓인 의자가 없다면 어떤

선수도 15라운드를 뛸 수 없다. '나는 제자들에게 구석에 놓인 의자가 되고 싶다.'

'케렌시아(Querencia)'라는 스페인 말이 있다. 투우사와 싸우다 지친 소가 투우장 한쪽에서 잠시 휴식을 취하며 회복하는 장소를 뜻한다. 사람에게도 인생의 전투에서 상처받고 눈물 날 때 쉴 곳이 필요하다.

외국인 근로자들의 영원한 사부(師父)

[기사] 외국인근로자들의 영원한 사부(師父) 경호무술창시자 이재영총재

인천산업단지공단 외국인근로자 대상 경호무술 전수

데일리뉴스와이드, webmaster@newsw.co.kr

지난달 25일 인천 남동구 한국산업단지공단 3층 무도장, 외국인들이 하나둘씩 모이더니 15여 명의 외국인이 도복으로 갈아입는다. 연령대도 폭넓다. 20대부터 70대까지의 다부진 체격의 사람들이 모여들기 시작했다. 경호무술 합동 수련이 있는 날, 외국인 근로자 경호무술수련생들과 (사)국제경호무술연맹 임원들이 함께 합동 수련을 한다. 추운 겨울이지만 40여 명의 사람이 땀을 흘리며 뿜어내는 열기로 이내 무도장은 후끈해졌다.

(사)국제경호무술연맹과 인천외국인력지원센터의 주관으로 외국인 근로자 경호원연수교육 및 경호무술교실이 열리고 있다. 강사는 경호무술창시자 이재영총재, 매주 일요일 경호무술을 무료로 교육하는 이 총재는 외국인 근로자들에게 "사부"로 통한다.

'윤리적인 제압'과 '희생정신'이 경호무술의 큰 가치

"처음에는 봉사를 실천한다는 의미에서 교육을 시작했지만, 이제는 외국인 제자들이 우리에게 자극제가 되고 있습니다. 몸과 마음이 흐트러지기 쉬운 일요일 오후, 외국인 제자들의 열정 어린 눈빛을 보다 보면 우리도 모르게 온몸에 기가 충만함을 느낍니다. 오히려 외국인 제자들이 우리에게 가르침을 주고 있는 셈입니다." 이렇게 말하며 사람 좋은 웃음을 짓는 이 총재에게서 무인(武人)의 강인함보다는 '사부(師父)'의 너그러움과 여유가 느껴진다.

어쩌면 그것은 이재영총재가 창시한 경호무술의 철학에서 비롯된 것일지도 모른다. 경호무술은 "겨루지 않는다. 맞서지 않는다. 그리고 상대를 끝까지 배려한다."라는 3원칙을 가장 큰 가치로 생각한다. 상대가 비록 적일지라도 상대 또한 다치지 않도록 제압하는 '윤리적인 제압'과 '희생정신'이 경호무술의 가장 큰 가치라고 이 총재는 말한다.

그런 경호무술은 외국인 근로자들에게 꿈과 희망 되고 있으며 먼 이국땅에서 홀로 생활해야 하는 외국인들에게 힘과 용기를 주고 있다. 외국인 근로자들은 평일에는 온종일 3D업종 공장에서 노동에 시달리지만, 그들은 소중한 한 주에 하루뿐인 일요일 휴일을 경호무술을 배우는 데 투자하고 있다. 그래서 그런지 경호무술을 배우는 외국인들의 얼굴에는 진지함을 넘어 비장함까지 서려 있다.

외국인 제자를 보고 오히려 배워

외국인 경호무술교실에는 외국인들뿐이 아니라 이재영총재가 대표로 있는 (사)국제경호무술연맹 임원들도 함께 수련한다. 수련하는 임원중에는 경찰 간부도 있고 병원 원장도 있으며 그리고 대학교수들도 있다. 물론 경호원들과 경호 사범들도 함께 수련한다.

합동 수련참가자의 면면을 살펴보면 상임고문 박오규, 상임고문 이운찬, 고문 박창한, 고문 이도수, 호남연합회장 황점동, 전북경찰청 무도교관 정창년, 서울협회장 이영호, 전북협회장 이상일, 부총재 이남식, 부총재, 김성기, 부총재 정원호, 부총재 김태정, 부총재 이준문, 부총재 이지연, 이사 곽종근, 경호위원 소익성, 경비지도사 이민석, 사무처장 장남수, 연수원장 전준오, 여성위원 김도경 외 외국인 수련생 15명 등이 참여했다.

서로 친구가 되고 그들에게 든든한 버팀목 돼

"한국 사회에 약자일 수밖에 없는 외국인 근로자들에게 우리 연맹 임원들과 경호원들이 함께 땀을 흘리며 수련하다 보면 서로 친구가 되고 그들에게 든든한 버팀목이 될 수 있을 것입니다. 현재 30명 정도의 외국인들과 20명 정도의 연맹 임원들이 함께 수련하지만, 이번 합동 수련을 계기로 앞으로 더 많은 외국인 근로자들과 연맹 임원 그리고 경호무술지도자들이 함께 수련할 것입니다." 이 총재는 강한 자신감을 피력했다.

"저는 외국인 근로자들의 경호무술을 배우는 눈빛에서 경호무술의 세계화를 생각합니다. 경호무술을 통해 자국으로 되돌아가 경호원이나 경호무술지도자가 될 수 있었으면 좋겠어요. 또 먼 나라에 와서 외로운 데 운동을 통해 새로운 인연을 만들고 서로 의지했으면 합니다."

경호업계에서 경호원들의 전설, 대부, 대통령으로 통하는 경호무술 창시자 이재영총재는 이제 "경호원들의 영원한 사부"만이 아닌 "외국인 근로자들의 영원한 사부"가 되고 있다.

당신은 하늘입니다

한 사람이 태어나면 한 세계가 탄생한다

아들이건 딸이건 자신의 피를 물려받을 아이를 낳는다는 기쁨은 그가 창조해 내는 '가장 위대한 예술 작품'일 것이다. 성급한 부모들은 아직 딸인지 아들인지도 모르면서 태어나지도 않은 아이의 이름을 짓기 위해서 떠들썩한 요란을 떨게 된다. 그리고 아이를 낳게 되면 온 집안사람들은 아이의 이름을 짓기 위해 치열한 전쟁을 치르며. 온 지식과 지혜를 짜낸다. 옥편을 물론 국어사전을 마르고 닳도록 뒤져보며 생각하고 생각하며 고민하고 고민하여 이 세상 최고의 함축하고 단순화된 이름을 만들게 된다. 어떤 이는 용하다는 작명가를 찾아가 단 한 자, 혹은 두 자의 이름이 아이의 운명을 어떻게 바뀌게 할 것인지 예언 아닌 예언까지 듣게 된다. 그리하여 마침내 이 세상에 태어난 당신은 평생 불리게 될 당신의 이름을 갖게 되었다. 그렇게 당신은 하늘에 닿는 최고의 노력을 통해 이름을 갖게 된 것이다. 그러니 '당신은 하늘이다.'

『탈무드』에는 이런 글귀가 있다. "모든 사람은 이 세상 나 때문에 창조되었다. 라고 느낄 수 있는 권리를 가졌다." 또한, '마르셀 프루스트(Marcel Proust)'는 『잃어버린 시간을 찾아서』에서 탄생과 죽음에 대하여 다음과 같이 쓰고 있다. "한 사람이 태어나면 한 세계가 탄생하고, 한 사람이 죽으면 한 세계가 소멸한다." 당신은 세상의 중심이자 세상에서 단 하나뿐인 존재임을 잊지 말아야 한다. 우리는 1등이 아니어도 된다. 1등도 한 명이듯이 꼴찌도 한 명이다. 우리는 'Number one'은 안돼도, 유일무이한 'Only one'이 되면 된다. '당신은 존재만으로 아름답다.'

당신의 친구도 하늘입니다

생텍쥐페리의 『어린 왕자』중 어린 왕자가 여우를 만났을 때의 일이다. 어린 왕자가 풀밭에서 흐느끼고 있다. 그가 우는 이유는 자신이 사랑하는 장미꽃이 그가 사는 별에만 있다고 생각했는데 지구에 와보니 비슷하게 생긴 꽃들이 너무 많아서 배신감과 절망감을 느꼈기 때문이다. 자신이 세상에 단 하나밖에 없는 꽃을 가진 부자라고 생각했는데 그게 아니었던 것이다.

그때, '자신을 길들여 달라는 여우'가 슬퍼하는 왕자를 보면서 다른 식으로 생각해보라고 하면서 얘기한다. "진짜 중요한 것은 겉으로 드러나지 않아 마음의 눈으로 보아야 해, 장미를 그토록 소중하게 만든 것은 네가 네 장미를 위해 쏟은 시간이야." 그 경험을 통해 어린 왕자는 자신의 별에 사는 장미꽃이 세상에서 '유일무이한 존재'이며 진짜 중요한 것은 눈에 보이지 않는다는 사실을 깨닫고 자신의 별로 돌아간다.

우리는 가까이에 있는 사람이 수많은 사람 중 하나가 아니라 우리가 무한 책임을 져야 하는, 이 세상에 하나밖에 없는 소중한 존재라는 것을 잊고 이따금 자기도 모르게 그 사람에게 상처를 주고 살아간다.

사람이 온다는 건
실은 어마어마한 일이다
그는 그의 과거와 현재와
그의 미래와 함께 오기 때문이다
한 사람의 일생이 오기 때문이다

— 정현종의 '방문객'

들고양이 같은 내 친구

초등학교 때 한 친구가 있었다. 그 친구는 부모님 모두 돌아가시고 시골 먼 친척 집에서 혼자 생활했기에 온몸에 때가 딱지처럼 붙어있었다. 그러던 어느 날, 선생님이 말씀하셨다. "오늘 선생님이 목욕비 줄 테니 규선이와 목욕탕에 같이 갈 사람" 나는 영웅 심리로 손을 들었고 규선이와 나는 친구가 됐다.

그는 초등학교를 마치고 중학교에 진학하지 못한 채 공장에서 일했다. 나는 고등학교를 졸업하기 전까지 그와 가끔 만났다. 하지만 그는 가내수공업 수준의 공장 한편 골방에서 열악하게 생활했다. 하지만 내가 그 친구를 찾아갈 때면 '조금만 기다려' 하고 삼십여 분 정도 있다. 초코파이와 에이스 크래커를 가지고 왔다. 어쩌면 난 이때 규선이를 친구로 생각하며 애정과 관심을 가지기보단 내가 그보단 낫다는 얄팍한 동정의 마음을 갖고 있었을지도 모른다. 그리고 그는 학생인 나보다 경제적인 여유가 있었다.

그날도 친구를 기다리다 그를 찾아 나섰다. 그리고 친구와 눈이 마주쳤다. 그런데 친구는 수도꼭지를 입에 물고 물을 마시고 있었다. 나랑 눈이 마주치자 한마디 한다. "씨발 들켰네! 그래도 나부랭이(보건소 직원)에게 안 들키면 되지!" 나는 이때부터 초코파이를 먹지 않는다. 그 친구는 내가 찾아갈 때 돈이 없으면 바로 옆 보건소에서 피를 빼고 초코파이와 에이스 크래커를 갖고 왔다. 피 빼기 전, 물을 빼 터지도록 마시는 게 큰 죄인 줄 알았던 친구는 물을 마실 때도 들고양이 같았다. 그는 끝내 내가 고등학교를 졸업하기 직전, 연탄불을 골방에 들여다 놓고 자살했다.

여규선은 한쪽 눈썹을 뒤덮을 정도로 점이 있었다. 초등학교 때, 목욕비를 주신 선생님은 여규선에게 용기를 주기 위해 우리가 다 같이 있는 앞에서 여규선의 얼굴에 점은 장군 점이라 말씀하시면서 삼국지 '여포 장군' 이야기를 해주었다. '여포야, 좀만 기다려 나도 근방 갈게'

'요시모토 바나나(吉本真秀子, Yoshimoto Banana)'의 『물거품』이라는 책에는 이런 구절이 나온다. "나는 처음으로 타인에 대해 허식 없는 그런 감정을 느꼈다. 어떤 종류의 필터도, 쓸데없는 마음의 혼란도 없는 깨끗한 감정." 나는 여규선과 함께 있을 때, 그런 감정을 느꼈었다. '친구'라는 인디언 말은 "내 슬픔을 자기 등에 지고 가는 자"라고 한다.

'하늘 냄새' 나는 사람

나에게 다가온 사람

고교 시절 수련하던 도장에 40대의 아저씨가 입관했다. 고생을 많이 한 탓인지 관장님은 그가 50대로 보인다고 말씀하셨다. 나는 그 당시 합기도 전국대회에서 우승했었기 때문에 입관하는 초보자들에게 기본적인 것들을 지도했고 그는 나에게 '조교님'이라는 호칭을 사용하며 열심히 배웠다. 하루는 그가 야간부 수련이 끝나자 수련생들에게 통닭 파티를 열어줬고 나는 그때 그의 직업이 수덕초등학교 '소사'라는 것을 처음 알았다. 당시 초등학교에는 학교에서 숙직하며 잡일부터 청소, 야간경비 그리고 화단이나 나무들을 보살피는 소사가 있었다.

자존감과 예술을 일깨워준 사람

그는 내가 합기도 전국대회에서 우승한 것에 대하여 놀라워했고, 홍성고등학교에 다닌다고 하자 대단하다고 말하면서 나에게 문무를 겸비한 '사범님'이라고 띄워줬다. 홍고는 시골에서는 매년 서울대를 10여 명 정도 진학하는 지역 명문 고등학교였다. 그렇기에 그와 친해진

이후에는 그는 자신의 지인들에게 나를 소개할 때 합기도대회에서 우승한 것과 홍고에 다니는 자신의 의형제라고 자랑스러워하며 입에 달고 다녔다.

그는 도장에 수련하러 오기보단 나를 만나러 올 정도로 우린 친해졌다. 또한, 그는 책 읽기와 글쓰기를 좋아하고 문화예술 분야에 관심이 많아 나는 그 덕분에 '호메로스(Homeros)'의 『오디세이아』와 『일리아드』그리고 일본의 전설적인 검성 『미야모토 무사시』와 『오륜서』등의 책을 접하고 문화예술 분야에 호기심을 갖게 됐다.

신선이 되고 싶은 화가, 장승업

그런 그가 어느 날은 '조선의 마지막 화가'라 불리는 '오원(吾園) 장승업'의 얘기를 해주었다. 장승업은 그의 이름은 모르는 사람이 없을 정도로 유명해졌을 무렵, 그는 그림을 원하는 사람이라면 누구에게나 붓을 들어 주었다고 한다. 그에게 그림을 받기 위해서는 걸 판진 술 한 상만 차리면 되었다. 술이 몇 잔 들어가고 기분이 얼큰해지면 장승업은 웃옷을 벗어젖히고 즉석에서 붓을 휘둘렀다. 그는 돈이 생기며 생기는 대로 모두 술집에 맡겨 두고 매일 술을 마셨다고 한다. 처음부터 돈 같은 것에는 아예 관심이 없었고 오로지 술과 그림 그리는 일만이 그의 관심사였다.

장승업은 유난히 신선 그림을 많이 그린 화가였다. 그가 언제 세상을 떠났는지는 아무도 모른다고 했다. 다만 평소 장승업은 늘 입버릇처럼 이렇게 말하고 다녔다고 한다. “사람의 생사는 뜬구름과 같은 것이오. 그러니 어디 경치 좋은 곳을 찾아 조용히 사라지는 것이 마땅하지 요란스럽게 앓는다, 죽는다, 혹은 장사를 지낸다, 번거롭게 할 필요가 무에 있겠소!” 그렇게 그는 신선처럼 사라졌다.

술과 풍류 그리고 절제를 가르쳐준 사람

그렇게 2년 넘게 그와 인연을 이어갔다. 호적이 한 살 어리게 올라 있던 나는 고3 때 성년이 되었고, 성년이 되는 날 그는 술을 가르쳐 주면서 이태백, 김삿갓, 장승업의 풍류를, 그리고 도연명의 『귀거래사(歸去來辭)』를 말했다.

그러면서 나를 처음이자 마지막으로 ‘요정’이라는 곳에 데리고 갔다. 나는 모범생은 아니었지만, 이때까지 술, 담배는 물론 당구도 못 치고 여자친구도 사귀어보지 못한, 무술밖에 모르는 무술을 너무나 사랑하는 순진한 학생이었다. 그런 나에게 요정은 내가 모르는 또 다른 세상이었다. 고급 요정 집이라 그런지 술과 풍류가 있었고 거나하게 차려진 한 상 차림은 내가 무슨 대단한 사람이 된 것 같은 착각에 빠지게 했다. 옆에서 한복 차림의 미녀가 가야금을 뜯는 그곳은 나에게는 무릉도원이었다.

그는 그날 월급봉투를 통째로 들고 와 ‘객기를 부리는 척’도 했다. 그렇게 신선놀음에 도취해 있을 즈음, 돌연 그가 일어나자고 했다. 그리고 말했다. “그칠 줄 아는 것도 결단이다. 떠날 때가 언제인지를 알고 떠나는 이의 뒷모습은 얼마나 아름다운가?" 그러면서 나를 수덕초등학교 숙직실에 데리고 갔다.

하지만 환락의 세계에 한 번 갔다 온 나는 도저히 잠을 이룰 수가 없었다. 그래서 그가 잠이 든 것을 확인하고 책상 위에 있던 남은 월급봉투를 들고 그 요정에 다시 찾아갔다. 한밤중이라 그런지 아니면 고급 요정이라 그런지 요정은 일찍 문을 닫았고 주위는 칠흑같이 어두웠다. 나는 그렇게 캄캄한 시골길을 밤을 새워 걸었다. 아마 자동차로 30분 이상 걸리는 거리였기에 홍성까지 아침까지 걸었던 것 같다. 부끄럽고 창피한 마음에 힘들고 무서운 줄도 몰랐다. 걷고, 걷고 또 걸었다.

용서하는 법과 청춘을 아는 사람

그리고 이틀 후, 그와 만났다. 나에게는 2년 같은 이틀이었다. 너무 부끄럽고 창피해 차마 고개를 들 수조차 없었지만, 그에게 월급봉투를 돌려주며 솔직하게 말했다. 그날 너무 가슴이 뛰고 설레어서 도저히 잠을 잘 수가 없어 그 요정에 다시 갔었다고, 그 여자를 안고 싶었다고, 그리고 오히려 그런 마음을 몰라주는 그가 원망스러웠고, 그러면 그럴수록 나 자신이 한없이 작아지고 미웠다고. 그러자 화를 낼 줄 알았던 그는 호탕하게 웃으며 말했다. "영웅호색이라 더니, 자기 잘못을 솔직하게 인정하고 말하는 것도 용기다. 자신을 스스로 아끼는 동생이 되어라! 나는 오늘 진정으로 동생이 하나 생겼다!" 그리고 그날

47살의 그와 고등학생인 나는 의형제를 맺었다.

그는 내가 무술유단자들의 모임인 '무우회(武友會)'를 만들어 회장이 되었을 때는 자기 일처럼 기뻐하였고 우리가 '武' 자가 새겨진 은반지를 맞출 때, 가슴에 '馬' 자가 새겨진 빨간 티셔츠를 30벌 맞춰줬다. 馬 자를 새겨준 이유는 '길들여지지 않은 야생마'같이 청춘을 만끽하라는 이유였다. 그리고 이후 반지와 티셔츠 때문에 학교에서는 불량 서클로 오인, 나는 학생부 주임에게 불려가기도 했다.

그리움을 남긴 사람

그리고 시간을 흘러 나는 고등학교를 졸업하고 군대에 입대하게 되었다. 고등학교를 졸업하고 3개월도 채 못 되어 입대하는 거라 송별식에는 무우회 친구들은 물론 많은 친구가 모였고 음식과 술값 등 모든 경비를 그가 내주었다. 친구들을 모두 보내고 그와 단둘이 남게 되었을 때, 그가 포옹하며 한마디 했다. "역시 동생은 대단해, 어린 나이에 시험을 보고 군대 갈 결정을 하다니, 동생은 어딜 가든 최고가 될 거야."

가뜩이나 어려운 가정형편 때문에 너무 어린 나이에 입대하는 나로서는 친구들 앞에서는 의연해지려 했지만, 그의 한마디에 왈칵 눈물이 쏟아졌다. 그리고 그때가 그와의 마지막이 될 줄은 그때는 미처 생각하지 못했었다.

군 생활 중, 휴가 때 집에 갔을 때 어머님이 말씀하셨다. "막내야, 이

강현 씨라는 어떤 분이 네가 너무 보고 싶다고 찾아왔었다. 한 번 꼭 연락해 달라시면서 우시고 가시더라. 그분이랑 무슨 일이라도 있었던 게냐? 하도 간절하게 말씀하셔서 내 주소를 가르쳐줬다."

그는 매달 편지를 보냈고 나는 한 번도 답장을 보낸 적이 없었다. 어쩌면 내가 그때 그와 연락하지 않았던 이유는 그가 초등학교 소사인 것이 창피해서일지도 모른다. 또한, 좀 더 넓은 세상에서 많은 사람을 만나다 보니 그는 나에게 잊혀진 사람이었다.

군 제대 후 몇 년간은 나에게 너무나 바쁜 시간이었다. 경호원으로 활동하다 경호회사를 창업했고 시간은 빠르게 흘렀다. 그리고 부모님이 모두 1년 차를 두고 일찍 돌아가셨다. 사람은, 아니 내가 참 간사하다는 것을 이때 느꼈다. 문득, 학창 시절 나에게 가장 큰 가르침과 도움을 주었던 그가 너무 보고 싶었다. 수소문 끝에 그와 연락을 시도했지만, 그는 죽고 없었다. 그리고 알게 되었다. 나를 보고 싶다고 울면서 찾아왔을 당시, 그가 암 말기 판정을 받았었다는 것을, 그렇게 그는 쓸쓸하게 생을 마감했다.

자연과 함께하는 법을 알았던 사람

그와 자주 만나던 시절, 나는 그와 수덕초등학교에서 하루 일과를 보낸 적이 있었다. 화단에 물을 주고, 장작을 패고, 나무에 가치를 쳤다. 그러다 그는 유난히 굽은 나무를 보고는 "하늘에 무게를 견디느라 그렇다."라는 설명을 하기도 했다. 그리고 우리는 연못에서 연밥을 따

먹었고 그는 말했다. "사람들은 참 바보 같아 동생, 진흙에도 더럽혀지지 않는 연꽃의 아름다움을 말하면서도 정작 이렇게 맛있는 연밥이 있다는 것을 아는 사람은 별로 없어." 나 역시도 그때 연밥을 처음 먹어봤다.

그와 나는 모든 일을 마치고 소사 숙직실 앞 경상에 큰 대자로 누웠다. 하늘은 참 맑고도 높았다. 그때 하늘을 한참을 보던 그가 말했다. "동생, 나는 하루에 일과를 마치고 이렇게 경상에 누워, 하늘 숨을 깊게, 깊게 그리고 길게, 길게 들이쉴 때가 제일 행복해."

"사람이 하늘처럼 맑아 보일 때가 있다. 그때 나는 그에게서 하늘 냄새를 맡는다. 하루에 한 번 이상 하늘을 보세요. 그리고 하늘 숨을 깊고 길게 들이쉬세요. 그러다 보면 당신에게서도 하늘 냄새가 나게 됩니다."

지금, 어머니를 심는 중

때늦은 후회

사람은 살다 보면 수많은 후회를 남긴다. '그때 이렇게 할걸'하고 생각하게 되는, 이때의 일이 그렇다. 고등학교 3학년 겨울방학, 학력고사도 끝나고 '막노동'이라는 것을 처음 해봤다. 그리고 그 돈으로 지리산 종주를 했었다. 그렇게 여행을 갔다 온 나는 어머님이 나를 자랑스러워할 줄 알았는데 나에게 별 반응을 보이시지 않고 오히려 슬퍼 보이시기까지 했다.

나는 나중에 시간이 많이 흐른 후에야 그것을 알 수 있게 되었다. 어머님 당신께서는 좌판부터 시작하여 평생 장사를 해 오셨기 때문에 남편이나 자식으로부터 월급봉투라는 것을 평생 받아 보지 못하셨다. 아마도 아들이 사회생활에서 첫 번째, 번 돈을 드렸으면 세상을 다 가진 기분이 드셨을 거다. 물론 내가 지리산 여행을 갈 때는 몇 배 더 많은 돈을 주셨을 것이다. 내 인생에서 제일 후회스럽다.

그렇기에 나는 제자들을 가르치거나 지도할 때 꼭 얘기한다. "아르바이트든 월급이든 사회에서 첫 번째 번 돈은 어머니께 다 갖다 드려라. 당신께서 낳고 기른 네가 첫 번째 번 돈을 갖다 드리면 아마 어머니는 이 세상이 당신 것이라는 기쁨을 느끼실 것이다."

가지 마, 무서워

얼마 전에 〈진격의 거인〉이라는 일본 애니메이션을 봤다. 애니메이션에는 잊지 못할 장면이 하나 있다. 거인들이 마을을 습격하여서 한 어머니가 기둥에 깔리고 만다. 그 어머니는 한사코 떠날 것을 거부하는 아들과 아들의 여자친구에게 빨리 도망치라고 다그친다. "아들아, 너라도 살아야 한다. 뒤돌아보지도 말고, 빨리 그 아이를 데리고 도망쳐!"

아들은 여자친구의 손을 잡고 자꾸 뒤돌아보면서 도망을 친다. 아들이 거의 보이지 않을 무렵, 어머니는 혼잣말로 중얼거린다. '가지 마, 무서워….' 그리고 거인에게 잡아먹힌다. 나는 이 장면을 보면서 코끝이 찡해왔다. 내 어머니는 말기 암으로 병원에서 투병 중이었다. 나는 퇴근 후에야 병원에 들렀는데 늦은 저녁이 되면 어머니는 내일 출근해야 하니 빨리 집에 가서 쉬라고 한사코 나를 집으로 가라고 다그쳤다. 그러면 나는 못 이기는 척 집으로 향했다. 아마도 어머니께서는 병원 창문을 통하여 여자친구와 함께 가는 나의 뒷모습을 보며 중얼거렸을 것이다. '가지 마, 무서워….'

어머니는 항암치료를 받는 내내 아픈 내색을 거의 하지 않으셨다. 머리가 다 빠지시고 치아가 까맣게 변해가도 앓는 소리 한번 내시지 않다가 어느 날은 얼마나 고통스러운지 화장실 문을 잠가 놓으시고 한참은 있다 나오시곤 했다. 그럴 때마다 내가 많이 아프시냐고 여쭈면 매번 같은 말씀만 들려왔다.

"너 낳을 때보다는 덜 힘들다. 쌍둥이라 얼마나 힘들던지."

비 오는 날은

그날은 어머니가 항암치료를 받고 퇴원하는 날이었다. 1년 가까이 항암치료를 받느라고 머리는 다 빠지셨고 몸은 야위어만 가신다. 병원 의사는 정나미 떨어지는 소리만 내어놓는다. "집에 모시고 가셔서 음식 가리지 말고 맛있는 거 많이 사드리세요"

이날 유난히도 비가 많이 왔다. 홍성으로 내려가는 고속도로 휴게실, 휴게실 주차장이 만원이라 화장실 옆에 어머니를 내려드리고 나는 주차장을 한 바퀴 돌아 차를 주차했다. 그런데 한참을 기다려도 어머니가 보이질 않는다. 그러던 중 어머니가 비를 맞으며 우리에게 달려왔다. 눈에는 눈물이 글썽이신 채였다. "엄마 어디 갔었어, 우산은 어디 있고, 비는 왜 맞았어."

어머니는 내 손을 잡고 떨리는 목소리로 입을 열었다. 비를 맞아서 그런지 어머니의 손에서는 한기가 느껴졌다. "미안하구나! 막내야, 난 너희들이 어미를 두고 떠난 줄 알았다."

처음이었다, 어머니의 이런 모습, 나는 어머니가 흘린 말의 무게가 너무 무겁게 느껴졌다. '뭐가 미안해'라고 소리치고 싶었다. 저 소나기 속으로 '미안'이라는 단어를 내동댕이치고 싶었다, 홍성으로 내려가는 동안에도 어머니는 눈물을 훔치며 기도처럼 중얼거리셨다. "더도 덜도 말고 1년만 더 살고 싶다. 막내 결혼도 시키고, 무엇 무엇도 하고…" 차창 밖에는 여전히 비가 쏟아지고 있었다. 눈물은 눈에만 있는 게 아닌듯하다. 눈물은 추억에도 있고, 또 마음에도 있다. '나는 비가 오는 날이면 술을 마신다.'

어머니를 심는 중

'고향 하면 어머니가 생각난다, 반대로 어머니 하면 고향이 생각난다.' 자식에게 어머니는 씨앗 같은 존재다. 어머니는 생명의 근원이다. 대지에 사는 모든 생명체는 어머니의 자궁에서 태어나 어머니의 돌봄을 받는다. 그래서 사람들은 나이가 적으나 많으나 어머니의 '어'라는 첫음절만 발음해도 넋 나간 사람처럼 닭똥 같은 눈물을 주룩주룩 쏟아 낸다. 돌아가신 어머니를 생각하면 나는 문인수 시인의 '하관'이라는 짧은 시가 떠오른다. 시인은 어머니 시신을 모신 관이 흙에 닿는 순간을 바라보며 '묻는다.'라는 말 대신 '심는다.'라고 표현한다.

이제, 다시는 그 무엇으로도 피어나지 마세요.

지금, 어머니를 심는 중.

— 문인수의 '하관'

한 사람의 생명은 지구보다 무겁다

故최인호 선생은 죽은 이에 대한 그리움을 이렇게 표현했다. "죽은 이들은 우리를 슬프게 한다. 우리가 아는, 그리하여 우리에게, 우리들의 삶에 조그마한 기쁨을 주었던 모든 죽은 사람의 기억들은 우리를 슬프게 한다. 그가 죽었기 때문이 아니라 그가 한때 살았었으므로 그것이 우리를 슬프게 한다."

노가다 그 900일간의 기록

모든 출구는 어딘가로 들어가는 입구다

나는 그동안의 나의 삶을 되돌아보고 나의 네 번째 책, 『경호무술창시자 이재영총재의 생각의 관점』 마무리를 위해 딱 100일만 체험하고자 몸으로 사는 삶, 일명 '노가다'에 도전했다.

노동은 사람을 깨끗하게 한다

새벽공기를 마시며 건설 현장에 나가 노동을 하다 보면 오롯이 몸 하나만 생각하면 된다. 단순하고 깨끗하다. 땀을 흠뻑 흘리면 몸 안의 나쁜 피가 다 빠져나간 느낌이 든다. 등줄기를 타고 흐르는 땀의 느낌이 너무 좋았다. 그것은 새로 태어난 기분과도 같다. 노동은 사람을 깨끗하게 한다. 새벽녘에 만나는 아침이슬처럼.

나는 그래도 웃는다

그렇게 밤에는 안전감독관으로, 낮에는 건설 현장에서 일했다. 내 인생에서 가장 열심히 그리고 치열하게 살았던 시간이었다. 그렇게 1년이 지나고 2년이 지나자 욕심이 생겼다. '이왕 시작한 거 1,000일을 채우자!' 그렇게 900일쯤 되었을 때, 몸은 상처투성이였다. 특히 발을 여러 번 다쳤지만, 빨간약과 진통제로 버텼다. 바보같이 여러 사람의 조언에도 불구하고 병만 키웠다. 그렇게 상처가 덧나고 덧나 병원에 입원했고 1차, 2차 수술 끝에 새끼발가락을 절단했다. 하지만 그래도 난 웃었다. '왜? 이제는 어떤 시련과 고통에도 웃을 수 있을 정도로 난 강해졌으니까! 다만 1,000일을 못 채운 것이 아쉬울 뿐.'

나는 하늘에 감사한다

퇴원 후 몸과 마음의 다친 상처를 다 치유하고 도복을 입기 전까지 정말 많은 생각을 했다. '몸의 가장 끝자락에 있는 하찮은 것 중의 하찮은 것, 그래도 신체의 일부분, 그런데 없다면 제대로 움직일 수 있을까? 뛸 수, 아니 정상적으로 걸을 수 있을까? 경호무술창시자로서 다시 경호무술을 수련하고 가르칠 수 있을까?'

하지만 난 다시 도복을 입고 경호무술을 수련하면서 생각했다. '모든 시련과 고통이 나를 더 성숙하고 강하게 만들었다.' 그래서 나는 하늘에 감사한다. "강한 자는 남과 싸워서 이길 수 있는 자이다. 더욱 강한 자는 모두를 이길 수 있는 자이다. 더더욱 강한 자는 자기를 이길 수 있는 자이다. 진정으로 강한 자는 하늘에 엎드려 감사하는 자이다."

900일간의 노가다를 마치며

유대인들은 자식이 성년이 되면 인생에서 제일 밑바닥 일과 기술, 3가지를 배우도록 한다고 한다. 그것은 전쟁이나 천재지변 등으로 도시가 폐허가 되거나 자신의 하던 사업이 폭삭 망하는 등, 어떠한 일이 발생하더라도 그 기술이 자신의 가족을 부양할 수 있기 때문이라고 한다.

"오늘의 불행은 언젠가 내가 잘못 보낸 시간의 보복이다." 나는 나폴레옹의 이 말에 공감하면서도 다르게 생각한다. '오늘의 고생은 언젠가 내가 잘못 보낸 시간의 빚을 갚아나가는 것이다. 내가 지금 흘리는 땀의 양만큼 나중에 내 가족들이 눈물을 흘리지 않을 거다.'

사진으로 보는 노가다 900일간의 기록

BLACK YAK

가천대 길병
SECURITY

삶의 미학, 인생은 아름답다

삶을 아름답게 하는 것들

우리의 일상은 많은 아름다움에 둘러싸여 지내면서도 무심코 그것들을 흘려보낸다. 아름다운 삶이란 과연 어떤 삶일까? 그것은 모든 것에서 아름다움을 느끼며 자신의 삶을 살아가는 것이다. 마치 하루가 거기에 죽어가기라도 할 것처럼 저녁을 바라보라! 그리고 만물이 거기에서 태어나기라도 하는 듯이, 아침을 바라보라! 지혜로운 사람은 모든 것에 경탄하는 사람이다. 노벨문학상 수상자이며 우리에게 『이방인』과 『페스트』로 잘 알려진 프랑스의 작가 '알베르 카뮈(Albert Camus)'는 '하루하루 최선을 다해 살라'는 의미로 이 말을 남겼다고 한다. "눈물 나도록 살아라(Live to the point of tears)."

그러다 보면 아이같이 '천진난만한 아름다움'을 느끼게 되고, '숨겨진 아름다움'을 찾아낼 수 있으며, 그리고 사람들과 함께하면서 '어울림이 아름다움'을 추구하게 된다. 그런 과정에서 자신이 생각하는 것에 귀 기울이다 보면, 혼자일 때 최고의 나를 만날 수 있으며 세월이 쌓일수록 '익어가는 아름다움'을 갖게 되고, 그리하여 종국에는 '죽음의 아름다움'을 깨닫게 될 것이다. '그것은 아름다움을 아름답다고 느낄 때 비로소 우린 행복하기 때문이다.'

다음은 독일의 실존주의 철학자 '칼 야스퍼스(Karl Theodor Jaspers)'의 짧은 시다. "나는 왔누나 온 곳을 모르면서, 나는 있누나 누군지도 모르면서, 나는 가누나 어디로 가는지도 모르면서. 나는 죽으리라 언제 죽을지 모르면서."

나는 다음의 세 문장을 항상 가슴에 되새긴다

메멘토 모리(Memento mori), 죽음을 기억하라.
카르페 디엠(Carpe diem), 현재를 즐겨라.
아모르 파티(Amor fati), 운명을 사랑하라.

모든 것은 때가 있다

아끼지 마라, 좋은 음식 다음에 먹겠다고 냉동실에 고이 모셔두지 마라. 어차피 냉동식품 되면 싱싱함도 사라지고 맛도 변한다. 맛있는 것부터 먹어라, 좋은 것부터 사용하라, 비싸고 귀한 거 아껴뒀다 나중에 쓰겠다고 애지중지하지 마라, 유행도 지나고 취향도 바뀌어 몇 번 못 쓰고 버리는 고물이 된다. 때가 되면 어떻게 하겠다는 생각을 버려라. 흰머리 가득해지고 건강 잃고, 아프면 나만 서럽다. 할 수 있으면 마음먹었을 때 바로 실행해라, 언제나 기회가 있고 기다려 줄 거 같지만 모든 것은 때가 있다. 그때를 놓치지 마라, 너무 멀리 보다가 소중한 것을 잃을 수 있다.

아름다운 풍경

두 부부가 기차여행을 하고 있었다. 중년의 사내가 창밖을 보며 얘기한다.

"여보, 창밖에 온통 초록색이야. 모든 것이 아름다워."

남편을 바라보던 아내는 미소 지으며 대꾸한다.

"맞아요, 모든 것이 아름다워요."

사내는 계속하여 흥에 겨워 말을 이었다. 그 사내의 눈에는 모든 것이 아름다워 보이는 듯했다.

"하늘은 바다같이 너무 파랗고, 구름은 솜처럼 너무너무 하얗고 태양은 불덩어리를 보는 것 같고…."

승객들은 사내의 행동이 수상쩍어 웅성거리다 한 남자가 아내에게 귓속말로 얘기한다.

"아주머니, 아무래도 남편분께서 이상한 것 같습니다. 병원에 데려가 보세요."

다른 사람들도 거기에 동조해서 맞장구를 친다. 열차 안에는 잠시 정적이 돌고 다들 사내의 아내가 어떤 대답을 할지 궁금해하는 것처럼 보였다. 아내는 사람들의 시선을 아랑곳하지 않고 덤덤하게 입을 열었다.

"사실 제 남편은 어린 시절 사고로 시력을 모두 잃었어요. 최근에 각

막을 기증받아 이식수술을 받았고 오늘 퇴원하는 길이랍니다. 이 세상의 모든 풍경이, 풀 한 포기, 구름 한 점, 햇살 한 줌이 경이로움 그 자체일 것입니다."

열차 안의 모든 승객은 기차가 달리는 내내 창밖을 응시했다.

무소유, 내 것이 아니므로 아름답다

강원도 깊은 산속에서 수행할 때, 법정 스님은 이렇게 말했다. "아름다운 산을 보고 있으면 만약 저 산이 내 것이라면 이렇게 마음 놓고 감상할 수 있을까? 세금 걱정해야지 누가 나무 훔쳐 가지 않나 호시탐탐 지켜야지, 혹시 죽어가는 나무 있으면 살려내야지, 등산객들이 흘리고 간 쓰레기를 치워야지, 이건 산의 아름다움을 감상하기는커녕 태산 같은 걱정 때문에 결국은 골칫덩어리로만 느껴질 것이다. 내 것이 아니므로 아무런 신경 쓸 필요 없이, 아무런 소유의식을 가질 필요 없이, 산야의 꽃길을 따라 마음껏 즐길 수 있다. 내 것으로 집착을 가지는 순간부터 걱정은 물밀듯이 밀려올 것이다."

밤낮을 설치며 취미가 지나쳐 산을 뒤지고 들을 헤집고 다니는 수집가나 채집가는 마음 편할 날이 없다고 한다. 발길이 닿지 않는 산속의 오랜 나무는 모두가 분재로 보이고 발길이 닿지 않는 깊은 계곡의 돌멩이들을 희귀석으로 보기 때문이다. 그러니 '산에 있어도 산을 볼 수가 없다.'

서투름의 미학

'서투르다'라는 말을 좋아할 사람은 없다. 우리는 사회를 정글과 전쟁터에 비교하기도 한다. 그런 전쟁터에서 서투르다는 건 죽음을 의미하기 때문에 우리는 무엇이든지 빨리, 능숙하게 익혀야 한다고 생각한다. 하지만 서투르다는 것은 그리 나쁜 것만은 아니다. 능수능란하게 키스를 하는 이가 첫 키스의 설렘을 느끼기란 쉽지 않다. 오래된 무술 고수의 피와 땀이 스며든 도복도 아름답겠지만, 처음 무술을 배우기 위하여 도복을 안고 잠을 자던, 설렘과 두근거림을 다시 느끼기란 쉽지 않다. 한국말을 서툴게 하는 외국인의 모습은 왠지 바보 같은 아름다움이 있다. 나는 수련에 늦는 외국인 제자에게 빨리 오라고 문자를 보냈다. 그가 답장을 보내왔다. "사부님, 차가 느려서 미안하오. 빨리 올께요."

처음 학교에 입학한 코흘리개의 풋풋함, 새내기 대학생의 설렘, 그리고 처음 갓난아기와 마주한 부모의 두근거림을 다시 느끼기란 쉽지 않다. 아기가 아기 노릇이 처음이듯 아빠도 아빠 노릇이 처음이다. 그렇게 우리는 모든 것을 서툴게 시작한다. 후일에는 다시 못 올 그 느낌을, 서투름을 지금 만끽하길 바란다. 서툰 오늘이 다시 그리워질 테니 말이다.

부끄러움의 미학

부끄러움은 꼭 무엇을 잘못한 사람만이 느끼는 감정은 아니다. 여자들만 가득한 엘리베이터를 남자 혼자 타기란 여간해선 쉽지 않다. 마지못해 탔더라도 그 남자의 얼굴은 금세 홍당무가 되어 눈 둘 곳을 찾느라 안절부절못한다. 학 무리에 둘러싸인 닭 한 마리도 괴롭지만, 닭 무리에 둘러싸인 우아한 학도 부끄럽기 매한가지다. 이처럼 우리는 우리가 의식하지 못하는 사이에도 많은 부끄러움에 둘러싸여 하루를 지낸다. 그렇지만 우리 같은 권위주의 문화에서는 허풍과 허세가 부끄러움을 관리하는 임시방편이 되기도 한다.

뭐든지 또박또박 대답하는 아이의 자신만만한 모습은 앙증맞고 예쁘다. 하지만 어른들의 장난에 얼굴을 붉히는 아이의 모습은 아름답다. 그렇기에 부끄러움은 인간의 마음을 깊게, 그리고 좀 더 솔직하게 인정하는 감정이라는 점에서 아름답다.

아름다운 뒷모습

사람들은 대부분 앞을 보고 사진을 찍는다. 그래서 거울을 보듯 치장하고, 표정을 꾸민다. 뒷모습은 뒷전이다. 하지만 다양한 인물의 뒷면을 담기 위해 '에두아르 부바(Edouard Boubat)'의 사진에 '미셸 투르니에(Michel Tournier)'가 글을 붙인, 산문집 『뒷모습』에는 이런 글이 나온다. "등은 거짓말을 할 줄 모른다. 얼굴과 달리 등은 감정을 꾸며 낼 수 없다. 정직해서 쓸쓸한 뒷모습은 인체 중에서 가장 인간적이다."

누구에게나 뒷모습은 진정한 자신의 모습이다. 그 어떤 것으로도 감추거나 꾸밀 수 없는 참다운 자신의 모습이다. 그 순간의 삶이 뒷모습에 솔직하게 드러나 있다. 아무리 얼굴을 보고 웃고 있어도 사랑하는 연인을 기다리다 바람맞고 돌아서는 사람의 뒷모습은 어쩐지 금방이라도 무너질 듯 슬퍼 보이고, 지금 막 기쁜 소식을 들은 사람의 뒷모습은 다른 사람을 의식해서 짐짓 별것 아니라는 듯 숨기려 해도 어딘지 불끈불끈 생동감 있어 보인다. 그렇기에 누군가의 뒷모습이 앞모습보다 더 정직하게 마음을 전한다.

눈은 앞을 바라보지만, 마음은 항상 자신의 뒷모습을 바라봐야 한다. 얼굴이나 표정뿐이 아니라 뒷모습에도 넉넉한 여유를 간직한 사람들이 주변에 많다면 이 세상은 더욱 풍요롭고 아름답지 않겠는가!

숨김의 미학

우리는 어려서 누구나 숨바꼭질 놀이를 하면서 자랐다. 술래가 다가올 때는 들키고 싶지 않은 마음에 두근거리는 가슴을 진정시키려고 숨을 죽이기도 했다. 그러다 어느 정도 시간이 흐르면 있는 곳을 들키고 싶지 않은 마음과 나를 끝까지 찾질 못해 나만 홀로 남겨지면 어쩌나 하는 마음이 엇갈리기도 했다. 그런 숨바꼭질 놀이가 요즘은 눈에 띄지 않는다.

진정한 '숨김의 미학'은 '들키는 것'에 있다. 너무 꼭꼭 숨어버리면 아무도 찾지 못하기 때문이다. 그렇기에 숨바꼭질은 단순히 숨고 찾는 놀이가 아니다. 내가 좋아하는 동무가 술래가 되면 일부러 들켜주기도 하고, 좋아하는 동무가 들키기 전에 내가 먼저 들켜주기도 한다. 그렇게 내가 술래가 되면 좋아하는 동무를 제일 나중에 찾는 소심한 사랑을 한다. 그렇게 숨바꼭질을 했던 아이가 자라면, 다른 사람의 아픔이나 실수를 숨겨주는 '숨김의 아름다움'을 아는 어른이 된다.

해녀가 바닷속 깊은 곳에서 귀한 전복을 발견하면 자기가 발견한 그 은밀한 기쁨을 소중히 간직하기 위해 냉큼 따버리지 않고 그대로 두고 온다고 한다. 현대는 모든 것이 다 노출되어버려 진정 숨어 있는 것들에 대한 매력을 잃고 사는 것 같아 안타깝다.

곡선의 미학

곧게 자란 소나무보다, 굽은 소나무가 더 멋지고, 잘생긴 남편보다 성격 좋은 남편이 더 멋지다. 똑바로 흘러가는 냇물 보다, 굽어 흘러가는 냇물이 더 아름답고, 똑 부러지게 사는 삶보다, 좀 손해 보는 듯 사는 삶이 더 정겹다. 일직선으로 뚫린 탄탄대로보다 산 따라 물 따라 돌아가는 길이 더 넉넉하듯 최선을 다하는 사랑보다 배려하는 사랑이 더 아름답다.

어울림의 미학

요즘은 혼자 동떨어진 사람을 지칭하는 말이 있다. '나 홀로 가구', '독거노인', '방콕', '오타쿠' 등이 삶의 한 형태처럼 여겨질 정도다. 컴퓨터, 스마트폰, 등 사회관계망의 보편화는 이러한 생활을 자연스럽게 만들어가고 있다. 더러는 반려견과 함께 혼자만의 삶을 즐기는 사람들도 적지 않다.

하지만 대다수 사람은 어울리며 살아간다. 아무리 혼자의 삶을 살려 해도 사람들과 부대끼며 살지 않을 수는 없다. 우리가 대중교통을 이용하거나 옷을 하나 장만해도 남에게 도움을 받아야 하는 것이 현실이다. 그래서 '함께'라는 말이 생겨났다. '함께'라는 말은 참 다정하고, 소중한 말이다. 우리는 늘 '누군가와 함께'하면 행복해진다. 친구와 함께, 연인과 함께, 그리고 가족과 함께, 인생을 즐기는 가장 좋은 방법은 서로 '어울림'이다. 서로 배려하고 양보하며 한 발자국씩 내가 먼저 다가서는 '조화로움'으로 우리는 함께하는 행복함을 느끼게 된다.

사과꽃의 어울림

이 '어울림의 미학'을 아는 꽃이 있다. 그것은 바로 사과꽃이다. 배꽃은 '이화(梨花)', 복숭아꽃은 '복사꽃', 그런데 사과꽃은 그냥 '사과꽃'이다. 그만큼 꽃으로서 매력이 없다는 뜻이기도 하다. 멀리서 보면 이화나 복사꽃처럼은 예쁘지는 않다. 마치 사과나무에 팝콘이 달린 거 같다. 사과꽃은 왜 화려하지 않을까? 그런데도 시기적으로도 하필이면 이화랑 복사꽃이 잔뜩 뽐내고 난 뒤에 피는 꽃이라 집중을 덜 받는 사과꽃, 하지만 사과꽃을 자세히 오래 보다 보면 깨닫는 것이 있다. '자세히 보아야 예쁘다. 오래 보아야 사랑스럽다. 너도 그렇다.'

사과꽃은 장미처럼 화려하지도, 무리 지은 이화, 복사꽃처럼 장관을 이루지도 못하지만 혼자선 절대 돋보이려 하지 않고 곁에 있는 초록의 나뭇잎과 어울릴 줄 아는 꽃이다, 주변과 어울림의 미학을 아는 사과꽃처럼 스포트라이트를 욕심내기보다 두루두루 모두 함께하는 아름다움을 느낄 때, 우린 행복을 느낀다.

어울림의 비빔밥

우리의 음식에도 그런 어울림의 미학을 보여주는 것이 있는데, 바로 비빔밥이다. 요즘처럼 더운 날씨에 그저 식은 밥에 열무김치와 고추장 한 수저 넣고 비비기만 해도 한 끼 식사로 꿀맛이기도 하다. 진간장에 참기름이나 달걀과 콩나물이 들어가면 최고다. 하지만 여러 채소와 나물, 그리고 약간의 맛깔스러운 양념들이 들어가야 제대로 된 비빔밥이라고 할 수 있다. 비빔밥에 있어서 중요한 것은 재료의 어울림이다. 서로 다른 나물들과 양념들이 한데 어울려 잘 버무려져야 제맛을 낼 수 있다. 어떤 한 재료의 맛이 너무 강하거나 밥알과 잘 섞이지 않으면 비빔밥의 그 오묘한 맛을 기대할 수 없다. 그래서 솜씨 좋은 요리사는 재료에 따라 적당히 데치거나 삶아서 서로 다른 재료들이 어울리게 하고, 여러 가지 양념들의 양을 잘 계산하여 가장 맛깔스러운 양념장을 만들어 낸다.

이 세상의 것들은 대부분 어울림으로써 그 아름다움을 배가시키고, 세상을 조화롭게 만들어가고 있다. 아마 창조주가 인간을 만드시고 "참 좋았다"라고 말씀하신 것도 단지 인간의 모습이 예뻐서만은 아닐 것이다. 세상 만물과 어울린 인간의 모습이 참으로 아름다웠던 것은 아닐까? 혼자서는 아름답지는 않지만 어울림의 미학을 아는 사과꽃처럼, 자신을 내세우지 말고 서로서로 조화롭게 어울리는 맛있는 비빔밥처럼, 서로를 희생하며 버무려질 때, 인생은 참으로 아름답고 멋진 삶이 될 것이다.

외로움의 미학

사람은 가끔 격하게 외로운 시간을 가져야 한다. 외로움이 '존재의 본질'이기 때문이다. 바쁘고 정신없을수록 자신과 마주하는 시간을 가져야 하며 사람도 좀 적게 만나야 한다. 우리는 너무 바쁘게들 산다. 그리고 그렇게 사는 게 성공적인 삶이라고 생각한다. 그러면 그럴수록 자꾸 모임을 만들고 여기저기 단체에 기웃거린다. 하지만 그렇게 바쁠수록 마음은 공허해진다.

그것은 형편없이 망가진 나 자신을 마주 대하는 것이 두려워서 그러는 것이다. 아무리 먹고살기 바빠도 자기 자신과 마주하는 시간을 놓치면 안 된다. 인스타그램이나 페이스북의 '좋아요'와 같은 값싼 인정을 갈망하는 것도 마찬가지다. 타인의 관심을 통해 내면의 깊은 상처를 잊고 싶기 때문이다. 그러나 내 상처는 그런 식으로 절대 치유되지 않는다.

동물들은 상처가 생기면 병이 나을 때까지 꼼짝 안 한다. 상처 난 곳을 그저 끝없이 핥으며 웅크린다. 먹지도 않고, 그냥 가만히 있는다. 상처가 아물면 그때야 엉금엉금 기어 나온다. 그 하찮은 동물도 몸에 작은 상처가 생기면 그렇게 끝없이 외로운 시간을 보내면서 자신을 치유한다.

살다 보면 깊이 외로울 때가 있다. 관계가 틀어져서 외롭고, 내 막막함을 누구도 답해줄 것 같지 않아 외롭다. 외로우니까 사람이 그립고, 누군가를 간절히 생각한다. 그러나 마음을 터놓을 친구가 항상 곁에 있는 것은 아니다. 술잔을 나누고 웃는 얼굴로 안부를 묻는 정도의 사람은 있어도, 힘들 때, 마음이 통하는 대화를 나눌 벗은 찾기 어렵다. 그럴 땐, '나는 나를 벗 삼는다.'

현명한 사람은 언제나 천천히, 조용히, 혼자 걷는다. 왜 그런지 아는가? 천천히, 조용히 걸으면 자신이 가는 길을 감상하고 들을 수 있기 때문이다. 소음과 혼란으로 가득한 이 세상에서, 조용히 혼자 걷고 있으면 자신이 생각하는 것에 귀 기울이기가 훨씬 쉽다. '나는 혼자일 때 최고의 나를 만난다.'

낡음의 미학

현시대는 모든 것이 하루가 다르게 너무도 빠르게 변하고 있다. 새로운 제품도 얼마 지나지 않아 전혀 다르게 변하거나 없어지기도 한다. 너무나 빨리, 너무나 많이 새로운 것들이 쏟아져 나오고 있어 이제는 무엇이 옛것이고 무엇이 신상품인지 구분하기조차 어려운 시기다.

그에 반증하듯이 요즘은 '복고'가 유행처럼 번지고 있다. 최첨단 디지털카메라나 스마트폰으로 찍은 사진들을 갖가지 웹을 통해 광택이나 흠집 등을 입히는 수고를 거쳐 필름 사진과 비슷한 외양으로 거듭난다. 하지만 요즘 생산되는 상품들은 과거와 비교하면 그 질이 현격히 떨어져 금방 폐기하고 다시 사야 마땅한 것이 되어가고 있다. 스마트폰은 약정기간이 끝나기 무섭게 고장 난다. 이를 기다렸다는 듯 알량한 신기술을 감질나게 무장한 신제품이 출시된다. 낡음을 허용하지 않는 이 거대하고 체계적인 사회 속에서 우리는 낡음을 모사한 상품(찢어지고 색 바랜 청바지, 낡아 보이는 가죽제품 등)들을 소비할 때만 낡음을 경험한다.

낡은 것에 대한 향수는 어느 시대에서나 있었지만, 요즘은 앞에 사례처럼 조금 다른 경향을 읽어낼 수 있다. 바야흐로 '낡음' 자체가 상품이 되는 사회에 우리가 살고 있다는 사실이다. 진정으로 낡고 아름다움을 그것은 상품이 아닌 우리의 기억 속에서 찾을 수 있다. 복고상품이 내 뿜는 가짜 낡음으로부터 잠시 운을 돌려 그리 멀지 않은 우리의 기억 속을 더듬어 보자. '할아버지에서 아버지로 다시 그 아버지의 아들에게 이어진, 시계 줄이 망가진 지금도 잘 작동하는 시계,

할머니에게서 어머니로 다시 그 어머니의 며느리에게 이어진, 손때가 묻은 지금도 잘 작동하는 재봉틀.'

늙음의 미학

사람에게 있어 낡음은 '늙음'을 의미한다. 그리고 우리는 노사연의 '바램'이라는 노래 가사처럼 "우린 늙어가는 것이 아니라 조금씩 익어 가는 것이다." 늙어가는 길은 처음 가는 길이며 한 번도 가본 적이 없는 길이다. 무엇 하나 처음 아닌 길은 없지만 늙어가는 이 길은 몸이 마음과 같지 않고 방향 감각도 매우 서툴기만 해, 가면서도 이 길이 맞는지? 어리둥절할 때가 많다. 때론 두렵고 불안한 마음에 멍하니 창밖만 바라보곤 하며 시리도록 외로울 때도 있고 아리도록 그리울 때도 있다. 어릴 적 처음 길은 호기심과 희망이 있었고, 젊어서의 처음 길은 설렘으로 무서울 게 없었는데 처음 늙어가는 이 길은 너무나 어렵다. 언제부터 인가 지팡이가 절실하고 애틋한 친구가 그리울 줄은 정말 몰랐다.

그래도 가다 보면 혹시나 가슴 뛰는 일이 없을까 하여 노욕인 줄 알면서도 두리번두리번 찾아본다. 앞길이 뒷길보다 짧다는 걸 알기에 한발 한발 더디게 걷게 된다. 아쉬워도 발자국 뒤에 새겨지는 뒷모습만은 노을처럼 아름답기를 소망하면서 황혼 길을 천천히 걸으며 생각한다. '불지 않으면 바람이 아니고, 늙지 않으면 사람이 아니며 가지 않으면 세월이 아니다.' 아름다운 젊음은 우연한 자연현상이지만, 아름다

운 노년은 예술작품이다. '잘 물든 단풍이 봄꽃보다 아름답다.'

폭설이 내린 머리에는 머리카락보다 많은 사연이 있고, 주름이 깊은 이마에는 고뇌하며 견딘 세월의 흔적이고, 휘어진 허리는 그동안 알차게 살았다는 인생의 징표인데, 그 값진 삶을 산 당신에게 그 누가 함부로 말하겠는가? 당신이 남긴 수많은 발자국의 그 값진 인생은 박수받아 마땅하다.

"젊은이의 자유는 하고 싶고 해야 할 일을 기어이 하고 마는 것이고, 늙은이의 자유는 하고 싶지 않은 일을 절대로 하지 않는 것이다. 젊은이는 하고 싶은 일이 많아, 맘껏 도전하며 자유를 누를 수가 있으며, 늙은이는 하고 싶지 않은 일이 많아, 맘껏 자유를 누릴 수가 있다. 또한, 늙어서 자신의 과거에 대한 기억을 즐길 수 있다는 것은 인생을 두 번 사는 것이다." 서유석의 노래에는 다음과 같은 제목의 노래가 있다. "너 늙어봤냐 나는 젊어 봤단다."

죽음의 미학

인간에게 가장 큰 형벌이 무엇일까? 누구나 다 죽음에 대한 공포를 느끼고 있지만, 오히려 '인간에게 가장 큰 형벌은 영생이 아닐까?'라는 생각을 해본다. 무소불위에 권력은 가졌던 진시황제가 영생을 꿈꿨고, 많은 종교가 영생을 추구하지만, 오히려 '나 자신이 영생한다.'라고 생각을 해본다면 처음에는 무척이나 좋겠지만 아마도 '절대고독'을 감수해야 할 것이다. 사랑하는 사람이 늙어가는 모습, 그리고 죽어가는 모습을 지속해서 봐야 하기 때문이다. 죽어가는 그들이 연인, 가족 그리고 우정을 나누었던 사람일 때, 그리고 그것이 천년, 만년 이어지다 보면 나중에는 아마도 사람을 사랑하지 못하고 절대고독에 빠질 것이다. 어쩌면 나중에는 죽고 싶다는 오히려 '죽기 때문에 생이 아름답다.'라는 것을 생각하게 될지도 모른다.

'톨스토이의 소설' 『이반 일리치의 죽음』에서는 인간이 보여줄 수 있는 가장 솔직하고 적나라한 모습을 여과 없이 보여주고 있다. 죽어가는 사람에게는 투시력이 있어서 위선을 즉시 꿰뚫어 본다는 말이 있지만, 죽음은 그것마저도 초월하고 수용하여야만 비로소 마지막에 이를 수 있다는 것이다. '좋은 죽음은 신이 인간에게 준 최고의 선물이다.' 또한, '인간이 느낄 수 있는 최고의 쾌락은 죽음이라고 한다.' 그리고 죽음이 두려운 것은 그 최고의 쾌락을 단 한 번밖에 느낄 수 없기 때문이다. 그렇기에 난 죽음을 맞이하게 되면 웃을 거다. 그러면 사람들은 나에게 묻겠지

"죽음이 장난입니까? 당신은 두렵지 않습니까?"

그러면 나는 이렇게 답할 거다.

"재미있고 행복하다. 죽을 수 있어서!"

"스무 살이든, 일흔 살이든, 우리는 이미 이 순간부터 죽어가고 있다. 그러니 오늘은 내 인생의 가장 젊은 날이기도 하다. 매일매일 내가 죽어간다는 사실을 느끼고 싶다. 죽음이 말해 주는 것들을 잊지 않고 잘 기억하면서, 오늘을 가장 빛나게 살고 싶다. 그러니 오늘은 영혼이 춤출 정도로 즐거워 보자."

무소의 뿔처럼 혼자서 가라

성공한 이의 과거는 비참할수록 아름답다

"추락하는 것은 날개가 있다."라는 말처럼 나는 높이, 높이 한없이 높이 올라갔다가 추락하고 추락하여 땅바닥까지 아니 땅속까지 처박혀 봤다. 지금도 그렇다. 테러를 당해 인공 안구 뼈를 이식받기도 하고, 회칼에 찔려 죽음의 문턱도 가봤다. 처, 자식도 잃고 이혼도 해봤다. 노숙자도 되어봤다. 몸뚱이 하나를 제외하곤, 아니 그 몸뚱이조차도 미친놈처럼 술만 마시다 당뇨로 이가 빠지고 몸무게가 50kg 가까이 빠지며 건강도 잃어봤다. 집도, 절도, 건강도 모든 것을 잃어봤다. '산머리에 떠 있는 조각구름 한 덩어리, 무슨 기댈 곳이 있었겠는가!'

이때 나에게 모든 것은 울부짖는 소리로 들렸다. 다른 사람의 말이 울부짖는 소리로 들리고 나의 울음도, 아니 웃음조차도 울부짖는 것으로 들렸다. 개의 짖는 소리, 새소리, 심지어 바람 소리도 울부짖었다. '너무 울어 텅 비어버렸는가, 이 매미 허물은' 그렇게 추락하고 추락할 때마다 나에게 힘이 되어준 한 마디가 있다. "성공한 이의 과거는 비참할수록 아름답다."

상처가 없다면 살지 않은 거나 다름없다

한 번 다친 마음의 상처는 거의 치유되지 않는다. 다만 그 상처가 있다는 것을 잊고 있을 뿐이다. 그렇기에 상처를 극복하려면 피하는 것이 아닌 느끼는 거다. 계속 가는 것이다. 비겁하지 않은 지점으로, 그 지점이 곧 '절정'이다. 절정은 사람마다 다 안다. 뒤로 물러나야 할까? 말까? 사람마다 경우는 다르지만, 그때, 물러나 본 사람은 안다. '내가 다시 이 절정에 설 수 있을까?' 그때 힘들고 아프더라도 넘어갔으면 됐는데, 산에 올라가다 실패한 사람들은 항상 그곳에서 머문다.

첫사랑에 실패한 사람들도 넘어졌던 그 자리에서 매번 실패를 반복한다. 거기까지는 잘 가는데 그다음으로 못 넘어간다. 그래서 첫 번째 사랑을 했을 때 끝장을 봐야 한다. 모든 걸 걸어야 한다. 그러다 상처를 받았을 땐 피하려 하지 말고 온몸으로 느껴라. 피할 수 없으면 부딪히는 거 다 그렇게 부딪히며 극복하는 것이 아닌, 주저앉으며 배우는 거다. 상처를, 고통을, 그만큼 느끼는 거다. '몸이 젖으면 비를 더는 두려워하지 않는다.'

인생에서도 마찬가지다 추락하고 바닥까지 떨어져서 삶이 너무 힘들고 고통스럽고 무서울 때가 있다. 그때 주저앉으면 더는 일어설 수가 없다. 그래서 다리가 후들거리고 아프더라도 일어서서 한 발짝이라도 무조건 가야 한다. 목숨을 걸어야 한다. 아예 몸이 굳을 때가 있다. 숨이 막힐 때가, 겁이 날 때가, 그러면 억지로라도 걸어야 한다. 죽을 힘을 다해 그렇게 한 걸음 더 나가면 그만큼 고통을 더 느끼게 되고 그만큼 성숙해지는 거다. 나는 그렇게 좀 더 단단해지고, 성숙해지기 위해, 지금도 항암치료를 받으며 암과 투쟁 중이다. 아파야 성숙한다. 그것이 삶이다. '대추가 저절로 붉어질 리는 없다. 저 안에 태풍 몇 개, 천둥 몇 개, 벼락 몇 개'

다시 시작한다는 거

한 번도 과거로 돌아가고 싶다거나 다시 살고 싶다고 생각한 적이 없다. 물론 지금도 그렇다. 모든 것을 다 잃었을 때조차도. 하지만 이제 지난날들에 대한 후회가 밀려오고 있다. 열심히 인생을 살지 못한 잘못, 하는 일에 최선을 다하지 못한 게으름, 자신의 가치를 찾기보단 남에게 인정받기 위한 가식. 나이를 먹어가는 것일까? 왜 이렇게 비틀거리며 살아왔을까? 자존감을 느끼지 못하고, 의연하지 못하고, 두려움에 쫓기어 살아온 인생인 것 같다. 천박한 모함과 비난의 발길질들이 잔혹하게 짓밟아도 견디어 왔는데, 지금 생각해보면 나는 허세와 가식으로 가득 차 있었던 것 같다. '내려갈 때 보았네, 올라갈 때 보지 못한 그 꽃'

이제 어쩌면 늦었는지도 모르겠지만, 그래도 나는, 이제 나의 나머지 삶을 다시 시작한다. 그리고 다시 시작된 삶은 좀 더 당당하게 좀 더 의연하게 살겠다고 다짐한다. '처음으로 하늘을 만나는 어린 새처럼, 처음으로 땅을 밟고 일어서는 새싹처럼'

나는 경험을 통해 누구보다 익히 잘 알고 있다. 이번 시도도 성공하리란 보장이 없다는 것을, 그렇지만 난 다시 시작한다. 시도했던 모든 것이 물거품이 되더라도 이 또한 또 하나의 전진이기에. '홍시여, 이 사실을 잊지 말게 너도 젊었을 때는 무척 떫었다는 걸'

불교의 경전 『숫타니파타』에는 이런 가르침이 있다. "만일 그대가 지혜롭고 성실하고 예절 바르고 현명한 동반자를 만났다면, 어떤 어려움도 이겨내리니 기쁜 마음으로 그와 함께 가라. 그러나 그와 같은 동반자를 만나지 못했다면 마치 왕이 정복했던 나라를 버리고 가듯 무소의 뿔처럼 혼자서 가라. 소리에 놀라지 않는 사자처럼, 그물에 걸리지 않는 바람처럼, 진흙에 더럽히지 않는 연꽃처럼, 무소의 뿔처럼 혼자서 가라."

외국인근로자 경호원연수교육 및 경호무술교실

Newswide
JOURNAL
비상기 쇼크…경제가 흔들…

한일관
3월 1일 종로 만세의 날

INTERNATIONAL

울협회 발대식 및 회장취임식
전국경호무술 연무시범대
법인 국제경호무술연맹 서울특별시협회
8. 3. 2
장소 : 신월문화체육
주관 : 사단법인 국제경호
국제경호무술연맹
서울특별시협회

AMERICAN SPORTS UNIVERSITY

국토대장정

책을 마치며

이 책을 끝까지 다 읽은

멋진 당신,

우리는 생각을 공유했습니다.

그렇기에 우리는 친구입니다.

덤으로 이 책의 모든 내용은 당신 거예요.

나는 삶이 힘들고 지치고 외로울 때,

조용히 이 책을 읽습니다.

그러다 보면 하늘이 그리워집니다.

당신도 그랬으면 좋겠습니다.

당신은 하늘이기에….